重庆市委宣传部、重庆市作家协会2021年文艺创作资助项目

HUANGNIBA
XIAOJIE

李光飞 著

WUHAN UNIVERSITY PRESS
武汉大学出版社

图书在版编目（CIP）数据

黄泥巴小街/李光飞著.—武汉：武汉大学出版社,2022.4
ISBN 978-7-307-22921-1

Ⅰ.黄…　Ⅱ.李…　Ⅲ.长篇小说—中国—当代　Ⅳ.I247.5

中国版本图书馆 CIP 数据核字（2022）第 026941 号

责任编辑:聂勇军　　　责任校对:汪欣怡　　　版式设计:马　佳

出版发行:**武汉大学出版社** 　（430072　武昌　珞珈山）
（电子邮箱：cbs22@ whu.edu.cn　网址：www.wdp.com.cn）
印刷:武汉中科兴业印务有限公司
开本:720×1000　1/16　印张:28.75　字数:469 千字　插页:2
版次:2022 年 4 月第 1 版　　2022 年 4 月第 1 次印刷
ISBN 978-7-307-22921-1　　定价:72.00 元

一幅渝东北农村的风情画，一部风起云涌的乡村史。

小说以许一松一家五口为主线，渝东北农村黄泥巴小街为主背景，以整个社会的变迁、思想的转型为着力点，通过一系列故事情节和矛盾纠葛，把人物命运和历史进程相连，在人与人、人与自然、人与社会的冲突中展示人性的本质，描绘祖国大地上正在发生的巨大变化，反映人民群众勤劳拼搏、自强不息的精神风貌。

目　录

第　一　章 / 1

第　二　章 / 23

第　三　章 / 36

第　四　章 / 54

第　五　章 / 78

第　六　章 / 92

第　七　章 / 105

第　八　章 / 116

第　九　章 / 132

第　十　章 / 148

第十一章 / 166

第十二章 / 176

第十三章 / 191

第十四章 / 207

第十五章 / 222

第十六章 / 236

第十七章 / 253

第十八章 / 265

目　录

第 十 九 章 　/ 　278

第 二 十 章 　/ 　288

第二十一章 　/ 　302

第二十二章 　/ 　315

第二十三章 　/ 　328

第二十四章 　/ 　346

第二十五章 　/ 　365

第二十六章 　/ 　381

第二十七章 　/ 　402

第二十八章 　/ 　412

第二十九章 　/ 　426

第 三 十 章 　/ 　441

第一章

· 1 ·

第一次站在黄泥巴小街的上场口时，许一松咧着嘴叉着腰。

在他眼里，他已经 6 岁了，是个大人了。他没想到母亲的一身列宁服会在这山里的小街上引起轰动。

有过 20 世纪 50 年代经历的人，都知道列宁服的那段风光岁月。大翻领、双排扣、暗斜口袋外加一条腰带，本是俄国男装的上衣，却在我们中国被演变成最时髦的女装来。那朴素干练、英姿飒爽的风采，让万千中国女性着实好好地显摆了一回。

那年秋天，中国第一个上山下乡的浪潮掀起。母亲徐晚霞和许一松姐弟妹三人，很快就被这股浪潮从天竹地区师范学校卷到父亲老家平良县这个偏僻的黄泥巴小街上。刚进屋，徐晚霞身上的那件列宁服就引发了一股旋风，小街上的男女老少不一会便都被吹到他们的新家来了。

堂屋一张老旧方桌，三条木凳，卧室两张大床，一个旧木柜上放着一口大箱子。许一松看看他们的新家，又看看围在他们家里的那些人，破旧的衣服，不是对襟就是长衫，那颜色更是让人感到很压抑，不是灰扑扑的瓦蓝色就是脏兮兮的土褐色。他们光着脚，没有一个穿鞋的。不，有一个，穿着草鞋，鞋尖上顶着一块小红布，往上翘得高高的，在风中微微颤动。

1

几个中年妇女怯生生地慢慢走近徐晚霞。

这衣服有点怪眉怪眼的。一个女的将徐晚霞上下打量着，小声嘀咕了一句。

那领翻得好大。

还有腰带，扎紧点就更骚了。

这衣服好好看哪！一个肥胖的女人紧盯着徐晚霞，眼里直放光。

是卡其布，一个女的一边瞄着徐晚霞，一边伸出黑黑的手偷偷摸了摸徐晚霞的衣服。

人群中一些女人跟着围过来，颤抖着伸出手，也想摸摸这衣服。

徐晚霞很尴尬。伸过来的这些手太脏了，她躲也不是不躲也不是，只得皱着眉头微微笑了笑。

许一松发现一双双异样的眼光齐刷刷地从他们身上扫过，最后一齐落在母亲的身上。许一松很讨厌这些目光，尤其是男人的目光。它们像钩子一样肆无忌惮地在母亲的胸前划来划去。这些家伙怎么不看他呢？他低下头看看他的胸，平平的。他将双手背在身后，挺起胸，像在父亲当校长的师范学校那样昂着头，迈着方步从人前走过。没用，众人的目光尤其是男人的目光连斜都没有斜向他一下。他生气了，眼珠子一阵滴溜溜乱转，他转身从小包里抓出一件小背心，撩开衣襟几下塞进胸前的衣服里。当他又昂首挺胸地迈开小方步欲走到人前，一阵狂风暴雨般的笑声铺天盖地地向他扑来。他的脸刷地一下红了，大吼了一声：笑什么笑！原以为笑声会戛然而止，可他忘了，这可不是在他父亲当校长的师范学校，眼前的这些人根本就不知道他是谁，更不知道他是谁的儿子。即便知道，跟他们又有何干呢？他的气势一下子蔫了。就在他不知所措时，两个声音救了他。

列宁服！

女干部！

声音细如蝇叫，可在每个人的耳里却如雷鸣！笑声戛然而止，众人收敛了。女人心里不再嫉妒，男人眼光不再带钩，所有的人都变得恭顺起来。

徐晚霞微笑着过来拍拍儿子的头，将他胸前塞的背心扯出来，给他和他姐姐一梅手里塞了一把糖果。一松牵上姐姐的手向人群走去。一松没去管他的妹妹，她太小，太黏人，平时不在他母亲身边就是在他身后，像影子又像尾巴，甩都甩不脱，这既影响他的活动范围又影响他的行进速度。

他的目标是人群中的那几个小男孩。他目光如炬，只在人群中扫了两眼便惊呆了。真是高手在民间神奇在基层哪！一个不到三尺高的小男孩，一身脏兮兮的破衣裳，光着一双小脚板，方正的小脸上满是污垢，还算挺直的小鼻子下方挂着两条浓稠的黄鼻涕。呀，有点像两条欲腾云飞升的黄龙。小男孩见一松在看他，将头微微一抬，小鼻子一皱，呼的一声响，两条黄龙应声缩回了鼻腔。那动作既熟练又搞笑。不一会，那两条黄龙又缩头缩脑战战兢兢地探出头来，显摆似的挂在小嘴上方。一条鲜红的小舌头伸出嘴外向上一卷，头微微一抬，小鼻子一皱，呼的一声响，两条黄龙又应声收回去了！一松看呆了，下意识地学着他的样子抬头挤鼻，没有那呼呼的声响。一松用手摸了摸鼻子，什么也没有。他失望地回头看看姐姐，她正拿着糖果向一群和他们一般大的孩子们散发。

接到糖果的小人们飞快地撕了糖纸大吃起来。一股浓浓的甜香在人群中飘动，一张张像小花猫一样的小脸上浮现出无比陶醉无比享受的笑容。一些没拿到糖果的孩子开始躁动，一双双饥渴的小眼睛里好像要伸出手来。

许一松没管这些，又开始扫描。乖乖隆里咚，又有新发现了！他急忙把一颗糖塞进鼻涕男孩手里，转身跑到一个穿花衣服的小女孩身边。

他没去管那小女孩的花衣服新旧破烂与否，只紧盯着小女孩的头上，准确地说是辫子上。小眼睛有小眼睛的好处，他的目光很快就聚焦在那乱蓬蓬的像杂草一样的头发上。他看到一个奇怪的东西。不，是一群奇怪的东西。沙粒一样小小的头，米粒一样大大的圆圆的肚子，还有几只小脚正忙碌地翻滚蠕动(几天后他才知道那叫虱子，是一种粘上了就很难除去的专吸人血的寄生虫)。他正发呆，一只黧黑的大手伸过来，敏捷地拈了一只，夹在两个大拇指甲中间一挤，啪的一声响，一小滴血水冒了出来。他还没回过神，那只黑手又拈了一只，同样的动作干净利落，啪的一声响血水一冒。

他太惊奇了，正要依葫芦画瓢也去拈一只，亲手试试那啪的一声响的感觉。母亲一把将他拉住：快散糖！他将手一甩，小嘴一撇，挣脱母亲的手又去拈那小东西。刚到手还没来得及夹在指甲中，母亲一把将那小东西打落在地，再踏上一脚使劲一拧，接着将他抱起转身放下。

他抬头瞪大了小眼睛，母亲那似笑非笑的眼神让他一颤。他一下就蔫

3

了！别人家都是严父慈母，可他们家正好相反。父亲从不动他一根指头，可母亲别说是动指头了，她的竹条子都快把他的屁股打出茧疤来了。那似笑非笑的眼神常常就是她拿竹条子的前兆，这个眼神他太熟悉，如何应对也有太多的经验了。他急忙规规矩矩地站好，把头埋得低低的。

徐晚霞的手摸摸他的脑袋，要在平时他一定非常享受，可此时绝对危险。徐晚霞的手刚一离开，许一松冲前几步一扬手将糖果往人群中一撒，转身跑进屋里将门关得紧紧的。他爬到床上找出小人书慢悠悠地翻起来。他心里在想，哼，管得太宽了，天天要写字做算术背唐诗，还不准他捎那小东西。他想反抗，但又害怕母亲的竹条子。他心里很明白，这次要想不挨打得有耐心，这是一场持久战，要能饿得，一直要饿到母亲心疼了才有转机。

此时他有点后悔跟着母亲到这个黄泥巴小街来了。好几次他都在想，母亲为什么会把他们带到这里来呢？他问过母亲，她说是因为奶奶病了。姐姐一梅说可能还有其他原因，他追问几次，一梅说她也不知道，只是看见母亲半夜坐在床头发呆。这是什么情况？他想了好久，始终没想明白。他晃晃脑袋，觉得这是大人们的事情，想也想不明白，还是不去想了。他不由怀念起在天竹师范的那些日子了。

那时每天的早饭后是他最得意的时间。母亲徐晚霞一般是去买菜，自己则有两个选择：一是去师范学校耀武扬威，二是提着象棋去大杀四方。在他还在犹豫不决时，妹妹一竹总蹦着拿来了象棋：哥，下棋！

刚学会走路不久的妹妹是一松的软肋，她一口一个哥哥、哥哥叫得他浑身舒泰甚至还忘乎所以，尤其是当他没顺她心意时那一声高八度的哭叫，能让一松马上缴械投降。

见母亲提起菜篮子往菜市场走去，一松做了个鬼脸接过象棋，妹妹一竹像过年一样跟在他身后欢天喜地。一竹特别喜欢哥哥吃对方棋子时那十分嚣张地将棋子"啪"的一声架在对方棋子上的巨响。那声音在她听来比过年放鞭炮还激动人心。她会兴奋无比地一声尖叫：哥，又吃了一个！随即飞快地伸出小手将那棋子抓过来紧紧地握在手里。

唉，这些日子不知以后还会不会回来。一松边想边翻书，时间一分一秒地过去。尽管他想尽量放慢速度，但小人书还是翻完了。此时他肚子饿得咕咕直叫了，两眼开始发花。就在一松快要投降时，门外响起了母亲最经典也最动听的那句话：儿子开门吧，妈不打你了！

一松的一双小眼睛顿时红了。他突然想起了已远在百里之外的父亲，那个成天把他顶在肩上的亲人，此时在做什么呢？

一松想起他们要离开天竹的那几天，父亲天天拿着一张照片在仔细地看着。他曾偷偷地瞄过一眼，那是一张他们家的全家福。照片上的父亲帅帅的，母亲睁着那双明亮的大眼睛满脸笑容地靠在父亲的肩上；姐姐一梅傻乎乎地张着小嘴像在说个不停；妹妹一竹把她的一双大眼睛瞪得圆溜溜的，那小模样显得有点不知所措甚至有点惊恐，让人不由顿生一丝怜爱；那个张牙舞爪的小男孩，就是一松自己了，他正大大咧咧地叉开细小的双腿，薄薄的小嘴使劲斜着，一双小眼睛闪动着调皮的目光斜视着前方。

他的这双眼睛，不，是一双小眼睛，整天都在滴溜溜地乱转，谁也不知道他这双小眼睛在乱转些什么，为什么乱转而且还转得那么快。只要这小眼睛不转了，他绝对会做出一些出人意料甚至轰动全校的事来。

母亲徐晚霞说过，父亲是一个受过高等教育的人，也是一个很传统的人，不孝有三无后为大早已刻在他的骨头里。一松不懂"不孝有三"是啥子意思，也不明白"无后为大"代表了什么，他只知道父亲特别喜欢自己，可以容许他在学校里到处横行。他不由想起他大踏步地走进教室，拿起桌上的笔要给一个女同学画两撇胡子，嘴里还嘟哝着：山羊都有胡子，你怎么会没有胡子呢？教室里顿时哄堂大笑。直到父亲被紧急请来，那笑声依然在教室里回荡……

·2·

到黄泥巴小街的第一个晚上，许一松睡得不是很香。这里不比天竹城，太阳一下山，天很快就黑了。小街上没有电，不像天竹师范那样，一拉开关啪的一声电灯就把屋里照得亮堂堂的。晚饭后，母亲点上一盏小小的煤油灯，一朵小火苗不停地扑闪。许一松和姐妹三个像三只小猫咪，依偎在母亲的怀里，将头使劲地往里拱。母亲搂着他们，一边拍着他们的背，一边给他们讲故事。一松有点怕黑，老是担心妖怪或者强盗会不会趁黑跑出来。

从床上爬起来的时候，母亲已经不见了。一松匆匆穿好衣服，看了看睡得正香的姐姐和妹妹，做了个鬼脸跑了出去。

太阳升起老高了，和煦的阳光直照下来，一松的心暖暖的。

黄泥巴小街的上场口是个下坡，出了场口就是连绵起伏的一座座大山。小街又短又窄，中间还拐了两个弯，一松眨了几下眼睛就跑了个来回。不过路面还可以，是一条条的石头，排得还算整齐也很平顺，在上面跑跳不会扭伤脚。街上没有餐馆，也没有商铺。不，有一个，那个商店好小，门上贴了一张小纸，写着盐巴煤油火柴今日特价卖。整个小街上的房子都是矮矮的旧旧的，样子都差不多，清一色的瓦片房顶，木板板门面，多数都是破破烂烂的。一松有点不甘心，怎么城里那种高大的砖砌楼房一个也没看见，下棋的人更是一个也没有？他失望极了，倒是那汪汪汪的狗叫声让他多少还感到有点新鲜。他又跑了一圈，有了新发现。他看见好几家的大门上都贴着两张稀奇古怪的画，一边一张，很对称。那上面画的人好像都穿着他在连环画上见过的盔甲。这些人很奇怪，一个个头大身子短，还都没有脖子，胖胖的脸上还抹了点粉红。这是男人还是女人？他上前仔细看了看。画的色调很鲜艳，红的黄的有好几种。他确定这是男人，因为这画上的人身子很粗壮，手里还拿着刀枪。

他听到一阵木板板的摩擦声，跑过去一看，是那家商店开门了。一个中年男人正把一块块木板板从墙上拆下来，很整齐地堆码在墙角。他探头望了望，发现每块木板上都写着数字。没见过吧？那个拆木板板的人对他说。一松没理他，一溜烟跑了。

哥哥，哥哥，一竹迎面跑来将他拉回屋里，往旁边指了指：那个屋里好臭！

一松的好奇心来了，走进旁边的小屋。啊，真的好臭，他赶紧捂住口鼻。小屋里很昏暗，几丝亮光从木板墙壁的缝隙中钻进来，像根根钢丝，撕裂着室内的空间。靠墙的那边有张床，床上躺着一个人。走近了一看，是一个老婆婆。

雪白稀疏的头发，满是皱纹的黄脸，瘪着向内凹陷的嘴唇，枯瘦如柴的手……

他呆住了，被吓住了。

妈妈，这是谁呀？一竹捂着口鼻，一双大眼睛充满厌恶。

徐晚霞拧了条热毛巾，正为老人擦脸。她回过头，告诉一竹，这是奶奶。

奶奶是谁呀？一竹瞪圆了她的大眼睛。

是你爸爸的妈妈。

呀！……一竹惊叫一声，冲到床边。妈妈，你让一让，我得看看我爸爸的妈妈长什么样子。

徐晚霞让开。一竹看了一眼，呆住了。

人老了，都这样，这就是你们的奶奶。徐晚霞边说边给老人擦手：爸爸小时候，你们奶奶可辛苦了，好不容易才把你爸带大。

一竹放开了捂着口鼻的手，看了看床上的老人：奶奶，你是我爸爸的妈妈，我就不讨厌您了，我要对您好！

床上的老人睁大了眼睛，怔怔地看了看一竹，又看了看一松，嘴唇嚅动了几下，枯瘦如柴的手伸出来，颤抖着想摸摸一松、一竹的小脑袋。

徐晚霞拉过一松、一竹，将老人的手分别按到两个孩子的头上。老人笑了，嘴角裂开了，脸上的皱纹更多了。

你们出去一会，妈妈要给奶奶擦擦身子。徐晚霞拿起毛巾。

我们为什么要出去？一竹很不愿意，站着不动。

徐晚霞笑了笑，轻轻揭开被子，一股恶臭直扑过来。一松和一竹哇的一声就往外跑。

哥，你说，为什么奶奶会这么臭？一竹又捂了捂鼻子。

肯定是很久没有洗澡了。他想了想说，不会是她把屎尿也拉床上了吧？

哇！……一竹跑得更远了。

一松走到门边，悄悄将头探进去。徐晚霞正给奶奶擦身子，清理床上的污物。母亲动作很轻，眼里闪着泪花。她擦了一会儿，到盆里清洗毛巾，盆里的水很快就脏了。母亲回头看到一松，叫道，儿子，来，把水换了。

一松很听话，端起盆子到外面将脏水倒了，换了清水。

妈妈，以前我怎么没见过奶奶呀？一竹又从外面跑了回来。

徐晚霞一愣，正准备回答，一竹又说了，妈妈，爸爸想奶奶吗？爸爸怎么没把奶奶接到天竹去呀？

　　徐晚霞沉默了。她仿佛又回到了和婆婆相处的那段日子。那是大女儿一梅出生的那年，婆婆来了。没有嫌弃她生的是个孙女，每天洗衣做饭，扫地洗碗。所有的家务活婆婆都包了，每顿饭菜都递到她手上，还不时地问她想吃什么，味道是不是合口。她感到自己就像被婆婆捧在了手心里一样。一梅满月后，老家来信要婆婆回去，说家里的孙子也想奶奶了。其实她知道，这哪是孙子想奶奶了，是老家的一大堆家务活没人做了等婆婆回去呢。婆婆是个勤劳的人，整天忙个不停。没想到辛苦了一辈子，最后竟病得瘫在了床上。

　　徐晚霞看了婆婆一眼，心中一阵酸楚，一阵心痛。

　　第二天，徐晚霞请人将小屋的左边开了个窗子，屋里马上就亮堂起来。她又把老人的衣服床单被子枕头全换了，屋里的臭味减少了很多。徐晚霞又找来了几把蒲扇，叫一松他们一齐对着门窗一阵猛扇。很快，屋里的臭味基本上没有了。一松他们扑到奶奶床边，拉着奶奶枯瘦的手，叫着奶奶。奶奶浑浊的眼里含着泪花，嘴唇直颤抖。

　　一松每天必做的事就这样变成了4件：写字做算术背唐诗陪奶奶说话。母亲常常搬个凳子坐在一松旁边，看他写字，教他做加减法，还让他到奶奶面前背诗。奶奶笑着直夸他好乖好聪明。

　　街边的破旧房子里，陆续有好几个小孩冒了出来，高矮和一松差不多，他们身上的衣服有大有小，几乎没有一件是合身的，不少人的衣服上还补着好几个大疤。他们一个个光着脚板，打着哈欠揉着眼睛，全都好奇而戒备地望着他。一松很快就与他们融合在一起了。黑蛮壮实的家伙叫兆祥，对他一会儿冷一会儿热；身材和他一样单薄，个子和他差不多的四娃子胆子有点小；眼睛滴溜溜乱转的宗光肯定和他一样聪明；比他大两岁的正国虽然穿得最破烂但最有主见；还有学儿和几个不知叫什么名字的小崽儿都围着他叽叽喳喳。他很高兴，也很得意，恍惚间口袋里的水果糖被掏得一干二净。那个叫正国的拿出一个小铁环，用一个小钩子钩着在地上跑着转圈。大家都很高兴，一起跟在正国后面，边跑边喊倒了倒了。只要铁环一倒，马上就有人去替他玩。跑了几圈，一松停下来。兆祥、宗光他们又对他说起了金桂堂，说那庙里非常好玩。

　　庙里的菩萨又多又高又大，样子很怪很吓人，里面的几十个和尚都很凶。庙后面最好玩。至于为什么好玩，他们卖关子不愿意说。

一松一向很野，走路基本上是跑。他们的介绍没完，他已跑得没影了。

最先进入眼帘的，是一长溜大红围墙，又高又厚实。天竹师范的围墙在他眼里算得上很高很大了，可是跟眼前的围墙一比，那就太渺小了。不，不只是渺小，还显得寒酸，光是围墙上那红彤彤的颜色就把他给彻底镇住了。

金桂堂的大门前是九级石台阶。正国他们一屁股坐在台阶上，从身后摸出破旧的鞋子，光着的脚板相互搓了几下，黑乎乎的手把脚板来回抹了，穿上鞋子扭头对一松做了个鬼脸。一点都不搞笑，一松在心里直嘀咕，一双烂鞋子还得进庙时才穿，为什么呀？

踏进庙门，一股气流从头顶上直压下来，瞬间笼罩了全身。他耸了耸肩，紧紧跟在正国身后。看来兆祥他们没有吹牛，这座寺庙真的好大，大殿一个接着一个，尤其让他惊奇的是房顶上的飞檐又弯又长，还向天上使劲地翘，那样子好有气势，也太好看了。他被深深地震撼了，小心脏激动得怦怦直跳。

庙里香客不少。有的点香烛，有的拜菩萨，有的敲木鱼，有的口中还念念有词。他感到新奇，眼睛忍不住四处乱看。庙里的房子很多，一间接一间。里面的菩萨一个接一个，又多又大，模样神奇古怪。

真是太稀奇了，这些他从来都没有见过呀！他正东张西望看得来劲，四娃子一把拉住他：走了！四娃子的神情很紧张，声音压得很低。一松一愣：怎么有点像去偷东西的样子？

穿过七重回廊走道，来到底院。兆祥弯着腰，压低身子向四处张望，四娃子将靠墙角的一道小门轻轻推开。小门后面是一大片茂密的竹林，大碗粗的竹子比天竹师范的房子还高。溜进竹林，地上是一层厚厚的竹叶，走在上面软软的。竹林里面很热闹，各种鸟叫声和翅膀扇动的卟卟声将他的耳朵塞得满满的。一股浓烈的鸟粪臭迎面扑来，让人无处可逃。斑驳的阳光从竹叶中洒下来，粗的成了光柱，细的变成一条线。无数的光柱光线排着队呈放射状照射下来，光怪陆离，非常奇妙。

兆祥他们显然来过多次，他们连跑带跳，一人选了一棵竹子，从腰间摸出一根布绳。绳子的两头已打了小结形成绳套，两脚麻利地往绳套上一套，双手抱住竹子双脚一使劲，噌噌噌，很快他们就爬上了光溜溜的竹竿。

　　一松太奇怪了，这么光滑的竹竿他们怎么就没掉下来呢？仔细一看，原来他们脚上的绳子被绷得紧紧的半缠住竹子，怪不得不打滑。又一个问题冒出来，他们爬这么高干啥子？他正想着，兆祥的手已抓住竹桠，手脚齐动，越爬越高。

　　他发现这些竹子下面很粗，越往上越细，最上面那细小的竹梢已经吃不住兆祥的重量开始摇晃，弧度越来越大。竹子会断吗？兆祥可别掉下来呀！兆祥像知道他的担心似的，故意加大动作，摇得竹子东倒西歪，他惊得差点叫出声来。兆祥得意地一笑，又登高一步，竹子猛地向边上急倒。他心一紧，兆祥却若无其事地一把抓住旁边一棵竹子的竹桠用力一拉，快要倒下的竹子像弹簧似的以一种优美的弧形迅速复位直立起来。

　　好吓人哪，一松长吁了一口气，心里顿时生出太多的羡慕。他突然发现兆祥头上竹桠之间有个鸟窝。终于明白了，兆祥是要去掏鸟蛋。兆祥很得意，一手搂紧三棵竹梢，一手高举伸进鸟窝，几个小小的淡绿色的鸟蛋在兆祥手中一闪，他心中一喜，正要大叫，又见兆祥左手一松，根根竹梢依次弹开，竹枝竹叶一阵闪动，晃得他眼花缭乱。没过一会儿，兆祥开始下滑。下到没竹桠处，他用手抱住光溜溜的竹子，嗖的一声滑落地上。一松定眼一看，怎么下来的是四娃子，兆祥呢？他四处一看，兆祥正从另一株竹子上溜下来。

　　这也太神奇了吧？他们竟然在空中交换了位置，不管了，得学会这招。一松转过身拿出一根绳套圈住双脚，学兆祥的样子就往竹子上跳。哪知道他一跳上去马上就滑了下来，跳得有多高滑得就有多快，一跳一滑，越跳越滑。他脸红筋涨，气急败坏。大人们常说看者容易做者难，但那是针对别人，他可是个小天才。爬个竹子这么简单的动作怎么可以学不会呢？他一点也不服气，把竹子撞得哗哗直响。兆祥他们见了围过来，他滑稽的样子让他们差点笑出声来。他脸红筋涨，觉得此时的自己像一只猴子在耍猴戏，唯一的区别是脖子上没拴铁链子。

　　正国看不过去了，上前用力将他抱起来放到竹子上，手把他的双脚往两边一压：绷紧！一松立即照办，两脚一张一压。哦？没掉下来！呀，太好了！他铆足劲，手足并用噌噌噌直往上爬。成功了！他尖起嗓子大叫，兆祥他们却撒腿就跑。

一松正迷惑，一个光着脑袋身穿灰布长衫的胖大男人跑过来，一只粗壮的大手抓住他的脚，一把将他从竹子上拉下来夹在了肋下。此时的他比刚才的要猴戏还要狼狈。

庙里的光线比竹林暗多了，好一会儿他才看清厢房里还有一个人，中等个子，40来岁，和抓他的那人一样，脑袋上光溜溜的没有一根毛发，9个排得很整齐的小白圆点在光头上很显眼，身上一件黄色的长衫比那胖大男人的灰布长衫光鲜多了，一双大眼睛上下扫过来，表情严肃但不凶狠，问话的声音尖尖的细细的，有点女人腔。当知道他父亲是许井西时，一丝微笑从那还算白净的脸上闪过。

知道像贼一样被人抓住了，一松却一点也不害怕。没偷任何东西，怕什么？他无所谓的态度让黄衫男人很诧异，见一松目光扫向书桌上的宣纸毛笔，男人微微一笑：想露一手？

一松搬过一个小凳子往上面一站，提笔着墨，"宁静致远"四个大字一挥而就。

写了字，我可以走了吗？

小家伙有点造化，笔还算正。

那当然，我爸说的，用笔在心，心正则笔正。

这是柳公权对唐穆宗说的，黄衫男人笑了笑，又看了看他写的字说：你母亲应该来了。

你怎么知道？他跳下小凳子。

没想到母亲徐晚霞果然冲了进来：妙禅大师！

妙禅大师？这黄衫男人的名字好奇怪，不过更让他感兴趣的，是这男人怎么就知道母亲会来呢，先知先觉能掐会算？神了！

徐晚霞扑过来一把拉过他，仔细地查看儿子有没有挨打受伤，同时不停地向妙禅大师道歉。

过了好几天，许一松才知道那个叫妙禅大师的黄衫男人是庙里的方丈，得道高僧，还精通国医。母亲还说，妙禅大师托人带信叫一松去庙里和他下棋。妹妹一竹听说又要下棋了，比他还高兴，直催一松快点去快点去。

·3·

早上还没起床徐晚霞就下了命令：今天不准乱跑，全家要去给爷爷上坟。一松没有祭过祖，也没有上过坟，当然不知道上坟是怎么一回事。见母亲忙着收拾香烛、果品和点心，他既好奇又兴奋。悄悄过去想偷块点心尝，徐晚霞一巴掌打过来：这是给爷爷吃的！他吓得吐了吐舌头。

爷爷的坟地离小街不远，就在一个小山坡上。没用半个小时，他们来到爷爷坟前。母亲先是教他们打扫墓地，再摆上祭品，然后挨个上前敬香磕头作揖，口中还念道：爷爷，孙儿来拜见您老人家了。当鞭炮劈里啪啦响起来时，他们捂紧了耳朵。烧纸时，母亲喃喃低语：爷爷，孙儿给您送钱来了。整个过程一点趣味也没有。

下山的路上，两个男人迎面走来。个矮的是一松的堂姐夫，别人说他姓邓，名字叫什么怀义，他根本没去记，因为这人一双眯眯眼不但滴溜溜乱转，还常常低头在地上到处乱看，不知在看些什么。他的另一个名字倒让一松记得牢靠："想捡钱"。这名字顺口也很好记。可为什么叫"想捡钱"呢？是因为他的眯眯眼常常往地上看吗？他真的在地上捡到过钱吗？一松没弄明白。个高的相貌还说得过去，那双和想捡钱一样的眯眯眼直勾勾地看人，很令人讨厌。一松甚至有点怀疑，是不是这小街上的人都是眯眯眼？一松猛然记起，刚到小街的那天，人群中就有这双眯眯眼盯着他母亲徐晚霞。

二娘，上坟哪？想捡钱的声音里满是恭敬和谦卑。谢谢您了二娘，昨天又让您破费了，您给的那两块钱可解决了我们的大难题呀。想捡钱一边说一边向那高个男人直瞟。

一松心里很鄙视这个想捡钱。这家伙整天就只想着向他妈要钱，昨天已经是第4次了。

徐晚霞点了点头。想捡钱又指了指高个男人：二娘，这是我们乡的民兵连长张守成。徐晚霞又点了点头。那个叫张守成的全身僵硬，一张大脸涨得通红，眼睛直直地盯住徐晚霞。

一松一步跨到母亲前面，尽力睁大他那双小眼睛，狠狠地瞪了那个民兵连长一眼。

那张还算方正的大脸闪了一下，很快浮起一抹笑意。徐老师你好，我叫张守成。声音粗粗的，高高的个子弯了弯腰，这是一松吧？张守成笑盈盈地看向他：一看就好聪明，逗人喜欢。

一松对奉承话没有免疫力，心里正开始发飘，一只粗壮的大手落到他的头上，轻轻拂过他的发际。他心里一颤，这种抚摸让他有种很不舒服的感觉。他甩过头，鼻子里哼了一声，转身就跑。

还没到家，几个小伙伴已在等着他了。

听说你会背唐诗？宗光追上来就问。

那当然，他眉毛往上一挑：

千山鸟飞绝，万径人踪灭。

孤舟蓑笠翁，独钓寒江雪。

几个小伙伴的眼睛亮了。

妙禅大师还请了你去庙里下棋？兆祥又问。

那当然。一松更神气了。

其实，人生的际遇很奇特。上次爬竹子后，一松又去了几次金桂堂，就和妙禅大师成了忘年交。妙禅教他下围棋，他陪妙禅下象棋；妙禅挥毫山水松竹，他提笔显摆他那自认为天下第一的行楷。妹妹一竹其实比他更受欢迎，她那天真无邪的嘎嘎嘎的笑声让金桂堂的青瓦都差点忍不住跳下来。

兆祥仍然一脸的不相信：你可不要吹牛，要不然……哼！

吹不吹牛，到庙里一去不就明白了吗？

一松话音一落，大家一溜烟向金桂堂跑。

过了那片柏树林，四娃子突然蹲在地上，脸色发白，好难受的样子。兆祥停下来：怎么了，四娃子？大家回过身，将四娃子团团围住。正国看了看四娃子额上渗出的汗水，眯了眯眼睛，咬咬牙跑下小路。正国动作很敏捷，翻过几级坡坎，跳进一块绿茵茵的地里。他神情紧张地四处看了看，迅速蹲下身子，两手抓住一株藤蔓使劲一拉，一根红红的块茎被扯了出来。一松不知道那绿茵茵的藤蔓是啥子，但他知道那红红的块茎是红苕，母亲常常把这个东西煮熟了给他们，一掰开里面红艳艳的，又香又甜好好吃呀。嗯，一会回来得弄几根带回去，妹妹肯定喜欢。

正国一边往回跑一边扯断藤蔓，双手熟练地将红苕抹去泥巴，递到四娃子面前：快啃两口，吃点东西就好了。四娃子接过来，张嘴一阵咔嚓咔嚓，那个红苕几口就吃完了。一松发现四娃子苍白的脸色开始转红。他有点崇拜地看了看正国问：四娃子怎么了？正国撇撇嘴：你要是饿个几回，你就懂了。

一松赶紧闭上嘴，默默地跟着他们。过了长溜溜的大红围墙，上了大门前那九级石台阶，正国他们又一屁股坐下去，摸出又脏又破的鞋子，光光的小脚板相互搓几下，又黑又脏的小手把脚板抹了，然后穿上鞋子。

这次他们没有对一松做鬼脸，一松却忍不住了：你们……你们出门还背双鞋子？

兆祥和宗光围过来直直地盯着他，那神情像看傻子一样。

他受不了，翘起嘴嘟哝：看什么看？我不是傻子，你们才是一群傻子！他心里直发虚，低头看了看自己脚上穿着的鞋，他觉得自己真的有点傻，因为他们每次都在这里才穿鞋，原因他真的搞不明白，可他又不能问，真要问了，那就证明他是傻子了。

走进寺庙，见妙禅大师正被一群人围着。他扫了这群人一眼，都穿着4个兜的中山装，肯定是有身份的人。这个场面有点严肃，他没敢上前打扰，只是静静地站在后面。没过一会儿，宗光轻轻撞他：还会下棋吗？他转过头，佯装不知。兆祥过来悄悄问：什么时候下棋呀？他没有回答，此时的他已经被妙禅大师滔滔不绝的解说迷住了。那群人边听边点头，他却听得有点云里雾里。能听懂的没有几句，但那些词句那些内容太新奇太有趣了。

金桂堂又名"福泽寺""万竹寺""金禅寺"，他很难理解，总感觉这名字也太多了点吧，一取就取了四个？而创建这座寺庙的人叫破峰水明，更是让他无所适从。在他所知晓的人名中，都是三个字，如父亲叫许井西，母亲叫徐晚霞，他叫许一松，姐姐叫许一梅，妹妹叫许一竹，宗光叫国宗光等，这建庙人的名字怎么会是四个字呢？

还有这座寺庙建于清朝，那是啥子时候？妙禅大师又说寺庙占地160多亩，他连一亩有多大都不知道，更不清楚160多亩有多大了。他只知道这庙很深，数了一下共有 7 层。位置从前到后，地势由低到高，平行排列，很均匀很对称，还有很多房子分布两旁。

他很喜欢那个大雄宝殿，这个殿里供奉着一个金身佛像，又高又大，很是威风，每望一眼都令人生出一种敬仰。大殿左右有 10 多个罗汉和 20 多个菩萨，还有那又高又大威风凛凛的四大天王、哼哈二将，让他心里陡生敬畏。

他正兴致勃勃，正国过来拉他衣角：我们要走了。等了半天没有看到他和妙禅大师下棋，他们早就不耐烦了。

他不想走，但又怕落单一个人回去。犹豫了一会，回头时已不见了正国他们。他心里慌了，快步窜出寺庙，四处一望，小路上空无一人。他更慌了，一双腿迈得飞快。

那块绿茵茵的红苕地闯进他的眼里，他鬼使神差地停了下来。四娃子张嘴啃红苕的咔嚓咔嚓声又在耳边回响，一阵红苕的甜香味仿佛就在嘴边。嗯，弄几个红苕带回去，母亲一定会夸他，妹妹一定会喜欢得直流口水。说动就动，他像正国那样，连续翻过几个坡坎，飞一样地跳进那块绿茵茵的地里。他的动作几乎没有走样，正国怎么跑的他就怎么跑，正国怎么跳的他就怎么跳，正国怎么用手扯的他就怎么扯。唯一漏了一个动作：四处张望。当他将几个红苕上的泥巴抹干净，喜滋滋地装进口袋时，一声怒喝让他全身一抖。

谁在偷红苕？

他呆了，傻了，在这地里扯几个红苕也叫偷？他脑子一阵嗡嗡直响。

不对，正国不也扯了吗？他扯不叫偷我扯就叫偷？嗯，正国扯红苕前神情紧张地四处看了看……他为什么要紧张？他为什么要四处张望？难道这真是偷？呀呀呀！真的是偷了，这块地以及这块地里的红苕那都是别人家的！他到别人家的地里悄悄地扯别人家的红苕，不是偷又是啥子？他心里一阵大喊：天哪，这也太倒霉了吧！

不，得稳住。他可怜兮兮地抬眼望望抓住他的人。是他？高高的个子粗粗的声音，还算方正的大脸，一对眯眯眼。是那个民兵连长张守成！完了完了，他的心直往下沉。眼珠子一转，不行得赶快溜！在天竹师范，他可是短跑冠军！他拔腿就跑，越过田坎，跨过土坑，他暗自庆幸甚至有点洋洋得意。他回过头正想甩出一个嚣张的笑，一个黑影闪现在他眼前，汪的一声狗叫让他两腿发软。小腿传来一阵热风，他一抬眼，妈呀！他魂飞天外，一条又高又长的大黑狗正咬住他的裤角，一对血红血红的狗眼正凶狠地盯着他。呀！他见过狗，可哪见过这么大这么凶的狗呀！你……你咬我的裤角就行了，千万别咬我的脚呀！

"有钱"，放开他！张守成朝狗招招手。那狗松开他，几步窜回张守成身边。

哼哼，你想跑？你跑得过我的"有钱"？张守成拍了拍狗脖子，一脸的得意。城里来的小偷，胆子够大的！他围着一松慢慢地转圈，一脸的狰狞：小兔崽儿，给我老老实实交代，偷了几次了？偷了多少红苕？

一松脑袋快耷拉到田里去了。他望望张守成，方正的大脸一副凶样。看看黑狗，那家伙正伸出长长的舌头，口水滴答滴答地往外流，狗嘴里扑哧扑哧地不停地喷射着热气。模样凶狠，狗嘴吓人。他来这小街没几天，耳朵里就灌满了关于这条狗的传说：街上的恶人张守成最凶，牵着一条像牯牛一样叫"有钱"的恶狗，常常在别人家里乱窜，祸害了好几个女人。虽然他还不知道这祸害是啥子意思，但他知道那绝不是啥子好事。现在这恶人恶狗都盯住了他，他该哪个办哪？现在恐怕只有承认是偷了，但绝不能承认是惯偷。他将兜里的四个红苕拿出来，捧在手上，递到张守成面前：我没……没有偷几次，只……只偷了这一次。他的腿在发抖，说话结结巴巴的。

张守成抓住他的衣服将他举到空中：小兔崽儿，还不老实？

我没……没有不老实，真的只有这一次。

真的只有这一次？张守成把他往地上一扔。

他屁股啪的一声与地面来了个最亲密的接触。呀，好痛！可他没有喊叫，只是不停地小声争辩：真的真的，我发誓，真的只有这一次呀！

哼，偷十次八次是偷，偷三次两次是偷，偷一次还是偷，只要偷了都必须严惩！

他被张守成绕糊涂了。他知道张守成不会放过他了，连连告饶：张连长张连长，求求你放了我吧，我只偷了这一次呀！真的，只有这一次！

我不管你偷了几次，反正你逃不过惩罚。哎，你来说说，我该怎么来惩罚你呢，嗯？

怎么罚，该不会去告诉我妈吧？一松浑身一抖，仿佛母亲的竹条子正向他身上抽来。他低下头，心惊胆战地偷看了张守成一眼。脑子一转，瞬间冷汗直冒！不对，是要押着他游街或者绑起来关到公安局去？如果真是那样，他就不死也得脱层皮了。他偷偷地瞟了瞟张守成。突然，在那不算小的眯眯眼里他看到了一丝戏谑。怎么有点像猫戏老鼠的样子？不，他不能是老鼠！那尖头尖脑贼眉鼠眼的样子太让人讨厌了。

嘿嘿，你小子怕了吧？张守成脸上的笑意更浓了。

此时一松六神无主，惶惶不安。他恨他，咬牙切齿，又无可奈何。不管了，反正是他砧板上的肉了，他想怎么切就怎么切吧。他闭上嘴，瞪大了小眼睛。

哟嗬，你小子是死猪不怕开水烫了？好，有种，硬气！张守成一手将他抓起来：我给你娃儿三条路：一是让我的"有钱"咬你几口，让它开开荤；二是告诉你妈然后再游街示众；三是直接把你捆了送公安局。你娃儿愿选哪一种，嗯？

选哪一种？没有哪一种他愿意选，也没有哪一种他能够选。这几种选择个个直戳他的软肋，锁住他命门！"有钱"凶恶无比，让它咬几口？别说让它咬，只是让它扑过来不用张嘴他就趴下了；告诉母亲？那他肯定得皮开肉绽！游街示众？捆了送公安局？那他还能活吗？天哪，该怎么办哪？他两眼翻白，冷汗直冒，他已没有一丝反抗的勇气，他感到此时的他已不是老鼠了，他成了"有钱"。不，比"有钱"还不如。他知道自己已被一张大网网住，被一个樊笼锁紧。

他蹲在地上，紧抱着头，心在发抖。

·4·

太阳升到了头顶。天上的云彩在不停地追来追去，像几个妖怪在打架。远处的群山静静地耸立，像唐僧在坐禅念经。一松呆呆地坐在一块石头上，眉头拧成了一个川字。

一松，怎么了？姐姐一梅最先发现了他的异样。

他一动不动。他惊恐不安，心潮翻涌。

他对母亲有怨气了。为什么母亲就不能教他点绝招，让他能像孙悟空那样，一金箍棒就将张守成打成肉饼呢？再不行也要像刘洪、王强打鬼子一样，用枪把张守成打几个窟窿，让他再也不敢来欺负他了，那该多好。可他既没有金箍棒也没有枪，更没有他们那样的本事，只会写字做算术背唐诗陪奶奶说话。不行不行，他再也不做这 4 件事了。不，是不做前面的 3 件事了，陪奶奶说话他还是很愿意的。经过母亲的清洗和收拾，奶奶像换了个人似的，干干净净整整洁洁，精神也好了很多。每天母亲去给奶奶擦脸洗脚翻身喂饭，他都会跟在旁边，他喜欢奶奶看他时那慈祥的目光，好暖人的。可是这几天他很少去陪奶奶了，他心情不好，很多时候只是在小街上沮丧地走着。

小街两边的屋檐下摆了很多农具，好多他都叫不出名字。他只知道其中最多的是锄头。什么挖锄刨锄点锄的，每样一家都有好几把。兆祥妈妈说，这些锄头并不只是单纯用来挖地的，还可以"刨"别人家的各种隐私。一松家的根根点点，就是被这些锄头在挖地时刨出来的。

母亲徐晚霞是个富家女，娘家是个大地主，大学毕业后在县女中教书。与一松父亲许井西的相恋遭到了全家人的坚决反对，她毅然离开家与许井西走到了一起，此举至今还没有得到外公外婆的原谅。一梅出生时是奶奶来照料的。一松降临时奶奶已回了老家，只好请了保姆。徐晚霞非常疼爱孩子，总觉得保姆没有尽到责任。一次她外出学习 5 天回来，全家人去杀馆子。菜还没上齐，一松见一颗饭粒掉到地上，飞快地跳下去捡起就往嘴里塞。徐晚霞见了心疼得哭了。她毅然辞了工作，专职在家照顾他们。好多同事劝她不要辞职，她说工作重要，钱也重要，但我的孩子更重要。

当小街上的人知道这些时他们很是惊奇，后来得知许井西是地区师范学校校长，尤其是县团级干部的身份时，更是让他们仰慕。至于徐晚霞一家为什么会从城里搬到乡下来，他们也很感兴趣。可刨锄挖锄轮番都用上了，也没"刨"出个原因来，反倒是黄泥乡的书记、乡长亲自上门来看望问候徐晚霞他们，把一帮乡邻惊得合不拢嘴。于是多年没有走动过的亲戚带着蔬菜瓜果找上门来了，乡里有了红白喜事大家最先想到的就是要请徐晚霞。

徐晚霞人很随和，只要有人通知，她都会在服侍好老人后去参加。她的气质，她的谈吐，她待人接物的态度和方法，让她很快就赢得了小街人们的敬重和喜欢。只要有空，人们都会自然而然地往她家走，询问城里的逸闻趣事，倾诉自家的喜怒哀乐，顺便发布一些她们认为很重要很私密的小道消息。当然，还有一个更吸引她们的是织毛衣。徐晚霞那双细小白嫩的巧手织出的毛衣让小街上的女人们羡慕不已，上门来学织毛衣成了她们最热心的事情。

一到赶场天，她家就更热闹了。乡下的一些亲戚来赶场都会到她家坐坐，有时候还会在她家吃饭。

黄泥巴街儿虽然不长，店铺也只有一家，但来赶场的人不少，窄窄的街道常常被挤得满满的。卖席子背篼箩筐扁担锄把的，卖猪卖牛卖鸡鸭的，还有卖很多一松叫不出名字的一些东西，摆得满街都是。最多的是卖粮食的，谷子大米麦子绿豆豌豆饭豆红苕洋芋(土豆)摆了一长溜。

小街人卖东西很含蓄，很少有人吆喝。他们或蹲或坐在地上，一个个抬起头，只把眼睛紧紧盯着每一个从他们身边走过的人，似乎只想用眼光将路过的人拉过来买他们的东西。来赶场的人好像都打扮了一番，至少他们的脸和手洗得比平时干净了许多，女人的头发也用梳子刮了两下，不少人还穿上了最好看的衣服，有的还会因平时很少穿这些好衣服而感到手足无措，走起路来都不大自然，脸上还有点不好意思似的。

在小街上，一松看见一些人用手中的全国粮票、地方粮票、肉票、油票、布票买卖东西，甚至可以换成钱。这太令人惊奇了。

一松原来还想在家里找一找有没有这些小票票的，被张守成抓住后，他对什么都不感兴趣了，除了独自在街上走就是坐在一边发呆。他突然有了害怕的感觉，甚至感到有些恐惧了。他不知道为什么扯个红苕会引出这么严重的后果出来，也不知道那个张守成会如何来收拾他。

回来吃饭了！徐晚霞在屋里一声大喊。一竹第一个跑回去。

徐晚霞看了看一竹问，你哥呢？

在发呆。

发呆，在哪儿发呆？

石头上。

徐晚霞笑了笑，解了围腰走出大门。

一松仍然坐着，呆呆地一动不动。徐晚霞过来摸摸他的头：儿子，怎么了？

妈，今天我又到金桂堂去了。一松抬抬头，无头无脑地冒出一句。

徐晚霞看着儿子，脸上闪出关切和担忧。

哥，你太坏了，到金桂堂也不叫我，妹妹不高兴了。

好了，回去吃饭了，徐晚霞拉拉一竹的手。

一松家的生活还是可以的。每天中午，徐晚霞都会给他炒一碗蛋炒饭，再拈点他最喜欢的回锅肉。小街上的人吃饭都喜欢端着碗到街上吃，碗都很大，饭菜舀在一起。端着在街上走东家串西家，边走边吃，边走边说，一圈下来，饭菜也就吃完了。一松端着碗出去最受欢迎。母亲炒的蛋炒饭用的是猪油，比菜油炒的要香得多，加上母亲又放了葱花，更是香气扑鼻，特别是他的蛋炒饭上面还有几片回锅肉呢！邻居们的碗里绝大部分是土豆白菜，再有就是苞谷糊糊或者红苕。要想吃肉只有两个时候：一是来了贵客，二是春节那几天。一松这碗饭菜一端出去，那帮小伙伴们就口水直流，很快他碗里的东西就被这些家伙一扫而光。跟在他后面的一竹一见这阵仗，回头就跑，一边跑一边叫：妈妈，妈妈，哥哥的蛋炒饭又被抢完了！

这样的午饭一松最喜欢。可是今天中午他一点也不想出去，连母亲给奶奶喂饭他也没跟着。他默默地坐在桌子边扒了一口饭，仰起脸问从奶奶屋里出来的母亲：妈，庙里的和尚是哪里来的？

怎么想起问这个来了？是一些信佛的人自愿去的。

你乱想些什么，想当和尚？姐姐用筷子敲敲他的头。

太好了太好了！哥要当了和尚剃个光头一定好玩！妹妹拍着小手嘻嘻直笑。

他笑不出来。

张守成抓住他偷红苕后，戏弄了一番就放了他。当然，有条件，他得随时听他使唤。交给他的第一个任务是去侦察四娃子他妈是不是一个人在屋里。这是啥子意思？张守成想干啥子？他想不明白，也不甘心，但只能照做。好在这事完成起来难度不大，也不会惹出什么风波。不过他心里总不踏实，老是觉得早晚要出事。

倒在床上，昏昏沉沉睡到太阳老高老高了他才爬起来，懒洋洋地一出门就遇到了张守成。下午去四娃子家看看，张守成口气强硬。

又是去四娃子家！怎么老是这样，没完没了了？这才几天，一松就已经被他叫去四娃子家好几回了。不是去看四娃子他爸走哪去了，就是去看四娃子他妈在哪里，有时候还让他去把四娃子他爸给引走。这不就是特务干的事吗？不，是狗腿子！一松被这心里冒出来的两个词吓了一跳。这两个词所指的人物历来都是特别让人讨厌的，一松从来就没有想过自己会成为特务或是成为狗腿子。他好想挣脱这个樊笼破开这张网，可是怎么挣脱？如何破开？心里不禁一阵发酸。

一松！你妹妹怎么不见了，快去找找！徐晚霞向他大喊。

一松一溜烟跑到街上，四处一望，五六个小家伙正在耍泥巴，一竹在一旁苦着小脸孤零零地蹲在街沿石上，眼中泪水装得满满的。看见他来了，一竹哇的一声哭着向他扑来。

怎么了？

他们……他们不要我，不跟我要，一竹哭得很伤心。

徐晚霞听到哭声，跑出来一把抱起一竹：一竹乖，别哭了，有什么事跟妈说。

我不穿新衣服了，我要穿补疤衣服！

一松有点蒙了，穿补疤衣服，为什么？

徐晚霞苦笑一声，抱着一竹回了屋，找了件旧衣服，几剪刀剪了，裁成几块小布片，飞针走线，很快做了件补疤衣服。

一竹高兴地穿在身上，脸上笑开了花：好了好了，我也穿补疤衣服了，他们会跟我要了！

突然门外有人在叫：徐晚霞快来拿信！一松冲了过去，是个邮递员。他一把夺过信看了一眼，回身连声高喊：妈，妈，爸爸来信了。

徐晚霞笑了：快拿过来给妈看。

一竹飞跑过来，娇嫩的声音又尖又细：别忙别忙，我要先看！

一松看了母亲一眼，把信递给一竹。

一竹接过来双手举到眼前，仔细地看了又看，又用鼻子凑近闻了闻，才小声说，怎么没有一点爸爸的味道？

一梅早已等不及了，一边说小丫头快把信给我，一边抢过撕开信，发出一声惊叫：4 封？我一封，妈一封，一松一封，还有一竹的！

一竹扑过来，一把夺过去，认认真真地看了起来。一松不知道她在看什么，他敢肯定，那上面的字她一个都认不得。他瞟了瞟母亲，看见她看信的表情很奇特，脸上一会儿青一会儿白，一会儿又红了。上面写了什么？他很好奇，但他没问。姐姐拿着信越看越激动，脸上红扑扑的，满是笑容。

他展开他的信，好些字他不认得。不认识的就猜，他感到父亲把他当成大人一样了，反复地询问他的情况，说很想念他们。父亲还说他最近常到教学楼后面的那口水井去，他常常想起一松在那里调皮捣蛋的样子，他说那是他们全家的欢乐盛典。

一松看完信，心里正在想父亲给母亲姐妹她们写了些什么，母亲却对他说：儿子，一会儿去四娃子家买点米。

一松的高兴劲一下沉到谷底，张守成的事像块巨石一样向他压过来。他匆匆瞟了妹妹一眼，拿了钱往外跑。妹妹见了，跑过来紧紧跟着他。一松心里直叫苦，有了这个小尾巴，一会儿他怎么行动呢？

第二章

· 1 ·

四娃子家在上场口，门外有棵黄桷树，又高又大，叶子很茂密，爬到上面既安全又隐蔽，站在树上正好能看到四娃子家的全貌。

他望望那棵大黄桷树，心里有点发虚，虽然他已爬上这棵树几回了，但仍害怕四娃子妈妈会看出些什么来。他站了一会，咬咬牙，不管了，自己是来买米的，光明正大。

低矮的厨房里，四娃子的妈妈吴顺秀正要炒菜。她洗了锅往灶孔里添了把柴，伸手在一个小瓦罐里摸了几下，拿出一块拇指大小的肥肉块在锅里来回地抹了3圈。已经烧热了的铁锅呼呼地响着，一股油香飘出来。

呀，好香！一竹跑进来耸了耸鼻子。

吴顺秀回过头，看到一松走进来，眼睛一亮：全友你看，这娃儿像不像我们家四娃子？

四娃子爸爸刘全友抬了抬眼，又仔细看了看：嗯，是有点像。

嗯，我得摸摸他的小脸板。吴顺秀边说边伸手摸了摸一松的小脸蛋，嗯，比我们家四娃子的脸板要嫩滑些。

一松心里一暖，他从吴顺秀的目光中看到了慈爱。

四娃子急了：妈，我要吃油渣！他大叫了一声。

四娃子，现在不行。吴顺秀摸了摸儿子的小脑袋：等下次妈再抹一次锅就给你吃嘞，乖！

好嘛，四娃子舔了舔嘴唇，得意地瞟了瞟一松和一竹。

吴顺秀把小肉块往瓦罐里一扔，又往灶孔里添了把柴，将切好的南瓜丝哗的一声倒进锅里，顺手拿起锅铲把南瓜丝翻得啪啪直响。不一会，一份冒着热气的南瓜丝被舀进了大碗里。

娘娘，刚才你抹锅的肥嘎嘎（肉），为什么只用那么一点点呢？一竹咬着小手指扬起头。

吴顺秀笑了笑：我们家只有那么几点肥嘎嘎，都用了下顿炒菜就没得了。

不要紧，我们家有！一竹说着飞快往回跑，不一会儿提着一小块肉回来了，娘娘，给。

一竹真乖！娘娘不要，快拿回去，不然你妈会骂你的。

不会的不会的，我妈可好了，她不会骂我的。

你这个小妹娃！吴顺秀摸了摸一竹的小脑袋，提了肉出了门，一会儿空手回来，问一竹，你们来干啥子呀？

妈妈说，我们来买点米。

好呀，我们吃了饭就给你们称，说着吴顺秀叫四娃子赶紧吃饭，她自己端起一个碗大口大口地喝着什么。一松很好奇，探头一看，吴顺秀喝的是一种糊糊，瓦黄瓦黄的，很浓稠，她喝一口碗里就起一个小槽。一松没有喝过这种东西，感到好有趣。娘娘，你喝的是啥子呀？一松忍不住问了。苞谷糊糊，吴顺秀一边喝糊糊一边给儿子夹菜：四娃子快点吃，吃了好给一松称米，卖了钱给你做件新衣服。哎，你们吃了没有？她抬起头向一松他们笑了笑。

我们吃了，一竹奶声奶气地抢先回答。

不知为什么，一松觉得这个吴顺秀很亲切也很好看。和妈妈一样高高的个子，和妈妈一样梳着整齐的头发，和妈妈一样有好看的大眼睛，还有和妈妈一样的微笑。这样的女人一定是个好人。他呆呆地想着。

他又有了新发现：四娃子碗里不是苞谷糊糊，是白生生的大米饭。他不明白了，为什么他们家不吃一样的饭呢？四娃子见他发愣，很得意，拿着筷子，朝他们边笑边叫：妈，我还要吃鸡蛋！来了来了，吴顺秀拿出一个鸡蛋剥了壳递到四娃子手里，随手又把四娃子落在地上的饭粒一颗颗地捡起来吃了。一松记得兆祥说过，四娃子他妈前后生了四个孩子，前三个都夭折了，四娃子是根独苗苗，成了他妈的心肝宝贝。怪不得他一个人又吃白米饭又吃鸡蛋的，如此得意。

吴顺秀回身朝一松他们笑笑：你们急不急，如果不急就等碓子出来的米，好吃一些。

一竹说，好好好，我们就要好吃的米。

四娃子他爸刘全友最先放了碗。他身高体壮很是魁梧。他笑了笑拿过箩筐装满谷子，扛起来很轻松地走到一个像鼓一样的东西前，将谷子倒进去。随后他握住一个大木杠用力地一推一拉，那鼓一样的东西就开始转动了，四周便有谷壳和米粒不断地落出来。

这是啥子？一松很好奇。

碓子，专门碾米的，四娃子吃一小口鸡蛋望一眼一松。

吴顺秀把碗收拾了，将碓子碾出来的米和糠壳扫到一堆，装到箩筐里提到另一个木制东西旁，将米和糠壳倒进去。这东西比碓子高，也比它大，造型很奇特，是个半圆形的木头柜子，中间有个弯弯的摇把，下方有个漏斗。

四娃子，车米了！吴顺秀喊了一声，她的眼里盈满妈妈一样的慈爱，让一松心里暖暖的。

这是风车，你见过吗？四娃子一边说一边爬上旁边的小凳子，抓住摇把一边摇动一边调整旁边的一个木头滑块。

一阵沙沙沙的声音响起，喇叭口那里不断飞出糠壳，下方漏斗里不断漏出白花花的大米。那些糠壳扬出来的姿势非常好看，像毛毛雨，很均匀，还带着漂亮的弧形。

哥，我要车米！我要车米！一竹手舞足蹈，跃跃欲试。

吴顺秀过来，笑着将一竹抱上小凳，握住她的小手抓住摇把慢慢摇动。看到糠壳像下雨一样从喇叭口里飘出来，一竹高兴得嘻嘻直笑。

一松看得心痒痒的，不禁叫起来：我也要摇！我也要摇！

吴顺秀停了下来，将一竹抱下凳子。一竹大叫：我还要摇！我还要摇！

吴顺秀笑了笑，拍拍一竹的小手：一竹乖，你已经摇了一会儿了，让你哥哥摇一会儿，再给你摇，要不要得？

一竹撇撇嘴：要得嘛。她一副不甘心的样子看了看一松。

吴顺秀转过身，想抱一松上凳。一松逞能，甩开吴顺秀，猛地一蹦，想自己跳上凳子。哪知用力过猛，只踩到凳子的边缘，啪的一声摔了个狗吃屎。

一竹在旁边哈哈大笑：摔得好！摔得好！一松狼狈地从地上爬起来。

吴顺秀上前一步，一把将一松抱起边摸边查看，焦急地连声问：摔到哪里没有，摔到哪里没有？痛不痛，痛不痛？

一松的眼泪都快出来了，会不痛吗？可他忍住了，他不能哭。妈妈说他是个男子汉，男子汉怎么能哭呢？他抬起头，看了看一竹，那小家伙正笑嘻嘻地乐着。看了看四娃子，这家伙好像有点幸灾乐祸。他又看了看吴顺秀。吴顺秀正轻轻拍打着他身上的灰尘，满眼怜爱地看着他。他心里一酸，一头扑进吴顺秀的怀里，眼泪流出来了。

莫哭莫哭，看娘娘给你筛米。

吴顺秀给一松擦了泪水，向四娃子招招手：把筛子拿过来。四娃子飞跑着拿来一个圆圆的竹子编织的东西，上面有很多小眼眼。吴顺秀将米倒在上面，双手端起一阵上下左右摇动，那些米中的谷子像听到命令似的慢慢向筛子中间聚拢，她停下来将谷子清理出去，又端起筛子上下左右摇动，剩下的谷子又被筛到一起了。

一松擦了眼泪，好奇心又来了。他看了一会儿，要过筛子学着吴顺秀的样子操作起来。装米的筛子不轻，他咬着牙使出全力。可不管他怎么努力，也不管他如何脸红筋涨，米中的那些谷子始终散在各处，不愿聚到一起来。

四娃子他爸刘全友在旁边看着直笑。他将吴顺秀筛好的米倒进一个石头窝槽里，站到一个台阶上，手扶着旁边的一根横杆，大脚向下边的一根木头一踩，木头的另一端高高翘起，刘全友脚一收，木头的那一头重重落下，只听嘭的一声，木头下方的杵头正冲向石头窝槽，发出一声闷响。

又没见过吧，这春过的米可好吃了，四娃子很是得意。

这个有趣，我要来！一松冲了上去。

哥，我也要来！一竹边叫边往这边跑。

一松脸黑了，怎么才能把妹妹甩开呢？

·2·

提着米，一松把妹妹送回家。

妈妈呢？一竹进门就问。

在奶奶屋里，一梅在做作业，她用笔往小屋指了指。

一竹跑向小屋，到门边偷看了一会儿，又跑到一松身边。

哥，妈妈在奶奶身上使劲地捏，是在干啥子呀？

这是按摩，妈妈说可以活动筋骨，这样奶奶就会很快好起来。

那妈妈把瓜子花生放在奶奶床边又是为什么呢？她又嚼不动。

是吗？一松赶紧转动脑子，想了好一阵，始终没想明白到底是为了什么。

你们进去陪奶奶说说话就知道了，一梅突然冒了一句。

进去就进去，一松和一竹冲进小屋。

看到一松他们来了，奶奶笑了。她很费力地伸出手，抓起瓜子花生塞进一松一竹手里。一松剥了花生，递几颗给妹妹，又塞进嘴里几颗。咔嚓一阵嚼，满嘴生香。一竹大叫：哥，好香，我还要吃！一松忙将剥了的花生全塞进一竹手里。

他没有再管一竹，悄悄出了门。到了四娃子家，爬上那棵大黄桷树，像个毛毛虫似的趴在那里，眼睛在院子里扫来扫去。他的心凉凉的，很无助。没过一会儿，全友叔扛着锄头出门了，屋里没见到四娃子的影子，只有吴顺秀在院子里摆弄谷子。

他从黄桷树上溜下来，跑到那个家伙的家里。张守成正端着叶子烟杆在那里吞云吐雾。"有钱"那家伙一对血红血红的狗眼正凶狠地盯着他，一条大舌头伸得长长的，狗嘴里扑哧扑哧地热气直喷，口水滴答滴答地往外流。一松战战兢兢地瞄着狗，气喘吁吁地把话说了。张守成笑嘻嘻地看着他，把嘴上的叶子烟杆拿起在鞋帮子上一磕：小崽儿，不错，继续！

望着那个家伙甩当甩当地往外走，一松心里气得直吐血。虽然母亲一直严禁他们骂人，可此时他在心里已用最恶毒的语言把那个家伙的祖宗八代都问候了一遍。

他开始痛恨自己。恨自己愚蠢至极，恨自己胆小如鼠，恨自己是一个卑鄙的小人。他一直在想，当初为什么要去扯那个红苕呢？他想不明白。

有人拉拉他。他回过头，四娃子举着一个鱼篓子，一脸洋洋得意。他探过头，鱼篓子里十几只螃蟹正张牙舞爪，四处乱爬。呀，太好耍了！我也要去搬（抓）螃蟹！一松拔腿就跑。

缓缓流淌的河水很浅，也很清澈。一松看准一块石头，伸手猛地一掀，石头下突然冒起一股浊水，眼前一片模糊。螃蟹呢？

嘻嘻，你以为每块石头脚下都有螃蟹，你一搬石头螃蟹就来了？

我不信会没有螃蟹。一松一边说一边搬，十几块石头很快被掀了个底朝天。除了把河水弄浑了外，螃蟹的影子也没看到一个。

嘻嘻，真是个铁脑壳！四娃子讽刺他。

铁脑壳，什么意思？

不是什么意思，要说啥子意思，就是这个意思。

哦，啥子意思？

明明看到前面是堵墙还偏偏要往上面撞，头破血流也不停，偏要认为自己脑壳是铁做的，不怕痛！

铁脑壳是这个意思，有点贴切。可他是聪明人，哪里会是啥子铁脑壳？

你说，哪个才能搬到螃蟹？一松装出一副很虚心的样子。

要我告诉你，得叫我师父才行。

一松有点生气了。这小子在找抽。一松盯着四娃子的眼睛，企图用眼神吓倒他。可四娃子一动不动，神色一点没变。一松只好轻轻叫一声师父。四娃子咧开嘴一笑，得意极了。

哎，快说，哪个才能搬到螃蟹？

这里没法教你，这一带的螃蟹我已经搬完了！四娃子说完就开跑。

简直讨打！知道受了戏弄，一松追上去拳头一阵挥舞。

还别说，换了一个地方，按照四娃子的方法，一松很快就搬到了第一个螃蟹。虽然这个螃蟹小得可怜，但一松仍然高兴得手舞足蹈，小曲直哼哼。

很快他又搬到了第二个螃蟹，随后的第三个他很花了点时间。渐渐地他有点儿心烦气躁了，石头被他搬得啪啪响，水花四溅。

呀，你把我裤儿打湿了！四娃子大叫一声。

这有啥子嘛，回家换一条就是。

你说得简单，我……我只有这一条裤子！四娃子急得好像要哭了。

怎么只有一条裤子呢？一松呆了。

我还算好的呢，学儿他们几个人才有一条裤子呢！四娃子好像还有点得意。

好了好了，回家我给你找一条裤子，可以了吧？

真的吗？

当然真的！

好，四娃子过来拉住一松：明天我带你到另一个地方去搬，保证搬好多螃蟹。现在我们回去吧，我叫我妈把这些螃蟹放在锅里煮熟了，马上就黄灿灿香喷喷的了，包你口水长流。

一松没吃过螃蟹，听四娃子这么一说，他口水真要流出来了。拉起四娃子，他一路啊啊地大叫着，飞快地往回跑。到了家，他找了一条旧裤子给了四娃子，四娃子穿上左看右看，高兴得双脚直跳：我要穿回去给我妈看看。四娃子拔腿就跑。

黄桷树下，四娃子家大门紧闭。一松心里一惊，停下脚步。那个恶魔会不会在屋里？他转过身，四娃子，你先进屋，我要撒泡尿。

四娃子撇撇嘴，一个人往屋里走。

一松悄悄爬到树上，拨开叶子。他看见四娃子推开门冲进屋里，突然一声大叫：你在干啥子？屋里张守成正紧紧地抱着吴顺秀。见四娃子撞进来，两人神情慌乱，满脸通红。

四娃子，你……你妈刚才晕倒了，我是来扶她的。张守成一边说一边往外溜。那张大脸上既有惊慌又有愤恨。

四娃子满脸疑惑，一会儿看看他妈，一会儿看看门外。

一松心里咚咚直跳。四娃子他妈晕倒了？鬼才相信！这个家伙一定是想占吴顺秀的便宜，在耍流氓，绝对是！没想到让我侦察四娃子家原来是他想干这事！一松狠狠地一跺脚，呀，好痛！他差点从树上掉下来。

·3·

在四娃子家看到的一幕让一松惶恐不安，他有点不知所措。这事得告诉母亲，他急匆匆地往家里跑。不对，妈妈好像在河里洗衣服。他转身又往河边跑。不对，如果妈妈仔细一问，该怎么应答呢？他有点晕了。

刚到河边，有人高喊，一松，一松，你爸爸回来了！他抬起头，是兆祥在叫。他旁边，父亲正笑盈盈地望着他。他心里突然被高兴塞得满满的，刚才的烦恼已无影无踪。他看见一竹已飞奔过去扑进父亲的怀里，嘎嘎嘎地笑着喊着：爸爸！爸爸！

父亲的到来给全家带来了欢乐。一竹整天趴在父亲身上嘎嘎嘎地笑个不停，母亲整天喜气洋洋的，姐姐一放学就成了父亲的尾巴，他则围着父亲跑前跑后。更多的时候，全家人都围在奶奶的床边，听爸爸给他们讲他在师范学校的故事，讲一些调皮的学生如何捣蛋，老师又如何收拾他们。一松看见爸爸一直拉着奶奶的手，奶奶满脸都是笑，尽管那笑让她脸上的皱纹更深了，但他还是感到很温暖。乡里的干部和学校的领导陆续到家探望，一些亲戚也纷纷来做客，家里人来人往的，很是热闹。

没过几天，大人们突然把除"四害"吼得震天响，一松却只对撵麻雀感兴趣。父亲和他们一起撵麻雀，一起大喊，一起大笑。爸爸还拉着妈妈的手，和他们一起去山上，边摘菜，边看夕阳。

一竹天天缠着父亲，不是要抱就是要打马马架(坐在肩上)，还常常提些很好笑的问题。

爸，你会天天陪我玩吗？

爸，这次来了就不走了吧？

爸，你的钱要全部给我用啊，妈妈说要给我买好多好多水果糖。

一松也是父亲的跟屁虫，整天沉浸在与父亲团聚的欢乐与幸福中。唯一让他不高兴的是爸爸也和妈妈一样，天天检查他的算术看他写的字，还要他背唐诗。不过还好，爸爸常给他们讲唐诗背后的故事，让他如醉如痴。那个李白被一个叫汪伦的骗到乡下去的故事就很让他着迷。这汪伦好聪明，知道李白喜欢什么，就投其所好，撒谎说他那里有十里桃花万家酒店，终于将李白骗了去，临别时的送客形式既古朴而又别出心裁，让李白感动得留下了一首好诗，他也跟着扬名中外，流芳百世。

一竹好像也很喜欢这首诗，摇头晃脑奶声奶气地跟着爸爸念着：

李白乘舟将欲行，忽闻岸上踏歌声。

桃花潭水深千尺，不及汪伦送我情。

一松正想说点什么，一竹突然问，爸，桃花潭水深千尺有多深呀？我们去量量好吗？这下可把爸爸难住了。奶奶急忙向一竹招手，塞了一把花生给她。一竹剥了花生，吃得咔嚓咔嚓直响，边吃边叫，奶奶，好香好香！提问的事已经忘了。

让一松最高兴的是父亲带他去了金桂堂。妙禅大师特别热情，不但陪父亲下棋聊天，写字画画，还把一松上次写的字拿出来给父亲看。妙禅大师夸奖一松聪明伶俐，心地善良，还很勇敢。一竹拍着小手直喊，哥，你好厉害！一松兴奋得飘飘然了好几天。

父亲的假期很快就完了，母亲带着他们把父亲送到了县城的汽车站。回到小街，他发现兆祥他们神秘兮兮地在小街中间的水巷子里围成一团，不知道在干些什么。

他没有卷进去。他要忙自己的事情。他一直有个疑惑：黄泥巴小街应该有很多黄泥巴才对，不然怎么会叫黄泥巴小街呢？可是，这黄泥巴到底在哪里？它是个什么样子呢？嗯，有意思，得搞清楚。他走东串西，爬坡下坎，用了十几颗水果糖，终于找到了有黄泥巴的地方，原来就在小街后面的一个岩坎下。说是岩坎，其实是个很大的土坎而已，更准确点说就是黄泥巴坎。放眼望去，那黄泥巴坎有两层楼高，比小街短不了多少，横在他的面前，很有气势。那些泥巴并不都是黄色的，还有少部分白色蓝色甚至红色嵌夹在中间。各种颜色的界线很清楚很不规则，有的向上有的向下，弯弯曲曲七弯八拐构成一幅奇特的画卷，非常壮观。他在心里暗叫一声，怪不得这个小街叫黄泥巴小街呢！

他上前取了一块黄泥，很软，很细腻，不粘手。他想起了母亲做的包子馒头，照样子揉动起来将它做了一个小馒头，又捏起了小泥人。别说，还有点像呢。虽然还是很难看，但至少有眼睛有鼻子，不缺胳膊少腿。

他有点飘了，带着战利品哼着小曲回到街上。兆祥第一个看见了他手中的小泥人，屁颠屁颠地跑过来。这次他没靠糖果而是用小泥人撬开了兆祥的嘴巴。

宗光是前天在他家屋后的园子里捡到了三个小东西的，一个给了正国，一个给了兆祥，自己留了一个。兆祥说着将一个小东西递过来。接过手，一松就感到这东西不简单。小圆柱形，长不过 2 寸，粗不过手指，一头尖尖的，一头像刀口一样很整齐。尖尖的部分嵌在后面的圆套里，形成一条明显的连接缝。入手沉甸甸的，上面布满锈斑，只有一小部分非常光亮，透出纯正的黄色，暗暗地泛着光。

这是用石头磨的，越磨越亮，宗光想用它做个笔帽，正使劲磨呢，兆祥补了一句。

正国他们回过头，看见了一松和他手上的小泥人，纷纷围过来，抢过去评头论足。很可惜，没有一个人是称赞他的。

宗光见小伙伴们一窝蜂地离开，多少有点不高兴。他撇撇嘴，仍然低着头蹲在地上，使劲用石头擦磨那小东西。汗水在他额头流过，手中的东西渐渐退去斑斑锈迹开始闪闪发亮。

一松被那东西吸引住了，蹲下去一把抢过来，很烫，黄黄的，光闪闪的，形状奇特，很好看。我来磨，一松没理会宗光的不高兴。

宗光黑着脸，一把抓回去：我的东西，我自己会磨。

正国他们走了回来，大家都蹲在地上围成一个圈，看着宗光。伙伴们的关注，让宗光又高兴起来。他脸上放着光，动作更快了。喳喳喳的摩擦声越来越响，那东西越来越亮。

呀，有点烫手了，把镰刀拿过来，宗光擦了下额上的汗水。

镰刀在正国身边，他拿起递给学儿，学儿递给兆祥，一松一把抢过来：给，宗光！

如果事先知道接下来发生的一切，一松是决不会抢这把镰刀递给宗光的。但世界上任何药都有，唯独没有后悔药。

宗光对一松笑了笑，左手将那东西紧紧握住，右手拿过镰刀对着那东西

32

中间的接缝使劲地撬。围成一圈的小伙伴们太兴奋了，也太专注了。当嘭的一声闷响炸在耳边时，大家都呆了。一松感到脸上一凉，像有水泼过来。他一摸，湿湿的，滑滑的，还有点粘。不，还有几点软软的小东西。拿到眼前一看，是红红的几颗小肉粒，像妈妈切肉时掉在菜板上的肉末。他一惊，怎么手上也是红红的，这是啥子，不会是血吧？他傻傻地抬起头，发现周围伙伴们的脸上都溅上了一些或点状或片状的红色。再一看宗光，只见他右手紧紧握住左手腕，一脸的惊恐，一脸的痛苦。一松突然发现他左手的整个手掌不见了，只有几条血肉模糊的肉筋筋耷拉着挂在光秃秃的手腕上。

糟了！一松的一声大喊将众人惊醒，大家忽的一声跑了。

宗光父亲的诊所就在水巷子的斜对面，听到响动，他冲了过来，见到儿子的惨状没半点犹豫，抱起就跑。

待一松再见到宗光时，他已经从县医院回来了。左手虽然包着厚厚的纱布，但明显短了一截。大人们说，左手掌已经炸没了，那些肉筋筋留着也没用，宗光成了爪手了。大人们还说，宗光捡到的是三颗子弹，那玩意用石头磨烫了再用镰刀刮，不炸才怪！

这下好了，镰刀就成了事件的核心。事情又回到镰刀的来历，是正国从学儿家里偷偷拿出来的。又怎么到了宗光手里的呢？正国递给学儿，学儿递给兆祥，一松一把抢过来：给，宗光！一松成了最后的罪魁祸首！

母亲徐晚霞令他跪在堂前，他知道一顿鞭打无法躲过。人家丢了一只手，难道你不能挨一顿打？

徐晚霞举起了竹条子。他咬着牙，闭上眼。竹条子没落下来，几滴水珠掉在他的脸上，凉凉的。他睁开眼，母亲泪流满面。妹妹哭着扑过来喊着：妈妈，莫打哥哥，莫打哥哥！

他鼻子一酸，一头扑进母亲的怀里。

· 4 ·

徐晚霞没有放过一松，把他关了三天，除了逼他做那4件事就是面壁反省。她一直说他的野性太大，老是警告他要随时记得反省自己。一松觉得很委屈，认为他没有什么值得反省的，除了扯红苕那件事。

好不容易熬过三天。打开门，他就像一匹小野马。他得去找兆祥，他得去见正国。这些家伙三天了都没来找他，不够哥们。他有点怕见四娃子，不知道该如何面对他，更不知道是否应该把那天他对张守成的想法对他讲一讲。他哼着自己的小曲，心里有点打鼓。

一个黑影突然罩住他，一只大手在他胸前轻轻一划，他被提在空中。一松闭上眼睛，心里像有一盆冰水泼来，那种无法言说的恐惧又笼罩了他。咚的一声，他被扔了出去。一睁眼，"有钱"那家伙正伸着长长的舌头，口水滴答滴答地往外流，一对血红血红的狗眼正凶狠地盯着他，狗嘴里扑哧扑哧的热气差点喷到他的脸上。

快去看看四娃子家里有没有人！声音又粗又硬，恶狠狠的。

泪水在他的眼眶里打转。这家伙哪只是一个恶人，简直就是一个恶魔，完全是把他像条狗在使唤。一松咬紧牙，转身就跑。

不能去找兆祥，也不能去见正国，他只能去爬黄桷树。

拨开树叶，全友叔、四娃子都不在，吴顺秀坐在一个大篮盘面前，拿着一把菜刀在切咸菜。刀法娴熟，菜片均匀。记得四娃子曾四处炫耀，说他妈做的咸菜最好吃。他没吃过，以后得找机会要些尝尝。

他溜下树往张守成家跑。那家伙听了一松的话满脸通红，两眼直放光。想起上次这恶魔抱住吴顺秀不放，一松知道这次他一定又要去害人了。哼，自己得多个心眼。对，跟上他，看看他到底要干啥子。

悄悄地跟在张守成的后面，还要做到不被发觉，这好像有点考验人。一松顿时有了当特务要去盯梢的感觉。没跟多远，一松就发现张守成真的往吴顺秀的家里走。

张守成急匆匆地进屋，一松轻手轻脚地爬上黄桷树。张守成背着手，摇头晃脑地四处张望。

哼，肯定是做贼心虚，他在看屋里有没有其他人。

看到张守成进来，吴顺秀浑身一抖，脸变得惨白。她嘴唇颤抖着，不知在说什么。她站了起来，一步一步往后退。张守成往前一扑，吴顺秀往后一躲。几个来回吴顺秀就被紧紧搂住，一张臭嘴直往女人脸上拱。吴顺秀挣扎着，反抗着，双手在奋力推挡挥舞。板凳倒了，桌子翻了，几个饭碗掉在地上啪啪作响，一个茶壶摔成了好几瓣，茶水洒得满地乱流。

搏斗激烈，情况紧急。一松双目圆瞪，浑身直抖。

两个声音在他心里打架。一个说，赶紧下去打那个流氓！一个说，不行，那个流氓会告你，你也打不过他！不，你应该下去，里面是你朋友的母亲！不，你不能下去，不然将身败名裂！天哪，我该嗯个办？我该嗯个办哪？一松左右为难，无所适从，六神无主，他紧紧抓着树枝，想从树中抓出一个办法来。树枝太硬，办法没有，手渗出血来。

好想有人来帮帮我，谁来帮？更想有人来救救吴顺秀，谁来救？

屋里吴顺秀已精疲力竭，但仍在反抗。张守成恼羞成怒，挥拳击打吴顺秀头部。啪啪啪的声音响起，吴顺秀晕过去了，张守成抱起吴顺秀就往里屋走。

情况万分紧急！一松突然有了向黄继光学习的勇敢，有用胸膛去堵敌人枪眼的冲动。他像终于清醒了似的，不顾一切地往树下溜。还没落地，就听大门嘭的一声响。呀，四娃子！又是四娃子回来了！一松手脚齐动，又爬到树上。

四娃子进了卧室，周围突然一下静了下来。

一松看不到卧室里的情况，也不知道四娃子在屋里做了什么。他屏住呼吸，心像要从胸膛里蹦出来。啪的一声响，接着又是嘭的一声。四周又静下来。一松的小眼睛睁大睁大再睁大。"有钱"！屋里一声大喊，一只黑影闪过，接着又是嘭的一声响。

一松竭力想知道屋里发生了什么。可他不是千里眼，更没有透视功能。

没过多久，张守成出来了，铁青着脸，牙齿咬得吱吱作响。紧跟着的是"有钱"，长长的舌头，流淌的口水，血红血红的狗眼。

四娃子尾随其后。一松看见他双手紧紧握着一把锄头，那把锄头连同他的身体一起在簌簌发抖。

第三章

· 1 ·

天上老是有云在飘，四周静悄悄的。

一松呆呆地坐在石头上。他慢慢拿起一块黄泥巴，用力一捏，圆圆的泥巴顿时出现了几道指印，成了一个稀奇古怪的东西。好丑！倏然，一张令他又恨又怕的脸闪现出来。他心一动，捏个张守成？他顿时热血沸腾，手指一阵翻动。张守成的歹毒、张守成的丑恶以及对吴顺秀的恶行一齐涌上心头，在他眼前晃荡。哼，脑壳给你捏尖点，鼻子给你捏塌点，眼睛再小点，嘴巴再歪点。总之，怎么丑怎么捏。他没管捏出来的张守成像不像，只要他认为这个丑得不能再丑的小泥人是张守成就行了。一松把小泥人扔在地上，嘴里连声叫着：丑八怪，你还神气吗？你还威胁我吗？一松解开裤子，掏出小鸡鸡，一股水柱直往地上的张守成冲。看见张守成在他的尿液中由硬变软，瘫在地上，他好高兴。他抬起脚，对准张守成的头眼腿脚一阵猛踩，边踩边喊：踩死你！踩死你！张守成瞬间变成了一堆烂泥。

一松长长地出了一口气，思绪又开始飘逸。

他很喜欢听母亲讲故事，故事里有两个词他记忆最深：被动防守，主动出击。

以前他一直是被动防守，坐等张守成上门发号施令。张守成说向东向西，他不敢说半个不字，心里憋屈，无处宣泄。现在他得主动出击，跟踪他发现他的犯罪事实抓住他的犯罪证据。说不定还能像孙悟空一样，抢起金箍棒把他打翻在地。嗯，我要是孙悟空就好了，七十二变，腾云驾雾，不怕妖怪，更不用怕张守成了！

他的思绪正天马行空，不经意间，他看见母亲了，她正和一个女人在低声地说着什么。他凑过去。那个女人他见过，是小学校的校长。她来干啥子，别是要我去读书吧？他好紧张。

其实这几天他早就发现他们家出状况了，不停地有人进进出出，很是热闹。听母亲对他们的称呼，都是一些老师、主任、校长什么的。他们对母亲都很尊敬，不少人还叫母亲为师娘，说这里的老师很多都是他父亲的学生。这些人走后，母亲在家里静坐了好一会儿，才把他们姐弟妹三人叫到跟前，宣布了两件事：一是黄泥小学缺一个老师，她要去教书了，白天代课，晚上教夜校；二是一松要去上学了，一年级上学期。

说实话一松并不想去上学，就像现在这样多好，无拘无束自由自在，想干啥子就干啥子。但母亲有她的想法，对于一松的整天无所事事，四处游荡，到处惹祸，母亲早就想将他这匹小野马上个套子拴起来。对于这一点，一松早有预感，并不觉得意外，真正让他感到意外的，是母亲又重操旧业去当老师了。

姐姐一梅听了很激动，她表示坚决反对，理由很充分：一是母亲是高等学历，本来是教中学的，现在来教小学，岂不是大材小用自降身份？二是母亲原来公办的中学教师都不愿去做，现在不但要去教小学还是一个代课的，晚上还要教夜校，这不是傻了吗？

面对他们的不理解，一松看见一丝无奈浮上母亲的脸庞。他心里一痛，也很不解。他不知道这段时间他们家到底发生了什么，也不清楚母亲为什么要带着他们姐弟妹三人离开天竹离开父亲。他想过，也想找到原因，可是无法想明白，也找不出原因。他没有发现家里发生过什么异常状况，也没见到父母吵过架斗过嘴，只记得曾看见母亲在一幅上山下乡的标语前发愣。他认不全那标语上的字，问了那位常在他家帮助打扫卫生而且还有点好看的女教师杜心月，才知道那标语上写的是"我们也有两只手，不在城里吃闲饭"。这是啥子意思？不明白。姐姐说，她看见母亲半夜坐在床上发呆。发什么呆？为什么发呆？这跟他们到黄泥巴小街来有关系吗？

一松感到，好多事情都变得复杂起来，好些事他都看不明白。

不过，他还算有点自知之明，他知道他是一个很操蛋的人，做事常常让妈妈打也不是不打也不是。最让妈妈操心同时也最让她得意的是他的顽皮，刚穿上身的衣服他可以半天不到就让它面目全非，给他洗衣服成了母亲每天最烦心也是最不愿意的事。她常常一边唠叨他的不爱干净，一边扒掉他身上的脏衣服，连同奶奶的衣物一起塞进脸盆里端起就往河边跑。

黄泥巴街儿背后的那条河听说很小。大人们说，这河水是从蟠龙山上流下来的。四娃子的妈妈吴顺秀说得更神秘，她说河水是从蟠龙山上那条蟠龙的嘴里吐出来的。这不就是龙的口水吗？不对，好像叫龙涎。他的好奇心一直都很强，他得去看看这条河。一竹见哥哥跑了，立刻跟着他跑。

沿着黄泥巴街儿后面的那条小路，穿过三条田坎，一条弯弯曲曲的小河出现在他面前。在他的眼里，小河其实并不小，至少河床很宽，只是水面很窄，河水也很浅，整个河道大半部分都干涸着，大大小小的石块将河床上的沙滩占满。这些石头一个个都很可爱，不论大小，也不管它们是方的还是圆的，都没有棱角，四周圆溜溜的，有的上面还有一些很奇怪很漂亮的花纹。一竹见了这些石头高兴极了，嘎嘎嘎地一边笑着一边不停地捡那些她认为好看的石头。

小河的河岸高低不平，上面长着一排排麻柳树，很高大，粗壮的枝叶几乎伸到了河中间。河边上有好几个女的在洗衣服，兆祥妈妈和学儿妈妈都在。她们有的将衣服放在河水里来回抖甩，有的拿着几块大豆角一样的东西直往衣服上擦，有的拿着一个小木棒将衣服摆在石头上嘣嘣嘣地一阵猛敲。第一棒下去水花四溅，第二棒下去水花减少，第三棒下去就只听到嘣的一声响了。兆祥妈妈和学儿妈妈很会捶衣服，她们俩一人一棒轮番捶打，能敲出一种节奏来，像在演奏一支乐曲。

河的另一边，他发现了四娃子的身影。他在河边翻石头，翻了一块又一块，显然四娃子又在搬螃蟹。

一松心痒痒了，又想去搬螃蟹了，可他又想看母亲洗衣服。

徐晚霞把脸盆放到河边，将衣服浸入水中，浸湿后提出来往衣服上打肥皂。

妈，她们擦的那个大豆角是个什么东西？他的好奇心又来了。

那叫皂角，和肥皂一样，也可以洗干净衣服，母亲笑了笑。

她们为什么不用肥皂呢？

肥皂要花钱去买，皂角只需要到树上去摘，你说她们会花钱去买肥皂吗？

那你为什么不用皂角呢？

肥皂去污能力更强一些，我的孩子要穿干净的衣服。

她们为什么要拿木棒打衣服呢？

那是衣服不听话，你要不听话我一样捶你。

一松嘴一撇，赶紧往四娃子那里跑。

恶鸡婆！你手脚轻点好不好？一声怒吼让一松停住脚步，说话的是一个很肥壮的女人，他见过，是街上烂诗人罗兴文的老婆彭世珍，在街上算是一个狠角色，外号人称藿麻草。这草他曾不小心碰到过，手上顿时火烧火辣的痛，还起了不少泡泡，五六天才消退，好厉害。听说她嘴巴很凶，力气也大，常常打她老公，还打过小街上不少的人。她常说，一个女人不但要会吵会骂，还要会摔会打，打得赢的才是大哥，打不赢的是老二只能在男人两腿间夹着。

藿麻草，我手脚轻点重点关你屁事，你管得也太宽了嘛！是兆祥妈王秀儿的大嗓门。听正国说，兆祥妈也是小街上的一个狠角色，人们背后都叫她恶鸡婆。这个王秀儿吵起架来就像个生蛋的母鸡，碰都碰不得。她不但面相凶恶，动作夸张，嗓门也特别大，声音还又尖又高。她一发飙，全街就只能听到她一个人的声音了。她的语言特别丰富，反应也快，你说一句她已经有十句在等着你，而且一句比一句蛮横，一句比一句恶毒，直骂得你狗血淋头，气急败坏，暴跳如雷，让你祖宗八代都不得安宁。完了你一细想才发觉，她骂了一天一夜还没有一句是重复的。

这两个女人，又歪又恶，小街人都畏惧她们，谁都不敢当面叫她们的外号，只是在背后嘀咕。作为藿麻草的老公烂诗人罗兴文深有体会，也不避嫌，悄悄编了几句顺口溜：

一个恶鸡婆，一个藿麻草。

两个狠角色，半斤对八两。

现在，两个女人碰一起了，会有好戏看吧，一松的兴趣来了。

恶鸡婆，你把水弄这么浑，人家嘟个洗衣服？霍麻草彭世珍的嗓门同样大。

哎霍麻草，你嘟个洗衣服我管得着吗？难道晚上你男人不脱你裤子也来找我？恶鸡婆王秀儿的嘴巴更刁蛮，语言更开阔，一两句话就可以从地坝边一下扯到麦子坡上让你找不到北，让你憋屈让你跳脚。

好你个丑八怪恶鸡婆，存心发骚是不是？霍麻草彭世珍有点气急败坏了。

我发骚，哪个不晓得你个肥猪婆霍麻草比我还骚？晚上一上床衣服都不穿脱得光溜溜的！呸，怪不得你家烂诗人被你榨得像根竹竿。

恶鸡婆你是皮子发痒了！彭世珍鬼火直冒，哪还忍得住，冲过去举起棒槌就要开打。王秀儿也不示弱，提起棒槌迎了上去。

徐晚霞站起身一声大喝：嗨，不准打架！两人回头望了一眼，停在了那里。

徐老师，恶鸡婆说话太伤人了！彭世珍怒气未消。

徐晚霞笑了笑：我知道。常言说得好，打人无好拳，骂人无好言，何必句句计较呢？大家都在一条街上住，乡里乡亲的，抬头不见低头见，有什么事不能轻言细语地好好说，非得要打非得要骂不可？

我又没惹她，是霍麻草她先挑起的，王秀儿也不服气。

真要说起来，你们两个都没有错，错就错在这条河。

这河嘟个了？王秀儿和彭世珍几乎同时问道。

你们看看这条河。河水太浅，我们人又多，大家就只能沿河边排成一条线洗衣服，上游的人再嘟个小心，河水也会被搅浑。

嘿嘿，徐老师，我们先不说河了，你身上的这件列宁服真的好好看啰！彭世珍突然冒出一句话，她像犯了花痴病似的，眼睛直直地盯着徐晚霞的衣服。

去去去，徐老师在说这条河，你偏偏去说人家的衣服，存心搅屎是不是？王秀儿又针锋相对。

我又嘟个了，难道我喜欢徐老师的衣服又错了？我还想做一件来穿穿呢，不行吗？

行行行！我们先听徐老师把话说完，回去随便你做十件八件来穿都要得。

哼！说就说，哪个怕你！彭世珍又怒气冲冲的。

好了好了，还是听我说。我有三个建议，一是你们以后都不要喊啥子藿麻草恶鸡婆了，你们自己的名字那么好听，非得要喊那些浑名，又不好听又伤感情，你们说好不好？

王秀儿和彭世珍互相看了一眼，都没吭声。

好，不说话就是默认了。二是我们可以将河道掏深一点，这样水才不容易浑。三是在河道上游横起摆一排石头，隔远点在下游再横起摆一排石头，这样洗衣服的地方多了就不会互相影响了。

好主意好主意！彭世珍立即赞同，徐老师，你脑壳好灵光！

主意是好，就怕涨大水。我们劳神费力的刚弄好，大水一来就冲散了。

你也想得太多了嘛，兆祥妈，依我看，大水冲了又啷个了？我们重来就是，反正力气又用不完，又不要钱买。再说了，老天爷总不会天天涨大水噻。

别急别急，你们都好好想想，徐晚霞及时补上一句。

想啥子想，干了！彭世珍马上将衣服装在盆子里转身大喊：姐妹们，愿意的都回家拿家伙来掏河道，不愿干的以后就不要来这里洗衣服了！

还别说，彭世珍虽然有点蛮横，但她却很有号召力。河边上的女人们很快就回家拿了锄头和撬棍，按照徐晚霞的安排一起干了起来。真是人多力量大，不到三炷香的时间，一段河床就被掏深了，上下游的河中间也各安放好了一排石头。不一会，浑浊的河水变清了，大家一声欢呼，一齐涌向河里洗起衣服来。徐晚霞也很高兴，她一边洗衣服一边轻轻地哼起歌来，歌声越来越大，在河边久久地回荡。河里的一帮女人伸长耳朵听神了，差点忘了洗衣服。

·2·

接下来的几天，许一松过得还算轻松，完成了每天必做的4件事后，他不是和一帮小伙伴去山上乱跑，就是被他们围着，听他吹天竹城里的牛皮。

那轰隆隆的在公路上飞跑的大汽车，那可以背在胸前用手指头一按就能发出美妙音乐的手风琴，那餐馆里白生生的馒头包子香喷喷的炒肉丝，让这帮家伙听了不是瞪大眼睛就是直流口水。他还被妹妹押着去了几次金桂堂，听和尚们念经，陪妙禅大师下棋。

一松，妈叫你去油坊打菜油，姐姐又开始支使他去做事了，每当这个时候她的声音就特别高亢。

你啷个不去？一松气鼓鼓的，这是他刚从兆祥他们那里学来的新词，他们把"怎么"说成"啷个"，"什么"说成"啥子"，好有趣。

这你得去问妈了，姐姐洋洋得意。

哼，大懒使小懒，使起翻白眼！他很有点不服气。

哼，大懒使小懒，使起翻白眼！一竹跟着学了一句。

好，你两个小家伙，我告妈妈去！姐姐祭出杀手锏。

你敢！一松夺过油瓶和钱，拔腿就跑。

哥，等等我！妹妹急得大喊。

其实，一松并不反感去打菜油，这其中有一个原因。那是前天晚上，他们这帮小崽儿在一起说起了各自的爸爸。学儿和他都使劲地夸自己的爸爸最厉害最能干，夸着夸着他们互不服气，干脆打个赌，赌谁的爸爸最厉害。正国、兆祥他们跟着起哄，约定谁输了谁就得拿出 5 分钱来。学儿特别神气地说，只要一松去他家的油坊一看，保证一松就会心甘情愿地认输乖乖地拿出钱来。一松不认为他爸爸会有多厉害，一个乡下的榨油匠，凭什么和他爸比？他爸可是校长，他能比得了吗？不过，说实话，一松心里多少还是有点打鼓，今天正好趁机先去侦察侦察。

学儿家的油坊在水巷子旁边。隔五间房子远，一松就闻到了菜子油的香味。浓浓的，带有一股焦煳味，很好闻。学儿的家很有特色，家里满屋子的油香不说，连大门上板壁里甚至那几个小板凳都是油光光的，像是都被油刷过似的。

油坊很是宽敞，一进门一松就看见学儿爸了。那是一个很强壮的男人，身材比他爸高大，也比他爸魁梧。他精赤着上身，油光发亮的胸膛上胸肌一块块地凸起，棱角很分明。两只膀子很粗壮，上面的肌肉暴突，一看就力大无穷。他正站在一口大锅前，不停地挥舞着手里的大铁铲。满满一锅油菜子随着铁铲的飞舞在不停地上下翻动，阵阵油香伴着热气不停地升腾。他不时抓一把菜子看看，又不时拈起一两颗菜子尝尝，一会皱眉，一会眯眼。待他认为好了后，拿起草圈袋装满菜子后一个一个放到油槽上捣紧，直到装满了油槽才压紧盖板上紧夹板，再拿了几块锥形木块，用锤子一块一块地将它们打入木槽之间，然后走到屋中间，拉过一根吊在屋梁上油光水亮的大木头，扶住了轻轻对准锥形木块试了试，位置刚好合适。这时他往手心里吐了点口水，两手一拍，抓住大木头来回一荡，之后猛地发力向后猛甩大木头，嘿的一声大吼，木头狠狠地砸在那块凸起的木块上，发出嘭的一声巨响。此时的他精神抖擞，气势如虹，威武雄壮，就像一个斗士，一个英雄。嘭嘭嘭的响声传来，嘿嘿嘿的吼声响起，一块块木块被砸了进去，大木槽下的小孔开始慢慢往下滴油，一滴、两滴、三滴……渐渐地油像水流一样往下淌，一阵阵诱人的油香就这样不断地向他扑来。

一松震撼了。这不仅因为他从没见过油坊，真正让他吃惊的，是榨油时学儿他爸那一块块凸起的胸肌、那彪悍的气势以及那震天的吼声和巨响，他惊奇地张着嘴看呆了。

兆祥、正国他们突然冒了出来。学儿一脸的骄傲：怎么样，我爸厉害吧？

厉害，你爸太厉害了，太神了！一松竖起大拇指。

这就对了嘛，承认我爸厉害，那就是你输了哦，快，拿钱来！学儿得意扬扬。

拿钱？一松这才想起和学儿的打赌。他一惊，这些家伙一直在暗中跟着他！

我们早就看到你了，快点，拿来，5分钱！兆祥、正国他们也伸出了手。

哥，快点打菜油！一竹突然冒了一句。

对对对，我要打菜油！一松转过身，很高兴妹妹给他解围，他摸了摸小妹的头。

莫耍赖，莫耍赖，愿赌服输，赶快拿钱赶快拿钱！兆祥他们围着一松一阵乱喊。

这帮小崽儿，看来根本就没想放过他嘛。一松很无奈，只好拿出钱来。

兆祥他们一把抓了拔腿就跑。这时一松才醒悟：还没让他们见识见识我爸的厉害呢，我怎么就认输了呢？

· 3 ·

尽管许一松不愿意，但他还是去上学了。

一松要去的黄泥小学是在一个破旧的小庙里，有3间小教室，每间教室能容纳20来个学生。泥巴地面凹凸不平，书桌板凳是个大杂烩，什么样式的都有，绝不让你失望。小学还独具特色，只设初小一二三年级，高小的四五六年级则要到离这里十里远的屙尿坪中心小学去。

一进学校一松心里就不高兴。做梦就没有想到他会在这么破烂这么低级的学校上学，尤其是像他这样有身份有地位而且还自命不凡的人。课本发下来时，他更不高兴了。新课本竟然不是新的！那脏兮兮的封面，那卷来卷去缺角少边的样子，让他心里凉了半截。这还不算，就连这样的破书还得两人共用一本！天哪，这是啥子破学校！

等他看到是谁和他共用一本课本时，他两腿一软，差点跌在地上。

一头乱蓬蓬的鸡窝一样的头发，比他稍矮一点的个子，足够破旧的花衣服……不对，这不就是他刚到小街时那个头上藏着小东西的小姑娘吗？他不由自主地将目光扫向了她的头发，不出意外，他又看见那乱草丛中不停蠕动的小东西，唯一的变化是数量少了一些。他突然想起母亲那惊恐万状的反应，背心不由一阵发麻。

小姑娘也认出了他，一丝惊喜伴着羞涩从脏脏的小脸上一掠而过。小哥哥！脆生生的一声轻叫，让他的心头一颤。这声音太像他妹妹一竹了，尤其是她向他要东西的时候。

他大起胆子伸出手，侵略性地点了点小姑娘的下巴。小小的脸蛋呈瓜子形，虽然脏兮兮的但不失秀丽。小小的鼻梁隆挺着，小巧的薄嘴唇紧闭，大大的眼睛里藏着一汪清泉。

还有点好看嘛，他一边嘟哝着一边思量。真要与她共用一本书吗？不行，这样一来，那可恶的小东西就一定会乘虚而入爬到他身上来的。一想到这里，他浑身就发痒。可要是不共用，学习又嘟个办？

小哥哥，我叫左妹，要不这书你先看，然后你教我？

小姑娘的话让他有点无地自容，尤其那怯生生的眼神让他很不自在。他拿起课本一阵急翻，心中一下释然了。写字做算术背唐诗不是白干的，语文课本上的那些字他几乎全认识，数学课本中的加减乘除他几乎全会。

这课本归你了，小哥哥用不着。一松的话说得很干脆，甚至有点豪气干云。蒙在心中的那片偷红苕的阴云不吹而散，他突然感到一阵轻松。这种轻松让他有点得意，虽然他并不知道这种轻松能保持几分钟。

小姑娘嘴里低声嘀咕：这小哥哥是不是发神经了？

一松微微一笑。他没有发神经，他只是听说学校要开大会了，批判坏分子的大会。

会场设在学校的地坝里，大家排队刚站好，一个瘦瘦高高的男人就被推到了台阶上。乱蓬蓬的头发，苍白的瘦脸，一副有很多圈圈的黑框眼镜挂在脸上，惊慌失措的样子很让人同情。除了胸前挂了一块写着"××分子"的大牌子外，一松没有看出一点与众不同的地方，更没有看出什么坏人的样子来。不过书上说了，坏人的脸上是不会刻字的，他得仔细观察，还得认真思考思考。

一松听到旁边有女老师在悄声说，这个坏分子气质好，书教得好，对学生也好，只是得罪了领导。旁边有老师立即制止，不要乱说！小心为好。一松心里好奇怪，不知道这些大人们到底怎么了。

他还想再听，全场已响起了阵阵口号声。他和同学们自然也频频举起小手，跟着放声高喊。

他的课任老师姓颜，她讲课的声音很大，很能镇住人。一松上课好动，基本上没听老师讲课，一来是因为没有课本，共用的课本让给同桌了；二来课本上的那些他都会，再去学他认为是浪费时间，而且他也没有兴趣。开始时他特别喜欢提问，课堂上他一举手就站起来：老师，蚯蚓怎么没有小雀雀？它怎么屙尿呢？同学们哄的一声笑起来，颜老师气得脸青面黑。他还好打抱不平，甚至有时还恶作剧，在板凳上倒水放小石头等。看到被他作弄的同学像火烧屁股似的跳起来，他很是得意。

没多久，他又想起了捏泥人。自从宗光断手后他就再没要黄泥巴了，现在上课没事做，正好可以重新开始。没几天，他就发现这太好玩了，因为他可以捏太多太多的泥人了。蓝本是父亲给他买的连环画《三国演义》和《铁道游击队》。他越捏越着迷，越捏越兴奋。你想想，那些原本在纸上的人物，一个一个地被你用黄的红的蓝的泥巴捏成立体鲜活的诸葛亮、曹操，还有刘洪、王强、芳林嫂，那得有多高的技艺和悟性，多强的毅力和耐心？那得令同学们多羡慕多眼红呀？很快他就一心扑在了捏泥人上。不说别的，光是那些泥巴他就搬回来好几坨，各种颜色的他找了五六种，论重量起码得有一百多斤。不过他可不敢到处宣扬，尤其是上次用那丑陋的泥人套出了兆祥、宗光他们的秘密。那可不是一件光彩的事情，不但让宗光断了手，他也差点挨了打。当然，他更不会告诉任何人他还捏了几个张守成，还用尿淋用脚踩。

他得承认，开始时他捏得确实很孬，捏的那个诸葛亮偏偏像曹操，甚至连曹操都不像。造型七弯八拐，个个手大脚小，面容丑得连黑猩猩见了都要被吓得撒腿跑，姐姐妹妹见了笑得两天都没有直起腰。

他一点都不气馁。他一遍一遍地捏，一遍一遍地改，反正泥巴、时间、力气都很多，而且都不要钱。还别说，终于有一天妹妹一竹没有笑了，她拿起小泥人第一次看了好一阵。

哥，给我捏个大的！一竹拉住他的手直摇。没过两天，一竹又拉住他：哥，快教我捏泥人，我要捏芳林嫂！不对，我要捏妈妈，捏姐姐，还要捏你！要把你捏得丑兮兮的，气死你！

这下好了，他们家成了泥人展览馆，前排自然是一竹的杰作，后面才是他的。一竹天天带着她的朋友来参观，小小的脸蛋上得意扬扬的。

· 4 ·

上午，一松和兆祥他们又耍了一阵风车，回到家里看见一竹哭着喊着要妈妈。一问邻居，妈妈到学校开会去了。一松牵着一竹的手就往学校跑。学校的院坝里满是人，有站着的也有坐石头上的，黑压压的一大片，很嘈杂很混乱。他发现大家好像很高兴，个个眉开脸笑的。院坝的四周插了很多彩旗正迎风招展，周围墙上贴了好多红色的长条条标语，十几个吹鼓手正使劲吹着唢呐，声音很响亮。一组锣鼓队也使劲在敲，鼓槌锣槌上系着的红绸子，随着手势上下左右翻飞，非常好看。

哥，这是干啥子，咽个这么热闹？一竹拉拉哥哥的手问。

不知道。一松正忙着找妈妈，无心回答一竹的问题。

看，那边还有大标语，一竹小手一指。

一松正抬头，姐姐跑了过来：一松！

姐，你跑哪里去了，咽个也不带妹妹？一松语气很硬。

你呢，还不是和我一样到处乱跑！姐姐可不怕他。

哥，快看那大标语上写的啥子？

一松很无语，这个小东西真是没心没肺，一点都不管他们在为她争吵。

热烈庆祝黄泥人民公社成立！见一松不说话了，姐姐大声念出标语上的字。

人民公社是啥子呀？可以下棋吗？

这小家伙怎么还记着下棋，真是让人有点哭笑不得。一松正要回答，台上有人大喊，安静了安静了！

一松抬起头。不太高的台子上站了七八个人，他们在讲些什么一松根本就没去听。他牵着一竹的手在人群中乱穿。转了好一阵，也没找到妈妈。他有点无奈，又望向台上。有人在说：下面，请黄泥人民公社社长陈子山讲话！

一阵掌声响起，一个干部模样的中年人走到台子中间亮开了嗓子。他的声音很有穿透力，浑厚低沉，有点好听。这个社长有意思，一松不由多看了他几眼。

哥，社长官大不大？比爸的官大吗？

一竹的问题让他一头雾水。这不奇怪，因为她的很多问题，他都无法回答。他拉着妹妹的手继续在人缝里穿梭。直到快散会时，他们才看到妈妈在院坝边和好些女的在说话。一松和妹妹一齐向母亲扑过去。

母亲的怀里很温暖，他们正沉浸在这温暖中，忽听有人一声大喊：烂诗人又在挨打了！人们哄的一声跑了，都想去看热闹。母亲也拉着他们往外跑。一松边跑边想，这烂诗人可是小街上的名人，是除了妙禅大师之外小街上最有文化的人了。他一张口不是唐诗宋词就是顺口溜打油诗，让人觉得高深莫测仰慕之情油然而生。给一松印象最深的，是他编的儿歌，有趣好记还朗朗上口。如：

> 胡萝卜咪咪甜，看到看到要过年。
> 过年多好耍，拿起筷儿拈嘎嘎(肉)。
> 洋马儿两个圈，高头(上面)坐的舅老倌。
> 洋马儿两个脚，高头坐的猪脑壳。

这些顺口溜小街上的一帮小崽儿几乎人人都唱过喊过，至今还在流传。由于烂诗人的名号太响亮，他的真名反倒被人给遗忘了。他老婆彭世珍很凶，外号藿麻草，喜欢打人，上次在河边洗衣服差点就和兆祥妈打起来。听说烂诗人一直是她的下饭菜，常常挨她的打。一松有点将信将疑，没想到马上就要看到他挨打了，他有点小兴奋。

烂诗人的家在学儿家隔壁，门面很窄，房间很小，临街的木板板大都已变了颜色，很旧很旧，靠地面部分能看见不少虫蛀的小孔孔。窄窄的门前围了不少人，见一松母亲徐晚霞来了，一些人让开了一条缝。

跟着母亲从人缝中钻进去，一松看见屋里已乱成一团，桌子板凳翻倒在地，几个饭碗摔得稀烂，一些麦子谷子满地都是，上次河边洗衣服时见过的那个肥壮的女人正骑在一个瘦小的男人身上，一双肥胖的大手正在不断地往男人脸上扇着耳光，瘦小男人不断地哀嚎。

不要打了！徐晚霞跨进门大喊了一声。

肥壮的彭世珍一愣，扇耳光的手停下来，一双小眼睛直直地看着徐晚霞的那身列宁服：我家的事不要你管！胖女人的声音很大，但口气并不强硬。

我不是来管你们家事的，我只是想问你个事情。

啥子事？

你骑在烂诗人身上，我来啷个说嘛。

你问个事情还啰唆得，彭世珍说着放开了男人，站起身：有事快说，说完了我好继续打我男人。哎，你不是又要我去掏河沟摆石头吧？

我有病是不是，成天就知道掏河沟摆石头？徐晚霞笑了笑，上次你不是说我的这身衣服好看吗？

对对对，我说过，是好看，彭世珍的小眼睛开始放光：徐老师，你这衣服借我去做个样子要得不？

可以是可以，不过你得说说，啷个要打你男人？

这……这个你也要管？

说了衣服就借给你。

彭世珍看看徐晚霞的列宁服，又回头看看刚从地上爬起来的男人，低声说，他犯贱。

徐晚霞抿嘴一笑，是不是烂诗人不什么那个裤子的事情？

裤子？彭世珍一脸的茫然。

就是烂诗人不脱你的裤子！有人突然高叫了一声，人群中哄的一声笑开了。

烂诗人不脱我的裤子那是想脱你的裤子嘞！彭世珍脸红筋涨地反击道。

人群中又是一阵哄笑。

好了，玩笑也开过了，我还是要说说你。不管烂诗人有多不对，他始终是你的男人。你看看，你把他打成这样了，这治伤得花钱吧？就算不去治，那也得休养几天吧？这休养的几天中，家里的活谁做，还不得你一个人做吗？还有这些打烂了的锅碗瓢盆，这些撒了的谷子麦子，这些都是钱哪！你不感到可惜？你不心痛？以后做事还是要冷静一些，遇事多想想，不要一生气就动手动脚的，好不好？

好，彭世珍小声应道，徐老师，那这衣服？

等会你到我家里来拿，怎么，不愿意，你不会要我在这里脱给你吧？

彭世珍咧着嘴笑了。

事情平息下来，人群渐渐散去，那个恶魔又从一松心里冒出来。他想，除了捏了个张守成用尿淋用脚踩以外，还可不可以想点其他办法来惩罚那个恶魔呢？想了半天，没想出一点办法来，他感到脑子发晕。

·5·

没过多久，母亲徐晚霞最喜欢穿列宁服就成了小街上公开的秘密。一向有点讲究的她，常常把列宁服洗得干干净净的，还用玻璃瓶子装上开水把它烫得平平顺顺的。学生们都说她穿列宁服真好看，说她穿上这衣服不像是老师，倒像个工作同志。同事和邻里们也一直赞不绝口，说她一穿上列宁服，样子就变了，不但更神气，甚至有点光彩夺目。徐晚霞很高兴，她很享受人们羡慕的目光，脸上的笑容常常很灿烂。

一松是前几天才发觉母亲开始忙起来了的。他看见她每天很早就起床了，做好早饭再给一竹穿衣洗漱，服侍奶奶，然后去上课，晚上还要去几个大队轮流教夜校，为不识字的农民扫盲。每到晚上他们都是全家出动，一个大队一个大队地跑。教完夜校，妹妹已倒在妈妈的怀里睡得甜眯眯的。回到家里，他们累得像狗一样直喘气。一推大门，关得死死的，喊了半天，堂姐夫想捡钱才懒洋洋地来开门，嘴里不三不四地嘟哝着，一张脸黑得像借了他的米却只还把糠。

徐晚霞他们刚进屋，突然啪的一声响，想捡钱开始摔东西了。这是和谁在吵架？一松跑到他屋里，见想捡钱一个人边摔东西边骂人。姐姐拉拉一松小声说：他在发神经。一松一脸茫然。姐姐一跺脚：他在骂我们！一松捡起一块瓦片，对着想捡钱啪的一声摔在地上。

没多久，习惯成自然，只要一松他们回来，想捡钱不是摔东西就是指桑骂槐。几次下来，徐晚霞便以孩子们上学不方便为由，在学校隔壁租了房子，带上奶奶很快搬了过去。

新家很小，一松并不喜欢。他出了门走到下场口，百无聊赖地捡起小石头想在水田里打飘飘。一阵急促的脚步声传来，转过头，只见四娃子飞跑过来，一脸的惊恐。怎么了？不对，后面张守成在追。一松正想着。四娃子！四娃子！几声呼叫又尖又细。他一看，四娃子的妈吴顺秀来了。她一把拉住四娃子的手：回去吃饭了！吴顺秀边走边对着一松笑了笑。

四娃子一脸慌乱地望了望张守成，又看了一松一眼。

不准乱说！张守成突然大叫了一声。

一松迷糊了。不准乱说，不准乱说啥子？不准谁乱说？他一边走一边想。他感到好像有一双眼睛在后面盯着他。有人在监视？他往后看，什么也没有。不管了，还是回家捏泥人吧。到了家，没有黄泥巴了。

一松来到那堵高高的黄泥巴坎下，一个老人走到他面前。矮小的个子，佝偻着腰，破旧的衣服脏兮兮的，瘦削的脸颊，凹陷的双眼，脏乱的长头发。不知什么原因，从头到脚从里到外他对这个老头儿都没有一丝好感。

我知道你叫许一松，老人说话了，声音沙哑，难听极了。

他愣了愣眼，鼻孔里哼了一声。

你们姐弟妹三人，梅松竹，岁寒三友，不愧是书香门第。

恭维我，想干啥子？一松眼睛斜了他一下，眉头皱起来，不会又是一个张守成吧？

听说你小泥人捏得好，我们比比？

一松差点跳起来，和我比捏小泥人，这老头儿神经错乱了吧，敢和我比？他兴趣来了，心头阴影散了：捏啥子？

你年纪小，技术又好，你说。

就比捏关羽，怎么样？心里闪过一丝小得意，那可是他捏得最好的，因为他最喜欢关羽了。

哈哈哈哈！这老头儿的笑声好难听，像猫头鹰嚎叫，这笑声太恐怖，他心惊肉跳，不敢正视老人。

老人毫不在意，随手取了一块黄泥，两手一掐，一分为二，递给他一坨。

一松接过黄泥迅速捏动，开始了好一阵才大声叫道：开始！

老人一动不动，只是笑着看他。

怎么，怕了？他眼睛一眨，不对，你根本就不会，耍我呀？他停下来，这个老头儿太可恶，该怎么来好好收拾他呢？

是不是想狠狠地骂我一顿？不，是想怎么来好好收拾我一顿吧？哈哈哈哈！

猫头鹰的嚎叫又来了，一松的心直抖。不行，这老头儿太狡猾，自己心里想什么他竟然都知道，这怎么和他斗？况且他的笑声像刀子似的，如果他再这么笑几次，自己只怕就会在这里长眠了。

好了，不玩了，你看着。老头儿笑声一收，神情陡然一变。他两眼精光直闪，佝偻着的腰骤然挺直，双手灵动如翻飞的小鸟。眨眼之间，一个关羽矗立在他枯瘦的手掌上，栩栩如生，活灵活现，连关公下巴上的长胡须也根根可见。

高人哪！一松完全被镇住了，呆了好一会，他才眨巴着眼睛，围着这个老头儿转了三圈。他真不敢相信刚才看到的会是真的。可事实如此，这个破老头儿偏偏就有如此神技！要是我也能有他这个技艺……可一想到刚才对他的态度，一松的心就凉了，要他教我，做梦吧？

给你，老头儿将关羽放一松手中：以后照着捏。

他愣住了，什么意思？

跟我走！声音好大，有师父般的威严。

命令起我来了，跟你走，凭啥子？一松斜了他一眼，拔腿就跑。

跑了好远，一松回回头，见那老头儿还站在那里，望着他的背影一动不动。一松心里一颤，这老头儿不会傻了吧？

一松继续往回跑，四娃子突然冲过来拉住他。四娃子好像很惊恐，拉着他边跑边向后面看，像个贼似的。

啷个了，神经兮兮的？跑了一会儿，一松停下来。

一松，我们是不是好朋友？四娃子不停地喘气，额头上冒着汗。

当然是，一松笑了笑。

我……我遇到难事了。你是城里来的，得帮我出出主意。四娃子吞了吞口水，向四处看了看说：我上午路过队里的仓库，听到有人在里面说话，还有一阵沙沙沙的声音。我悄悄过去一看，发现张守成和队里的会计从粮仓里往外放谷子……

那个恶魔和会计从粮仓里放谷子，他们要干啥子？四娃子的话让一松心里一惊。

张守成看到我了，他威胁我叫我千万不要说出去，不然……不然……四娃子的声音在发抖，好像很惊恐的样子。

不然他要干啥子？一松有点大咧咧的。

不然……不然他说要杀我！四娃子快要哭出来了。

他有这么大的胆子？他敢！一松的语气很肯定，他认为张守成绝对是在吓唬人。

他敢的他敢的，他会杀了我的！四娃子在喊了，他说我要是说出去了他就当不成干部了，还会坐牢，他就只能要了我的命！

一松有点蒙了，正不知如何回答，宗光突然跑过来：一松，一松，快，快去看稀奇!

四娃子见宗光来了,一脸的无助,他好像更慌了。

宗光一把拉住一松:快走快走!

一松很无奈,也很沮丧。此时的他没法跟四娃子说什么,也不知道该跟四娃子说什么。因为他实在不明白张守成他们从粮仓里往外放谷子是怎么一回事,更无法给四娃子提供什么帮助。一松知道,他自己还被张守成紧紧地攥在手心里呢,他现在是泥菩萨过河自身难保,他能给四娃子提供什么帮助呢?他敢给四娃子提供什么帮助呢?他尴尬地向四娃子笑了笑,跟着宗光跑了。

宗光,看啥子稀奇?一松边跑边问。

跟我走嘛,包你好看。

宗光拉着一松一溜小跑,到了烂诗人家门前。那里早已围了一大群人,嬉笑声一浪一浪的。有的笑得捂着肚子,有的笑得弯着腰。穿过人群,一松抬眼就看见那个彭世珍站在她家门口,双手叉腰,气势不凡,身上穿了一件说是列宁服又不像列宁服的上装,正在那里得意扬扬。肥壮的身躯,短粗的脖子,黄桶一样的腰身,胸前的扣子像要裂开似的,活灵活现的一只癞蛤蟆。一松很想笑,却没能笑出来。不是彭世珍的样子不滑稽不好笑,而是他感到心里有什么东西堵着。她身上的这件衣服,显然是照着母亲的列宁服做的,一样的大翻领、双排扣、暗斜口袋外加一条腰带,明明一件非常好看的衣服,怎么一穿在彭世珍身上就变成这样了呢?这可是母亲最最喜欢的列宁服呀!

一松看见母亲走过来了。她脸上很平静,淡淡的笑若隐若现。

一松明白他为什么笑不出来了,他感到左眼在跳。正国说过,左眼跳岩右眼跳财。他心慌了,要跳岩?会跳岩?不会吧?

第四章

·1·

昨夜下了一场大雨，小街背后的那条小河暴涨。奔腾的河水汹涌而下，在拐弯处平缓了下来，形成了一个宽阔的水面。平时这条小河其实只能算是一条小溪，水深最多也漫不过膝盖。洗点衣服洗点菜还可以，要想在这里洗澡游泳那就只能是妄想了。这次河水暴涨太过壮观，把小街上几乎所有的男人都吸引住了。一松和兆祥、宗光也心潮澎湃，飞也似的往小街背后跑。

通往河边的那条小路，是黄泥巴路面，被无数脚板急促地踩过，早已坑坑洼洼，凹凸不平。一松紧紧跟在正国后面，奋力地奔跑。他看看前面，河边已人声鼎沸。看看路上，七八双光脚板在泥泞中翻飞。他很高兴，也很激动，飞快地迈动双腿。突然，他感到脚下不对，怎么脚板冷飕飕的？一低头，糟了，鞋呢？自己怎么也成光脚板了？一松大叫一声：我的鞋不见了！正国、兆祥他们停下来。一松抬了抬他的光脚板，一脸的狼狈。学儿笑了，这才对嗫，正好让你娃儿尝尝光脚板的好处！一松急了，不行，得把鞋子找回来，不然母亲的竹条子一定等着他。一松嘴角抽动了一下，顾不得学儿的幸灾乐祸，他转过身，沿路寻找。没走多远，他看见了两个深坑，一只鞋在前，一只鞋在后。他走过去，从泥泞中费力地将鞋扯出来。

没得啥子，只是泥巴，等会在河里洗了就是，兆祥走过来说。

快点跑快点跑！杠头叔他们已经在河里洗澡了！四娃子大声地叫着。

大家一声欢呼，又开始飞奔。一松提起鞋，紧紧跟在他们的屁股后头。

还别说，一松第一次真切地感受到了光脚板在泥地里飞跑的那种利索，一点也不怕鞋掉了，因为脚下根本就没有鞋嘛。一松有点迷糊了，既然光脚板跑路这么好，为什么母亲一定要自己穿鞋呢？

跑到小河边时，一松看到十几个大人已在河里扑腾了，还有几个精壮的年轻人站在高坎上，一声高叫，扑通一声跳进河里。他羡慕得眼睛都绿了。

从内心说，一松很怕水，他母亲更是怕得要命。记得上次他在天竹师范旁边的河里偷偷洗了次澡，母亲发现后把他的屁股打得一个星期都挨不得板凳。事后他一直奇怪，母亲是怎么知道他下河了呢？这次不会又被她发现吧，还下不下河呢？

他正在河边犹豫不决，兆祥、宗光他们早已脱得光溜溜的。

看好衣服，胆小鬼！学儿显然已看到一松的害怕，他把衣服往树枝上一搭，故意挺了挺光屁股，下面的小鸡鸡一跳一跳地像在向一松示威。

一松的火气嗡的一下就上来了，不就是下个河洗个澡吗，谁怕谁呀？反正自己身上霉气够重的，正好下河去冲冲。一松心一横，几下脱光了衣服。还别说，脱光衣服浑身光溜溜的感觉还真有点奇特，不，是有点爽。

看到一松也要下水了，旁边的四娃子颤抖着也跟着脱了衣服。七八个光屁股小崽儿在河边拉了拉手，呼啦一声就向河里跳，那情形就像春节锅里下汤圆一样，太好耍了。一松没有像他们那样莽撞，他声势做得大，动作却很小。他心里默默地嘀咕：我不会游泳，我不是胆小鬼，我不害怕。他紧紧拉着四娃子的手，做出张牙舞爪的样子往河里冲。到水边他突然停了下来，四娃子收不住身子扑通一声跌进了河里。

虽已是 7 月，雨后浑浊的河水仍然有点凉。一松故作镇静，装模作样地用手沾了沾河水拍了拍胳膊和胸部，还特意捧了点水淋向小鸡鸡。没想到它一受刺激就昂起头来，一股水柱冲天而起，一松干脆来了个上下左右循环扫射，周围的人们顿时哄的一声大笑起来。

一松慢慢走到河里，抖了两下身子，才扑进水里开始胡乱地扑打着双腿。他没忘记紧紧抓住岸边的一棵小树枝，让它托着在水里沉浮。几个来回，他终于有了感觉，可以不用拉住小树枝也能浮起来了。他抹了抹脸上的水，正想炫耀一番，张眼一望，发现那个和他一起下水的四娃子不见了。他会到哪里去了呢？一松一边扑打着双脚一边搜寻，确实没有看到他。该不会出事吧？一松爬上岸，跳到一个高坎子上四处张望。不对，河里岸上到处都没有四娃子的影子！一松心里一急，放声高喊：四娃子！四娃子不见了！

他的这一喊如一声惊雷炸响，现场混乱起来，人们上岸的上岸，搜寻的搜寻，呼叫的呼叫。

与四娃子要得最好的是正国、兆祥、宗光和学儿，听到一松的呼喊，他们一下子慌了，上了岸就站在那儿发呆。还是正国最先清醒过来，他一拉兆祥说：赶快去找！几个小崽儿撒腿就沿岸边跑。

下游河岸的杂树很多，里面还有不少带刺的枝条。没跑多远一松的手脚就被那些刺弄得伤痕累累。一松看了看正国他们，跟自己差不多，兆祥的小腿还被挂出了血。

他们边跑边望，哪有四娃子的影子，只有湍急的河水在咆哮，他们的心在颤抖。

三个大人跑过来连声高喊：看到没有？看到没有？

最先发现四娃子的是跑在第二位的宗光，他的眼睛好厉害，一眼就看到了河中心有个小黑点。在那里！宗光一声尖叫，大家精神一振，顺着宗光的手指，他们看到河里确实有个小黑点。仔细一看，是他，正是不见了的四娃子！

眼前的河道在这里又拐了一个弯，湍急的河水又平缓了一些。他们看到河水中的四娃子双手在无力地挥动，身子一会儿露出水面，一会儿又没入水中。谁都知道，现在的四娃子已经危在旦夕，他在作最后的挣扎了！

快去救他！一松和正国他们一齐大喊！

三个大人愣住了。下不下河救不救人成了他们面前最大的一道难题。下河意味着自己生命陷入危险，不下河就是见死不救！

一松恨自己不会游泳，也恨这三个大人贪生怕死。他几步跨到三个大人面前，正想大声喝问，突然愣住了。三个大人中，一个是有名的抬角杠头，他力气大抬功好，人们都叫他杠头而忘了他的名字叫杨国盛；一个是罗兴文，人称烂诗人；另一个则是一松最不愿意看到的那个用钩子样的眼光盯着他母亲，并一直威逼他做狗腿子的张守成！

看到一松急得双脚直跳满脸通红的样子，杠头摸了摸一松的头，他咬咬牙，转身咚的一声扑进滔滔的河水之中。烂诗人回头望了望小街，一跺脚也向咆哮的河水扑去。

你是大人，你哪个不去救人？一松鼓足了勇气大声质问那个可恶的张守成，心里真恨不得扑上去咬他几口。

叫我一声爸爸，老子马上下河。

滚你妈的！一松忍不住了，第一次爆了粗口。一松抬头盯着张守成，见有一丝杀气从那张可恶的脸上掠出，一松心里一颤。一只枯瘦的手伸过来，将一松搂住。一松抬抬头，是那个会捏泥人的怪老头。他怎么来了，好像要保护他似的？

嘿嘿，小狗×的，有点意思，张守成瞪了一松一眼。

怪老头也把眼睛瞪圆了：不准你伤害他！这小崽儿是我要护着的人！

一松心里一暖，他看见有道光在老头眼中闪过。

张守成看了看一松，又看了看怪老头，咬咬牙转身一纵，跃入水中。

你才是狗×的！一松想气势很足地大喊，但声音小了许多。有把柄在张守成手上，一松想硬气一点也不可能。他扭了扭小身板，从怪老头怀里挣出来。怪老头像不舍似的，直直地看着他。一松心里有点发慌，对于这个怪老头，他的感觉是又喜欢又害怕。喜欢他捏泥人的技术，害怕他那吓人的笑声。正国这时跑过来，向他大喊：快看！

湍急的河水中，几个黑点在水中沉浮。虽然杠头和烂诗人先下河，可那个张守成的水性确实好，几个起伏间，就赶上了二人，他们一齐游到了河中间。

四娃子呢？哪个四娃子又不见了？他们一齐紧急搜寻，好不容易看见四娃子在下游几丈远的河面上闪了一下，又沉入水中。在那里，在那里！一松他们双手乱舞。

听到他们的呼喊，水中3人一齐奋力向下游游去。不知道为什么，最先到达的竟是杠头。他一个猛子扑过去，四处寻找。当烂诗人和那恶人张守成赶到时，杠头已经找到了四娃子。此时的四娃子已奄奄一息，发现有人来救，他用尽最后的力气，猛力一扑，将杠头抱得死死的。杠头吓得魂飞魄散，手脚并用奋力将四娃子推开。由于用力过大，四娃子很快沉入水中不见了踪影。

此时烂诗人拼尽全力也赶到杠头身边，正想说点什么，突然间他脸色剧变，小腿抽筋了。剧痛像钢刀一样插过来，让他痛苦万分，连声惨叫，死亡的恐惧瞬间将他包围。听到烂诗人的呼喊，杠头心急如焚。他知道只要是水中发生腿抽筋，也就到了生死关头。可此时的他该如何是好？是去搜寻四娃子还是去救烂诗人？犹豫间，水性本来就不太好的烂诗人，被小腿抽筋的剧痛拖入水中，渐渐沉入河底。杠头再也顾不得去寻找四娃子了，见张守成正在不远处，他大喊一声：你去找四娃子，我救烂诗人！杠头一头扎入水底，游了好一会才到了烂诗人身后，单手将他托出。

就在冒出水面的那一瞬间，重获生机的烂诗人睁开眼睛，透过眼前的水雾他看到张守成已找到四娃子了，只见他一手划水，一手扣着四娃子的脖子，奋力地游着。已不再慌乱的烂诗人突然觉得张守成的手势不对，但有什么不对，一时也想不明白，此时他来不及细想，他得赶快自救。钻心的剧痛没有丝毫缓解，但有了杠头的救援，烂诗人镇定了下来。他咬紧牙关，左手拉紧杠头，弯下腰沉入水中，用右手抓住抽筋脚的大脚趾，拼命往怀里掰。使劲，使劲，再使劲！烂诗人不停地在心里呐喊。

当被杠头又一次带出水面的时候，烂诗人忍不住又扫了张守成那边一眼，他看见张守成那大大的手掌紧紧捂着四娃子的口鼻。这情形在水中只是那么一闪，但烂诗人已大惊失色，全身瘫软。

待四娃子的父母跌跌撞撞地跑到岸边时，面前只有那奔腾的河水和四娃子冰凉的躯体。四娃子的父亲刘全友像傻子似的呆呆地站在那里，任凭泪水在脸上流淌。四娃子的母亲吴顺秀捶胸顿足，呼天抢地，哭得死去活来。

一松还没跑到家，母亲就已在四处找了他很久。母亲脸上那从未有过的焦急和担忧，让他胆战心惊。

你又下河了？母亲几乎一字一顿。

一松以立正姿势站着，双唇紧闭。

男子汉大丈夫，要敢作敢当！

一松心中一阵苦涩。他当然想敢作敢当！可敢作敢当的结果将是竹条子打在身上，他只能沉默了。

你不说我就不知道了吗？母亲抓过他的手，用指甲在他的手臂上猛地一划，一条白痕现了出来。母亲指甲又在妹妹的手臂上划过，没有白痕。他顿时想起来了，上次在天竹师范检查他是否下河时，母亲也用指甲在他的手臂上划了几划。大人毕竟是大人，经验办法不是他这个小孩能想得到的。铁证如山，他无从狡辩。

你打吧，一松挺起胸膛向前跨了一步。

母亲的竹条子抽在身上时，很痛，他一声不吭地承受着。他实在该打，也早该打了。从金桂堂爬竹子偷白鹤蛋，到递镰刀让宗光断手，再到河里洗澡四娃子丢命，还有没有曝光的偷红苕，这一桩桩一件件的，真是惊心动魄、血债累累、罄竹难书！

不但该打，而且该杀！这话有点惊天动地。

不过，这话不是正国、兆祥他们说的，也不是街上的大人们说的，更不是他妈说的，说这话的是他大伯的女婿邓怀义，就是那个叫想捡钱的家伙，他说这话是张守成让他说的。

又是那个恶人！

四娃子出事的消息像飓风一样吹遍了小街的旮旯角角。

四娃子的奶奶身体一向就不大好，偏偏四娃子是她的心头肉掌中宝。人们原想瞒她一段时间，可这样的事情哪里瞒得了。当听到四娃子溺水身亡的消息时，他奶奶当场昏倒在地。四娃子的父亲刘全友急忙往诊所跑。

宗光的父亲国医生正在公社诊所坐诊。诊所里的3个医生都是中医，医术都好，但国医生的医术最好最有名，尤其是他的针灸被人们奉为能起死回生的法宝。国医生常常穿一件青色长衫，原先一直戴着一顶黑色瓜皮帽，后来一位相面大师路过，不知跟他说了些什么，从此他便不戴那顶瓜皮帽了。他的短发油黑，一双大眼深沉，脸是标准的国字脸，让人一眼就能产生信任感。他的桌前围满了病人，听到刘全友的惊慌呼叫，他推开人群，提起急救箱就走。

一松和宗光耷拉着脑袋，正想去四娃子家看看。刚走到他家门口，一群小孩围过来。一个男孩冲到一松面前，好熟悉的感觉，会是谁呢？一松努力想着，始终想不起来。宗光嘴角一歪：鼻涕虫！说着食指和中指在鼻孔下一比划。一松猛然想起这是他刚到小街时见到的那个鼻孔下有两条黄龙的小男孩。

我不叫鼻涕虫，我叫胜儿，小男孩大声嚷着。你们看，我已经不流鼻涕了，我已经是大人了，妈妈跟我说的，再流鼻涕就讨不到婆娘了！

大家哄的一声笑了起来。

一松和宗光笑不出来，他们看见国医生和全友叔正急匆匆走来。到了宗光身边，国医生一把抓住，要宗光跟他走。

进了四娃子屋里，他奶奶已被抱到床上。老人面色青紫，双目紧闭，牙关紧咬。国医生出手诊脉，搭过左手又换过右手，再掀开眼皮看了看。宗光紧跟在父亲身旁，他凑过去看了看四娃子奶奶的眼睛，还在父亲的示意下摸了摸脉。

四娃子的家人紧张地围在床前。国医生沉着脸说了 5 个字：油尽，3 分钟。

一松听得一头雾水：这是啥子意思？四娃子的家人愣了一下，含泪点了点头。一松心里一愣，难道他们明白国医生说的什么？

国医生转身打开急救箱，取出一个小包解开，一松发现是一排长短不一的银针。国医生取过一枚，用酒精棉球擦了，手势一闪，银针已扎在老人上嘴唇的唇沟之中。他捻动银针，上下提插，忽一松手，银针一阵抖动。一松看得心惊肉跳。待他回过神来，老人的头上手上已扎了好些银针，像个刺猬。国医生踏前一步，右手向前一扫，根根银针一齐颤动起来。

没过一会，嗯……一声轻微的呻吟响起，四娃子的爸妈一齐惊喜地弯了腰俯下身子。老人微微睁开眼：我怎么躺在床上了？不要……围着我，我没事……

国医生上前收了银针，转身拉起宗光。

四娃子奶奶慢慢爬起来，声音断断续续，有气无力：四娃子呢？叫他……来扶我！众人沉默。老人一愣，接着大叫：四娃子！四娃子！……叫声一声比一声高，一声比一声悲！老人一边叫一边颤巍巍地挣扎着下地，当看到躺在门板上一动不动的四娃子时，老人一声悲叫，扑过去想拉拉四娃子的手，身子却软软地倒在了地上。

·2·

四娃子和他奶奶的葬礼在他家门前举行。小街上的街坊邻居几乎都来了，那天一起下河洗澡的大人小孩一个没缺。大家来时都默默地提了米菜，有的还带了肉，席桌足足办了几十桌。

一松在人群中穿来穿去，很快被厨房里冒出来的香味勾住了，他跑过去，一块很长的木板板上面摆了好多菜肴，一松闻到的香味就是从这里发出来的。他耸了耸鼻子，口水冒了出来。这大概就是兆祥妈说过的小街上有名的八大碗吧？一松舔了舔嘴唇，吞了几口口水，挨个看过去，眼睛直放光。

那个叫烂诗人的瘦小男人走了过来：小崽儿，这些菜见过吗？

没见过，一松实话实说。

烂诗人有点得意了，他带着一松，指着那些菜肴边走边念叨：这个是滑肉，吃到嘴里又滑又嫩；这个是酥肉，嚼起来嘎吱嘎吱满嘴生香；后边的黄焖鸡、青椒肉丝、拌凉粉、拌竹笋、拌三丝……听着听着，一松的口水都流出来了。他记不住这些菜名，他觉得这太复杂，真要记下来得像背课文那样下点功夫才行，他可不想费那个功夫。他只想尝一尝这些菜，到底有没有烂诗人说的那么好吃。烂诗人没理睬他的心思，反而摇头晃脑地说了一副对联：

酥肉滑肉块儿肉，白酒烧酒大曲酒。

呀，这个好记还顺口，一松兴趣来了，不由跟着说了一遍。哦，怎么就记住了？

一松眼睛又在四处瞄了，他的心思还在那些菜上。来的人太多，场面也很沉闷，在厨房里忙碌的都是女人。兆祥妈妈说过，小街上不管是哪家有事，只要一声招呼，大家都会来帮忙，不要工钱只需答谢一张毛巾。这个习俗有点意思，一松一边想一边穿行在人群中，终于有了机会，他趁人不备拿了一块酥肉，一下塞进嘴里。嚼了半天，没吃到肉，里面除了红苕就是面粉坨坨。他很失望，不过吃起来还是很香的，红苕也甜甜的，很好吃。他赶紧嚼了两下吞了下去。

他看见母亲来了，正站在灶台边，正国妈在教她怎么炸酥肉。正国妈是个熟手，她轻快地用刀将红苕切成小条状，用盐、料酒拌好，再打鸡蛋加水放在盆子里调匀，一边调一边加适量淀粉，不停地在盆里画圈圈，然后用手将面糊提起来，待手上的面粉能连成一条线时，再倒入苕条接着搅拌。那边的一口大锅里放了小半锅油，灶里正燃着大火，看油热了，正国妈就用手把裹上鸡蛋面粉的苕条一根一根放进油锅里，一会儿功夫，软软的苕条就变成了硬硬的金黄色的酥肉了。

一松悄悄问母亲：妈，酥肉酥肉，怎么里面没有肉？母亲的回答很精妙：肉被鬼子抢光了。一松明白，母亲知道他在看连环画《铁道游击队》，故意拿鬼子来吓唬他。当然一松也明白，如今猪肉牛肉太金贵，这么大的场面如果真用肉，谁也承受不起，何况这是丧事？所以，那些菜名虽然鸡呀鱼呀肉的叫得特别好听，让人口水直流，等吃到嘴里才明白是怎么回事，当然也没有一个人会说什么。一松正想着，母亲又冒了一句，儿子，刚才逗你的，我们这办的是金桂堂的素宴。一松一愣，这才对了嘛。

还没开席，有群小崽儿就在那里唱烂诗人编的打油诗了：

菜出四下望，手稳心莫慌。
人多莫啃骨，菜完先泡汤。

吃了饭，天早已黑了。院坝里点起了四盏三芯煤油灯，四周亮堂了起来。不过一松老觉得这里阴森森的，他甚至在想，四娃子和他奶奶会不会从棺材里爬出来？

没过一会儿，刘全友和吴顺秀一齐跪在了四娃子奶奶的灵堂前，几个中年妇女尖起嗓子开始唱起了烂诗人编的孝歌：

一唱孝歌开了言，说说我们平良县。
泥巴街儿悲声起，三天三夜唱不完……
五尺棺材黢麻黑，四娃子你走不得。

小小年纪把命丧，亲人头发都哭白……

听着带有哭腔的孝歌，一松心里酸酸的，直想哭，仿佛四娃子又在他的面前，要和他一起到金桂堂去爬竹子……

天还没亮，鞭炮便把全街的人都炸醒了。接着唢呐吹起来，锣鼓擂得震天响。刘全友披麻戴孝捧着一个大升子，里面装着米，米里插着他母亲的灵牌。他走在最前面，后面十几条招魂幡排成两排紧跟在后面，阵阵寒风把长长的白纸幡吹得呼呼直响。几个撒纸钱的不时将白白的纸钱撒向空中，又被风吹着轻轻飘在人们的身上。9个吹鼓手低奏着出殡曲，那婉转凄楚的低音唢呐，吹得人心里酸酸的，直想掉泪。锣鼓手们将手捂住锣鼓的一半，敲出的锣鼓声既低沉又沙哑。

四娃子奶奶的棺材黑黑的，很大，上面放着一口小棺材，四娃子静静地躺在里面。抬角们没有唱抬儿调，8根杠子16个抬角神情悲哀地踏着整齐的脚步，跟着杠头嘿哟嘿哟地走着。四娃子妈妈吴顺秀一身孝衣，跌跌撞撞地扶着棺材，哭成了一个泪人儿。呼天抢地的哭声让送葬的人们也跟着眼泪直流。

送葬的队伍排了一里路长，烂诗人在队伍中也忍不住直抹眼泪。看见大队长张守成在那边直跑，烂诗人突然僵住了，谁也不知道是为了什么。

张守成是看到社长陈子山也在送葬的队伍中，才匆匆跑过来的。刚由民兵连长升任生产大队长的他，得在领导面前多表现表现。张守成边跑边想，陈社长怎么也来给四娃子和他奶奶送葬呢？他们是亲戚？不对，从没听说过，是同情心还是想显示一下亲民作风？张守成始终没想明白。

此时的刘全友感动得热泪盈眶，他紧紧拉住陈子山的手摇了又摇。

·3·

葬礼还没结束，四娃子的母亲吴顺秀就被发现不对劲了。她目光呆滞，行动怪异，口中还念念有词，一会儿四娃子，一会儿他奶奶；一会儿玉皇大帝，一会儿观音菩萨。家人和乡邻们见了都认为她是失去亲人悲伤过度，过几天就好，也就没有在意。

当天夜里，一松梦到四娃子了，他一会儿爬竹子一会儿在水里沉浮，一会儿又高声大喊，一松甚至怀疑他哪里会死了呢？

后来妙禅大师和一松下棋时说了一句话：世上本无事，庸人自扰之。一松有点莫名其妙，好几天后他才知道，对于他在河边的那声大吼，小街上早已众说纷纭。刚开始还有人说他懂事、细心、勇敢什么的，后来就渐渐变了，说他是出风头、无事生非甚至就是个搅屎棒等。尤其是四娃子下河被说成是一松把他强行拉下去的，让一松第一次感到了被人误解的无奈。一松与四娃子手拉手不假，但那是他们都有点害怕想拉拉手互相壮壮胆而已，把这说成是一松强拉四娃子下水才让他致死的，纯粹就是造谣污蔑！一松不认为他的那声大吼有什么不对，更不会承认四娃子的死他有什么责任。如果真要说他有什么错的话，那也只是他被迫对四娃子家进行的监视，可这与四娃子的死有什么关系呢？何况这个秘密他会埋在心底。

一松的争辩让事情愈演愈烈，四娃子父亲刘全友眼中的怒火越烧越旺，让一松不寒而栗。刘全友甚至扬言，一定要弄死一松为四娃子报仇。刘全友学过武术，人也长得膀大腰圆，他要发起狠来，谁也拦不住。一松母亲徐晚霞害怕了，她找来那天下河的大人小孩，要到四娃子家去说清楚。一松胆怯地跟在他母亲身后，低着头慢慢地走。有人拍拍他的脑袋：快走！一松抬起头，看见一个既熟悉又陌生的身影。这不是那个会捏泥人的怪老头吗？他怎么也跟来了？

四娃子家的门面房在小街上不算太窄，只是四周破旧的木板墙让人感到有些压抑。门上贴的一对门神有点耀武扬威，矮胖的身材，硕大的脑袋，红蓝的盔甲，让人觉得很是神奇。为了完成那恶魔的任务他光顾过这里多次，至今一松心中还有块巨石压着，让他喘不过气来。

四娃子的母亲吴顺秀坐在门前那棵黄桷树下，呆呆地望着外面，嘴里不停地嘟哝着，谁也不知道她在说些什么。见到一群人走来，她先是一愣，接着两眼放光，无比惊喜地冲过来。

四娃子！四娃子！吴顺秀放声大叫，一声比一声高，一声比一声激动。没等人们回过神来，吴顺秀已将一松一把抱在怀里：四娃子！四娃子！你可回来了！你怎么现在才回来呀！妈想死你了呀！吴顺秀一会说一会喊，一会哭一会笑。

一松被吓坏了，用力挣扎：放开我，放开我，我不是四娃子！

你是四娃子！你是我的四娃子！谁也抢不走！谁也抢不走！吴顺秀将一松抱得紧紧的。

吴娘娘，你认错人了，我不是四娃子，快放开我！一松急得满脸通红。哪知他越挣扎，吴顺秀抱得就越紧。见挣扎没有效果，他干脆停了下来。他感到很奇怪，为什么他被人搂住了，怎么就没有人来救他呢？他望望母亲，徐晚霞脸上很平静，没有一点担心着急的样子。她正和那些大人小孩们把四娃子的父亲围在一起，不停地说着什么。

见一松安静下来，吴顺秀双手捧住他的脸：怎么了四娃子，没有力气了，是不是饿了，妈去给你拿东西吃。她转身进屋，拿出一个鸡蛋高声叫道：来，四娃子，这是你最爱吃的鸡蛋，快叫妈，叫了就给你，又香又软，好好吃呢！

全场静了下来，大家的目光齐刷刷地盯住一松。他呆在那里，脑子里一片空白。徐晚霞轻轻走过来，拍拍他的头：乖，快叫妈。一松愣了一下，慢慢抬起头，对着吴顺秀轻轻叫了一声：妈妈！

喊出这声妈妈一松心里直发抖！他突然觉得此时的自己已成了一个罪人。不，是个特务，他随时监视着他们家的行踪，他是那个恶魔的狗腿子！他好想把这一切都说出来呀，可是他不敢。

吴顺秀听到一松喊她妈妈，大喜过望，一把将一松紧紧地搂在怀里，哭着喊着：四娃子，四娃子，我的四娃子又回来了！

此时谁也没有注意到，站在一边的刘全友眼中的怨恨已变成了满眼的泪水，而那个会捏泥人的怪老头脸上浮现出一丝淡淡的笑意。

· 4 ·

天气有点反常了。

大人们说，黄泥公社有三个多月没下过雨了，这该哪个办哪，大家都有点急了。

一松没感到什么，还是想去捏他的小泥人。来到那堵黄泥巴坎下，伸手取了一块黄泥巴，正要往回走，一个人站在他的面前，抬头一看，又是那个老头。

你怎么又来了？一松瞪大了小眼睛。

小崽儿，不喜欢我，老头的声音依然沙哑，难听极了。

一松将头一偏，要不是看在你捏泥人的技术好又帮了我一回的份上，我会理你吗？

老头闭了闭眼，又睁开，他凑近一步：想听故事吗，给你讲一个？

故事？一松回过头来，小眼睛开始放光。

从前我们县有一户从湖北麻城迁来的人家，姓许，家道殷实，家风淳朴，一直恪守温良恭俭让和富贵不能淫贫贱不能移威武不能屈的家训。他们的后代人才辈出，出过不少秀才举人，还有几个进士。后来许家的两个儿子更是聪明绝顶，院试乡试双双一路过关，会试拔得一二名，殿试又高中状元、榜眼。皇上龙颜大悦，封了二人高官。两兄弟勤政爱民，政绩显赫，深受百姓拥戴，名动朝野。有人嫉贤妒能，奏本皇上，说他夜观天象，发现双星异常，威逼帝星，定是龙脉为患。皇上问，所应何人？答状元、榜眼。皇上问何解？答可迁其祖籍地并修建寺庙镇其龙脉。皇上立即下旨，在许家后山建了一座镇龙寺，并下令将许家迁移。

一松听得入迷，问，这镇龙寺在哪里？老头说：县中学后面的山上。许家被迁到哪里去了？老头说：我们小街上。什么，我们小街上？谁呀？老头笑笑：想知道？当然想了。那就跟我走！一松没想到就这样乖乖地跟在了老头的后面。

老头的家不是很大，堂屋和普通农家一样，满是农具粪桶笭筐什么的。进了侧门，一松仿佛进入了一个艺术世界。四周墙壁很破旧，上面挂满了各种画件，画上全是人物。这些人物一个个头大如斗，统统都是五短身材，都没有脖子。他们神态各异，有的慈眉善目，有的凶神恶煞，还有舞枪弄剑的。不管男的女的脸上都涂点红颜色，别有风味。这不和他在街上看到的那些贴在门上的画一模一样吗？有的还像金桂堂庙里的哼哈二将呢！一松兴趣来了，一路看过去。左边墙角是一长溜木架，上面密密麻麻地挂满黄表纸，纸上也是人物画像。呀，这么多画，这老头得画多久？一年？两年？不，起码得三年。一松心里顿时升起一股崇敬之情。怎么那边还有那么多的木板板，上面还有雕刻，一松想拿一块细看，好重，拿不动。一松正想再用点力，老头一声低喝：莫乱动！他伸手轻轻拿起一块板子放在桌上，用一把刷子沾上墨，在板子上来回涂了涂，再盖上一张纸，用一干净的排刷在纸上来回刷动，揭开纸一看，纸上有人了，还是个穿盔甲的。

这有点像耍魔术？如果每天这样刷上几回印出几个人来，心里的苦闷应该可以少很多吧，一松兴奋起来，搬个凳子就想站上去开印。

老头又一声低喝：脱鞋！

哼，凳子比我鞋子还脏，还要我脱鞋，我的鞋子可不比正国他们的那些烂鞋子，这是我爸在重庆买的，一松咕哝了几句还是把鞋脱了。他回想了一遍老头刚才操作的样子，拿起刷子沾上墨，再用排刷照老头的手法刷了几遍，揭开纸一看，有人了。呀！他高兴地大叫了一声。

见一松这么喜欢他的技艺，老头很高兴，话匣子一打开便滔滔不绝。

老头叫方炳盛，他说这一屋子的画叫木版年画，画上人物大多是门神和戏剧人物。那些木板子叫雕刻木板，刻好后就可以连续印刷，所以叫木版年画。

老头告诉他，木版年画起源于400多年前，发达于清康熙和雍正时期，清末民初最鼎盛。当时县里木版年画作坊在锦水和驿袁两大场镇发展到七八十家，占了两镇街道的一半，所以又被称为"半截刷房街"。从业人员六七百人，其中"信立号"一家作坊每天就有七八十人从事年画生产。当时老头的爷爷就在这家作坊做雕工，后来老头也去当学徒，做了几十年，前些年才回到小街上来。

对于老头讲述的这些，一松没有一点兴趣，很多词句他都似懂非懂，他左耳进右耳出，一句也没去记。好不容易听老头啰嗦完了，他才打了个哈欠。

一松的这些表现，老头毫不在意，他说他一直在寻找传人，他不想把这些技艺带进棺材里去。一松到小街不久他就注意上了。他详细了解了一松的家世，观察了他的品行，考察了他的悟性，还去他家看了他捏的泥人，这才专门在那黄泥巴坎下等他。

老头也不问一松愿不愿意，就叫一松拜师。一松很犹豫，因为他实在不喜欢这个老头，让他叫他师父，整天听他那猫头鹰嚎叫式的笑声，简直就是活受罪。可他那一手捏泥人的绝活儿和这年画的技艺又让一松难以割舍。尤其是捏泥人，如果跟他学好了就可以把张守成捏得更像了，再踩他说不定真能踩死他呢！而且以后自己还可以将母亲姐姐妹妹捏得像真人一样，妹妹一定会高兴得跳起来。一松越想越兴奋。

对了，我还没问你那个许家到底是谁呢？

一松话刚出口，老头咯咯一阵怪笑，这还用问吗？

他蒙了，难道会是他们家？

你说呢，不然挑来挑去我会选中你？

你好狡猾！我要回去问问我妈再说。

一松正要离开，老头一把拉住他，指指地上的垫子：磕头拜师！

什么，命令我，这老头，连垫子都准备好了！

一松呆了好一会儿，后来也不知是怎么了，鬼使神差地，像被人使了什么法术一样，他竟然跪在地上恭恭敬敬地向老头磕了三个头，还按照老头的要求给他敬了茶，最后还大声叫了三声师父！

老头高兴得浑身直抖，哈哈哈哈不停地笑。一松寒毛倒立，如遭重锤敲击。

师父，您能不能不这样笑了，他大声地吼。

哈哈哈哈，老头不但没停，笑声反而更大。

这老头怎么这样，还让不让人活了！

·5·

没过几天，一松就后悔了，他感到自己被这怪老头套住了，三天两头就被他抓到那破屋里去学艺。他真是太委屈了，心里不停地诅咒这个讨厌的家伙。要是这老头给他上的课是他喜欢的那还没有什么，偏偏那些课没有一节是他喜欢的。什么木版年画的历史哪，沿革哪，艺术特色哪，听得让人头痛。更可恨的是老头让他学刻版，那硬邦邦的木板，那锋利的雕刀，让他心里直打怵。没练半个小时，他的小手已打起了一个血泡。拜这老头为师，他原本只想学老头的泥人技术，谁知老头偏偏用泥人来吊他的胃口，说什么要想学好泥人必须先学好年画，而要学好年画必须先学好刻版。这是啥子狗屁逻辑？一定是这个可恶的老头故意想出来的折磨他的鬼主意。他一反抗，老头就用不教捏泥人或用那可怕的笑声来威胁他，偏偏这两个都是他的命门，被这老头拿得死死的。

好不容易从怪老头那里出来，吃了几口饭，一松就和正国、兆祥他们去看戽水。

早上起床时，他心里就一直在嘀咕，这戽水是个什么东西？正国说，戽水就是两个人用个小水桶将下面的水戽到上面去。一松实在难以想象，两个人是怎么用一个小水桶将下面的水戽到上面去的呢？正国连说带比划地解释了半天，他始终也没搞明白。

上次与学儿打赌输了以后，一松心里一直不服气，总想赢回来。正国给他出主意，让他跟学儿比戽水。正国说学儿很笨，学什么都慢。如果和他比戽水，他一定能赢，正国还说要带他去先练练。正国的话让他很动心，不过，他知道这次得更加小心了，不然要是再输了他在小街上就永远抬不起头来了。

生产队里的田都在河边的堤坎上，由于几个月没下雨了，田里的水早就干了，没有水秧子栽不下去，只有赶紧从河里往田里戽水，才能及时栽下秧子。

他们走到河边时，有不少人已在河里往山上的地里挑水了，说是在抗旱。人群中，一松看见了人民公社成立那天站在台上讲话的那个社长陈子山。他怎么也在挑水？兆祥说，公社还有几个人在那边，都在挑水。

正国爸妈没有去挑水，他们在河里挖水坑，兆祥爸妈也在上面的田里挖坑。正国说，这是在做戽水的准备。一松看见不远处的地上有一个小水桶，奇怪的是它的两边各系了两条长绳子。一松正要细看，正国爸一声大喊：开始了！喊完他们爬上河坎，分别拿起那个小水桶上的两条绳子在两边站好。两人弯腰伸腰，双手一扯，那个小水桶就悬在空中直晃悠。两人一使眼色，同时一弯腰，双手一紧一松，只见水桶底朝天口朝下，卟的一声栽进坑里的水中，接着两人腰部直起向后一仰，两条绳子同时一抖，已装满水的小水桶变成底朝下口朝上，以一个小弧形像一只轻盈的燕子一样往上飞。到坎上田边，两条绳子又一抖，小水桶突然一翻，底朝上口朝下，哗的一声，水就倒进了上一块田里的大坑里。紧接着，又是弯腰，又是直腰后仰，小水桶就一会口朝下一会口朝上，河里的水哗哗地被戽了上去。

这就是戽水？两人俯仰之间，河水就这样上了田坎，太神奇了，也太好看了。一松觉得这画面好美。一松可不想只做个旁观者，他得去亲自体验一下，熟悉熟悉，这样才能赢得了学儿。

兆祥爸妈向一松仔细地讲解了要领，也手把手地教了一松双手如何配合。一松向来悟性超常，拉起空桶经过几个来回试练，他的动作基本符合要求。兆祥爸爸亲自带他，嘱咐他头几次水桶要下浅点，只能舀小半桶水。一松早已跃跃欲试，连连点头说好。他扣住小木棍，拉开绳子，空空的小水桶在空中荡了一个来回，他按照要领弯下腰，双手一高一低往下一松，小水桶非常听话地向下咚一声直入水中。他心中一阵高兴，这第一步也是关键的一步成功了。他有点得意忘形，早将兆祥爸妈只舀小半桶水的嘱咐忘到了九天云外。他默诵要领，右手先用力左手后用力，小水桶在水坑中顺利地翻身，变成桶口朝上。他双手扣紧绳子，一个直腰后仰，动作标准，姿势优美。本以为这下一定成功了，很快就能听到这桶水倒进上边田里的哗哗声。不过，他确实听到了声音，不是哗哗的水声，而是咚的一声响，他的小身板突然栽进了下面的水田里。

兆祥爸妈吓坏了，连滚带爬地跑过来。还没跑拢，一松已被人从田里拉起来。他抹了一把脸上的泥水，见拉他起来的是社长陈子山。

摔到哪里没有？陈子山一脸的关切。此时的一松实在太狼狈了，一身的水一身的泥。他很不好意思地又抹了一把脸，这下好了，连鼻子眼睛都没有了。正国、兆祥哈哈大笑。

兆祥爸妈忙跟陈子山打招呼。陈子山边说边笑，没想到老天爷这么久了都不下颗雨，只有我们辛苦一点了。他转向一松：小家伙，不错，有志气。

许一松望着他，摇摇头。

快去河里洗洗，陈子山拍拍他的头，转过身：这戽水看来是个技术活，我来试试。

许一松在河里一边清洗身上的泥浆，一边想，这社长肯定会像我一样摔下来，说不定还会来个倒栽葱。不知为什么他心里充满期待。

没想到陈子山动作很是熟练，他拿起绳上的小木棍扣在手中，看了看脚下，稳稳当当地站在了先前兆祥妈站的位置。那边兆祥爸早已准备好了，双方一示意，小水桶就在空中荡了起来。看着陈子山那比兆祥妈还柔软优美的身姿，听着那哗哗的水声，一松不禁想，我能学会戽水吗？我能赢了学儿吗？没有答案。算了吧，他已没有勇气再去挑战学儿了，他甚至怀疑这是不是正国又在给他挖坑呢？

田里的水渐渐多起来。兆祥爸牵过一头大水牛，将一个弯弯的木头架子放到水牛的肩上。许一松的兴趣又来了。他发现那木头架子两端分别套着两根大绳子，和牛屁股后面的一根木棒棒连在一起，木棒棒的中间又牵出一根粗绳，连着后面的大犁头。兆祥爸拉过犁头，插进田里，扬起手里的长鞭，啪的一声打在牛背上，嘴里大喊一声：走了！

大水牛并不惊慌，它抬起头，哞的大叫一声，硕大的鼻孔里喷出两团热气，这才四平八稳地迈开脚步，慢慢地开始往前走，身后的大犁头被带着向前移动。随着兆祥爸扶犁头的手一左一右地摇动，犁头下就翻出一道道光滑的泥辙来。一松没有见过牛犁田，发觉这也很有趣。他兴致勃勃地看着。

没过一会儿田犁完了，正国爸过来又牵过那头水牛，换下犁头，将一个长方形的木头架子接到弯木架子上。一松仔细一看，那个长方形的木头架子中间嵌了两排木条。木条下面全部嵌满了一根根又长又粗还很锋利的铁刺。

这是啥子东西？一松问。兆祥说这是犁耙，可以把田耙平。

正国，来，站到犁耙上，正国爸拿起一根鞭子。

正国很是高兴，高昂着头，下了水田站到犁耙上。正国爸挥动鞭子，大水牛开始往前走，犁耙后面的泥土变得平整起来。

正国洋洋得意，一松非常忌妒，捡块硬泥巴向水牛扔去，水牛一惊向前一窜，犁耙上的正国猝不及防，一个仰翻叉一屁股坐进田里。

·6·

太阳落下山了，四周很快黑起来。徐晚霞打起火把带着一松和一梅一竹往七星大队走。那火把燃起的火很旺，浓烟也很大。路上一松一直在想，这火把是用什么做的，为什么能燃这么久呢？

进入村口，上夜校的村民已等在那里。夜校的教室其实就在农户家里，一块小黑板歪歪斜斜地挂在破旧的墙上，十几个懒洋洋的大人小孩散乱地坐在板凳上，脸上呆滞，满是疲惫。也难怪，现在旱情渐重，每天都在抗旱，不是百多斤的水桶压在肩上爬坡上坎，就是弯腰直腰不停地戽水，全是重体力劳动，一个个早已累得皮塌嘴歪的。吃了晚饭本想休息，但上夜校是政治任务，扫文盲是上级号召，他们还是来了。

夜校开办不久，小街上就出现了一首打油诗：

> 找水抗旱不放松，夜校建在你家中。
> 白天晚上磨死你，任尔东西南北风。

姐姐一梅读过很多诗，她说这是借用郑板桥的诗改的，有点水平。一松说这诗有点搞笑，很有幽默感。公社领导说，这是新动向，决不姑息。一查，是小街上的烂诗人所为。有领导说，典型的反动言论，抓起来批斗。社长陈子山说，一个农民，编个顺口溜有什么嘛，还是抗旱扫盲要紧。小街上的人这才松了一口气。

徐晚霞拿出粉笔，在黑板上写了一个"和"字。她拿起一根细竹竿指着黑板说，乡亲们，这个字就是今晚要教大家认识的第一个字"和"，大家跟着我一起读：和。

众人一齐读着：和！

对，大家读得很好，现在我们来详细地认识这个字。首先我们看看字形，这个"和"字的左边是"禾"，这是麻、黍、稷、麦、豆等五谷的总称，说简单点就是庄稼；右边是"口"，这是进食的器官和发声的器官，说简单点就是我们的嘴巴。"和"的字形的意思，为大地生"禾"可养天下之"口"。也就是说地里长出的庄稼产出的粮食可以填进我们的嘴巴填饱我们的肚子，这样就能带来和平。"和"可以组成很多词组，如附和、调和、和谐、和睦、和面、和稀泥、和气生财、家和万事兴等，我看咱们队的人都很团结很和睦，生产也搞得很好，对不对？

对！大家齐声回答。

徐晚霞笑了笑又说，还有和尚也是这个和，有没有人想去当和尚呀？

大家哄的一声笑了。

好了，现在大家再跟着我读几遍。

大家刚要读，一个穿着破烂衣服的人带着一身汗臭和酒气，一下冲进教室。

吵什么吵，鬼叫鬼叫的，老子们累了一天，你们还让不让老子们休息一会儿！

队干部马上站出来，二麻子，喝了点尿，你想干啥子？

干啥子，老子想……呵，这个老师好乖呀，快来，教教我认字，二麻子伸手就抓向徐晚霞。

队干部扑上来，与二麻子扭在一起。二麻子力气很大，不一会，队干部被打倒在地。二麻子怪笑几声，向徐晚霞扑来。一松冲上去，拳打脚踢，被二麻子一把推倒。

危急之中，一条黑影冲过来，汪汪两声狗叫，二麻子吓得抱头就跑，紧跟着一个人冲进来，一松一看，张守成！他怎么来了？

二麻子！你他妈的莫跑！张守成一边大叫着，一边扶起许一松：小崽儿，没伤到哪里吧？呀，还有徐老师！对不起对不起，我没保护好你们。

外面，二麻子连声惨叫，东逃西窜，一条大黑狗汪汪汪地在后面狂叫着直追。血红血红的狗眼，大舌头伸得长长的，狗嘴里扑哧扑哧的热气直喷，口水滴答滴答地往外流。那是"有钱"，多次吓得一松魂飞魄散的大黑狗。

大队长，我错了我错了，快把狗招呼到，别咬我！二麻子转了一圈，又跑进屋来。

张守成手一招："有钱"，过来！大黑狗摇摇尾巴，乖乖地走到张守成身边。张守成两眼一瞪：二麻子，喝了点马尿就来耍酒疯是不是？你龟儿子也不把你狗眼睁大点，这是我们徐老师，革命干部家属，赶快给人家认错！

刚才还很嚣张的二麻子，战战兢兢地走过来，低下头，轻言细语地向徐晚霞说：徐老师，对不起，我认错。

一松心里一下子迷糊了，这张守成怎么又成了好人了，他想干啥子？

这事还没想明白，又有一件事缠上了他。

自从上次吴顺秀把一松当成是她的四娃子以后，现在只要一见到他，她就会拉住他不放，非要他去她家里不可，去了后还必须叫她几声妈。对不是自己母亲的人叫妈，他心里其实是很别扭的，叫得也很有些不情不愿。母亲徐晚霞却说，人家丢了儿子又死了老人，怪可怜的，就算做好事叫她声妈，让人家高兴高兴，何尝不可？干脆，你就认她做干妈吧。一松想了想，觉得吴顺秀确实可怜，加上四娃子又是他的朋友，也就答应了。看到吴顺秀那欢天喜地的样子，他非常高兴，原先的那点别扭也消失得无影无踪。而她对他的嘘寒问暖，关怀备至，也让他很是享受，心里总是感到暖暖的。吴顺秀说她最喜欢看他做作业，只要他背着书包一进她屋里，她就飞快地把小桌子小板凳摆好。他一开始写字，她就会拿一把破烂的小蒲扇给他扇凉。每次去了，一个鸡蛋总是免不了的，她老说我家四娃子最喜欢吃鸡蛋了。她家的鸡，也被当成宝贝一样。喂鸡时，她总会念叨，多吃点多吃点，天天都生蛋，我家四娃子才有鸡蛋吃呢！

学儿对此有点看不惯了，说一松是为了骗人家的鸡蛋吃，才见面就叫妈的。直到这时一松他们才发现，学儿开始得意起来了。这几天他走起路来摇头晃脑的，眼睛看到天上，手脚乱甩，那张牙舞爪的样子让他们心里很不舒服。

修理他，兆祥嘴角一挑。

一松和宗光晃荡着围上去。

学儿见平时一起嘻嘻哈哈的小伙伴们黑着脸围过来，情知不妙，急忙从口袋里拿出一个大馒头，小心翼翼地递给他们。

兆祥一把抓过来，几下掰开，一人一块。大家塞进嘴里，几下就吞进肚里。一松吧嗒吧嗒嘴将手一伸：再来一个。

学儿手儿直摆：没得了没得了，我妈只给了我一个。

兆祥眼睛一鼓：你妈？

我……我妈在队里食堂煮饭了，学儿的声音越说越小。

原来这家伙是因为他妈成了一个煮饭的就骄傲起来了？一松眼睛滴溜溜一转：让你妈给我们一人来个馒头。

学儿脸色大变：我……我妈会打我的。

哼，胆小鬼！走，到食堂去！兆祥将手一挥，大伙儿呼啦一声撒腿就跑。

食堂里面热气腾腾，一片忙碌。一口大锅正熬稀饭，一口大锅在炒小白菜，四五个大人来回穿梭在灶台之间。

他们一群小崽儿一进食堂，眼睛就被角落里那一大筲箕又大又白的馒头勾住了。他们口水直流，瞟了瞟大人们，都在各自忙着，便一窝蜂地跑向大筲箕，拿起大馒头就往嘴里塞。

学儿妈正在用大锅铲不停地搅动大锅里的稀饭，见学儿进来一脸的委屈，忙放下大锅铲，拉过学儿：啷个了儿子，谁欺负你了？

学儿好想哭，但忍住了，他把头一摆。

学儿妈转身看见一群小祖宗正偷吃馒头，气得大吼一声：抓小偷！吓得他们撒腿就跑。

回到家，一松得意地把剩下的一半馒头分给姐姐和妹妹。刚想讲讲这馒头的来历，母亲回来了。看见孩子们拿着馒头一脸的惊慌失措，她一反常态没有责怪他们，只淡淡地说了一句：好久没吃馒头了吧，偷来的？

一松急了：不是偷，书上说了的，顺手牵羊不为偷。嘴上理直气壮，心里却在打鼓。母亲平时最恨两种行为：撒谎和偷盗，千万别因此惹来一顿竹条子呀！

没想到徐晚霞并没生气，她拉过一竹，向孩子们招招手：都过来，给你们说点事。

母亲这次的话说得很多。他们听了很是惊奇，也让他们兴奋不已。一松似懂非懂地知道了他们的户口已从师范学校迁到了小街上的生产队，他们已由城里人变成农村人了；生产队成立了公共食堂，每家每户的粮食要全部上交，以后全生产队的人都不用做饭了，到饭点时去食堂吃就行了，不用花钱，管吃管饱。

户口问题，一松没有概念，也不知这迁来迁去代表了什么；至于食堂，师范学校的食堂比学儿妈熬稀饭的食堂不知大了多少倍，一点也激不起他的兴趣。他的关注点和兴奋点只是在不用花钱，还管吃管饱上。

他这才明白为什么母亲见了他偷吃馒头不过问不生气了。所谓公共食堂，当然就是大家的食堂了，里面的东西自然也是大家的了，这当然也包括那个大筲箕里的大馒头了，他们吃一两个当然就不能算是偷了。既然这样了，母亲当然希望他们能放开肚皮吃，能吃多少吃多少，吃得又肥又壮那才好呢！如果大家的粮食不够吃，母亲说还可以一平二调将其他地区的余粮调到这里来。全国那么大，东方不亮西方亮，人们不用担心这粮食不够吃。

不过，最吸引一松的，还是母亲嘴里的几个新名词，如大炼钢铁啥的。

这大炼钢铁到底大到什么程度？他们是用什么来炼钢铁的？烧的是煤炭还是柴火？一松敢肯定，那里一定高炉林立，炉火熊熊，场面一定壮观。

晚上他做了一个梦，梦中他到了炼钢现场，那里果然高炉林立，炉火熊熊，铁水飞溅！他恳请炼钢师傅帮他铸了一把宝剑。那剑三尺来长，削铁如泥，锋利无比。他手持宝剑行侠仗义，笑傲江湖……他乐得在梦中哈哈大笑！姐姐被惊醒了直摇他：一松一松你笑什么，捡到金元宝了？妹妹迷糊着问：哥，下棋又赢了？

好不容易熬到星期天，一松和正国、兆祥几个凑在一起，去滑石寨看大炼钢铁。

滑石寨离小街有好几里路远，他们中只有正国去过一次。走了一个多钟头，正国停下来用手一指：看，滑石寨！

大家抬起头，前方半里远左右，有一座拔地而起的孤峰，直插云天，尤为壮观。山的正面是一堵陡峭的好大好大的纺锤形巨型石壁，壁面很光滑很完整，非常奇特。一松觉得好像他坐过的梭梭板，只不过太大了点，太高了点。他突发奇想，如果爬上去了能从那里梭下来吗？恐怕不行，他还没那么大的胆子。真没有想到这里还有这么好看这么神奇的一座山峰，只可惜离小街远了点，不然就可以天天来这里逛逛。他吞了一口口水，转过身，看见高高石壁的左上方，一座长方形的碉楼立在岩边，让人觉得那碉楼好像要掉下来似的。寨顶上有一股浓烟正冉冉升起，好像失了火。

那是在炼钢铁，正国一本正经地解释。

那石壁那么陡那么滑，我们上得去吗？宗光说出了大家的担心。

你们傻哟，去爬那石壁？后山有小路直上寨顶，正国得意地直笑。

啊！……大家的担心消除，一声欢呼拔腿就跑。

到了后山，一条石板小路在茂密的林间盘旋，一簇簇迎春花开在绿绿的枝条上很是好看。附近山上，有很多被砍了的树桩桩，还有不少人正在砍伐，不时有人扛着树木向山上走。

登上寨顶，映入眼帘的是好大一块平地，很多的木头堆在那里。有刚砍来的树木，也有木板、柱头和门窗。平地最右边是他们在下面看到的那个长方形的碉楼，不过它变大了，足有五层楼房那么高，有他家住的房子五个那么大。整个碉楼没有窗户，只有一些小孔洞。碉楼里传来一阵叮叮当当的敲击声，一些人扛着木板出来，运到隔了好一段距离的一座不太高的圆筒状的火炉前。火炉是青砖砌的，炉口烈焰升腾，火势还有点旺。一些人汗流浃背地往炉孔里添加木材，一些人正来回穿梭地往那里搬运燃料，圆筒状的火炉不停地冒着浓烟。

这就是大炼钢铁？一松大失所望。没有高炉林立，没有火光冲天，更没有铁水飞溅。他看见正国、宗光他们也正把埋怨的目光向他扫来，一松知道他们在心里开始一遍一遍地骂他了。什么大骗子大坏蛋，歪冬瓜大吊锤，只要是能解气能解恨的词会一股脑儿向他砸来。嗯，不行，得避避风头。他佯装闲逛地向那长方形的碉楼走去。还没进门，又有新的发现：碉楼旁边，堆放着好多好多用过的旧铁锅。一松正在想这么多旧铁锅放在这儿做什么，学儿跑过来一声大叫：那是我们家的铁锅！

一个粗壮男人走过来：你们家的，那上面写了你的名字？

你看，锅把把上的花布是我缠上去的，学儿用手指着。

胡扯，你在造谣，再乱说就把你抓起来！那个粗壮男人边说边举起铁锤，对着铁锅一阵猛砸，很快那堆铁锅就成了一堆碎铁片。他叫来一个帮手，用箩筐将铁片装起，抬过去倒进了火炉中。

啷个会这样？一松和正国他们你望望我，我望望你。

这些大人疯了，宗光一字一句地说。

第五章

·1·

黄泥巴小街的旱情越来越严重，小河开始断流，田里也在开裂。大人们一个个都愁眉苦脸的，许一松他们一帮小家伙也小心翼翼的，生怕惹得大人不高兴，换来一顿臭骂或是一顿竹条子。

不知谁传来一个消息，说公社领导陈子山请解放军来帮助抗旱了！这可把他们高兴坏了。别看他们这一帮小家伙整天没心没肺的，不知天高地厚，可对于解放军那可是无限敬仰、无限热爱的。打听到具体地点，他们撒腿就跑。他们边跑边想：这解放军抗旱会是啥样子呢？那场面一定会很壮观的，他们一定没见过。

千担坝离小街有一里路远，是他们公社最大的一个平坝，那条小河就从坝子左边流过。不过，此时河里早已没有水了。等他们赶到河边时，只见一面大红旗插在沙滩上迎风招展，红旗上"抗旱夺丰收"几个大字很是醒目。奇怪的是那些解放军战士并没抗旱，而是6人一组，全部在河床上各自为战用大铁铲挖坑。这是怎么回事？兆祥他们你望望我，我看看你，全都不明白。一松首先醒悟过来，他们挖坑是在找水，没有水怎么抗旱呢？大家这才哦了一声。

仔细看了看他们的装备，没有枪，更没有炮，只有铁镐铁铲和水桶。这太令他们失望了，没枪没炮的，那还是军人吗？那有什么意思呢？没看头没看头，他们正要撤退，那边河床里突然传来一阵欢呼：啊，有水了！他们兴趣这才来了，马上飞奔过去。

出水的是第5个坑，几个战士欢呼过后没有停止挖掘，而是加快了速度。一阵阵镐铲翻飞，水坑迅速扩大。过了一会儿，坑边一个穿4个兜军服的人看了一下怀表，将手一挥：2组上！那边早有6个战士拿起准备好的镐铲，迅速替下了坑里的人，挥起了镐铲。半小时后，那穿4个兜的人又将手一挥：3组上！立即又有6个战士冲了下去。一松看见公社社长陈子山也在那里，和那个穿4个兜的人在商量什么。

这有点像打仗，兆祥嘀咕了一声。

没得枪，光是挖凼凼，没意思，宗光摇摇头。

让别个多挖一会儿嘛，一会儿换一会儿换的，多麻烦，学儿突然叫出声。

人家这是科学安排体力，你太老土了，一松有点自作聪明。

经过好几次轮换后，河床里的水坑又大了许多，但水量还是不多。

继续挖！穿4个兜的挥了下手。

又一组战士跳入坑中，大铁铲一阵翻飞，沙石被抛出坑外。几番下来，坑挖得更大更深了，但水量却没有成比例增加。社长陈子山犹豫了，想让解放军放弃。穿4个兜的人拍拍额头沉思了一会，又到坑底看了看，爬上来大手一挥，继续！

又有6个战士跃入坑内，奋力开挖。这次他们没有将坑扩大，只是集中力量往下挖。速度快了起来，水量也渐渐增大。战士们兴奋起来，越挖干劲越大。那杆大红旗在风中猎猎作响，战士们喊起了响亮的口号，铁铲的嚓嚓声和镐头的咚咚声交织在一起，好一派热火朝天的抗旱景象！

水量大了！一阵欢呼声从坑里响起，大家一齐涌向坑口。突然轰的一声，右侧坑壁突然垮塌，6个战士瞬间被沙石埋在了坑底，站在右侧坑边的人也跟着掉了下去。

塌方了！有人大喊了一声。

穿4个兜的军人刚才也站在旁边，他掉下去的时候一块石头砸到他的脚上，鲜血一下冒出来。他顾不得包扎伤口，连声高喊，全体战士都有，赶快救人！战士们呼的一声冲过来，手持铁铲飞快地铲挖。社长陈子山立即命令随行人员回公社找人增援。附近的社员也闻讯赶来，没有铁铲就用手挖用手刨。一松他们也想上去，被大人们一把推到边边上：走远点，不要来坏事！他们只好站在一边，齐声高喊，快点，加油！快点，加油！

时间就是生命哪！战友们赶快挖呀！穿4个兜的人声嘶力竭地大喊，同时不停地拼命挥动铁铲。战士们满脸通红，热汗直涌，手中的铁铲挥舞得更快。

解放军找水被埋在沙里的消息让全街的人惊慌不已，也感动万分，大家不顾一切地拿起锄头奔向河边参加救援。众人奋力刨挖，铁铲不停翻飞，终于在沙石堆中刨出了一只手。穿4个兜的见了立即高喊，不要用工具！大家都用手刨！众人立即扔了工具，纷纷用手猛刨。手指破了，指甲流血了，大家全然不顾，不停地抓不停地刨。终于第一个战士被刨了出来，人群中发出一阵啊啊的欢呼声，惊天动地。部队卫生员和国医生、妙禅大师等立即围上去进行抢救。

一松没有看到被救出来的战士像个什么样子，因为人太多了，他什么也看不见，只听见不时地响起一阵阵欢呼声。他知道，每一次欢呼就表示有一个战士获救了。他数了一下，前后共有5次欢呼。还有一个人呢？他的心一沉，坑里一直都有6个战士呀！他急了，赶紧从大人的腿缝中拼命挤进去。没过一会儿，他看见4个战士抬着一个人正急匆匆地跑出来。被抬的人个子不大，全身沾满泥沙，两眼紧闭，脸色一片青紫。4个战士面色沉重，丝毫没有救了人出来的那种亢奋，更不要说有什么欢呼了。

穿4个兜的人连声高喊，卫生员卫生员，赶快抢救！

卫生员飞跑过来，把手放在那人鼻前探了探，手指开始颤抖。他又把手按在那人脖子上，脸色更阴沉了。他迅速把人放平，掏去他嘴里的沙土，双手叠在一起按在那人胸上，前臂伸直，用身体的力量连续向下冲击性地按压起来。

两位医生，你们会人工呼吸吗？卫生员焦急地问赶过来的国医生和妙禅大师，手上动作一直没停。

国医生一向以中医治病，他只是摇摇头。妙禅大师则满脸通红。

还有谁会人工呼吸？我一个人会耽误抢救时机呀！卫生员几乎绝望地大

声呼喊。四周一片沉默，卫生员重重地叹了一口气，泪花已在眼中闪动。

我会！突然一个声音在场内响起。

一松看见他母亲冲了出来，扑过去将地上战士的头部扶正后仰，让他的脖子伸得直直的，再一手捏住战士的鼻子，一手撑开战士的嘴巴，然后深吸了一口气，低头就嘴对嘴地往战士的嘴里吹气。见徐晚霞动作娴熟，卫生员顿感轻松。他双手不停地按压战士胸部，口中急促地数着一二三四，每数到四时，徐晚霞就往战士嘴里吹一口气，如此循环往复，两人配合得相当合拍。

现场一片静寂。人们睁大了眼睛，一动不动地看着眼前发生的一切。一松第一个被母亲的行为震撼了，他根本没有想到母亲会人工呼吸，更没有想到母亲会用自己的嘴向那战士的嘴里吹气。先不说嘴对嘴的举动属于什么行为，也不说那战士埋在地下满嘴的泥沙，只看那战士像死人一样青紫的脸色就已让人不寒而栗！一松看了看姐姐，她大张着嘴没法闭拢。他又看了看乡亲们，大家都目瞪口呆，现场的战士们也一脸的激动和崇敬。

时间一分一秒地过去，一二三四的数数声在人们的耳旁回响。持续长时间的按压让卫生员的体力严重透支，他全身已被汗水湿透。徐晚霞满脸通红，气喘吁吁。俩人对视一眼，快速地互换位置，卫生员吹气，徐晚霞按压。抢救继续进行，没有丝毫放弃。现场气氛越来越紧张，人们的脸上越来越焦急。

一丝轻轻的呻吟如同春雷在空中炸响，现场所有的人啊的一声欢呼起来！

许一松看见卫生员像虚脱了一样往后倒去，被战友们一把抱住。他母亲疲惫地坐在地上拢了拢她的长发。穿 4 个兜的解放军冲过去拍了拍卫生员的肩，又紧紧地握住徐晚霞的手摇了又摇。

最后一个战士被抢救过来的消息将现场的阴霾一扫而光。伤员被迅速送往医院，挖坑找水继续进行。这次大家汲取了塌方的教训，找来了木板和棍棒，一边挖一边对坑壁进行加固。坑越来越深，底下的水也越来越多，越来越深。

一二三组继续扩大战果，其余战士往地里挑水浇苗！穿 4 个兜的人高兴地一边发出指令一边挑起了水桶，很快河坎边田坎上人们挑着水开始来回穿梭。

解放军在河床里挖到水的消息让小街沸腾了，人们纷纷挑起水桶拿着盆子涌向河里，通道很快被堵得死死的。

社长陈子山几步跨上河坎，大声吼道：不要来回挑水了，大家就地排成队，一个一个地传递，这样速度会快些！

战士们听从命令，立即做出表率，人们跟着执行。只见水桶和盆子在队列中快速传递，运水的速度果然快了起来。

社长陈子山很高兴，很激动，他满脸通红，在队列里干得特别起劲。

许一松犯起了嘀咕：这个社长陈子山，怎么哪里都有他呀？

·2·

天还没全黑，一个消息让大家沸腾了：公社要演节目慰问抗旱的解放军！

回到家里，姐姐对一松说，妈妈有事，饭在锅里，叫我们吃了去看演出。

许一松是一个特别喜欢热闹的人，妹妹一竹比他更甚。等他们跑到公社，那里已是人山人海。偏僻的小街很少有大型活动，尤其是这样的演出更是罕见，尽管这样的演出水平不会很高，但人们追求的是氛围，是热闹，所以，不管喜不喜欢，男女老少大人小孩几乎都来了。

公社的院坝不是很大，院坝的中央，被戴着值勤袖章的人围出了一块空地，那是给解放军留的地方。人们自觉地围在四周，里面站不下的就站在外面的路上。演出舞台其实就是一个大台阶，后面是一间房子，临院坝一面的墙被拆了，变成了一个简易舞台。房子四周和顶上，吊着几盏三芯煤油灯，空旷的台子被照得很亮。

一松看见正国、兆祥他们都来了，他招招手想叫他们过来。外面突然响起一阵一二三……四的吼声。一松回过头，一队解放军战士排成3列，每人手拿折叠小凳，迈着整齐的步伐，喊着雄壮的口令向公社走来。人们自觉地让出一条通道，解放军战士一队队秩序井然地走进院坝。一个军官走到前面大声喊：立正！稍息！放凳子！坐下！战士们齐刷刷地坐下了。

接下来的讲话，除了解放军在安静地听以外，其余的人都在忙着议论自己感兴趣的话题。小妹一竹最着急，她拉着一松到处钻。人小了矮了，想找一个能看到舞台的位置很难。在人群中钻了好几个来回，仍然被大人们高大的身躯挡得死死的，什么也看不见。一竹急得快哭了，不停地叫喊着妈妈妈妈！一松想挤到前面去，前面的大人就是不让。他想把妹妹举起来，试了好几次，他没有那个力气。实在无法，他想回去找妈妈。姐姐突然走来，拉过一竹：小妹，杠头叔叔抱起你看！一松转过身，妹妹已被一个大人一手提到了肩上。抬头一看，是杠头叔叔，那天第一个下河救四娃子的人。他低头朝一松笑了笑，回手又将他的小儿子提到了另一边的肩上说：两个小家伙，抱住我的头！

一松又听到了妹妹那嘎嘎嘎的笑声。他的眼睛湿润了，魁梧的身躯再加上肩上的两个孩子，杠头叔叔在他眼里就像托塔李天王一样，威武雄壮。

四娃子，我的儿！快，快到妈这边来！吴顺秀突然跑过来，一脸惊喜地抱住了一松。一松还没回过神来，吴顺秀又叫道，全友，还不快给我们四娃子找个位置！刘全友十分尴尬地笑了笑，并没有行动。前面的人已自动地往旁边挤了挤，让出一条缝来。一松一把将姐姐推进人缝中，自己也往前一挤。

四娃子，看得到了吗？吴顺秀一边抱住一松一边问。

看得到了，谢谢您，妈！

呀，我们家四娃子懂礼貌了！吴顺秀摸摸一松的头又摸摸他的脸，哎，全友，我们四娃子回来吃过饭没有？嗯，没有，真的没有，我们四娃子一定饿坏了，我得拿点吃的来。吴顺秀一边自言自语，一边往外走。刘全友摸了摸一松的头，转身去追吴顺秀。

台上的演出很快就开始了，唱歌跳舞打快板，节目一个接一个地换。一松最熟悉的是那首《社会主义好》的歌：社会主义好社会主义好，社会主义国家人民地位高。反动派被打倒，帝国主义夹着尾巴逃跑了。歌词好形象，好有趣！一松记得见过一幅宣传画，印象很深，上面的帝国主义是一只狼，头上戴一顶高高的礼帽，身后的尾巴很长很长。如果这只狼的长尾巴夹起来，还在逃跑，那模样一定是够滑稽的了。

许一松正胡乱想着，一只手伸到他面前，手上是一个鸡蛋。

快吃吧四娃子，吴顺秀的声音好柔润：这是你最喜欢吃的鸡蛋。

啊！许一松心里一声感叹。他知道，在吴顺秀那混沌的记忆里，有两点已成了定势，而且还十分清晰：第一，他就是她的宝贝儿子四娃子；第二，四娃子最喜欢吃鸡蛋。一松心里涌出一股暖流，很感动。抬起头，他看到吴顺秀的两眼里满是关爱和慈祥。接过鸡蛋，头上一个声音传来，哥，我要吃！一松把鸡蛋递过去，吴顺秀一手夺过来，这是妈专门给你吃的，不准给别人！吴顺秀边说边剥了鸡蛋喂一松。

正担心一竹会生气发作，妈妈！坐在杠头叔叔肩上的一竹小手一指，突然叫了一声。

台上出来的果然是妈妈。淡淡的粉妆，一身红红的花布衣裳，腰上系了一条蓝围腰。妈妈像变了一个人似的，变得更好看了，也更年轻了。一松全神贯注，听着妈妈说的每一句话，唱的每一支曲子，看着妈妈的每一个动作，每一个表情。他觉得妈妈的表演真好看，也很有趣，全场不时爆发出哈哈哈的笑声和热烈的掌声，尤其是那些解放军战士，他们的笑声和掌声差点要把房子都震垮了。

姐姐说，妈妈演的是梁山灯戏，讲究的是嬉笑闹扭跳跳。原来是这样，怪不得这些人笑得腰都直不起来了。

散了场，街上的人还意犹未尽，还在谈论妈妈的演出。

躺在被窝里，一松翻来覆去地睡不着。抗旱的情景，解放军的身影，母亲的人工呼吸和她演的梁山灯戏，还有那4个兜的干部和卫生员，这些就像电影一样，一幕幕地在他脑海里重放，他兴奋他紧张他激动。

天还没亮，一松就被一阵喧闹声吵醒了，跑到街上一看，烂诗人两口子，兆祥和正国他们全家都在来回奔跑，嘴里喊叫着解放军要走了！解放军要走了！他没弄明白，这解放军要走了也是个事吗？看他们的样子还很激动似的。正国走过来说，大家都要去送解放军，你还愣着干啥子？一松顿时醒悟，小街是礼仪之乡，解放军帮助我们抗旱找水差点丢了性命，人家要走了难道不去送送？他一拍脑袋拉拉正国，我们赶快走嘛！正国把手一甩，你就空手去送？哦，对了，得有点礼物，送什么好呢？这可难坏他了，从小到大，他还从没给谁送过礼物。他把家里能作为礼物的东西一一想过，没一件合适的。突然他灵光一闪，小泥人！这可是他的绝活，捏个拿铁铲的解放军，战士们一定喜欢。他取来黄泥巴，手指一阵翻动，一个拿铁铲的解放军立在他的掌心。

一竹在旁边见了，拍手笑道，我也要捏个解放军！一松说，好，你慢慢捏，转身要走，一竹一把拉住，哥，别走，你得看着我捏。捏个泥人还要我看着，我还有事呢，一松扭头便走。

一松刚走一步，一竹大喊，不准走，我要告诉妈妈，我要哭了。话音一落，她哇的一声大哭起来。一松回过头，一竹脸上一滴眼泪都没有。即使这样他仍得投降，好了好了，我看着你捏。一竹咧嘴一笑，我不捏了，你帮我捏。不行，自己捏。你敢不听话，我又要哭了，哇……一松赶紧告饶。

等他们赶到公社门口时，那里已人山人海。人们手里都拿着东西，有的是红苕，有的是大米，还有的拿着蔬菜或是鸡蛋。

一阵嘹亮的军号声响起，一群解放军战士背着背包扛着铁铲迅速地排成整齐的队伍。4个兜的军官一声口令，战士们踏着整齐的步伐，出了大门。

门外的人们呼啦一声围了上去，纷纷向战士们手里塞东西。一松也把那个拿铁铲的解放军小泥人塞到那个卫生员手里，他仔细看了看非常高兴，连声说谢谢啦谢谢啦！

一阵震天的锣鼓声响起，一条长长的草把龙在人群中舞动，一阵高亢的唢呐声直冲云霄。

队伍走出街口时，4个兜的军官突然高喊，立——定！向后——转！队伍停下来，面向百姓。那个军官疾步跑回来，面向人们高声喊，感谢徐晚霞老师！感谢乡亲们！敬礼！

战士们刷的一声将右手举到帽檐。

· 3 ·

送别解放军的激情渐渐消退，许一松转过身，心里又被一片阴影笼罩。他在想，这个时候张守成在干啥子呢？

此时的张守成正从公社出来往学校走，他想去看看令他魂牵梦萦的徐老师。

昨晚的演出，让他心中的女人一夜之间闻名全街。那身段那声音，还有那动作眼神，那说词唱腔，真是不迷死人不罢休哇！他开始恨自己了，这么好的女人，怎么自己就没抓住呢？

他来到学校，里面正在上课。站在窗外，可以清楚地看到教室里的情景。20来个孩子坐在高高低低的凳子上，徐晚霞手拿课本，正在教室里来回走着，领着学生朗读课文。

他看呆了。找了个空地，吹了吹灰，一屁股坐下来。他拿出烟袋，拈了烟丝，用白纸熟练地裹成烟卷，点着火静静地抽着。

下课铃响了，学生们跑出教室，他迎着徐晚霞走去。

还在课堂上，徐晚霞就看见张守成来了。对于这个生产队大队长，徐晚霞听过太多关于他的传说。只是一个"花蝴蝶"的外号，就已够说明他频频出现在自己面前的原因了。这样的家伙应如何应付，徐晚霞一时拿不准。她拿着教案向张守成点点头，径直向办公室走。

徐老师，他上前一步，拦住徐晚霞。

徐晚霞停下来，平静地看着他。

是这样徐老师，队里要给你家分自留地了，你看什么时候有空？

哦，这事我叫我侄女来办，谢谢你了。

你不来，万一这田土分孬了啷个办？

不会吧，你会给我们分不好的田土？

那是那是，不过，万一，我是说万一你不满意，不要怪我。他边说边开始往外走。他发觉自己心里直发虚，觉得这学校不是他应该常来的地方，他得赶快走，因为他发现学校里已经有学生和老师向这边走过来了。

此时张守成还不知道，整天跟在他屁股后面转的那个叫想捡钱的邓怀义心里也很烦闷。

当想捡钱从地上站起来的时候，他已经坐在那里发了半天的呆了，前后的路上四周的地里他都仔细地看了好几遍了。他心里一直在嘀咕：为什么从那以后就再也没有从地上捡过钱呢？他实在太郁闷了。

想捡钱的郁闷不只是没在地上捡到钱，还源自生产队马上就要有新队长了。在很多人的眼里，生产队长这官很小，甚至能不能叫官还很难说。可在想捡钱的眼里，这比老腊肉还香还重要。他知道自己在队里一直是个受气包，一个大男客底分只评了8分，他只能躲在角落里怄酸气。他很不甘心，也不情愿，总在想法子怎么才能出头。说起来他的运气从5岁开始就一直不错的。那年冬天他一出门就在地上看到了贰分钱，当他跑过去捡到手中时他高兴得把脚都跳痛了。接下来没过多久，他又在地上捡到了五分钱。这是怎么回事？地上也能捡到钱？他有点蒙了。清醒过来后，他就有了一个习惯，不管走到哪里，他的眼睛随时都会向周围的地上扫一遍，有时还得扫两遍甚至三遍。谁知道什么时候地上就会有几分钱呢，他可不想错过。后来街坊邻居看见他老是盯着地上到处看，就给他取名叫想捡钱，开始他还很不乐意，时间长了晚上睡到床上一想，这想捡钱有错吗？羞人吗？只要是人哪个不想钱？就看你有没有那个运气，捡不捡得到。现在他终于看到了一个机会，只要他当上了这个队长，一切都将会云开雾散，说不定他运气好了还会捡到更多的钱呢。他也想过，他当上队长的第一件事就是得把自己的底分改成10分。这不只是年底可以实实在在地多分点口粮，这可比一心只想从地上捡钱可靠得多，而且事关他的面子。他毕竟是个男人，男人是要有面子的，底分8分纯粹就是欺负人。为此他谋划了很久，怎么去争怎么去取，他在心里已想过十几遍了。这生产队长明面上说是要群众推荐，其实谁都清楚这只是大家嘴里说说而已，真正起决定作用的，还是上面一句话。好几个月来，他鞍前马后地跟在张守成身边，小心翼翼地伺候着，还不就是为了到时候张守成能帮忙说一句话吗。现在好了，眼看这事越来越近，他感觉张守成离他却越来越远。这是为什么，要不是坐了这大半天，他还真的不明白呢。

他迈开脚步，边走边后悔：当初自己为什么要逼走这个二娘呢？

在小街人的眼里，想捡钱绝对是一个有手艺的匠人。虽然只是一点砌砖抹灰的小手艺，但在这农村可是一个能挣活钱的大本事，要不然岳父也不会把女儿嫁给他。只有他知道自己的手艺是个什么水平，纯粹是充数的，糊弄一下外行还可以，只要一来真的，他立马就得露馅。结婚后他就老是在说，现在成家了，自己就要尽到一个男人的责任，得顾家了，再也不能到处乱跑了，要安安心心本本分分地在队里挣工分，把自留地种好，不能整天东想西想。他说的话很在理，也很站得住脚，冠冕堂皇的，很动听，岳父岳母甚至他老婆都认为他说得太对了，谁也不知道他是怕出去做工时穿帮出丑。

由于他是上门女婿,自留地分得少不说,还都是不好的田。想捡钱邓怀义平时就是一个二流子,以前都是借瓦匠的名头,在外面晃荡不干农活混点饭吃。实际上他也不大会干农活,整个一好吃懒做的家伙。等岳父岳母发现这些时生米早已煮成熟饭,后悔也没有办法。这下可苦了大伯一家人了,原以为家里来了一个顶梁柱,谁知道干活的没有增加一个,反倒增加了一张吃饭的大嘴巴。随着岳父岳母的年纪越来越大,体力越来越差,家里的困境也就越来越严重了。

对于自己的家底,想捡钱是一清二楚的,那个唯一的破木头箱子里总共只有两角钱。这点钱怎么可能拿得出手去送礼呢?张守成那是啥子人,刚从民兵连长升任堂堂的生产大队长,公社干部下面就数他的官最大,家里的粮食多不说,光是吊在灶头上的老腊肉就有好几块。对于这样的人物,想当铁公鸡还想请别人帮忙,那真是癞蛤蟆想吃天鹅肉——妄想。他暗自思量,要想请张守成出手,没有个五六块钱那是搁不平的。

他想通了这里面的道道,唯一的一条路就是借。可队里有谁能一次性地借出五六块钱来?又有谁会愿意借给他五六块?人穷志短哪。现在唯一的办法就是放下身段厚着脸皮去求他二娘徐晚霞,哪怕是她把他的脸撕下来当抹布用,他也得认了。

徐晚霞现在住的房子是租的杠头的,进深不宽,只有 3 间,厨房砌在街檐边。一进门想捡钱就知道自己该做些什么。在徐晚霞面前,他首先把自己骂了个狗血淋头,说自己喝了点马尿,不知天高地厚忘了尊老爱幼,自己六亲不认天理难容!接着表明今天特意过来,一是向二娘道歉认错,二是来请二娘搬回去住,这样既省钱,一家人住在一起还能互相照应互相帮助。他巧舌如簧,什么话最能让他这个二娘消气他就说什么,反正说话不费力气又不花钱。

见徐晚霞一脸冷漠并不为他所动,他又想出来另一个办法,他跑回家对岳父岳母连哄带骗,恩威并施,硬是将两个老的逼着一起去求徐晚霞。

大哥大嫂亲自来请,徐晚霞再也不好坚持不搬。想捡钱暗自高兴,叫上老婆一齐动手,很快就将徐晚霞的东西搬回了原来住的屋里。为进一步讨好徐晚霞,他不怕出丑,找来旧砖好一番折腾,将她家以前的柴灶改成煤柴两用灶。那灶砌得实在有点不敢恭维,徐晚霞只好又请人来改砌了一番才勉强可以生火。

晚饭过后，想捡钱就来串门了：二娘，我……我想给我妈买件衣服，可……可是我手里没……没钱……

徐晚霞这才明白这个侄女婿热心快肠地忙活了一整天，原来是醉翁之意不在酒。徐晚霞有点被算计了的感觉，心里很不高兴，但还是拿出了两块钱。

两块钱？想捡钱的脸瞬间一片阴冷。他抓过钱转身就走，临出门他的牙齿咬得吱吱响。

·4·

许一松是在进门时看到想捡钱那副咬牙切齿的样子的。对于这个堂姐夫，一松没有一丝好感，只有厌恶。这想捡钱为何怒气冲冲的，一松没有一点兴趣。他正为要去屙尿坪中心小学读书而万分高兴着。那可是他们这一带最好的也是最完善的中心校了。一松是三天前被母亲带到这里来的，母亲想让他跳级进入这所学校读书。一个戴眼镜的男老师出来带他去了教研室，给了他一张试卷。他知道这是要考他了。一松看了看试卷，提笔开始做题。他感到老师的眼睛紧盯着他，目光很凌厉，他的心咚咚直跳。交卷后眼镜老师看了好一会，才跑出去请示校长。过了一会儿回来说，两天后可以来这里读书了。一松听了洋洋得意。他看见母亲笑了，笑得好开心。

屙尿坪中心小学离小街有七八里路远。这里的学生很多，数都数不过来。教室边的空地上有两个简易乒乓球台，院墙外还有一个篮球场，不时有大人在那里打篮球。看大人们打球是一松最喜欢的事情了，看着他们不停地奔跑，运球传球，投篮得分，裁判的口哨嘟嘟直响，简直太刺激了！一松也想去打篮球，可没人要他，说他太小太矮了。一松真恨他自己，为什么个子这么矮这么小呢？为什么他只能一天一天地慢慢长大，而不能一夜之间就长成大人呢？一松把他的困惑写信告诉爸爸，爸爸回信说他终于长大了，开始会思考问题了。这也算长大？大人们的心思真让人搞不懂。

由于路程远，中午一松是不回家的。早晨上学时，母亲就给他准备了一个小口袋，里面装了一点米和一点咸菜，还有一只大洋瓷碗吊在书包上。到学校后先将米和碗交给伙食团，炊事员负责将饭蒸好，中午时自己去那里找自己的碗。

一松的班主任老师叫金运泽，他说他也是天竹师范毕业的，是他父亲的学生。一松在他的宿舍里看到一本很厚很厚的书，名字叫《钢铁是怎样炼成的》。开始还以为这是本介绍怎么炼铁的书，随意一翻开，没想到被迷住了。一松想借这本书，又怕金老师不愿意。趁他转身之际，一松把书藏进了衣服里。此后的几天，他废寝忘食，一头扑进书里。保尔·柯察金的故事深深吸引住了他，也震撼了他。一松仿佛进入了另一个世界，他看到了革命，看到了战争，看到了苦难，也看到了坚强。一松第一次喜欢上了一个女孩——冬尼娅，为她未能与保尔走到一起而深感遗憾。

看完这本书，一松很累，但值得，他感到此时的他才开始真正长大了。

开饭时间到了。食堂里靠墙的那张大案板上，摆满了学生们的饭碗。大多数的碗里是红苕，少部分的碗里是洋芋（土豆），只有两三个碗里是米饭。同学们一拥而上，抓起自己的碗狼吞虎咽起来。一松找到他那只蒸着米饭的碗，端到院坝里拿出咸菜正要吃，被人一把拉住。一松抬起头，吴顺秀，她怎么跑到这里来了？

四娃子，四娃子，你让妈找得好苦哇！吴顺秀抱住一松，嘴里不停地念叨。

周围的同学围了过来，全都好奇地看着他们。

吴顺秀摸了摸一松的头，从贴身的口袋里摸出一个鸡蛋，四娃子，饿了吧，看看妈给你带什么来了？鸡蛋！我家四娃子最喜欢吃的鸡蛋！哦，对了，还有糍粑呢，快，快叫妈，叫了就给你吃。

许一松一下子蒙了，在这里叫她妈，还当着这么多同学的面？

快叫妈，快叫妈！看到一松的尴尬样，有的同学开始起哄。

他满脸通红，不知所措，恨不得地上有条缝钻进去。

疯子，疯子，一些同学转而向吴顺秀发难。打这个疯子！打这个疯子！一些人呼喊，一些人开始向她扔东西，有的甚至开始扔泥块。

吴顺秀东躲西藏，很是慌乱，一不小心摔倒在地。同学们扔过来的东西不时砸在她的身上，她狼狈不堪，双手紧紧捧着鸡蛋，口中直叫：别砸到我的鸡蛋！别砸到我的鸡蛋！那是我四娃子最喜欢吃的呀，你们可以砸我，千万不要砸鸡蛋哪！

一松突然感到一阵心痛，就像他的母亲受到伤害一样，他几步冲到吴顺秀的前面，张开双臂护住她，大喝一声：住手！

同学们愣住了，停下来。

他转身扶起吴顺秀，用尽全身的力气，对着她声嘶力竭地大叫了三声：妈！妈！妈！

现场突然静了下来，静得能听得见地上掉了一根针。

事后一个女同学悄悄告诉他，那天的场面太震撼太令人感动了，她回去后都哭了。

回到家里，许一松才听说生产队长的人选定下来了。尽管想捡钱使出了浑身的解数，最终他的生产队长还是没当成。他自己总结失败的原因有三点，一是他在公社里不占人，上面没人强力推他；二是队里小人太多，很多人都看不起他；三是张守成阴阳怪气两面三刀，根本没把他的事放在心上。而张守成不帮他的原因是他送的钱太少了，区区两块钱，人家能看得起能动心吗？而造成他只能送两块钱的原因就是他那个吝啬的二娘徐晚霞不愿意多给他几块钱！他心里真是气呀，在床上躺了整整一天，起床他就开始摔东西，指桑骂槐，把家里搞得鸡飞狗跳。

徐晚霞笑了笑说，我们搬家吧。

奶奶呢，一梅问。

当然一起搬，徐晚霞边说边收拾东西。

第六章

· 1 ·

蓝蓝的天上晴空万里，没有一丝云彩。太阳直直地照着，照得大人们坐立不安心里火烧火燎的。小街上的人议论纷纷，都在说这天干得越来越不得了，将近一年没有下过雨了，这在他们几十年的经历中还从来没有遇到过呢。田里的水早就干了，禾苗也已经枯黄，可以点火了。公社和大队都在全力组织抗旱，但效果不大。小河底下，自从上次解放军来挖到一点点水后，这段时间人们再怎么挖也没有挖到水了，再这样下去，庄稼就要绝收了，明年就要断粮了。一时间，小街上人心惶惶的。

许一松没有感到有什么不同，晚饭后仍然和几个小伙伴在街上乱窜。

黄泥巴小街的晚上一直很冷清，天一黑人们就开始钻被窝，全街上下很快就静悄悄的。低矮破旧的木板板房子被掩藏在浓浓的夜色之中，偶尔有一两户人家有点灯光也持续不了多久。煤油得花钱买，点灯就如同烧钱，小街上的人才舍不得把钱花在点灯上面呢。不过，正国家隔壁的房子里怎么会亮着灯呢？一松好奇怪，想去看看。

走进去，并不宽大的堂屋里坐了十几个人。正中首座是个70多岁的长者，一松记得他，好像是他们许氏家族的族长，名叫许德安，母亲说过他应该叫他太爷爷。他的二儿子在土改时做过农协主席，在小街上威望极高。只要天一冷，他就一手提着灰笼，一手拿根长烟杆在街上晃悠。他常常坐在一个门槛上，把长烟杆装上烟丝伸到灰笼里去点火，吸一口气吐出一口烟来，好神气的样子。一松有些怕他，尤其是他胡子一翘，手中的长烟杆说不定就会敲到你的头上来。他的长烟杆有点粗，至少比母亲的竹条子要粗。长度约有3尺多，最吓人的是它的烟锅，小街上的人一般把它称为烟杆脑壳，足有一松的拳头大，天天都是亮闪闪的，据说是纯铜做的。那家伙砸下来肯定是一砸一个包，那个痛让你至少一个月都忘不了。

有时候这个太爷爷也很会搞怪，不，是恶作剧。他的口袋里虽没有一松那种水果糖（他说那玩意儿既难买而且还不便宜），但他时常能随手摸出一个李子或核桃来，让街上的这一帮小崽儿心痒痒的口水直流。太爷爷最看重孝道，凡是犯上作乱辱骂上辈的小崽儿，他都会说：来，摸一摸我的烟杆脑壳，这李子核桃就给你。他们这帮家伙谁会抵御得了这种诱惑，都会毫不犹豫地伸手，直到烫得嗷嗷叫，才知道是拂了他的逆鳞上了他的当。这烟杆脑壳可是你自己要摸的！事后他常常这样说，那倒打一耙的狡诈样子让你又痛又气双脚直跳又无可奈何。正国、兆祥都吃过他的苦头，一松也差点栽到他的烟杆脑壳之下。

许一松的师父方炳盛蜷着身子坐在角落里，还有一个姓陈的长者也在，他是兆祥的太爷。一松的棋友妙禅大师，还有杠头和那个烂诗人也在。其余几个长者一松不认识，估计至少也是小街上有头有脸的人。

也许是天气已不冷了的缘故，太爷爷没提灰笼，但烟杆脑壳里照样点着烟，他和至少五个人在吞云吐雾。桌上的一盏小煤油灯发出昏暗的光，不时啪的一声炸出一朵小灯花。

许一松拉着正国在妙禅大师身边找了根板凳坐下。他觉得这些大人像要讨论什么事情。前段时间他听到不少大人在悄悄说想多分自留地，兆祥妈她们好像还特别激动，说只要自留地多分点，家里粮食会多一些，肚儿就会吃得饱一些，现在该不会是商量这事吧？

屋里很沉闷，大家都低着头，好像在思考什么极其高深的问题似的。

又沉默了好一阵子，太爷爷开了口：今年的干旱百年不遇，各位刚才议定了要祈雨，具体应该哪个办，大家都开腔噻！

开枪？我不敢开枪，开枪要打死人的。坐在屋角旮旯里的贺啸天突然冒了一句。这个贺啸天可是个能人，他和他的兄弟贺啸地领着一帮人，除了能把癫子锣鼓敲得震天响之外，还能把草把龙耍得全县闻名无人能比。

屋里顿时荡起一片笑声。一松师父方炳盛的笑声最突出，笑得一松直发抖。

好了好了，你个龟儿子就只晓得乱开腔！

太爷爷的长烟杆使劲在地上敲了敲，又在贺啸天面前突然一闪。贺啸天吓得跳了起来。

嘻嘻，一松心中一乐，原来还有大人也怕太爷爷的烟杆脑壳！

太爷爷微微一笑：以前我们也祈过雨，但那都是小打小闹，这次一定要按照先祖的规矩来，先请妙禅大师给我们讲讲祈雨的规矩。

妙禅大师摸了摸一松的头，又看了烂诗人一眼，才缓缓地说起来。

祈雨又叫求雨，主要仪式有三种。先说燎祭祈雨，是以柴薪燃火焚烧贡品的祈雨方式，祭祀的对象为天神及与水有关的水神。第二，献祭祈雨，是用食物等物品祭祀求雨的方式，民间常采用的大多为组织锣鼓大队，带领乡民到雨仙庙里请愿祷告……

哎呀呀，这些道理太深奥了，我哪里听得懂，脑壳都快要爆了！贺啸天的弟弟贺啸地冒了一句。

不准打岔！太爷爷旁边的陈姓长者低吼了一声：祈雨是一场心诚的祭祀仪式，你连基本道理都不懂，如何做到心诚？心不诚如何能求来雨？

太爷爷脸色也跟着一沉，长烟杆伸出去，点了点贺啸地，贺啸地赶紧低了头。

妙禅大师凑近太爷爷耳边低语了几句，太爷爷又敲了敲烟杆脑壳：好了，我们请烂诗人，哦，请罗兴文再继续讲讲祈雨的基本规矩。

烂诗人顿时满面通红，他有点激动了，能在这样的场合发表自己的见解，绝对是一件很长面子的事情。他很感激地向妙禅大师看了一眼，又清了清嗓子：我接着妙禅大师的话说。

巫术祈雨仪式常常是两类仪式并重。祈雨方式分为以龙祈雨、舞龙祈雨和画龙祈雨。《淮南子》说："用土垒为龙，使二童舞之入山，如此数日，天降甘霖也。""……以丙丁日为大赤龙一，长七丈，居中央；又为小龙六，于南方。壮者七人皆斋三日，服赤衣而舞之……"

烂诗人这段文绉绉的之乎者也，在场的没有几个人能听懂。显然，烂诗人有点故意卖弄。

听了半天，一松才明白他们不是在说多分自留地，而是在说怎么祈雨。他悄悄问太爷爷，为什么不说分自留地呢？太爷爷眼一横，天不下雨地再多有什么用？一松有点蒙。他们讲的他一点都没听懂，也没感到与他有什么关系，兴趣于是一点也没有了。他打起了哈欠，眼皮直打架。他坚持不住了，在太爷爷说还要继续讨论时，他的眼睛已慢慢闭上了。

· 2 ·

半夜里，一松是被姐姐叫醒的，因为她发现早就有人提着水桶到水井边排队等水了。一松很不情愿地从床上爬起来，揉了揉干涩的眼睛，提起水桶就往井边跑。刚跑进巷子口，离水井还有很长一段距离时，他已无法动弹，前方早已排了一条长长的水阵。他沮丧地放下水桶，融入长长的等水队伍之中。他十分无奈也很无聊，看着一个一个紧挨着的水桶，他突发奇想，找来一节小竹竿，挨个击打那排列得并不整齐的几十个水桶，一声声高低不同的敲击声顿时在夜空中响起，惊得几十个排队等水的人一齐愤怒地看着他。

天渐渐亮了，蔚蓝色的天空像水洗过一样，干净得没有一丝丝云彩，当然也没有一丝丝落雨的迹象，仿佛天上的水早已全部用来清洗天空，根本无暇顾及地上的旱情。

干旱越来越严重了，溪河干涸，田地开裂，禾苗枯死，一些弱小的槐树松树也已开始枯黄。一松直接的感受是，小街上开始严重缺水了。持续的干旱不但让生产用水断绝，小街居民的生活用水也越来越紧张。据老人们讲，小街上仅有的两口水井以前从未干涸过，源源不断的地下浸水使小街人们的生活一直是那么的惬意和从容不迫。在人们的记忆之中，小街还从来没有因为缺水而担心过，更不会为争水而起纠纷。但从昨天开始，已连续发生 5 起排队争水事件了，有两起还发生了打斗，受伤一方扬言决不罢休，一定要约人打回来。

一向以礼义廉孝为风尚且引以为豪的小街人开始躁动不安，公社党委书记兼社长陈子山也感到问题严重了。他不得不思考这样一个问题：解放军抗旱只缓解了一时，越来越严重的干旱必将导致争水，争水严重必将导致斗殴。而斗殴则是人心恐慌的集中表现，公社对这一恐慌应该如何进行疏导呢？他一面向县委县政府汇报，一面全力展开劝导。

连续几天的调解，辅以必要的威慑，争水事件得到解决。公社顺势成立了饮水管理办公室，各大队生产队成立小组，统一管理所属各种水源，按水源量和人头分配饮用水，公社基干民兵负责在各水源点执勤。公社这一决定得到广大社员的一致拥护，争水斗殴的态势被强力压制下来。

陈子山是两年前从部队转业的，原在天竺公社任副书记，半年前到新成立的黄泥公社任社长。那个民间祈雨筹备会议定的事项，第二天陈子山就知道了。这几天他一直蹲在基层，一个大队甚至一个生产队一个生产队地跑，他得尽到自己的职责，做好自己应做的工作。

黄泥公社并不大，下辖 5 个大队，24 个生产队，4000 多户人家，3.2万多人，地处山区，交通不便，人均耕地较少。老百姓的日子过得十分清苦，寻常人家想要吃一顿肉只能等到逢年过节。这场旷日持久的严重干旱，让本就清贫的黄泥公社更是雪上加霜。社员们的焦虑和渴求，陈子山心里一清二楚，绝望之中祈求上苍本也无可厚非，但对于身为党的干部、地方负责人的他来讲，如放任这场宣扬封建迷信的祈雨活动在他的辖区内上演，则是严重失职。

这几天他都在尽全力阻止。跑了两个生产队，他就感到脑壳大了。一直很听指挥的队干部这时打起了太极，居然不听招呼了，托词是他们是得听领导的，但也不能跟绝大多数群众对着干。潜台词是干旱已威胁到人们的生存了，只要能求来雨还计较用什么方法吗？一直很纯朴的社员们板起了面孔，他们的意思更简捷，只要公社能让老天爷下雨，他们就保证不参加任何迷信活动。

陈子山没有气馁，他加大力度，派出 5 个工作组，将全公社的大队生产队逐一走访了一遍，结果是除了现在还有点水用的两个生产队明确了不会参加外，其余的生产队都态度模糊，熟悉农村工作的陈子山当然知道这态度模糊意味着什么。

陈子山表面很平静，内心却已翻江倒海。种种迹象表明，民间大型祈雨活动正步步逼近，尤其是知道响应的人越来越多，范围越来越广，连附近的和仁公社和马家公社的不少人都要来参加时，他更是坐卧不安了。陈子山已经清楚地知道，自己遇到难题了，天大的难题！刚到小街工作时，有人就跟他说，这个小街可不是一盏省油的灯，这里的人胆子大心眼多，胡思乱想喜欢整事那是家常便饭，你千万要小心。没过多久他就听到反映，说小街有人在鼓动多分自留地了。他心里一惊，这可不是好事，正想如何应对呢，这祈雨的事情又来了。

比较起来，多分自留地与大型祈雨活动，哪一件都烫手。自留地与群众的利益息息相关，多分违反政策，阻止得罪群众；祈雨属封建迷信活动，政策明显不允许，强行阻止祈雨活动，必将造成政府与民众的严重对立，而且还有引发群体事件的风险，况且如何阻止又是一个更大的难题；参与或主导祈雨活动，则更不可能，因为这种封建迷信活动政府本应坚决反对，而既不阻止又不参与，眼睁睁地看着这种迷信活动在自己跟前发生，无疑是在向上级表明自己缺乏最基本的领导能力，其责任之重他根本无法承受。他进退两难。好在最近几天，多分自留地的传言已烟消云散，让他多少可以松口气，不然两件事情一齐来，他只有仰天长叹了。

苦苦思考了 3 天，他认为还是主动参与祈雨活动要好些，一来他实在想不出什么办法去阻止；二来史书上历朝历代的政府都不反对祈雨而且上至皇帝下至州县官员都曾参与；三是参与进去既可了解详情还可伺机疏导，防止事态扩大。

县委负责人听了陈子山的请示，说了 4 个字：依靠党委。

党委会上，5 个班子成员，4 个在抽烟。陈子山的提议一亮相，大家只是一阵沉默。

室内烟雾袅袅，气氛凝重。

旱情持续加剧，小街上暗流涌动，大型祈雨活动即将举行，这些大家心里都明镜似的，也都知道形势严峻，形势逼人。他们都等着公社党委书记兼社长陈子山提出他的解决办法来，但大家做梦也没有想到，陈子山提出来的是"参与疏导祈雨"这样一个解决办法。

党委副书记曹二希吐了一个烟圈，脸上很是平静。43 岁的年龄，从办事员、文书、干事到副书记一步步走来的阅历，让他一眼就看穿了陈子山的五脏六腑。不得不承认，陈子山是一个值得尊敬的人，也是一个为民尽责毫无私心的人。当然，也是一个毫无城府脑袋有点搭铁的人。面对大型祈雨活动这个难题时，陈子山的这个应对办法无疑是飞蛾扑火自取灭亡。县委县政府决不会让一个亲自参与大型封建迷信活动的人继续担任公社一把手的。虽然自己与陈子山之间并无仇恨，甚至他们之间的配合还很融洽，但如果陈子山能够下去自己能够上来那还是会让人感到欣喜的，毕竟公社党委书记兼社长的职务与他现任的副书记不可同日而语。

曹二希将烟灭了，轻轻咳嗽一声，开始发言。他语言平缓，论点突出，论据确凿，论理清晰，口气委婉。但反对的态度坚决，理由堂堂正正，让人无可辩驳。

隔了好一阵，组织委员、副社长等人一个接一个地开了口，说的自然是曹二希的翻版。好在中国词语丰富，只要你有心，同一个意思可以用几十种方式表达，词句完全可以不用重复。

会议开了两个来小时，大部分时间是在沉默和烟雾中度过的。除了曹副书记坚决反对外，班子其他成员都很委婉，有的表态甚至模棱两可。

议案没有通过，陈子山很是沮丧。虽然也在意料之中，但作为一名公社党委书记兼社长，无法掌控党委会，多少算是个打击。本应偃旗息鼓另谋他法，可陈子山就是一根筋。只过了一天，他便一个一个地找班子成员沟通，动之以情，晓之以理。

两天后又一次开会，一票反对，一票弃权，提议艰难通过，但留了一个尾巴：参与只能以私人名义。陈子山向上级汇报这次党委会决议时显得一脸无奈。

陈子山当然没有想到，这一切其实并非是他私下努力的结果，曹二希想让他陷进去才是决议能通过的最大推手。

作为还在读小学的许一松，自然不会知晓公社领导层的这些暗斗，更不知道这暗斗还会如此激烈。每天除了上学外，一松忙于陪宗光读医书背汤头，到方老头那儿学年画，每件事都搞得他头昏脑涨的。利用和妙禅大师下棋的机会，他特意问了问祈雨的事情。妙禅大师说已定在农历四月十五，地点是蟠龙山上的蟠龙洞。

· 3 ·

十五那天，天还没亮，一松就醒了。他是被一阵又一阵很杂乱的响声吵醒的。那响声一会大一会小，像是人群走动，又像是在搬运什么东西。

一松爬起来一看，姐姐已穿好衣服了，母亲正叫妹妹起床。他一溜烟跑了出去，他得跑快点，不然被妹妹缠上了就轻易脱不了身。

月亮还在天上，好大好圆。街上已人潮涌动，锣鼓队、唢呐队、草把龙队和举幡旗的已排好了队伍。

早在几天前一松就和兆祥他们约好了一起去看祈雨仪式，跑到中街时正好遇到他们，大家呼啦一声就向蟠龙山跑去。

蟠龙山位于黄泥公社东边，约8里远。一条石板铺就的古驿道在山间蜿蜒，路面宽敞，条石光洁，令南来北往的客商赞叹不已。书上说这是汉代大修驿道时修筑的"国道"，在黄泥公社境内的这一段长30余里，距今有2100多年的历史。最险峻的一段驿道在陡峭的悬崖上，如天梯壁立，共108步，人称"百步梯"。两旁青松翠柏掩映，右边是飞流直下200余丈的"崖泉瀑布"，左边是险峻挺拔的连绵山峰。驿道沿途山峦雄奇壮观，亭台别致高耸，庙宇恢宏巍峨。历朝高官显宦、州府邑令和驿吏等常在此游憩，或即景赋诗，或泼墨绘画，或摩崖石刻。驿道旁山崖上留有明嘉靖按察使张俭、梁山邑令符永培、湘南学者胡瀛的"天子万年""蜀岭雄风""蜀道难"等题词。崖泉边，洞口上有"喷雾崖""孤崎秀杰""伏风洞"等石刻，相传是陆游、苏东坡、范成大等大文豪的手迹。陆游的《蟠龙瀑布诗》，南宋魏了翁的《飞雪亭》，明代礼部尚书夏言的《白兔颂》，宋承荫的《白兔诗并序》等均在此吟撰而成。蟠龙溪桥头的石碑上至今还留有一副楹联：桥锁蟠龙阴雨千缕翠，林栖鸣凤晓日一声红。

一松很高兴，跟在正国他们屁股后面使劲跑。百步梯太陡，也太长了，只爬了不到三分之一他便气喘吁吁，根本无暇欣赏沿途的景色。和宗光坐在石梯上刚喘了一口气，兆祥便一声惊叫：快看，来了！

蟠龙山下那条弯弯曲曲的小路上，一眼望不到头的人群像蚂蚁似的排成单列蠕动着向这边涌来。渐渐地，锣鼓的轰鸣声开始清晰，唢呐声也由小变大继而高亢嘹亮，各种旗幡彩带陆续闪现，两条好长好长的草把龙也左右翻滚，手捧贡品的人群越走越近……

一松看得心怦怦直跳。

天渐渐亮了。东边天上渐渐出现了一团火烧云，把绵延起伏的山峦映成一片火红，几株历经大炼钢铁的洗礼还尚存的树木也显得有了些许生气。农村流行一句天气谚语："早烧不出门，晚烧千里行。"眼前这一团火烧云仿佛给祈雨的人们打了一支强心针。

蟠龙洞前的空地上很快挤满了人，附近的和仁公社和马家公社的人也来了不少，一张张激动的脸上写满了渴求与兴奋。一阵忙乱过后，扛着板凳的人们率先上前将板凳摆到洞边，扛木板的人把木板放在板凳上，铺成一个宽大的台面，几个姑娘拿出红布盖在台面上，几分钟时间，祭台就搭好了。

许家太爷挥了挥他的长烟杆，众人顿时静了下来，眼睛一齐望向妙禅大师。此时妙禅大师已盘坐在一块石头上低声念诵着经文，旁边烂诗人聚精会神地看着手中的一块老旧怀表，怀表那嘀嗒嘀嗒的走动声清晰地在大家的耳边回响，像一柄柄重锤敲打着众人的胸膛。

气氛太凝重，一松感到有点喘不过气来了。

没过一会儿，烂诗人合上怀表，妙禅大师双手合十抬起头来，众人开始有序地献上贡品。一个年轻人吹燃火纸，点燃火堆，6个年轻人分别将两根3米长的大红烛和三炷3米长的大香抬到火堆边。

突然，人群中一阵躁动，一个声音冒了出来：太不公平了，我们和仁公社祈雨的位置太偏了！这样求雨下不到我们公社那里来！话音一落，几十号人先后附和，不公平！不公平！我们要到中间的位置祈雨！一群人一边吼叫一边向中间挤，场面顿时大乱。

陈子山见了急忙赶过去大声喊道：大家安静大家安静！公社各大队的位置已经这样了，大家也都各就各位了，现在不好再调整了，希望大家理解，希望大家原谅！

不行，我们要到中间去！我们要到中间去！几十号人齐声怒吼。

陈子山走进人群，向他们不停地解释、劝说甚至恳求。那些人根本不听，反而越说越激动。知道位置是陈子山安排的后，那些人把矛头直接对准了他，围着他猛喊：调位置！调位置！此时的陈子山别说调位置，就连口头答应安抚他们一下也不敢了。他非常清楚，要让已经在中间位置的人调到边上去，根本就没有人会愿意，也没有人会理睬。如果强行调整，那只能使场面更乱更无法收拾。和仁公社的人见他们的再三请求陈子山并不理会，气急败坏，一把抓住陈子山的衣领，有的举起拳头，有的扬起棍子一齐向他砸来。陈子山忙用双手护住头脸，左冲右突。那些人哪会让他走，抓住他一阵猛打，陈子山的手臂顿时鲜血直流。

打人了！打人了！见陈子山情况危急，人群中有人大喊。

住手不准打人！一个女人高亢地大吼了一声，那声音很大很大，中气十足，带着愤怒，带着威严。

场上顿时安静下来。众人抬头一看，一个身穿列宁服的高个女人站在石坎上。微风吹过，长发飘舞，大大的眼睛中冷峻的目光在闪烁。

女干部！和仁公社的人群中有人低叫着。

穿列宁服的女人又一声大喊：杠头刘全友贺啸天贺啸地，去把陈子山社长请回来！

人群中闪出4条健壮的身影，直冲入骚乱的人群中间。有几个想出面阻挡，杠头等4人双手一分，那几人一个趔趄差点摔个狗吃屎。

杠头等4人的强势让那些人一愣。4人趁机冲到陈子山身边，拉起他就走。那些人显然被这4人的武力震慑住了，没敢再阻拦，场面稳定下来。

许家太爷走上平台，高声叫道：今天的祈雨仪式，现在开始！

和仁公社那些人黑着脸，知道反抗没有用，再也没有吭声。

许家太爷和方炳盛与两位长者两人一组各扶一根大红烛开始点烛，妙禅大师和公社社长陈子山扶着大香开始点香。

待火苗在红烛大香上缭绕时，一声嘹亮的唢呐声响起，紧接着33支高音唢呐33支中音唢呐一齐吹响，声音惊天动地。唢呐声中，4位长者、妙禅大师和陈子山在旗幡的引领下，庄重地三拜九叩，献上红烛大香。

许家太爷又将他的长烟杆一挥，鼓乐声骤停，四周一片肃静。陈子山在妙禅大师的陪伴下登上石台，妙禅大师右手轻拂，双手合十。陈子山拿出几页纸亮开嗓子诵读祈雨文：

岁在庚子五月乙辰，黄泥公社陈子山，昭告黄泥之诸公，为黄泥及周边民田稼禾旱枯，祷告神灵，普降时雨。词曰：呜呼！十日不雨，田且无禾……三月不雨兮，民将奈何？小民无罪，天无咎民！下官失职兮，罪在予臣。呜呼！民则何罪兮，天何遽怒？油然兴云兮，雨兹下土……

诵毕，在妙禅大师带领下，众人一齐三拜九叩，每人敬上3炷小香。

空中，阵阵云层涌动。地上，几百个钹师、鼓手、锣手一个个头系雪白毛巾，身穿红袄黄裤，静然肃立。洞前，几百件响器在烈日照射下映出耀眼的光芒，19面旗幡迎风招展，19面彩带随风飘扬。

神情庄重的贺啸天左手鼓槌往上一挑，33面大锣当当当发出3声巨响，似3道闪电撕裂天穹。贺啸天右手鼓槌往上一摆，33面大鼓咚咚咚三声重敲，如3声春雷当空炸出！贺啸天双手鼓槌往上一挥，33面大锣、33面大鼓、33面马锣、33面勾锣、33面钹一齐轰响！

巨大的声浪割破深空，如狂风暴雨铺天盖地，似千军万马铁蹄奔驰，如江河决堤洪流滚滚，似狂风咆哮飞沙走石。阵阵巨响滚滚回旋，急急如闪电，重重如惊雷，震天撼地，惊心动魄，山谷震荡，万鸟腾飞！

妙禅大师一声高叫：神龙慈悲，雨兹下土！

千人响应，放声附和：神龙慈悲，雨兹下土！连呼3声，势如惊雷，地动山摇！

接着唢呐声又起，两条长长的草把龙翻卷进场。惊天动地的唢呐声时而高亢时而婉转，震耳欲聋的锣鼓声时而巨响时而低沉。随着唢呐的节奏，伴着锣鼓的齐鸣，两条草把龙一起上下翻滚，时而龙头高昂时而龙颜低垂，时而龙身腾飞时而龙尾盘旋，时而一龙戏珠时而二龙抢宝……锣鼓声、唢呐声、祈祷声，把个蟠龙山闹腾成一片波澜壮阔的海洋！

面对如此激荡的场面，陈子山几乎无动于衷，方正的脸上看不到一丝兴奋的神色。他默默地站在最边缘的角落里，扶着缠着绷带的胳膊，静静地一动不动地看着眼前这些欢腾而又虔诚的人们。

不知过了多久，他才动了一下，伸手从一个黄挎包中拿出一个破旧的搪瓷盅盅，默默地转身向蟠龙洞里走去。

一松看到陈子山向洞里走，才发觉原来祈雨仪式结束了，人们在做最后一件事：进蟠龙洞取水。

记得烂诗人早先瞎吹过，蟠龙洞中有一条地下河，从未干涸过。正常年份，地下河水常溢出洞外，形成一条小河，在山崖断裂处飞流直下，形成200余丈的"崖泉瀑布"，然后流过我们小街，汇入龙溪河。其水清澈无比，冰冷刺骨，能强身健体，甚至可以延年益寿。如今干旱已久，洞中水已不能溢出洞外，但进洞几步便可见水潭，取水很是方便。

要进洞了，一松才想起自己没带用具。正后悔间，妹妹一竹蹦蹦跳跳地跑了过来：哥，你一个人独来独往，太坏了！快，妈让你去打水。

看到一竹递过来的大盅盅，一松羞愧万分！他这个家中唯一的男子汉，只顾自己乱跑，肆无忌惮，不顾家人，真是太缺乏责任感了，男子汉的责任感！他拿过盅盅就跑。

一竹跟在身后，一蹦一跳地问：哥，刚才妈在场上的那声大吼神不神气？

当然神气了！只要我们妈一穿上列宁服，绝对可以镇住任何人！

就是就是，一竹乐得嘎嘎直笑。

取了水，牵着一竹下了百步梯，一松又看见陈子山了。他正站在路边的一个小石坎上，胳膊上缠着的绷带很显眼。他一会看看东边，一会望望头顶，脸上一会阴一会晴。

随着他的目光，一松看见天边升起一团乌云，缓缓地向他们飘来。云团很不稳定，一会聚拢，一会散开。陈子山的脸色也跟着一会变晴一会变阴。

天气越来越闷热，一松口干舌燥，很想喝水。望了望母亲手中的大盅盅，一松忍住了。要在以前，一松一定会毫不犹豫地冲过去，夺过盅盅大口豪饮。现在，他已经长大了，懂事了，他得时时处处想着家人了。

一松舔了舔干渴的嘴唇，眼睛转向天上。那团乌云已到了头顶，乌云越来越黑，越来越大。

他突然发现，太爷爷、方炳盛和两位长者以及妙禅大师不知什么时候已跪在地上了。他回头一望，弯弯曲曲的小路上人们跪成了一长串，只有他们一家人还傻傻地站着。徐晚霞慌了，忙把一松他们全部按到地上。

一阵风轻轻吹过，人们的心骤然一紧。

不要起风！千万不要起风！耳边传来陈子山惊恐的声音。接着一松听到了4位长者、妙禅大师和烂诗人的大喊，紧接着是几乎全体人群的呐喊：不要起风！千万不要起风呀！

风好像听话似的停了，天更闷热了，乌云翻滚着迅速扩大，天空突然黑了下来。人们抬起头，向天仰望，默默地祈祷着。突然，一道闪电划破天际，一声低沉的雷声掠过原野，紧接着豆大的雨点哗哗地倾洒下来。

啊！……人群欢腾了！纷纷跳了起来，高兴地大声嚎叫，狂喜地四处奔跑……

第二天，许家太爷与几位长者一齐病倒了。祈来的雨只下了半个时辰便突然停了，严重的干旱并没有得到缓解。更严重的是，蟠龙洞里的水位也在下降，人们取水的位置越来越深。

陈子山是祈雨回来的第三天被叫到县里去的，一去就没有再回来。小街上的人们开始担心起来，大家七嘴八舌地纷纷说应该去看看他。烂诗人说最好给陈子山送一面锦旗表示一下心意，大家齐声赞同。在商量锦旗上写什么字时，烂诗人提了几句大家都不满意。兆祥妈说干脆请徐老师来出出主意。徐晚霞听了大家的意见后想了想，提笔写了8个字：抗旱解困，护社爱民。大家齐声说好，拿了字条刚出门，迎面碰到曹二希。听大家说要给陈子山送锦旗，曹二希连声说应该应该。在看了徐晚霞写的8个字后，他很郑重地说，前面4个字改成祈雨抗旱就更好了。大家没有异议，照着改了。

送锦旗的阵仗搞得有点大，小街去了好几十个人，贺啸天兄弟俩的草把龙和癫子锣鼓都搬过去了，在县城引起了不小的轰动，围观的有好几百人。

原以为这些举动会对陈子山有所帮助，没想到恰恰适得其反。县领导对给陈子山送锦旗一事大为震怒，尤其是祈雨抗旱4个字更是触到了领导们的逆鳞，一时间流言四起，人心惶惶。有的说有人把祈雨的事捅到了县里，县里有人捅到了地区。有的说领导大怒，要层层追责。有的说陈子山被一撸到底被撤销了所有职务，默许他这样祈雨的县委副书记也要被降职到黄泥公社来任书记兼社长了。

真是无风不起浪，很快这些谣言被一一证实是真的。一直等着接任社长的曹二希看到任免文件后在家里足足睡了三天。

第七章

· 1 ·

蟠龙山祈雨后，许一松对这个小街有了不一样的感觉。

他的生活开始被固定了。上学放学，陪奶奶说话，到金桂堂下棋写字，捏泥人学年画，听师父那像猫头鹰一样嚎叫的笑声。当然他还得按照那个恶人的安排，去做他最不愿意做的事情。

屙尿坪中心小学离小街不远也不近，每天来回走上十多里路，回到家他是又累又饿。食堂偏偏又出了问题，每餐不再让人敞开肚皮吃转而开始定量供应而且越来越少。分到一松碗里的那份饭他只两口就刨完了。问了学儿，才知道队里粮食不多了。队里将情况反映到大队，大队又反映到公社，干部们都慌了。缺粮的不是一个生产队，也不是一个生产大队，更不是一个公社。紧急召开会议，组织搜查社员私藏的粮食，办法想尽想绝，措施一天一变，粮食还是越来越少。

大队的搜粮组是下午到一松家来的，领头的是新任民兵连长谢昌顺。这些人五大三粗，做事一点不讲情面，说话阴阳怪气的。进了他们家就像一群饿狼一样，四处乱翻，屋里的衣服被子很快翻得乱七八糟。

谢连长，搜到一篮红苕！一个家伙兴高采烈地把徐晚霞昨天刚买的红苕提了出来。

一松和姐姐正是长身体的时候，食堂那点东西现在连牙缝都塞不满，连一竹都喊吃不饱。好在父亲有点钱寄回来，母亲也有点代课工资，黑市上暗地里倒卖粮食的也不少，母亲想方设法都会去买点主食杂粮什么的，晚上偷偷用半边烂锅煮了给他们加加餐。不过母亲每次买的都不多，小街每3天赶一次场，她每次买的刚好够3天吃的。也许母亲早就知道这些搜查的家伙会来，所以一次买的不多。

谢连长的脸上冷冰冰的，话语更冷：徐老师，作为干部家属，私藏粮食，我们也只能执行命令了。他说完转身就走。

一松望着谢连长的背影，心里恨得牙痒痒的。徐晚霞无奈地叹了一口气，疲惫地坐了一会，起身准备收拾一下被翻乱了的屋子。

突然门外急匆匆地跑进来一个人：哎呀徐老师，对不起，对不起！刚才有点事耽搁了，你看看这些家伙怎么这么不懂事，看把家里整得多乱哪，我来帮你收拾收拾。来人不管一松母亲同不同意，就像主人一样动起手来，很快就把衣物归拢收拾好了。

一松的心一紧，来人是大队长张守成！徐晚霞脸上冷若冰霜，对来人不理不睬。

张守成像没看到徐晚霞的脸色似的，笑嘻嘻地把装着红苕的篮子递过来：这点东西怎么能乱搜嘛，我一定会好好地批评他们，现在把它还给你们，别生气别生气，说着不经意间抓住徐晚霞的手拍了拍：哦，还有，徐老师，你家的自留地已划出来了，没去看看？接触到这双手时张守成心都快要酥了，一脸的猥琐样，嘴里连连地小声笑着：嘿嘿，嘿嘿，好嫩好滑呀！

徐晚霞像触电似的抽回手，脸上一片绯红。

其实她早就知道自留地划出来了。家里有孩子父亲寄钱来，队里的那点自留地她既不会种也没时间，更重要的是即使种了收的粮食也极其有限，因此她一点也没有在意。

晚饭后，徐晚霞把红苕煮了。虽然这不是细粮，但奶奶和他们兄妹三个还是很喜欢吃的。尤其是当水烧干了红苕有点糊了时，那特别的甜香味，很是诱人。

他们红苕还没吃完，家里已坐满了人，全是他们三兄妹的小伙伴。

见来了这么多的小家伙，徐晚霞很高兴，她拿出剩下的红苕，按人头切成小块分给大家。屋子里顿时一片欢腾，七八张小嘴吧嗒直响，七八张小脸兴奋发光。特别是学儿，吃完后还故意站在屋中间，将几个手指挨个舔了个遍，最后把舌头伸出来，鲜红的长长的舌头在上下嘴唇来回舔动，不时还做个鬼脸，逗得大家哈哈大笑。大家正高兴着，学儿突然高叫一声糟了，说完抽身就跑。宗光说，他是怕回去晚了抢不到大碗了。

· 2 ·

队里食堂的粮食越来越紧张了，吃饭已从减量供应到喝稀饭，后来干脆就只有南瓜汤了。原来宣布的一平二调的优越性始终没能显示出来，没多久食堂就停伙了，因为队里没有一粒粮食了。一度轰轰烈烈的夜校扫盲，也很快偃旗息鼓。

小街立即被恐慌笼罩。市场上粮食价格像地里的青菜，一天一个变化，谷子从几分钱一斤涨到几角钱一斤，很快又涨到几块钱一斤。最后，你就是有钱也买不到粮食了。

正国的奶奶是最先出现水肿的，接着兆祥的大叔肿了，很快学儿的爷爷也肿了。国医生看了后，说了 6 个字：严重营养不良。宗光说得更明白，其实就是饿的。没过多久，越来越多的水肿病人，很快就把公社诊所的病床住满了。国医生医术再高也无能为力，因为能治这种病的只有一种药而且有特效：粮食，任何粮食都可以，而他偏偏缺这种"药"。

听从大人们的嘱咐，一松他们也不到处乱跑了。大人说，这样可以节省体力，节约粮食。放了学后，他们就慢慢地走到诊所去看热闹。那里人很多，像赶场一样。一会儿有抬着病人来的，一会儿有抬着病人走的。两个医生忙得团团转，连妙禅大师也来帮忙了。

正国说，他奶奶的水肿是先从脚开始的，是他爸爸最先发现的。

小街有一个传统，父母 50 岁后，儿子就得开始给父母洗脚，这也是衡量一个子女孝不孝顺的标准之一。一松家是一松负责给母亲洗脚，姐姐负责给奶奶洗脚。母亲开始不让一松洗，说她还没到 50 岁呢。一松说这是提前享受，预习预习。一松把洗脚水端到母亲面前时，徐晚霞一边摸着他的头一边擦眼泪。姐姐给奶奶洗脚时，奶奶笑得眼睛只剩下一条缝。

正国爸爸就是在给他母亲洗脚时发现母亲的脚肿了的。开始还认为是坐久了活动不够，便叫正国每天陪奶奶多走走。可是几天过去了，脚肿不但没消，反而越来越严重。先是脚，然后小腿，再大腿，接着是全身，最后连脸也肿了。正国爸爸这才慌了，急忙送到国医生那里去诊治。

没多久，小街彻底断粮了，人们开始挖野草，吃糠壳。终于一松家也断粮了，才3天没吃东西他们就饿得受不了了。听兆祥妈说西山上有一种叫鹅儿肠的草可以挖来做粑粑吃，一松他们高兴极了，一齐向西山跑去。说是跑其实就是走，因为大家的肚子饿了好几天，哪有力气跑。

听大人们说，他们的这条小街其实是夹在两个大山中间的。小街的东边是蟠龙山，西边是西山。西山算是小街附近最高最大的山了，以前山上有很多的树，经过大炼钢铁的砍伐，不少的山头已是光秃秃的了。临近山脚边，有一大片梯田，一条条顺着山形弯弯曲曲的田坎将山坡由高到低切割成一块块长溜溜的小田，很有层次感。这些田的背坎上长着一些翠绿色的草，叶子尖圆尖圆的，表面绿绿的，背面淡绿淡绿的。兆祥妈说这就是鹅儿肠。一松他们立即开始采割。回到家里，将鹅儿肠洗了切碎放进半边锅里煮了。一松偷偷尝了一下，味道清淡，不苦不涩，没有怪味，有一股清香。姐姐不知从哪里找来半碗米糠粉，与鹅儿肠混合在一起，捏来捏去做成了5个小粑粑。还没等蒸好，一竹就吵着要吃了。打开盖子，一阵清香扑面而来。一松和一竹一人抓了一个，哪管什么烫不烫，几口就吃完了。一竹舔舔小嘴，指着半边锅里剩下的3个粑粑说，这个是姐姐的，这个是妈妈的，这个是奶奶的。

看着姐姐拿起那个粑粑，小口小口地吃着，一松的口水又流了出来。一竹拿起一个糠粑粑边跑边说，我去拿给奶奶吃。一松的小眼睛死死地盯着半边锅里剩下的那个糠粑粑。他知道，那是留给妈妈的。

说实话，这个鹅儿肠做的糠粑粑并不好吃，咬在嘴里咀嚼几下，鹅儿肠化了，谷糠却满嘴乱钻，很难下咽。可是，这个糠粑粑在一松眼里依然无比诱人。毕竟再怎么说，它也是一种食物，是可以填饱肚子的东西。虽然他已吃了一个了，但那么小一点，几口就吞了，连肚儿的底都没有垫到，要是还能再吃一个那多好呀！再吃一个？那怎么行呢，只有一个了，那可是妈妈的午饭，她和我们一样也饿着肚子。可是他却仍然忍不住想吃它。不行，我要吃了妈妈就会没有吃的了，我得忍住。可是食物的诱惑对于一个饥肠辘辘的人吸引力太大，刚把吃的念头压下去它一会儿又冒了出来。

一松狠狠地扇了自己一个耳光，脑子只清醒了一会又开始想那个糠粑粑了。他开始恨自己了，为什么这么没有良心，竟然想吃妈妈的糠粑粑呢？他在心里反复地诅咒自己，但那糠粑粑的诱惑却如附骨之疽，驱之不散，挥之不去。只吃一点点？嗯，只吃一小点点！也许妈妈不会发现吧，此时的他有点鬼使神差了，像个小偷似的，朝四周看了看，蹑手蹑脚地走到半边烂锅前，揭开盖子轻轻拿起那个糠粑粑，放到鼻子前闻了闻。他深吸了一口气，伸出舌头在糠粑粑的边上舔了舔，收回舌头在嘴里转了几圈，好想吃呀！实在忍不住，他张开嘴小心翼翼地在糠粑粑的边上咬了一小口。他慢慢地咀嚼，仔细地品尝，体味着食物在嘴中被吞食的感觉。

一松将咬了一口的糠粑粑放在眼前细看，有一个小缺口，但并不明显，还可以再多咬一点？他的心又一动，原本想放回去的糠粑粑又拿到嘴边，小心翼翼地轻轻咬一小口，仔细品味反复咀嚼又吞了下去。那种感觉与吃第一个糠粑粑完全不同，真是太好吃了太诱人了！他越来越痴迷这种感觉，吃了一小口，停了一会儿又吃一小口，很快他发现那个糠粑粑已被他一口又一口地吃了快一半了，他大吃一惊，正在想啷个办时，一竹突然撞了进来。

你在干啥子？一竹大声喝问。一松心中一慌，把半个糠粑粑一下塞进嘴里几下就吞进肚子里。你在吃什么？一竹看了看一松的嘴，又看了看那半边烂锅，发现那个糠粑粑已经不见了踪影！一竹急了，放声大叫：糠粑粑呢？被你吃了，哇！……那是妈妈的糠粑粑呀！你这个坏哥哥！烂哥哥！那是留给妈妈吃的糠粑粑呀！一竹像发了疯似的，伤心地大哭起来。

一竹疯狂的数落，撕心裂肺的痛哭，像一把锋利的尖刀直插在一松的心上！他不停地审问自己，为什么你会这么自私？为什么你会这么丑恶？只顾自己的肚子饿，难道妈妈就不饿吗？你还是个人吗？

一竹仍然痛哭着，呼天抢地。她的哭声开始嘶哑，神志开始模糊。姐姐闻声跑回来，对一松一顿怒斥，还伸手打了他两下。一松后悔不已，羞愧万分，泪流满面。

一转身一松冲出门，独自一人摇摇晃晃地跑向西山。找到那块梯田，他在背坎上疯狂的采集鹅儿肠。回到家里，一竹仍在抽泣，见一松采了不少鹅儿肠，擦了擦眼泪跟过来。一松按照姐姐的方法，将鹅儿肠洗了切碎煮了，一竹找姐姐拿了点米糠粉和他一起揉捏，又做了4个糠粑粑，蒸熟了端到母亲的面前。一松扑通一声跪在地上：妈妈，儿子不孝，儿子自私，儿子错了，请妈妈惩罚我吧！此时的母亲已泣不成声。她把糠粑粑给他们一人一个，又进屋去给奶奶送糠粑粑，自己一个也没吃。

西山上有鹅儿肠的消息吸引人们蜂拥而至，不到半天时间，那片鹅儿肠就被人们一扫而光。鹅儿肠没有了，一松一家只得饿着。

兆祥在外招手。一松饿得浑身无力，心慌腿软，身上虚汗直冒，手脚直颤抖，根本不想动弹。兆祥急了，不停地向他挤眉弄眼。一松只好提起一口气慢慢挪动脚步：什么事，该不是哪里发现有大米了吧？

比大米来劲！兆祥瘦了很多，但还有精神，快点跟我走！

兆祥的脚步和一松一样，有点发飘。嗯，他的脚背也有点肿了。水肿病？一松吓了一跳，我的会不会也肿了？他一边走一边打量自己的脚。

一松你看！

他抬起头。这不是张守成的家吗？熟得不能再熟悉的房门大开着，一棵高大的黄桷树枝干上，挂着一根绳子，一条皮包骨的瘦狗吊在下面，带着腥味的狗血从狗脖子上往下流淌。这是哪里的狗？"有钱"？一松心里一抖，睁大眼睛想看清楚点。那狗眼，那狗脸，不是"有钱"是谁？他长长地呼出一口气，这个该死的东西终于死了！你张守成也有断粮杀狗的这一天哪！

要是能吃坨狗肉就好了！兆祥的嘴嚅动着。

一松也想吃狗肉，但他知道那是不可能的。一松眼前只晃动着昔日的"有钱"那血红血红的狗眼，伸得长长的大舌头，扑哧扑哧直喷热气的狗嘴和滴答滴答地往外流的口水。唯一让他惊异的，是站在死去的"有钱"面前的张守成，手持滴着血的杀猪刀，眼泪在不停流淌。这人也会哭？为了这条死狗？

嘻嘻，张守成他在哭，兆祥看着一松，今晚我们去他家割点狗肉？

别想好事了，一松可不想被张守成这家伙把他们像"有钱"一样吊在树上捅一刀。

费力地拖着脚，慢慢回到家里躺到床上，一松一动都不想动。

· 3 ·

　　小街上开始死人了。最先去世的是正国他奶奶，接着是学儿的爷爷和兆祥的大叔，一松的幺叔是第七天走的。他们都是挣扎着到外面去找吃的，走着走着就倒下了再也没有爬起来。本来应该去埋葬的，可是他们全家和大伯一家饿得只剩下一口气，根本无力动弹，只能默默流泪。最后，一松奶奶也去世了。母亲和他们姐弟妹三个围在奶奶的床边，一直哭着。一竹边哭边叫：奶奶，奶奶，您还有花生没有给我吃呢！

　　一松父亲许井西是第四天回来的，他先带人安葬了奶奶，在坟前呆呆地坐了好久。一竹悄悄地走过去看了看：爸，你怎么了？随后她声音陡然提高，哥，爸爸怎么哭了？许井西擦了擦眼睛：没什么没什么，我们走吧。父亲把他们叫到屋里，让他们看看他带回来的 10 来斤洋芋(土豆)。这可是救命粮呀！他们高兴得眼泪直流。父亲把母亲叫到一边嘀咕了好一阵，最后父亲还是拿了两斤洋芋给了大伯。母亲说这送出的是亲情，姐姐说这送出的是生命，一松什么都不想说，只是催着母亲快点煮洋芋。对于这剩下的洋芋，父母在一边悄悄地计划了好久，才决定孩子每人一顿一个洋芋，大人半个。

　　大伯拿到洋芋，他和堂姐根本做不了主，除了第一顿他们吃到半个洋芋外，剩下的全部被堂姐夫想捡钱霸占了。

　　几斤洋芋 5 口人，坚持不了多久，许井西急得到县城四处托人买粮。县中学一个老师说师范学校有一个学生叫王海彦，毕业后分回县里的师范附小任教，他的老婆在粮站工作，可能会有办法。许井西用了两天的时间终于找到了他。见面后王海彦很热情，说父亲是他的恩师，每次奖学金都照顾他，分配时也分得很好。当知道许井西来意后，满口答应帮忙，只是说价格有点高。许井西太高兴了，这种时候，只要能买到粮食，谁还会去计较价格高低呀！

　　当许井西带着 10 斤大米 10 斤麦子回到小街时，才听说大伯大娘死了。许井西欲哭无泪，只得草草地将大伯大娘埋了，又给了堂姐夫想捡钱 1 斤大米 1 斤麦子。见到白花花的大米和黄黄的麦子，想捡钱夫妇俩激动得跪倒在地，连连磕了十几个响头，流着泪直喊谢谢二叔二娘！谢谢二叔二娘！

有了父亲学生的帮助，他们一家就不慌了。虽然许井西的工资不能让他们吃饱，但也不会饿死了。

夜里，一松突然想起了他的师父，那个让他又爱又恨的方老头，还有那个把他像亲生儿子一样疼爱的吴顺秀，也不知道他们现在怎么样了。一松和爸爸说了他的担心，爸爸说抽时间去看看他们。

想捡钱后来又找过一松父母几次，每次不是要钱就是要粮。一松很讨厌这个堂姐夫，总觉得他不是一个好人。一松父亲总是说，不管怎么样，他们都是我们的亲人，现在大伯大娘都走了，能帮他们就尽量帮吧。一松听母亲讲过农夫与蛇的故事，他总有一个感觉，对于想捡钱来说，他们这时很像那个农夫。

第二天，一松爸爸舀了一碗稀饭，藏在怀里，带一松去看他的师父。走进虚掩的大门，屋里没有一点声音。一松连叫了好几声师父，才听到里屋有一点轻微的哼哼声。他们赶紧进去，师父躺在床上，凹陷的脸颊，深陷双眼，骨瘦如柴的手臂，让人惨不忍睹。见他们来了，他想坐起来，挣扎了一下又倒了下去，一松急忙上前扶住他。许井西从怀里拿出稀饭，他的眼睛顿时绿了，没等碗递到面前，他已双手捧过，一边流泪一边吃了起来。碗很小，稀饭也不多，师父小口小口地吃着，边吃边把嘴巴咂得吧嗒响。稀饭完了，意犹未尽，捧起碗伸出舌头把碗里舔得干干净净了，才抬起头看着他们。

吴顺秀家是徐晚霞带一松去的。她的状况比方老头好得多，至少她还能够下床走动。只是全友叔叔倒在床，饿得奄奄一息，瘦骨嶙峋的身上只剩一张皮。一松带来的一碗稀饭，俩人像宝贝一样，捧在手里一顿只喝一小口。

· 4 ·

大雨是后半夜开始下的。最先听到下雨的是杠头叔叔，他艰难地拿起盆子走到屋檐下，先接了屋檐水猛喝了一阵，才一边接水一边大声呼喊下雨了下雨了！

黄泥巴街儿顿时沸腾起来，家家户户都一齐爬起来，用各种东西接水。

天亮后，公社门口支起了3口大锅，锅里正在熬稀饭，6个解放军战士手持钢枪严阵以待。人们发现，锅里的米不多，水是满满的，但这已足够让人们口水直流了。很快，公社的告示贴出来了，从现在开始，每人每天在这里可以领到一碗稀饭，每个生产队还可以领一些种子，趁下过雨赶快下种。解放军和民兵负责协助和监督，凡是把种子吃了的严惩不贷。

一松拿了个大碗赶快往公社跑，到了大锅前举起碗，突然发现给他舀稀饭的是公社社长陈子山！

陈社长！一松惊喜地叫了一声。

是一松吧？瘦了，也长高了。陈子山摸摸一松的头，我不是社长了，现在就一个办事员。这不，是曹书记领着我们来帮帮乡亲们的。

一松转过头，一个中年人走过来。一松听正国说过，这是曹二希，是公社的副书记。以前受陈子山的领导，现在领导陈子山，大人们的事有点复杂，不好懂。

这时大铁锅前围满了人，一个个既来领稀饭，也来看陈子山，和他打招呼。对于陈子山的再次回来，小街上的人很是高兴。蟠龙山上的那次祈雨，陈子山被撤职查处，让小街的人愧疚了很久。事后一些小道消息才传出来，县里为陈子山的事情争论激烈，要不是有几个部队上的老首长全力为他开脱，开除党籍公职那还是轻的。这次他是下来戴罪立功的，这个熬稀饭、发种子的主意就是他出的。听说公社曹书记对这事还很有些看法呢。

不过，小道消息没有稀饭香，也没有种子诱人。有了稀饭，就有了力气。有了种子，就有了希望。小街上的人们在经历了一场生死磨难后，终于可以长长地舒一口气了，心里暗暗感谢陈子山，感谢公社。

队里领回的种子除了种队里的地以外，还私下给社员发了一点。一松他们家也领到了一份种子，拿回来后母亲看了一晚上的书。一松偷偷瞄了一眼，全是农业种植技术方面的书，有小麦种植技术，红苕种植技术，蔬菜种植技术等。看来经过这次大饥荒，徐晚霞已认识到了粮食的重要性，进而也认识到土地的重要性了。

天刚刚亮，徐晚霞便把一松他们叫了起来，匆匆洗了脸，她要他们按大小顺序站成一排，很有点军事化味道，就差没有喊立正稍息了。

徐晚霞很兴奋，她像在课堂上一样，把今天要做的农活详细地讲了一遍。她说，领的种子叫小麦，只要把它种下去，施点肥，几个月后就可以收获好多好多麦子，够我们吃几个月的了。她说，只要尊重科学，只要按照书上的要求去种植，我们就一定能获得好收成。一松越听越觉得母亲像是在做战前动员。

分给一松他们家的自留地在一个小山包上，离他们家至少有三四里路远。带他们去的是他们的一个堂姐叫晓丽，她一脸的尴尬，说自留地分得这么远她也没有办法，那个张守成又歪又恶，不得好死。

徐晚霞笑了笑，没说什么，她抢起锄头开始挖地。附近有不少队里的人也在下麦子，看见徐晚霞第一次下地干活，纷纷跑来看稀奇。徐晚霞的锄头抢得更欢了，但她从未干过农活，更没有挖过地，没多久，徐晚霞就皱起了眉头。堂姐看出了缘由，她跑过来抢过锄头说，二娘，我来，您歇一会儿。

徐晚霞松了口气，尴尬地伸开双手：看，没有握过锄头，手上起泡了。

一松伸过头，看见母亲手上有几个小水泡，亮晶晶的。一竹扑到母亲怀里直问，妈妈妈妈，你痛不痛？徐晚霞抱起一竹说，妈妈不痛，快看你们晓丽姐姐，挖地挖得多好。

他们回头望过去，晓丽姐姐挖地确实挖得非常好，动作和姿势很协调，而且挖出的地很平顺，不像母亲挖的地坑坑洼洼的。

一梅不服气，抢过锄头一阵猛挖，没挖几下，就扔了锄头直喊不挖了不挖了，这挖地太累人了。队里的人见了，乐得直笑。一松也想试一试，一见姐姐这样，赶紧刹车，没敢去逞能。

晓丽姐姐很快就把地挖好了，徐晚霞拿出书按书上说的开始起沟，一松和姐妹三个嘻嘻哈哈地开始撒种。队里的人见了直摇头，都说搞不懂他们在做什么。

公社的副书记曹二希和那个陈子山也在旁边，看了半天，陈子山走过来说：徐老师，请把书给我看看。

徐晚霞把书递过去。

陈子山接过翻了翻：这书上说的好像是北方小麦的种植方法。徐老师，我们这里的小麦是这样种的，陈子山说完拿起锄头打起窝子来。他将锄把贴近腰侧，一边匀速后退，锄头一边均匀落下。锄头一起一落，一个个大小均匀、排列整齐、间距几乎一致的土窝就出现在大家眼前。好了，下种丢灰！陈子山眼睛向人群中扫过去。

兆祥妈和学儿妈走过来，一个拿过种子口袋，一个端起一撮箕拌了粪水的枯草灰。下种的兆祥妈在前面，一手提口袋，一手撮起 3 个指头，在口袋中拈起几粒种子往土窝里丢。她边走边下种，步伐不紧不慢，手势轻松灵巧，种子准确无误地丢在窝子的正中。丢灰的学儿妈紧跟其后，她左手将装枯草灰的撮箕靠在腰间，右手在灰中一点，手腕一翻小臂一展，一小团枯草灰从手中飞出，刚好将土窝里的种子盖住。她没有像下种的兆祥妈那样边走边丢，而是每走几步就停一会儿，手腕不停翻动小臂不停伸展，枯草灰像天女散花般飞出，附近窝子里的种子被一一盖上。

一松他们简直看呆了，惊奇极了。一梅率先鼓起掌来，妹妹一竹更是高兴，跳着叫着把一双小手都拍红了。

一松看见曹二希的眉头深深地皱了皱。

第八章

·1·

麦子种下去后，很快发了芽，长势很不错。一松看后心情并没有多好，因为那恶魔的身影又像巨石一样压了过来。自从上次捏了个张守成把他淋了尿踩成了一堆烂泥后，一松就一直在寻找新的惩罚他的方法了。昨天他又悄悄捏了一个张守成，心里一直在想这次该如何来折磨他。一些书上说用针扎，一松认为那太一般了，也没新意。他想了一会儿，拿起菜刀，对准张守成的脖子，一刀下去，咔嚓一声，一刀两断，头首分离，干净利落，好不快哉！记得有大人说过，捏的泥人越像，惩罚的效果就越好。一松暗自思量，这次的张守成他已捏得十分像了，这一刀下去，即使不能真正杀死他但总能让他受点伤吧？不行，得去看看这个家伙受伤了没有。

一松悄悄地跟上张守成。目睹"有钱"那条大恶狗被杀后，一松胆子大了很多。他发现张守成生龙活虎的，一点也没受伤。这是怎么回事？一松睁大了他的小眼睛，他看见张守成笑眯眯地把曹二希拉到家里吃饭去了。

刚开始曹二希是不愿意到张守成家吃饭的。虽然以前曾去过多次，每次酒肉都管够，可现在还有酒还有肉吗？张守成见曹二希拒绝，忙补了一句：没有肉但有酒。曹二希一听，眼睛立刻绿了。曹二希平时没有什么爱好，就是喜欢喝酒。人们当面叫他酒仙，背后骂他酒鬼。要是有一顿没喝，他一整天就会不舒服。荒年期间，饭都没得吃的，即便他是个公社副书记，能有二两粮食把命吊到就不错了，哪有酒喝？现在猛一听到有酒，脚步不由自主地就跟着往张守成家走了。

端上来的菜，有三四样，不是青菜就是萝卜，当然还有野菜。曹二希也没计较，在他的眼里，有酒就谢天谢地了。他的眼睛紧紧盯着桌上的瓶子。那是一个玻璃瓶，曹二希一眼就看出那个能装一斤的瓶子里只有半斤酒，这要在以前，只够他两口喝的。不，一口。虽然如此，曹二希心里还是很兴奋。

张守成很懂事，他给自己只倒了一钱酒，剩下的全部给了曹二希。

酒一入口，曹二希就感到了不对，这与他以前喝的酒截然不同。

这是啥子酒？曹二希吃了一口青菜问。

酒精，张守成实话实说。

好你个张守成！请我来喝酒就是喝酒精？曹二希啪的一声将筷子摔到桌子上。

对不起对不起，曹书记！实在没办法，我知道您好久都没喝到酒了，我城里乡里到处跑，都没找到哪里有酒卖，好不容易从我舅老倌那里借了这点来，您看，让您不高兴了。

算了算了，曹二希叹了一口气，我知道你也是一片好心，说着他端起酒碗闻了闻。虽说是酒精但仍然有酒味，很香很诱人，他忍不住又喝了一口。

一丝笑意在张守成脸上一闪而过。曹书记，您看我们大队也够苦够穷的了，这次发种子，能不能再照顾照顾一下我们，给我们队多发点？

好哇你个张守成，我就知道你小子这酒不好喝！曹二希又喝了一口。还别说，这酒精刚喝的时候口感有点怪，喝上几口后，感觉还可以。也不知是太长时间没喝过酒呢，还是酒精本来就还可以喝。

曹书记，我知道您一直对我们大队照顾很多，我们全大队几千口人一直念着您的好，大家都说您是我们的大贵人大恩人，我们大家都一致拥戴您，听从您的指挥呢。他停了停，又说，这次的种子，我们全大队的人都指望着曹书记您再关照关照一下我们！

曹二希很有深意地看他一眼，嘴角浮起一丝笑意。他又喝了一口酒精，吃了一坨萝卜，放下筷子：这样吧，我回去考虑考虑。

谢谢领导！谢谢领导！张守成的脸上笑开了花。按照以往的经验，曹书记只要一说回去考虑，那事情就基本成了。

曹二希吃了一些菜，没有把酒喝完就走了，一来是因为酒精的度数太高喝急了不好，二来是他舍不得一次就喝完，得省着点多喝几次压压酒瘾。

看着曹二希提着没喝完的酒精走远了，张守成才转身跑回来，从厨房角落里拿出一个瓦罐，盖子一打开，一股浓烈的酒精味顿时飘散开来。他哗的一声，倒了一大碗，满满喝了一大口，猛地一擦嘴，才长长地吐了一口气，妈的，憋死我了！

你也是的，一点酒精还这么收起藏起的，一个脸上有不少皱纹的女人带着两个小孩从里屋走出来。孩子们见了桌上的剩菜争先恐后地扑过来。

你个臭婆娘懂什么，我不藏起这点酒还有我的份吗？他又往嘴里灌了一大口酒精。

也许是搞定了曹二希心里高兴，也许是很久没有喝到酒的缘故，他觉得还没怎么放开喝就把瓦罐里的酒精喝完了。

他打了一个酒嗝，感觉一团火在心里升腾。脑子里闪过好几个女人的身影，嘴里开始不停地念叨着什么。

你又要出去呀？皱纹女人埋怨着，声音怯怯的。

想管我，你个臭婆娘，滚到边边去！他走出房门，脚步轻飘飘的。

一松悄悄跟在张守成后面，他知道这恶魔又要去干坏事了。

天已经很黑了，张守成走路有点晃。前方闪出一个火把，火把的光亮中有一个女人，一身列宁服，个子高高的，胸脯鼓鼓的，头发长长的，这不就是他一直魂牵梦萦的那个徐晚霞吗？张守成的呼吸骤然急促，心跳加快，眼睛像要喷出火来，以前所有的顾虑、担心和害怕此时已不复存在，心里只有一念头：冲上去！扑倒她！

此时的徐晚霞浑然不知危险已然降临。她是到侄女晓丽家商量如何应对有人给她提亲的事后，回家路过这里的。晓丽一直要送她，她拒绝了，只要了一个火把。

天上开始起云了，月亮被云遮住，四周更黑了，只有阵阵蛙鸣在田野回荡。时值初秋，天气才刚退凉。徐晚霞一阵急走，出了一身汗。她脱了外衣，加快了脚步。

一个黑影突然窜出来，从背后猛地将她拦腰抱住。她想呼救，一只大手捂住了她的嘴。她奋力挣扎，但那人的力气太大，她根本无法反抗。一阵急促的呼吸声伴着浓烈的酒气紧贴着从脑后传来，她发现自己正被拖离小路。前面是片小竹林，那人显然想把她拖入竹林中。她紧紧抓住火把一阵乱舞。

一松跟在张守成后面，看着母亲陷入危急之中，他脸红筋涨。他得去救母亲！他要冲上去！不行，在对方那粗壮的身体面前，他只是一只小蚂蚁，得有武器才行！他急忙四处搜寻。

母亲还在奋力反抗。她猛地将火把往后一杵，火苗从黑影的耳边擦过，只听呀的一声，那人一下松开了手。一招得手挣脱出来的母亲一边不停地挥舞火把，一边往小街猛跑。刚跑了不到10步，黑影已追上来一拳打在她的背上，她扑通一声摔在地上。刚想爬起来，那人已骑在她的身上，牢牢地控制住了她。

还想跑吗？张守成大声喘着气，带着明显的兴奋与得意。

一松心里焦急万分，还在四处寻找武器。那边有根竹棍！他几步窜过去，不行，太轻。他看了看母亲那边，心里默默地喊：妈，你可要坚持住呀！原谅儿子，我有把柄在他手上，我只能打他的闷棒，我不能让他看见我呀！

此时母亲很清醒，知道自己已落入魔掌，情况万分危急。她看了看周围，这里离小街尚有一段距离，大声呼喊想叫人来希望不大，而且大声呼救还可能激怒他对自己更加不利，现在唯一的办法就是自救！必须自救！

张守成已极其兴奋！他对自己的好运洋洋得意。刚刚用半斤酒精把曹二希搞定，说不定又会有百八十斤麦子装进自家的粮仓。紧接着他出门找女人，偏偏就遇到了小街上的仙女。这老天爷也太他妈的关照自己了吧？不管了，也不去多想了，刚才女人的反抗剧烈，还烫伤了他的耳朵，得赶快把事办了再说。他一边在女人身上乱摸，一边在女人脸上亲了一口。噫？怎么这女人不反抗了呢？发现异样后张守成停下来，奇怪地看了看被自己压在地上的女人。此时的女人一脸的平静，如同在家里和人聊天一样，淡然轻松，没有一丝惊恐。

你不害怕？他感到有点奇怪了。

我为啥子要害怕？女人的声音不大，很清脆，没有一丝颤抖。

哦？有意思。

不，有意思的是你，因为你马上就要进监狱了。

你要告发我？一听监狱二字，他心里一惊，酒开始醒了。

只要你敢动我，我就敢告你。只要你不动我，我就当什么事都没有发生。

女人的话斩钉截铁，像一颗炸弹在他心里炸响。他的酒彻底醒了，脑子一阵滴溜溜地乱转。他猛然想起，这个女人的丈夫可是地区师范学校的校长，县团级干部，比公社社长的官都大呀！自己真的敢动她吗？他犹豫了。虽然他一向认为自己胆大如牛，可真要到动真格的时候，他又不得不反反复复仔仔细细地想想，自己能斗得过一个县团级干部吗？自己真的敢冒这个险吗？不不不，这样做的风险太大，搞不好自己就得身败名裂，就会被那个校长像捏死蚂蚁一样将自己碾得粉身碎骨。为了占有一个女人而被碾死绝不是他想要的结果，即使只是去吃几年牢饭那也划不来。

一丝清明升向他的大脑。正想从女人身上爬起来，一根大棒突然向他的头上打来。他听到嘭的一声闷响，脑袋嗡了一下，还没来得及去看打他的是谁，粗壮的身体已倒在了地上。

妈！一松大叫一声，将手中的大棒抛向空中。

几天后，一梅问一松：妈怎么了，我看到她一个人在角落里发呆，手里握着一封信。一松说，啥子信？一竹冒了一句，爸爸来的信！一松睁大了小眼睛，又来了信，母亲怎么不说呢？上面写了些什么？母亲为什么发呆？

一松心里有点不安了。

· 2 ·

学校复课的消息是下午传过来的。现在政府出手赈灾了，虽然只是喝点稀饭发了种子号召大家抗灾自救，但人心总算渐渐稳定了下来。生存问题有望解决后，大人们就不会再让孩子们在外面野了。就连方老头也没放过一松，把他揪到他家非要去继续学他的年画不可。

走在上学的路上，看到田地里渐渐冒出的绿色，一松觉得一切又开始恢复了生机。唯一让人遗憾的是，和他一道去上学的只有兆祥。正国一直就对读书不感兴趣，他爸妈也就没再勉强。宗光不知是啥子原因，在国医生强迫他学医时他就提出，学医可以但不再读书了。国医生软硬兼施，宗光寸步不让。几番下来，国医生也就没再坚持，毕竟只要宗光能安心学医，读不读书也就没那么重要了。

进了学校，同学们围成一团。有好几个月没见面了，大家都亲热得不得了。老师一点名，才知道班上有6个同学没来了。老师叫大家振奋起来，珍爱生命，勤奋学习，这样才能对得起父母，对得起家人，对得起政府。

一松这一次将老师的话认认真真地听进了心里，上课比以前认真多了，作业更是做得工工整整的，尤其是作文，好几次被选为范文在班里诵读，两次考试他都名列班级第一。

没想到兆祥妈开始不高兴了。原来一松比兆祥低一个年级，他跳级后正好和兆祥同班。每到放学后，兆祥就叫一松去他家里做作业，遇到难题就会和他互相讨论。兆祥的成绩一直不错，一松没来之前，班上成绩数他最好，如今一松的风头盖了全班，兆祥妈开始对他横挑鼻子竖挑眼了。

一松早就知道兆祥妈是个恶鸡婆惹不得，刚开始和兆祥在一起耍时，他一直躲着他妈妈，生怕一不小心把这个恶鸡婆惹毛了，她会跳起来把他的爷爷奶奶骂得从地下爬起来。后来接触多了，一松发觉她并不可怕，说话轻言细语的，而且对他特别好，给兆祥吃东西时一次也没有忘了他。

兆祥妈的变化让一松感觉太突然，也有点莫名其妙。这次月考后，一松和兆祥像往常一样到他家做作业。王秀儿看了兆祥的成绩后，高兴地笑了两声，又突然想起了什么，向一松伸出手：一松，你的月考卷子呢？一松在书包里翻了翻，拿出来给她，继续和兆祥埋头解题。看了卷子的王秀儿脸色一会儿青一会儿白，她转身拿起竹条子对准兆祥坐的小板凳狠狠地抽了几鞭子：你个喂不熟的白眼狼，老娘真是白心疼你了！看看，这次又考孬了，叫你不要跟那个杂种耍你偏不听，现在你成绩下来了，那个小杂种又上去了，我打死你这个小杂种！

一松不明白王秀儿为什么突然间就大发雷霆，也听不懂她东一句西一句的到底在骂谁，迅速收了书跑回家。徐晚霞听一松说后摸摸他的头，一松，以后还是在家做作业吧。

·3·

地里的麦子终于开始扬花结果了，饥饿的人们没能等到它成熟，就迫不及待地开始一点一点收割一点点地吃了。没熟的麦子，不好磨面，直接煮了也能充饥。许久没有吃过粮食的人们，终于露出了笑脸。

饥荒的渐渐缓解，让小街也慢慢焕发出生机。全街最高兴的，莫过于刘全友了，别看他老婆吴顺秀已饿成皮包骨头，都以为她会第一个倒下，谁知道精神病人不怕饿，她的病不见加重反而时不时有清醒的迹象，把刘全友高兴得用水当酒连喝了三大碗。

宗光与四娃子的关系一直很好，国医生对吴顺秀也就格外关心，常常拉着妙禅大师一起来给她看病，针灸也坚持了好几个月。听说吴顺秀有了好转后他们一齐匆匆跑来，又给吴顺秀仔细地检查了一番，一致认为如果能去省城大医院看看，说不定就能完全治好了。听了国医生和妙禅大师的话刘全友很动心，可他没有那笔钱去走这一趟。街坊邻居听说后也赶来探望，都为这个不幸的家庭感到高兴。刘全友见大家如此关心，很是感动。

混在人群中，一松偷偷望了望吴顺秀，发现她虽然瘦得不成人形了，但眼神却清明了不少。一松担心她清醒过来后，如果发现他不是她的四娃子会受不了，他就没有往前凑。

身后一只手伸出来，一把抓住他。一松回过头，是师父方炳盛。有好长时间没去师父家了，他知道师父拉住他是为了什么。他没有反抗，也没挣扎。走进那个小屋里，一松发现师父像变了个人似的，腰直了，眼亮了，脸上突然有了神采。师父拿起雕刀，边刻边滔滔不绝讲着。一松受到感染，听得很认真，看得比以往也仔细了许多。

回到家里，母亲交给一松一个任务，到铁匠铺打几把镰刀，准备要割麦子了。

小街上唯一的铁匠铺是正国他爸开的。他家的旁边也有一株很大很大的黄桷树，那粗壮的树干他们十几个小崽儿手拉手都围不过来。黄桷树旁边，搭了一个小棚棚，棚棚前面围了不少等着打铁具的人。棚子中间一个铁匠炉子燃着熊熊炉火，正国正呼哧呼哧地拉着风箱。他爸左手拿着一把大铁钳，从炉火中夹出一根烧得通红的铁块块，右手一铁锤砸下去，当的一声溅出一大片火花来。周围的人急忙闪开，过一会儿又渐渐围过来。正国停止拉风箱，拿起一把大铁锤，拉开架式，在他爸的指挥下，你一锤我一锤地开始打铁。一大一小两把铁锤敲打的声音很有节奏，也有韵律，像一首打击乐。一阵叮叮当当的响声过后，一松挤进去一看，一把弯弯的镰刀已经成形了。正国他爸将打好的镰刀浸入旁边的水池中，只听哧的一声，一阵蒸气升腾，池中的水咕噜咕噜直冒泡。正国他爸一会儿将镰刀提起，一会儿又放入水中，几次过后才将镰刀丢在地上，然后又开始打第二把。好不容易才轮到一松，等到镰刀打好后，一松用草绳提起就跑。

一松家的那点自留地种的全是麦子，收割时他们都兴致勃勃的。到了地头一看，他们按照书上说的方法种的麦子长得稀稀拉拉的，陈子山打窝子种的麦子比他们种的长得苗壮多了。母亲左手拉住麦穗，右手握着镰刀小心翼翼地割断，留下长长的麦秆立在那里像在向他们示威。姐姐一梅一直在看别人是怎么收割的，她实在忍不住了才喊母亲往右边看。

那边兆祥妈王秀儿也在收麦子，她弯着腰，左手抓住一窝麦秆的下部，右手镰刀在左手下方一挥拉，麦秆割断。她持续弯腰，手动脚移，嚓嚓嚓，响声不断，一排排麦秆被割倒。随后用篾条捆绑，背篼上肩，干脆利落。他们看得目瞪口呆。

显然，母亲只割麦穗是不对的。麦秆是做饭的主要燃料之一，绝不可以放弃不要。他们先割麦穗，然后再割麦秆，无疑是又费时又费力。母亲笑了笑，改为按照王秀儿的方式割起麦子来。

姐姐一梅也有一把小镰刀，虽然她现在已考上了县一中，是一个初中生了，可她的力气还是太小，一窝麦子分两次割，仍然难免有漏割的麦子。一松和一竹就负责打扫战场，跟在她身后捡落在地上的麦穗。

哥，那边兆祥妈妈怎么不见了呢？妹妹捡起一株麦子抬起头来。

你多管闲事，快点捡麦子，一松瞪瞪眼睛。

不，我要去看看，妹妹拔腿跑了，一会儿，又咚咚咚跑回来。

看到啥子了？母亲直起腰，笑了笑。

她……她……妹妹好像有点着急，说不出话来，小脸红红的。

我去看看，母亲放下镰刀。

一松悄悄跟过去。哎，人呢？继续往前走，转过一个弯，王秀儿光着屁股蹲在一个小水凼前，用手舀水在两腿间洗着，小水凼的水绿茵茵的。一松满脸通红，急忙躲在桐子树后面。

母亲一把拉起她，你怎么用这样的水洗呢？

太痒了，又痒又痛，兆祥妈扯起裤子。

这水太脏了，越洗只会越严重。

没办法，卫生所的药太贵了。

你中午过来，我拿点药你兑水多洗几次，看看有没有效。

徐老师，我……我以前骂过你们……王秀儿脸通红。

嘿，不说那些，你儿子和我儿子是朋友。

对对对，你儿子和我儿子是朋友，王秀儿对徐晚霞笑了。

一松赶快往回跑。

没过一会儿，王秀儿走到他们地里：我帮你们捆麦子，捆麦子的篾条呢？

我们，忘了带了，徐晚霞尴尬地笑笑。

我有，王秀儿很快拿来篾条。

我们自己捆，这样才学得会，徐晚霞接过篾条放在地上，将割好的麦子收拢堆在篾条上，拉住篾条的两头，使劲往中间扯，松松的麦子捆了好几次都没能捆紧。

徐晚霞的动作很笨拙，王秀儿在旁边看着一直在笑。

妈，得一边摇一边捆，一梅突然说了一句，我看王秀儿就是那么捆的。

来，一梅，帮帮妈，一起捆。徐晚霞松开篾条，甩过一个头子。一梅接过来，对一松招手，一松，你也来。三个人一齐动手，连拉带摇，终于捆紧了。

徐老师，回去我就来麻烦你哟！王秀儿笑着走了。

把麦捆固定到背篼上，徐晚霞将背篼带子挎上肩，挣扎了几次，根本就站不起来。我们是不是捆多了点？徐晚霞向孩子们招招手。一梅和一松一起上去助力，费了好大的劲，徐晚霞才摇晃着站了起来。没走几步，一屁股坐在地上，再也起不来了。一竹这时表现得很乖，虽然肚子饿得咕咕叫也没有出声。大家望着这捆麦子，就像望着一座大山一样，毫无办法。

徐晚霞望了望四周，王秀儿早已走远，山包上没有一个人影。她咬咬牙，拿起镰刀：割麦穗！一梅很无奈，跟着找出了小镰刀。

没有想到，刚刚还认为割麦穗是极其错误的，现在却变得无比正确了。有时就是这样，现实比常规更有理。

捆好的麦穗比长在地里的更难割，麦穗的须须很硬，很扎人。尤其是麦穗被捆在一起后，到处都是麦须须，没割一会儿，一梅的小手就被扎得通红。她把小镰刀一扔，眼里满是泪水：不割了不割了！

徐晚霞很无奈，她拍了拍一梅的肩，转身默默地继续割。

徐晚霞是一个从没做过农活的人，在师范学校时，手上还时常要擦点护肤霜。她的手很娇嫩，手型也很好看。父亲握住她的手，常常就舍不得放。一松也非常喜欢母亲的这双手，它在他脸上缓缓抚过的那种感觉，柔柔的，暖暖的，温馨无比。

其实这时徐晚霞的手也已经受不了了，割麦子时她的手就感到火辣辣的，现在被又尖又硬的麦须一扎，更是痛得钻心。她咬住牙，强忍住表现得很镇静。

没割多久，一个大扦担伸了过来，往麦捆里一插，转眼间麦捆被挑了起来。一松抬头一看，是四娃子他爸刘全友！

给，四娃子，这是你妈给你的鸡蛋，刘全友的扦担一头挑了他的麦捆一头挑了一松他们的，两大捆麦子在他的身上挑着，很轻松，一点都不费力。

看见鸡蛋，一竹的眼睛绿了：哥，我要吃鸡蛋！

徐晚霞和他们都忍不住笑了。

中午饭，一竹吃得比一松还多。刚放下碗，兆祥妈就和好几个女人来了。徐晚霞拿出一个小玻璃瓶子，将里面装的紫黑色的小颗粒倒在纸上。

这是啥子药？兆祥妈问。

学名叫高锰酸钾，俗名叫 PP 粉。徐晚霞将药包好，给每个人一小包。

这个怎么用？

用干净的盆装上水，最好是温开水，每次放 2~3 粒，看水成淡红色就可以洗了。徐晚霞边说边比划，千万不要放多了，多了烧皮肤。

好好好，兆祥妈她们一边点头一边笑，脸上像开了花似的。

一竹在旁边鬼笑。等母亲她们一出门，她就拿了个小盆装上水，将小玻璃瓶里的紫黑色的小颗粒倒了两粒。小颗粒在水底冒出几缕红烟，慢慢往上飘。她用小棍一搅，拍手叫道：哥，红了红了，水真的红了。

一松对水红不红没有兴趣，他一直想着一竹说的那封信。搜床上，没有。枕头底下，也没有。衣服里，没有。会在什么地方呢，箱子里？他正要打开箱子，母亲回来了。

· 4 ·

傍晚，是小街上说东道西的时间。一个令人兴奋也令人紧张的消息就在这个时间段传开了，其内容是说有的地方在暗中多分自留地了。这个消息太刺激，令全街人的心里都活泛起来。消息传来传去，人心越传越乱，越传越按捺不住。早在上次祈雨前人们就想多分自留地了，经过了大饥荒，人们更加知道自留地的重要性。如果队里能将自留地再多分一点，那该多好哇！大家七嘴八舌，越说越兴奋越说越激动。

干脆，我们到我二娘家去说说，堂姐夫想捡钱突然冒出一句。

这事还是到队里商量好些，徐晚霞明显不愿意将事情揽进家里。

你家干净，大家喜欢去你那里，人群中有人插了一句。

就是就是，一些人不停地附和着。

徐晚霞望了望大家，沉默了一会儿，只好点点头。

家里两盏煤油灯一齐点燃，屋里的板凳独凳全部搬出来了。

坐嘛坐嘛，床上也可以坐，徐晚霞硬着头皮招呼那些还站着的人。

一松和妹妹蜷在床上。哥，这么多人，来我们家干啥子？一竹往他身边拱了拱。不知道，一松也是一头雾水。

人们进了屋，很快安静了下来。女人埋头打毛衣做针线活，男人低头望脚尖，抽叶子烟。

哥，好怪呵，都不说话，妹妹小声嘀咕着。一松也觉得奇怪，这么多人跑进来，一个个都不做声，集体发神经？

静默了好一会儿，一个声音冒出来，徐老师，你看我这几针是不是打错了？

又是一阵沉默。

哎，我们这么多人，不是来看你们打毛衣的，一个粗粗的声音响起。

就是，刚刚还说得热闹，进了屋又不说话了。

你能干，你来说，你开个头嘛。

我……我……又没有声音了。

是不是请我二娘说一说，她文化高，见识多，想捡钱又冒出一句。

要得要得，一些人马上附和。

徐晚霞好像没听见，她在低声问兆祥妈：那药用了怎么样？有效果，好多了，她们也都说好。以后还是要注意卫生，自己要会爱惜自己。嗯，谢谢了徐老师，哦对了，她们说要给你送点菜来。这个就不要了，我也种了的。我们把菜都放到你屋里了！几个女人挤了过来。

想捡钱见徐晚霞只顾与女人说话，拉拉旁边的杠头。

徐老师，还是你来说两句嘛，你看大家都这样了，杠头终于开了口。

我……我也不知道，徐晚霞抬抬头。

二娘你就说一句嘛，多分点自留地可不可以？想捡钱又来了。

徐老师，徐老师，跟我们拿个主意嘛！人们七嘴八舌地说着。

多分点自留地是好事，可不可以多分怎么多分得看大家的意见，徐晚霞不好拂大家的面子，只好说了一句。

徐晚霞话音一落，想捡钱马上跟了一句：我二娘说了，多分点自留地是好事！想捡钱话刚完，大家嗡的一声议论开了。

议来议去，开始还害怕违反政策，可自留地的诱惑太大，谁都想多分点，把它种好了多打点粮食，放到自己家里心里才踏实。慢慢地意见统一了，大家都发誓绝不乱说绝对保密。多分自留地的事就这样定了下来。

杠头说动就动，第二天一大早就带着大家把自留地分了下去。

刚开始的几天，大家都很紧张，个个都提心吊胆的，生怕有人泄密，也担心上面追查。十几天过去了，一切风平浪静。大家相视一笑，一个个赶紧扑到自己的地里使劲地忙活。

一松家这次幸运地分到一块好地，就在他家屋后不远的田边。面积虽然不大，徐晚霞的脸上却笑开了花。她拿起锄头，把地细细地深挖了一遍，然后栽上他们都喜欢吃的青菜和白菜。

看着小菜秧一天天长大，徐晚霞想起该施肥了。她看见王秀儿她们都是挑着大粪桶晃悠晃悠地到了地里，用一把大粪瓢舀着淋。她知道自己是无论如何也挑不起那么大的一挑粪的，而且家里也没有那么多的粪水。她东找西看，目光锁定了家里的两个尿罐。找来绳子，费了好一阵功夫才将尿罐系好绑牢。用什么来舀尿呢？看了看尿罐的小孔孔，她想到了家里的汤瓢，拿来比了比，嗯，正好合适。

徐晚霞挑起尿罐，拿着汤瓢，刚一出门就在小街上引起了围观，大人小孩像看西洋景一样，嘻嘻哈哈地一路跟着到了地里。当看见徐晚霞用汤瓢舀尿淋菜时，大家哄的一声大笑起来。徐晚霞直起腰来，很困惑地望着大家，这有那么值得好笑的吗？我这只不过是因地制宜嘛。

下午烂诗人编的一段顺口溜就在小街上唱起来：

> 徐大老师不简单，用根绳绳套尿罐。
> 汤瓢淋粪好巴适，把人腰杆都笑弯。

徐晚霞听了，只是微微一笑。没想到施肥后的第二天，地里的菜几乎全都蔫了。徐晚霞很是着急，在书上查了半天也没找到原因。她不好意思问邻居，到学校悄悄跟颜老师说了，才知道淋菜时的粪尿是要加水的，不然植物的根都是要烧死的。

放学回到家里，听母亲讲了这件事，一松他们都笑了起来。

一竹说，妈妈，我再也不用那个汤瓢了，好脏好脏啊！

徐晚霞将一竹抱起来放到腿上：我们当然不会再用那个汤瓢了，我们一竹乖！还有，现在哥哥马上要考初中了，你不要一天到晚都缠着哥哥，让他好好复习功课好吗？

一竹睁着一双大眼睛：哥，只要你去外面比高高的时候带上我，我就不再缠着你了。

徐晚霞听了，看了看一松。她才发现，自己儿子又长高不少了。母亲摸摸他的头，一松，这次升学考试能考好吗？

一松嘟嘟嘴：一定考好。他心里在想，只要考起了初中，也许就能远离那个恶魔了。他窜出门，被刘全友一把拉住。一松，听说张守成欺负你妈了？他心里一惊：你，你怎么知道？这个你莫管，你告诉我，有没有这回事？一松能说什么，只有默认。

这个畜生，欺负我家顺秀，还欺负徐老师！刘全友握紧拳头，牙齿咬得吱吱响。

· 5 ·

考试那天，一松早早地爬了起来，刨了一碗饭，揣上母亲给的两块钱，和兆祥一起就往县城跑。

平良县中学位于离县城两里远的镇龙寺，这是一松很神往的地方。不只是因为这里有他要就读的中学，还因为他师父怪老头给他讲的那个镇龙寺的故事。怪老头说过，他们平良县是一个喜欢信佛的地方，解放前全县大大小小的寺庙有几百座，后来经过岁月的洗礼，现在除了金桂堂外，其他寺庙已所剩无几。因为妙禅大师的原因，一松对寺庙很感兴趣，当师父告诉他那个镇龙寺与他们许家有关，而迁到小街的那个家族就是他们许家时，他对这个寺庙更是充满了好奇。一松好想去看看那被压住的龙脉到底像个什么样子，那个镇龙寺与金桂寺相比又有什么不同，为什么就能把他们许家压得出不了状元。他甚至有点恨这个寺庙了。到了县中学，老师说离考试还有点时间，一松立刻兴致勃勃地四处乱窜。找来找去，没有看到一点点寺庙的痕迹，也没有打听到有什么令人新奇的传说，眼前除了一个山坡一片庄稼就是几间平房，再有就是山坡下的校园了。

县中学没有天竺师范大，只有一幢三层的教学楼，旁边的学生宿舍又矮又旧，稀稀拉拉的几棵杨槐树长得歪七扭八的，只有操场边的几排高大挺拔的白杨树让人有点好感。学生食堂在一个敞棚里，靠围墙边筑有几口大灶。对于这个他可能要呆 3 年甚至 6 年的地方，老实说他没有多大好感。兆祥倒是很兴奋，这里毕竟比小街上的学校好得太多，就是与屙尿坪那个中心小学比那也是一个天上一个地下。

一松所在的东部片区的考生被分在了县中学 18 个考场。找到老师领了准考证，一松进了考场全神贯注。考试题不是太难，他答得比较轻松，没到时间就交了卷。考试结束的铃声响了他看到兆祥出来了，一看兆祥的脸色，就知道他考得还可以。一松过去搂住他的脖子：走，到县城去逛一圈。

平良县城位于明月山脚下，一条将近三里长的独街中间拐了好几个弯，凹凸不平的马路有的是泥巴路有的是石板路。两边的房子和他们小街一样，矮矮的旧旧的，绝大部分是木板板房。唯一不同的是，这些临街的木板板全都是可以一块一块拆下来的。大街上走来走去的人比他们小街的人多，开门面做生意的也不少，有点像天竹县城。

一松和兆祥在一个食堂门口停了下来。店里飘出来的阵阵诱人的香味，让他们俩几乎同时耸了耸鼻子。毫不夸张地说，他俩口水都快流出来了。一松看了眼店门上灰蒙蒙的招牌：国营食堂。他小心翼翼地走到柜台前开了口：请问这炒菜好多钱一份？

柜台后面的一位中年妇女正在嗑瓜子，一双和一松一样小的眼睛往他们身上瞟了瞟，撇撇嘴，手往后面的墙上一指，随后卟的一声将瓜子壳吐在地上。

一松往墙上一看，一块脏兮兮的破黑板上写着：馒头 2 分，包子 5 分，青椒肉丝 2 角，炒猪肝 2 角 2。那字歪歪扭扭的，比兆祥的字还难看。一松拍拍兆祥的肩膀，也往墙上一指：你的字跟这字一比，你就是把尾巴翘到天上去了，也绝对没有人说你骄傲。

兆祥把流出来的口水擦了擦：一松，只要你请我吃炒猪肝，随便你怎么贬我都可以。一松摸了摸口袋里的两块钱，顿时豪情万丈，拉着兆祥大步跨进店里，一份炒猪肝，两个 3 两米饭，一松将两块钱掏出来放在柜台上。

中年妇女眼睛抬了抬：粮票！

一松一愣，看了看兆祥，这小子把头偏向一边。

一松脸红了，突然想起买卖粮票的情景，他向中年妇女轻轻拍拍钱：娘娘，我们没有粮票，可不可以变通一下，我们多拿点钱，帮个忙！

中年妇女又剥了一颗瓜子，卟的一声吐出瓜子壳壳：看你们两个年纪还小，就帮帮你们。她将钱收入柜中，将余钱返给一松。

没过多久，菜出来了，还真别说，厨师就是厨师，这店里炒出来的猪肝就是不一样。不只是闻起来香，吃起来更香。饭刚一舀到碗里，没容一松吃几口，兆祥一阵风卷残云，将盘子里的猪肝包括泡菜和葱头吃得干干净净。那副饿像，只差没有伸出舌头去舔盘子了。一松突然想起母亲讲过的一个笑话，说某某家里来了客人，主人炒了点肉，客人上桌就是一阵狠抢猛吃，主人的儿子见了也去抢。主人呵斥儿子说，你抢什么抢，难道你还抢得赢客呀？想到这里一松望着兆祥一阵大笑。

兆祥很不好意思，他擦擦嘴边的油渍：你……你笑啥子？

一松没说什么，只是拿出钱，向服务员大喊：再来一份炒猪肝！

回到小街的第二天，一松刚出门，兆祥妈妈迎面走过来，满脸都是笑：一松，到我们屋去耍嘛，兆祥在屋里呢！一松有点蒙了，问兆祥：你妈哪个对我恁个好了？兆祥笑了笑：还不是你在县城请我吃了一盘炒猪肝？在小街人的眼中，能在县城里下馆子，那可是很长面子的事情了。兆祥回来后逢人便说，到处显摆大肆吹嘘，说县城里的馆子是如何如何的气派，那盘炒猪肝是如何如何的香脆，味道是如何如何的美妙，把一群大人小孩馋得那是口水千尺宽馋涎万丈长。人们越听越着迷，兆祥越说越来劲，像个说书的那样滔滔不绝。

第九章

·1·

从扯红苕那件事开始，一松就一直渴望安宁。但小街和他一样，注定不得安宁。尽管生产队里多次要求大家必须严守秘密，每个人还在会上发了毒誓，但私自多分自留地的事情还是被上面知道了，小街顿时处于惶恐之中。

县里的联合调查组是两天前到的公社，当天就下到各个生产队进行核实，最终纸没能包住火。这样的大是大非问题让县领导龙颜大怒，公社干部大会上火药味十足。

这是要层层追责的，县领导的话掷地有声。

就这样，张守成开始围着调查组转，一松则围着张守成转。张守成围着调查组转是为了保住官帽儿，一松围着张守成转是为了跟踪赎罪。张守成可以明火执仗趾高气扬，一松只能偷偷摸摸像贼一样。做这些时，一松很有自知之明。他知道他是本色出演，不需要伪装。他本来就是贼，偷红苕的贼。

现在一松的跟踪已经是大师级别了，不是他吹牛，如果跟踪也能评学位的话，他不是博士也得是硕士了。

他看见张守成出了门，没有往四娃子家走。他出了小街，穿过小路，上了田坎。这是要到哪里去？一松心里开始打鼓。难道是因为四娃子去了另一个地方，张守成心里害怕了，需要跟下去一探究竟吗？不，被发现了后果他承受不起，现在天太黑，他胆子太小。一松决定打道回府，转身时他习惯性地瞄了瞄前方的张守成。奇了怪了，张守成身后出现了一个人影。螳螂捕蝉黄雀在后？他兴奋起来。这人是谁？好像是全友叔！他跟踪张守成干啥子？不回去了，这太刺激人了！简直比电影还精彩呀！

一松屏住呼吸，踮起脚尖，猫起小身板，心里咚咚直跳，浑身热血沸腾。

天更黑了。他躲在后面，看见全友叔从后面猛扑上去，用麻袋蒙住张守成的头，接着就是一阵痛殴。张守成叫了几声，渐渐地声音小了下去，身子一软，倒在地上。一松好兴奋好激动，他高兴万分。但他只能高兴，绝不敢透露一分一厘。他得守住这个秘密，就像守住他偷红苕的秘密一样。

张守成后来是在一块冬水田里被发现的。当时他泡在水里，浑身冷得直发抖。他被紧急送进了县医院。他站不起来，只是说他下身和肋下钻心的痛。

张守成挨打的事迅速成了小街最大也是最刺激的新闻，民间很快传出很多版本。有的说是张守成出去泡女人时，被那家男人给打了，现在他是哑巴吃黄连有苦说不出来；有的说是他想欺负师娘被师父撞见，将他这个欺师孽种打得哭爹喊娘叫苦连天；还有的说他到处招蜂引蝶惹怒了高人，被人用麻袋蒙头背后一脚并踢爆了卵子，一阵暴打让他肋巴骨断了 3 根……

尽管版本很多，但没有一个版本是同情张守成的。虽然大家没公开说张守成是活该挨打，但在说起这些传言时的高兴劲已表明了大家对张守成的态度，尤其是那些被张守成欺负了的人，听到这些传言就像大热天喝了两碗凉水，心里别提有多痛快了。

公社领导去了医院，发了火，堂堂生产大队的大队长被打成重伤住院了，这还得了，这不是反了吗？凶手是谁？一定要抓出来！一番紧查暗访，一无所获，领导只能摇头，因为连张守成自己都说不清楚到底是谁打了他。

医院检查结果出来了，与民间的传说基本一致，下巴等多处软组织挫伤，卵子破裂，肋骨断了 3 根。

人们还没回过神来，又被通知全体开会。

小街后面的那个晒坝站满了人，十几个基干民兵端着枪，站在四周。坝子前面摆了一张条桌，公社副书记曹二希和降为办事员的陈子山在桌前端坐着，两人脸色紧绷，都非常严肃。

一松看见母亲和杠头队长站在角落里，几个民兵持枪押着他们。这到底怎么了？看看周围，人们低着头，面色灰暗，一脸沮丧。

曹二希的声音高亢有力：社员同志们，今天召开这个大会，是因为你们队里竟然胆大包天，无视党的政策法规，严重违反国家的土地管理制度，竟胆敢私自多分自留地！这是什么行为？这是严重的犯罪行为！他口若悬河，引经据典，措词严厉地批判了这次的多分自留地行为。他声嘶力竭，誓言要坚决捍卫社会主义制度，执行县里的文件精神，彻底纠正一切错误的行为，干净全部地收回多分的自留地。最后他一声吼叫：把犯罪分子带上来！

杠头队长和徐晚霞低着头被押到中间，一个民兵用枪托敲打着杠头。曹二希走到杠头身边，声音突然又温和了许多：杠头，你身为队长，知法犯法，本应严惩！但念你们是初犯，这次只要你们能认识到自己的错误，公开检讨，态度端正，那么党的政策也是可以宽大的，也是可以治病救人的，关键就看你们的态度了。说着他转向大家，厉声喝道：现在，杠头向大家作检查，大家安静，安静！杠头的脸涨得通红，他嚅动嘴唇，连声说道：我们错了，我们深刻反省，坚决保证不再犯了！接着想捡钱和几个代表分别上台发言，对多分自留地的行为一阵狠批，慷慨激昂，深恶痛绝，咬牙切齿。

人们对张守成的被打毫不关心，对多分的自留地被收回都痛心疾首。至于受到批斗的生产队长和一松母亲，大家的反应是长长地吁了一口气。

第二天宗光来找一松，说张守成出院了，说他看见张守成眼睛闪着绿光，好吓人。

· 2 ·

渐渐地，一松有了一个体会。他发觉到小街后必须学会一种本领：忘记。忘记张守成的胁迫，忘记家里的变故，忘记一切让他不安的事情。只有这样，他才不会被压垮，才能在这里生存。可他偏偏记忆力很特别，该忘记的无论如何也忘不了，不该忘记的反倒忘得干干净净。

县中学的录取通知书是昨天来的。一想到就要离开这个温暖的家住到学校里去，他的心里就五味杂陈，既有对亲人的依恋和不舍，对离家的迷茫和恐惧，又有能离开恶魔的庆幸和轻松。心里一会儿很是高兴，一会儿又空荡荡的，一会儿又被沉重塞满。好在兆祥也被录取了，他总算有了一个伴。他看见兆祥他妈王秀儿乐得整天哈哈哈笑得合不拢嘴，见人就把通知书拿出来给别人看。

一松背起背篼去排队，生产队又要分秸秆了。走出街口，张守成窜出来，将一张纸条塞到他手里。一松心里有点紧张，将纸条揣在怀里赶快走开。

小街后面的晒坝是队里分东西的地方，一到这个时候，这里就热闹非凡。此时晒坝上挤满了人，一杆大秤和一个台秤在忙碌着过秤，几十个人在秤后面排成了两行，大家七嘴八舌，闹哄哄的。

小街上很少有人烧煤炭，因为那不但要花钱还特别贵，煮饭炒菜人们全靠烧柴火。除了有时上山砍点柴捞点松毛外，地里的秸秆就是灶前最主要的燃料了。在小街人的眼里，秸秆跟粮食一样金贵。

晒坝场上，兆祥妈最活跃。她一手叉着腰，一手在挥舞，很像大干部在台上演讲，声音又响又亮：我们现在过的是共产主义生活，一切东西都是按需分配。只是我们需要的太多，分配的太少，有的干脆没有！

人群中有人高叫：王秀儿，听说你想要个野老公，是不是也给你分配一个嘛？

另一个声音紧跟着响起：野老公想分配，没得那么安逸！实在想要只有各人去偷去抢！

哈哈哈哈！晒坝里的人一齐大笑。

一松排在台秤后面长长的队伍里，他也想笑，却怎么也笑不出来。那张纸条揣在他的怀里，像揣着一颗炸弹。不，是原子弹！他转动双眼，向四周看了看，将手伸进衣兜里，摸了摸那纸条。他没有想到在即将远离这个恶魔时，还会被他堵在路上塞给他这张纸条。拿出纸条慢慢展开，上面的字歪七扭八的，连个小学生都不如。尽管这些字惨不忍睹，但还是让一松心里猛地一抖，差点跳起来！告密？张守成这个狗✕的恶魔！竟然要他去公社告发有人要到蟠龙山上去偷树！他心跳加速，呼吸急促。这可不是去监视四娃子他们家人的行动，偷树被抓是要坐牢的，这不明明是要他去害人吗？四娃子死了，四娃子的奶奶也死了，虽然到现在也没有人认为这是他作的孽，但他心里总是不安，毕竟他对四娃子一家做了坏事呀。现在这个恶魔又要他去害人了，他该怎么办？他能怎么办？反抗？身败名裂！顺从？遗臭万年！

一松无助地向四处看。母亲在忙着记数，那身列宁服在人群中很显眼。他不能告诉母亲。姐姐在县中读书，妹妹年纪太小，父亲远在百里之外。他身边没有一个能够帮助他的人。他越想越难受，越想越沉重。他思维迟钝，神情呆滞。他已无路可走。

称了秸秆，背在背上，像背了块大石头，好重。

· 3 ·

乡间的小路很窄，一松他们一家只能排成一路纵队往前走。穿了新衣服，扎了羊角辫，一出门一竹就高兴得手舞足蹈，银铃似的笑声把河沟里的鱼虾都惊得跳了出来。姐姐一梅不乐意了，她说，河沟里的鱼虾在哪里，根本没见跳出来嘛！一松呼出一口气，撇撇嘴：那是妹妹书读少了，你书又读多了。一梅生气了，追过来想打一松。一松撒腿就跑。

此时的一松是苦中作乐。他心里沉甸甸的，像压着一块巨石，快要喘不过气来了。背回秸秆后他没敢违抗张守成的命令，跑到公社报告有人要去山上偷树。说完他就转身往回跑，边跑边心里暗暗祈祷：那个偷树的千万别是熟人哪！

他抬头望了望远处的大山，心里还在怦怦直跳。他拍拍胸口，尽量把自己往堂姐的婚事上拉。

许家在黄泥公社是一个大家族，族人众多，一松不知道他的辈分在许家处于一个什么样的位置。对于要到堂姐家去参加婚礼，一松很有点迷糊。他不知道这个叫晓丽的堂姐是他们许家哪个支脉的，与他们有什么渊源。母亲说，晓丽是四公那一支脉的，她人很勤快，也很善良，不但常常帮自己挖地种菜，还经常来家里走动，而且父亲早年读书时得到过晓丽家的很多帮助。一松的心思没在这上面，他只想去看看这个堂姐当新娘子会是啥个样子。

晓丽姐的家在许家坝，离小街有四里多路。三间土坯房位于一条小河边，屋前屋后长着很茂密的竹林，地坝边还有不少的果树。一阵风吹过，清新的气息迎面扑来。他们到的时候，院子里已有了很多人，个个都兴高采烈的。一梅说正式的婚礼要在明天，一松心里想，那我们今天来做什么呢？

晓丽家的院子不大，中间的地坝里摆了6张大桌子。那位曾主持过求雨的太爷坐在长板凳上，嘴里含着他那杆长长的大烟杆，手里拿着一个红桔子正逗一群小屁孩给他的烟锅点火。看见一松来了，他向他挥动红桔子。哼，我才不会稀罕你这个桔子呢！一松看见桌子上有不少的瓜子和柚子，拿起就吃。嗯，这柚子不错，汁多味甜，只是有一点轻微的麻味。没吃几瓣，前面已响起一阵鞭炮声。原来是男方送彩礼来了，堂姐家人迎了上去。只见一男一女快步走进院坝，一人手提一对红鸡公和米面，一人扛着半头猪肉、提着两瓶酒。堂叔他们笑眯眯地接过东西，来人又摸出一个大红包。一松问一梅红包里有多少钱，一梅说你真是个小财迷，红包里的钱是双方大人商定的，不会公开的。

一松看见母亲拿着一个小本本，不时在上面记着什么，不时又对人们说着什么。看得出来，母亲是个主事的，晓丽一家人都在听她指挥。母亲在这里很受人尊敬，一松不禁有点得意，压在心里的惶恐也淡了许多。

天渐渐黑了下来，晓丽姐的闺房里突然传出一阵哭声。一松很奇怪，这大喜的日子里，怎么会有人哭呢？开始是堂姐哭，一边哭一边诉说着她的经历她的不舍，接着是婶娘哭，过一会儿是她的姐妹哭，接着满屋子的人哭起来。一松被这些人哭得心里酸酸的，摸出一个鞭炮点燃了往门前一扔。啪的一声响，屋里的哭声停了。

徐晚霞知道是一松在作怪，喊了一声装箱了。一松跑过去一看，屋中间一个大桌子上一只大红箱子被打开，一个中年妇女站在箱子边，接过递来的新衣物等，装进箱子。她装一件喊一件，声音清脆高亢，很是喜庆。新娘子的衣物装好后，那个中年妇女又一声高喊，装喜钱！晓丽姐的奶奶颤巍巍地递过来30元钱，中年妇女接过来一边装进箱子里，一边高喊奶奶喜钱30块！接着晓丽姐的爸妈递过来20元，中年妇女高喊爸妈喜钱20块！屋里的人依次将钱递过去，有的多有的少，多的5元，少的1元。一松看见母亲递过去的是30元，他知道这是母亲在感谢晓丽姐一家以前对爸爸的帮助。

他以为这下可以结束了吧，只听中年妇女又一声高喊，早生贵子！多子

137

多福！他抬头一看，中年妇女正把一些红枣和花生装进箱子里。

第二天一大早，男方的几个壮汉就来了，他们一人挑来一对空箩筐，来了就把一些新铺盖新棉絮新床单新箱子等装进箩筐里。

刚吃了早饭，鞭炮又响了，紧接着唢呐声锣鼓声响了起来。有人喊了一声花花轿儿来了，大家一起跑向村口去看新郎官。

跑到村口他们就傻了眼。一个五大三粗的年轻人胸戴大红花，在一个中年男人的陪伴下，一脸得意地笑着大步走来，一乘红彤彤的花花轿儿在两盏牌灯的引领下跟在后面闪闪悠悠的。是他？新郎官怎么会是他呢？凶神恶煞地带队搜走他们家红苕的那个谢连长谢昌顺！

我不想看到他！一竹的嘴噘得老高，拉起一松就走。一梅跺跺脚，往地下吐了一口口水。徐晚霞的脸一下沉到底。对这个对象，徐晚霞并不知情，要是早知道是这个人，她可能要反对。现在木已成舟，徐晚霞只是轻轻叹了一口气。

大家还在席桌上狼吞虎咽，晓丽姐已穿好婚装，在闺房里开始哭泣。昨天晚上哭，现在又哭，一松以为是堂姐不愿意嫁给那个混蛋，心里暗暗高兴，正要去把那家伙赶跑，唢呐锣鼓声突然响起。一松愣了一下，情况不对，难道是他理解错了？转身跑到晓丽姐的闺房前，从人缝中见她奶奶正用两根细线，抻直了在她脸上来回搓绞清除脸上的毫毛。还别说，经过这番打整，晓丽姐的脸上光滑了许多。晓丽姐一脸的幸福，没有半点不高兴不情愿的样子。一松挤上去想去看看那两根细线到底绞下了多少毫毛，人太多他太小，根本挤不进去。他还想去摸摸晓丽姐的脸现在到底有多光滑，不过那更是痴心妄想了。

堂叔堂婶扶过晓丽姐的太爷和奶奶坐上正堂屋的大椅子，穿着一身红艳新娘装的晓丽姐过来点燃三根香，恭恭敬敬地向供在神龛上的天地君亲师位牌子行了大礼，献香后又向太爷和奶奶及父母三拜九叩。

一个胸前贴着"接亲客"红纸条的中年男人走过来，向晓丽爸爸说着什么，两人都笑容满面，相互客气得很。

戴着大红花的谢昌顺看见接亲客向他打了手势，立即笑嘻嘻地跑到晓丽的闺房前。一个小男孩伸手拦住了他。一松记得这是晓丽姐的弟弟。谢昌顺早有准备，顺手摸出一个小红包递过去，小男孩打开一看，一角钱。小男孩嘴巴一撇，站着一动不动。谢昌顺又摸出一个小红包，小堂弟打开，又是一角钱。小男孩仍然一动不动。谢昌顺苦笑了，从另一口袋里摸出一个小红包。小男孩一看，一块钱。他终于咧开嘴笑着让开了房门。谢昌顺进去背起晓丽姐就跑。

两根竹竿撑起的牌灯高高举起，两个大锣当的一声同时敲响，震耳欲聋。唢呐锣鼓接着响起，4个挑嫁妆的挑子站好位置，那顶红彤彤的花花轿儿被4个大汉抬了起来开始晃悠，后面是迎亲和送亲的人们。一阵鞭炮炸响，整个队伍在接亲客的带领下开始向男方家里走。

庞大的队伍引来不少看热闹的人，里面自然少不了一松和一帮小伙伴。正国说这个新郎官搜走了他家的谷子，兆祥说他提走了他家的铁锅，宗光说他抢了他家的红苕。学儿和正国还要说什么，一松一嘴接过来，不说了，跟上去收拾他！正国问，怎么收拾？一松摇摇头，看看兆祥他们，大家都一脸茫然。边走边想，宗光说得很干脆。一松发现兆祥低着头无精打采的，问他怎么了。正国说他妈为自留地的事怄气躺床上了，他早饭都没吃呢。兆祥说不光我妈，还有好多大人都怄倒了。学儿撇撇嘴递过一个红苕，兆祥抓过来边啃边跑。

新郎官的家离许家坝不远。没走多久，接亲队伍到了一个地坝边停了下来。这是一个很大的院子，正面三排大房子前低后高，与左右两边的一排厢房围出一个很大的地坝。一条条长长的条石将地坝嵌得很平顺，整个石坝很是干净。

一松心里很着急，如何收拾这个可恶的新郎官他们还没有想出一点办法。宗光眼睛滴溜溜地一转说，舀一升豆子来。一松和兆祥的脑子还没转过弯来，宗光狠狠地将脚往石坝上一跺。兆祥看了看石院坝，突然明白过来，转身就往旁边的屋里钻，很快端来一大升豆子。一松再不醒悟那就是傻子了，在人群中他找到那个小堂弟，附在他耳边一阵嘀咕。

新郎官正在给那些停下来不肯走的举旗牌的、挑嫁妆的、敲锣打鼓吹唢呐的发红包。4个抬轿子的壮汉见红包没有先发他们，故意将轿子一会儿颠上去一会儿颠下来，吓得晓丽在轿子里一声接一声尖叫。新郎官慌了，急忙往花花轿儿这边跑。要到轿前时，一松把小堂弟一拍，他立即将那升豆子倒在新郎官脚前的石板上。新郎官正飞跑过来，突如其来的豆子让他踩着在石板上一滑，一个饿狗抢屎扑通一声摔在地上。

人们发出一阵惊叫，一松他们哈哈大笑。

·4·

捉弄了谢连长，一松多少有点高兴。他感到天很蓝，太阳特别暖。

一路蹦跳着跑回小街，情况怎么有点不对？街上的人三五成群，神情紧张地议论着什么。见到他走过来，他们突然停住，都用奇怪的眼光看着他。这是怎么了，一松浑身一阵发冷。

还没到家，兆祥一把拉住他：出事了，一松，全友叔偷树被抓了！一松心猛然一抖，脸刷的一下变得惨白。一松这才明白，那个家伙逼他去告密有人偷树，原来是让他去告发全友叔！这他妈的还是人吗？他感到一把锋利的尖刀直插进他的心里！他双手不停地捶打自己的脑袋，狂扇自己耳光。他痛恨自己，更恨那个让他犯下如此大错的人。不行，不能再忍了，钻进厨房他提起菜刀就往外冲。

母亲跑过来一把拉住他：一松，冷静点，听妈的话，赶紧到吴顺秀那里看看去！

一松提着菜刀，任泪水在脸上流淌。

儿子，现在不是冲动的时候，得赶快去看看吴顺秀，想办法救你全友叔！

母亲的话让他直发愣。呆了一会儿，他擦了眼泪往外冲。

赶到全友叔家时，吴顺秀正在哭泣。见一松进来，她扑过来抱住他，哭声更大了。一松的心乱了，全友叔对他的好一一浮现在眼前，吴顺秀那一个个鸡蛋更是让他感激万分。他必须赎罪，他必须帮帮他们，可怎么帮呢？

跑回家里，母亲下了一碗面，特意煎了一个蛋，让一松端给吴顺秀。吴顺秀哪里吃得下，只是一个劲地哭。

面对刘全友家的惨状，看见吴顺秀伤心的样子，一松悔恨交加也心急如焚。一梅出主意说，给爸爸打电话，看他能不能想点办法。向母亲要了两块钱，一松赶到县城，到邮电局打电话。听了他的述说，父亲沉默了好一会儿才说，他找人说说看，效果如何无法预料。

回到小街，天已经黑了。不放心吴顺秀，一松和兆祥又去看她。屋里亮着灯，一个男人的声音从屋里传了出来。

我说了这么多了，道理也讲明了，最后一句话，要想救你男人，只有赶快去求张守成，去不去，你自己好好考虑考虑吧！话音一落，一个男人从屋里冲出来。

想捡钱邓怀义！怎么会是他？对于这个他应该叫堂姐夫的男人，一松没有一点好感。这个时候了，他来叫吴顺秀去求那个张守成，这是安的什么心？

一松和兆祥跑进屋里，端去的鸡蛋面还在桌子上一点没动，早就冷了。跑到灶屋，烧起火将面条热了，一松和兆祥你一句我一句，东说西劝，总算让吴顺秀吃了鸡蛋还吃了点面条。

一松没有说他已去县城给父亲打过求援的电话，他怕父亲的回答只会让这个像亲人一样爱护过他的女人更伤心，更绝望。他只是说明天会想法去看看全友叔，问一问是怎么回事，回来再想办法到底应该怎么救他。

没想到全友叔的事情很麻烦，一松找了很多人都说帮不上忙，甚至连他关在哪里都没人愿意说实话。他只好去找陈子山。

陈子山回到小街后，受到社员们的热烈拥戴，加上他工作勤奋，半年时间已从一个普通办事员升任公社文书了。一松在公社门前守了一上午，才在地坝外堵住了他。

陈文书您好！

呵，一松。

我爸叫我来找您，想请您帮帮我全友叔。

哦，你爸，陈子山目光凌厉地看着一松：刘全友是被人举报的，你知道吗？大家都指向了一个人！

一松满脸通红，心里直发抖。他抬起头，眼中盈满泪水。

陈子山拍了拍一松的背，轻轻地说：我是你爸的学生。

一松再也没能忍住，一头扑进他的怀里，泪水止不住地哗哗往下淌。多少天来的委屈，多少天来的痛苦，多少天来的折磨一直憋在心头。他不敢跟母亲说，不敢跟姐姐说，更不敢跟正国、兆祥他们说，他只能像一条癞皮狗一样，默默地承受着内心的折磨。他没有想到一次无意中的扯红苕，会造成他就此被张守成掌控，从而一次次违心地被那恶魔驱使，终于酿成了这次大祸！如今，最关心他的人被他害得进了牢笼，最爱护他的人被他害得陷入绝境，他的良心何在，他还是不是一个人哪，他一边诉说一边放声大哭。

陈子山紧紧搂住一松，擦他的眼泪：好了好了，别哭了，红苕的事我跟张守成说说。还有，我跟你说，刘全友这事，其实是张守成精心设的一个局。

陈子山接着说了他了解到的事情的经过。

刘全友是跟着想捡钱一道进的山。前天晚上，想捡钱就跑到刘全友的家里来了，说是有个城里人要给他家老人准备一副寿料，指明要66寸大的柏树，价钱给到了两百元。想捡钱一个人接不了这单大生意，想想这小街上就只有刘全友力气大，人又耿直，前段时间又听人说过，刘全友在蟠龙山后面曾经见过一棵大柏树，所以就想约他一起来做，事成后两百块钱他俩二一添作五。

刘全友不是傻子，知道私砍林木是国家明令禁止的，一旦被抓住了，轻者罚款，重者要坐牢。这件事根本不在力气大小，而在于如何避开护林员。

对于刘全友的担心，想捡钱早有准备，他说这个城里人有背景有后台，早就把林场和护林员沟通好了，只要按约定的时间进山，绝对没有问题。为表明诚意，人家把定金都付了，说只要把树砍了往外运绝对没有问题，万一有人来抓，可以放下树你们自己跑就是，定金他就不要了，就当是给的辛苦费。说着，想捡钱从口袋里摸出大团结来，刷刷刷，数了3张递过来。你要愿意，就把这定金接了。

望着这几张诱人的钞票，刘全友确实动心了。小街上那些吃公家饭的人，辛辛苦苦一个月，工资也就只有二三十块钱。这一趟进山，最多一天一晚，就能挣个百八十块，这可是天大的好事。自从国医生和妙禅大师说如果去省城大医院就可能彻底治好吴顺秀的病后，他就把这事记在了心上，一直在努力挣钱呢。本来指望多分的自留地能挣点钱，谁知没多久就落了空。如果有了这笔钱，他就可以带着吴顺秀去省城大医院了。砍树这事虽然有风险，但如果没有风险，人家会给你这么多钱吗？不过，他始终觉得这事哪里有点不对，但究竟是哪里不对，一时又想不明白。

算了吧，既然你不愿意，我也不勉强，我找杠头去。想捡钱将钱在手掌中啪啪甩了几下，起身往门外走。

也许是找杠头这句话打消了刘全友心里的所有顾虑，他抢前一步，一把夺过那3张大团结：我去了！

进得山来，望着四周被砍得光秃秃的山脊，刘全友叹了口气，继续往后山走。翻过蟠龙山，走过大垭口，树木渐渐多了起来。在一条小溪边，终于找到了那棵大柏树。拿出尺子一量，只大不小。想捡钱放下锯子，说他去四周放哨，以防万一，让刘全友吃了干粮赶紧锯树。干粮其实就是几个红苕，刘全友几口吞了，在溪边喝了几口水，拿起锯子呼呼地锯了起来。

刘全友不是第一次锯树。他知道应该怎么下锯，树才会向预定的方向倒。像这么大的树，即使锯子从四方开锯也是锯不穿的，到最后必须动斧头才行。当然，这还得锯出好几个斜口来，不然斧头砍的时间就得长些了。动斧头的声音肯定要比锯子的声音大，虽然主人家说疏通了林场，但能少些响动当然更好。柏树的材质很好，硬度高，市场上价格也比较高，这棵柏树如果拿到城里去卖，会不会比主人家出的价钱更高呢？刘全友一边想一边锯，汗水很快湿透了他的衣衫。好在他的力气大，耐力又好，昨天又把这锯子认真仔细地打磨过，锯齿锋利，锯口适中，要不然今天真的就无法锯完了。

刘全友锯了好一阵才停下来，围着柏树四周看了看，确认全部都锯到位后，才拿起斧头。他曾想过让想捡钱也来砍几斧头的，但他向周围看了半天，想捡钱的影子都没有看到，他心里直嘀咕，不是说好了两人一起砍树吗？也不知道这家伙到哪里放哨去了。

刘全友的这把斧头很锋利，昨晚他打磨好锯子后，特意将斧子磨了3遍。小街上的人都知道，刘全友是一个很爱惜工具也很会打磨工具的人。果然，锋利的斧头只砍了十几下，粗壮的大柏树便开始摇晃了。刘全友心里很高兴，也有点得意，自己不但有力气，工具也非常得力，看来今天可以提前收工了。他向手掌上吐了口唾沫，提起斧头，甩开臂膀。不知为什么，此时的他突然有了想大吼几声的冲动。儿子的溺亡，母亲的惨死，妻子的气疯，张守成的无耻一齐向他脑海中涌来。他啊啊啊地低声叫着，一把斧头挥动得虎虎生风，高大的柏树连续摇晃了几下，终于啪的一声倒了下来。

刘全友小心翼翼地往四周看了看，他想观察一下倒树的响动是否引来了护林员，也想看看这个想捡钱会不会回来帮忙。

还好，四周静悄悄的，想捡钱还是不见人影。他想喊，又怕惊动了护林员。刘全友无奈地摇一摇头，看来这个想捡钱是在偷奸耍滑了。唉，看在是他接的这单生意的份上，自己多做点也没有什么，力气又用不完，而且不要钱。与人合伙做事，刘全友历来是个不计较得失的人，很多时候他宁愿自己吃点亏，多出点力，也不愿别人说三道四，心生不满。他得赶快把这事完成，拿到钱好带妻子上省城看病。

他默默地拿起锯子，准备把树锯成4截。他拉动锯子，嚓嚓嚓地一阵猛锯。刚锯下两截，不准动！突然有人大喝一声。刘全友一抬头，糟了，十几个护林员和民兵已将他团团围住。他刚想张嘴呼叫想捡钱，突然又闭了嘴。自己已经被抓了，何必再连累他人呢？

走在下山的路上，被押着的刘全友还在想，不是说林场和护林员早就沟通好了吗？不是想捡钱说他在放哨吗？怎么自己还会被抓呢？

听陈子山说完，一松的心更乱了。

陈叔叔，还是求求您帮帮我全友叔吧，好吗？

这事只能尽力了。

我想去看看全友叔，当面向他赔罪，在哪里可以见到他？

哦，对了，谢连长谢昌顺是你堂姐夫吧？陈子山边说边走。

他的最后一句话让一松很想了一阵子。他终于明白，下一步该去找谁了。不过，他感到有点郁闷，他的两个堂姐夫竟然没有一个是他喜欢的，这一个在他的眼中也不是好人，可他现在却不得不去求他。

谢昌顺院子里那块光滑整齐的大石坝他印象太深刻，一松很想在踏上它之前在田里抓点泥巴抹在脸上，以便让他的脸皮更厚点。

晓丽姐正在宰猪草，看见一松来了，很是高兴，也非常热情。谢昌顺则一副阴阳怪气的样子。一松没有介意，像机关枪一样，噼里啪啦地把想要说的话一口气说完。

晓丽拍了拍围腰上的草屑，眼睛直盯住谢昌顺：你得帮这个忙，好吗？

谢昌顺看了她一眼：难度大。

这是我娘家人第一次求你！

我官太小了。

那你总可以告诉一松，到哪里可以看看全友叔吧？

县拘留所。

一松没多说一句话，转身就跑。

本来一松是极不愿意告诉吴顺秀，全友叔被关在县拘留所的，可是他架不住她的一再追问，也实在不忍心骗她，而且也知道即使骗她也未必能骗多久。当一松说了全友叔关在县拘留所时，吴顺秀的脸一下子就青了，目光呆呆的，好一会儿才嚅动着嘴唇喃喃地说，拘留所，拘留所……

找到拘留所容易，想见全友叔却难。不管一松如何哀求如何求情，拘留所的大门始终没有向他打开。理由很简单，一不是直系亲属，二现在不准探视。一松眼圈红了又红，再也无话可说。他心急如焚，又无计可施。直到县中学开学那天，他也没有见到全友叔。

·5·

一松浑浑噩噩地到学校报了名，还没等他定下心来，一个噩耗传来：吴顺秀死了！晴天霹雳，如雷轰顶！全友叔还关在拘留所里呀！一松悲痛欲绝，匆匆请了假就往家里跑。

寂静的小街，被一股怪异的氛围笼罩。街坊邻居一个个脸色郁沉，那躲躲闪闪小心戒备的样子让人心惊肉跳。

吴顺秀静静地躺在一块门板上。身体蜷曲着，双手握拳，面容痛苦，双眼大睁，头发上沾满了泥沙。一身干净的衣服显然刚刚换上，母亲正端着面盆和乡邻们一起给她洗头发，一边洗一边流泪。

一松从小就害怕死人，可是面对已死去的吴顺秀，一松只有痛苦，没有一丝恐惧。他的眼在流泪，他的心在滴血！他扑上前去，抓住吴顺秀握着的拳头，一边抚摸一边揉动。她的手冰凉冰凉的，非常僵硬。一松想揉开她紧握的拳头，但毫无效果。他用手按摩她怒睁的双眼想让她闭眼，无奈早已僵化。见洗吴顺秀头发的那盆水脏了，他立即端去倒掉，跌跌撞撞地跑进厨房，拿起水瓢将缸里的清水和着他的泪水一起装进盆里。他和吴顺秀的往事一件件在盆中晃动，那一声声四娃子四娃子的深情呼唤和呢喃，一次次充满温情的抚摸和拥抱,一个个滚烫滚烫的鸡蛋和糍粑……让一松无法忘怀。他心如刀割,无言以对。抢过母亲手中的毛巾,搓干净后,一松默默地清洗吴顺秀原本美丽的脸庞。他要让这个善良得让人心酸美丽得让人心痛悲惨得让人捶胸的漂亮女人,仍然像她生前一样干干净净漂漂亮亮地走向她人生最后的归宿。

母亲流着泪,向一松述说着事情的经过。

最先发现吴顺秀死了的是兆祥的妈妈王秀儿。兆祥考进县中后,王秀儿一直就很兴奋。可儿子才离开一天,她又舍不得了,又高兴又担心的,一晚上就没怎么睡着。天刚麻麻亮她就爬起来到河里去洗儿子的衣服。她始终认为,自己家的条件虽说不能让儿子每周都穿新衣服,但至少得让他全身上下干干净净的,让人一看就知道他妈既能干又勤快。

凌晨的小河静悄悄的,整个小街仍然在沉睡之中。王秀儿一边哼着梁山灯戏一边走下河坎。怎么河里有人呢,还趴着?她揉揉眼睛,真的是个人。她跑了几步,又停下来。不对,这人怎么一动不动呢?头发长长的,是个女人!哎……她大叫了一声,那人还是没动。她想了想,捡起一块泥巴,使劲扔过去。没砸到人,只在水里溅起一片水花。又扔,没中。再扔,还是没中。又捡了一块泥巴,准备再扔时,她突然觉得不对了,特别的不对,自己搞出这么大的动静,又是叫又是扔的,这个人怎么会没有一点反应呢?她感到全身一紧,浑身的汗毛顿时竖了起来。我的妈呀我的妈呀!王秀儿连声尖叫,飞快地转身就跑,尖厉的惊叫声顿时让小街乱成一团。

很快小河边围满了人。杠头沉着脸走过去,把趴在河里的人翻了过来。吴顺秀!人群中一声惊呼,紧接着就是一片沉寂。

原本好端端幸福美满的一家四口,突飞横祸,先是儿子溺亡,接着是老人离去,没过一年,丈夫深陷牢狱,妻子又横尸河边。

陈子山带着公安人员匆匆赶来,一番勘察拍照后,王秀儿被带回了公社。一时间,小街上谣言四起。有的说吴顺秀是受不了儿子、婆婆的惨死和丈夫的入狱就自杀身亡了,有的说是她精神病犯了误入河中淹死的,还有的说是刘全友的祖坟埋错了位置不然怎么会接二连三地死了 3 个人呢?更有的说吴顺秀是被人谋杀的。

一松不相信前 3 种说法。在他去县中报到前,他和兆祥都看见邓怀义到过吴顺秀的家，也听到了他对吴顺秀说过的那些威胁的话。

将心中的疑惑向陈子山说了，陈子山默默地听了，一言不发。一松瞪大眼睛，直直地看着他。一松，我……陈子山语塞了。一松重重地叹了口气，转过身，奔回家里，提出菜刀。

一梅见一松脸色不对，急忙问：怎么了，一松？小妹拉他的衣角：哥，你的眼睛好吓人！师父方炳盛跑过来，连声问啷个了？一松手一甩，直接往外冲。

街上很快聚集了不少人，跟在他身后。

到了张守成家门口，一松连声大吼：张守成，给我滚出来！张守成，给我滚出来！我要杀了你！

张守成家的大门紧闭，无人应答。一松冲上去，用刀将大门砸得嘭嘭响：张守成出来！张守成出来！出来！几年来的委屈，无可言状的悔恨，刻骨铭心的痛苦一齐涌上心头。

泪水在眼中奔流，热血在心中翻涌。

一松不顾一切了，他已经完全失去控制了。悲愤交加的他只有一个感觉，那就是将事实的真相完完全全公之于众才能减轻他的罪过！才能让吴顺秀的灵魂得到安息！一松声嘶力竭地大声吼着，从偷红苕被抓，到张守成的威逼，再到成为特务监视吴顺秀，再到被逼被骗去告密有人偷树……他捶打着自己的胸自己的脸，一遍一遍地诉说，一遍一遍地忏悔……

他的吼叫无疑是一枚重磅炸弹在街上炸响，无数惊奇愤怒同情怜悯的目光一齐向他扫来。

四周静了下来。一松直直地站在那里，心中再无波澜，只有泪水在脸上静静流淌。

母亲哭着叫着冲上来，一把将他紧紧地抱在怀里。

第十章

· 1 ·

天亮了，一松还躺在床上。

母亲坐在床前，已显粗糙的手摸着他的头，儿子，苦了你了。

睁开眼，泪水盈眶。一松拉过母亲的手贴在他的脸上，一根头发被挂住，母亲急忙小心地顺出他的头发。

儿子不好，让妈担心了。

没有，妈高兴！儿子懂事了，成熟了，勇敢了，坚强了！

妈，你会怪我吗？

不会，妈怎么会怪你呢？快起来吧，门外有人等你呢！

有人等我，谁？一松爬起来冲出去。正国、兆祥、宗光、学儿站了一排。

给，我妈给你做的黄粑粑。

我爸让我送你的大柚子。

我妈给你的红苔沙果。

我爸给你的烤红苔……

红苔，红苔，怎么又是红苔？一松对红苔太敏感，但看着他的小伙伴们，热泪仍止不住阵阵翻涌。

吴顺秀出殡时，刘全友回来了。盗砍国家林木一案他被判一年有期徒刑，缓刑一年。家中的又一次惨变，使他完全变了个人。耷拉着的双眼空洞无神，痴呆木讷的脸上看不到一点生气，一身腱子肉早已消失，曾经魁梧的身躯已变得单薄如纸，好像一阵风吹过都要将他吹倒似的，全身上下有很多青紫色的肿块，好几处地方还流着血。他默默地看着乡邻们将吴顺秀放入棺木中，默默地跟着他们将棺椁抬到墓地……

一松很想多陪陪全友叔几天，可他只有两天假。

无奈地回到县中，他躲在校后门的围墙角下，一口气捏了3个张守成。他拿出刀，一刀断了张守成的四肢，一刀将他穿心而过，还有一个张守成他直接用刀将他斩首！他发疯般地挥起小刀，不停地杀杀杀！他哭着喊着，叫着杀着，即使这样心里的气还是一直堵着，好几个星期都没有缓过来。兆祥见他脸色太差，一直问他怎么了？他无言以对。

下午最后一节课是音乐，给他们上课的老师叫王圣辉，高高的个子，白白净净的方脸，微卷的头发，一双大眼睛藏在一副黑框眼镜后面，很有文艺气质，赢得他们的一致好感。王老师唱歌的声音很浑厚，他教他们唱了一首歌，大家学得很认真，学得也很快。王老师很高兴，拿出二胡，即兴拉了一曲《赛马》，欢快热烈的旋律，让同学们听得如痴如醉。一松也受到感染，愁苦的心情多少也轻松了一些。

下课时大家激动地围住王老师，纷纷询问二胡怎么学。一松突然对二胡感兴趣了，他想借学二胡来驱散心中的伤痛。按照老师的提示，一松跟着几个同学到县城花了两块钱买了一把二胡，回来在王老师那里学了点皮毛，然后就在寝室里开始练习，刺耳的噪声顿时惹来一片叫骂。

一松心慌了，他没有想到这二胡会这么难学。原本以为就这两根弦，王老师又拉得如此轻松如此潇洒，凭自己超人的悟性，又有王老师的指导，学个二胡那还不是手到擒来？没想到连续好几天，他始终不得要领。没有一点进展的练习，磨光了他最后的耐心，他把二胡一扔，冲到操场里一阵猛跑，出了一身汗拿了毛巾去洗洗时，一阵悠扬的二胡声令他停下了脚步。

是王老师！一松心中一动，慢慢走过去。

几排高大挺拔的白杨树下，有几个石凳子。灿烂的斜阳从树叶中洒下来，斑驳的阳光将林地映照得光怪陆离。坐在石凳上的人后背直立，身姿不时晃动，手中的二胡随着琴弓来回抑扬顿挫，一阵优美的旋律在林间荡漾。场景很美，二胡声更美。一松轻轻走到王老师身边，悄悄地在他旁边坐下，任那时而激昂时而婉转的乐声将他包围，让他陶醉。

一曲终了，一松仍痴痴地盯着王老师那持弓的手。

这二胡很难学吧？王老师向他轻轻一笑。一松点点头，一脸羞涩。来，我给你点信心，王老师将二胡递过来。接过二胡，一松按照要领摆好姿势。你动指法，我来拉弓，王老师说着将弓缓缓拉动。奇了怪了，一松的手指按出的音虽然不准，但音色柔和，没有了那刺耳的噪声。来，一松，我们换一换，你来拉弓，我来按音。这一次音准了，虽然音色不纯，但绝不刺耳。王老师又手把手地对一松的指法作了调整，还教他练习如何平稳用弓，如何避免噪声。真没想到，这么一改他拉出的曲子第一次让人听了有些顺耳了。一松满脸通红，极其兴奋，信心大增。

用平常之心去学二胡，你才会学得好，临走时王老师看着他的眼睛告诉他。

回到宿舍他不管不顾，拿起二胡一阵猛拉，除了迎来一阵骂声外，还是有人说了一句公道话，嗯，总算没有以前那么让人恶心了。

他如同打了鸡血，一有时间就在树林里拼命练习。连续十几天下来，技艺大进，《第一练习曲》《第二练习曲》甚至《第三练习曲》他都能拉得潇洒自如了。

他将学二胡的经历和心得写进作文，没想到被老师大加赞赏，还作为范文在全年级进行了宣读。兆祥直骂他中了狗屎运。

周六将二胡背回家里，一松得意扬扬地拉起了《第二练习曲》。妹妹听了，一脸的惊奇：哥，你怎么不杀鸡杀鸭了呢？我原来还等你回来杀个鸡子来改善生活呢，真没劲。

晚饭一过，徐晚霞就在准备一松第二天应带到学校的东西了。

天气渐渐凉了，要记得添加衣服，不要一天到晚只晓得到处疯，徐晚霞将一件她刚织好的毛衣塞进他的背包里不停地嘱咐着。

一松抬头看了看母亲，她两眼满是血丝。连续几天，她都在赶织毛衣。这一年姐弟妹三个都长得很快，等到需要添加衣服时，才发现去年的毛衣穿不得。徐晚霞慌了，赶紧拆了旧毛衣，洗了后连夜连晚地忙碌了三天，才将毛衣织好。

小街上会织毛衣的人很少，一些闲下来的女人都喜欢到他家来学织毛衣。她们一边聊天，一边织着毛衣，不时要徐晚霞做示范。看着一件件毛衣在两根竹签的挑织下慢慢变长，她们很是惬意。

一松也对这两根竹签的功能感到惊异。它们不但能织成衣服，还能织出各式各样的图案和花纹。看着母亲的双手灵巧地翻动着，一松突然发现母亲的手又有了变化，原本纤细白嫩的手已经变得粗糙了，指头也变粗了很多。一松拿起母亲的手轻轻滑过他的头，那种温暖的感觉还在，但母亲的手又挂着他的头发了。

· 2 ·

下课铃响了，一松没有往外跑。这几天他没有去捏张守成杀上一阵了，他在一心捣鼓他的二胡，他想靠它走出心里的阴影。刚拉完《第十九练习曲》，几个老师走到他面前。

许一松同学，二胡拉得不错嘛。一松抬起头，这是一个中等个子的男老师，年纪和他父亲差不多，脸上满是笑容，一双小眼睛虚着，有些飘浮的目光在一闪一闪的。旁边几个老师围在他身边，恭身而立。

一松站起身：老师好！

嗬，小家伙长得蛮高嘛！一双大手拍了拍他的肩膀。

这是我们学校江云生江校长，特意来看看你，一个身材瘦高瘦高的老师上前一步介绍着。

一松涨红着脸，手足无措。

别紧张别紧张，我和你爸妈都是老同事了，怎么样，学习生活还习惯不，有什么困难可以直接给我说。

江校长，许一松同学学习一直很优秀，瘦高老师插了一句。

井西校长的儿子，当然错不了。江校长转过身，又拍了拍一松的肩：回去给你爸妈说，有时间了可得到我们家来串串门，别把我们这些老同学老同事给搞忘了。

看着周围同学一片羡慕的目光，一松突然感到很不舒服。

进县中前，母亲就对他和姐姐说过，以前父母在县中工作过一段时间，同事很多，有些还是高中大学的同学。县中的校长江云生，和父亲关系一直较好，他的老婆周昌菊，个矮身胖，心眼很小，和母亲关系时好时坏。母亲特别嘱咐过，没有特殊事情，千万莫去打扰人家。一松入学几个月了，从没想过要惊动他们。这次江校长突然来了，他很有点不解，也有点惶恐。兆祥说：想那么多干啥子，我们仍然是该吃吃该睡睡，拉好二胡好作弊。

去去去！一松狠狠地拍了他一巴掌。

轻点轻点！兆祥身体一扭：有个事告诉你，张守成被撤职了！

是吗？太好了！

别高兴得太早了，小街有句老话：屎不臭挑起臭。有人说，张守成就是那坨屎，你就是那个挑屎的人。

我晓得，管他呢，不就是说我是根搅屎棒吗？不在乎，我愿意！真是的，大风大浪都过来了，还会怕这个。

那就好。哎，快看，有个通知，校乐团扩招？

一松看了看，真的是校乐团扩招通知。

走，去报名，这样的机会千万不能错过了，兆祥好像比一松还急。

报名处设在音乐教室，那里早已人潮涌动。百十来个学生正一个个接受面试，主考官就是王老师。

兆祥一见乐了：你小子运气好，进校乐团没问题了！不过一松，你是不是也该教教我，让我也会上一两样乐器。

一松窘住了，兆祥哈哈大笑。

刚刚面试完，兆祥就带了一个女生走到一松面前。江小雪，一松对她一点也不陌生，班上有名的三好学生，成绩一直紧追着他，让他压力很大。刚才面试时她拉的是手风琴，比他拉的二胡好听多了，她来干什么？

一松，这位江小雪同学，就不用我介绍了吧？兆祥一脸二百五的样子。

一松看了江小雪一眼，乌黑柔亮的秀发，红润的双唇，高高的额头，明媚的大眼，丰腴而不失修长的身姿，俏丽的蓝色连衣裙，像一首诗，一幅画。四周突然一片恬静，一片温馨。

刚才你的二胡拉得真好！江小雪眼中射出一束光，我觉得你的作文写得更好。

真是一个大胆的姑娘。不过，听一个女生的夸奖，好像比听一个男生的赞美要更令人得意一些。

老师说，从你的文章中能看出你读过很多书。

一松看了她一眼，一言未发。

老师说，你的文章中有哲理，也很有文采，江小雪加快了语速。

老师说，我们应该互相关心互相帮助，手牵手一起去跳河！一松突然冒了一句。

好哇，你个死一松！江小雪直接向他扑来。

一松突然有种春暖花开的感觉，尽管此时已步入寒冬。

为什么要捉弄我？姑娘的声音既清脆又带着娇媚。

书上教的。

你看过什么书？

只看过两本。

啊，两本？江小雪看了一松一眼，嘻嘻嘻一阵轻笑，没想到你还是个会搞笑的家伙！

他做了个鬼脸，江小雪又一阵轻笑。

在一松的感觉里，妹妹的笑清新而甜蜜，而江小雪的笑，他却无法形容。

一年两度锦城游，前值东风后值秋，江小雪突然停了笑，念了一句诗，看着一松。

背起唐诗来了，这是要干什么？芳草有情皆碍马，好云无处不遮楼，他冲口而出接了下两句。

没想到你也知道罗隐的这首诗，江小雪轻轻嘀咕了一声。

只许你博览群书呀？他歪歪头，也甩出一句：东鸟西飞，满地凤凰难下足。

南龙北跃，一江虾蟹尽低头，江小雪微微一顿，轻吟出声。

小丫头，宋湘的故事你也知道？

那当然！哎，说正经的，把你看过的那些书借我看看，可以吗？停了几秒，江小雪又补了一句：我的书也可以给你看，要不要得？

当然要得，这话一松没说出口，只能在心里轰响。他扭头四处望了望，得提高点警惕，人言可畏。还好，没有人注意他们，只有兆祥一路小跑渐行渐远，不时回头向他眨着鬼眼。一松摇摇头，对刚才的心虚很是不解。小学时他就一向大胆，班上同学视男女接触为猛虎，他却没放在心上。女人不是老虎，男人不是武松，尽管他的名字带了一个"松"字，可不知为什么，进了县中和女生接触，他怎么有种做贼的感觉？偷看一眼，江小雪落落大方，丝毫没有忸怩羞涩之态。他一阵汗颜，胆气陡生，拿眼盯住她：君子一言？

驷马难追！

江小雪的回答，他总感到哪里有点不对。这君子什么的是否专指男人，还是可以男女共用？他一时没想明白。尽管如此，这没有妨碍他们的谈话继续深入。不知不觉间，他放松了下来。他谈到了他的伙伴，他的乡邻，四娃子的遭遇，天旱时的祈雨以及他的学年画捏泥人……江小雪静静地听着，好像很入迷。

能看看你捏的小泥人吗？她突然冒了一句。

一松犹豫了一下，从裤兜里拿出一个小泥人。小雪接过来，很有兴趣地翻看着。好有趣！她摸摸小泥人的脑袋，我想要坨黄泥巴，跟你学学捏泥人。

好，一松边走边点头。

谁也不知道是谁先走进操场边的那片杨树林的。

冬日的阳光透过光秃秃的树丫照在身上，暖暖的，很舒服。阵阵微风吹来，几片落叶从眼前飘过。一松突然有了一种冲动，拿起二胡拉起了《让我们荡起双桨》。江小雪扬起红扑扑的脸庞，秀丽的大眼里有光在一闪一闪的。她将背在背上的手风琴放到胸前，双手一张一合间，动人的琴声和着二胡声便在树林里荡漾开来。

不知是兴奋过度还是别的什么，回到宿舍躺在窄窄的床上，一松心里的高兴劲消失殆尽，一阵烦躁涌上心头。这一阵子他太顺了点，先是期中考试获得年级第二名，接着是顺利进入校乐团，再接着是全校作文大赛一等奖。这个奖项很重，当在操场上当着一千多名师生的面，在一阵还算热烈的掌声中，从校长手中接过奖状时，他还是有点飘的。兆祥一直在他耳边唠叨，说不是他的祖坟冒烟了就是开裂了，最少也得是踩了几坨大狗屎。

·3·

周末回到家时，天已经黑了。许一松把奖状贴在墙上，正想炫耀一番，发现一向很黏他的妹妹并没有跟过来。姐姐坐在一边默默地看书。

母亲呢，怎么不在屋里？一松看看姐姐，又看看妹妹，都没有理他的意思，难道我是空气？他向妹妹招招手，她把背对着他。一把拉过来，妹妹一竹那双大大的眼睛里满是泪水。

怎么了，一竹？他的心紧缩了一下。妹妹没有回答，一头扑进他的怀里放声大哭。他抱住妹妹娇小的身子，轻轻地拍着她的后背。待她哭声小些后，他抬起了她的头，妹妹梨花带雨的小脸上，除了泪水，还有慌乱和惊恐。一松的心里一阵刺痛，没想到两个星期没回家，他家的小公主就成了这副惨样？怎么额头上还有伤？一梅默默地看着一松，嘴唇动了动，没发出声来。她深深地看了他一眼，慢慢走到墙角边，将一块大牌子拿到他的面前。

这是一块木头做成的牌子，四四方方的，很是沉重，上边有两个小孔系了一根绳子。一松突然想起上小学时参加批斗大会那挂在坏分子胸前的大牌子。他的心猛地一沉，上前一步将牌子翻过来，"漏划地主分子"几个大字如晴天霹雳，震得他眼前一黑！他使劲摇摇头，想让头脑清醒一些。他看看姐姐，秀气的脸上布满愁云；看看妹妹，小脸蛋上眼泪汪汪。不行，屋里太沉闷太压抑了，他三脚两步跑出门外。

稀疏的月光下，几个小伙伴来了。兆祥将一只大碗递到他面前，碗里是他最爱吃的蛋炒饭，几块红艳艳的泡萝卜在上面散发着酸辣的香味。一松心里一酸，眼中顿时湿润起来。

正国夺过兆祥手中的碗递过来：先吃饭，这是兆祥妈妈特意给你炒的，他家只有菜油，你可别挑三拣四的。宗光把筷子递到他手上，你看，还放了葱子的，好香好香。你要不吃，我们可是口水流起好长好长了，来，吃了我们把一切都告诉你。一松咬咬牙，接过碗狠狠刨了一口，又咬了一口酸萝卜。大家松了一口气，七嘴八舌地说起来。

社教工作队是半月前到的小街。负责黄泥公社黄泥大队的工作组有 5 个人，他们一来就一人负责一个生产队，到每家每户进行访贫问苦，开展社教运动。

社教工作队就住在学儿家。是学儿最先发现来了一个年轻漂亮女人。当时学儿只是感到有点惊奇，也没多注意。没想到工作队那个叫姜世达的组长见了她眼睛发直口水直流，甚至欣喜若狂。后来学儿听说这个漂亮女人叫杜心月，是从天竹师范来的。他们进了屋关了门就一阵嘀嘀咕咕，学儿没听到他们到底说了些什么。

第二天，学儿他们就发现情况有些不对头了。那个叫姜世达的工作组长像打了鸡血似的，发动不少社员开展了对徐晚霞的调查。

想捡钱是第一个站出来揭发的人。虽然他大字不识几个，但他是徐晚霞的侄女婿，很多情况都知根知底，他爆出来的料条条致命。根据他的揭发，一张大网迅速铺开。

家住兴龙公社龙湾大队的王廷富被叫到工作组的办公室时，已经是下午了。当知道是要调查徐晚霞的成分时，他有些手足无措。不错，他曾在徐晚霞的娘家当过几年长工，他也知道徐晚霞因她的母亲不同意她的婚事，在解放前4年就被赶出了家门。如实的述说好像并没有令工作组的同志满意。王廷富急了，他反复地解释自己说的都是实话，决没有半点欺骗组织的意思，但这反而让工作组的同志更不高兴、更不耐烦了。当工作组的同志知道他是个文盲时，气氛好像有了缓和。没过一会，工作组的同志拿出一张写了不少字的纸，叫他按了手印后让他走了。

出了门很久，王廷富还是没明白这究竟是怎么一回事。到兴龙街上逛了两圈，遇到和他同在徐家当过长工的吴老汉，两人一摆龙门阵，才知道吴老汉也刚从工作组那里出来，遭遇和他一样，谈了一会话，也按了一个手印。

王廷富不禁为徐晚霞担心起来。两个月前，他去县城赶场，曾在黄泥公社歇过脚，听说徐晚霞也在这个小街上时，他还去看了看。徐晚霞对他很热情，还留他吃了午饭。这一次，徐晚霞该不会有什么事吧？

县中学校长江云生被工作组叫到办公室时，很是忐忑不安。社教运动此时正开展得如火如荼，他此时也正被架在火上烤着。他害怕被叫去谈话，每去一次都是一次心灵的煎熬。不过这次还好，没有过多地追问他的事情，几句开场白后就直接点明是找他调查徐晚霞的成分的。徐晚霞是他的同事兼好友许井西的老婆，家庭成分又是当下最最敏感的话题。江云生开始还能清醒地判断对方的意图，思考自己在这中间的应对和得失。但随着对方欲对徐晚霞不利的倾向越来越明显，甚至要求他和他老婆明天必须交一份书面材料还得按上手印时，他的脑子开始混乱起来。

忐忑不安地回到家里，老婆周昌菊发现他的神色不对，迎上来好一阵盘问。知道事情原委后，周昌菊直骂老公愚蠢。那个徐晚霞不过是以前的同事，即便是好朋友的老婆也不可拿自己的命运和前途去对抗，最明智的办法只能是按照工作组的要求和意愿写好材料交上去。至于许井西和徐晚霞会有什么反应和结果，这是他们能考虑的问题吗？

女人往往比男人更理智更现实，江云生叹口气，摇摇头。他知道老婆与徐晚霞的关系一般，也知道老婆的这番话是有道理的。现在，他除了按照工作组的要求去写去做以外，还能哪个办呢？

徐晚霞是两天前被叫到工作组的。组长姜世达端坐在木板凳上，脸色紧绷。穿着一身列宁服的徐晚霞刚走进门，他劈头就是一顿呵斥，接着令她老老实实交代问题。没等徐晚霞回过神来，一沓材料扔到她的面前。她正想看看材料上写了些什么，一块大牌子挂到了她的脖子上，低头一看，"漏划地主分子"！她蒙了，脑子里一片空白，姜世达还说了些什么她一句也没听清楚，直到两个民兵上来挟起她往外走，她才稍稍清醒了一点。这是要去哪里？她扭头看了看，与她一起被民兵挟着走的还有4个人，胸前一样挂着牌子，虽然看不到他们牌子上写了些什么，但估计和自己的也差不了多少。

徐晚霞和那4个人跌跌撞撞被推到公社那个台子下面，强令她们面对坝子低头站成一排。坝子里人群黑压压一片，小街上的人几乎都来了，十几个基干民兵手持步枪在四周肃立着。

姜组长走到台上，慷慨激昂地发表了一通讲话，又拿起一叠材料，把揭发材料一一念完，然后大手一挥：将5人带上来！

众目睽睽之下，徐晚霞和那4个人被押到台上，胸前的大牌子吊在脖子上一甩一甩的……

我不是地主分子！徐晚霞抬起头突然向姜世达大声呐喊，我要求跟揭发人当面对质！

姜组长一听脸都绿了，他站起身来厉声喝道：大胆，你也太嚣张了！这些材料铁证如山，你想翻案翻得了吗？

一个民兵冲上前，一把揪住徐晚霞，挥手扇了她几个耳光。

徐晚霞被打得脑子一阵阵发晕，她咬了咬牙扬起头，转身盯住那个民兵。

还不服吗？那个民兵也火了，挥动着拳头。

不要打我妈妈！不要打我妈妈！一个带着哭腔的童声在场地上响起。只见一竹连滚带爬地冲到台上，细小的双手一把抱住了那个民兵的大腿。叔叔，叔叔，求求你了，我妈妈是好人，你不要打她！不要打她呀！

那个民兵哪会听一竹的，仍然举起了拳头。一竹急了，大声哭叫：你打我妈妈，你是个坏人！打死你！打死你！她发疯似的扑过去，张开小嘴，狠狠地在民兵的手上咬了一口。那个民兵疼得将手一甩，一竹像断线的风筝，扑通一声跌在了一人多高的台下。

全场静了下来，人们的目光怔怔地看着躺在地上的一竹。

小小的身躯瘫了似的趴在地上，一动不动。一股殷红的鲜血从那还很稚嫩的额头上流出。

见自己的宝贝女儿被摔得没了知觉还鲜血直流，徐晚霞疯了似的从地上爬起来，她一把推开准备阻止她的民兵，几步冲过去，一把将一竹搂在怀里，不停地摇晃不停地呼唤：一竹，一竹！你快醒醒，你快醒醒哪！

一竹的身体软绵绵的，对徐晚霞的呼唤没有一点反应。徐晚霞急得六神无主，好一会才手忙脚乱地掐人中。许家太爷急步上前，抱过一竹大喊国医生国医生！国医生从人群中疾步赶来，从药箱中拿出纱布压住伤口，随后用几根银针迅速扎在一竹的几个穴位上。随着国医生手掌的拂动，几根银针开始颤动。不一会儿，一竹的身体轻轻一动，眼睛慢慢地睁开，小嘴一张一合：不要打我妈妈，不要打我妈妈……

人们轻轻吁了一口气，女人们眼圈红了。徐晚霞恭恭敬敬地向国医生作了个揖：谢谢国医生了！请再给我孩子包扎一下好吗？

国医生点点头。见徐晚霞铁青着脸，眼中火光直冒，他轻叹口气，一边包扎一边低声说道：徐老师你冲动了，低头吧。

我不！

为了孩子，你得忍哪！

一听提到孩子，徐晚霞眼中闪过一丝犹豫。

现场一片寂静，女人的抽泣声开始响起。

……

好！徐晚霞低头认罪是好的，但是对于她犯下的滔天罪行，我们仍然要严惩不贷！据查，徐晚霞一直对上级指示心怀不满，利用少部分人的糊涂思想，肆意挑拨，恶意煽动，组织策划了私分自留地的事件，影响恶劣，破坏极大。为此，现决定将徐晚霞押送公安机关惩治！

我没有组织策划私分自留地！徐晚霞竭力否认。

没有？会是在你家开的，第一个提出多分自留地的也是你，这些都铁证如山，你还敢狡辩，带走。会场顿时一片寂静……

小伙伴们说完了，一齐怔怔地望着一松。

许一松强忍住快要涌出的泪水，向小伙伴们双手抱拳深深弯下了腰。

· 4 ·

许井西匆匆地赶回来了，一竹扑上去哭得天昏地暗。一松擦擦泪水，望着父亲。许井西的眼睛红红的，仔细看了看一竹头上的伤口，把她架在脖子上，一手牵着一松，一手牵着一梅说：走，我们到县城去救妈妈。一竹咧咧嘴，不哭了。

到县城的路一松走过很多次了，这次觉得好长好长。一竹不停地问，还有多远？怎么还没到？她拍拍许井西的头：爸，我下来自己走，你们太慢了！许井西放她下来，她两脚一沾地，嘴里直喊着妈妈妈妈，撒腿就跑。跑着跑着，一竹跑不动了，坐在路上哇哇大哭。他们跑过去抱起一竹，任由泪水在眼眶里打转。

一路上，许井西的脸色很不好，一会儿红，一会儿青，一会儿黑。他带着一松他们走了一家又一家。每到一家他都紧紧握住那些人的手，不管人家愿不愿意，不管人家高不高兴，他都一阵猛摇，嘴里不停地反复说着一句话：我以前从没求过你们什么，这次拜托了！拜托了！那些人的脸上表情很丰富，一松无法确定那些表情代表着什么。不过，还是有几个人当着他们的面打了电话。许井西脸色终于舒缓了下来，他对孩子们说，走，去拘留所！

县城的拘留所在城郊。青砖砌成的围墙很高很高，上面还有一圈圈的铁丝网。上次为了全友叔一松曾来过，对这里他没有一点好感。他又一次看见了枪，握在武警的手中，真正的枪，黑蓝黑蓝的，还反着光。一股肃杀之气迎面扑来，一松全身阵阵发紧。

一竹眼巴巴地盯着紧闭的铁门，嘴里不停地轻声喊着妈妈妈妈。一梅搂着一竹瘦小的肩膀，身子微微发抖。许井西背着双手，踱着方步，一会儿看看手表，一会儿又看看高墙。

一竹又在哭了，一梅的泪水开始往下掉，一松捡了块石头。

铁门咣的一声打开了！徐晚霞慢慢走出来，头发脏乱，衣服破碎，左脸红肿，目光呆滞。短短的几天，她就像变了个人似的。

一竹和一梅扑过去，抱住母亲摇了又摇，一会儿哭一会儿笑。一松看见父亲眼里也有泪光在闪，他把母亲抱得好紧好紧。

小街的夜晚还是和以前一样的寂静。

许井西回来后就一直坐在床边抽烟。一竹偎在母亲怀里，脸上挂着笑，泪水还没干。她一直紧紧地抱住妈妈，生怕一会儿又不见了。

床上的被窝没有一丝暖意，如同一松的心凉飕飕的，母亲虽然被放出来了，但残酷的现实仍让一松内心一片痛楚，一片惶然。一松闭着眼睛，静静地回想正国他们述说的一切。虽然他年纪还小，经历不多，但他仍能想到母亲成分的改变将给他们这个家庭以至于给他们以后的命运带来什么影响。这种影响只会是百害而无一利，母亲的人生将变得更加屈辱更加凶险，他们家以后的路也只会更加艰难。他的心隐隐作痛，眼眶也湿润起来。他不禁在想，父亲以后也会受到影响吗？

夜渐渐深了，一松久久不能入眠。突然，他听到了被子的掀动声。虽然声音很轻，但周围太静，他听得仍然很清晰。他微微睁开眼，见母亲小心翼翼地揭开被子，轻手轻脚地下了床。她看了看睡着的一梅，又看了看蜷曲在被窝里的一竹，踮起脚尖走到他的床前。一松赶紧闭上眼睛。他感到母亲的手轻轻地抚摸过他的头发、他的额头、他的脸。他听到嚓的一声，母亲擦燃了一根火柴。火苗跳起来，煤油灯亮了。不大的煤油灯调得很小很小，极其微弱的光一闪一闪的。举着的灯在床前停下，一件衣服拿出来。一松眯眼一看，是母亲最喜欢的列宁服。这么晚了她拿这件衣服出来干什么？正迷糊间，见母亲放下灯，轻轻把列宁服穿在身上，将一颗颗扣子认认真真仔仔细细地扣好，还特意拉了拉衣角，抚了抚胸前的大翻领。她轻轻地坐在桌前，用梳子梳了梳头发，又摸了摸胸前的大排扣。她调亮了煤油灯，站起身，一手拿镜子一手举起灯，将自己从头到肩，从领口到胸前，再到下摆，慢慢照看了一遍。她轻轻地吁了一口气，又慢慢将列宁服脱下来，眼神呆呆地一动不动，好像一座雕塑。一松心里升起一种担心，也有一种恐惧。他屏住呼吸。过了好一会儿，母亲动了，她拿出剪刀，对着列宁服嚓嚓嚓地剪了起来。这是要干什么？她要把这件衣服拆了？这可是她最最喜欢的列宁服呀！没等他回过神来，那件列宁服已被母亲拆成了一块块布片。

·5·

清早起来，一松揉了揉酸疼的眼睛，悄悄地出了门。昨晚几乎一夜没睡，脑子里乱成了一团麻。妹妹的泪水，姐姐的无助，母亲拆列宁服的举动，像一把把锋利的尖刀洞穿着他的身心。

小街上还没有人，许一松漫无目的地走着。一向脏乱的小街怎么变得干净起来了？心里正疑惑，一阵沙沙沙的声音从下街方向传来。转过小街中间的那个弯，他停住脚步。晨曦中，几个人影晃动着。他一眼就看见了母亲，那块"漏划地主分子"的牌子就吊在母亲的胸前。她低着头，手中的大扫帚和其他人的扫帚像有人喊着口令一样，几乎同时扫过地面发出一阵沙沙声。一股热血直冲脑门，他的脸顿时通红，两眼瞬间被泪水充满。他感到那把扫帚不是扫在地上，而是扫在他的心里。他的自信他的自尊统统被扫进了地狱，留下的只是痛苦、羞愤和无助。他冲过去将母亲那块大牌子取下来挂在自己胸前，夺过母亲的大扫帚刷刷刷地扫了起来。

扫完大街他把牌子、扫帚放下，拿了水桶去挑水。把水挑回家倒进水缸里，几个人撞进来，领头的他认识，是公社副书记曹二希。曹二希走进门来哼了一声，狠狠地盯着一松。几个跟来的民兵找出那块牌子，一下挂在一松的脖子上，推着他就往外走，一竹见了哇的一声大哭起来。听到哭声，正国他们和街坊邻居迅速围过来。见人群越围越多，曹二希正要发话，宗光抢前一步笑着说，曹书记，你们又揪出来一个地主分子？曹二希微微一笑，瞬间眼光又凌厉起来：请大家安静！许一松对社教运动心怀不满，现在要将他送到学习班进行思想教育，请大家认清形势，端正态度，积极配合工作组的工作！

那一松到底是不是地主分子？人群中有人喊了一声。

曹二希咽了一口口水，不是。

那为什么挂个地主分子的牌子呢？又有人问了一句。

这是许一松对抗社教运动的证据！曹二希提高了嗓门。

宗光脸上的笑容更浓了：曹书记，这块牌子也是证据？

怎么，你不明白？曹二希眼光往身后一扫：想捡钱！你来说说。

想捡钱邓怀义畏畏缩缩的，不敢上前。虽然这本来就是他看见许一松赌气自己挂了牌子扫地后，他去告诉了张守成然后才捅到工作组那里去的，但毕竟许一松是他的亲戚，要他当众揭发许一松，他还缺乏那点勇气。可是曹书记的命令他又哪敢违抗？正愁苦间，一阵急促的自行车铃声传来。

在黄泥公社3万多人的眼中，自行车绝对是一件极其稀罕的东西了，整个公社连同地区下来的工作组都只有一辆。人们对于这个只有两个轮子的家伙能在路上跑还能坐个人在上面不倒，真是又惊奇又羡慕。不知是谁给这东西取了一个不一般的名字：洋马儿。只要那碎石公路上一有自行车经过，后面一定会有一大群孩子一边跑一边大声喊烂诗人编的顺口溜：洋马儿两个圈，高头坐的舅老倌！

自行车铃声很急促，人群被迫闪开一条缝。一辆崭新的自行车停在曹二希面前，一个女孩从车上跨下来，对曹二希叫了声：幺姨爹！

这声称呼，让所有在场人以及跟在自行车后面唱两个圈舅老倌的孩子们，都睁大了眼睛。

你这个丫头，差点撞到人了！曹二希紧绷着的脸上有了点笑容。

怎么这么多人？女孩转过脸来。

江小雪！人群中的兆祥眼睛一亮，叫了一声。

兆祥？江小雪一脸的惊喜。一松呢，他在哪里？

兆祥下巴往左边一扭。许一松赶紧低下头。

曹二希上前拍了小雪肩膀一下：你不明白情况，莫乱放炮。江小雪向人群中扫了一眼，又看了看那几个扭着一松臂膀的人，转身面对曹二希：一松他怎么了？他是我同学。曹二希一脸漠然，只将手从身前背到了身后。江小雪又扯扯曹二希衣服，凑在他耳边悄悄说：我爸跟他爸是同事还是哥们呢。

曹二希脸色一沉，心里打起鼓来。从内心来讲，曹二希并不想介入这事。刚听到张守成报告，说想捡钱看见了许一松公然将那大牌子吊到自己胸前，还代他母亲扫街时，他只是听听，根本就没想要处理。此事可大可小，自己刚从社教运动学习班下楼出来，恢复工作没几天，与许一松无冤无仇，何必又去树敌？但张守成扭住不放，又向姜组长报告。姜世达随口就说让曹书记处理。曹二希心里跟明镜似的，当然知道这是张守成没吃到葡萄，想借这事做点文章。听姜世达的口气，也没把这事当成什么大事，一个小屁孩看见他妈在扫地代替扫了一下又有什么呢？可张守成一向对自己毕恭毕敬还请吃饭喝酒什么的，逢年过节又有礼物奉送，这次求他办事又有姜组长的吩咐，他就只好勉为其难了。走到半路，他才猛然想起，这许一松的爸可是地区师范的校长，正处级干部，他突然有种骑虎难下的感觉了，现在江小雪的几句悄悄话让他心里的鼓又突然敲了起来。

曹二希的犹豫让江小雪急了，她刚想再问问，兆祥已窜到她身边，小声地将事情说了一遍。江小雪眼珠子一转，高声喊道，幺姨爹，幺姨病了，叫你赶快回去看看，还要去买点药，不然我幺姨可饶不了你，搓衣板可是准备起的哟！

人群中哄的一声笑开了。

曹二希嘴角一撇：好了好了，这事就这样了，大家散了吧，各人把各人的稀饭吹冷就行了。

兆祥赶紧对小雪使个眼色，小雪上前推开那几个民兵：我幺姨爹说了，这事就这样了。说着取下挂在一松胸前的大牌子，红着眼睛瞪了他一眼小声说，下午等我一起走。

一松的心顿时乱了。他没有想到小雪会在他如此倒霉如此狼狈的时候出现在他的面前，也没有想到曹二希会是小雪的幺姨爹，更没有想到小雪会如此毫不犹豫地出手帮他，也由此对小雪产生了一种异样的感觉。他不知道那感觉到底是啥子，只觉得那是一种说不清道不明的东西，它骤然在他心中滋长，让他兴奋让他激动，让他不安让他彷徨。

·6·

走在回县中的路上，太阳早已偏西。一松和兆祥肩并肩，小雪推着她的洋马儿。大家都沉默不语，气氛很压抑，也有点诡异。这种气氛他太熟悉了，从母亲被挂上那块大牌子开始，家里就弥漫着这种气氛。大家说话都小心翼翼，甚至不愿也不敢多说话。心里都有一根刺，生怕话多了一不小心就会触碰到它。

人真是一种奇妙的东西，亲人之间冥冥之中总有一根线连着，就连朋友之间也有某种感应。

压抑的感觉很让人难受，小雪第一个受不了了。她看看兆祥，又看看一松，突然一拍洋马儿：你们俩谁会骑这个？一松摇摇头，兆祥摆摆手。那咋个办，放着洋马儿不骑偏要推着走？小雪的声音有点黄鹂鸣翠柳的味道。

兆祥沉着嗓子：你能带我们两个吗？

我刚学会几天，带一个都不行，还带两个。

兆祥嘿嘿笑了两声：小雪，你看看我，身强体壮气力大，你教我学会洋马儿，以后我就来下苦力带你们两个，怎么样？

小雪露出笑脸：好你个兆祥，想学洋马儿，凭什么？

兆祥有点尴尬，抬手挠着头发：嘿嘿，凭什么？兆祥突然指着一松，凭我是他最好的朋友，这总可以吧？

小雪迟疑了一下，抬头看了看一松。此时一松低着头，没有看到小雪脸上升起的红霞。兆祥急了，一把拉住他：怎么一松，说句话噻？

无奈，一松转身看了小雪一眼。

小雪脸色一暗：你看我干啥子？上次让你带坨黄泥巴，这么久了都没见你带来，现在想学洋马儿，好意思吗？

兆祥急了，一嘴接过去：小雪小雪，是我错了我错了。黄泥巴这事，一松交给我的，是我忘了，我不对我不好，下星期一定带来，好不好？

哼，好吧，这次就饶了你们。到学校操场，我教你们两个。小雪瞟了一松一眼。

也许是心情不好的缘故吧，一松对学骑自行车的兴趣不大。兆祥却是兴高采烈的，一到操场就跨了上去。一松在小雪的指导下负责在后面扶着兆祥。刚一起步，洋马儿就开始扭秧歌，没走多远就啪的一声摔在地上。兆祥爬起来上去，接着又摔。

洋马儿的吸引力太过强悍，没过多久操场上就围了不少的人。对于兆祥的拙劣表演，同学们不时发出嘲讽的笑声。

小雪的脸涨得通红，小声对一松说，他太笨了，你来试试。

我？不行不行！说不定我比他还笨。

我不管，试了再说，我来扶你。

看了看周围的同学，又看了看小雪，一松自认为他多少还是有点自知之明的。学骑洋马儿绝不是拼智力，也不是靠耍嘴皮子，而是凭领悟力和身体的协调力。他从来就没觉得在动手方面他会比兆祥强，这点在和兆祥他们一起跟刘全友学武术时就已得到验证，大家都说兆祥的动作接受能力比他强。这可不是下象棋，更不是写作文做数学题，搞不好他出的洋相比兆祥还大。一松抱歉地看了看小雪，却发现那双漂亮的大眼睛里流露出乞求和希望。他无法拒绝，突然豪气干云。一松扶起兆祥接过洋马儿，咬咬牙跨了上去。小雪讲过，身体放松，匀速蹬踏子。嗯，效果不错，他骑行的距离明显比兆祥要长一些。他正在得意，忽听有人猛喝：你们在干啥子？

声音很尖细，但中气十足，一定是老师来了，心里一紧张，一松啪的一声摔下来。同学们哄的一声笑着散开了。待他狼狈地从地上爬起来时，身边只有兆祥幸灾乐祸地看着他。远处小雪推着洋马儿在飞跑，后面一个胖胖的女老师在猛追。

小雪的母亲？他突然想起姐姐描述过那个女人。

这是谁呀，连小雪也这么怕她？兆祥凑过来，一双眼珠子滴溜溜地乱转。

第十一章

· 1 ·

有时候，一松还是很佩服兆祥的。这不只是因为他做事有毅力，还因为他的厚脸皮。自从上次骑了一回洋马儿后兆祥就着了迷，一有空就厚着脸皮借小雪的洋马儿来学。令人想揍他的是他常常打着一松的旗号，说什么是一松想学骑洋马儿了不好意思说，让他来借的，还说他可是看在好朋友的份上才鼓足勇气来开口的。听到这话时一松气得差点冲上去给他两个耳光，不过他还是忍住了。看到他那撒谎时一点也不脸红的样子，一松心里真为他没能去当演员而感到痛惜。本以为小雪会毫不留情地一口拒绝，毕竟洋马儿这东西太过珍贵，让人学骑一次次地往地上摔谁都会心痛，没想到小雪不但非常爽快地答应了，还兴高采烈地要当教练亲自教一松，害得兆祥反过来死皮赖脸地求一松帮帮他，惹得一松好一阵臭骂。

这次兆祥将学洋马的地方选在了校外，那是一块不大不小的晒坝。

和小雪一起来到那里，一松装装样子骑上洋马儿转了一圈，剩下的时间基本上就被兆祥这家伙霸占了。小雪带来了她的书，和一松带的书换了，他们俩就各自安静地看起书来，任凭兆祥一个人在那里吭哧吭哧地瞎折腾。

一阵微风吹来，晒坝边的树林发出一阵哗哗声。

这回，黄泥巴带来了吗？小雪合上书本。

带了，一松掏出一小块泥巴，黄黄的。

小雪接过来笑了笑，又还给一松：我先看，你来捏。

倒上点水，一松开始拌泥，小雪看得比看书还认真。一松边示范边讲解，手指阵阵翻飞，泥团左右滚动，一个女孩的头像渐渐成型。柔顺的秀发，高高的额头，明媚的大眼，尖巧的下颚……小雪的脸红了，眼睛睁得好大好大。她很惊奇，她没想到一松这家伙捏泥人的技术竟然会如此有模有样，她更没想到一松竟然捏了一个她。她心怦怦直跳，双手捏住衣角揉了一会儿：来，教教我。一松抬眼看看小雪，她的眼里好像有光在闪。

不知不觉间，一松喜欢和小雪一起捏泥人了。开始时他心里还有点忐忑，后来次数多了，他就有点乐在其中了，到最后他甚至还贱贱地催促兆祥打着他的旗号去找小雪借自行车，引得这家伙一脸的贼笑。

没过多久，兆祥就把洋马儿骑得溜溜熟。后来，他就常常背着一松借了洋马儿一个人跑到县城去了。

发现兆祥有了秘密是在一松去县城和小雪换书后的一次闲逛中。

一松和小雪是两个爱看书的人。自从和小雪约定互换书看以后，一松就写信让父亲多给他寄点书来。父亲很高兴，不但常常寄书来，还给一松拟了一个读书清单，很多世界名著都在其中。一松和小雪的换书开始时在学校，兆祥学会骑洋马儿后，他们换书的地方就改在了县城。他们的相处很奇特，也很微妙，见面除了谈音乐就是互相借书看，让时光从书中溜走。

周四下午，一松在县城一条巷子口和小雪换了书，顺着大街往回走。

这是一个赶场天，大街小巷都挤满了人。从骨子里来讲，一松是一个喜欢热闹的人，喜欢看如潮的人流在眼前走过，喜欢心里涌出的那种莫名的激动和愉悦。小街的赶场天人也多，但与县城比起来，就有点小巫见大巫了。一松开始东看西看，四处张望，很快就有了新的发现，一是小街上赶场的人基本上看不到穿鞋的，几乎清一色的光脚板让谁也不会觉得尴尬。而县城中穿鞋的虽然不多但总有那么几个，有时还能看见一两个穿皮鞋的。把注意力放在人们的脚上其实是母亲教他的，她的一句话让他茅塞顿开：人穷了是不会花钱来打扮脚的。二是有一些人很另类。他们既不买卖粮食和蔬果，也不买卖箩筐簸箕。他们在人群中乱窜，手上时不时地露出一小叠纸片片。仔细一看，是粮票布票，还有购物券。几个月前一松就见过这种买卖票证的人了，他早已见惯不怪。真正让一松震惊的是在这些人群中他看到了兆祥。他在这里干啥子？不会也做这个吧？正思忖间，街上突然大乱，买卖票证的人惊慌失措，四处奔逃。兆祥看到他，飞快地向他跑来。一松像明白了什么，让过兆祥，迎头向追来的人撞去。兆祥脱险，他被人按在了地上。

派出所里，一松被搜了 3 次身。先是一年轻人来搜，接着是一中年人，再接着是所长。显然对于没在他身上搜出一点什么，他们很不服气也很不甘心。从小雪那里借来的书成了他们最后的希望，先是拿着一阵猛抖，接着是一页一页地翻开。他们心里一定在大喊：快点出来快点出来！哪怕是只有一寸布票一两粮票也好啊！

· 2 ·

一松走出派出所。

事后想想他才明白，这次幸亏是他的运气好，不然将会是一场严重的灾难。他有点后怕了，于是写信将经过告诉了父亲。要在以往，一松是会首先给母亲说的。可是现在不行了，他不能再让母亲为他担心了。父亲毕竟是男人，心理承受能力肯定不会差，即使差也比母亲强。没想到父亲还是吓了一大跳，在回信中除严厉地告诫他以后不得再干这样的蠢事外，还告诉他一件家里发生的大事，让他如五雷轰顶。

父亲说，在接到他的信之前，他已经收到母亲的三封信了。第一封信上是 5 个字：我们离婚吧！第二封信上是 10 个字：为了孩子我们必须离婚！第三封信则洋洋洒洒地写了几大篇，从俩人的相识到相知，从热恋到父母的反对，从离家出走到迈进婚姻的殿堂，以及孩子的出生到离开天竹再到挂上那块大牌子……信的后面还特意附了天竹师范女教师杜心月给她的一封信。

父亲显然把一松当成大人了，他不但把这些信全部寄给了一松，还问一松这事应该怎么办。

看了信一松和父亲的感觉一样：晴天霹雳！他花了整整一上午的时间，仔细地将所有的信读了两遍，渐渐地理清了事情的原委。

其实母亲开始时根本就没有想到要和丈夫离婚的，让她产生离婚念头并越来越坚定的缘由就是因为接到了天竹师范那个叫杜心月的女老师的那封信。

一松清楚地记得，上次学儿他们说过，母亲被挂牌子前恰好这个杜心月来过小街，紧接着他们家的厄运就降临了。这事与杜心月有没有关系，一松不是很清楚也无法确认，但这次来了这封信，嫌疑就大增了。对于这个杜心月，一松有印象，那是一个年轻漂亮的女人，父亲曾帮助过她，读书时给她交过学费，还安排她留校当了老师。很长一段时间她常常在他们家晃悠，帮做家务，还常给一竹糖吃。这样的人会来害他们吗？一松皱皱眉头，又看了看那封信。他开始觉得这封信有问题了。粗略一看，这封信写得很有真情实感，通篇都是述说她对他们一家的问候、挂念、关心和担心，字里行间她好像比他们的亲人还要亲人，里面的话没有一句是劝他母亲离婚的。信中她还痛骂那些把他母亲评为漏划地主分子的人，甚至提出要为他母亲奔走争取纠错平反。接着她从一些社会实例入手，详细讲述了有些家庭因为成分问题带给子女的各种影响，例子有名有姓，触目惊心。她说她知道这些例子后，不由得为一梅、一松以后的升学甚至为他们的将来担心，常常夜不能寐。一松越看越觉得这封信写得很有水平，让所有看了这封信的人都不得不考虑，不得不深思，而深思熟虑的结果只能是两个字：离婚。

一松的额头开始冒汗，他没有想到这个杜心月会有如此心计，也不知她为什么要如此算计他们。他悄悄把一梅叫到那堵黄泥巴坎下，把父亲的信拿出来。一梅没看几行就已哭声一片，嘴里不停地呢喃着：怪不得，怪不得妈妈半夜爬起来坐在那里发呆流泪。

姐，你怎么了？一竹的声音在他们身后响起，一双大眼睛里满是惊恐。

一松转过身想摸摸一竹的头，一竹将身子一扭，把背对着他。显然因为他将姐姐叫出来没有喊她，她生气了。一松和姐姐对望了一眼，瞬间明白了彼此的决定。姐姐擦干眼泪，轻轻搂住小妹，将父亲的来信说给她听。

姐，离婚是啥子意思？一竹扬起那张清秀的小脸。

就是爸爸妈妈要分成两家人。

那我们呢？一竹急了。

我们将不能跟妈妈在一起了，我们得跟着爸爸。

不行不行，我不要离开妈妈，我不要离开妈妈！一竹一把将信抓在手中，大叫着转身往家里跑。

家里空空的。一竹急了，边哭边叫妈妈！妈妈！找了一圈，还是没找到。一竹回身拉住一梅：姐，妈妈在哪里？妈妈到哪里去了？快找妈妈呀！一梅同样心急如焚。妈妈平时很少串门，如今不在家里，会在哪里呢？她想了想，拉起弟妹就往山上跑。跑过那条小路，蹚过那条小河，远远地他们看见有个身影在半山坡上晃动。

那是妈妈！那是妈妈！一竹边哭边向山坡那边跑。还没到母亲身边，一竹停下来，母亲的样子让她呆住了。

木讷的神情，呆滞的目光，一双手紧紧握着锄头，机械性不停地挥动着向地上猛挖。汗水阵阵涌出，土布缝制的衣服湿了一大片。没等一竹上前，母亲突然摇晃了一下，扑通一声倒在地上。他们一起惊叫着扑过去。

母亲双目紧闭，脸色苍白。一梅把母亲扶起来，一松蹲下身子背起母亲就跑。他人太小，背着母亲没跑多远就不行了。一梅过来换了他，背起母亲又跑。一梅比一松大不了多少，没跑多远他就赶紧上前换过来。几番交替，快到家时，一松感到背上母亲有一个硬硬的地方明显比其他地方不同。是啥子？他心一紧，他看向一梅，一梅也望着他。

把母亲放到床上，一松一边叫一梅给母亲换衣服一边往诊所跑。很快国医生来了，给母亲静脉里推了一针葡萄糖水，又扎了银针。徐晚霞慢慢睁开了眼睛，一梅和一竹扑过去，拉住母亲的手猛摇。一松松了一口气，默默地将国医生送出门。一梅走过来，悄悄递给他一个小纸块说是妈妈口袋里的。一松走进灶屋，把小纸块拿出来。这是几张信纸，折了好几折，部分纸面已经湿了，显然是母亲的汗水所致。轻轻展开，是一封父亲的来信，信的开头部分字迹已经模糊，他睁大眼睛仔细往下看。

……小霞，我坚决不同意离婚！只有你在我身边，我才有一往直前的勇气，才有克服艰难困苦的动力，才有心心相印的幸福，才有一直梦想的温馨家庭……

该死，信上的字模糊了，他接着往下看。

也许这些不应该是我们这样年纪的人说出来的话，但我无法控制，情不自禁。

我们以前没有因有你家里的阻力而放弃，今天我们更不能因为遇到难关而分离。

我承认，这世间有太多的痛苦，也有我们无法承受却又不得不承受的磨难，但这些都不能成为我们要分开的理由。我记得你曾说过，你最看不得那些为了金钱为了权势而出卖灵魂出卖肉体的女人，你也鄙视那种夫妻本是同林鸟大难来临各自飞的夫妻关系。你还问过我，你会是这样的人吗？我们以后也会大难来了各自飞吗？我说我不会，决不会！你说，你也决不会！你还说我们一定会共同承受这世间的各种苦难，共同享有这世间的美好幸福。这些话，难道你忘了吗？我希望我们能携起手来，共同去面对人世间的风风雨雨，共同去闯过人世间所有的一切难关。

信到这里，字又模糊了。一松选能看清的地方看。

……我知道，你和我一样也很爱我们这个家，也很爱我们这3个可爱的孩子。正因为如此，你才会在面对工作和孩子时毅然决然地放弃了工作选择了孩子。这一次你提出离婚同样也是为孩子……

……不管你是啥子成分，也不管你是富农还是地主，在我的心里，你永远都是我的妻子，都是我和我们孩子的依靠，都是我和我们孩子的最爱，我们都离不开你……

后面的字，再也看不清了。

一松的泪水早已在眼里涌动，他紧紧捏住手里的信，任由泪水喷涌而出。他吁出一口气，擦了擦泪水，将信收好。转过身，见一竹将母亲的一只手放入怀里。她紧咬着嘴唇，一会儿看看姐姐，一会儿看看母亲。好一会儿，她才哇的一声扑过去，舞着手里空空的信封哭着叫着。

徐晚霞脸色灰白，嘴角不停地抽动。她搂着一竹，望望一梅和一松，一脸的凄苦。

她没有想到事情会变成这样，她更没有想到许井西会把这些信原封不动地寄给孩子们。按照她原来的设想，只要跟丈夫讲明白目前自己的现状和孩子们以后将面临的系列问题，丈夫是会同意和她平静地离婚的。虽然她很爱这个家，更舍不得这三个儿女，但是，孩子们的幸福比什么都重要。她还再三嘱咐，离婚的事不能让孩子们知道，至少要瞒到他们大学毕业。现在事情还没开始就穿帮了，这不明明要把人急死吗？心中的痛，心中的苦，无处倾诉，她只有跑到地里，抢起锄头。

一梅比一松懂事，拿过水壶倒了一碗水递到母亲面前。徐晚霞的手颤抖着，接过喝了一口。

徐晚霞长叹一口气，转身把他们搂在怀里。她轻轻地向他们讲了这些天来发生在家里的事情，说了她的想法，分析了他们将要面临的境遇，着重讲了如果她不和爸爸离婚，那么一梅将考不上大学，一松的高中一竹的初中都可能出问题。

在他们听来，这无非就是杜心月那封信的重复。一松痛恨杜心月这个心如蛇蝎的女人，让母亲的思维一直跟着她走，中毒太深。一松也痛恨自己，他自认为聪明却不知道该如何来劝说母亲。

一竹基本上没怎么听母亲的解释，她也听不懂。她只是哭着叫着，声嘶力竭。一梅一直拿眼看一松，见一松无计可施，她挣脱了母亲的手，大声地喊道：妈，说一千道一万，您所做的一切都是为了我们以后的幸福，这些我们都知道。可您知道我们想要的幸福是啥子吗？是一个完整的家！如果家都没了，我们即使读了大学又有什么用呢？

一梅的这番话犹如一阵炸雷，把徐晚霞的离婚想法炸回到原点。

一竹停止了哭泣，她大声地叫喊：对对对，我们的幸福就是一个完整的家，我们要爸爸我们也要妈妈！

一松也想喊上几句，却发现门外已站满了人，就像他们刚到小街时那样，大家纷纷围着他们。不同的是那次大家围着他们是看稀奇，这一次更多是因为关心。不管是哪一种，都让一松感到温暖，也感到尴尬。他歉意地笑了笑，上前轻轻地关了门，坐到母亲身边，将她的手捧在他的手心里。这双原本细腻嫩滑的手已变得很粗糙，纤细的手指也粗大了不少。他轻轻地抚摸着母亲的手，一言不发。

他的思绪飞快地旋转，他知道自己得赶快想出一个能说服母亲不要离婚的办法来。可人就是这样,越急越乱。他心里已成一锅粥,细密的汗水不断在额头渗出,脑子里一片空白。他急得往头上猛拍一掌,一道灵光从心头掠过。他拿过杜心月写给母亲的那封信:妈,快看看这句话。母亲转过头,顺着他的手指看过来。一梅也急忙探过头,眼睛直往信上扫。

"师娘,我要为你奔走,争取纠错平反。"

儿子,这是啥子意思?母亲一脸的迷惑,你相信杜心月真的会帮助我们?

不,恰恰相反!她可能一直都在陷害我们。一松把从正国他们那里听来的一切统统说了出来。

母亲嘴角抽搐了几下,像把什么吞到了肚子里。一梅咬牙切齿,一竹大叫:我要杀死她!

此时的许一松什么都不顾了,他格外冷静,和母亲交谈起来。没用多久,他就知道了母亲是在解放前4年脱离家庭与父亲结婚的,之后独自生活与娘家鲜有联系,以后就再也没有享受过也没有管理过娘家的财产。他查看并咨询过土改时家庭成分划分的政策,解放前3年结婚的女性其成分划分一般随丈夫。显然,母亲的家庭成分划分是不应该随娘家的。他们完全可以据此进行申诉,母亲的成分是完全可以纠正过来的。

听了一松的分析,母亲轻轻吁了一口气,一梅眼中生出一丝亮光,一竹扑到一松身上:哥,我好喜欢你!

一松如释重负,一屁股坐在床上。至少在一段时间内,母亲不会再坚持离婚了,接下来他应该着手为母亲申诉了。

·3·

和姐姐商量了整整一天,一松制订了一个计划。他特意请了假,鼓足勇气专门跑了一趟兴龙公社,几经周折找到了那两个曾在母亲的证明材料上按手印的王廷富和吴老汉。知道一松的来意后,两人都有愧意,表示如果有人来复查,一定如实反映。有了这两人的帮助,一松全家都很高兴。申诉信很快写好寄出去了,他们开始天天期盼着等待着,希望有人来重新核查。一周过去了，一月过去了，两月过去了。期盼和等待都磨人，何况这两种心态加在一起，希望越大失望也就越大，渐渐地，申诉信成了全家人的禁区，谁都不敢再提它了。

父亲仍然按时给一松寄书，他抓紧时间看完了就去跟小雪交换。这一次小雪突然说，一松可以到她家里去和她换书了，这让他有点小激动。

江小雪的家在县城西门的一条巷子里，走过长长的石板路，再上十几步石梯，来到她家门外，一松敲了敲门。

谁呀？声音特别清脆，很好听。

我，声音一出来，他自己也吓了一跳，什么时候自己变声了，说话瓮声瓮气的？

一阵咚咚咚的脚步声响起，一个扎着马尾辫的姑娘跑到他身边，怎么，不敢进来？

我……在这个女孩面前，一松有点畏畏缩缩的。

进来嘛，小雪拉拉他的手。

一种麻酥酥的感觉从一松心底升起，不知是因为接触到她的手，还是因为他被牵着进了她的家。

和大多数城里人一样，小雪家的客厅靠墙的中间也摆放着一张方木桌，几个长木凳分放两边。给他倒了一杯水，见他眼睛四处打量，小雪微微一笑：找书房是吧？这边。

江小雪家的书房不大，十多平米的样子，仿古的木制家具显出厚重古朴的气息，靠墙的一排书架上书很多，几册线装宋版书表明了主人的身份不凡。书房另一面是一排木格子窗户，格子里镶着玻璃，对门的那面墙上挂着几幅山水画，靠窗的地方是一张大书案，铺着薄薄的毡垫，毡垫上隐约的几点墨迹，显示这是主人挥毫泼墨的地方。

书案上铺了一张草纸，墨迹尚未干，一股浓浓的墨香之气在室内飘荡。纸上是几个行书大字："难得糊涂"，笔法苍劲，力透纸背，显然不会是小雪的手笔。

一松自认为是书香门第出身，父亲也是喜欢书法之人，这样的书房，这样的书法，让他对书房的主人顿生好感，一股好奇之心油然而生。

江小雪，没想到哇，你的书法这么厉害！

你拿我取笑是不是，哪只眼睛看出来是我写的？我把它抠出来！

一松嘿嘿一笑：你现在提笔，我不就看出来了吗？

不会是你想露一手吧？

一松满脸通红，这女孩子的心思怎么转得比我还快？

来来来，这支笔怎么样？这是纸，不过先申明，不是宣纸，我先给你磨墨。小雪拿过一块墨边磨边看一松：哎，怎么样，是不是有点唐伯虎的感觉？

一松窘在当场。他很想说那你是不是有秋香的感觉呢？可惜他没说出口，不是不想说，是不敢说。一松的沉默让小雪的眼珠子直转，瞬间一抹红霞飞上她的眉梢。一松顿时感觉在春风里荡漾。

来吧，看看你写的字到底比我爸差多少，羞惭之中说出的话多少失去了她平常惯有的尖锐。

一松接过笔沾了沾墨，静了静心，运笔走毫一挥而就。

"宁静致远"，小雪轻轻念出声来。

一松心中微微一笑，这是他平时写得最多的字，要是让这丫头知道他在金桂堂妙禅大师面前也是写的这四个字，她会不会跳起来？

不错嘛，一松，有两把刷子，小雪看着字，扎着马尾辫的头一点一点的：只比我爸差十万八千里那么一点点嘛！

一松正要反击，一个中年男人走进门来。

是谁差十万八千里那么一点点呀，小雪？

一松回过头，是他，那个出证明让他妈成为地主分子的人！他的脸瞬间一片青黑。咬紧牙，狠狠瞪了这人一眼，拿起他的书疾步冲了出去。

小雪在后面追着喊着，一松早已跑远。

第十二章

·1·

转眼间，一年一度的春节就要到了，小街上又热闹了起来。家家户户都在清洗衣被打扫卫生，忙着准备年货。有的人家在杀年猪，有的进城去买布做新衣服，一些家境好的还会炒红苕果果和瓜子，那阵阵的甜香引得一些小崽儿口水直流。还有的小姑娘偷偷地把新衣服提前穿了出来显摆，引来不少小伙伴的围观和惊艳。

窗外开始飘雪了。一松望着纷飞的雪花，仿佛那雪花就飘在他的心里。好在这雪没下多久就晴了，相比雨后的晴天，雪后的晴天比下雪时还冷，但是他们全家却有一种暖洋洋的感觉，因为许井西来信说要回来过年了。

为了迎接父亲的到来，一梅和他一齐动手，把家里收拾得整整齐齐干干净净。他们还特地从县城买了红纸和毛笔准备给父亲写春联用，还买了一串鞭炮准备大年三十放。

父亲是腊月二十五那天回到小街来的，一进门他就说今天我们全家团个年。他拿出在县城买的鸡鸭鱼肉和蔬菜，系上围腰就在厨房里叮叮当当地忙碌起来。母亲微笑着在灶前烧火，一竹围着父亲叽叽喳喳，一松和一梅兴高采烈地跑前跑后，洗菜摆碗。

父亲的厨艺太好了，炒的菜比县城馆子里的大厨炒的还香。菜还没出锅，他们已经口水长流了。七八个菜很快端出来，全家人围桌而坐。看着满满一桌的丰盛菜肴，一松他们早已迫不及待，眼睛都绿了。父亲拿出一瓶酒，先给母亲倒了一杯，接着又给自己倒满。一竹连声高叫：我们呢我们呢？父亲微微一笑：你们三个小家伙以茶代酒。一竹拿起筷子：那我要多吃菜！父亲摸摸一竹的小脑袋，举起杯子：又过去一年了，今天我们全家人高高兴兴热热闹闹地在一起团年，祝我们家和和美美幸幸福福平平安安，干杯！一松他们举起茶杯和父母碰了一下，拿起筷子开始抢菜。

看着母亲抿了点酒，父亲立即给母亲的碗里拈满了菜。他的眼睛从他们身上一一扫过，最后直直地看着母亲：我知道我们家前段时间经历了一点波折，但无论如何，我们全家都挺过来了！以后，无论遇到什么困难，我们全家都要在一起共同面对，我们一家人绝不能散，我们一定要不离不弃，永远幸福美满地生活在一起。相信我，我一定能做一个好丈夫好父亲！我保证我一定能撑起这个家的！他一口将杯里的酒干了，又给母亲和他们拈菜，不停地叫他们多吃点多吃点。母亲脸上红扑扑的，久违的笑容在她脸上闪现。

这顿团年饭全家人吃得好开心，他们手舞足蹈，忘乎所以，嘴巴吧嗒吧嗒个不停。

很快一松就发现，父亲这次回来与以往不同。公社干部到他们家来的除了陈子山再无他人，学校来的也只有一两个老师。妙禅大师专程来请，父亲只是笑了笑，路过金桂堂也没有进去。母亲担心父亲受不了，父亲很坦然，他一如既往，谈笑风生，笑容满面。

春节前最后一个赶场天，父亲在门前摆出两张桌子，拿出红纸和毛笔，说要免费为大家写春联。父亲的字本就气势磅礴，雄浑而饱满，雍容而苍劲，加上他运笔龙飞凤舞，手势优美圆润，没过多久便吸引不少人围过来，大家争先恐后地索要春联。父亲特意叫母亲站在旁边给他牵纸，让一松磨墨，一梅和一竹负责往外送。一松的师父方老头也来凑热闹，拿了些他和一松印制的年画摆在旁边，不一会儿就被人们一抢而光。父亲写的福字特别受欢迎，他还专门嘱咐人们这福字要倒着贴。

现场书写赠送春联，这在小街上还是第一次，消息传开，一松家门前很快就被围得水泄不通。国医生和妙禅大师见了也带着纸笔参与进来，现场人更多了。忽听人群中有人高叫一声：这春联是妙禅大师开了光的！人们一听，更是把这里围了个里三层外三层，场面很是火热。

突然，正在乐滋滋地往外送春联的一竹呆了一下，一脸惊恐地冲过来抱住父亲的胳膊躲在他的身后，伸出小手指着一个粗壮的年轻人小声说：爸，是他打的我和妈妈。

现场静了下来，大家的目光一齐看向一个年轻人。

那人正是那天批斗会上出手打一松母亲和一竹的民兵，姓王，叫大勇，是不久前入赘到黄泥公社来的。会后他回到家里受到了全家人的责骂。在知道徐晚霞一家的情况，尤其是得知徐晚霞抢救解放军的事迹后，他后悔极了。今天赶场见这里围了很多人，听说是免费送春联，他就奋力挤了进来，一见送春联的是徐晚霞一家人，他的脸腾的一下变得通红。他手足无措，十分尴尬，嘴唇嚅动了好一阵，才挤出一句话：对不起！对不起！他向徐晚霞深深鞠了一躬，转身就跑。

等一下年轻人！父亲叫了一声，你也是来要春联的吧？

王大勇回过头，脸上表情很复杂，不知是羞愧、惊慌还是恐惧。

来，我送你一副。

我……我不能要，王大勇嘴唇抽搐了一下，转身挤出了人群。

大年初一那天，许井西带着全家特意到小街上走了一圈。许井西紧紧拉着徐晚霞的手，全然不顾人们惊奇的目光。看到不少人家门前都贴着他送的春联，两人相视一笑，眼里都盈满了泪花。

· 2 ·

日子一天天过去，天气开始变暖，太阳也火辣起来，地里的庄稼渐渐成熟。

前天下午，徐晚霞就在做收割的准备了。她知道家里除了扁担，其他的农用具基本没有。赶场那天问过了，箩筐 6 元、拌桶 16 元、禾席 2 元、风车 22 元、竹抓耙 1 元、绳子 5 角，箩筛也要 1 元一个。这些东西都不便宜，她摸了摸自己的口袋，只买了竹抓耙、箩筛和绳子。

回到家里，徐晚霞打开箱子，将很久都没有穿过的裙子拿出来。这几条裙子，有的是她当姑娘时买的，有的是她在重庆上大学时买的，还有一条是一松爸给她买的。裙子的样式五花八门，颜色有的鲜艳有的素净，不过，每一条裙子都很有品位。

她将裙子一条一条地在身上试着。她心里很清楚，在目前的形势下，这些裙子早就是资产阶级的余毒，至少也算是奇装异服了。不要说她现在这个年纪，即便是年轻姑娘，也不敢穿着这些裙子上街了。胆敢露胳膊露腿，这不是封资修是啥子？更何况自己是啥子身份？地主分子，还是漏划的。要是自己穿着这些裙子上街走一圈，那绝对比金桂堂办法事还要轰动。

她拿出剪刀，将那些花边和裙带剪了，再用针线把裙子的下边缝住。一条原本风情无限的裙子成了一只大口袋。得多准备一些，她迅速地又做了好几条。

掼谷子是农村最苦最累最重的农活了。不只因为是盛夏，太阳火辣辣的近40多度的高温，要在烈日下暴晒还得不停地割不停地用力掼谷子，光是扛拌桶就能让你知道锅儿到底是不是铁打的。拌桶虽说是木头做的，可有5尺多的长宽，边高也有2尺5左右。这样一个四四方方的东西，要扛在肩上，没有一点技巧是根本扛不动，而要扛着走好几里路，没有一点体力那更不行。

徐晚霞的个子虽然不矮，身子也不单薄，但一直缺少锻炼，力气并不大，加上3个孩子都没成年，劳动力实在太弱。好不容易借到一架小一点的拌桶，将禾席绑在拌桶上，徐晚霞抬一边一松和一梅抬另一边，后面跟着一竹。一路上走走停停，来到田边早已气喘吁吁，狼狈不堪。

掼谷子的时候，炎热的天气再热也比雨天好，田野里到处是一片收获的繁忙景象。割稻谷的嚓嚓声，掼谷子的嘭嘭声，拖拌桶的吱嘎声响成一片。一松看见杠头叔、全友叔和烂诗人也在那边割谷子。

擦擦汗水，拿起镰刀，徐晚霞第一个下了田。

今年的气候很好，风调雨顺的，秸秆粗壮，谷粒饱满。徐晚霞奋力割了一轮下来，稻谷已放倒了一大片，割下的稻秆一手一手地放成了几排，多少像一点老农户干活的样子。

将拌桶拖下田里，把禾席解下来将拌桶的三方围好。徐晚霞和一梅直起腰来，仔细看了杠头叔他们掼谷子的动作，好一会儿才回过身来，双手各抱

179

起一手稻秆，并肩站到拌桶前。徐晚霞先举起稻秆，用力向桶架上挥去。随着嘭的一声，接着是谷子抖落的沙沙声。徐晚霞刚将稻秆往旁边一翻转，一梅双手举起的稻秆嘭的一声已挞在桶架上，接着将稻秆往旁边翻转，又是谷子抖落的沙沙声。

嘭嘭嘭的挞谷声和谷子抖落的沙沙声一阵阵响起，很有音乐般的节奏感。拌桶里的谷子一点点增多，汗水一股股不停地流下。太阳渐渐升到头顶，他们开始感到一阵胸闷气短，头晕目眩。

拌桶里的谷子快要满了，徐晚霞拿过两条裙子做的口袋，装了谷子用绳子扎紧袋口，弯下腰挑起来，踉跄着往田坎上走。

一松看见母亲脸色潮红，汗如雨下，急忙拿起父亲买回来的军用水壶，跑过去递到母亲面前。徐晚霞擦了擦汗水，喝了几口水，挑起口袋走了。

裙子做的口袋装的谷子不多，可徐晚霞挑起来并不轻松，没走多远，她就停了下来，不停地喘气。

正在田里捡谷子的一些小家伙，突然发现有人挑着两个花花绿绿的口袋走过来，都围了上来。看了一会儿，又跑到烂诗人屁股后面一阵嘀咕，然后跟着徐晚霞一边跑，一边喊：

今天太阳爬得高，花花口袋田里飘。
装起谷子溜溜圆，笑死几个癞克包(癞蛤蟆)。

徐晚霞无奈地笑了笑，看来这次花花口袋又要出名了。

回来的时候，徐晚霞脸色更加潮红，红得泛青，泛黑。

嘭嘭嘭的挞谷声又响起来，一松发现母亲的汗水流了一会儿就没有再流了，她的眼神也开始有点恍惚了。

一竹一直在田里拿着一把小镰刀，在一点一点地割着谷子。她看见了母亲的行动迟缓和恍惚，急忙跑到母亲身边。母亲正把一手稻秆挞向桶架，嘭的一声，几粒谷子突然飞溅过来。一竹一声尖叫，捂住眼睛揉了揉。哪知越揉越痛，她厉声哭叫起来。母亲扑过去抱起一竹，拿开她的小手一看，一竹的眼睛已肿得像个核桃。徐晚霞心里一急，双腿一软，一屁股坐在田里，头脑发晕，眼前一片灰蒙，心里像压了一块巨石，她喘不过气来了。

徐晚霞知道自己可能是中暑了，她快要坚持不住要倒下了，可这个时候她不能倒下呀，她还得救自己的小女儿呀！她抬起手指了指装着十滴水的小布袋。一梅飞跑过去，将包递给徐晚霞。接过包包徐晚霞拿出一支小玻璃瓶，揭了盖子就将药水倒进嘴里一口吞了。顿时一股火辣辣的烧灼剧痛从她的口腔、咽喉一直烧到她的胃里。她感到有一只利爪狠狠地伸进了她的喉咙，在里边拼命地抓扯，疯狂地撕拉。她剧痛，她窒息，她感到胸腹中一团大火在剧烈燃烧。她大张着嘴不停地哈气，第一次感到了死亡的威胁和恐惧！一梅慌忙拿过水壶，将水直往徐晚霞嘴里倒，一竹急得一边大哭一边呼叫。

最先跑过来的是杠头叔叔，听了他们的述说，他拿起小药瓶一看，碘酒！他大叫一声，赶快送医院！他蹲下来一把将徐晚霞拉在背上，一边背起就跑一边大声地喊：快来人救救一竹！快来人救救一竹！听见呼叫，刘全友迅速跑了过来，二话不说，抱起一竹就往诊所跑。

国医生立即给徐晚霞洗胃，另一医生轻声哄着一竹，翻开她的眼皮取出谷粒，上了眼膏，一竹渐渐安静下来。徐晚霞在诊所里住了三天，才慢慢好转，出院时国医生说了四个字：戒言、流食。

· 3 ·

从挞谷子开始，一松就在盼着高中录取通知书的到来，可这是一个风雨飘摇的年代。

初三快结束时，学校读报栏前就围满了看报纸的人。《文汇报》和《人民日报》上的几篇社论让老师脸上阴沉沉的，同学们也议论纷纷，大家都感到将有大事要发生了，到底会有什么大事发生呢，谁也说不出个所以然来。

学校也很反常，匆匆给他们发了毕业证，就让他们离开了学校。中考什么时候考？没说。中考还考不考？更没说。临走时只有 3 个字：听通知。

一松心里就此压了一块石头。他非常想能继续读书，他自认为他就是一块读书的料。他们姐弟妹 3 人从来都没有为学习发过愁。小学初中高中大学是他们认定了的必走的路，也是完全有把握能走得顺风顺水的路。

现实没有变化快，一松只得背着铺盖回到家里。习惯了学校的生活，也习惯了每个周末家里学校两头跑，现在突然一下回到了原点，他感到很茫然。

床上躺了3天，他开始思考他的未来。摆在他面前的只有两条路，一是升学继续读书，二是面朝黄土背朝天地当农民。除此之外，他没有任何其他路可走。至于捏泥人学年画，那只能是一种兴趣爱好，根本不可能成为他以后谋生的手段，虽然他还是会到师父那里去学艺，去听他那令人悚然的笑声。

爬起来，扛起锄头，他加入了生产队里挣工分的队伍。不管是以后升学也好，还是当农民也罢，他都不能再是一条寄生虫了，他可是家里的男子汉。

他以前很少参加劳动，对农活更是一窍不通。他得好好锻炼锻炼自己，尽快熟悉农事，做好当农民的准备。他有一种预感，总觉得学校将会离他越来越远。

挖土这种活，他不是第一次干，多少有点熟悉。站在队里的大田前，面对多少还有点陌生的乡邻们，他有点手足无措。杠头叔叔走过来挨近他的左手边，全友叔叔过来站到他的右手边，他的心一下子就踏实了不少。

到了地里，大家一字排开，几乎同时举起了锄头。他像对地有仇似的，锄头举得高高的，力气使得大大的，一下一下使劲地挖。没过多久，手上就起了两个大水泡。他忍着痛继续不停地挖着，发了疯似的，直到杠头叔连喊了几声，他才停了下来。

学着他们的样子把锄头挖进地里，让锄把的一头固定住像个板凳，他一屁股坐在了锄把上。男人们开始抽烟，女人们说起了家长里短。不一会儿，荤玩笑就上场了，男人女人笑成了一团。他坐在旁边，静静地看着他们的嬉闹。自从母亲被评为地主分子后，他的心里就与他们有了隔阂，他认为他已经再也不会与他们是同类人了，在很多人面前他总感到自己低人一等。这种感觉让他很奇怪，无法解释，无法改变，因为这是他的本能。不过，能站在旁边静静地看着这很和睦的场景，他多少还是有点惬意。他第一次想，如果升不了学，和他们在一起这样劳动也未尝不可。

时间一天天过去，手上的水泡起了破，破了起，最后结成了茧疤。

　　许一松的心情一直郁闷着。多少让人能高兴一点的是，生产大队长换人了，张守成被转到了县里的学习班。一些消息说，对张守成的揭发信现在是满天飞，一些领导也坐不住了。至于揭发信揭发了些什么，哪些领导坐不住了，为什么坐不住了，没有一个人能说得清楚。没过多久，社教工作组不声不响地走了。

　　9月的到来，让他继续读书的希望成为泡影。还在县中学读高中的姐姐带回来的消息一个比一个坏。这届高中新生已经进校，录取根本就没有考试，完全是推荐出来的。标准有两条，一是家庭出身好，二是成绩好。一松的成绩没有疑问，但他的家庭出身是好是坏，还真的很难说清楚。依照他父亲的身份界定，他的家庭出身应该是革命干部。依照他母亲的身份界定，他的家庭出身应该是地主。最终应如何界定，那就要看是什么人来定了。很可惜也很悲催，界定他家庭出身的人就是出证明说他母亲是漏划地主成分的人。曾经的同事，昔日的朋友，这些都没有自己的政治前途重要。尽管这些人个个衣冠楚楚，道貌岸然，满嘴的仁义道德。

　　许一松坐在一盏煤油灯前一动不动。母亲默默地坐在他身边，静静地看着他。妹妹一竹依偎在母亲怀里睁着一双忧郁的大眼睛，一会儿看看哥哥，一会儿看看妈妈。

　　徐晚霞知道儿子在想些什么，也知道他心里的痛苦与无助。形势比人强，此时自己已被人踩在脚下，自身难保。尽管心疼儿子，却已无力为他提供任何帮助，只能在心里默默地祈祷，希望他能渡过这道难关，走出心灵的阴影。

　　继续读书的通道被堵死，一松知道他这个农民当定了。看看身边那些上过中学，落榜回来务农的几个人，他的心里一阵阵发凉。他们是因为考试成绩太低了，而他是因为家庭成分太高了。原因不同，但殊途同归。农村的条件，农村的环境，把他们曾经有过的理想与激情消磨得一干二净，在他们的身上已看不到一点文化的影子。难道自己也要和他们一样，走他们同样的道路，成为和他们一样的人？

　　许一松站起身来，走到桌前，从母亲的书堆中找出一本书，埋头看了起来。徐晚霞轻轻上前几步，见他看的是农村实用技术手册，她仰天吁出一口气，两行泪水在弱弱的煤油灯下闪着惨淡的亮光。

看了几天的书，一松将目光盯在了果树种植上，只要能成功，绝对比单纯种地强。

黄泥公社地处明月山边缘，属典型的山丘地貌，地多田少。人们习惯在田里种水稻，土里种小麦红苕。除了屋前屋后有几株桃李树外，成片的果树种植还是一个空白。公社有一个荒废了的果园，离小街7里远，原来种的是柚子树，由于品种低劣，结出的柚子苦麻味很重，放到市场上几乎无人问津而一直荒废着。许一松决定对这些柚子树进行品种改良，方法是嫁接，父本就是他在晓丽姐家里吃到的那种柚子，虽然它仍有些许麻味，但汁多味甜，口感好多了。

许一松早出晚归，一心扑在对公社果园柚子树的嫁接技术的操作练习上。书上看到的嫁接介绍虽然很详细，但真正要掌握还要做到熟练，不是一件容易的事情。

十几天后，第一批嫁接的20株柚子树没成活1株。他拆了嫁接时裹在接口上的土包袋，认真查找失败原因，总结经验教训。第二批改进了操作方式和程序，又嫁接了20株成活了两株。第三批改进后，当发现成活了12株时，他独自跑到小河边，仰天大叫了3声。

夕阳斜照过来，天边映过一片霞光，一个娇小的姑娘从霞光中走来。他呆了，他没有想到她会找到这里来。

一竹从姑娘身后钻出来，哥，她说她叫江小雪，是你的同学。

江小雪怔怔地看着一松，从头到脚，又从脚到头。脏乱的头发，破旧的衣服，黝黑的皮肤，光着的脚板。她的眼里泛起泪花：你……你怎么这样了？

许一松没有回答，也不想回答。自从在她家遇到她父亲后，他就断绝了和她的交往。昔日的好感早已荡然无存，破碎的心被愤恨塞满。许一松突然间的举动让江小雪不解，也使她非常困惑。几次三番问他，他已不想多说一个字，直到离校，他没有和她说过一句话。

现在她来找他干啥子？几天前知道她已上了高中，也知道她父亲仍然是校长，正春风得意。许一松抬抬头，看了她一眼，齐耳的短发，高高的额头，明媚的大眼，俏丽的蓝色连衣裙，完全是当初他从音乐教室出来第一次见到她时的那个打扮那个样子。容貌衣着未变，但心已变了。他转过身，自顾自地又开始劳作。

哥，怎么了？一竹看看他，又看看江小雪。一松沉着脸，用剪刀咔的一声剪断一根枝条。江小雪几步跑到他的面前，一把夺过剪刀：一松，告诉我，到底是因为什么？他怒目而视，一言不发。她迎着他的目光：你怎么这么狠心？就不能告诉我为什么吗？她眼中的泪花让一松的心一软：回去问你爸妈！

小雪一下蒙了，嘴里连声呢喃：问我爸妈，问我爸妈？她突然音量大增：我为什么要回去问我爸妈？我就问你，到底因为什么？

许一松再也忍不住了，冲上去厉声大吼：因为什么因为什么！因为你爸妈一份黑材料让我妈成了地主分子，让我读不了书一辈子也翻不了身！

犹如晴天霹雳，她惊呆了，傻傻地看着他愣了好几分钟，才猛然转身双手掩面一阵飞奔，好一会才传来她撕心裂肺的痛哭声。

·4·

一个消息突然在小街上炸响：铁路局来小街招工了！

当一竹急匆匆地跑到果园来告诉一松这个消息时，一松的心咚咚直跳，他觉得一个跳出农门的机会来了。跑到公社门口，那里聚集了不少人，墙上贴的一张公告成为大家注目的焦点。挤进人群，他一行一行仔仔细细地默读着公告内容。刚看了几行，他已喜出望外，热汗直冒。他揉了揉眼睛，仔细再看，没错，招工单位，铁路局六处，招工性质，5年期轮换工，全县招1000人，黄泥公社招100人。他沉住气，继续看。没有家庭成分方面的限制！他在心里大喊，老天爷有眼哪！他按住胸口，继续往下看。年龄16周岁至35周岁。他心里猛地一沉，不好，自己的年龄只有14岁！

你想去当这个轮换工？正国的声音在身后响起。

一松回过头，几个小伙伴全来了。

你们会去吗？一松的声音在发抖。

我妈不让我去，学儿明显心有不甘，但又无奈。

我……一松，我……我在读高中了，你……兆祥不知道该怎么解释这事。

我妈情况特殊，不能上学是命中注定，你别内疚了，祝贺你！一松转身看着正国。

正国搂住他：一松，这公告我早就看到了，我妈让我去，但我不能去。

为什么？他真希望他的小伙伴中能有人和他一起去。

我爸病了，我妈太苦了，我得帮帮我妈。

一松望望他的这些小伙伴，他理解他们。不就是自己一个人去吗，这有什么呢？他觉得这是他的机会，唯一的机会。他只担心两点，一是年龄，二是他妈会不会让他去。

回到家里，许一松直接向母亲说了他想去当铁路工人，母亲的脸一下变得惨白。徐晚霞不是不知道这件事情，那公告一贴出来她就来来回回反反复复地看了3遍，还陪着兆祥妈去问了招工的人。

说是铁路工人，名义上很好听，其实具体的工作就是去下苦力修铁路而不是去管理营运铁路。那种身穿标准铁路制服，站在车站里来回巡视卖票检票的工作你想都别想。上班时你手中拿的不是票夹而是铁铲铁镐，所处的环境不是车站候车室而是崇山峻岭，享受的不是厂房里的惬意而是野外的日晒雨淋。这样的工人与当农民有什么区别？而且5年一满还得回来当农民。更令母亲放心不下的是，一松年纪太小了，工作地点又远在云南山区，离这里足足有1000多公里。听招工的说那里的天气有点寒冷，工作满一年之后才能回家。这是个什么工作？这期间要是有个头痛脑热生疮害病的哪个办？而且每年一次的探亲假来回只有短短的12天。

黄泥巴小街上的每个家庭这时几乎都在进行着同样的讨论，持有徐晚霞这种想法的人占了绝大多数。几天下来，小街上的人没有几个去报名的，反而是离小街越远的地方报名的人越多。

许一松的心不知为什么已坚如磐石。母亲既然反对，那他就只能暗中进行了。首先得解决年龄问题。他先去找烂诗人，问他大队的户口册在谁手里。烂诗人反问一松要干啥子，一松无法回答。又去找正国爸爸，他说他也不清楚。找到刘全友，他还在屋里养伤，进了门一松实在无法开口，因为这必然要牵涉到大队长张守成。出门遇到陈子山，见一松行色匆匆，拦住他问什么事。许一松没敢说改年龄，只说打听户口册是谁在保管。陈子山一脸疑惑，迟疑了一会儿，让一松去找大队会计，说全大队的户口册都在他那里。

大队会计叫叶先成，和许一松只有一面之缘。他原是二队的人，招郎上门入赘到了五队，他现在的家离小街有两里路远。一松要做的事是一件绝不能见光的事，既不能让母亲和家人知道，更不能让其他外人知晓。一松买了一包前门烟，每天守在他家门外，他一出门许一松就迎上去，敬烟问候极尽迎奉之能事。知道他要到县城去赶场，便自告奋勇地为他挑东西。

还是那家国营食堂，还是那种炒猪肝，这次多的只是二两白酒。本以为有了这些铺垫，叶会计会满口答应，可当许一松提出想请他帮忙把他的年龄改大两岁好去当铁路工人时，他毫不犹豫地一口拒绝了，理由是改年龄违法。

这是堂堂正正的拒绝理由，也是一个让人无法指责的理由。回来的路上，一松说了几大箩筐的好话，甚至一次次地苦苦哀求，差点都要给他跪下了，仍然没能软化他的心。

天黑以后，一松决定做最后一次努力。他在正国家借了手电筒，装上自己带来的电池，一个人悄悄地走到叶先成的院子门前。刚要敲门，一条黑狗一声不响地猛扑过来，一口咬在他的腿上，直到他的一块肉连裤子一起被扯下来，它才汪的一声叫出声来。

这么大的响动自然惊动了叶先成。他打开门将一松扶进屋里，见他腿上的伤口鲜血直流，吓得脸青面黑，不知如何是好。小街上养狗，多少年来一直有个不成文的规定，狗咬了人主人是走不脱的。一松腿上的伤如进县医院治疗那是要很大一笔钱的，如果他要要赖的话，可能更是一笔天文数字。

叶先成慌成一团，六神无主。一松咬着牙说，他不要他负责治疗，只要他做两件事：一是当面将他的年龄改了，二是背他回家。

叶先成连问了一松3遍，才相信他说的是真的。他迅速拿出户口册，找到一松家的户口，看后轻轻松了一口气，户口册都是编了页码的，一松家的户口恰好在最后一页。

改了年龄，叶先成背起他就跑。母亲见一松受伤了，慌得手脚直抖。好在家里备有应急的外伤药和消毒药，包扎好吃了消炎药后，叶先成才战战兢兢地走了。

还好伤口没有感染，在家休息了4天，刚可以下地走动了，一松就急匆匆地往公社跑。

原以为那里会人山人海，哪知走进院坝进了大门，只有稀稀拉拉的几个人在咨询，一个中等个子的中年人正耐心地讲解着。一听那人的说话，一松就知道这招工的不是本地人。说的虽然是普通话，但口音完全变了味，很难让人听得懂。中年人急得抓耳挠腮，咨询的人急得满脸通红。好在一松初中的授课老师有一位说话与他相似，因此他的话一松基本上都能听懂。一松凑过去与那中年人搭腔，表示愿意为他和咨询的人提供帮助。中年人像遇到救星似的，和一松交谈起来。

招工负责人姓廖，福建漳州人，是铁六处人事股的干事。见许一松能听懂他的话，他如获至宝，立刻拉住一松让他给他做翻译。有了他的加入，几个应试的人很快就咨询好了并填了表。就这样，一松一连持续了好几天。

当一松又一次走进公社大门时，陈子山看见他了，见一松进了招工办公室，过了一会他也走了进来，和一松亲热地打招呼。见许一松与陈子山很熟，廖干事对他更好了。

他们正交谈，那边电话响了，说是找铁路上的人。廖干事接过电话：喂，我是，嗯，什么，停止招工？那刚填了表的呢？好，好，我把名单清好报给您。

许一松一听，如遭雷击。这几天只顾着帮别人咨询了，他还没填表呢。这招工一结束，那他不是白忙活了吗？

见许一松脸色骤变，陈子山立即上前给廖干事递了一支烟：还有一个人你还没有招，怎么能结束呢？

还有谁，你亲戚？廖干事一愣，接着笑了笑。

这个人怎么样，你不会不要吧？陈子山用手指着许一松。

当然要哇，他可是我的翻译，廖干事马上将招工表拿出来。

填了表出来，陈子山带一松走到小河边。

远处的山峰巍峨耸立，浅浅的河水静静地流淌，岸边的麻柳树像士兵在站岗，直直地竖在那里一动不动。

陈子山在一块石头上坐下来：狗咬的伤怎么样了？

一松一脸惊诧，轻轻撩起裤角。

还不错，没把你咬残。陈子山微微一笑：就要离开家了，有什么感觉？

一松没有回答，只是怔怔地看着他。

以前有些事，我做的有点不够，希望你能理解。

许一松心里有点乱，不知道该说些什么。

海阔凭鱼跃，天高任鸟飞，你放心走，家里有你的小伙伴和我们。

许一松鼻子突然有一点发酸。

告诉你一个好消息，公安局在调查吴顺秀的死亡原因了。

是吗？他站了起来。

·5·

知道一松要远去云南当铁路工人，母亲和姐姐没像他想象的那样激烈反对，反而很平静，只有一竹拉住他依依不舍。第二天一早，母亲和姐姐就去了县城，背回了一床草垫和一床棉絮，还有一套新衣服。出发前的晚上，一松闭上眼老是睡不着觉，母亲和姐姐偷偷来看了他3次，接着他便听到了轻轻的啜泣声。许一松的心酸酸的，差点就哭出来了。

天还没亮许一松就起来了，背上所有的东西他才发觉他像一个逃荒者，那床草垫在他身上特别刺眼。母亲不停地调整他身上的东西，想让他看起来更顺眼一些。姐姐拿着两个鸡蛋塞进他的口袋里，一竹揉着睡眼惺忪的眼睛，不一会泪水就流成一串。

走到公社的坝子里，那里已是人山人海。按照廖干事的安排，100来人的队伍被编成了9个班，许一松找到了他所在的第3班。点完名，他在人群中搜索他的家人。他看见了母亲，她显得很木讷，眼神呆滞。这样的表情他太熟悉了，当时吴顺秀发病时就是这种表情。尽管他的一帮兄弟们都喊着叫着会帮他照顾他的家人，但此时母亲的神情仍让他心里一紧。他紧跑几步奔到母亲面前，母亲僵硬的脸色柔和了，她伸出手摸摸他的头，嘴唇嗫动着没能发出声。姐姐说了一句，要经常给家里写信。一竹只是问，哥哥你什么时候回来呀？说着说着已是眼泪汪汪的了。

堂姐晓丽跑过来，身后跟了一个人。

谢连长？

什么谢连长，你姐夫谢昌顺，以后你们得互相照应着点。

一松的伙伴们围过来，一人上来打了他一拳。刘全友拍拍他的肩，拉拉他的手，塞给他两个鸡蛋。许家太爷从人群中挤出来对他甩出四个字：小子雄起！方老头摇晃着拿给他一张年画，兆祥帮着打开，是一幅"四郎探母"。一松眼中一热，瞬间明白了这怪老头的意思。他看向方老头，见他嘴唇微张，知道他又要怪笑了。那笑声他害怕，正要上前阻止，方老头已嘎嘎嘎地大笑着走远了。

一个人影映入眼帘，他毛骨悚然，张守成？他也去当铁路工人？

浩浩荡荡的队伍开始蠕动，一松淹没在人群中。

第十三章

·1·

离开黄泥巴小街，到县城时队伍增加到上千人，乘车到了忠县，他们改乘船溯江而上。到重庆时这支队伍惊呆了沿途的市民：草鞋布鞋光脚板，土蓝布手工缝制的对襟汗衫，黑得像糊了锅的油渣一样的棉絮，稻草加草绳织成的草垫……每一样东西都在述说他们是从哪里来的。市民像在动物园看猴子似的看着他们，街道两边很快挤满了围观的人群。

一松的脸皮不知道什么时候变得厚了起来。面对高楼大厦前人们的指指点点，他的脸虽然还是有点红，但心里一点不慌，头一直昂着。他得好好看看这个在他心中一直像仙境一样存在的大城市，他才不会去管有没有人围观他呢！

他看了看周围的同伴，一个个都差点把头夹到胯下去了，那猥猥琐琐的样子，那低着头不时向周边偷看的目光，让人感到就像小偷一样。他心里突然有点发酸，也有点茫然。

对于自己像货物一样，被货车货船装载着运往远方，大家没有一丝怨言，只有兴奋和喜悦。他们这群人中，绝大部分没坐过车乘过船，相当一部分人甚至连车船的样子都没见过。现在不但见到了摸过了，还坐在上面一坐就是几百公里，他们怎么会去计较这些车船是装货的还是运人的呢?

一松回头看了看他的堂姐夫，这个曾经十分威风的民兵连长谢昌顺，此时的他正小心翼翼地跟在队伍里，脸上早已没有了往日的傲气。

队伍继续向前走，高楼大厦渐渐远去，大家的胆子也越来越大。当大家都可以勇敢地抬起头来向周围肆无忌惮地张望时，才发现他们已来到了一个非常奇怪的地方。这是一个很大很大的平坝，平坝上最显眼的是遍地的白花花的小石头，好几十根大铁条静静地趴在这些小石头上，铁条上有好多一节节连在一起的大铁箱子像在排着队。他们这群背着草垫子的人跟那些铁箱子很相像，都排着队。不同的是那些铁箱子太大，他们太小。

这就是火车！领队廖干事大声地喊着，我们以后的工作就是修建这样的铁路！

人群里一阵躁动。

现在各班排队吃饭！廖干事的声音在他们头顶上盘旋。

有嘎嘎(肉)吃了！外边有人高喊了一声。跟着不少人一齐放声乱叫，无数的筷子将盅盅敲得当当直响。一松探探头，前面摆了好几个铁皮桶，里面全是清一色的白菜炒肉片，很香，很诱人。打到饭的人一屁股坐在石堆上埋头开始吃饭，后面的人敲着盅盅往前挤。不一会儿，四周只听到一阵阵吧嗒吧嗒的吃饭声。

你们有几年没吃过肉了？廖干事突然冒了一句。正埋头吃饭的人停下筷子，个个脸上一阵潮红。一松第一次感到这个廖干事有点挖苦人，他完全看不起他们。

一松把目光扫过人群。他想知道张守成在哪里，想看看他现在的样子，想知道他怎么也会来当这个铁路工人。人太多了，没看到张守成，倒看到另一个人，王大勇，那个打过他妹妹和他母亲的家伙。他突然有一种恐惧感，怎么这几个狗东西都来了？他们会不会又要来修理他？正想着，轮到他打饭了。

一松没和他们一样坐在石堆上。他对那些长长的铁条子很感兴趣，他得坐在它上面。他感到它硬硬的，很冷，虽然窄了点但绝对平坦。他惬意地挪了挪屁股，张开嘴，挥动起筷子。

那个王大勇动作最快，几口就把饭刨进了肚子里。他敲着饭盒冲到水管边，接了水来回晃动，又用筷子在饭盒里上下左右搅了搅，一仰脖子将水全部喝了。

饭太少了，饭盒边边沾的油水我也要把你喝了，王大勇惬意地擦擦嘴。

哼，连洗碗水都不放过，好贱！许一松暗暗骂他。说实话，他也没吃饱。如果有开水，不知他会不会也接点在盅盅里荡一荡喝了。他望了望同伴，大家都没吭声，只是打量眼前的铁路。

一切都很新奇。那一根根大铁条子，形状很奇特。一颗颗很大很大的铁钉子将它们横卡在一节节黑漆漆的大木头上。一松伸手摸了摸大铁条上下的凹凸处，想起了廖干事帽子上的那个徽章。嗯，真的像他所说，这大铁条如果切开来看，就是一个工字。

这叫铁轨，这叫碎石，这是枕木……廖干事过来向他们普及铁路的基础知识。

五年的合同，以后他们就是要修这样的铁路？一松心里默默地念着，看了看旁边的谢昌顺，跟着前面的人走上跳板，进了火车车厢。这是一个长条形的空间，中间面对面地开着两扇铁门，四周空荡荡的，铁皮子的车底散落着不少的细小石子。他们各自找了地方，挨个将草垫打开铺在车上。

火车开了两天两夜，终于停了下来。厚重的铁门咣的一声打开，一串尖厉的口哨声响起，紧接着有人扯起嗓子操着普通话大吼：到站了，下车了下车了！

车厢里一阵躁动，人们拿起行李往车下跳。

一松揉了揉眼睛，挤到门边往外望。这应该是个火车站，不大也不小，至少在他的眼中是这样。一松从未坐过火车，当然也就没有火车站像什么的概念。但不知为什么，一松觉得这就是一个火车站，他们乘坐的这列火车，停在七八条铁轨外的一股岔道上。地上还是那白花花的一大片碎石，黑乎乎的钢轨在碎石和枕木的簇拥下不管不顾地伸向了远方。

一松突然感到了一种气势，也感到了一种神秘。这两条望不到头的钢铁长龙会把人们带到什么地方？它的尽头又在哪里？一松轻吁了一口气，转过身，几张熟悉的面孔望着他，一个人的手往车厢里指了指：谢昌顺还在里头。

一松突然想笑，但没笑出声来。谢昌顺可是他的堂姐夫，上次全友叔的事还帮过他呢。

昨晚火车在一个不知名的地方临时停车，在角落里一直都很安分的谢昌顺爬起来跳下车钻进了夜幕之中。没过一会儿，伴着一声尖叫这家伙就哼哼呀呀地跑了回来。大家一看全都乐了！这家伙光着屁股，一手提着裤子，一手在屁股后面不停地扇着，两腿在地上乱跳，嘴里不停地在喊，糟了糟了！

一松既有点好笑，又感到好奇，还有点莫名其妙。

你下去拉屎了？一个穿旧军装的中年人走过来，瘦高瘦高的个子，薄薄的嘴唇上一撮小胡子很显眼。

我，我怕在车上拉，臭到大家了。

你抓了草擦屁股？穿旧军装的中年人抹了抹他的小胡子，黑黑的脸上没有一点表情。

你怎么知道？谢昌顺嘟噜了一声。

大家哄的一声笑开了。

一松还是没明白他们在笑什么，这家伙光着屁股就值得这么好笑吗？

谢昌顺碰到霍麻草了，屁股上起了果子泡。快，用冷水冲！穿旧军装的人一边说一边去找水。

霍麻草，这不是兆祥妈王秀儿的外号吗？一松正想说点什么，水管拉来了，冷冷的水对着谢昌顺的屁股一阵猛冲。果然有效，谢昌顺不再大声嚎叫，但他屁股上手上的果子泡并没消退。整整一个晚上，车厢里除了尿桶散发的尿骚味，就是他不停的呻吟声。

已经过了一天了，这家伙屁股上的果子泡还没有全好。一松背上草垫，提上行李，走到谢昌顺身边，腾出一只手抓起他的布包包。穿旧军装的中年人抹了抹他的小胡子，伸手拿过谢昌顺的草垫。

出了火车站，一长溜的大汽车停在路边。一松看了看车门，上面印着几个大字：铁路局六处。

在廖干事的安排下他们上了车。汽车启动，慢慢加速。放眼望去，破旧的房屋稀稀拉拉地从他们眼前掠过，黄土碎石铺就的公路上扬起漫天的沙尘，长长的车队后面腾起一条长长的黄龙。

冷冽的寒风夹着沙尘迎面扑来，心里凉飕飕的。

陌生的环境，陌生的人群；陌生的前方，陌生的未来。一松咬着牙缩紧脖子，眼前晃过母亲拿着大扫把扫街的身影、姐姐那愁苦无助的眼神以及小妹那吧嗒滴落的泪水。

车队拐过一个急弯，驶入一条小道。路面很窄，大坑连着小坑，车子开始剧烈地颠簸。太阳下山时，车队停了下来。

这是半山腰下的一块平地。背面是高耸入云的山峰，前面是一条弯弯曲曲的深沟，左右两边全都是山，比家乡的蟠龙山还高还大。平地上孤零零地竖着 10 来幢房子。这些房子很奇特，一溜的平房。房顶上没有瓦，一层油光光的黑皮子铺在上面。四周的柱子是木头的，显然是附近山上的松树被砍了立在那里。墙壁是竹篾条织成的方块块钉在立柱上再糊上黄泥巴。

华班长，你们分队的人我已经全部安全地交给你们了啊！廖干事指着身后的人群向一个穿旧军装的人喊道。

这是华班长？大家的眼睛齐刷刷地看过去。

穿旧军装的华班长匆匆跑过来，让大家在房子边上的空地排队。按照他的指令，这支破破烂烂的队伍排成了一个口子形。几个领导模样的中年人走到中央，吩咐各班班长逐一点名，然后讲话。许一松认真地听，终于明白了这里是铁路局六处四大队三分队。全队 300 来人，分成 9 个班，实行半军事化管理，每个班都有一幢独立的大房子，吃住都在一起，每天早上 8 点大家到这里来排队点名去上班。

许一松分在 3 班，那个穿旧军装的华班长很少说话，整天一副冷冰冰的面孔，好像有人借了他的钱一直没还似的。他的脸黑黑的，眉毛很浓，最显眼的是他嘴上那撮黑黑的小胡子。他好像特别喜欢这撮胡子，时不时地就会去抹一抹。一松留意了一下，他眨了 3 次眼，就抹了 3 次胡子。

许一松收回目光，眼睛一跳，张守成也在他们 3 班的队伍里！一身土蓝布衣服，头发短短的，原本方正的脸颊已是颧骨高耸眼窝深陷，只有那双眯眯眼还像以前那样滴溜溜乱转。发现一松盯着他，他也把眼睛看向一松，恶狠狠的。

许一松的心情一下跌入谷底。

走进他们的房子，一松不知道应该叫它宿舍还是叫它工棚。它显然刚建好，湿气很重，手按在墙壁的泥巴上，一按一个坑。两边的山墙上对开着两扇门，门与门之间是通道，两边各是一长溜的铺位，每两个铺位连在一起，中间有一个一米来宽的间隙供人进出。房屋上面被木板隔出一层楼，楼板很低，好像就在他的头顶上。按照贴在床边的名字，他寻找他的铺位。他有点兴奋了，好像又回到了刚进初中在宿舍里找床位时的情景。他的眼睛很尖，很快就看到他的名字贴在底下一层的边上。3 年中学生活没有白过，他铺床的动作一点也不生疏。他先把师父方炳盛送他的年画"四郎探母"贴到床头，再依次铺上草垫棉絮床单，刚要抖开被子，哨子响了。

管理员来了，手里拿着一大摞盖着章的小纸片。发饭菜票了！管理员大声地喊着，这饭菜票是预支给你们的，发工资的时候再扣回来。大家哪管这些，只要现在不掏钱，哪管以后扣不扣，人人都乐呵呵地签了字，拿了饭菜票一溜烟地往食堂跑。

食堂是幢小房子，里面阵阵肉香正向四处散发着让人无法抗拒的诱惑，他们的口水开始往外流。

刚给他们讲过话的李队长在门口大声喊：好消息好消息！为欢迎新工人的到来，今天晚饭不要钱！大家一阵欢呼，一齐敲响了盅盅。

许一松看到华班长的眼光在大家的脸上一一扫过。那眼光很奇特，不知是怜悯，是蔑视，还是其他什么。此时大家的注意力全在饭菜上，浓浓的肉香让他们的喉咙早已伸出爪爪来了。吃肉在黄泥巴小街可是一件很奢侈的事情，很多家庭除了过年过节或者重要的客人来临，是根本吃不到肉的。

许一松拿着他的盅盅。它有点大，是妈妈和姐姐在县城里特意挑的，她们说盅盅大点可以装多点吃饱点。她们哪里知道，这里吃饭可不比家里，随便吃多少都不要钱，到了这里，想多吃点当然可以，只是得看你口袋里有多少票子。要是她们知道这点后，不知还会不会给他挑这么大个盅盅？

食堂里排了长长的队。在中学的日子里，他习惯了排队，静静地站在后面，慢慢地移动到窗口前，炊事员将饭菜舀到他的盅盅里。他一瞟，只占了盅盅一小半。他眼神飘过去，希望能再添点，反正又不是你私人的，一松心里小声地嘀咕。炊事员反瞪了他一眼，一点也不理睬他。

许一松撇撇嘴，刨了口饭吃了口菜。嗯，味道不错，至少比在路上那些用铁桶挑来的饭菜要好吃多了。如果还要比，当然在县城里吃的那盘炒猪肝得除外。是不是比他妈妈炒的菜好吃？无法比较。盅盅里的那点饭菜几口就刨完了，哼，真是不要钱的饭菜，就只有这么一点点！他擦擦嘴，洗了盅盅，跑出门外。他看见王大勇又在那边用水把碗边边的油冲下喝了。

天黑了下来，屋里的灯光亮了。许一松揉了揉眼睛，这灯光好亮。他冲进屋里，屋顶横梁上，依次等距离吊着3盏灯，不是煤油灯，是电灯。那个堂姐夫谢昌顺正站在柱子前一下一下地拉着开关。灯光一会儿熄一会儿亮，一张瘦瘦的脸上满是惊喜，合不拢的嘴巴还流着口水。他身边围了不少人，个个摩拳擦掌，好像都迫不及待地想去拉拉开关过过瘾。

我们铁路局还可以吧？那个华班长突然在许一松身边说道。

· 2 ·

一松离开家以后，徐晚霞总是睡不安稳。天刚刚亮，她就起床了，心里一边埋怨自己，一边往公社走。

儿子这么小就出去工作，一没有什么社会阅历，二没有自理能力，三又身处完全陌生的环境，他会不会受别人欺负？他又如何生存？自己当时怎么就没有坚决反对呢？对了，还有那个张守成也和儿子在一起，徐晚霞的心紧缩了起来。

公社门前的坝子空无一人，儿子就是从这里离开家的。最近几天，徐晚霞去得最多的地方就是这里了。不知为什么，只要一想起儿子，她就会不由自主地走到这里来。徐晚霞的目光有点呆滞，她细细地打量着这块小小的地方。这里以前是一座小庙，解放后成了乡政府的驻地。虽经过维修，但年代有点久远，历史的痕迹仍历历在目。四周的墙壁斑驳陆离，地面的石板不少已经破碎，凹凸不平。几间房屋陈旧破烂，一些窗棂也已缺失，糊上的报纸在风中啪啪响着。

徐晚霞拢了拢被风吹乱了的头发，感到了一些寒意。看了看树下的落叶，猛然想起，这天气渐渐冷起来了，儿子的毛衣怕又小了吧，冬天来了怎么穿？不行，得赶紧织一件新的寄去。

徐晚霞回到家里，摇了摇小女儿：一竹，起床了！妈今天要到县城去买毛线，中午如果回不来，你自己热饭吃，徐晚霞一边说一边去做饭。

徐老师，今天你要到哪里去呀？是兆祥妈王秀儿的大嗓门。我想去城里买点毛线，给儿子织件毛衣。徐晚霞说完又催一竹起来吃饭。是吗，太好了，我也要去城里。王秀儿转身往回走：我去屋里换件衣服，你等我。

到县城30来里路，说远不远，说近不近。

在徐晚霞的记忆里，县城里卖毛线的商店是在西门的那条长街上。她和兆祥妈赶到那里找了好几个来回都没有看到那个店的影子，问了好几个人，才知道商店已经搬到北门去了。

县城一些地段很是脏乱，好几个单位都在整修房屋。一些私人的房子也将原来破烂的木门拆了，改用青砖砌起来。不少砖头胡乱堆在马路上，原本就狭窄的街道显得更狭窄了。

王秀儿对城里人翻修房屋很是羡慕，不停地嘀咕：看看人家城里头，这门面用砖一砌，好好看，好气派啊，可惜我们家没这个命。

徐晚霞一直没吭声，她现在是租人家的房子住，用不着操心门面好不好看。

哎徐老师，上次分地，你们家的那块田好肥地势又好，我好羡慕哟，可惜了那些当官的又收回去了。王秀儿突然又转了个话题。自从上次私分自留地被处理后，她一直就很不高兴，气得在床上睡了好几天。

这有什么办法，你分到的那块田也是那么好，收回去了你也心痛了吧？

嘿嘿，徐老师，让你猜着了。你说嘛，我们每家每户的只有那么两三分的自留地，够做啥子？依我说呀，现在风声过了这么久，我们又来分点自留地要得不？

徐晚霞没吱声。王秀儿又说：队里好多人都说，上次杠头缩手缩脚的，生怕多分了点，依我看哪，如果要分，干脆一步到位，每家分他一亩，用不了几年，小街家家户户的门面就都可以这样修修了。

你就尽做美梦吧！徐晚霞拉拉王秀儿，快走。

哎徐老师，你说要不要得嘛？

要不要得你跟队长说去。

说就说，你以为我不敢吗？

你敢你敢，我们还是快走吧。

来到丁字路口，这里是县城最繁华的地方，西门与北门和大众街在这里交会。

怎么这里也在拆房子？王秀儿看了看一地的瓦砾砖沙，连声嘟哝。

这里要修五层楼的高房子了！一个路人向王秀儿说道。

五层楼，我的妈呀，这么高！

当然啰，修好了这里就是县城最高最大的大楼了！路人一脸的得意。

王秀儿，我们走！徐晚霞对这些没兴趣，她只关心快点买到毛线。

北门明显比西门热闹，街上人来人往的。找到卖毛线的店铺，徐晚霞挑了灰色的毛线，买多少呢，想了想，买一斤二两。儿子的毛衣，得织密点织厚点。

徐老师，你帮我选选，我家兆祥买哪种毛线好？王秀儿看见柜台上好几种颜色，挑花眼了。

男娃儿，黑色灰色的都可以。

那……那就挑黑色的，也来一斤二两！

俩人买好毛线，来到国营食堂，热气腾腾的包子正出笼。

徐老师……上次兆祥来城里考试，你家一松请他吃的炒猪肝，这次……嗯，我请你吃包子好不好？

这么久的事你还记得呀？秀儿，还是我请你，我们一人一碗炸酱面，怎么样？

嘿嘿，徐老师，怎么又要你请客呀？王秀儿的脸上笑开花了，哎，徐老师，你们家一松写信回来没得？他那么小还跑那么远，你放心吗？

那也是没得办法的办法呀，不能上高中去当几天工人下个苦力也不错。

上个星期兆祥回来，还一直在问一松现在怎样了呢！他们两个一直像亲兄弟一样，这猛一分开，还蛮想的呢！

说话间，面条端上来了，王秀儿拿起筷子一阵狼吞虎咽，几下就把面吃得连汤都不剩。

徐老师，你说这馆子里的面怎么就是比我家里的好吃些呢？王秀儿意犹未尽地擦擦嘴。

馆子里的作料多，油水也多，徐晚霞笑了笑，下午我直接回去了，你呢？

当然一路回去。不过，路过中学时，我想顺便去看看我儿子，看一眼就走，只看一眼。

徐晚霞和王秀儿赶到平良中学时，正是下课时间，一群群学生像冲锋一样，从教室里涌出来。王秀儿睁大眼睛，在人群中搜寻兆祥的身影。突然她发现异样了，一个穿着一身蓝卡其干部服将粗壮的腰身缠得紧紧的中年女人直愣愣地站在她们面前，齐耳的短发，肥胖的脸庞，小小的眯眯眼睛中闪着并不友善的目光。这谁呀？王秀儿回头想问问徐晚霞。奇了怪了，徐晚霞像被人施了定身法似的，站在那儿一动不动。有情况！这两人脸上怎么都像要杀人似的。

怎么回事呀？徐老师，王秀儿轻轻碰了碰徐晚霞的胳膊。

没什么，碰到熟人了，揭发我是地主的人，徐晚霞的声音很小，但很平和。

什么，王秀儿差点跳起来。徐晚霞被评为地主的原因她可是听兆祥说过的，那几个揭发人中有个中学老师叫周昌菊，老公还是个校长，不会就是这个人吧？

王秀儿想好好看看这个良心坏透了的女人。她回过头，那个女人已经走远了，只留下一个肥胖的背影。

· 3 ·

早上，一松是被广播喇叭叫醒的。

推开门，屋檐口有不少的冰凌，孤零零地在那里挂着。他打了个寒战，他穿的好像少了点，昨天领的那套工作服，单层的，很薄。

昨晚他睡得不好，总觉得被窝里很冷。他不停地做梦，梦里张守成把好多好多的雪扔向他，他被一阵阵寒气包围，冻得浑身发抖，挣扎着醒来，好像更冷了。

黄泥巴小街的冬天，总有很多穿着单衣服的小孩在街上乱跑。父亲们见了总是说小娃儿火气大，不怕冷。外婆们见了总是说娃儿虽然小但懂事。小孩们则什么都不说，只是把走改成了跑。他们都知道，只有跑才不冷。真要说起来，一松在家里其实是有棉袄的，但他很少穿，也不愿穿。因为他穿上棉袄在这条小街上就成了另类，如同妹妹穿了新衣服就没人跟她耍了一样。

他缩回头。这里不是小街，他不知该到哪里去跑步，他得去穿上棉袄，不然感冒发烧了这里不可能有母亲的姜汤。他回过头，班里的几个老工人都穿了厚厚的棉袄。他心里突然轻松了，向老工人学习向老工人看齐，这口号一直喊着，不会有错。棉袄穿里面，外面套上工作服，嗯，暖和多了。简单洗漱了，他跑到山坡上开始练拳。他总在提醒自己，出门在外，一定要有自保能力，练拳不但能强身健体，遇事还可以保护自己。

风冷冷地刮过来，山上的树木一片枯黄，心中涌出一阵惆怅。许一松想家了，想母亲，想姐姐，想天真可爱的妹妹。他找了一块黄泥巴，掺了水使劲揉。心里想着母亲的样子，手指一阵翻动，慈祥的神态出来了，列宁服的领子很平顺……接着他又捏了姐姐、妹妹。看着手里的小泥人，他轻轻叫着：妈，姐姐，妹妹……

回到宿舍，他将3个小泥人放到枕头边，拿着盅盅，快进食堂时才想起没拿饭菜票。心里一颤，从今天开始，他得学会独立生活了。

早餐是稀饭馒头，1角钱，还没吃完，集合哨音响了。小坝子上很快站满了人，眼睛扫了扫，嗯，好些人都穿了棉袄。

华班长拿着一个小本本，抹了抹他的小胡子开始点名。他们有的回"到"，有的喊"有"。华班长皱了皱眉头，要他们统统回答"有"，还要大声点。张守成！有！听到这声音，许一松身上一抖。

今天是上班的第一天，华班长讲了很多，什么作息时间、劳动纪律、工具领取、工间休息等。大家有点紧张，听得有些云里雾里。好不容易听到那有撮小胡子的嘴里说今天的工作是运土，他们才纷纷长吁了一口气。按照华班长的安排，他们分成了两个组，一组去领扁担撮箕，一组去领镐头铁铲。许一松分到了铁铲组。

食堂的左边有一幢独立的大房子，进了大门，一个脸上有不少皱纹的男人坐在一张旧桌子前。华班长上前在一个本子上签了字，点了几个人进了库房，抱出一堆扁担撮箕镐头铁铲。他们一拥而上，纷纷拿了自己的工具。

工地离他们的驻地很有一段距离。上了好几个坡，过了好几道沟，工地还没到，怨气开始在人群中滋生。不知为什么，一松心静如水。记得一次下棋时妙禅大师说过一句偈语：远即是近，近即是远。当时他无法悟解，此时他好像悟到了什么，仔细一想，又好像什么也没有悟到。

到了工地，华班长叫他们围成一圈，看他做示范。他双手握着铁铲，一脚踏在铁铲的凸边上用力往土里一踩，铁铲插入土里，双手一翻，满满一大铲土倒进了旁边的撮箕里。

铲土其实很简单，你认真努力地铲，就会很累，你刻意放慢节奏，铲土就不累，华班长说完就让他们开工。

说实话，一松没听懂华班长说这话的意思。他眼光扫了一圈，发现大家都是一脸的懵懂，不是发呆就是茫然。他握紧铁铲，学着华班长的样子，一铲一铲地干着。没干一会，汗出来了。他脱了棉袄，接着又干，还真是的，认真铲土，真的累人。

看，那个人！一个声音在他耳边响起。他回头，是文述，他们班的工友，个子高高的，脸有点圆，眼睛比他大，脸上随时带着笑。

那家伙又在偷懒，文述又补了一句。

张守成！许一松的眼睛在喷火。这身影他太熟悉了，化成灰他都认得出来，真是狗改不了吃屎，不管到哪里都是这个鸟样！

许一松往手心里吐了一口唾沫，把铁铲往下一插。自己得加倍小心了，身边有了这个瘟神，绝不是好事。

还有个老工人，文述又冒了一句，许一松偏偏头，一个老工人走近张守成，俩人说着什么。他记起来了，那是苟连天，说是老工人其实年纪并不大，还不到 30 岁，叫他老工人，是相对于他们这些新来的人而言。

华班长抹着嘴上的小胡子走到许一松身边：你们这帮家伙，不要分得那么清，什么老工人新工人，都是一个班的。

人与人友善的表达，有时很奇妙。许一松突然有一个感觉，华班长好像对他很关注，善意的。他看了看华班长，想从他的眼睛里看出点什么。

华班长抹了抹他的小胡子，脸上还是冷冷的。

·4·

下了一夜的雨停了，一抹晨曦从蟠龙山顶缓缓飘来，给山里的小街抹上了一层淡淡的金黄。

一竹在床上伸伸腿，哥！还没睁开眼睛她就喊了一声，没听到回答。

哥！她又叫了一声，还是没人回答。她从床上爬起来，穿上衣服。妈！一竹跑到母亲身边，我哥……我哥什么时候回来呀？她这时才想起来，哥哥早就离开家去云南当轮换工去了。

很快就会回来的，一竹乖！徐晚霞坐在小板凳上，双手娴熟地挽动着毛线。小小的竹签来回穿梭，浅灰色的毛衣慢慢变长。儿子走了这么久了，可好像他还在家里似的。一竹早上醒来时，开口的第一句话常常是叫哥，叫得人心里酸酸的。儿子才 14 岁，这么小就一个人离开家，还这么远，徐晚霞嘴角抽了抽。

妈妈，我们家怎么了，爸爸离我们百多里远，哥哥离我们更远，是不是我以后也要离开家呀？

不会的，我们一竹以后不会离开家的，永远都会和妈妈在一起。徐晚霞摸了摸一竹的小脑袋，眉头紧皱。如果说丈夫离得远是她自找的，那儿子离得远呢？一丝苦笑浮上有些皱纹的脸上。

妈，我想哥哥了，一竹朝母亲怀里拱了拱，明亮的大眼睛里开始湿润。

徐晚霞将一竹搂住，拿起竹签。我们一竹乖，我们一起来织毛衣好不好，这是给你哥哥织的，织好了就给他寄去，好不好？

好！一竹含着泪笑了。

徐老师，徐老师！门外有人在叫。打开门，是杠头队长夫妇。徐老师，打扰了，我们有事想和你商量商量，杠头进门就直奔主题。

小街上的人，一直思想活跃，胆子比其他队也大一些。自从上次多分自留地被纠正后，大家仍然没有死心，时不时还有人在念叨再次多分自留地甚至还要分自留田。这段时间风声一过，又有不少人在吵吵了，说什么还是多分点自留地自留田嘛，让大家吃点饱饭哪点不好，而且主张要分就比上次多分点。杠头心里很犹豫，便想到徐晚霞这里来问问，虽然徐晚霞披了张地主皮皮，但她文化高，又是城里来的，见识广又是干部家属。

徐老师，你看这自留地的事哪个办好点？哪个做才稳当？

队长，我的成分在这里，不方便多插言的，既然问到我了，我还是说几句供你参考。徐晚霞的声音小小的，没过一会儿，杠头夫妇便笑眯眯地离开了。

第二天晚上，生产队开会了，时间是半夜，地点没在经常开会的队长家而是在兆祥家。队里的人来得很整齐,人人脸上红扑扑的,都放着光。有人发现想捡钱邓怀义没来,但谁都没问为什么。

杠头很干脆,三言两语便将开会的主题说了。大家嗡的一声,议论开了,说来说去大家的意思就两点:想多分,怕挨刀。

杠头很干脆,说大家想分地,就必须吸取上次的教训,做好防范工作,利益大家一起分享,风险大家必须共同担着。他拿出一张纸,上面明确写着"我们要求多分自留地",大家一致同意了就都在这上面签字按手印。如有一家不签字不按手印,就把这张纸撕了。

杠头也不着急,拿起他的烟杆装上叶子烟点了火,眯起眼睛一口接一口地抽烟。屋里男人居多,见队长抽烟,也都拿出烟杆跟着抽起来。

屋内烟雾弥漫,寂静无声。

兆祥妈王秀儿忍不住了,她首先跳起来:哎,你们这些大男客,一个两个的只晓得闷倒脑壳抽烟,难道今天晚上你们就是到我屋里来抽烟的?

大家你看看我,我看看你,还是不吭声。

算了算了,一群缩头乌龟!王秀儿叹了口气,我来第一个签字,我还指望多分点地多打点粮食,多卖点钱为我家兆祥讨个乖婆娘呢!

大家哄的一声笑开了。

· 5 ·

连续几天,许一松都感到很累。谢昌顺说他干活太认真了,不知道偷懒,活该。

他有点讨厌早上的喇叭声了,它常常把他吵醒。不过今天让他醒来的不是喇叭,是外面乒乒乓乓的敲打声。

从床上爬起来,屋檐上的冰凌让他眼前一亮。明显的,这些冰凌比昨天长了很多,晶莹剔透地挂在那里很是壮观。班里十几位工友拿着长棍使劲地敲打着,嘻嘻哈哈的很是热闹。

许一松无心参与,默默地拿过脸盆到水池边打水。一个身影冲过来,膀子一甩,他身子一晃,被挤到一边。

嘿嘿，一松，我给文述哥打点水，一张黑红的大脸冲他笑了笑。

王大勇？一松永远记得他，批斗会上打过他妈，打伤他妹妹，父亲写春联时他还想要春联。

许一松揉揉被撞痛了的肩膀，朝他瞪了瞪眼。

王大勇拿着他的铁脸盆，斜着到水池里舀水。吱的一声，脸盆往水面一滑，结冰了？王大勇神情一愣，嘴角一挑，举起脸盆用盆边往下砸，嚓的一声，冰面破了。他舀了水，向许一松笑了笑跑了。

许一松用脸盆舀起水，浸下毛巾，一阵刺骨的寒冷让他手背一麻。来，加点热水，一个热水瓶伸过来。是华班长，黑黑的脸庞和他唇边的那撮小胡子，冷冷的表情。他不知所措。哗……热水冲进脸盆，他的心一暖。食堂后面有锅炉，早晚有开水供应。华班长提起热水瓶走了。

洗了脸，一松拿出大盅盅打了饭。走进宿舍，见一大帮人围住文述坐成一个大圆圈。王大勇一边从文述的手上接过他擦过脸还冒着热气的毛巾往钩钩上挂，一边往自己饭盒里冲开水，还笑眯眯地摇动饭盒，将周边的那点油星星都荡在开水里，然后几口喝得干干净净，才心满意足地看着圆脸的文述说：文述哥，快，跟我们讲一个故事嘛。

文述会讲故事？怪不得刚才王大勇要为他打洗脸水。一松也喜欢听故事，但要和这个王大勇一起听，他哪会愿意，恨恨地坐回自己床上，他拿起一本书。

文述发现了许一松，向他笑了笑，回过头：好嘛，看在你们为我又打水又打饭的份上。文述将馒头塞进嘴里，喝了一口稀饭，擦擦嘴，开口甩出几句打油诗：

> 隔壁大哥不是人，把妹领进刺芭林。
> 按倒半天不放手，哪管地上平不平。

话音一落，大家哄的一声笑开了。文述双手一压，大家一齐噤声，一个个眼睛紧紧地盯着文述。

话说我们蟠龙山边边有个竹林簇拥的小院子，院子里有一个姑娘，年方一十八岁，一张瓜子脸，一双大眼睛，胸脯鼓鼓的，屁股圆圆的，白里透红的皮肤红里透白。周围十里八乡的一帮小年轻被她迷得神魂颠倒，一个个都想把这姑娘追到手。这群小年轻中有一个人叫陆胜均的，此人生得膀魁腰圆，五大三粗，一天到晚就直往那竹林院子里头窜，看到姑娘就口水直流，眼睛鼓得就像一对大灯笼，刷刷刷地直放光，脑子里转去转来的，只想啷个才能把这个姑娘骗到后面的竹林里头去。这一天，他终于找到一个机会。那是个赶场天，姑娘的父母都去赶场了，只有姑娘一个人在家里纳袜底。这下陆胜均那是高兴惨了，他悄悄地来到姑娘身边……

众人正听得起劲，高音喇叭响了，一阵集合的哨音响起。王大勇猛地将手往床上一拍，腾起一片灰尘。大家一齐哎呀一声，无可奈何地往那小坝子里走。

站好队，点名了，华班长拿出了他的那个小本本。

第十四章

·1·

吃了午饭，徐晚霞边洗碗，边叫一竹做作业。

妈，今天颜老师又表扬我了！一竹拿出作业本：看，100分！徐晚霞低头看了看，作业本右上角红笔写着大大的100，下面还有一个等号。啊，我们一竹真棒，继续努力，争取多拿几个100分！

妈，我会的，一竹一脸的兴奋。

一个宽大的身影移进门来。

有事吗？快来坐，徐晚霞抬抬头，浅浅地笑着。

徐老师，你看我这毛衣，总感觉哪里不对头，烂诗人老婆彭世珍胖胖的脸上红红的。

你胆子有点大，我这里你也敢经常来，母亲接过彭世珍手上的毛衣，看了看。

我怕啥子，还会把我也拉去斗？彭世珍眼角挑了挑，我就愿意到你这来耍，嘿嘿徐老师，你总不得撵我走嚓？

撵倒不得撵，不过你以后还是少来为好，不然会给你惹麻烦的。

啥子麻烦，来你这里坐一会儿就有麻烦？又不是公安局看守所，怕啥子！正国妈妈和学儿妈妈边说边走进来。

徐晚霞笑了笑，招呼大家坐下来，接着给彭世珍讲解她织的毛衣错在哪里。

徐老师，又一个女人闯进来，是兆祥妈王秀儿，一看屋里还有人，她嘿嘿地笑了笑。

有屁就放，还嘿嘿，又不是母猪，彭世珍眼睛瞪圆了。

你才是母猪，王秀儿把嗓门亮开了。

又来了又来了，你们两个一见面是不是非得要吵架才舒服？徐晚霞拍拍凳子：坐下坐下，都心平气和的。

哼！彭世珍抬起她的大屁股坐下去，小板凳吱的响了一声。

我不跟你计较，王秀儿坐下来，将板凳挪了挪，徐老师，你晓不晓得，你那侄女婿又要搞事了。

大家一惊，围了过来，彭世珍也转过了身子。

上次在兆祥家开会过后，队里很快就悄悄地把多分自留地的事落实了。没想到想捡钱这几天像疯了一样，到处乱窜。他前天揭发学儿家养了鸡，害得学儿妈跳起脚骂了他一天一夜。昨天他又揭发三队有人养了鸭，公社叫民兵把鸭儿撵得到处跑。今天他又感到生产队的人好像突然一下都变了，他就多了个心眼跟踪起来。这一下不得了了，他发现刘全友啷个一有空就不见了人影呢？悄悄跟过去，发现刘全友抢起锄头在挖地。这不是队里的地吗，他在干啥子，学雷锋？他没弄明白。他又暗暗地留意兆祥家，怎么他家的人也是一有空就窜到了队里的另一块地里。这是啥子情况，难道队里又分自留地了，只把他一家人蒙在了鼓里？不对，还是多看几家。王秀儿是下午发现想捡钱在跟踪杠头的，那鬼鬼祟祟的样子，咬牙切齿的凶样，让王秀儿心里直打战。

他不会又去告密吧？王秀儿的声音怯怯的，生怕分到手的地放在怀里还没焐热又会没了。

这还用说，狗改得了吃屎？烂诗人老婆插了一句。那啷个办？正国妈慌了。告诉杠头队长，他会有办法，徐晚霞推了推兆祥妈。正国妈还想说点什么，就听有人在大喊：出工了出工了！徐晚霞和一帮女人们赶紧拿起锄头出了门。

到了地里，人们先是一阵笑骂，然后就挥起了锄头。中途休息时，徐晚霞看见兆祥妈走近杠头身边，小声地说着什么。徐晚霞看了看正国妈和烂诗人老婆，见她们也焦急地往兆祥妈那边看。徐晚霞心里有点打鼓了，不知这次多分自留地的事能否平安过去。

心里有了事，时间就过得特别慢，尤其是到了下午，太阳就像生了根似的，停在那里一动不动。

好不容易熬到生产队里收工，太阳已经快下山了。徐晚霞挑了粪桶，往自留地里走，昨天她就发现种的白菜该上肥了。她到田里挑了水。

这担粪桶，能装80斤水，挑起走了一里多路，累得她直喘气，正把尿素兑进水里，兆祥来了。

徐老师！兆祥笑着喊了一声，接着拿起刨锄，开始帮着松地除草。

兆祥，莫这样莫这样！徐晚霞急忙阻止。自从一松走后，几乎一到星期天，兆祥就会来帮着干一会活，让徐晚霞很是不安。她害怕自己成分高，给兆祥带来影响。兆祥不管这些，仍然坚持来。他说，做点事怕什么，真要有人说闲话，我就说我愿意，看哪个敢多嘴，这让徐晚霞心里很是感激。

徐老师，一松在外面情况怎么样？他师父方炳盛也在关心他，兆祥一边松土一边问。

写了信回来，说还不错，跟做农活差不多，每天上班就是挖路基挑泥巴抬石头。对了，他给你们和全友叔还有他师父都写了信的，合在一起寄回来的，放到家里了，回去给你们。

好，这家伙还没有忘了我们。

兆祥，你们学校怎么样了？我听一梅说现在都不上课了，她和一帮同学还说要到北京去见毛主席，是真的吗？

是真的，我也正在犹豫，是不是也到北京去。

你敢！兆祥妈王秀儿大吼一声走过来，徐老师，你看看你看看，这儿子大了就不服管了，这坐车坐船吃的住的，哪一样不花钱？这钱从哪里来？兆祥，你说钱从哪里来？

坐车坐船不要钱，兆祥小声地嘀咕。

我不管你要不要钱，总之不准去！

不去就不去，兆祥边说边拿粪瓢淋菜，淋完又挑起粪桶去挑水。

秀儿，你家兆祥不错了，又聪明又能干，我得谢谢兆祥了，每周都来帮我做活，徐晚霞感激地看着王秀儿。

难得他们几兄弟感情这么好，你看，我这儿子在你这儿干活比在我们家还尽心些。

王秀儿打开了话匣子，说起了兆祥的学习、爱好、身体和在学校的生活。有夸奖有埋怨，也有自豪。特别是儿子能上高中，把一向成绩非常好的一松给比了下去，王秀儿更是高兴惨了。至于儿子帮一松家做点农活，虽然觉得有点吃亏，也怕累坏儿子，但她还是支持的。自己儿子能对朋友好这是心地善良，她不但理解还很欣慰。徐晚霞是个好人，她的那个黑粉粉兑水让自己的病好了很多。一松对自己儿子也不错，还请儿子吃了炒猪肝呢! 自己儿子现在越长越高，越来越壮，看他那身腱子肉，多做点农活，可以，王秀儿笑了。

兆祥挑了水回来，后面跟了一个人也挑着水，高大的个子清瘦了许多，方正的脸庞有些凹陷，只是木讷的神情还是没变。

刘全友! 看见儿子的干爹来了，徐晚霞很高兴。

自从砍树被抓吴顺秀去世以后，刘全友就一蹶不振。脸上没了笑容，一天不说一句话，整个人像丢了魂似的，呆呆傻傻的。没过几天，刘全友便消失了，谁也不知道他去了哪里。今天怎么回来了? 徐晚霞很想问问，又不敢问出口。

倒是王秀儿心直口快，冲过去就叫开了，刘全友，回来了，这几个月你跑到哪里去了? 刘全友只看了王秀儿一眼，放下粪桶。王秀儿过去一看，刘全友挑的是一挑粪水。哟，刘全友，你这是在哪里挑的? 王秀儿知道，这粪水现在可是太难找了。自留地多了，粪水早就人人在抢，谁都知道它既不花钱而且肥效又高。刘全友还是没吭声，拿起瓢舀了粪水开始往徐晚霞的地里淋，动作很利落，淋得又快又好。

你歇一会儿，让我来，兆祥跑了过来。刘全友停下来，放了粪瓢，问徐晚霞：一松现在怎样了?

很好，他在铁路上很好，还给你写了信的，回去给你，徐晚霞眼睛湿润了。

刘全友咧咧嘴，一直绷着的脸松弛下来。

· 2 ·

天有点阴沉。

一个月没收到家里的信了，这是怎么了，家里人人都能够提笔的。母亲自不必说，大学文化，写信只是小菜一碟，字里行间常透出古文气息，开头一句一松吾儿，让人一看心里就热乎乎的；姐姐写信，直来直去，短短几行字就把家里的事说得明明白白，末了一定是我们想你了，我们挂念你；妹妹的信，还带着一丝稚嫩，歪歪斜斜的笔迹能感觉到她眼角的泪花，她一边把他们儿时的事一件件挑出来，一边又不停地问他现在干啥。条理虽乱了点，但总能让他感到亲情的温暖，让他眼里一阵阵湿润。末了总有一句，你快点回来吧。对了，好像妹妹给父亲写信时也常有这句，只不过多了句再不回来我就不要你了。

叭，手里的书掉在地上，许一松赶紧捡起来，抖了抖，仔细擦了擦。这是母亲寄来的，她知道他喜欢看书。虽然家里现在已经很困难了，可她还是挤出钱来给他买书。她说，这书和《钢铁是怎样炼成的》一样，都在述说人生的艰难，都在引导人的坚强。姐姐说她看了感到手指痛，怕敌人的竹签扎进来。小妹说，书里的江姐太感人，甫志高太坏了，渣滓洞的猫头鹰太可恨。

一松默默地看着书名：《红岩》。红岩？为什么叫红岩？他们小街取名黄泥巴小街，是因为上场口有一大壁黄泥巴。那叫红岩的地方一定是有一个红色的岩了？姐姐说，母亲知道他在铁路上很苦，买来这本书让他看，就是要让他学会坚强。他会坚强么？如果他像江姐、许云峰一样被严刑拷打，他会怎么样？他轻轻叹了口气。难怪姐姐说他看书常常把自己也看进去了，想问题也喜欢钻牛角尖，这是他的优点还是缺点？不过，他倒是真的觉得，人是应该坚强的，懦弱没人同情你，只会让人瞧不起。

脸洗了，饭吃了，又到了文述讲故事的时间。

近来文述很惬意，洗脸水有人打，饭菜票有全班 30 多人轮流给他拿，只需空闲时间张张嘴皮子，好惬意。文述讲的故事很杂，一般是张口就来，有现代的也有古代的，有文的也有武的，当然也难免夹着荤的。听故事的圈子也越扯越大，其他班的一些工友也来了，他们班的工棚自然更热闹了，大勇这群人高兴得嘴都合不拢了。

受不了故事的诱惑，一松也开始向文述靠拢，不过是在王大勇不在的时候。文述见一松也来听，很是高兴，常常一边讲一边向他看，脸上笑眯眯的。一松感到和他之间的距离一下子近了许多。一松意识到，以后他得常常来听文述讲故事了，如果王大勇在，他可以坐得离他远一点。

文述看到一松坐过来了，他笑着清了清嗓子。

> 十年生死人鬼茫茫，百年孤寂故坟苍苍。
> 千秋交替撕碎肝肠，万载漂泊舍情入狂。

文述又以他惯用的诗句开始讲故事了。

· 3 ·

小街的日子，似水一般流淌。

徐晚霞将一大捆桔秆背进了家里。她坐在地上喘了口气，擦了擦汗水，站起身开始做饭。一竹放下书本，乖巧地蹲在灶前，拿起火柴，点着火。徐晚霞往锅里倒了瓢水，转身开始淘米。

在煮饭哪，徐老师？杠头队长叼着烟杆走进门来。

嗯，回来晚了点，一竹都饿了，徐晚霞将米下到锅里：你坐，队长。

想捡钱刚才来找我了，杠头磕了磕烟杆，他好像发现了点啥子。

你准备啷个办？

不晓得。

前些天生产队秘密开会瞒着想捡钱是杠头临时做出的决定，他怕这个家伙在会上唱反调。没想到分地没多久，就被想捡钱察觉了。这两天，想捡钱一天到晚都在缠着他，要找他说事情。

如果你现在还想瞒怕是瞒不住的了，我在想，可不可以叫他写一个多分点自留地自留田的建议，你说他会写吗？徐晚霞拿起一个小碗，揭开酸咸菜坛子，一股浓浓的酸辣味飘了出来。

叫他写一个多分点自留地自留田的建议？嗯……不错！下午生产队就开会落实这事。杠头耸了耸鼻子，转过身说了一句：酸咸菜好香。

妈，你们在说啥子？一竹睁着她的大眼睛，看了看杠头叔叔的背影：他今天嘟个神神秘秘的？

神秘的事多得很，一竹，下午队里开会，你去参加。

我……一竹快哭了，她最怕的就是去开会了。

此时的想捡钱和一竹一样，一副苦瓜脸。他蹲在杠头队长家门口，一动不动很久了。

一连好几天，想捡钱都愁眉苦脸的，尤其是弄明白生产队里可能又分了自留地甚至还分了自留田以后，他更是坐卧不安了。他知道自己是个窝囊废，底分只评了8分也没敢抗争，想当队长这么多年了也没看到个影子。可这回不同了，这可是自留地呀！有了自留地，就等于有了粮食，谁不想多分点地多打点粮食让自己一家大小吃点饱饭？现在队里又分了自留地还分了自留田竟然瞒着他，根本就不把他看成个人了。他在屋里闷了两天，实在忍不住了，跑到杠头队长家里，一说就是大半天。杠头始终在打太极拳，根本就不正面回答他的问题。实在逼急了，老子去大队部告状，凭什么队里家家户户都多分了自留地，偏偏我想捡钱就不分，还瞒着我，这也太欺负人了吧？他越想越气，差点就去公社告状了。不过，这一次他思前想后总算明白了，不管他心里有多生气，也不管他有多委屈，这告状一事，不到最后一刻那是万万做不得的。以前他告这家养鸡说那家喂鸭，得罪的只是一家两家人，真要告队里分地，那就是得罪队里所有的人了，那他以后在队里还有立足之地吗？全队人的唾沫就会把他淹死！他反反复复地想了好久，觉得还是要找杠头队长好好说一说，求求情，实在不行，再威胁一下，再不行，才可以撕破脸破釜沉舟去告他们。

他蹲在这里有点久了，脚都蹲麻了。他站起来，跺跺脚，活动了一会，又蹲在那里。他不能站久了，站着目标太大，嘴里一直念着，这杠头队长到底跑到哪里去了？

· 4 ·

走进工棚，放下工具，许一松洗了脸，拿起他的大盅盅。他有一个感觉，这种感觉越来越明显越来越强烈。他知道他一直是个只晓得干活不太关心政治的人，但最近他还是发现他们队里好像被一股神秘的气氛笼罩了。人们三五成群地聚在一起，窃窃私语。他竖起耳朵，好想听到点什么，可他什么也没听到。

打了饭，他往文述身边凑，文述却一脸的不高兴。

今天啷个了，没人来听故事？一松往嘴里塞了一大口饭。

你娃别幸灾乐祸的，你看到么，一会儿就有人来围着我听我讲故事了，文述用筷子敲了敲盅盅，来，把你的菜拈点给我。

为啥子？我又不想听你讲故事。

不想知道他们在说些什么吗？文述又敲了敲盅盅。

一松撇了撇嘴，拈了一点菜塞进文述的盅盅里。

这就对了噻，文述惬意地吃了一大口饭，又将一松拈来的菜刨进嘴里：你知道吗？要搞运动了，大运动。

大运动？文述的话让他大吃一惊。

一分队、五分队都已经传开了，说昆明成立了什么组织，搞得队里人心惶惶的，不少人都在蠢蠢欲动。

一松吁出一口气，这好像与他没什么关系吧，别人怎么闹他不管，只要他不参与，他就应该没事了。

一松！华班长端着他的小酒盅走过来，你也来一口？

你的酒，我……

不敢还是不会呀？

都有都有。

你小子，胆太小，文述，你来一口？

我？我敢喝，文述接过酒盅，往嘴里一倒。

别别别，你小子心太狠，一口就把我的酒喝完了。不行，得赔，给我去

214

整一盅盅，要整满！

华班长，你这是故意的吧，专门引我上钩？

不引你引谁，班里的人一天到晚围着你转，给你打饭给你打水，我这个班长都没享受这待遇，现在让你整盅酒，不行吗？华班长笑眯眯地摸了摸他的小胡子。

你……你……华班长，你也太狡猾了吧？

哈哈哈哈，看到文述上了当，班里的人哄的一声笑开了。

这时的华班长真有点好耍，哪有一点让人害怕的样子？气氛顿时轻松起来，人们又开始向文述围过来。

咳咳，文述有点得意了，他故意向一松瞟了一眼。一松笑了笑，向他竖了竖大拇指。

张守成坐在他的床上，与苟连天低着头在嘀咕什么。这两个家伙与班里的人一直不大合群，一天到晚凑在一起，好像总有说不完的话，有时候连晚上睡觉也挤在一起，舍不得分开。

这两个人性取向是不是有问题？文述说。

不大像，华班长直摇头，这可是集体宿舍，有也不敢。

一松有点不安，总觉得这俩家伙是在暗地里商量怎么整他。他有一朝被蛇咬十年怕井绳的感觉，心里都被他整得有阴影了。母亲知道张守成和他在一个分队上班后，也很紧张，每次来信都嘱咐他要小心一些。他自认为他已不是当年的许一松了，至少已懂得如何保护自己了。但母亲不这么认为，在她眼里，儿子仍然是一个懵懵懂懂不明事理的小屁孩，根本不知道社会有多险恶。

许一松正想着，文述又开始讲故事了。他正听着，大勇一声高叫，一松，有人找你！

哪个找我？呀……是姐姐！

绿军装，绿军帽，臂上戴着红袖章，上面有3个字很醒目，肩上挎着个黄挎包，还有一面小红旗。一梅在十几个人的队伍中，好精神，有点鹤立鸡群的样子，用英姿飒爽4个字来形容正合适。

你哪个来了？许一松很有点惊喜。

我哪个不能来？妈不放心，叫我来看看，实在不行，就叫你回去。

专门来看我？

嗯个，不行？一梅狡猾地一笑，我们家一松真傻！现在坐车都不要钱了，见车就可以上，你说好不好玩？嘻嘻，告诉你一松，我们这次是要上北京，接受毛主席的检阅！

上北京，方向好像不大对吧？

这是妈交代的，绕点路怕什么，反正不花钱。

你绕点路没关系，人家呢，也来看弟弟？许一松看了看这十几人的队伍，男女各占一半，清一色的学生样，人人脸上红扑扑的。要让这些人都跟着绕路，怕是要费一番口舌的，他心里涌出一股暖流。

一行人进了工棚，像检查卫生似的，东看看，西瞧瞧。

一梅在他床边停下来，摸摸床垫，又摸摸被子，再看看周围环境。条件勉强可以，一梅笑了笑，从背包中拿出一件毛衣，给，一松，这是妈妈特意从县城买的毛线，织了三天三夜才织好的，看看，喜不喜欢？

一松一把接过。毛衣很厚，很重，浓浓的暖意从心底升起。灰色的，我喜欢！

一梅又看着他：上午我们沿着铁路路基走，看见工人都在抬石头挑泥巴，你们呢？

都一样，他笑了笑。

一梅走过来，拉开他肩上的衣服，红红的带点肿的印子露出来。一梅眼里湿润了：能坚持吗？

能！他的回答很坚定。

好，看到我们家一松好好的，我们就放心了，走了！

怎么，就这样走了？

不然呢，是不是还有什么招待呀？一个圆脸的姑娘冒出一句。许一松被噎着了。

哈哈哈哈！笑声顿起。

主要是女生在笑，男生只是把嘴唇裂了裂，出没出声一松不知道。一梅好像长高了一点，身材也比以前丰润多了，脸色红中带黑，眼睛很亮，很有神。

一松有点蒙了，这还是他姐姐吗？

· 5 ·

　　整整一个下午，一竹就一直很不高兴。她实在是不愿去开会了可又不得不去。妈妈不方便抛头露面，哥哥姐姐又偏偏都不在，她不去谁去呢？她不想让妈妈不高兴，更不想让妈妈为难。

　　走进队长家的时候，屋里已经坐了不少人了。她看见大家分成了好几堆，互相交头接耳地在说着什么。一盏 3 芯煤油灯吊在屋中间，不停地冒着黑烟。她没有和人打招呼，也没有人招呼她。她默默地把自己带来的小板凳放在角落里，一声不响地坐在那里低着头。说实话，一竹一点也不想来开什么会，她总认为，开会是大人们的事，她一个 10 来岁的小娃儿，去开什么会呀，这不是开玩笑吗？但她知道，目前家里情况特殊，爸爸在天竹，母亲是地主，姐姐在学校，哥哥在云南，家里能去开会的就只有她一个人了，她有什么办法呢？她心里默默地想，管他的，开会就开会吧，反正妈妈说了的，只管带着耳朵，把大家讲的记在心里头，回家说给妈妈听就是了。

　　不知过了多久，屋里的嗡嗡声小了起来。一竹抬起头，杠头队长从里屋出来了。手里有张纸在他的抖动下哗哗作响。屋里突然安静下来，大家把眼睛一齐扫向了队长。

　　今天召集大家过来，是有件很重要的事情要跟大家商量，杠头扬了扬手中的那张纸。

　　一竹这下看清了，队长手中的纸好像是学校发的算术本上的那种纸，那上面一道道的长格子她太熟悉了，她天天都要在那上面做算术题呢。一竹睁大眼睛，努力想看清那纸上写着什么字。距离远了点，一竹视力再好，眼睛睁得再圆也没能看清上面的字。她收回眼光，发现那个令她讨厌的堂姐夫想捡钱面红筋涨地在他的板凳上不停地挪动着屁股，一双小小的眯眯眼直直盯着队长手里的那张纸。

　　这张纸与想捡钱有关系，他害怕这张纸？一竹的兴趣来了。

　　这张纸确实与想捡钱有关系。

　　为了多分点自留地，今天上午他又在杠头队长家门口蹲着，好久了才看到杠头队长回来了。想捡钱眼巴巴地站起来，一脸媚笑着迎上去递上一支烟。

怎么又来了，杠头队长看了想捡钱一眼。8分钱一盒的经济烟，也不错。他接过烟，叼在嘴上。

嘿嘿，队长，我……我也想多分点自留地自留田！想捡钱拿出火柴给队长点上火。

杠头队长也没客气，很直接，三两句话一说完就叫他写份建议书来。

建议啥子？

你想啥子就写啥子。

想捡钱没有一点办法了，只好写了这份建议书。如今看到杠头队长将这张纸拿出来了，这是要干啥子，公开念出来？他心慌了，他有点害怕了。嘟个办，嘟个办哪？

正当想捡钱心慌意乱时，杠头队长开口了。

大家莫说话了莫说话了，今天我收到一份建议书，想跟大家念念。杠头的声音很浑厚，很有穿透力。他刚说到这里，想捡钱已一跃而起，不准念！他大吼一声，冲到队长面前，伸手想抢那张纸。队长手一缩，刚好躲过。

你确定不准念这个？队长的眼睛死死盯住想捡钱。

两人的举动，立即引发屋里众人的好奇。那是啥子，他说不念就不念哪？有人大声地喊。对对对，队长，念，不管他！有人喊着。念念念，快点念完我屋里还有事呢！

人们七嘴八舌，乱哄哄的。

先前你只说写下来，没说要在会上念，想捡钱眼光闪烁，小声地说道。

念你的建议是让大家共同来决定到底应该嘟个办，责任大家共同来担，你要弄明白点，杠头的声音很坚定，不容置疑。

想捡钱眼睛转了转，又看了看队长，迟疑再三，终于跺跺脚，满脸通红地坐回到凳子上。

莫吵了莫吵了，大家听我说，杠头提高嗓门，屋里安静下来。

一竹竖起耳朵，她得专心听。

我念了嗬！咳咳，大家听好了，建议书，我建议队里多分点自留地自留田，建议人邓怀义！队长的声音干净利落。

众人张着耳朵，全神贯注，静静地等着，以为还有下文。好一会，队长仍然没有发声。

完了？一竹一脸的失望。队长，念哪！有人喊道。对对对，快念哪！众人又起哄了。

完了，就这一句话！队长把手里纸展开对着大家。大家看嘛，确实只有一句话。别看只有这一句话，它说出了一个非常关键的问题，多分自留地自留田，大家说是不是？

对头！人们的回答有点七零八落，很不整齐。

一竹的脑袋有点发晕了。这就是开会？完全不是她心目中开会的样子嘛。你一言我一语的，一个人也在说，几个人也在说，像摆龙门阵？不像。像拉家常？也不像。就是个可以让人随便说话的地方？也不像。她越想越糊涂，越想脑子越乱。

她抬起头，人们已开始往外走。会开完了，开会就是这样子的？她拿起小板凳跟在大人的后面。她摸摸脑袋，最后队长说什么了，好像是同意想捡钱邓怀义的建议，多分自留地。她有点迷糊。

· 6 ·

许一松渐渐习惯了铁路上的上班下班吃饭睡觉的生活。

那把开始还觉得怪怪的很新奇的铁铲，没用几天时间，他就用得溜溜熟了。他牢牢记着母亲说的话，做什么事都要舍得出力，力气是用不完的。他时时提醒自己，一定要舍得吃苦，不要怕累。他看了看他的胳膊，又看了看他的身板，还别说，结实了不少。

早点名时，华班长说，他们班的任务还是开挖路基。工地上，技术员将草丛中的新界桩交给了施工员，施工员又交给了班长，紧接着大家就干了起来，一些人铲土，一些挑土，不用说，铲土轻松，挑土辛苦。一连十来天，华班长都安排一松铲土。他知道，这是华班长在照顾他，正想找班长说说感谢的话，华班长叫住了他。

一松，今天可能你要去挑土了，能行吗？华班长说这话时，没有抹他的小胡子。

当然可以，我能挑土，华班长，许一松转身拿起扁担撮箕。一直受照顾也是有压力的，他懂得分寸，也不愿华班长为难。

工地上人来人往。左边给他上土的是文述，右边是张守成。文述上了三铲，张守成上了五铲。一上肩，一头轻一头重。一松，停下来，那头重了，铲点下来。文述瞪了张守成一眼，把右边撮箕的土铲了些下来。

张守成，注意点，上土要两头看看，华班长把他的空撮箕放到张守成面前。

一松挑起土，扁担在肩上一翘一伏的。开始时，他没感到这担土有多重，十几趟下来就有感觉了。先是担子越来越重，接着肩膀越来越红，疼痛也开始了，由轻到重。他没出声，咬牙坚持着。华班长说过，上班两小时后他会吹哨子，大家可以休息一刻钟。铲土的时候没觉得，现在他一心盼着哨子响。坚持，坚持，再过一会儿就到休息时间了，他在心里不停地喊着。

好不容易口哨声响了，他扔了扁担，一屁股坐在地上。

小东西，舒服不，张守成的眯眯眼盯着他。

舒服！好舒服！他睁大他的小眼睛，心咚的一跳，一时间他仿佛又置身于小街的那块红苕地里，听到了大黑狗扑哧扑哧的喘气声。

我会让你舒服够的，时间还长！

说什么哪？华班长走过来。张守成退了一步，低头转身走了。

他好像对你有意见，怎么回事？华班长在一松身边坐下来。

在家乡时结的怨，小事。

注意点，有事告诉我。

一股暖流从许一松的心里蹚过。

你年龄很小，今年几岁了？华班长拿起他的手，摸着他的胳膊。

几岁了，怎么这么问呢？许一松心里一颤。16岁，他的声音有点抖。

说实话。

真的16岁，他咬咬牙。

假话，不过我理解。华班长抬眼看向远处的山峦，好一会儿又回过头，你好像我的小儿子，不过他比你小得多。他站起来，吹了吹口哨。上班了，他大喊一声。

像你的小儿子，占我的便宜，一松有点憋屈。扁担再次压上来，肩膀火辣辣的，他差点叫出声来。放下扁担，脸涨得通红。

怎么了？文述走过来。

许一松咧咧嘴，摸了摸肩。

刚开始挑，肩膀肯定受不了，一休息痛就更凶了，文述说着想揭开他的衣服。

没事，我还能挑，一松躲闪着。

我俩换换吧，明天你再挑，文述将铁铲递过来。

他看了看撮箕里的土，又看了看文述，摇摇头。

我们的小少爷不行了？张守成笑眯眯地走过来，娇嫩的小肩膀压几次就受不了了？

快点上土！华班长的声音有点大。

好好好，上土。张守成缩回去，挥动铁铲。

一松没有想到他能坚持到下班。华班长的口哨吹响，大家哄的一声跑了，他一屁股坐在地上，胸口像在拉风箱。

第十五章

·1·

　　一个人对一个人的好感或厌恶，可以与生俱来，也可以相互转换。许一松对华班长就是这样，从厌恶到开始有了好感。猛一看，华班长的外貌确实不讨人喜欢，眼睛小，颧骨高，嘴上一撮小胡子，像个日本人，还一天到晚喜欢显摆似的把那个小胡子摸来摸去。刚到这里第一次见到他的那天，就感觉这人好冷，语气也生硬。许一松怕他，甚至想躲他。可他偏偏成了他的班长，没法躲，也不能躲。他一度觉得自己好倒霉，怎么会摊上这么一个冰冷的班长呢？随后，他感到班长特别关注他，像一只苍蝇，几乎天天盯着他，一不留神就出现在他的身边，冷不丁就会整出几句生硬的普通话，让他防不胜防，不知所措。后来相处时间长了，一松慢慢地习惯了，特别是从他生硬的普通话里体会到的全是关心和善意，他的厌恶感就再也不存在了。再后来，给他加热水，制止张守成的故意加土，接下来的谈话，让一松对他渐渐有了一种亲近感。现在如果华班长一天没在身边甩他的普通话，一松反而会觉得少了点什么。

　　文述呢？好像从一开始就有点喜欢他，喜欢他的圆脸，喜欢他的故事，喜欢他开头的诗句或顺口溜。

　　想着想着一松感到有点累了，他闭上了眼睛，迷糊之中，天已亮了，可他还想睡一会儿。他裹裹被子将头埋进枕头里。

起床了起床了！大勇冲到他面前，一脸的兴高采烈。什么事这么高兴？许一松睁开眼睛。今天是星期天，他还要好好睡一觉呢。要发钱了！大勇大叫了一声。发什么钱？是发工资！文述在旁边补了一句。发工资还不就是发钱，一样的嘛。大勇低声咕哝着。一松掀开被子，爬起来套上裤子。怎么，不睡了？领钱了我还睡？许一松穿上衣服赶紧挤牙膏，刚漱了口，宿舍里有人高呼，华班长回来了！人们呼的一声围过去。

别挤别挤，大家排个队，一个一个来。华班长将一大包钱放到床上。老工人排前面，新工人排后面。

大家很听话，队伍很快排好。

我提醒大家几点，领了工资兜里有了钱，一不准赌博，二不准酗酒，要往家里寄钱的，队里有运煤来的车一会要回县城。华班长拿出钢笔，摊开工资表：现在开始领工资。

班里年纪最大的一个老工人第一个上前签了字，58块5，华班长看了看工资表，开始数钱。

大家都伸长了脖子，眼巴巴地看着华班长手里的一摞拾元券一张张地翻过。

好多钱哪！大勇咂了咂嘴。

又一个老工人上前签了字。

75块5，华班长又拿一摞钱开始数。

乖乖隆里咚，这么多！文述眼睛鼓出来了。

我们可以领好多钱？大勇已经迫不及待了。

20块，合同上写了的，文述看了看前面的老工人，又看了看一松。

终于轮到新工人了。

13块5，华班长喊了一声。不对不对，应该是20块！有人大叫。是应该20块，华班长一脸的平静，你们的合同上规定的月工资是20块，但刚来的时候每人发了6块5的饭菜票，今天要扣回来。下个月就是20块了，饭菜票自己买。

啊！……大家一下泄了气。

文述领了钱，一脸的愁云。

怎么了？一松上前签字时用肩膀撞了文述一下。

没……没得什么。

快点走，到食堂拿个馒头去赶车！大勇领了钱冲出去。

拉煤的车就停在食堂旁边。一松买了馒头一边啃一边往车上爬。

华班长不慌不忙地喝稀饭啃馒头，完了把碗放在炊事班，爬上车。

华班长，你工资多少钱？大勇挤到华班长身边。

58 块 5，5 级工。华班长笑了笑。

呀，5 级工！大勇一脸的羡慕。华班长，我们什么时候也能到 5 级工也能领这么多钱？

你们，有点难，合同上每年会给你们涨 2 块。

以后会给我们评级吗？文述问道。

不清楚，不过，你们可以抽时间练练技术，以后也许可以考级。

益沾县是云南省的一个小县城，孤零零的一条街只有不到 100 米长，清一色的平房很陈旧，街上人也很少。这条街的中间有一间不大的破旧房屋，屋檐下邮电局 3 个字挂在墙上还能清晰可见，门前的地面凹凸不平，甘蔗皮纸屑满地都是。

华班长进了邮局，在柜台前领了汇款单往一松面前一放：来，帮我填单。一松拿起笔，按照他的口述填了收款人地址姓名。52 块，华班长指着汇款金额一栏。一松嘴角抽动了一下，他记得华班长领的工资是 58 块 5。他的心一沉，寄 52 块，就只剩 6 块 5 了。他看看华班长，没有落笔。

家里两个小孩，还有老人，华班长叹口气。我妈在住院，就 52 块！华班长低着头数了钱，递给营业员。

一松没再迟疑，按照华班长的吩咐填了单子。拿了回执，华班长走到门边开始抹他的小胡子。一松回身摸摸他的贴身口袋。他在想，他的 13 块 5 怎么安排呢？生活费像华班长一样留 6 块 5，还剩 7 块钱。这就是他的第一个月工资了，给妈寄点回去让她高兴高兴？他想了一会儿，咬咬牙要了两张汇款单，一张填了 4 块钱寄给母亲，一张填了 3 块钱寄给华班长家。

你怎么填了两张汇款单？华班长回头看着一松。一松没有解释，只笑了笑。文述填了单子，默默地到了一松身边，拍拍他肩膀。

等大勇也寄了钱，华班长把他们带到一个山坡前。公路在这里拐了一个弯开始上坡。

我们到这里干啥子？大勇有点蒙。爬车，华班长情绪有点低沉，语气生硬。爬车？我从来没爬过。那你自己走回去。我……我可以跟你学。好，两个到前面去，两个在这里，看我的动作，遇到车就从两边往上爬。

话音刚落，就听到后面有汽车的轰鸣声。

这里的坡度并不大，但是个急弯，汽车到了这里，速度慢下来。待汽车刚与华班长齐身，他就起步跑起来。看见一松在发呆，他大喊一声快跑！一松一惊，拔腿跟着跑。华班长边跑边伸出双手搭住后箱板，单脚往车屁股上一蹬，双手用力一拉，一条腿上去了。跟着另一只脚一翻，身体上去了。一松依样学样，也几步急跑双手搭上后箱板，单脚一蹬车屁股，糟了，踩滑了。灰尘扑过来，眼前一片模糊。

莫松手，不要慌，华班长向他伸出手。

此时的他哪敢松手！如果松手，门牙磕落还是轻的。他双手紧紧抓住箱板不放，双脚不要命地跑起来。等速度上来后，他看准车屁股左脚用力一蹬，右脚往上一翻，成功了！

文述、大勇看见他们爬上了车，很是高兴，正要跟着爬车，车突然停了下来。车门一开，司机气势汹汹地冲下来，刚要开口骂，一看他们四个人，尤其是大勇膀魁腰圆的样子，立刻闭了嘴。

师傅，我们是铁六处四大队三分队的，麻烦您搭个便车，可以吗？华班长带着一松跳下车，走到司机面前。文述在兜里摸了几下，掏出一支他讲故事时别人给的烟，很恭敬地双手递过去。司机看看递过来的是几分钱一包的经济烟，撇撇嘴，又看了看他们4个人，不情不愿地接过烟。

谢谢了谢谢了！他们心里一阵高兴，手脚并用往车上爬。

· 2 ·

一大早，一个消息在小街上传开：小街要通电了！这可是一件了不得的大事。消息一传开，整个小街立刻躁动起来，人们纷纷涌出家门，一阵急促的议论之后，大家的目光纷纷聚焦到了公社。

公社的会议室里，几个领导坐在椅子上，人手一支烟，各自吞云吐雾，没有一个人说话。

出过小街到外面见过大世面的人，回来吹得最神最凶的就是外面不少地方都用上电了。他们说，城里现在到处都是楼上楼下，电灯电话。这有多神奇呀！就凭两根线，开关一拉，灯就亮了。可不是煤油灯，怕风吹，这电灯就是再大的风，也吹不熄，更神奇的是这电灯不用煤油了！

但任何事物都有两面性，这电灯也一样。当大家的激动平静下来后，现实的一面也摆到了大家面前。

世上没有免费的午餐，用电当然也不是免费的，这要花钱，而且是一大笔钱！据电厂来人测算，要想用电，每家每户至少得要 19 块！19 块钱呀，光卖谷子，就得卖上两三百斤，这谁家能承受得了？不安吧，这么神奇的好事，谁家又想错过？安吧，19 块呀，有几家拿得出来？于是，有人开始生气了，有人开始骂娘了，还有人跑到公社去了，纷纷要求减免费用。甚至有人公开说，如果他家没安电，就不让电线从他家墙壁上经过。

一首顺口溜又在小街上传唱开了：

电灯电灯真是好，不要煤油用钱烧。
哗啦哗啦十九块，包你锅儿做钟敲！

这首顺口溜直接让公社的曹二希如火烧屁股，坐立不安，一定又是那个烂诗人在搞屎了，这家伙哪个就不能让人安静一回呢？负责小街安电工作的可是他这个副书记呀，这不明明是在找他的麻烦吗？

自从上次祈雨晋升书记失败后，曹二希心里就一直不舒服。这次的小街安电，本以为会受到小街人的欢迎，自己轻轻松松就能出点政绩。小街亮堂起来，社员们高兴起来，政绩自然就有了，没想到人们的反应会这样强烈。不得已，他要求公社开会研究这事哪个办。坐了一上午，大家又像上次开会讨论祈雨时一样，都把嘴巴闭得紧紧的，只抽烟不说话。这哪个行呢？上次主持会议的是陈子山，这次会议自己可是主持人！

咳咳，曹二希清了清嗓子，端起茶杯喝了口水：同志们，小街安电，是一件利社利民的大事，现在祖国山河一片红……

曹二希开始滔滔不绝，口若悬河。他自认为，在公社领导层中，他的口才要说第二，那谁也不敢说第一。他一开口，一些经典词句顺口而来，小段子脱口而出，把会议室里的一帮爷们震得一愣一愣的。他从全国开始说起，再到省里再到地区再到县里，一一娓娓道来，引经据典，政策背了一条又一条。他唾沫横飞，脸红筋涨。说了半天，他一低头，怎么了，都把眼睛闭上了……

会议室外，围满了小街的人。公社要开会研究安电的事情，这让大家想不关心都不行，不约而同地都来了。人们刚开始还蹲在墙边边，安静地等着，时间一长，不耐烦了。有的站起身来不停地来回走，有的叽叽咕咕开始说话，声音由低到高，有的甚至拿起石头开始敲打墙壁……

会议被打断了，领导们睁开眼了，一齐把目光扫向曹二希。

曹二希生气了，发怒了。他冲出门来，一阵大吼：吵什么吵，吵什么吵，再吵把你们都抓起来！安电的事情，愿安的就安，不愿安的拉倒！

院里人群一哄而散。

· 3 ·

从工地上回来，还没走进工棚，一松就听到一个消息：张守成和苟连天要调到处保卫科去工作了！这可是太令人震惊了，人们的嘴张得好大。

铁六处下辖 5 个大队，大队下面有五六个分队。处机关在县城，大队部在镇上，分队在山旮旯儿里。两个基层下苦力的小工人突然要调到处里去，而且是保卫科，还是穿警服的铁路公安，能不让人激动羡慕吗？张守成和苟连天这两个家伙，就那么一个并不魁梧的身板，在工地上一贯偷奸要滑的角色，为什么会调到处里去？他们有过人的能力？他们有深厚的背景？人们你问我，我问他，他问你，几圈下来，一头雾水。

有人说，张守成和苟连天请了假出去了一趟，回来后就神情大变，常常偷偷大笑，肯定是遇到贵人了。有人说，他们是在医务室开的病假条，到处医院看病遇到处长了，这才能调到处机关的。有人说，他们身上带着刀，过五关斩六将，处长看中了他们的功夫，才决定调他们的。

　　听到这一波波传言,张守成和苟连天只是微微一笑。为什么能调到处里工作,其实原因并不复杂,也不神秘。

　　从报名甘愿当一名轮换工的那一刻起,张守成就没有想过安安心心地当一个下苦力的小工人。已经当过民兵连长、大队长了,还能去当一个小工人?到工地劳动了几天后,张守成就开始动起了脑筋,苦苦寻找机会。没有文化,没有技术,没有人脉,没有背景,纯粹的四无人员又哪里来的机会?苦恼,太苦恼了,面对扑面而来的荒山,面对每天繁重劳累的工作,张守成没有看到一丝丝可以改变命运的希望,有的只是绝望。

　　苟连天就在这时进入了张守成的视线。这是一位老工人,年轻的老工人,不是轮换工,是正式工。

　　在三分队的整个群体中,老工人只占十分之一不到,且大多数是 40 岁以上的中年人。苟连天这种没到 30 岁的年轻老工人只有两个,一个在队部做电工,一个就是他了。苟连天很憋屈,凭什么人家可以做电工,而自己就只能在工地上下苦力?年龄差距、技术差距、工种差距以及心态的不平衡,让苟连天一直游历于老工人这个群体之外。苟连天有着和张守成一样的不服气,一样的苦闷。

　　从这批轮换工到达工地的那天起,铁六处就形成了两个不同的群体:轮换工和老工人。前者没有技术没有经验甚至没有一点人脉,只是一群短期的临时性工人,做满合同就得离开。在领导的眼里,轮换工就是一群廉价的苦力,用完一批可以再来一批。这些人不用培训,拿镐头铁铲挑扁担撮箕的,只需要力气和吃苦的精神。后者则完全相反,老工人是中坚力量,是领导必须依靠的根本。隔阂自然而然形成了,张守成清楚,这种隔阂是他成长上升的障碍,最大障碍,同时也可能是他的助力,最大助力。

　　相同的心理状态是人与人之间相互靠拢的最好介质。张守成和苟连天同在一个班里,具有相同的心理状态。他们在一次酒后进行了交谈,几乎没过几天就走到了一起。随着接触的频繁,交谈的深入,苟连天为张守成揭开了影响他一生的混沌世界:大队部和处机关在什么地方,大队长和处长姓甚名谁,如何蒙骗医生到昆明铁路医院看病趁机去寻找机会等。

　　到昆明看病?来回路费太贵。

　　你傻呀,坐便车到县城处医院,坐火车到昆明可以免票。

去一趟要七八天吧？

那当然。

那得扣多少工资？

病假不扣钱。

知道有这等好事后，张守成拉着苟连天就往分队的医务室跑。

按照苟连天的提示，张守成向队医说眼睛看东西模糊，要求到处医院去看看。看东西模糊的毛病，医务室怎么查得出来病因？转到处医院自然也查不出什么来，很快张守成被转到昆明铁路医院。拿着苟连天说的免费票，张守成连连大喊老天有眼老天有眼。

昆明的繁华让张守成眼花缭乱。他很快发现一件怪事，有好些年轻人胳膊上戴了一个红袖章，上面印着某某兵团。上前询问，被带到一个学校，进去一看，开眼了，漫天的大字报大标语。

张守成在昆明住了3天。一天到医院，两天在学校转悠，拿到一摞传单领了几个红袖章后，他拉着苟连天就往回走。

想不想换个工作？在分队后面的山坡上，张守成眼睛直盯着苟连天。

什么工作？

当然是好工作了。

好工作谁不想？傻子才不想！

好！张守成侃侃而谈，将自己反复想了好几天才想到的办法说了出来。

第二天，铁六处处长费思远办公室来了两位不速之客。短短几句话，费处长就明白了来人的意图。调工作，还要到处保卫科？费处长看了看对方拿出来的传单和几个红袖章。

近来时局动荡，费处长对此早有预感。这两个家伙有点意思，拿点传单和红袖章就想来威胁我调动工作，也太小瞧我这个处长了吧？一丝微笑浮在胖胖的脸上。

你们的意思我明白了，我会认真考虑的，如果可能，我将提到办公会上研究。

张守成直直地看了费处长好一会儿，肥胖的圆脸，细长的小眼睛，几根稀疏的头发整齐地耷拉在光秃秃的大脑门前。特征太明显了，我会记住你的，张守成笑着点点头往外走。

守成，他这是啥意思？一出门，苟连天迫不及待地问。拒绝了。拒绝了？我怎么没听出来。你听出来了，你就可以当处长了。真拒绝了，那我们嘟个办？去找主管人事的副处长。这……能行吗？苟连天眼睛瞪得像灯笼一样大。

主管人事的副处长姓陈，精瘦精瘦的小脸上架了一副黑框眼镜。

张守成将传单和红袖章放到桌上，态度不卑不亢，语气平和舒缓。陈副处长眼睛微眯，嘴角时不时地抽搐一下。

对于当下时局的预判，陈副处长与费处长一样，甚至还敏锐得多。眼前的张守成，山里出来的，本不可虑，但此人担任过民兵连长、大队长，这就值得重视了。此人能果断利用当下的时局，敢于威胁处领导为自己谋取利益，虽然太过卑鄙，但也说明此人确实拥有过人的胆略。这是一个枭雄级的人物，如果拢到自己手下，在接下来的大运动中对自己是有利呢还是有害？

只要陈处能帮助我们，我们将牢记大恩，一切听从您的差遣，紧紧跟在您的身后。赤裸裸的表忠心的话语。

陈副处长眼睛睁开。他指了指桌上的纸，示意张守成、苟连天留下姓名单位和请求。

张哥，这回是个啥情况？一出办公室，苟连天又忍不住问了。情况比费处长那里好。其实张守成心里也没底，只是感觉这陈副处长比费处长还狡猾，狡猾的人往往想得多，想利用他们的可能性就大。那我们嘟个办？等。张守成只说了一个字。

5天后，处保卫科的调令下来了。苟连天欣喜若狂，尽管张守成嘱咐苟连天千万要低调，震荡仍然在队里传开了。

得知这个消息，一松长长地松了一口气：可恶的人终于要离开了。一松一直认为他还是有点自知之明的，不论是年龄力气心智还是社会关系，要想和张守成斗，他还真有点不自量力。别看前几个回合下来，他没吃什么亏，但时间一长，张守成的害他之心绝对会让他防不胜防，早晚都将栽在他的手里。现在好了，这个瘟神终于走了，虽然他的社会地位高些了，权力也大些了，但最多就是一个铁路公安，临时的，轮换工的身份并没有变，而且离他几十公里，想整他至少没有以前那么方便了吧？

一松不能再多想了，他得继续挥动他的铁铲。

没到中午，大家的肚子就饿得咕咕地直叫唤了。炊事员刚把饭菜挑来，他们就呼的一声冲过去。

由于一松他们上班的地方离驻地有点远，队领导就安排将中饭送到工地上，这样既减少了上下班来回的劳累，又多给了他们一些饭后休息的时间。

一松像往常一样，打了半斤饭，要了一份一分钱的汤，独自坐在一块石头上埋头吃起来。

一松，给你一块，华班长坐到他身边，把好大一块红烧肉拈过来。华班长平时很节约，很少吃肉，今天怎么也大气了一回？一松愣了一下。他看见华班长眼里那令人温暖的目光，他没想到华班长会坐过来。全班30多个人，有的吃两角钱的肉片，有的吃几分钱的素菜，他是一分钱的汤。他常常会独坐一边，一个人默默地吃。

你在家里是老几？华班长喝了一口酒。

老二，上面是姐姐，下面有个妹妹。

独子，不错嘛。

以前不错。

哦，说来听听，华班长刨着他的饭。

说，怎么说，说些什么？一松的心开始翻动。

天竹师范的调皮下棋，小街上的列宁服轰动，金桂堂的掏鸟窝被捉，偷红苕的无奈与被控，张守成的威胁跟踪，蟠龙山的祈雨，四娃子之死，全友叔被抓，吴顺秀的冤死，母亲被批斗，升学的无望，柚子树的嫁接……他说得很零乱。

年纪不大，经历还蛮复杂的，华班长一边听一边抹抹他的小胡子，所以你就每餐吃一分钱的汤，既节约了钱，又锻炼了吃苦的能力？

一松脸一红，姜还是老的辣，他的这点心思早已在华班长的眼中。

积极应对是好事，有危机感说明你长大了，但要注意，别把这些当包袱。

没有，没有包袱。嘴上不承认，其实心里早已默认了。

家里出事后，一松就有了危机感。他认为这是他的宿命，这种感觉随着时间的延续越来越强烈。地主分子的儿子，仅仅初中的学历，农村户口，5年轮换工，他发现自己已经没有任何一点可以值得心安的东西，但他同时也觉得自己绝不能缺少自强的精神。依靠父亲的地位和收入他有过无忧的童年，因为母亲的原因他又陷入困境。幸福与苦难，往往只有一步之遥，而命运恰恰将他向苦难推了一步。现在的他必须得学会吃苦，必须得学会自强，除此之外，别无他途。

一松又埋头刨饭。一块肉又丢到他盅盅里。华班长，他叫了一声，一松知道华班长的生活费也只有 6 块 5，怎么有钱买肉吃？

你别不知好歹，看你天天一分钱的汤下饭，华班长也跟着喝汤，省下钱专门给你买的这份红烧肉，文述敲敲一松的脑袋。

他心里一暖。华班长，那……那就别喝酒了，省点钱多吃点菜。

华班长眼一瞪，又把几块肉扔进一松盅盅里：酒比菜好吃多了！

西边的天上起云了，很快，云层越积越多。

你要好好孝敬孝敬你的母亲，华班长几口把饭刨完，将盅盅放到工具包里，两手一伸，躺在地上，谢谢你借给我的 3 块钱。

这还用谢吗？一松也跟着躺下来，看来华班长家收到他寄的钱了。

闭上眼，母亲就在他的面前。长长的黑发，好看的大眼睛，细嫩温暖的手，神气的列宁服。他眨眨眼，母亲变了，夹杂着几丝白发的短发，忧郁而有些呆滞的眼睛，毛蓝布的斜襟衣衫。他睁开眼，山边的云开始变黑了。

天气很闷热。起风了，风越来越大，山上的树林开始摇晃，哗哗作响。

要下雨了，大家快跑！华班长大喊起来。

一松爬起来。他要跑吗？往哪里跑？

啷个了？躲雨呀！文述猛拉他。

雨下来了，很大，很急。他根本来不及躲。他成了一只落汤鸡。

·4·

一竹蹦蹦跳跳地从学校回来了。她今天很高兴，老师又表扬了她，说她唱歌唱得很好听。她推开门，妈妈不在，一定是又到自留地里去了。最近小街的大人们都很忙，队里的工分要挣，自留地更不能放松。听说兆祥妈还和烂诗人老婆打赌，秋后看谁家的自留地收的粮食多呢。妈妈说她也要努力，争取不落在最后头。一竹当然要支持妈妈。她放下书包，跑进厨房，看见墙角还有两棵青菜。她舀了米，用水淘了两遍，蹲在灶门口生了火。她要往锅里倒水，人矮了够不着，端来凳子，站上去刚刚好。

水很快开了，她站在凳子上将米下到锅里，盖好锅盖。这是她看了妈妈怎么做饭后，自己偷偷学的。她煮的是焖锅饭，水不能加多了，锅要盖严，水快干了的时候要用小火。现在刚煮上，还不能小火呢！一竹笑了笑，开始洗菜。

先洗青菜的梗梗，清除泥巴和污物，再拿着青菜在水里多荡几荡，要换几次水，这样叶子才洗得干净。

该切菜了，案板太高，她又拖了凳子，站上去刚好够着砧板，她拿起菜刀。青菜不能切得太细，要切成小节小节的。

不好了，火要熄了。她赶紧下了凳子往灶里添柴火，火又旺起来。

她站起身。头上有个东西？电灯！一竹高兴地叫起来。在天竹师范的时候，家里用的是电灯，只有停电时才点煤油灯。那时她还小，没什么记忆。5岁时跟母亲一起去天竹看爸爸，才对电灯有了确切的印象，知道了电灯的神奇。这可不是煤油灯，电灯亮多了！

一竹高兴地看了看被两根电线吊着的灯泡。开关在哪里呢？她记得在天竹师范时一拉开关，电灯就会亮的。

她看见开关了，就在电灯旁边。她冲过去，搭起板凳上去一拉，电灯亮了，一竹笑了起来，现在好了，再也不用在煤油灯下做作业了，在电灯下做，多亮堂！

呀，不好了，火真的熄了。

一竹手忙脚乱。妈妈说了的，火不能熄的，一会儿燃一会儿熄，饭就不好吃了。她急忙抓了一些松毛，擦了火柴，火又燃起来了。现在不能再打晃晃了，得守在灶门口，仔细听锅里的水响，控制好火候。

徐晚霞站在门口，呆呆地看着自己的小女儿。灶里的火一晃一晃的，映照着一张稚嫩的小脸。

徐晚霞回来好一会儿了，还没进门就发现一竹在做饭。她决定不惊动一竹，想看看她到底是怎么做饭的。当看见一竹搭起板凳洗菜切菜，看电灯拉开关，抓松毛擦火柴，手忙脚乱的，徐晚霞笑了。小女儿长大了，懂事了，能帮着做饭了。

妈妈，一竹抬头看到徐晚霞站在门口，高兴地扑过去，妈妈，看，我做的饭！

是吗？我看看。徐晚霞装着刚回来的样子，走到案板前，看看切的菜，又走到灶边揭起锅盖。嗯，我们家一竹真能干，真的能做饭了。徐晚霞回身将一竹搂在怀里，与女儿贴贴脸。

妈，你坐，我要炒菜了。一竹脸红扑扑的，眼里淌着兴奋的光。

·5·

铁路工棚里，一松躺在床上，身体僵硬得像截木头。

他有点迷糊，是不是高音喇叭响了？抬抬头，头有千斤重。抬抬手，没抬起来。口很渴，头很昏。他想睁睁眼，睁不开。

眼前飘来一片黑云，压在他的头上。风在吹，雨在下。他很冷，浑身发抖。他想喊，他想动。张守成突然来了，他的眯眯眼紧紧地盯着他。一支枪顶在他额上，冰冷的枪管令他心里直打战。你是小偷！你是强盗！……你是地主分子的狗崽子！我要杀了你！……那支枪开始戳他，戳进了头皮，戳进了他的头颅。血！血流出来了！哗哗的，红红的。血越流越多，衣服红了，床上红了，地上红了，身体空了。我要死了？我要死了？我不能死！

床边有人来了，一只手伸到他的额头上，不是枪管，是手，粗粗壮壮的，带着一丝温暖。

还在发烧，是华班长的声音。

一松奋力地睁开眼。

醒了？文述一脸的惊喜。

总算好一些了，来，再打一针，这个声音好细，很柔。

一松转过头，看到一个穿白大褂的女人。是队里的医生，工人都叫她姚大夫。

被子揭开，裤子扒了，翻过身子。屁股上一凉，叭的一声，像蚊子咬了一口。

好了，再推一针葡萄糖水。

文述抓住他的胳膊，卷上衣袖，一根橡皮筋捆上来。

手握紧，还是那个又细又柔的声音。他想握紧，可他握不紧。胳膊肘被一只柔嫩的手拍了几下，酒精棉签擦了擦，粗大的针管对着他。他的心发抖，他闭上眼。痛，不像是蚊子咬。胳膊肘的血管发凉，一股寒流顺着血管直往心里钻，很舒服。

华班长过来了，按住他胳膊肘上的棉签，将他胳膊肘弯过来，夹紧。你已经昏睡一天了，华班长拧了张热毛巾给他擦脸。来，吃药了，文述将药递过来，大勇端起一杯水。

他的眼睛开始起雾。

在他的记忆中，他生过一次病。那是到黄泥巴小街后的第 3 个夏天，父亲暑假正好回来了。他也是发烧，好几天不退。他很难受，放肆地喊叫呻吟。父母亲急坏了，除了打针吃药外，不停地用湿毛巾敷额头脖子降温。姐姐妹妹围着他，边哭边叫。母亲给他擦脸，父亲为他熬粥，姐姐喂他吃药，妹妹给他端水，让他享尽了亲情的温暖。那情形至今仍刻在他的心里。

今天的情形，好像当年的翻版。

谢谢华班长！谢谢文述、大勇！谢谢姚医生！他的声音有点嘶哑。

说实话，一松非常害怕生病，虽然他很少生病。母亲最担心的也是这点，她说，别看一松一般不会生病，但只要生病，就是大病。这也是当初她不愿意他离开家去当什么铁路工人的原因之一。母亲害怕他生病时孤零零的，没人照顾。他没有想到，淋点雨他会生病。他更没有想到，生病时会有这么多人关心他照顾他。

不感动那是假的。一松含着泪说着感谢的话，心里在想以后怎么才能报答他们。

也许是吃了药打了针又推了葡萄糖，也许是华班长他们的关心照顾温暖了一松，他感到轻松了许多，肚子咕咕地叫了。

给他喝点稀饭吧，姚医生轻轻地说：用我的电炉热一热。

第十六章

·1·

这几天，张守成一直处于激动之中。从他开始懂事起，他就有一个不知是好还是坏的习惯，特别激动时他就想喝水，喝凉水。到铁六处机关报到的当天他就跑到井边喝了小半桶井水，刚把嘴擦了擦他就被叫到了陈副处长的办公室。

20来平米的房间，整洁的办公桌，张守成走进去时有一种怪怪的感觉。陈副处长看着他，脸上带着微笑。陈副处长说的话很少，要求只有三点：一是尽快成立兵团；二是学习省城的经验在六处铺开；三是必须尽快将费处长揪出来。张守成很懂事，反应也很敏捷，没过两分钟他就把如何落实这三项要求的具体办法说了出来。陈副处长不停地点头，笑了笑，指了指桌上的一把吉普车钥匙，然后摆了摆手。

走出办公室，张守成心怦怦直跳。他看见苟连天正穿着刚领来的铁路公安制服，脸上笑开了花。张守成向他招招手。

啥事？苟连天跑过来。他有种感觉，就像当初张守成跟他说要去找处长调动工作时的那种感觉一样。他心里一动，不会是好事又要来了吧？

我们要赶快成立兵团，张守成语出惊人。他当然没有告诉苟连天陈副处长将他叫去密谋了半天。

236

能行吗？

你又来了，上次说调工作，你就问能行吗能行吗，这次你又来能行吗。

嘿嘿，习惯了，张哥，我听你的，你说咋办就咋办。

身上有多少钱？张守成单刀直入。

成立兵团还要钱？

不要钱就靠打手板吗？要做红袖章，还要印字，兵团的名字。

苟连天摸了摸口袋，掏出50元钱。

只有50元钱？小气巴拉的样子，全掏出来。

苟连天又开始摸口袋，又掏出20元。

还有呢？

没了。哦对了，还有3张工业券。

张守成看了看，一把抓过来，走，到县城去。

两人冲到县城里的布匹商店，选好红布问了价格。

我们要20尺，张守成递上钱。

布票，营业员眼睛一瞪。

我们是做兵团红袖章的，要什么布票？苟连天把从省城带回来的红袖章和传单往柜台上一甩。

营业员愣了一下，转身跑进办公室。过了一会儿，出来一个大腹便便的中年男人，把柜台上的红袖章和传单翻来覆去地看了好一阵，又看了看苟连天俩人的公安制服，然后一声不吭。

张守成把中年男人拉到一边，塞给他2张工业券，轻声说，给个方便。

中年男人一直想买辆自行车，正缺工业券。他笑了笑，肥壮的手向营业员舞了舞，又钻进办公室去了。

营业员僵硬着脸，拉开红布开始量尺子。

请问，附近有做红袖章的吗？

营业员很不高兴地向右边指了指。两人取了红布直接往右边跑。

做好袖章已是下午了。回到办公室，张守成冲到车库：连天，学会开车了吗？

当然会了，你叫我学车，我天天都在练。

好，戴上袖章，我们马上到各大队去宣传发展成员，越多越好！

我……我们真干哪？苟连天眼睛直冒光。

这时候了还问这些？先到四大队，再到五大队，至少发展300人，各大队建立纵队，各分队成立战队。

苟连天的技术并不熟练，车在路上歪歪扭扭地前进着。张守成也不管了，在车上不停地将他的构想告诉苟连天，交代注意事项，并探讨完善他的计划。

到了四大队，他们直奔保卫股。他们游说的对象锁定一般办事员，而且是不受重用的办事员。这是陈副处长交代的，他说这样的人才有动力，才有冲劲。事实证明，陈副处长的指示是正确的。四大队保卫股的普通民警赵越胜很快就同意加入兵团，并主动提出四大队由他负责，动员吸纳组建全大队的兵团纵队。

张守成留下部分红袖章，又和苟连天往五大队跑。

几天下来，张守成的兵团成员迅速扩大到600多人，成了铁六处最大的一个兵团。

张守成笑了。

· 2 ·

许一松的病渐渐好了，他的工作却越来越不轻松。

天气越来越热，上班时大家都换上了背心。对于在野外下苦力的人而言，冬天和夏天都不是好日子。真要让一松从两者中挑一个，他还是宁愿选冬天。因为外面天气再冷，只要一拿起铁铲，挑上扁担，热气自然就来了。夏天就不一样了，你越动只能越热，而且你还毫无办法。每天的任务摆在那里，不完成是下不了班的，除非你不要工资。

刚开始，下班后他还常常去冲个澡，洗洗衣服，泡泡脚，以为这样可以解除疲劳。没过几天，他便感到错了。挑土的撮箕虽然不大，可他却感到它越来越重。左肩挑痛了，他换右肩。右肩痛了呢？无肩可换。他恨他怎么只有两个肩膀呢？他切切实实地感到累了，苦了，很苦很累。他不得不放弃冲澡，放弃泡脚，放弃洗衣服。他得把一切属于他的时间用来做一件事：躺到

238

床上。

班里有人开始偷偷嘀咕了。他们和一松一样，肩膀挑痛了，身体累趴了，汗水流干了，心里开始胡思乱想了。

早上点名时，一松发现少了几个人，一问才知道有人吃不了这个苦受不了这个累，走了。

轮换工有 6 个月试用期，单方面随时可以解约，合同上这样写着。

华班长走近一松身边，看着他问：你会走吗？

一松停下脚步，放下扁担。我会走吗？我能走吗？他摇摇头，头有点昏，身体发软。

熬到下班，他瘫在床上。舒服，太舒服了！他摊平四肢，轻闭双眼，放松身体，尽情享受这完全属于自己的时刻。

一松，一松！他睁开眼，是那个谢昌顺，他的堂姐夫。

你走不走？谢昌顺一脸的期盼。

我？不走。

我想走了，谢昌顺有点怯怯的。

为什么？一松想知道原因。

这里又苦又累，和在小街当农民有啥子区别？太阳那么大，还得天天去晒去干活，你姐也让我回去。

一松的心被触动了，有点动摇了。如果他想回去，母亲会让吗？会的。他能回去吗？不能。一松坐起来，问他什么时候走？

明天，谢昌顺转过身。

回去告诉我妈，我很好。

第二天，谢昌顺和一些人不见了，班里的人心更乱了。

一松，他们都走了，你是怎么想的？文述和大勇走过来。

我不走，一松的态度很坚决。

文述一脸的苦涩：我很犹豫，走也不是，不走也不是。

文述哥，我和你一样的，大勇也苦着脸。

一松看着文述和大勇：我的情况，可能你们也晓得一些，回去是吃苦，在这里也是吃苦。回去一个月我挣不到两角钱，在这里有十几块。一松说得很平静。

其实很多事情，只要好好想一想就会明白。一松一直认为，人其实是有命的，他的命就在这里，轮换工，五年。至于五年后会怎么样，他没想，他不能想，也不敢想。他也有脆弱的一面，他不能因为一时的胡思乱想而走错了路。他是家里的男子汉了，他得学会撑起他的家。母亲希冀的眼神，姐姐的无助，妹妹的眼泪，都在告诉他，他得坚持，他得去闯，累算什么？苦又算什么？

他猛地站起来：我打水洗脸去！

走过操场，发现这里围满了人。一辆汽车停在公路上，一阵叽叽喳喳的声音传过来，很细，很尖，很脆。一个个青春靓丽的身影，一张张白里透红的脸庞，一束束迎风飘动的秀发，啊，还有卷发！

好像队里的人都出来了，大家脖子伸长了，眼睛睁大了，惊奇激动，兴奋喜悦。

我们队的女工班来了，是华班长的声音。一松回过头，华班长又在抹他的小胡子。有的人可能不会走了，人群中不知谁冒了一句。一松有点蒙，女工班来了，人就不走了，为什么？

一个身影在他眼前闪过，他急忙睁大小眼睛，齐耳的短发，高高的额头，明媚的大眼，俏丽的蓝色连衣裙。小雪！是她吗？她怎么来了？她不是在读高中么？

旁边有人开始动了，迎上去，伸出手，帮着提包包，拎箱子，拿脸盆。不少人在笑，脸上像盛开了的花儿一样。

一松没上前，也不想上前，这里没有他的位置。

· 3 ·

天还没亮，徐晚霞就起床了。她看了看一竹，小手露在外面，睡得甜甜的。她将女儿的手放进被窝里，转身出了门。

与王秀儿一起上山打柴是昨天下午说起的。

王秀儿说，上山弄柴，是对人的一种考验，也是一种折磨。上山时肚儿是饱饱的，而且是轻手轻脚；下山时肚儿是空空的，身上的柴火却越来越重，没吃过苦的人最好是莫上山。

听此话时，徐晚霞有些不服气，她不认为自己吃不了那个苦，她反而看出王秀儿有一副欲说还休的样子，感到这次打柴可能会另有玄机。

到了小路边，王秀儿已等在那里，旁边还有烂诗人老婆彭世珍。

徐晚霞笑了笑。别看这两个女人见面时斗嘴的时间多，可这两人偏偏一有空就爱往一起凑，也许斗嘴是一种乐趣。

哎，秀儿，你带这个干啥子？徐晚霞看到王秀儿背篼里插了一个大抓耙。

徐晚霞，你是第一次上山打柴吧？王秀儿把背篼耸了耸。

是第一次，你们可得帮帮我教教我，徐晚霞嘴角有一丝抽动。丈夫有4个月没往家里寄钱了，写了好几封信也没有回音。以前用柴大部分都是买的，现在钱快用完了，不上山打柴家里就没有烧的了。这些徐晚霞忍在心里，谁也没说，说了也没用。

说啥子照顾，大家互相的，肥壮的彭世珍很豪爽。告诉你吧，这抓耙是捞松毛用的，到了山上你就知道了，彭世珍补了一句。

我带了好些红苕，还有捆柴的篾条，到时候我们一起用，王秀儿很热情，说完又向彭世珍撇撇嘴。

谢谢你们了！徐晚霞心里热乎乎的。

谢啥子嘛，大家乡里乡亲的，彭世珍笑了笑。

嗯……徐晚霞，我……我想问个事，王秀儿好像有点不好开口。

恶鸡婆，要问你就问嘛，吞吞吐吐的，又不是要你进洞房，彭世珍冒了一句。

你个藿麻草……王秀儿刚想反击，又忍住了，徐晚霞，我们家兆祥要是以后考大学有难度，可不可以报考天竹师范？

当然可以。

那……那你家许校长到时候可不可以帮帮忙……照顾一下？

这个……我当然要让他尽全力帮忙，就不知道能不能帮得上，现在这种情况……

不要紧不要紧，只要你记住就行了！谢谢你，徐晚霞！听到徐晚霞一口就答应了，王秀儿太高兴了，这个问题困扰了她好多天哪！

徐晚霞松了一口气，原来王秀儿纠结的是这个。

哼，净想好事，彭世珍把嘴一撇：恶鸡婆，恐怕你还有事吧？

啥子事？王秀儿眼睛鼓起来。

这回分的地该不会出事吧？我还等着多打点粮食给我们家兆祥讨个乖媳妇呢！彭世珍惟妙惟肖地学着王秀儿的腔调。

好你个藿麻草……皮子真的是发痒了！王秀儿朝彭世珍扑过去。

莫打了莫打了，我跟你说，这回公社来了一个姑娘好漂亮，配你们家兆祥正合适，怎么样，去试试？

那是天上的月亮，我们够不上，人家是城里人，我们留不住也养不起。

又不是养猪，有啥子养不起的？彭世珍边走边咕哝。

你们家才是养的猪，五六条呢，有的肥滚滚的，有的像竹竿。

好了了好了，哎王秀儿，我看到你们家自留地的麦子长得好旺盛，徐晚霞插了一句想岔开话题。

那还用说！

你莫得意，徐老师你去看看我们家的麦子再说。

两人又开始争起来，一个说自己的苗势好，一个说自己的长得高，一个说自己锄了两遍草，一个说自己下了好多肥。两人你来我往的，互不相让，弄得徐晚霞不知如何是好。

开始爬山了。小路越来越窄，厚重的大山迎面扑来。

翻过两重山，蹚过三条小溪，再拐了几道弯，王秀儿说，到了。

徐晚霞有点茫然。重重的山峦，茂密的树林，地上散落的松毛，这柴怎么打？她束手无策。

王秀儿和彭世珍动作敏捷，到了地方就放下背篼拿起抓耙，爬上斜坡对着地上的松毛往下一阵猛刨。边刨边退边刨边走，松毛越刨越多，很快就刨了一大团。

徐晚霞看神了，这时她才明白为什么王秀儿、彭世珍要带抓耙了。她慌了，马上意识到自己该想想办法了，不然她要么一个人留在山上，要么拖王秀儿她们的后腿。她看了看旁边的树林，脑子里一阵急转。她拿出柴刀，砍下几枝小树丫，用篾条绑到一起做了一个简易抓耙，然后学着王秀儿的做法，找了一块有松毛的坡地，从上往下刨起来。刨着刨着，她又犯起愁来。

这些松毛这么细这么小又这么散，一个背篓能装多少？

她听到了啪啪啪的砍树声，顺眼望去，王秀儿正在砍树枝，彭世珍更彪悍，直接砍小树。她们要干啥子？

只见她们先把三根篾条均匀地摆到地上，又把砍来的枝条横放到篾条上，再把松毛团滚到上面，然后用脚踩着篾条的一端，手拉篾条的另一端，边摇动边用力拉紧，松毛很快被捆成一个长圆筒。

徐晚霞不笨，立即去砍树枝摆篾条滚松毛。待她想拉紧篾条时，发现没有那么简单了，无论她怎么使力，手都拉疼了松毛也没拉紧。

力气小了点，刨的松毛也太少了，王秀儿和彭世珍走过来看了一眼，没再多说，拿起抓耙走上山坡帮着刨下一大堆松毛。她们解开徐晚霞捆着的篾条，将添加的松毛堆到一起。王秀儿拉起篾条，一边摇动一边拉。彭世珍过来直接用脚踩在松毛上用力拉紧，很快松毛就捆好了。

三人将各自的背篓装满，又把松毛筒绑到背篓上。

好了，王秀儿一屁股坐在地上，拿出红苕：一人一根，吃了就走。

红苕很甜，人心很暖，还没吃到一半，彭世珍已吧嗒着嘴巴背起了背篓。徐老师，莫急莫慌，我这儿还有红苕，一会儿路上饿了吃。

路上还要吃红苕？徐晚霞不相信。

我们不需要，可能你不行，王秀儿走过来，扶起了徐晚霞的背篓。路上你就会有感觉了，背篓会越来越重。

徐晚霞嘴角斜了斜，这个她更不相信了。重量是恒定的，怎么会自己变重？

现实就是现实，不管徐晚霞相不相信，在她背起背篓走出几百米之后，她终于有了感觉，背上的背篓真的开始变了，当然是变重，越来越重。怎么会这样，重量的增加与距离的增加成正比？

徐晚霞有点慌了，她感到问题来了，开始时她还能勉强跟上王秀儿和彭世珍的速度，即使掉队也不会掉多远。可渐渐地，她就感到自己不行了，后来她只能眼睁睁地看着两人越走越远。

徐晚霞苦笑了笑，擦擦汗水，双手向后捧起背篓，弯着腰咬着牙继续往回走，累了就找个坡坎放下背篓歇一歇。这一歇问题又来了。开始时300来米一歇，接着200米一歇，再接着100米，再接着50米。距离越歇越短，背篼越来越重,汗水越流越多。

这上山打柴也实在太难了吧?她现在不但感到背篼越来越重,她的两条腿也同样重起来。她望望前方,王秀儿和彭世珍早已消失在远方。

· 4 ·

喇叭响了,一松睁开眼,文述还在,大勇也没走。

不知为什么,文述在他心中已有了很亲近的感觉,跟他和兆祥他们的感觉差不多。是因为他会讲故事,还是他铲去了张守成故意给他多上的土?还是在他生病时递来的药?更让他不明白的是,他对大勇的敌意也没以前那么强烈了。

队里的动荡还在继续,大家更喜欢听故事了。下班一回来,文述就被一群人围住。讲故事!讲故事!大家不停地喊。文述无奈,清了清嗓子。

> 十人打马上雪山,八人辛苦二人闲。
>
> 大雪纷飞不下雨,面带愁容心喜欢。

文述哥,大勇突然冒叫一声:八人辛苦二人闲是啥子意思?

去去去!这是在说癞子抠痒你都不晓得!

不准打岔!听文哥往下说。

大家七嘴八舌地阻止大勇,场面乱哄哄的。

一松没有像他们一样,痴迷地围着文述转。不是他不喜欢听故事,而是他想看书了。他默默地坐在床上,翻开那本《钢铁是怎样炼成的》,慢慢地他进入了书里的场景。

保尔也修过铁路?他那个地方比我们这儿还冷,条件更是艰苦多了。他病了,眼睛也看不到了,可他仍没放弃。真是一个坚强的人,坚强得让人不可思议。要是我的眼睛也看不到了,我会怎么样?也会像他一样坚强么?呸呸呸,怎么会冒出这样的念头!我的眼睛绝不能瞎也绝不会瞎,一松放下书。

文述的故事刚刚停止。还别说，文述很精明，他每次讲故事常常只讲一小段，也常常在最精彩的时候戛然而止。

你肚子里哪来那么多的故事？一松凑过去问文述。

还不是被逼的，文述叹了口气，父亲走得早，母亲又有病，我们兄妹5个，我是老大，在家时就靠这嘴皮子挣点米钱赚点盐钱了。

我和你差不多，一松心里有点酸，伸出手，和文述僵硬的手握在一起。

我讲故事时，你总是在看书。

也不全是，在工地上我可是听得如痴如醉。

你在看什么书？

一松将《钢铁是怎样炼成的》往他面前一伸。

好书，我看过，可惜只看了一遍。

想再看看？给。

哦，兄弟！文述扑过来将一松抱住，紧紧的。

一松、文述哥！大勇走过来，手在自己头上摸了又摸，你们看华班长，好像……好像不大对头。

我早就发现了，文述看看一松：在工地上他一声不吭，吃饭时也不说一句话，就连他的小胡子也没抹了。

一松也注意到了，他发现华班长下班回来就没听文述讲故事，只是埋头在那里写着什么，他忍不住偷看了一眼。

知道我看到什么了吗？一松卖了一个关子。

看到什么了？文述、大勇睁大了眼睛。

借款申请，华班长要借钱！我刚想问问他是怎么回事，华班长没理我，拿了写好的申请就往队部跑。

我们一起去看看，文述急了。

队部离他们班并不远，到了那里一松他们站在外面往里看。天还没黑，队部的灯早就亮了。李队长坐在办公桌前，华班长站在那里，腰微微弯着，很卑微的样子，嘴里不停地说着什么。李队长拿着华班长的申请，在上面指指点点，接着提笔在纸上写了几个字。华班长向李队长直鞠躬，拿起申请就往财务室跑。见一松他们站在门口，华班长很不自然地咧咧嘴，没有理他们。

文述拉拉一松说，昨天好像看到华班长接过一封电报。一松问：什么内容？文述摇摇头。一松眼睛一转，跑回宿舍走到华班长床前。

床铺并不整洁，被子乱成一团，衣服乱堆在床头，枕巾黑黑的，有几处汗渍很明显。一松掀开枕头，没有发现什么。拿起他的衣服，逐一搜索，裤包里有张纸。摸出来，电报纸，展开：妈住院急需钱。

文述把电报从一松手里抽过去，看了一眼，脸色通红：一松，我……我没有钱了。

一松吁了一口气，脸黑下来，我也没有什么钱哪！

要不，我凑1块钱？文述的话让一松心里一动。对呀，班里三十几个人，一人一块钱，总可以凑点钱出来。一松拿过电报，跑向大勇，也跑向班里的人。

大家都不富裕，但一松将电报给他们看了之后，除几个情况确实特殊的外，每人都拿出了一块钱，有几个老工人还拿了两块。一松让文述作了登记，一统计，32块钱！

一松和文述很高兴。华班长一进屋，一松迎上去，把钱和登记单交给他。这是啥子？华班长一愣。一松把借钱的情况说了，班里的人都围了过来。华班长眼睛湿了，嘴角抽搐了几下。谢谢，谢谢大家了！华班长深深地鞠了一躬。

· 5 ·

下午3点，太阳还是火辣辣的。

一松出了工棚，一股热浪迎面扑来。这个鬼太阳！一松小声嘀咕：为什么下午上班时间不能改到4点甚至5点呢？

你以为你是队长啊，上班时间你来定？文述拿起草帽戴到头上。

就是就是，4点上班7点下班，你想得美，大勇跟着附和了一句。

工地上，一丝风都没有，还没举起铁铲，汗水已开始往下流。太阳已经偏西，但威力一点没减。一松感到背上热辣辣的了，尤其是两个肩膀，两条胳膊，上面像有火在烤。

好不容易熬到下班，一松有气无力地躺到床上，四肢大张。

有脚步声传来。

一松，没想到你在床上还会写字嘛，是文述讲故事时特有的声音。

床上写字，写的啥子字？是大勇那有点傻乎乎的声音。

你看，这是个大字还是个太字？

大字？太字？看不出来。

你小子也太笨了嘛，你不会连一个大字也认不得吧？

大字？当然认得，哥，我不笨的。

那大字下面有一点，是啥子字？

啥子字？不知道。

去去去，说你娃笨你还不承认，大字下面有个点是太字都不晓得。

我……我当然晓得，可是你看，这一松只像个大字，下面哪有个点嘛！

当然有个点啰，你仔细看看。

看不到，仔细看也看不到。

你娃到底是笨还是傻？啪的一声，是手掌拍打的声音：点在裤子里！

工棚里哄的一声笑开了。

一松猛地坐起来，床上写字好笑吗？

好笑。

那总没得你在床上画地图好笑吧？

文哥，你能在床上画地图，画的什么地图？

哈哈哈哈！放浪的笑声差点把工棚的屋顶掀了。

你……你……文述的脸涨得通红。好你个一松，本来有个好消息要告诉你的，现在，免了！

对，免了，好消息不告诉你了，大勇帮腔的话说得很流畅。

话莫说死了，听到有好消息，一松自然不会放过：大勇，你悄悄告诉我，有奖励哟！

啥子奖励？

一松微微一笑。这家伙不但有点贪心，而且还缺心眼，是个很好的突破口，晚饭一份，怎么样？

晚饭，一份？大勇的眼睛飘向文述，文述摇摇头。不行！大勇急忙大喊。

你想要什么？

晚饭，那得看是啥子菜。

你说啥子菜？这家伙并不傻嘛。

嘿嘿，文哥说了的，不不不，我说的，至少得红烧肉，嘿嘿，我不傻。

就这样了还不傻？一松差点没笑出声来。他回头看向文述，还是你来说吧。

一松，刚才有人找你，文述的脸上笑眯眯的。

这笑容有点诡异，一松不能理他，还是躺在床上。

是个姑娘，很漂亮啊。

嘿嘿，果然来了，一松闭上眼睛，干脆装睡。

穿的蓝色学生裙，哟哟，好漂亮。

一松脸色变了。这话击中了他的软肋，他腾身而起：骗我的吧？

骗你我请客，没骗你请客。

她是谁？叫啥子名字？

嘿嘿，名字她没说，太漂亮了点，有压力，没敢问。一松，别怪我，你懂的。

一松叹了口气，瞪了他一眼：她说啥子了？

反正你不感兴趣，告诉你有用吗？

当然有用，告诉我！

我说了真的要有红烧肉啊！

我不会食言。

君子一言？

驷马难追！

嗯，还有……还有酒，大勇突然补上一句。

这家伙，真的不傻嘛！一松一拳挥出，嘭的一声打在大勇胸口。

你这拳头，毛毛雨，大勇脸上满是不屑。

哎，你还想不想知道了？

当然想。

那你竖起耳朵听好了。话说有一位漂亮姑娘今天下午突然走进我们班里，那真是光彩照人，满室生辉。一开口声音甜甜的：请问一松是在你们班吗？唉呀呀，我差点魂都没得了。我说，是的，不过他不在。他住哪个铺位？我说这儿。哎一松，我可告诉你，她可是走到你的床边，把你床铺上上下下左左右右仔仔细细看了个透透彻彻，后来……文述说到这里故意停住，眼睛斜斜地瞟向一松。

后来怎么了？一松得配合，假装急不可耐。

她问你还在捏泥人没有，还一屁股坐在你床上，左右扭了扭。

说书的来了？一松眼睛一瞪。这家伙狗改不了吃屎，说正事也像在讲故事。嗯，有空得查查他的祖宗八代，说不定他家几代也是说书的。

就这些了，欲知后事如何，且听下回分解。

一松默默地看着他，这家伙是祖传，无救。

怎么，不够吗？

不够，至少不够一顿饭钱，更不要说红烧肉了。

你……你想耍赖！文述急了。

嘻嘻，逗你的。

这还差不多，看你态度端正，额外送你一条信息。你检查一下，看看你少了点什么。

一松左右看了看，上下查了查。没有，我没少什么。真的没少什么？真的。哦，好像昨天换下来的衣服，不见了。

你呀你呀！我还真是服了你了。就你这样的货色，竟然还有姑娘喜欢你，而且那么漂亮，还主动帮你洗臭衣服！也不知道是你妈给你烧的高香太多了，还是你家祖坟开了裂口。哼，要不是我趁机搭了个船，让她帮我也洗了两件，哪个会告诉你。

一松有点惊讶了，不，是震惊。虽然文述并没有说来的姑娘是谁，但他可以肯定，来的就是小雪。那甜甜的声音，那蓝色的学生裙，早已刻在他的骨头里。他恨她父母揭发他的母亲，他恨她父母给他家带来了厄运，但他是不是也要一样恨她呢？他一直在纠结。当初他对她凶对她狠，只是一时的激愤所致，事后想想，她何罪之有？

他承认他做事一直就有点冲动，就像刚才从床上腾身而起时一样，有些不管不顾。不对，他得冷静，他得想想。这个小雪，好好的书她不去读为什么偏偏要来当这个铁路工人？她来找他而且还给他洗臭衣服又是为了什么呢？

没有人会认为他是个傻瓜，也没有人会认为他很聪明，这问题有点深奥，一时半会搞不明白。

他拿起大盅盅，向文述招招手：走，食堂去，红烧肉。他一边喊一边心里发痛。上次给了华班长 1 块钱，这次又是红烧肉，得喝多少次一分钱的汤才能省下来？

· 6 ·

太阳已经偏西了，徐晚霞还在山上。一个陡坡来了，徐晚霞小心翼翼地往下走。她的脚有点打闪，她耸了耸肩，背上的背篼晃了晃，脚下一滑，哗……徐晚霞连人带背篼直往山下滚。不知道滚了多少滚，也不知道滚了多远，一棵松树挡住了她。昏头昏脑地爬起来，背篼散了。她看了看腿脚四肢，还好，只有一些擦伤。她抹了抹头上的汗水，拔去头上的松毛，将散了的背篼重新捆紧，又开始往回走。

背篼和脚越来越重，肚子开始咕咕直叫，汗水流得更多了。她感到身子发虚，心里发慌。她明白，要想凭自己的力量背着背篼走回去，已不可能了。啷个办？扔了背篼？舍不得。不扔？能行吗？徐晚霞闭上眼睛，大口大口地喘气。

一阵脚步声传来，很急，像在跑，徐晚霞仍然闭着眼。她无暇顾及这些，也不想关心这些，她只想好好歇一歇，再去想怎么办。脚步声在她面前停了，一股红苕的甜香飘进她的鼻子。

睁开眼，王秀儿，你啷个来了？

知道你作难了，我先来接你，到前面彭世珍也会回来，我们一人帮你背一截。王秀儿说着把红苕塞到徐晚霞手里：边吃边走。接着她低下身子背起了徐晚霞的背篼。

徐晚霞咬了一口红苕，紧紧跟在王秀儿的后面，泪水开始在眼里打转。

突然，一阵抬工号子飘来：

> 结婚那天睡不着，新娘是个恶鸡婆。
> 做梦就想嘴对嘴，结果上床脚对脚。

听到这有些暧昧意味的号子，徐晚霞心中一阵苦笑。她知道黄泥巴街儿的抬工号子叫"抬儿调"，往往没有固定的词句，全靠领头的见什么编什么，现编现唱。她回头望了望，想看看到底是些什么人，敢把王秀儿编成歌来唱。眼前的小路弯弯曲曲的，没有一个人影，抬工们显然还在弯道上。

这些王八蛋，王秀儿已经放下背篼，跳了起来，早就跟他们说了不准唱啥子恶鸡婆恶鸡婆，背着我还要嘴对嘴脚对脚！我这次非得把他们收拾一阵不可，不然不晓得老娘的锅儿是铁打的！

王秀儿还要大骂，拐弯处一队抬工抬着一块长条巨石，踏着整齐的步伐向这边走来。随着沉重的脚步声，抬儿调又变了词：

> 油菜花儿黄，妹妹你莫慌。
> 要柴我来背，我是妹的郎。

王秀儿看了抬工们一眼，突然又笑了：徐晚霞，没想到他们把你也扯进来了，这些家伙就是猪！哼，我有法子收拾他们了！说着她从背篼上抽了一根枝条，横站到路中间，双手往腰杆上一叉。

抬角们渐渐近了，号子声戛然而止。

王秀儿上前一步，举起枝条指着抬角们：唱啊，唱啊！哪个不唱了，你妈把你屙出来就没教过你吗？不要以为你们夹了根棒棒就天王老子都不认了！还想嘴对嘴不想脚对脚，哼，上次没把你们这些龟儿子收拾好，这次就再让你们长长记性……王秀儿说着手中的枝条就对着抬角们一阵猛抽。

抬角们没人反抗，被打得四处逃窜。

王秀儿累得气喘吁吁，停止抽打，用枝条指着他们，厉声喝道：今后还唱不唱恶鸡婆了？

抬角们小声回答：不唱了。

大声点，还唱不唱了？

不唱了!

听到抬角们的大声回答,王秀儿收了枝条,恶狠狠地说:下次再唱,我就用弯刀把你们夹的那根东西割下来喂狗!

抬角们低着头,慢慢走回来拿起扛子。王秀儿一手压住:就想这么走了?没得那么安逸!你们没看到这里还有一背篼柴吗?来,把柴弄到石头上给我抬回去!

抬角们互相看了看,一声没吭就把柴放到石头上。领头的手轻轻一挥:起杠。

王秀儿一边笑着一边挥动着枝条跟在抬角们后面走,像在驱赶一群猪儿一样。

第十七章

· 1 ·

好不容易下了班，许一松回到工棚将浸满了汗水的背心脱了，有气无力地打了盆水，拧了毛巾想洗一洗。背上好痛，火辣辣的痛。

你……你背上啷个恁个红？文述惊叫了一声。

这有什么奇怪的，太阳晒的，大家都一样，华班长过来看了看一松的背：不要紧，脱一层皮就好了。

哪有那么轻松，我以前晒脱了皮，痛了五六天，挨都挨不得，晚上只能趴起睡。

文述还没说完，大勇兴冲冲地跑进来叫道：一松一松！

啥子事恁个高兴？文述拦住了他。

队部选一松进宣传队了，叫他去开会。

宣传队，有啥子好处？

嗨，不用去工地干活了，天天唱唱跳跳的，又轻松又安逸，这还不好？

华班长，是真的吗？一松站起来。

当然是真的，我也要参加，华班长抹了抹他的小胡子。

一松好高兴，赶紧洗了脸，还把头发梳了梳。跑到队部，屋子里已有了10来个人，有男有女。他发现小雪了，她坐在角落里很安静，时不时地把眼光瞟过来。

一个穿军装的人走进来，他一看，愣了，这不是廖干事吗，怎么他也来了？

队部一个头头走来宣布开会了，要大家安静安静。他站到中间说：为了鼓舞大家的革命斗志，分队要成立宣传队，特请了大队廖干事来给我们作指导，大家鼓掌欢迎！

大家一齐拍了手，掌声很热烈。

廖干事看见了一松，向他点了点头，一松忙向他笑了笑。廖干事好像很内行，带来了好几张歌单，还有二胡、板胡、手风琴等。

一松看见小雪的眼睛在放光，显然那台手风琴让她激动了。

当廖干事问谁会什么乐器时，有人马上接口说小雪会手风琴，请她来一段。

廖干事把歌单给小雪，小雪红着脸看了会，背上手风琴，一阵悠扬的琴声便在屋里荡漾。

手风琴有点旧，好几个部位有破损，但小雪好像很喜欢，毕竟在偏僻的山里边，能有一台手风琴太不容易了。小雪拉得很投入，也很沉醉，很快把大家都感染了，几个女生拿着歌单跟着手风琴唱了起来。

这个歌很有气势，好像在广播里听过，一松伸长脖子，瞟了瞟歌单，歌名是《大海航行靠舵手》。

廖干事拍了拍手，叫大家停下来：这次任务重，时间紧，10天后要演出！

他的这番话让他们都紧张起来，这时间也太紧了点吧。

时间是紧了点，廖干事的声音大起来：没办法，这是领导定了的，我们三分队的任务是排4个节目，两个舞蹈一个天津快板一个三句半。我先后到一分队二分队去了，他们也是各排4个节目。3个分队12个节目一起演一场，怎么样，能完成吗？

大家一阵沉默。廖干事好像知道结果似的，他没有在意，直接将他们分成了几个组。哪些跳舞哪些说快板哪些说三句半，谁负责编舞蹈，谁负责刻蜡版印歌单写快板，他分得清清楚楚。完了他把板胡递给华班长，来，整一段你的河南豫剧。

华班长接过板胡，调了调音，板胡声响起来。

一松对豫剧很陌生，只对一部豫剧电影《朝阳沟》有印象，那里面的唱腔和音乐他觉得很有特色。华班长的板胡拉得不比他的二胡差，音不但准还很圆润，尤其是各种滑音让他自叹不如。

屋里安静了，大家都听得有些沉醉。廖干事突然站起来，走到中间跟着板胡唱了起来，接着手脚齐动，开始表演。大家睁大了眼睛，惊奇、兴奋、激动，什么表情都有。

一曲结束，掌声一片。

我记得你好像会拉二胡吧？廖干事提着二胡向一松走来，怎么样，也来一个？

一松的脸涨得通红。当初为了当这个铁路工人，廖干事问他有什么特长时，他好像说过会拉二胡，还参加了校乐队。一松无法推脱了，接过二胡开始调音。

拉什么呢？脑子有点晕，电影《白毛女》里的那段《北风吹》？对！就是它。

琴声响起来。他心绪平静，运弓舒缓，适时揉弦，略显忧伤的旋律开始飘荡。小雪看了他一眼，双手拉起手风琴，键盘跳动，琴声轻轻响起。

一松看到廖干事的嘴角微微抽动，华班长的脸上充满惊喜，几个女生的眼睛开始湿润，男生的表情更为复杂。

北风那个吹，雪花那个飘……一个女生唱起来，声音柔柔的，轻轻的。

一松转过头，是女工班的小芹，经常跟小雪在一起的那个小女生。他沉浸在音乐中，有点发飘了。

· 2 ·

铁六处机关的一间宿舍里，张守成正坐在床上发呆。

他是在看见那个姑娘时，他的那个姻缘天定的观念才轰然倒塌的。

在相当长的一段时间里，对于姻缘天定这四个字，张守成是一点也不怀疑的。一来是他经历的女人不算多也绝不算少；二来不管他以前如何蹦跶，最后他也只能和一个农村女人结婚生子；三来现在他几乎认命了，根本就没想过还要在婚姻上去折腾。

张守成很明白，自己本来就是一个普普通通的农民，唯一与农民有点不同的是他当过几天民兵连长和生产大队长。正是有了这个经历，他才会在危难时刻经一个贵人相助，当了这个铁路工人。这个工人不是在厂房里机器旁走来走去的那种，而是在工程队里日晒雨淋下苦力。即便如此，这丝毫没有妨碍他在刚刚听到了一些动静时就开始寻找自己的出路。与苟连天的相识为他打开了一扇窗户，他借看病跟苟连天一起到了昆明，才猛地发觉，一个千载难逢的机会摆在了他的面前。他把自己关在屋里苦苦想了3天。他还有点自知之明，认为陈胜吴广那个什么宁有种乎的说法过了点，自己达不到那个高度也不会去妄想。在他看来还是乱世出英雄这句话靠谱一点。他在陈副处长的帮助下调了工作，又在他的指点下，找来苟连天一番密谋。几经周折，一个兵团组织冒了出来。他的队伍迅速壮大，连他自己都没想到会一呼百应。这是怎么了？大家都疯了？张守成笑了，他现在不只是在一般工人面前可以昂头挺胸了，在股长、科长甚至在处长面前同样可以颐指气使了。

就在刚才，一场群情激愤、场面热烈的大会落下帷幕。这是一次预演，批的是大队领导。下一次他就要遵照陈副处长的指示，把高高在上拒绝给他调动工作的大处长费思远踩在脚下了。

会场路口的一栋房子前，张守成与苟连天和四大队的头目一起兴致勃勃地看着人群从他们身边慢慢散去。

这次效果怎么样？苟连天很在意张守成对大会的反应。

还可以，此时张守成的关注点好像不在大会的效果上，他的眼睛在人群中转来转去。

一个姑娘脸红红的，低着头，跟着一群女工们默默地往外走。

老大，美女！苟连天一声低叫。

美女？张守成微微一颤，没想到苟连天也和他一样，眼睛像饿狼一样一直都在敏锐地四处扫描。张守成的眼睛睁大了，瞪圆了。

乌黑柔亮的秀发，红润的双唇，高高的额头，明媚的大眼，丰腴而不失修长的身姿……

他瞬间想起了曾几何时，他在地里田间和社员们打情骂俏时大家嘴里吐出的那些编排漂亮女人的句子了。这些句子有很多很多，句句都很生动。可是，那些所有的词句和语言如果安放到这个姑娘身上没有一句是合适的。他甚至还想起了烂诗人编的那些让人脸红心跳的打油诗和顺口溜，还有杠头等众多抬角们随口喊出的那些火辣辣的抬儿调，甚至那些连睡瞌睡都忘不了的什么翘什么圆，让他一想起来就忍不住一阵热血沸腾。对，热血沸腾，这个词还是他刚从苟连天嘴里学来的呢。刚开始他不懂这个热血沸腾是啥子意思，苟连天说就像水烧开了，咕噜咕噜直冒泡的样子。他突然一下就懂了。这些文化人，真会舞文弄墨。他觉得，在他看到这个姑娘的那一刻，他心里确实像水烧开了似的，沸腾起来了。还有什么更好更恰当更准确的词句呢？他想了半天，哪能想得起来。就他这个水平，也太难为他了。他很沮丧，也很自卑。突然他眼前一亮，仙女下凡！这句话还算合适吧？他肥壮的身躯扭了扭，凸显的肚腩颤抖了一下，细小的眯眯眼放出光来。

其实，在当上这个铁路工人之后，他收敛了很多。那时的他无钱无势，有心无力。当上兵团司令后，也曾心思活泛过。但他深知，这里不比黄泥巴小街，容不得他胡作非为。可在此刻，他胆子陡然大了起来。拿下她！他在心里喊了一声。可她会愿意吗？肯定不会。那嘟个办？张守成愣了愣，他的眯眯眼又开始转开了。万恶淫为首，他是恶人么？不是。至少，他还不想做恶人。上这个女人就是恶人吗？不一定。说不定这女人会心甘情愿地爱上自己呢！张守成笑了笑，笑得勉强，也有点猥琐。姻缘不能天定，得他定。张守成的牙齿咬动，像在咀嚼红烧肉，一丝油滋滋的肉香仿佛在嘴里散开，浸入他的心里。

打听一下，哪个队的。

不用打听了，四大队三分队宣传队的，江小雪，手风琴拉得好，苟连天的声音阴沉沉的。

· 3 ·

学校今天要开大会，一梅非常高兴，她兴冲冲地跑出门，母亲突然叫住了她。

今天哪也不准去，跟我去淋菜，一根扁担递过来：你挑粪桶，我拿刨锄。

我不去！一梅一扭身子。

你要干啥子？徐晚霞睁大了眼睛。

我要干啥子？我要干革命！哪个可以放下革命去挑粪淋菜呢？

你们一天批这个斗那个的，你知不知道你爸可能也在天天被人家这样批来斗去的？你清醒一点好不好？你的家庭你的出身不容许你与其他人一样去干革命，你只能跟妈去种地去淋菜。

一梅呆了。今天妈是怎么了，怎么会这么凶？家庭出身一直是家里最不愿触碰的话题。那是全家人的痛，那是全家人的伤。要说来，妈的这番话也不能说不对，仔细想想，还是很有道理的。自己快 18 岁了，天天在外面喊着口号东窜西窜的，确实没有挣到一分钱也没有挣到一个工分。

一梅的头低下来，伸手拿起扁担，跟在母亲身后。

走出小街，上了山包。

回头望去，脚下的梯田错落有致，一条条弯弯曲曲的田坎将面前的坡地圈成了一块块狭长的水田。旭日的阳光斜照过来，层层水田波光粼粼。

景色很美，一梅却只看了一眼。她放下粪桶，从水田里舀了水，挑到自家的自留地，拿出尿素，放进水里，用尿瓢将尿素搅化。

先不忙淋，我们要先松松土。

地里的青菜刚长开，绿油油的一片。

妈，这么多的青菜，我们吃得赢吗？

我和兆祥妈说好了，吃不完的菜我们背些上城里去卖。

妈，你敢到城里去卖菜？一梅睁大了眼睛。

徐晚霞点点头，拿起刨锄，开始松土。一梅发现母亲刨地的动作比以前熟练了很多，她急忙跟着拿起锄头。虽然心里仍然不太愿意，但母亲一番苦口婆心的话语，她还是能理解的，至少今天她不能不听母亲的话。

太阳渐渐升到头顶。

妈，我饿了，一梅淋完了桶里的水。一会一竹会送饭来，中午我们就不回去了。一竹会做饭了？一梅擦擦汗水。当然哪，我们一竹长大了。我不相信。马上你就会相信了，你看，她来了。徐晚霞的手向山下指了指。一梅看见山下的田坎上，一个细小的身影正向这里跑来，背上的背篼一晃一晃的。

妈，姐，哥哥来信了！一个牛皮纸信封在小手中摇动。

徐晚霞停下锄头，手微微发颤。一梅大喊：一竹，快点拿上来！一竹飞跑起来，一张小脸涨得通红。没等一竹放下背篼，徐晚霞一把夺过信。

一松在信里说了啥子？一梅迫不及待地问。

他说他参加了宣传队，天天在拉二胡。哦对了，还上台跳舞。

一松跳舞，他会跳吗？会跳，不信，你自己看。一竹从母亲手里拿过信递给一梅。

一梅接过，扫了几眼。呀，还真的，我们家一松真会跳舞了！等他回来，叫他给我们跳个舞看看！

姐，看了信，肚子恐怕就不得饿了吧？

哪有哇！快，快，拿碗来吃饭！

一竹从背篼里拿出3个碗，端出饭菜。

一梅拿起筷子，先挑了点饭塞进嘴里。嗯，饭煮熟了的，不错。她又看了看大碗里的炒白菜，拈了点一尝，呀，一竹，你嘟个炒的？

怎么，不好吃？徐晚霞笑了笑。

不，妈，不是不好吃，是太好吃了，好鲜哪！

是吗，徐晚霞拈了一点放进嘴里，嗯，真的好鲜，好吃！

一竹，你……你是嘟个做的？一梅拉住了一竹。

嘿嘿，姐，今天的炒白菜我可是用了秘密武器。

秘密武器，啥子秘密武器？

杠头叔叔给了点白粉粉给我，说是别人送他的，叫味精，放一点点在菜里味道就特别鲜。我……我就放了一点点。

是吗，味精？这么神奇？

当然啦！一竹一边吃饭一边吃菜。

一竹你慢点，别把我的那份吃完了！一梅一把将白菜碗抢过去。

妈，你看姐，太霸道了，这是我炒的菜呢！一竹急得大叫。她扬起手，正准备把菜碗夺回来，突然，她僵住了。

一队戴红袖章的人冲了过来，一边高呼口号，一边抓住了徐晚霞，推推搡搡地往山下走。

一梅急得大喊，一竹哭着叫着。

·4·

一松没想到，他们宣传队的第一次演出会这么成功。

原本队领导说是在二分队演出的，不知为什么，后来又改到了大队部，而且是安排在一个大会后的晚上。

排练了 10 来天，有点辛苦，但比起工地上的日晒雨淋肩挑背磨，还是轻松不少。

小雪在宣传队里很活跃，一松心里却在翻腾。自从小雪来到队里后，一直坚持给他洗衣服，从没间断过。他没有和她说过一句话，甚至连声谢谢都没有。心里的那根刺实在无法轻易拔出，她爸妈带给他家的伤痛已铭心刻骨，洗点衣服就可以让他原谅了，那也太简单了吧？有时候他也觉得自己的心是不是太硬了，人家洗了这么久的衣服了，你总该有点什么反应吧？可一想起母亲胸前的大牌子，一想起他们家的屈辱，他又觉得洗点衣服算得了什么呢？

按照廖干事的安排，宣传队的器乐组由 3 人组成，华班长是板胡，一松是二胡，小雪是手风琴。3 人一合奏，效果还不错。廖干事说，他在他们大队里的几个分队都去过，器乐组能力最强水平最高的就属他们三分队了。

自从那天晚上一松拉了一曲《白毛女》中的《北风吹》以后，不知怎么的，女工班的一帮女生们，暗地里就把他的名字改了，偷偷地叫他北风吹。

对于这个名字，一松心里是又喜又气，喜的是这是否可以证明他的二胡拉得有一定水平了？气的是她们随随便便就把他的名字改了，有点欺负人的感觉，而且他认为这名字不太好听，总感到有些怪怪的。

北风吹这个绰号是小雪偷偷告诉他的。当时她的脸红红的，好像她一点也不生气反而有点得意似的。她对一松很上心，随时都在留意他。他的一举一动都逃不出她的视线。她会时不时地出现在他面前，或递上一杯水，或帮他的琴弓擦擦松香，或和他说说对曲谱的理解。

对于北风吹这个绰号，华班长只是微微一笑，大勇是频频点头，只有文述对这个名字提出了异议。在他看来，北风太冷，寓意不好。他还说，看看喜儿，结局如何？

一松对此并不在意。管他的，只要小雪高兴，想那么多干啥子。他几乎没有觉察到，在和小雪相处一段时间后，他的脸没有绷得那么紧了。

演出要开始了，一松提着二胡上台，和华班长坐在一起，小雪就站在他们后面。当他拉动琴弦，音乐响起之时，他突然激动起来。他没想到台下会有那么多的人，全大队1000多工人几乎全来了，附近的村民也来了。他们亢奋起来，一点也不紧张，演出特别卖力。

突然，他发现台下有几双眼睛放着光，一动不动的，死死地盯着他们。不，是盯着小雪。借着灯光的转换，他看清了台下的人是谁。张守成！苟连天！这两个家伙怎么也来了？他的心一沉。这俩人被一群人簇拥着，胳膊上都戴着一个红袖章。只要是他们队的节目，这两个家伙就带头鼓掌。这是啥子意思，他们要干什么？

演出一结束，廖干事就叫他们别动，说六处领导要跟大家合影。

一松看见张守成、苟连天大踏步走来，派头十足。

领导？张守成？他脑袋晕了。迷糊间，他们三分队的女演员被叫到前排，小雪被特意安排到中间，紧靠着张守成。这个家伙满脸通红，咧着大嘴笑得肆无忌惮。

一松溜下舞台，躲在阴暗处，他丝毫不想去凑这个热闹。

廖干事像变了一个人，他很殷勤地安排着一切，躬着腰小心翼翼地拿出相机，按下快门。咔的一声响，廖干事笑了，带点猥琐。

·5·

天还是黑黑的，小街很静。

徐晚霞轻轻从床上爬起来，将昨晚上收拾好了的青菜洒了水，装进背篼里。

一竹还睡得很香，红红的小脸蛋粉嘟嘟的。徐晚霞轻轻为她拉了拉被子，转身拿了几根煮熟了的红苕，悄悄出了门。

又一次被押到台子上挂了大牌子，她就有点急了。地里的青菜渐渐长成，得赶快背到城里去卖了，因为她不知道以后还能不能自由地进城。

徐老师！王秀儿过来轻轻叫了一声，回身背起一个大背篼。

你背这么多菜呀！徐晚霞看了看王秀儿的大背篼。

这次多亏又分了点自留地，我家的白菜才有这么多，总算可以去换点钱了。

真羡慕你呀，哎你没带早饭吧，我这里带有红苕。

嘻嘻，徐老师，我也带了红苕的。

王秀儿，别叫我徐老师了，叫我名字吧，免得惹是非。

哦……好吧！徐……哦徐晚霞。

秀儿，我想问你，跟我走在一路，你就不怕被连累？

怕个啥子？一个贫下中农帮助教育教育你，不偷不抢，很正常嘛。

两人走出场口，王秀儿将背篼放下来。

哎徐……徐晚霞，我听说我们这里通客车了，早上就有一班车。

你想坐车？车票要一毛五呢，你坐吗？

一毛五，这么贵？算了算了，我这点白菜背到城里还不知道能不能卖几个一毛五呢！还是走路吧。王秀儿背起背篼。

你家一松在铁路上还好吧？没走多远，王秀儿就打开了话匣子。

还好，前几天来信说，他们食堂顿顿都有肉。

哟，这么好！早知道是这样，我们兆祥就不去读这个书了，也去当这个铁路工人多好！

也不能这么说，当初一松没读到高中在家可是蔫了好多天呢。

唉，还是你们家一松有福气些，现在都能挣钱了。我们兆祥现在书没有读一天，这用钱一点不少，也不知道今天这点菜卖了能有几个钱给他乱用。

你也莫后悔这些了，兆祥毕竟读的是高中，将来是要读大学的。凭你家兆祥的天赋，以后上个名牌大学还不把你乐得半夜爬起来打哈哈。

算了吧，真要有那个福气我就天天到庙里烧高香了。上次县里有推荐上大学的名额，还没到公社我们兆祥就被人给顶下来了。

两人边走边说，30来里山路，走到城里时天已大亮。

我们不会来晚了吧？王秀儿有点慌了。

不会，我们赶快到菜市场去！徐晚霞已开始小步快跑了。

北门菜市场里，人头攒动。王秀儿看到这么多人，长长舒了一口气。她挤到一个人多的地方放下背篼，开始吆喝：白菜白菜大白菜啰！来看来看快来买哟！

徐晚霞没像王秀儿一样往人多的地方挤，她还有点放不开，更怕遇到熟人。她看了看周围的人群，挑了一个较偏僻的地方放下了背篼。一路急走，出了一身的汗，洒在青菜上的水顺着背篼流到她背上，衣服湿了一大片。她拉了拉后背上的湿衣服，将青菜拿出来，在地上码整齐，又将背篼翻过来底朝上，一屁股坐在上面。她张张嘴想吆喝几声，可嘴唇动了好几次，没好意思发出声来。

人们一个个从她面前走过，有停下来看她的青菜的，也有来问价的，但没有一个要买的。时间一分一秒地过去，菜市场里的人开始少起来。徐晚霞有点着急了，要是这青菜还没人来买那哪个办？难道还要背回去？

徐……徐晚霞，你哪个在这里？我找了一大圈才找到你，菜卖完了没有？王秀儿提着空背篼走了过来。哪个的，一点都没有卖出去？不对头不对头，你选的这地方太偏了，快快快，换地方换地方！王秀儿边说边将地上的青菜往背篼里装，走，到我刚才的地方去！

徐晚霞满脸通红，提着背篼默默跟着王秀儿走。

你呀你呀，唉！……还是有点拉不开脸，怕遇到熟人吧？干脆，我来帮你卖。王秀儿走到她卖菜的地方，把菜摆好，扯起嗓子就大声吆喝起来：青菜青菜！绿油油的好青菜哟！快来看快来买哟！

王秀儿的嗓门大又喊得顺口，果然有效果，加上这里人也多，青菜确实又绿又嫩，很快就有人掏钱了。王秀儿有点得意，吆喝的声音更大了。没过一会儿，青菜就要卖完了。突然前面人群一阵躁动，有人在喊快跑快跑！王秀儿脸色大变，将剩下的青菜一把抱进背篼，拉起徐晚霞就跑。哪个了哪个了？徐晚霞有点蒙。管事的来了，抓到了菜没收不说，还要罚款！

两人一阵急跑，进了一个小巷子。

看看没有人追来，王秀儿停下脚步，喘了口气：还好还好，没有被抓到。

你好能干，王秀儿，今天谢谢你了。

谢个啥子，哎，看看今天卖了好多钱。

我看看……1 块 1。你呢？

我……1 块 7，对了，这里还有 5 分呢，嘿嘿！

你背的菜多，选的地势也好，又会吆喝，多卖钱是肯定的，我剩下的这点菜啷个办呢？

徐老……哦徐晚霞，看来今天你这点菜有点玄了，我们到南门那边再去试试看？王秀儿说道。

好吧……我听你的。

如果南门那边实在不好卖，降点价卖了要得不？

可以，当然可以，徐晚霞一边走一边点头。

拐到大街上，情况好像不对头。街两边站满了人，马路上有群人直往这边涌。最前面的人最显眼，双手被绑在身后，胸前一块大牌子直晃悠，牌子上的两排字很醒目，上排是狗校长，下排是又大又粗的 3 个字：江云生。

徐晚霞睁大了眼睛，有点蒙了。她呆呆地看着这个丈夫昔日的同事朋友、曾恶毒地让自己成为地主分子的人被一群气势汹汹的人押着冲过去。

这是谁呀，这么倒霉，王秀儿发现了徐晚霞在发呆。

徐晚霞还没回答，人群后面跌跌撞撞地又跑来一个女人。熟悉的冬瓜脸，小小的眼睛，宽阔的大嘴。周昌菊？江云生的老婆！不对，周昌菊很肥的，这女人太瘦了。仔细一看，还真是她！

欣慰的感觉在心中升起。太好了，老天爷真是有眼哪！你这个差点害得我家破人亡的臭女人也有今天！冲上去，让她看看我也能目睹她的今天！刚迈出脚，徐晚霞又停了下来。还是算了吧，同是天涯沦落人，何必再去相逼呢？知道这害人的两口子也遭了厄运，也就可以了。

徐晚霞吁了一口气，不由往后瞄了瞄。后面应该还有一个人，周昌菊的女儿江小雪。此时的江小雪会是一个什么样子？是哭着叫着，还是被吓傻了？等了好一会儿，人都走完了，街上空荡荡的。江小雪呢，怎么没来？

徐晚霞大惑不解。

第十八章

· 1 ·

一松悄悄走出工棚，沿着后边的一条小路，快步往山上走。爬坡了，抬头望望，前面黑黑的，工棚离他渐渐远了。

下班后，小雪来到他的床前，将他的脏衣服搜进脸盆中。晚上后边山上，我有事找你，扔下一句话，小雪走了。

找我有事，什么事？一松没想明白，即使有事，也可以找个有亮的地方嘛，非得到这黑灯瞎火的山上？

前方有个人影，他走过去。来了？是小雪的声音。对不起，我来迟了点。让一个姑娘等一个大男人，一松有点不好意思。尽管他是不是个大男人还有待别人考究，但他自己早就认为是一个大男人了。

找我什么事？一松开了口。

没什么事。

没事？

很奇怪，非得有事才能找你？

他噎住了。也是，人家帮你洗了那么多的衣服，就不能使唤使唤你？不过，那根刺还在，它让他们家陷入绝境，他无法忘怀。

天好像更黑了，四周的山石树林已隐入黑暗之中，沉默让气氛显得压抑。一松有点后悔到这山上来了。他不喜欢这种沉默,他害怕沉默。

能给我说说,你为什么要来当这个轮换工吗?小雪看着一松。

稻草,面前唯一的一根救命稻草,一松咬了咬牙说,这话触碰到他心中的刺了。你呢,高中怎么不读了?他以攻为守。

学校乱了,我爸妈也被批斗了。小雪停了停,我姑妈是铁六处的老工人,我到她家来躲一躲,恰好遇到招工。我爸叫我先当几天工人,学校上课了再回去。

一松不动声色,心里在笑。说实话,他有点幸灾乐祸。当初揭发我们,现在是不是报应来了?他突然想大吼几声,但忍住了。她爸妈不是她,他不能把怨气撒到她身上,何况人家帮你洗了那么多衣服。真没想到,洗点衣服倒成了他的软肋?

一松偷偷看了看小雪,单薄的身子,纤细的小手,每天和他一样的辛劳,还给他洗衣服。心里的刺不禁有点软了。

一松,问你个问题,可以吗?可以,问吧。我又想学捏泥人了,你可以教我吗?没问题,完全可以。那下次你要记得带点黄泥巴来。好,我记住了。

小雪脸上升起一朵红云,她看了一松一眼:还有个问题。随便问。你得看着我。一松面对她,睁大他的小眼睛。

你喜欢过人吗?或者说,你有女朋友吗?

他一怔。直接,太直接了!这是她的性格。他没有立即回答,因为他不知道她为什么有此一问,他也不知道是该如实回答还是该欺骗她。

我有喜欢的人了,她像在自问自答。

什么?他有点吃惊了,她这话是啥子意思?今天到这里来,好像从一开始,主动权就掌握在她的手里。他说不说话,说什么话都不重要,重要的是他得听她说。

想知道我喜欢的人是谁吗?她这是要把人逼上墙角了。

不想,他回答得干干脆脆。他自认为他还有点小聪明,不会老是被人牵着鼻子走。

我知道你会这么回答,小雪轻轻摇了摇头。

他无语了。看来一切都在她的预料中,他的这点小聪明,只能是小巫见大巫。

不管你会怎么想，我还是要告诉你，我喜欢的人是你！

这是要石破天惊了，虽然他多少猜到了这个结果。他受宠若惊，也有点诚惶诚恐。江小雪根红苗正，城里房屋敞亮，本人要才有才要貌有貌，堂堂优秀高中生，大学之门早晚会向她洞开。他一个无德无能、无权无势、无钱无家，甚至上无片瓦下无立锥之地的农家子弟，他会有福消受如此厚爱？

我知道我父母害了你们，刚开始我是想来赎罪的，现在不是了，我已经喜欢你了，真的，你喜欢我吗？

逼上来了。拒绝？怕伤害她。接受？又害怕是个无言的结局，何况他们两家势同水火。他望望夜空，漆黑一片。他看看驻地，只有一盏路灯孤零零地亮着。

你逃不掉了！一双纤弱的手不容置疑地抱住了他的腰。

你会后悔的，他有点撑不住了。

永远都不会，声音细小，语气坚定。

他轻轻叹了口气，转过身。眼前的姑娘很动人，可我能接受吗？心中那根刺又戳了他一下。

我知道你还有心结，小雪仿佛洞察了他的心思。我爸妈也很后悔，他们也常常自责。老一辈人的关系要回到从前需要时间，但这绝不能成为我们之间的障碍。我也曾想忘记你，可越想忘记越忘不了。

忘不了？铭心刻骨了？好像还没有吧？他努力回想。同班没同桌，校乐队考试，杨树林里的合奏，互换书籍，自行车的铃声，哦，还有柚树林她离去时的哭喊。

女人心，似海深。他想看透吗？想。他能看透吗？不能。

他感到对方柔软的身躯贴了过来。

下次记得带点黄泥巴来，声音好甜。

·2·

这一段时间，一竹好想读书。她常常跑到学校去，结果还是没有课上，

267

只好无奈地往家里走。她得回去做饭了。自从上次做了一次后，一竹就把做饭当成了自己的基本任务。

小时候她曾偷偷看过妈妈干农活，大一点后也陪妈妈下过地。不管是挖土还是栽红苕，无论是栽秧还是挞谷子，没有一样是不累人的。现在的妈妈不是以前的妈妈了，以前的妈妈是人民教师，是干部家属，是受人尊敬的知识分子；现在的妈妈是农民，是地主分子，是拉到台上挨批斗的人。一想到这里，一竹就会偷偷地躲到被子里掉眼泪。妈妈太累了，妈妈太苦了。她很爱妈妈，她太心痛妈妈了。自己现在长大了，要帮着妈妈做点事了。上次做饭，她有点手忙脚乱，可看到妈妈吃着自己为她做的饭时，她心里可高兴了。

走进厨房，她熟练地拿起水瓢舀水淘米，没舀着，一看水缸，见底了。她看了看水桶，太大了，她提不起。她想了想，跑了出去。

到了正国家，她大喊，正国哥哥！一竹，什么事？正国出来了。我……我们家没有水了，我……我挑不动……走，我去挑。正国一溜小跑，担起水桶就往街背后的水井走。一竹跟在后面，两只小腿迈得飞快，气喘吁吁地跟着跑到井边。正国将桶放进井里，用力一甩桶绳，啪的一声，水打满了。正国两手交替着往上拉动桶绳，满满一桶水扯上来了。一竹看得直喊：好，好，正国哥哥好能干！

正国很得意，他又扯上来一桶水，串了扁担想挑起走，一竹悄声说：正国哥哥，看那边，我姐！

顺着一竹的手指，正国看见左前方的小路上，一梅正和一个男的挨得紧紧的，一边说话一边往这边走来。

一竹，快叫你姐呀！正国笑了笑。我才不叫呢，一竹嘟着嘴。为什么，她惹你了？哼，她跟一个戴红袖章的在一起，叛徒！一竹咬牙切齿。在一竹的心里，戴红袖章的没一个好东西，每次都是他们把妈妈押到台上去挂牌子的。

正国咧了咧嘴，挑了水桶就走。

一竹不想做饭了。她坐在小板凳上，发着呆。她不知道姐姐会不会把那个红袖章带到家里来，她可不愿意做了饭让这个坏家伙吃。

一梅推开门，见一竹坐在那里，一动不动，很奇怪。要在以前，自己一进门，一竹早就扑过来了。

怎么了，一竹？一梅轻声问。

一竹把脸一转，用背对着她。

生气了，谁欺负你了？一梅走到妹妹面前，告诉姐，姐帮你出气。

谁欺负我了，就是你，是你欺负我了！

我……我怎么欺负你了？一梅一脸无辜。

你还有脸说！我问你，是啥子人抓的妈妈？是啥子人把妈妈押到台子上去的？都是那些戴红袖章的人！可你倒好，偏偏和戴红袖章的在一起又说又笑！一梅，你不是我姐姐，我恨你！

一梅呆了。

高中二年级的时候，一梅就发现班上有一个男同学时不时地出现在她身边，不是来探讨习题就是来给她送点东西。时间一长，一梅就习惯了，不反感了。当每个周六他自觉或不自觉地送自己回家时，一梅就没有拒绝了。不想这次被一竹发现了，更没想到一竹的反应会这么强烈。

好一会儿，一梅才回过神来。她走到妹妹身边，想拉拉一竹的手。我讨厌你！一竹把手甩开。讨厌谁呀，一竹？徐晚霞回来了。

妈！两人脸色一缓，同时扑过去。

徐晚霞搂着两个女儿，笑了笑：都饿了吧，来，妈妈给你们做饭。

一竹看向一梅，一梅看向一竹。

徐晚霞将米舀出来，哟，谁挑的水，一梅？

她，她会挑水？她只会当叛徒！一竹大声地喊。

叛徒？徐晚霞奇怪了，说说看，她怎么是叛徒了？

她……她跟一个戴红袖章的在一起！

徐晚霞一愣，眼睛看向一梅。

·3·

知道和小雪一起调到处宣传队时，一松很激动，收拾好应带的东西，他和小雪一起去报到。

处宣传队设在材料厂，小雪的姑妈姑父也在那里上班。听小雪说，她的姑妈要被提为材料厂财务组副组长，姑父也要升为专案组的副组长了。

一松是跟着小雪走进处宣传队的。能从全处 1 万多名员工中被选进这个宣传队，他有点得意。这里可不比大队宣传队，更不用说分队宣传队了。处宣传队有 50 多人，是常设的，经常有演出任务。不像分队大队的宣传队，一共才十几二十个人，有演出任务时才抽出来排练，演出一结束，又各回各队参加劳动。

当看到宣传队办公室里坐着廖干事时，他感到一阵轻松。廖干事说，你和小雪分到器乐组。

宣传队的宿舍在一个斜坡上，和他一个房间的还有 3 个人，都是器乐组的。把床铺好，厚厚一摞歌谱放到他的床上。《沙家浜》，这不是革命样板戏吗？电影版的《沙家浜》刚看过，那天为看这个电影，全队人整体出动，上千人在大队部的坝子里等了整整 5 个小时，看完时已是凌晨 4 点多了。

怎么样，北风吹？廖干事看着一松。

没……没问题，一松抬起头。领导面前，即使有问题也不能说有问题。

好，这是你的二胡。

一松接过一看，厚重精致，比他原来用过的要好得多。一松突然想到一个问题，这京剧的伴奏，二胡勉强说得过去，但绝不适合手风琴，小雪用什么乐器？

廖干事笑了：这你就不知道了吧？小雪她弹这个，说着他扬了扬手里的另一件乐器。

月琴？小雪会吗？

当然会了！走吧，排练去！

排练厅是一个大房子，里面有好多人。一松看了看，这里以前可能是个材料仓库，墙壁刚刷了白灰，地面还算平整。十来条长凳和独凳放在一角，十几个谱架很新，显然刚买来不久。

小雪柔柔地看了一松一眼，拿起月琴开始调弦。一松有点紧张，害怕她可能会出洋相。小雪很随意，纤细的小手一边拨动琴弦，一边转动弦轴，熟练的手法让他舒了一口气。

拉京胡的是一个中年男人，一手京胡拉得有板有眼，水平远在他之上。一开口，家乡人！一松心里一阵轻松。

音乐响起来，一松一边运弓，一边倾听。笛子、扬琴、月琴、中阮、大阮、二胡、中胡、大胡……十几个人个个都是精英。他的水平，只能属于中等。

得努力呀，一定要好好学习，认真练好二胡，争取早日进入一流行列，只有这样，自己才能在宣传队里有一席之地。

小雪的月琴声在乐队里很突出。这不仅因月琴在弹拨乐中属高音乐器，还因为时不时地有几小节月琴的独奏，当然也因为小雪的技艺。一松没有想到小雪会把月琴弹得这么好。以前，他心里还多少有点遗憾，他拉二胡小雪拉手风琴，一个民乐，一个西洋乐器，二者相配多少让人感到有点不伦不类。现在好了，月琴与二胡相得益彰，有那么点琴瑟和谐的味道了。

廖干事匆匆跑出门外。外面一群人正向排练厅走来，最前面的一个人昂首挺胸，傲气十足。一松见了心直往下沉，张守成！怎么又是他！

廖干事脸上的笑很耐人寻味，他弯着腰，十分的恭顺。

一松看见张守成的目光像锥子一样扫过来，紧盯着小雪，像一匹草原上的饿狼。

·4·

妈！一梅一进门就叫了一声。

徐晚霞正在把刚打下来的麦子装进箩筐里，她抬头看了看一梅，黑红黑红的脸庞，高高的个子，明亮的大眼睛。她第一次觉得，自己的女儿已经长成大姑娘了。

妈，找我有事？一梅紧挨着母亲坐下来。

徐晚霞心头一颤。该怎么和一梅说呢？那天听到一竹哭诉，说一梅经常和一个戴红袖章的男生在一起，她就觉得应该和大女儿好好谈一谈了。徐晚霞自认为不是一个封建的家长，也不是一定要干涉女儿的个人问题。她只是觉得应该了解了解女儿的情况，尤其是恋爱情况，如果可以，她还想对女儿作一些指导。如果有合适的，徐晚霞还是希望女儿能有一个美满的婚姻，能组建一个幸福的家庭。当然了，她也想女儿能挑挑对方的人品外貌、家庭成分、经济基础、职业能力、性格脾气以及社会关系等，但自己的家庭特殊，成分太高，不是一般人能够看得上的。听到有男生喜欢一梅，徐晚霞心里其实是很高兴的，但高兴不等于不和女儿谈谈了，也不等于同意了。

徐晚霞把麦子装好，拍拍手，摸了摸一梅的头发，又黑又亮，和自己年轻时的头发一样。徐晚霞笑了笑。

听说这段时间有一个戴红袖章的男生常常送你回家？

一听母亲问起了这事，一梅脸红了，妈，同学之间的正常交往，您可不要多想。

徐晚霞没想到女儿一句话就让她无法继续了。她看住一梅：说实话，只是正常交往？

真的是正常交往，他家的成分比我们家还高。我只是感觉和他在一起很愉快，要成为男女朋友，不可能。说到这里一梅的眼睛里有一道光在闪：妈，你放心，我不想我们一家永远也抬不起头来。

那你准备怎么办？

妈，我想好了，我不会谈恋爱的，永远也不会！

徐晚霞眼睛睁大了，眼里一片湿润，嘴唇嚅动了好一会儿，一个字也没说出来。

· 5 ·

小雪终于感到宣传队的好了，尤其是在演出的时候。

脱离了繁重的体力劳动，每天晚上还有丰盛的饭菜可以敞开吃，而且还是免费的，这当然是件值得庆幸的事情。更让她高兴的是，现在她可以沉浸在爱情的憧憬里了。

她看了看自己的双手，虽然还是那么纤细，但已经有些粗糙了。小雪轻轻地叹了一口气。自己一直都是个很爱干净的人，偏偏每天的劳动要出那么多的汗，而且是在泥土石头中摸爬滚打，衣服尤其是内衣每天都得换。这还不算，自己还得替那个家伙洗衣服。明明自己都很累了，下班一动都不想动，可一想到那个家伙的衣服脏了，她就忍不住从床上爬起来。搜到那个家伙的脏衣服，闻着那熟悉的味道，把衣服洗得干干净净的，虽说很累，但心里却甜甜的。正是通过洗衣服，当然也有宣传队这些天的密切接触，他们才有了那次约会。

今天是在机械厂演出。舞台搭建得很漂亮，底幕、耳幕、大幕、灯光布置得很规范，场地很大，打扫得也很干净。天还没黑，场内已摆了不少的凳子。

机械厂的领导很热情，晚上的菜很丰盛。炒肉丝、炒肉片、炒猪肝、红烧肉，还有带鱼黄花鱼！小雪吃得肚子都快要撑不住了。宣传队的同伴和自己一样，虽然尽量想表现得矜持一些，维护一下自己的良好形象，但脸上的笑容眼中的兴奋尤其是嘴上的油渍，将大家的馋样表露得淋漓尽致。她看了看放下碗的许一松，也是一副憨吃傻吃的样子，肯定和自己一样把肚子吃得圆滚滚的。

化好妆，舞台上的灯亮了。台下前几排的一群人引起了小雪的注意。清一色的年轻人，清一色的工作服干干净净的。为了看演出，特意统一换了一样的衣服？小雪感到这些人怪怪的。真要说哪里怪，她一时又说不出来。不对，还有眼睛，这些人的眼睛好像不正常！桀骜不驯，飘浮不定，时不时还有一丝凶光闪过。

小雪回头寻找一松，她得跟他说说，让他也小心点。北风吹，小雪看到一松了，小声叫了一声。

听到小雪在叫，一松几步窜到她面前。你看看那伙人，小雪悄悄用手往那边指了指。

一群小混混，一松一眼就看出来这是一些闲得无事想找事的家伙。

得给大家说说，尽量忍着点，千万别惹他们，小雪还是担心。

演出开始，大幕徐徐拉开。主持人上台了，全场静了下来。领导的讲话不长，很有水平，整个演出也很顺利，气氛很热烈。原以为那帮家伙会捣乱，可整个演出他们只是吹吹口哨或尖叫几声，并没有什么出格的举动。

演出结束，大家收拾好东西往汽车边上走。

呀，好漂亮的妹子！有人在狂叫。

一松回过头，台下那群家伙来了。当地口音，不是铁路上的人。

啊，妹子别走，快过来，到哥哥这边来……那群人一边乱叫一边向他们冲过来，很快把他们围在中间。

男的别动，女的跟我们走！那些家伙几步窜到女生身边，像计划好了似的，每两个男人挟持一个女生就往旁边的车上拖，女生们尖叫起来。

宣传队里男的都吓坏了，站在边上呆呆地一动不动。一松急了，想冲上去。别惹事！一个声音阻止他。惹事？我哪想惹事，现在是他们在惹我！一松眼睛一转，拔腿冲过去。

拦住他的是4个男人，手握短棍，身强力壮。一松的那点三脚猫功夫，不值一提。他刚一冲上去，就挨了不少棍棒，无法靠近小雪一步。

看到一松他们在挨打，小雪急得放声尖叫，眼泪扑扑直流。两个男人拉着她的手臂直往车上拖，她奋力挣扎，无奈力气太小，眼看就要被拖到车上去了。几道强光突然照过来，一阵汽车的轰鸣随即响起，两辆吉普车急驰而至，车一停，十来个男人从车上猛地跳下来，人人手持钢枪，枪尖上的刺刀闪着蓝光。

住手！领头的男人一声大喝：把行凶的抓起来！

车上冲下来的人端着手中的钢枪呈扇形围过去，把那群家伙团团围住，黑洞洞的枪口，闪着光的刺刀，很有威慑力。

那伙小年轻傻眼了。领头的男人直冲过去，几脚将抓住小雪的人踹开，一把将小雪拉了过来。

借着车灯的那束光，一松看见了一张他最憎恨最不愿意看到的一张脸。

张守成！怎么会是他？

张守成没有理会一松的惊讶，他将小雪搂在怀里，大声地命令着：给我把这些小杂皮抓起来，关到处机关！

·6·

兆祥是在家门口被正国堵住的。

快，跟我走，正国的口气很急迫。兆祥没有多问，急步跟着正国走。

进了学儿家，原来那满屋的油香已散去许多。学儿家的油坊早就关停了，只留下孤零零的榨油槽静静地躺在那里。油槽旁边已坐了不少人，许家太爷、国医生、杠头、刘全友、烂诗人、贺啸天兄弟都在，兆祥、正国和学儿3人的老爸和几个长辈正嘀咕着什么，宗光和学儿神情不安地在屋里走来走去。看到兆祥来了，许家太爷磕了磕他的长烟杆，大家一齐转过身来。

事情有点急，临时把大家召到一起，商量商量，杠头开了头说了起来。

小街近段时间处于多事之秋，尤其是这个想捡钱邓怀义和二麻子纠集了各大队一帮专搞烂事的二流子，成立了一个什么硬邦邦战斗队，正准备兴风作浪。更为严重的是，多分自留地的风声已传到公社副书记曹二希的耳里，此人一向好大喜功，心狠手辣，他要组织人员对这次多分自留地一事彻底进行核查。如果这次队里分地的事再被查出，那就是重犯，属屡教不改，将有一系列的人走不脱。轻者被揪出来批斗，重者可能要坐牢。情况基本就是这样，大家一起来想想办法。

杠头说完，大家的心都紧张起来。

干脆开个会统一口径，大家都不承认，看他曹二希拿我们哪个办，刘全友首先发言。

可不可以把地退回队里，这样就不怕他查了。烂诗人胆子小，提出退地。

这两个办法都不可行，要叫每个人都不承认不现实，队里这么多人，总有几个胆子小的，人家一压一诈就吐了。再说退地，怎么退？地里的粮食蔬菜怎么算？还有，大家会不会愿意？上次收地大家闹一闹发发牢骚，我们不怕，这次如果收地，大家一闹立马穿帮，而且证据确凿，许家太爷敲了敲他的长烟杆。

这也不行那也不行，那哪个办？贺啸天急了。

莫急莫急，大家再想想，好好想一想，杠头嘴里说不急，其实他比谁都急。这事真要翻了，第一个挨刀的就是他。

正国爸开始叹气，兆祥爸开始跺脚，烂诗人脑壳摇得像货郎鼓。

我看这样行不行，我们也成立一个战斗队，先下手为强，冲进公社把曹二希抓起来批斗，他一倒台，谁敢来查？兆祥突然提出一个谁也想不到的办法。

众人眼睛一下瞪得圆圆的。这也太胆大了吧？抓公社的大官，这不是造反吗？小街上的人从来都是循规蹈矩的，这能行吗？屋里突然静下来，大家你看看我，我看看你。

我看行，国医生站起来，兵行险道，可能这是唯一可行的办法。

我看揪曹二希这事,是不是让想捡钱和二麻子他们去做?一来他想捡钱不是写了分地建议书吗?他不出面去抓人哪个去抓人?二来他那个硬邦邦战斗队,本来就是一群痞子,适合做这些事。再说了以后如有什么后果也与我们无关。还有,我建议这个生产队长也让他来当,反正他只是个傀儡,队里的事还不是我们大家做主,有雷他去顶还好些。

许家太爷的一番话,让大家的心里骤然亮堂。

好,这姜还是老的辣!杠头一声喝彩。

· 7 ·

铁六处保卫科的一间屋子里,张守成把两份红烧肉推到苟连天面前:你说说,昨天晚上的英雄救美,有没得效果?

当然有,你没看到那小姑娘都对你笑了,苟连天的眼睛盯着红烧肉。

张守成心里却并不那么乐观。在他看来,自己的一切行动才刚刚开始,昨晚的出手救江小雪不过是小试牛刀,也是他精心安排的一个小插曲。他也明白,江小雪不可能凭这几次接触和一次援手就会对他心生爱意。好在昨晚的安排天衣无缝无懈可击,至少江小雪不会觉得异常只会心生感激。一想起昨晚江小雪那粉红粉红的笑脸,张守成就禁不住一阵心旌荡漾。

对于昨晚的行动,苟连天心里有另一番解读。他认为这张守成也太有点迫不及待了,一连串的举动,明目张胆甚至是肆无忌惮。尤其是昨晚的行动,人家江小雪能接受吗?英雄救美,既老套又粗俗的招式,要是一穿帮,一切的一切都将化为泡影,不可挽回。

连天,你给出出主意,接下来我该哪个办?张守成完全不知道苟连天心里在想什么。

苟连天没忍住,拿起筷子将一块肉送进嘴里,又刨了一口饭。我看哪,你得快刀斩乱麻,请假回去一趟,把婚离了!

离婚?哪个离,我家婆娘会同意吗?张守成放下筷子。

你得想办法嘛。当然啰,你老婆又不是傻子,你一提离婚她就离了。苟连天又从张守成碗里挑了几块肉放进嘴里。

啥子办法？老子把脑壳都想痛了，哪里有啥子办法。张守成拍了拍脑门，一脸的愁云。这也真是难为他了。面对江小雪的如花似玉，美艳动人，他现在只能是可望而不可即。他也知道，这中间最大的障碍就是他早已结了婚有了老婆而且有了孩子。哪个解决？无解。放弃了？他哪里甘心！不放弃吧，他又毫无办法。他明白，如果他一旦提出离婚，家里将掀起滔天巨浪。他老婆是个传统的农村妇女，想要离婚她是打死也不会同意的。回家大吵大闹？那太丢人了，影响也太大，而且大吵大闹老婆也不一定会同意离婚。打她一顿，更不行，她娘家人会找上门来。当然，如果时间宽裕，慢慢磨，来个温水煮青蛙还是可以办得到的，可是人家江小雪会等你慢慢来吗？现在的好姑娘，尤其是这样的美女，周围不知道有多少饿狼环伺，说不定第二天就有人把她给夺走了。要想摘到这朵花，一定要快，就像苟连天说的那样，快刀斩乱麻。

嘿嘿，连天，我知道你点子多，给大哥想点办法要不要得？张守成将自己买的那份红烧肉全部推到苟连天面前。他完全没有发现当他提到江小雪时，有一丝光在苟连天的眼中闪过，又很快熄灭。

深藏不露，是成熟男人的标志，也是一种境界。

呀，真好吃！苟连天拈起一块肉送进嘴里，又开始吧嗒着嘴。谁也不知道苟连天心里对江小雪也是有想法的，甚至比张守成还强烈！这与人品无关，只是人性使然。

哎连天，回个话噻！见苟连天只顾吃他的红烧肉，张守成急了，快想想，有没得办法？

有，当然有。苟连天边嚼肉边抬头，目光深邃，一副胸有成竹的样子。

啥子办法？快说！张守成将一大块红烧肉拈进苟连天碗里。迷上江小雪后，他就知道这可能是一场二万五千里长征，漫漫征途上有3大难关：一是离婚，二是拆散江小雪与许一松，三是让江小雪臣服自己。这3大难关无论哪一关，都不是他能够轻易解决的，甚至是无解。

苟连天将张守成拈的红烧肉送进嘴里，用筷子指了指桌上：它们会帮你解决所有的问题。

张守成的眼睛瞪大了。桌上有两样东西：手铐，刚领的；照片，是许一松宿舍的床头照，上面那幅"四郎探母"的年画他太熟悉了。

他盯着两样东西使劲看。

第十九章

· 1 ·

记得有人说过，恋爱中的人都是傻子。一松不知道他是不是恋爱了，也不知道他是不是傻子。他只知道当小雪要他去山上见面后，心里就一直没有平静过。

这是一个小山，离宣传队驻地约一里远。山不高，也不陡峭，一条小路弯弯曲曲地通向山顶。树林茂密，花草繁盛，微风徐徐吹来，阵阵鸟鸣飘过。嗯，有点谈情说爱的氛围。

爬到半山腰，选块石头坐下来。望望山顶，看看山下，一种复杂的心绪从心底升起。

小雪对他的情意，他已经完全感受到了。就目前的状况而言，虽然她父亲和他父亲一样也被打倒了，但她母亲至少还是教师而不是地主，有工作有工资而不是农民。他的母亲呢？他长叹了一口气。他们之间不只是门不当户不对，而且差距巨大。虽不能说是天上地下，那也不是一把普通的尺子就能丈量得了的。

他得承认，是小雪的一双小手，敲开了他的心扉，让她走进了他的心里。

这段时间以来，每当一松下班回来倒在床上，小雪就会轻轻走来，将他换下来的脏衣服放进脸盆里,走向洗衣台。工程队的工作又苦又累,作为男人尚且吃不消,何况她一个姑娘?上班时跟他们一样抬石挑土夯地筑路,日晒雨淋风餐露宿,下班后她却为他洗衣服。凭什么,她哪里来的精力,她难道就不累吗?一松的心不得不一点点融化。他开始思考,她父母的恶行与她有什么关系?他憎恨她的父母,但这种恨可以使他去恨她吗?答案不言自明,原谅好像已不可避免。但他心里仍然有个结,如果母亲和一竹她们知道他和小雪好了,她们会同意吗?

他停下来,目光投向山下的小路。小路静悄悄的,没有一个人影。心急了点,来早了,他自嘲地笑了笑,眼睛向山上扫去,一个人影向他扑来。

齐耳的短发,高高的额头,明媚的大眼,俏丽的蓝色连衣裙。

他呆了。

北风吹!哦,一松!声音甜甜的,脆脆的,白里透红的脸上,满是幸福和喜悦。

人的情绪带有传染性,幸福和喜悦同样能传染人。他感到血液沸腾起来,心跳得怦怦直响。

面对扑过来的小雪,心中的犹豫和担忧已然消退,他张开双臂,满满的幸福涌入心中。

风轻轻地吹过来,几只鸟在轻轻鸣叫。

他搬来3块石头,一块让她坐,一块自己坐,还有一块摆在中间。小雪的头动了动,丝丝秀发拂过鼻尖,痒痒的。手伸出去,拢了拢。小雪抬起头,眼睛看着他轻轻吟道:空山鸟语兮,人与白云栖。

他有点蒙,怎么又来了,这是啥子意思?他喜欢《钢铁是怎样炼成的》的主人公,一直幻想保尔和冬妮娅似的约会,她怎么一来就吟诗作对,出乎他的意料,搞突然袭击。他喜欢吗?他能不喜欢吗?

潺潺清泉濯我心,潭深鱼儿戏。他轻轻回应。

小雪的眼睛开始放光,他开始心虚。

小雪拉拉他的手,深深地望着他。他如释重负,长出了一口气。

你想我吗?小雪偎过来。他乐了,这是傻瓜才会问的问题。小雪不傻,但恋爱中的小雪比傻瓜还傻。你想家吗?小雪捋了捋头发。想,尤其是在梦里。你有点逗,小雪看了看他,你这个小男人,不,准确地说,是一个小男孩。他一愣。他不知道小雪已从她妈嘴里知道了他的年龄，当时吓了一跳，比自己小4岁！小雪心里有点发虚：女大三抱金砖，这女大四，抱什么？

一松默默地看着此时的小雪。短发，瓜子脸，蓝裙子，这已成了她来见他的标配。拉过那只尚显柔嫩的小手，凉凉的。你手好冷，他脱了外衣给小雪披上，轻轻揽过她的腰肢。小雪微微扭了扭，慢慢把头靠过来。

你听，蝉在唱歌了，小雪的眼睛眯起来：蝉噪林更静。

又来了，保尔和冬妮娅彻底消失。他没有再往下接，只是看住小雪的眼睛，一个典故清晰起来。

你看什么，我像苏小妹吗？她好像真能洞察他的心底。

像，很像。苏小妹三难新郎。不过，我像新郎吗？这是第几难？

小雪没有回答，仍然沉浸在意境中。她的目光似要滴出水来。

他的手想抚过那张瓜子脸，一股火苗在心间腾起。他抿抿嘴，张开臂，小雪偎过来。

上次说的黄泥巴呢，带来了吗？她的声音轻轻的。带来了，一松将一块黄泥巴拿出来。教教我好吗？好。手电筒亮了，一松开始和泥。小雪看着一松的动作，声音更轻了：

> 把一块泥，捻一个尔，塑一个我，
> 将咱两个，一齐打破，用水调和。
> 再捻一个尔，再塑一个我。
> 我泥中有尔，尔泥中有我……

一松停下来。他记得这是元代管道升的《我侬词》，他感到有热血在胸中涌动。他边捏边教，边教边捏。

看，这是我。看，这是你。

呀，捏得真像！小雪脸红红的。来，一齐打破，用水调和。再捻一个尔，再塑一个我。

一松有点激动了，他将两个泥人打碎了，用水调和在一起，分了一块给小雪，教她捏他，然后自己捏小雪。小雪一边捏一边念：

我泥中有尔，尔泥中有我……

两个小泥人又成形了。

嗯，还是你捏得好些。小雪接过一松捏的她，用电筒照着。来，看看我捏得怎么样，小雪递过她捏的小泥人。

啊，太丑了。

不怪我，是你长得太丑了。

四周静下来，只有风在轻轻吹。

一松，你妈现在还好吗？小雪扭了扭身子。

还好，就是太苦了。

一个知识分子，一个老师，却不得不去干最苦最累的农活，还戴着一顶那样的帽子，想想我都……

我妈看起来文弱，其实很坚强，能在那样的环境中把我们姐弟妹拉扯大，很不容易了。

一松心里泛起涟漪，敞开了心扉。他的童年，他的伙伴，他的干妈，他的姐妹，他的父亲，他的母亲，当然还有母亲最喜欢的列宁服以及拆列宁服的那个夜晚，一一从他心底流淌出来。

你妈好苦啊！小雪的眼圈红了，泪水在眼眶里打转。以后我们要好好地孝敬她，我一定会对她好的，像对我妈一样。

小雪使劲地偎过来，他把她搂得紧紧的。

我好想见见你妈，小雪的声音在发抖：一松，你说，如果我穿着你妈最喜欢的列宁服站在她面前，喊她一声妈妈，她会喜欢吗？她会高兴吗？

他浑身一颤，心中最柔软的部分被戳中了。

月亮升起来了。皎洁的月光将山峦树林笼罩着，四周若明若暗，朦朦胧胧。

景色好美，这个姑娘更美。他沉醉了，沉醉得甚至怀疑这一切会不会是真的。他掐掐腿，痛，是真的。

一个声音从心底冒出来：有汽车来接小雪好几次了！下午廖干事的话又在他脑海里回荡。他能感觉到，小雪已成了张守成追逐的又一个目标。不排除廖干事是故意在他的心里种刺，但干妈吴顺秀的例子摆在那里，他担心在

281

张守成的穷追猛打之下，小雪会如何应对？能应付得了吗？他心里没底，他眼中闪着光。越珍贵的东西，越害怕失去。怎么办，直接提醒她？不，不能这么做。自己不能让一辆汽车吓趴了。应该相信小雪，他在心里大声地对自己喊。

小雪怔怔地看着身边的这个小男人。不对，是个大男人了，他的眼里有激情，有火光。那火光好灼人，像冬日雪夜后晨起的朝阳，光芒万丈。不，那火焰里好像还有别的什么东西。怎么会这样，小雪心里叹了口气。世界不应如此复杂，爱情更应简单一些。

小雪的眼里起雾了。她在呢喃，声音小小的，轻轻的。

· 2 ·

进入九月以来，人们发现现在的公社，十天有八天都在开会。今天，会议室里又坐满了人。

同志们，曹二希的声音很洪亮，震得窗户纸啪啪直响，连他自己都能感到一丝丝威严。首先宣布一件事，黄泥公社因工作需要，正式改名为红光公社。

参会人员的目光一齐望向他。

曹二希是昨天被宣布主持公社全面工作的。书记兼社长是被贬下来的县领导，最近生病告了长假，社里的工作就压在了他的头上。升了官，虽然只是一个主持工作的，又在特殊时期，但毕竟离他梦想中的位置又进了一步，高兴高兴那是应该的，可不知为什么，他怎么也高兴不起来。他甚至在想，如果自己在这个时候真正担任社长，到底是福还是祸？他不由自主地看了看自己坐的这把椅子，他怀疑说不定哪一天，他的屁股下面就会有一团火冒出来。

他收回思绪，扫了大家一眼。今天的会议，就是一个学习会。现在形势这么复杂，不学习怎么行呢？当然，学习完了我还要布置一件重要的任务，清查多分的自留地。

他又开始滔滔不绝，他得尽情发挥他口才上的优势。讲话，实际上是一种领导权威的体现。他边讲边观察，反应不错，至少比上次开会的情况好。大家好像都在听，专不专心不重要，只要不打瞌睡就是成功。

讲话只是开场白，下面是念文件。这文件很长，得让文书念。他的手轻轻抬了抬，眼睛扫向文书陈子山。这个曾经的公社书记兼社长，沦落为文书，不知他此时此刻的心情如何？

陈子山脸上很平静，他没有看曹二希，只是机械地拿起文件，开始大声地宣读。

曹二希有点失望。他原以为陈子山一定会一蹶不振的，至少也应该有点颓废吧？即使不颓废，那也应该萎靡几天吧？令他很不解的是，陈子山一直都很平静，既没有颓废，也没有萎靡，更没有一蹶不振，好像这降职降薪不是发生在他的身上一样。

这到底是反应迟钝麻木不仁，还是心理抗压能力过于强大？曹二希摇摇头，刚想抽支烟，会议室的门被砰的一声撞开，一群戴着红袖章的人冲了进来。

你……你们要干啥子？曹二希的声音很大，有点发抖。

打倒曹二希！口号比曹二希的声音响多了，几十个戴红袖章的手臂高高举起。

在头发被抓住往下按的那一瞬间，曹二希看见了一张还算熟悉的面孔：想捡钱邓怀义！这个以前就像只哈巴狗一样的东西，如今伸直了腰杆对他横眉冷对威风凛凛。

曹二希蒙了，脑子里白茫茫一片。

· 3 ·

其实，一松早就应该料到，在宣传队的日子，他注定不得安宁。

张守成隔三差五地窜到宣传队来，紧紧地靠在小雪身边，不是表扬小雪，就是恶狠狠地瞪着一松。更让人可恨的是他串通了小雪的姑妈，每次都把小雪叫到她家去吃饭，陪同她的人肯定是张守成。

一松不傻，当然知道张守成是为了什么才经常往宣传队里跑的。偷红苕的陷阱，吴顺秀的遭遇，四娃子的抗争，刘全友的被抓以及吴顺秀的惨死，这一切的一切给他的伤害和教训都刻骨铭心，他怎么能忘得了！现在的张守成又把罪恶的目光盯向了小雪，他能无动于衷吗？绝不能让这个恶魔伤害小雪的图谋再次得逞！

可是一松也知道，张守成是一个诡计多端的人，也是一个厚颜无耻的人。他稍不注意，就会给这家伙留下可乘之机。他唯一能做的，就是只要张守成一来，他就紧紧地跟在小雪的身边。当小雪姑妈来叫吃饭时，他就及时地找借口把小雪喊走。他知道他的做法有点卑鄙，但他别无他法，只要能看到张守成那恨得咬牙切齿而又无处发泄的样子，他就特别高兴，特别舒心。他并不知道他的做法有多幼稚，也不知道他的做法有多危险。他一意孤行，他无法停止。

廖干事最先发现了他们之间的异样，吃饭时他拈了一片肉给一松。

北风吹，听说你和小雪好了？廖干事脸上带着笑。

是的，我和小雪是初中同学，我很喜欢她，她也喜欢我。

张守成跟你是老乡吧？廖干事脸上的笑开始变淡。

我们是一条小街上的。

张守成也很喜欢小雪，廖干事脸上开始转冷。

他结了婚的，有老婆还有孩子！

他很快就会离婚的，廖干事严肃起来。

他比小雪大 10 多岁，和小雪爸爸差不多大了。

这也是问题吗？廖干事声音高起来。

廖干事，我感谢您一直以来对我的关照和帮助，说吧，你什么意思？

离开小雪吧，这样对你好，对小雪也好，对大家都好。

如果我不呢？

你会吃亏的，廖干事以一种奇怪的眼光看着他。

我害怕，可能吗？

廖干事一脸的苦笑。

张守成走进来，眼光直奔小雪。一松冲过去拉着小雪的手，搂住她的腰。

放开小雪！小雪的姑妈江云英突然跳出来，瞪圆了两眼。别以为你会拉点什么北风吹就可以胡作非为了，你也不拉坨稀屎照一照你是个什么东西！我已经忍了你很久了，以为你会自觉，哪知道你越来越过分！北风吹我告诉你，马上离开我们家小雪，哪里凉快呆哪里去！

一松蒙了。以前没有这么激烈，这次是怎么了，是要撕破脸吗？

这是我和小雪之间的事情，我不会离开小雪的。

你不要死皮赖脸的好不好？小雪是啥子人，你是啥子人，你不要再来害小雪了好不好？

我和小雪真心相爱，我怎么害她了？一松声音开始发抖，因为他看见宣传队的人围过来了。

本来我不想说出来伤害你，但你在逼我。北风吹，你难道还不明白，你一个地主分子的狗崽子，人前被人鄙视人后被人唾弃，升学升不了亲友不要你，你只能背井离乡来下苦力，你能给小雪带来幸福吗？你这个样子了还要和她在一起，你敢说不是在害她吗？

我……我……一松很想反驳，但却无言以对。

材料厂的人也出来了，围观的人越来越多。

张守成的一个跟班走过去，在江云英耳边低声说了几句。

江云英听了把头转过来，下巴抬得高高的：廖干事，我要向你提出抗议，让地主阶级的孝子贤孙混在其中，你不觉得很滑稽很反动吗？

廖干事的脸刷的一下黑了。他的身体在微微发抖，一双和一松一样的小眼睛看向张守成。

小雪，你看这件事怎么处理合适些？张守成的脸上带着笑。

许一松不是阶级敌人，他是一个老实人，小雪的脸通红，眼里含着泪花。

张守成走近小雪身边，在她耳边低声说道，看你的面子，今天饶过他不开除了，请记得我的好。张守成转过身放开声音：小雪说得对，我同意。但我要提醒某些人，要认清自己的身份，不然，组织的铁拳将会把你砸得粉碎！

· 4 ·

今天是革命现代京剧《沙家浜》彩排的日子。

一松早早起了床，吃了饭就往排练场走。进了大门，最前面一排摆了好几把椅子。领导要来？他暗暗嘀咕了一声，在自己的位置上坐下来。

廖干事匆匆走来，脸上洋溢着笑容。宣传队主要骨干迎上去，廖干事小声地向他们叮嘱着什么。

一松看了小雪一眼，见她拿起月琴正在试音。他回过头，廖干事已带着身边的人站在了门口。

突然，廖干事的腰弯了，掌声响起来。

门外大踏步走来一个人，昂首挺胸，旁若无人。他身后紧跟了一群人，亦步亦趋。

张守成！一松的脸瞬间黑了。他的心静不下来了，排练开始时他出了好几个差错，器乐组长回头瞪了他好几眼。好在进入智斗场段，这是他最喜欢也是最熟悉的乐段，他开始得心应手，赢得了组长赞赏的目光。

张守成坐在前排，他的注意力根本没在舞台上，眼睛滴溜溜直往器乐组瞟，不是看小雪就是看一松。一松突然有种预感，张守成要向他出手了，只是不知道他会以什么方式出手，何时出手。

排练进行得很顺利，不知不觉间，进入了尾声。一松抬起头，看见张守成向廖干事招招手，廖干事趋身过去，俩人一阵嘀咕。

台上的演员在翻跟斗了，这是全剧的高潮部分。张守成带头鼓了掌，脸上带着笑。

结束的锣鼓声响起。张守成罕见地没有在结束后讲话，只是深深地看了小雪一眼就起身离去。

一松看见小雪的姑父站在门口，身子躬得像只虾子一样。随着小雪姑父的手势，张守成又往小雪姑父家里走。不一会儿，小雪的姑妈来了，连喊带拉，想把小雪带走。小雪的眼睛看向一松。一松知道她在征求他的意见，可他已经无暇顾及她了，他发觉廖干事正向他走来，脸上的表情很复杂。

一松，廖干事开口叫他了，给……给你说个事，廖干事说话的语气异常温和，他开口没多久就开始表扬他了，说他在宣传队表现积极，二胡也拉得特别好，尤其是《北风吹》，常常将姑娘们拉得热泪盈眶。

听到廖干事在净说他的好了，一松就知道，自己在宣传队的日子结束了。他打断了廖干事的话：不要再表扬我了，说吧，我什么时候走？

廖干事一脸的尴尬，一松，我也没办法，希望你能理解。

一松点点头，放下二胡。小雪冲了过来：你不在宣传队了，我也走！一松拉住小雪的手：不要意气用事，你应该继续呆在宣传队。

不，你不在了，我在这里干啥子？你在哪里我就在哪里。

宣传队的人都看了过来。

第二十章

·1·

张守成带着苟连天是 3 天后回到小街的。走到他家门前时，已经是晚上 10 点多了。

你家就住这儿？苟连天望着眼前低矮破旧的小房子撇撇嘴。

以前住这儿，张守成的回答很有意味。他回过头，我说连天，你……你这办法行不行？

对于离不离婚，张守成想了很久也犹豫了很久。离吧，他确实觉得有点太残忍了。家里的黄脸婆虽不可爱，但绝对百依百顺，照顾他照顾孩子无可挑剔，加上一双乖巧的儿女，实在让他难以割舍。不离吧，美如天仙的江小雪他就只能永远干望着，这让他如何能够容忍？铁路不比农村，以前他的那些手法在单位上根本就无法施展，也不敢施展，他也不想因为女人去犯罪而失去他现在拥有的一切。他叹了口气，离婚是必然的了，只有成了单身汉，追求江小雪才有可能。

怎么离呢？这同样让张守成伤透了脑筋。平平静静把婚离了是他最想看到的结果，可是要让家里那个不懂道理的农村妇女不吵不闹心甘情愿地把婚离了，这可能吗？他是毫无办法的了，只有苟连天可以。为此他苦苦想了好久，也请苟连天吃了好多红烧肉。精诚所至，苟连天终于说出了一个办法。

张守成听了，跳了起来，连声高喊，太妙了太妙了！

苟连天的诡计多端或者说是聪明绝顶，让张守成很是敬佩同时又让他有点担心。张守成好几次都在想，莫到时候苟连天也会用这些法子来对付我吧？

哎，发什么愣嘛，临门一脚，犹豫了？苟连天拍了张守成一下。

哦，张守成回过神来：怎么会犹豫呢，开始。

好，那就看我的了。苟连天说着拿出手铐，咔嚓一声，锁住了张守成的双手。

张守成看了看腕上的手铐，微微愣了愣。他平复了一下心绪，走上去推了推门。门上了扛。啪啪啪，他拍了拍门扣。

谁呀？一个柔柔的声音响起。

我！张守成的心跳了一下。

嚓！火柴擦划声。灯亮了，屋里一阵窸窸窣窣的声音，又是一阵脚步声，门被打开。一个女人披散着头发，手里拿着一盏小小的煤油灯，弱弱的灯光映射着一张憔悴苍白的脸。

进去！苟连天在后面将张守成往前一推。女人脸上的惊喜瞬间变成惊恐。手铐？自己男人戴着手铐？

你叫沈天碧是吧？苟连天从皮套中拔出手枪点了点眼前的女人。

是……是的，我叫沈天碧。面对一身公安制服的人和黑洞洞的枪口，女人全身都在发抖。

你男人在铁路上犯了事，我押着他回来搜查证据，你要认真配合！

是是是，我配合。

我要先搜查房间！苟连天说着钻进屋里一阵翻箱倒柜。

好一会儿，苟连天出来拍拍手，这街上有旅社吗？

没……没有。

那怎么办？

你，你在我家将就一夜吧，张守成插了一句。

只能这样了，你给我老实点！苟连天瞪了张守成一眼。

公安同志，可不可以把我手铐打开？一会儿我怕吓坏我的孩子。

解手铐？好吧，你一路上还算老实，我就饶了你这一回，苟连天掏出钥匙。

公安同志还没吃饭，你快去煮点好吃的，张守成一边搓着手腕一边推推女人。

我……我……女人嘴角抽搐着，站着没动。

啷个了？还不快去。

家里……家里啥子都没有……

张守成这才想起自己离家时将肉米等值钱的东西全部拿去送人了。我这有点钱，拿去买点东西回来，招待一下公安同志。张守成苦笑着拿了几张票子出来。

你……你家怎么会这样？苟连天等女人出门后，极度吃惊地看着张守成。

我……我去看看孩子。张守成尴尬地笑了笑，逃也似的窜进卧室。

屋里很简陋，但很整洁，并不宽大的床上，两个小孩沉沉地睡着。一床还算干净的旧被子盖在两个小小的躯体上，一只小手从被子的破洞里钻了出来。

张守成轻轻地走到床边，想摸摸孩子的脸。手伸到中途，停住了，他竭力睁大眼，仔细地看着这两个孩子。

大女儿 5 岁了，很像自己，个性强，脾气野，像个假小子。小儿子 3 岁，像他妈，很胆小。这两个孩子将来会怎么样，会恨自己吗？

面对自己的亲骨肉，张守成心中最柔软的部分被触动了。自己煞费苦心地要抛妻弃子，是不是太没有良心太残忍了？自己这么做，到底是对还是错？张守成心里有点纠结了。他突然想抱抱孩子，尤其想抱抱小儿子，那是他张家的血脉，要为他传宗接代的。刚伸出手，女人回来了。

张守成咬咬牙，心一横，走进灶屋，和女人一起做饭。

沈天碧的心情很复杂。男人突然回来，她本来应该是很高兴的。可是，当看到男人是被公安押着戴着手铐回来时，她的心碎了。

在这个像河里涨水一样时而让人高兴时而让人惊恐的家里，沈天碧一直就是个柔顺的妻子。她没有任何追求，也没有什么梦想，只想跟着张守成平平安安地过日子。有了孩子后，她就只想孩子有衣穿有饭吃就够了，哪怕衣服旧点破点无所谓，每餐有肉无肉也可以，只要不挨饿就是幸福的了。

张守成被审查逃离家乡后，家中钱粮干干净净，原先曾衣食不愁的生活一下陷入绝境。两个孩子饿得直哭，她只好求爹爹告奶奶四处去借，借不到了就用自己的衣服去换，最后拿她出嫁时穿的新衣服换了几斤麦子。她昨天还在清理，看看箱子里还有什么可以拿去换粮食的东西。本以为男人回来了，会给家里带来转机，没想到竟然是被铐着回来的。

男人犯了什么事？他会被判刑吗？家里嘟个办？孩子嘟个办？天哪！这老天爷还让不让我们活了？

沈天碧看了看男人。从张守成进屋的那一刻起，她就发现自己的男人变了。以前的张守成，很霸气，对自己从来都是呼来喝去的，说话也是一副命令的口气，硬邦邦的。家里的家务事也是从来不沾边的。屋里连扫帚倒了都不会去扶的人，今天怎么了？声音轻轻的，语气柔柔的，还主动跑来帮着做饭。是犯了事知道错了，还是公安在这里被吓傻了？

张守成一边洗菜一边静静地看自己的女人。他在想自己该怎么开口。尽管在路上他早就把苟连天教他的回家应该怎么办，见了女人应该怎么说记得清清楚楚明明白白，可一见了面，他又不知从何说起。

你……你这次嘟个了？沈天碧终于忍不住开了口。

张守成松了口气。女人在问了，他可以说了。他尽力平复着激动的心情，用柔和的语气把早就编好了的故事向女人诉说。

他说那天他拿了家里所有的肉和米，找了不少的人，终于逃脱了审查，去铁路当了轮换工人。原以为到了铁路上，日子总算有了个盼头，没想到无意中得罪了领导，要坐牢。为了不影响孩子，也为了孩子以后在人前能抬起头来，他想趁这次回来悄悄把婚离了，悄悄地走，这样孩子就会少受点影响。

女人听了泪流满面。她的心随着男人的述说在跳动，在沉浮，时而悲伤时而痛苦，时而迷茫时而担忧。她为男人担心，她为男人感动。尤其是听到男人还带回来 300 块钱时，她更是泪如雨下。她也知道自己男人在家时就有过不少的风言风语，她也知道她男人是被迫离开家的。但他心里毕竟还是想着孩子的，还是想着这个家的。这 300 块钱在她眼里可是一笔巨款，男人挣来这些钱也是很不容易的。至于男人为什么会有这么多钱，他是如何挣来的，她不知道，她也不想知道，因为那不是她要管的事情。她只要按照男人说的去做就行了。悄悄地到公社去把婚离了，不能说男人犯事了，只能说俩人感情一直不和，财产和孩子都分割好了。她在心里反复地想着男人的嘱咐。

女人擦了擦眼泪，还算明亮的大眼睛看了看男人。男人慢慢走过来，轻轻把她搂住，在她的背上轻轻地揉摸。女人心醉了，她觉得她知足了，她有了一种幸福的感觉。

· 2 ·

一松回到分队，挥舞铁铲挑起扁担又成了常态。

他抛弃了几乎所有的业余活动，每天工地食堂宿舍，典型的三点一线。

一松，华班长走过来了，手里拿着一封信，来，帮我看看，看了帮我写几句。

我成了你的秘书了，我不干。

不干也得干，让你当秘书，是抬举你，别不识好歹。

一松很无奈，接过信。是华班长女儿写的，字歪歪斜斜的，很稚嫩：爸爸，你什么时候回来呀？好温馨的字眼，好温暖的感觉！怎么像一竹的口气？他猛然想起，已有一个月没有收到家里的来信了。为什么她们都不给我写信呢？他不明白。

又发呆了，华班长拍拍他的脑袋，快写信。

一松赶紧按照华班长的口述动起笔来。看到他喜滋滋地拿着信去贴邮票，一松拿起《红岩》。

文述在那边又开始讲故事了。大家正听得起劲，广播喇叭响了：马上到大队部开大会了！马上到大队部开大会了！大家啊了一声，都很扫兴，却也无可奈何。

大队部建在公路边的一个小山坡上。好多排大房子围成的一个大坝子里，搭了一个大台子，松木做的，很牢固。旁边插了不少红旗，周围墙上凡是有空闲的地方，都贴上了标语，台前正面挂了一条大横幅。

一松很烦闷，他一点也没有别人那种兴奋激动的感觉。说实话，他的心里是悲凉的。他可以肯定，他在这里斗别人，天竹就一定有人在斗他父亲。他甚至在想，他应该怎么去帮帮他父亲，或者帮帮这些被随意践踏的人呢？

有几个人被押过来，其中一个胖胖的中年人吸引了他的目光。这人身材不是特别高大，光光的脑袋上只有几撮头发顶着，一双和他一样的小眼睛，死死地盯着自己的脚下。虽然被推着，但他的步履很稳，一点也不慌乱。也不知为什么，一松并不讨厌这个人，隐隐地还有几分同情。和他一起过来的人都低着头，脸色苍白，满是惊恐。他却很镇定，小小的眼睛不时还向前面瞟一眼。

口号声响起来，很热烈。一松知道那个胖胖的人就是今天要重点"照顾"的大处长了，叫什么费思远，名字挺大气的，人却挺倒霉的。一松静静地看着眼前的一切。

会终于开完了，人们开始往外走。一松没有随大流，装着上厕所，他朝房子后面走。他有个念头，很想去看看那个费处长，想知道他关在哪里，看看他现在怎么样了。

大队部的房子比他们分队的多得多，每个房间不大，很多门上都钉着个小牌子，标明了这是啥子部门，屋里几乎千篇一律地摆着办公桌，桌前一把木椅子。这就是办公室了？他突发奇想，什么时候我也能在这些椅子上坐坐？想想可以，实际太遥远，根本不可能。

一种复杂的声音传过来，噼里啪啦唔唔唔的听不清让人心里发毛。一松寻声走过去。那是一个独立的小房子，门虚掩着。他没敢上前，退回两个过道，在一个土坎上坐下来。一会儿，几个彪悍的年轻人骂骂咧咧地走过去。

脚步声消失了，一松悄悄走过去。那个独立的小房门锁上了，他急忙跑到屋后面。那里有一扇窗户开着，他走近窗户。

一盏小小的灯泡在牛毛毡盖的屋顶上亮着，惨淡的灯光从 3 米高的屋顶上照下来，空旷的室内一股粪尿夹杂着血腥的恶臭直往鼻子里钻。潮湿的泥地上横躺着一个人，上身赤裸，略显肥胖的身躯蜷曲着，几根稀疏的头发散乱地耷拉在溅满血迹的光秃秃的大脑门前。

费处长！一松认出来了，这就是那个刚刚在大会上的费思远，铁六处处长。

一松所在的这个铁路局第六工程处，下辖 6 个工程大队，每个大队下辖五六个工程分队，每个分队有 300 至 500 人不等，还有机械厂、材料厂、车队、职工医院等。别看一个小小的工程处，职工总数少则八九千多则上万人，其手中的资金往往都在十几亿，属下的工人以前从工作到退休都没能见过处长一面。

可就是这个曾高高在上的大处长，现在却身处这阴暗潮湿的牛毛毡房子里。一松唏嘘不已，他的心紧缩着。从这个费处长被押上台，到群情激昂的口号声铺天盖地和激情交加，眼前的费处长渐渐幻化为他父亲的身影。

地上的费处长微微动了一下，那只已没有了皮鞋没有了袜子的光脚板在地上蹭了一下，黑黑的脚指甲刮动起一层屎尿，两片干渴的厚嘴唇张开，一条粗糙的舌头伸出来舔了舔开裂的嘴唇，硕大的脑袋费力地抬了抬，血蒙住的小眼睛挣扎了几次终于睁开了。

两对目光相遇的瞬间，一丝惊异从费处长的小眼里掠过。

也许是发现窗外人的眼睛与自己的眼睛都一样小的缘故吧，费处长的眼角突然荡出一丝笑意来。这种笑，惨然自嘲，比哭更让人心碎。

一松拿过挎在肩上的水壶，穿过窗户上的钢筋条递进去。费处长小眼睛亮了。一松晃了晃水壶，里面水的晃动声比贝多芬所有的交响曲都引人。费处长听到了这个声音，极力想站起来。他手脚并用，挣扎了好几次，除了徒增身上的屎尿外没有一点作用。他停止挣扎，喘了口气，无奈地看了一松一眼，闭上眼睛。过了好一会儿，他又挣扎着抬起头来，开裂的嘴唇张开，干燥的舌头伸出来，开始舔吃地上的尿液……

一松端水壶的手僵住了，不相信眼前的一幕是真的。揉了揉眼睛，是真的，处长在舔尿液！一松猛地收回水壶，转身四处乱窜，得想法让他喝点水！怎么才能让他喝到水呢？水管，对，小水管！他想起了旁边的工具室。跑过去，还好门没锁。他跑进去一阵翻动，找到一段工地用的塑料小管，又捡了一截小竹竿。跑回窗前，他将塑料小管的一头扔进窗内，用竹竿将小水管拨到费处长嘴边。费处长看见了，咬住小水管。一松将小水管的另一头含住用力吹气，然后将小水管插进水壶里再举高，小小塑料管里的清水开始流动……

一松看到费处长喝到水了，他的喉结在滑动，嘴里发出咕噜咕噜的喝水声。

·3·

不知不觉间，天就要亮了。门外又响起想捡钱邓怀义的大吼声，又是来喊去开会了，不知今天又是啥事？管他的，得先去公社，把自己男人吩咐的事办了再说。沈天碧默默地起了床。

心里有事，张守成一晚上没怎么睡着。见老婆起来了，他顾不上和苟连天说什么，就催着老婆一起去公社。

走进公社的院坝，张守成有点五味杂陈。里面的每个办公室，他都太熟悉了。以前到这里来，不是开会就是请示汇报工作。如今却只有一件事：离婚。他知道他该去哪个办公室，也知道该去找那个从公社社长降为办事员又刚升为文书的陈子山。

走到文书办公室，门开着。他往里一看，正好，陈子山刚刚上班，没有下乡，也没有去开会。脸上堆满笑，递上烟，寒暄了几句张守成直接说明了来意。陈子山以前就和张守成很熟，也知道他已经当了铁路工人，虽然不是正式的，只是轮换工，但也与一个普通农民有了不同。陈子山笑了笑又板起脸，很严肃地问了那个脸黄黄的又有很多皱纹的女人几个必须问的问题。

女人的回答很简短，儿女房子家产他没要，还给了300块钱呢。意思也很明确：要求离婚。陈子山叹了一口气没再多说，很快办了手续。

看着陈子山拿出公章往离婚证上盖，张守成心里并没有他原来想象的那么轻松，那么高兴。双手接过那个小本本，张守成嘴角抽搐了一下。走出办公室，他回过头，看着仍然温顺地跟在他身后的女人，嘴唇一阵嚅动，没有说出一句话来。

他疾步快走，跑回屋里，两个孩子还睡得甜甜的。张守成从儿子看到女儿，又从女儿看到儿子。他伸出手，轻轻摸了摸儿子的小脑袋，又摸了摸女儿凌乱的头发，他的眼睛湿润了。咬咬牙，他转过身：连天，再借我300块钱。

苟连天抬起头，眼里满是惊讶。

快点，拿了好走。

苟连天没再迟疑，掏出钱来。

张守成一把抓过钱塞进女人手里：对不起了，好好照顾孩子，有什么事给我写信。

路过公社坝子时，那里已有不少人了，很多都是熟人。他看了看，想打招呼，犹豫了一下，又忍住了。坝子里的人越来越多，他看见大门口人群在往两边分，几个挂着牌子的人被推到了台上。一个熟悉的身影渐渐清晰，徐晚霞！瘦削的脸颊，蜡黄的肤色，呆滞的目光。天哪！这还是那个曾让他心动过的女人吗？他长呼出一口气。

再望一眼，坝子里已是乱哄哄的了。他看到徐晚霞被推到了台上，口号声零乱地响着。那个叫想捡钱的最起劲，他一边吼叫一边挥动手里的棍子。嘭嘭嘭的声音传过来，他看见红色了，红色在飞，在流，很鲜艳，很醒目。

· 4 ·

从工地回来，一松就感觉到有些不对。没有人给他打招呼，没人和他说话，甚至没有人愿意多看他一眼。好熟悉的场景，他好像又回到了母亲被定为地主分子的那一刻。

墙上有标语，文述过来，声音小小的，眼神有点不自然。

一松意识到有事情来了，而且不是好事情。得镇定，不能慌。他慢慢地洗漱了，拿起大盅盅去打饭。

一松！华班长跟上来。他回头，华班长的眼角往食堂的墙上一挑，一条大幅标语好醒目：把地主阶级的孝子贤孙许一松揪出来！一松眼皮抖动，心里有巨石猛击。

一只手臂伸过来搂住他的肩，很有力。有人要阴你，他们谋划两天了，别慌，我会想办法的。华班长的声音低低的。

食堂里排队的人不多，见一松进来，都低下头。华班长一直搂着他，和他并排站在一起。

小雪从前面的队伍里走出来，一手夺走他的盅盅：我给你打饭。

食堂里的目光一齐向他们扫来。

小雪的步伐很快。拿着盅盅的手大幅度地甩动着。5 两饭，1 份红烧肉，1 份炒肉丝。声音很大，很坚定。再打 1 份，3 两饭，小白菜。

食堂里静下来。

给，吃了到老地方等我，小雪走到一松面前，把散发着浓浓肉香的盅盅递到他手里。宣传队我不干了，我得和你在一起。

好小子！华班长在他肩上重重地一拍。

一松！文述也过来给了他一拳。

第二天，几个戴红袖章的人，在下班的路上拦住了一松。

绳子是从头上套下来的，绕过脖子，交叉后分别在胳膊上绕了两圈，又将他的手腕紧紧捆在一起，绳子几乎嵌进肉里。随后几只手在他背后一阵翻动，绳子打了死结，往背心处狠劲一拉，动作熟练凶狠。

四周围满了下班的人群，数百道各种不同的目光看向了他。

睁大你的狗眼好好看看，这是什么！

一张照片伸到他眼前，接着又向周围的人展示。照片上，他宿舍床头上面那幅"四郎探母"的年画被照得清清楚楚。

大家看看，这是什么？这就是许一松这个地主阶级的孝子贤孙公然崇拜宣扬封资修的铁证，现在我们要把他带到学习班去！

一松扭动肩膀，想挣扎反抗。两只粗壮的手伸过来，将他反绑在背后的胳膊往上一抬。一阵剧痛袭来，像刀割一样，他不得不把腰弯成 90 度。接着两只手抓住他的头发，往上猛扯，他的头不得不向上抬起。

这是一种极其屈辱的姿势。显然，抓他的人特意要这样做。

他很恐惧，两腿发软，像面条。不，他得站着！他想喊，他想为自己争辩。一团报纸塞进他嘴里，堵住了他的声音。

人群中传来了哭声，哭声虽然不大，但他知道那里面有小雪。

他被推着往前走。

一间大房间里，灯光明亮，一个人正等着他。没等他站稳，一个极具威慑力的声音冷冷地飘来：人贵有自知之明。若卑微，则莫攀附高贵；若弱小，则莫与强权斗争。该低头时就低头，该放手时便放手，如此，才是一个明智之举。你也是一个读了初中的人，在这一大群近乎文盲的人中，你也算是一个有文化的人了，有些事，你自己得好好想想。

声音有点熟悉，一番话说得头头是道，很有水平。一松抬起头，苟连天！以前一个班的，现在铁六处的风云人物，张守成的帮凶，无数次的大会都有他的身影。自己怎么惹到了这尊凶神？上来就是这些话，什么意思？

苟连天眯起眼瞟了瞟一松，继续吼叫，这是我对你这家伙的警告，你得明白自己的斤两，你得明白自己的位置，你得明白自己所处的环境！江小雪不是你能仰望的，不自量力！苟连天的声音满是凶狠。

苟连天轻轻敲敲桌子。房门打开，几个壮汉簇拥着一个人走进来。

张守成？他也在这里？一松心里开始发慌，甚至有点惊恐。这可是他的灾星，遇到他，他从来都没有好日子过。

张守成看向一松，眼中厉光闪过，瞬间又缓和下来。他扭扭一松的胳膊，又松开。你小子运气也太背了点吧，怎么到哪里都会遇到我？张守成眼里在笑。他好高兴，一松又成了他砧板上的肉。他拿起那张照片，啪啪啪地拍着一松的脸：把这小子带去好好开导开导！好好关心关心！

一松被推进一个小屋。关上门，棍棒来了。开始时他尽力忍着。他不能喊，不想叫。可棍棒太硬，他皮肉太软。他叫出了声，大喊着，声嘶力竭。

醒来时，一松躺在地上，头昏沉沉的。口渴，特别口渴，很想喝水。四下张望，哪有水？他想舔舔嘴唇，舌头太干，舔不动。这是在哪里？大队部？小雪呢？

· 5 ·

此时的小雪已六神无主。

一松是在她的眼前被五花大绑给抓走的。那群人太凶了，太猖狂了。当时华班长也在，她曾把求助的目光扫向华班长，可华班长没动。她很害怕，也好无助，心里非常难过，眼泪忍不住往外涌。她哭泣的声音由小到大。她不能怪华班长，任何人在当时那种情况下，都不可能反抗，也不敢。除非他是那个大头目张守成。小雪心里一愣，怎么突然想起这个人来了？其实，这个人的名字她还是从她姑姑和廖干事那里听来的，同时还听到了关于这个人的许多故事，有些甚至是近乎传奇。不对，不能走神，得想法去救一松！回到工棚，她放了工具就去找华班长。

华班长此时正在队里四处跑动，也在想法子救一松。华班长很冷静，他知道首先得弄清楚一松是因为什么被抓的。他在队里四处找人问，都说不清楚，只知道来抓一松的人是处里和大队的。他头一下就大了，这下复杂了。他知道自己只是分队里一个小小的班长，无权无势，无钱无人，凭他的这点力量想去救人，根本就不可能。怎么办？怎么办？

小雪看到华班长了，也看到了华班长那沮丧的脸色。两人对视着，默默无语。

眼泪从小雪眼里涌出来。华班长心里一酸，眼睛也开始湿润。

脚步声响起，在不远处停住。苟连天？华班长眼光一闪。

你们是在想办法救一松吧？声音很平静。

什么意思，直说。华班长心里一动，仿佛明白了点什么。

别误会，我和你们曾经都是一个分队的，还在一个班上呆过，绝对没有恶意。苟连天的眼睛不时扫过小雪，咽了一下口水，脸上浮出微笑。

不要兜圈子。

好好好，我直说。要想救一松，只有一个办法，去大队部找我们处革委会副主任张守成。苟连天的眼睛又看向小雪，一松挨打了，流了很多血。

一松现在在哪里？小雪急了，她扑过去。

关在大队部。

小雪的眼泪又涌出来了。我们怎么去找张主任？我……我跟他不是很熟。

不熟，你好像忘了吧？在你姑妈家你们一起吃过好几次饭，有次演出他还救过你呢！不过，如果你真的记不得了也没有关系。我们张主任是个好人，他心眼可软了，只要你去找他，多说点好话，把有些事解释解释，一松就会没事了。

真的吗？小雪擦了擦眼泪。

是不是真的，你去了大队部，就清楚了。

小雪侧身看看华班长：我想去大队部。声音有点小，但很坚定。

小雪和华班长几乎是跑着进了大队部。

一间很大的办公室，白天也开着灯，门口有 4 个人手持铁棍站得笔直。通报后华班长被挡在门口，只让小雪一个人进去。

屋里有3条木长椅，两张办公桌拼在一起摆在窗户边，一个粗壮的中年男人挺着胸坐在木椅上。粗壮的身躯在动，木椅吱吱直响。

小雪低着头。她感到男人的目光在她全身上下扫动。她咬咬嘴唇，抬起头。

张主任，小雪的声音有点发抖。

不错，真是不错！张守成的声音像他的身材，粗粗壮壮的。

小雪蒙了。不错，什么意思？

不要紧张，到了这儿，就像到了家一样。

到了家一样？这话怎么听着让人觉得太过荒唐，这男人是不是有病？

不要急，也不要多想，我知道你为什么来找我。

小雪睁大了眼。

江小雪，19岁，高中肄业，未婚。父亲江云生，县中学校长，母亲周昌菊，教师。姑姑江云英，铁六处材料厂财务组副组长，姑父专案组副组长……

你在调查我？

张守成没有理她，只是往旁边的屋里走。小雪犹豫了一下，默默地跟过去。

旁边是间大屋，房梁上吊着一个人。张守成摆了摆手，一个大汉举起棍子一棒打在那人的胸上。

呀的一尖叫声，声音太熟悉，小雪心如刀绞。她泪流满面，奋力挣扎，直扑过去。

张守成一把拉住她，你想不想救他？张守成的声音在室内震荡。

想……小雪擦擦泪水。

回答得不干脆，我再问一次，到底想不想救许一松？

想！小雪声嘶力竭。

你准备怎么救？

我……小雪顿时无语。

你是一个好姑娘，我们这个革命队伍里，需要你这样的人。小雪，你好好想一想。哦对了，这张照片你再看看。

小雪闭上眼睛。她见过这张照片，这就是他们抓一松的理由。她不明白，一幅"四郎探母"的年画贴在床头上就有罪了？

你认为这是小事对吧？错了，大错特错！就凭这张照片，我们就可以把许一松永远钉在历史的耻辱柱上！我还有事，我叫苟连天来跟你谈。

一个小时后，小雪从屋里出来，脸色惨白，神情恍惚。

你怎么了？华班长迎上去。小雪木讷地摇摇头，一会儿又点点头。一松怎么样了，能救出来吗？华班长急了。小雪仍然呆呆的，像个傻子。

华班长转身冲进屋里，你们把小雪怎样了，她怎么会这样？

别急，华班长，小雪没事的，一松也会没事的。一会儿有个大会，会后有通知的，你们就耐心地等着吧。

通知？还会后？你们到底想干什么？华班长蒙了。

第二十一章

·1·

丈夫已经很久没有来信了，好像突然从世上消失了似的，以前每月按时汇来的钱也有好几个月没有汇来了。丈夫的情况看来比她的处境还要惨，不然他不会不写信，更不会不汇钱，他不会不明白这一大家子人就等着他的钱过日子呀。突然断了经济来源，徐晚霞手足无措，也很慌乱，她第一次感到自己已经没有任何依靠了。

她有些木讷地走到桌边，拿起那张离开天竹师范前照的全家福。照片上的丈夫很精神，也很帅气；一梅傻乎乎地张着小嘴像在说着什么；小女儿一竹把她的一双大眼睛睁得圆溜溜的，那小模样显得有点不知所措甚至有点惊恐，让人不由顿生一丝怜爱；一松张牙舞爪的，大大咧咧地叉开细小的双腿，薄薄的小嘴使劲斜着，一双小眼睛闪动着调皮的目光斜视着前方。3个儿女神情各异，惹人喜爱。自己靠在丈夫的肩头，满足而幸福地笑着。

她默默地看着照片，手轻轻抚摸着照片上的人，从丈夫摸到女儿，从女儿摸到儿子。她又回头看了看藏在床头缝隙里的那块大牌子，她的眼睛湿了。

以前的人民教师，现在的地主分子。以前在讲台上讲课，现在做着农活、挂着牌子扫大街、被揪到台上。以前是儿女的骄傲，现在是儿女的耻辱，尤其让她揪心的是儿女已因为自己而常常受人歧视，处处抬不起头来，心爱的儿子现在连升学读书的机会都因为自己的存在而变为了泡影。

她突然感到自己累了，太累了，好想安安静静地歇一歇。她看到了墙角那瓶买来杀虫的敌敌畏。她走过去，拿起那个瓶子。浓烈刺鼻的气味曾让她很不舒服，现在闻着，她感到没有那么令人讨厌了。

她的眼睛开始起雾，雾气渐渐汇成了泪水，从已有一些皱纹的眼角流下来，流过已经晒黑了有些粗糙的脸，流到她自己缝制的补疤衣服上，慢慢浸进粗糙的纤维里。

她把敌敌畏瓶子拿到眼前，盯住瓶子上的那个骷髅头，静静地看着，看着。她抬起手，轻轻拧开瓶盖，更加浓烈刺鼻的气味向她扑来。她闭上眼，举起瓶子往嘴里倒。

妈妈！妈妈！耳边好像有儿子的叫声。她回过头，屋里空空的，没有一个人，哪有儿子的身影？

她的眼里很空，眼泪像瀑布一样流着。她捂住嘴，倒在地上，肩头不停地抽搐。一些模糊的图像飘过来，她闭上眼睛。

平良县城旁的那条小河边，她拉着丈夫许井西的手跑着笑着……

她娘家那宏伟的院落里，母亲一声滚出去，将她和当时只是一个穷教书的许井西赶出了家门……

师范学校的水井边，她和丈夫笑盈盈地面对面站着，两双手分别紧紧抓着刚洗好的床单的一边，一梅一松一竹在齐声大喊：使劲！使劲！两双手一拧，床单的水哗哗往下流……

她睁开眼睛，脸上浮起一丝凄凉。她像想起了什么，缓缓从怀里摸出那封藏在贴身衣兜里的信，慢慢展开。汗水浸过的字有的已模糊不清。

……我知道，你和我一样也很爱我们这个家，也很爱我们这 3 个可爱的孩子。正因为如此，你才会在面对工作和孩子时毅然决然地放弃了工作选择了孩子。这一次你提出离婚同样也是为孩子……

……不管你是啥子成分，也不管你是富农还是地主，在我的心里，你永远都是我的妻子，都是我和我们孩子的依靠，都是我和我们孩子的最爱，我们都离不开你……

她紧紧地盯着这些字，泪眼婆娑。

屋里很安静，没有一丝声音。

慢慢地坐起来，她又拿过那张全家福，默默地看着，从丈夫看到女儿，从女儿看到儿子。儿子……她笑了，苦笑。

她放下了敌敌畏瓶子，将照片在胸前贴了贴，站起来，擦了擦泪水。

看了看缸里，没有水了。她拿起扁担，挑了水桶到小街背后的井里去挑水。井水很清澈，她站在井边，清澈的水面映出了她蜡黄的脸。水桶下去，脸碎了。

生起火，洗了锅，她准备做饭。

大门被撞开，一伙人冲进来。破四旧，大搜查！领头的人还是想捡钱。床上翻到床下，箱里搜到箱外。屋里仅有的一些衣物被翻得满地都是。怎么会没有什么东西呢？这帮人一边翻箱倒柜一边大声嚷叫。

出门时，想捡钱对一个小混混耳语了一声。小混混回过身来，提起锄头冲到厨房对着铁锅嘭的一砸，锅碎成了几块。

徐晚霞呆呆地在地上坐了好一会，才爬起来收拾被翻得乱七八糟的家。

锅没了，得去买一口。走到商店门口，正国、宗光、学儿迎面走来。

徐娘娘，别忙买锅，我们去找想捡钱。

算了吧，徐晚霞现在不想惹事。

这太过分了，我们必须要他赔锅，不然以后我们无颜面对一松！

几个年轻人几步就冲到想捡钱家门口。砰的一声，一脚踢开门，几个人冲进去。

想捡钱，你为啥子把人家锅砸了，还让不让人活了，也太欺负人了吧！

我……我……一见冲进来的这几个人，想捡钱慌了。

吵闹声很大，街坊邻居很快围了过来。

你想斗谁我们不管，你砸人家锅就不行！让街坊邻居都来评评理，你砸锅到底对不对，赶紧把人家的锅赔了！

不……不是我砸的……想捡钱极力否认。

想要赖是不是？不想赔是不是？街上人人都看到是你带的人冲到人家屋里去的，你现在又不承认了，走，把他家的锅也砸了！正国提起锄头往想捡钱的灶屋里冲。

别别别……你们不能欺负人，请大家帮帮我，想捡钱情急之下向街坊邻居求救。

众人一动不动，神情冷漠。

我赔！我赔！想捡钱服软了。他垂头丧气地去买了锅，默默地送到徐晚霞家把锅安好。

你记清楚，这是你的二娘，是你的长辈！要是你再不认人，我们也就不认人了！别以为一松走了，就可为所欲为，眼睛瞪大点，不要瞎了！

· 2 ·

一松头上罩着水泥袋被推着往前走。绳子仍然紧紧地绑着，好痛。能不能给我松一点？他小声乞求，没人理睬他。

走了一段路，爬了一个坡。好像是过了公路？还有喇叭声！拐弯了，又拐弯，开门的声音。他被往前一推，水泥袋揭开。

这是一间不大的房子。木头做的立柱，竹篱笆糊黄泥巴的墙。墙面刷了石灰，白白的。还是大队部？他被转移到另外的地方了？墙角有人。肥胖的身躯，光秃秃的脑袋。不，脑门上还有几根头发。

好像是费处长，他怎么也在这儿？

只有几根头发的脑袋抬起来，一双和他一样的小眼睛看向他，干裂的嘴唇动了动，一丝笑意浮现，苦笑。

一松也想向他笑笑，嘴唇抽动，脸部肌肉收缩了又舒张。没用，他没能笑出来。他只感到很痛，很累，很渴。终于明白上次费处长为什么那么渴，那么想喝水了。一松想睁大眼睛，眼皮很重。他想说点什么，嘴唇太干。他倒在地上，闭上眼睛。

不知道睡了多久，醒来时有人在叫他。

一松！一松！是小雪的声音，急促，担心，痛苦。

声音是从窗户传来的。他的小眼睛看向窗户，短发，瓜子脸，蓝色的衣领，大眼睛里的泪水。他的心剧烈地跳动起来，他很想说点什么，可又不知

305

道该怎么说。

小雪脸色阴晴不定，急剧变幻，嘴唇轻轻嚅动着：

> 把一块泥，捻一个尔，塑一个我，
> 将咱两个，一齐打破，用水调和。
> 再捻一个尔，再塑一个我。
> 我泥中有尔，尔泥中有我……

一个粗壮的身影在窗口闪现。看到了吧，江小雪，声音沙哑冰冷，好了，想救一松就跟我走吧，我们头儿要和你谈谈。

一松心里一抖。小雪要救我，怎么救？头儿要和小雪谈谈，谈什么？那个头儿是谁？

没人回答。小雪与那粗壮的身影同时消失在窗外。

一个盅盅端进屋子，叭的一声放在地上，里面的水洒出来。还好，水没有洒完。

一松渐渐平静了下来，他看看费处长：双手绑在背后，这水怎么喝？

费处长望了一松一眼。挪动屁股，俯下身，嘴叼起盅盅，慢慢仰头。水吸进嘴里，喉咙咕的一声响。俯下身子，费处长的嘴松开盅盅。

一松茅塞顿开，学这个不难。挪动屁股，像费处长一样俯下身子叼起盅盅，仰起头，喉咙咕的一声。他咧开嘴，笑了。盅盅叭的一声掉地上，水没了。

他们开始说话，声音很小，句句都进了心里。

费处长说一松在地上睡了两天，那个姑娘来看了他3次，一次比一次哭得厉害。

一松心里很痛，比木棒打在身上还痛。他很茫然，也很恐惧。他不知道他为什么被抓，也不知道最后的结果会如何。他没有当官，也不可能当官，抓他干什么？对于小雪的几次探望，他很欣慰，小雪轻吟的《我侬词》，更让他感动，他完全清楚她吟这词想要表达的意思。

还有一个人来看过你，费处长轻轻说道。

谁？一松心里好想知道还有谁来看过他。

高颧骨，小胡子，费处长的声音没有一点波澜。

华班长？你……你怎么不早说？

早说有用吗？费处长一脸的无辜。

一松发现费处长有点变化了，以前眼中的无助、沮丧甚至绝望，已被一种淡然甚至一种坚定所替代。

也许喝了点水，嘴里湿润了，费处长又开始说起来。渐渐地，费处长的经历清晰了。

大学毕业到了铁路上，先是助理技术员，后来技术员、施工员、副队长、股长、副科长、科长、副处长、处长，一步一个脚印。他的家在北京，爱人教书，儿子12岁，小学要毕业了。

对于目前的形势，他说他也看不清。对于以后的处境，他说他也不知道。

一松很失望。原以为有个大处长在身边，一定会比他有见识，有远见，结果和他一样，除了看不清就是不知道。不过，他说他们只有一条路，坚持。坚持，怎么坚持，要坚持多久？费处长说，他也不知道。

他突然起身走到门边，眼睛看着一松，头向窗户摆了摆。一松看过去，小雪来了。

神情木讷，泪眼婆娑。看到一松，嘴角抽动着。她想笑，但没笑出来。

一松，你还喜欢我吗？小雪的声音开始发抖。

当然喜欢！不对，她怎么突然问这个？

一丝笑容浮在她唇边，惨然的笑。

一松的心在痛，眼睛看着她。

我会救你出来的，一定会救你出来的。小雪边说边后退，眼睛直直地看着他。这种眼神太复杂，像要把他看进她的心里一样。

他浑身发凉，心在颤抖。

·3·

房门被推开，张守成钻进来，脸上阴沉沉的。

跟我走，声音又沉又闷。

这家伙今天好像不高兴，得小心点，一松慢慢从地上爬起来。伤口被牵扯，钻心的痛让他又趴下去。

我叫你跟我走！张守成大喝一声。

深深叹口气，赶紧缩紧身体，准备迎接又一顿棍棒袭来。还好，张守成手上没有棍子。这是怎么了？每天这家伙都会来问候他一趟，每次手里都会提着一根棍子。他看得很清楚，那是一根锄把，经过一番打磨修理后，很光滑。原本以为木头经过血液的浸润会变红，可这棍棒吃过他太多的血，竟然还是那个颜色，黑紫黑紫的，像张守成的脸，杀气腾腾。

我跟你走，一松的声音带着明显的屈服。人在屋檐下，不得不低头。经过好几天的棍棒教育，身上的那点锐气早已打得平平顺顺。他不是一个不知天高地厚的人，也不是一个铁脑壳，更不是费处长。他清楚地记得费处长被打得趴在地上舔尿的样子。人家大处长都被棍棒教育得服服帖帖，我一个下苦力的小工人，有什么理由与棍棒作对？棍棒太硬，皮肉太软，经不起捶打。

刚进来的时候，一松还有很多幻想，以为自己没有犯什么错误更没有什么罪行，总应该有一个可以说理的地方，说不定还会有人来救他。至少文述、华班长和小雪他们会来为他作证的。可十几天下来，文述、华班长和小雪来是来了，但他们只能来看看他，偷偷地。他们能给他的，除了同情的目光，就是流淌的泪水。

一松失望了，甚至是绝望了。

没有人能怀疑公理的存在，可他怀疑了，至少此时的他没有感到公理它在何方。在绝对的权力面前，在无法无天的时刻，何为公理？棍棒就是公理，权力即是公理。

张守成像具僵尸，脸上没有一丝表情，只是在毒打他时，眼中才闪过一丝厉色。

有人说，苦难是一种财富。在他看来，苦难就是受苦就是挨打受折磨，与财富好像不沾边。财富应该是个好东西，它可以使人幸福，让人愉悦。他正在经历苦难，可他不知道财富在哪里，他没有感到什么幸福，也没感到什么愉悦，此时他能感到的除了苦难还是苦难。

耳边仿佛有妹妹在说，哥，你要乖啊。他认为自己已经够乖的了，很乖。至少他现在已经知道什么时候不能反抗什么时候要听话了。

艰难地爬起来，走出小屋。天空灰灰的，没有阳光灿烂，也没有暖风徐徐。

张守成在前面走得很快。这是要到哪里去？又是去大会现场？不是。那个经常开大会的坝子空空荡荡的，主席台上也没有标语。往左拐弯了，又要换一个地方关我？一股药味钻进他的鼻子。他抬抬头，卫生所，到这儿来干啥子？

进来，张守成的声音变轻了。

他很听话，他必须听话。虽然他不知道为什么叫他到这里来，也不知道叫他来干什么，但他乖乖地走进了卫生所。

一个穿白大褂的人站起来，白帽子，白口罩，胶手套。

要干什么？一松退了一步。给你清洗伤口，声音很脆，不凶。是个女的，女医生，他稍稍放松了点。

一只镊子夹着棉球浸了盐水向他伸来，棉球擦过他的头，他的脸，他的手，他的肩……身上伤口太多，盐水用了两瓶，棉球洒了一地。

一声轻轻叹息：好几个地方得缝针，你忍着点。

一阵尖锐的痛袭来，他咬紧牙。没过一会儿，有针有线在他肉中抽动。很痛，不过这种痛跟棍棒比起来，还没超过多少，他没吭声。

好，很好，再忍忍。女医生的声音很柔和，好像有止痛作用。棉纱压上来，接着是绷带，胶布。

好了，注意不要沾水，可以走了。

走了，往哪里走？一松睁开眼，张守成不见了！他四处张望，哪有他的影子？几步窜出门，还是没见张守成，四周没有一个人。

你可以回三分队了，一松回过头，是女医生。白帽子下方的眼睛里流露出丝丝怜悯。可以回三分队了，是不是听错了？女医生对他点点头。

一松撒开腿就跑。没多久，熟悉的几排房子出现在他眼前。

最先冲出来的是王大勇。他揉揉眼睛，不错，的确是他。一松！一松！叫声中有惊喜，也有激动。华班长跑出来，踉跄了几步。文述脸红红的，眼睛睁得很大。

一松停在门口，目光闪动。

你这家伙，把我们可急坏了！华班长的拳头直直地捶在他的胸上。痛！他叫了出来。哦，对不起！碰到伤口了，华班长忙轻轻地摸摸他。一松没多说话，他的眼睛在四处扫动。

小雪没在，文述看着他轻轻说，她到大队部找你去了，可能还没回来。

华班长拉他进屋，你看，你的床铺干干净净一尘不染，全是小雪收拾的。

一松坐在床上，神情有点恍惚。他总觉得这次的事情有点不对，到底哪里不对，他又说不上来。

现在我们都没上班了，天天开会，王大勇一脸的兴奋。

对于王大勇，一松一直有种说不清道不明的感觉。说恨他吧，有点。他打过他母亲他妹妹。说好感吧，也有点。自从到铁路上后，他一直对他不错，甚至处处在讨好他。他是应该继续恨他呢，还是应该跟他和好呢？他无法回答。

前几天，二大队与五大队打起来了，还动了枪，华班长冒出一句，拿过酒盅喝了一口酒，他们的人都跑得差不多了。

我们队里也人心惶惶的，文述脸上没有一点笑容。

我们出去吧，有点事我想跟你们说，华班长看了看班里其他的人。

他们跟着华班长走到食堂后面。四周黑黑的，很安静。

现在形势有点乱了，我说说我的想法。我想趁这个机会回家一趟，以前一直担心，现在一松出来了，我就更想走了。华班长逐一看着他们，你们怎么考虑的，走还是留？

我……我不知道，大勇打了个哈欠，拍拍嘴。

文述看看一松，又看看华班长，嘴巴张了张，没发出声。过了好一会儿才说，我听华班长的。

你呢？华班长看向一松。此时一松脑子里一片空白，他还在小雪那复杂的眼神中挣扎。

那……那你们回去好好想想，想好了赶快告诉我，华班长叹了口气，这事谁都不要说，都小心点。

一松默默地往回走。工棚里，只有中间一盏灯亮着，他床铺周围黑黑的。他突然发现床上坐了一个人，一丝惨淡的灯光从窗外照进来，给那人镀了一层淡淡的光晕。熟悉的脸形，熟悉的短发，熟悉的身影。发现一松来了，那人快步走向另一边的大门。他追出去，人已走远。

一松的心很痛。他知道那是小雪，她在故意躲他。他不明白，不是说要救他么？如今自己出来了却不肯相见，这到底是因为什么？

一松慢慢往回走，打开灯，枕头上有一个小纸盒。打开纸盒，里面一束乌黑的秀发，中间系着一根红绳，打了一个千千结。他心一颤，什么意思？赠君一束发，心有千千结！泪水瞬间在他眼中滚动，他的手在发抖。拿起秀发，底下有一张小纸，上面有两行小字，很娟秀：洛阳亲友如相问，一片冰心在玉壶。

一松呆了，这是唐代王昌龄的《芙蓉楼送辛渐》，送别诗！看看那束秀发，又看看这两句诗，这是要和我分手吗？不，我不能让她离开我！

他冲出去，跑到女工班门口，不顾一切地拍打大门。

门开了，小雪的闺蜜小芹露出头来。她走了，张守成的汽车接走的。

眼泪出来了，一松全身一软，咚的一声坐在地上。文述、大勇跑来，把他扶回班里。

躺在床上，闭上眼睛，心里翻江倒海，一任泪水奔涌。

班里的灯全熄了，角落里有阵阵鼾声响起。

有脚步声轻轻地过来，一松擦擦眼泪。是华班长来了，坐在他床边。

我知道你睡不着，华班长抹抹他的小胡子，你心里很苦，这个我帮不了你，任何人都帮不了，只有靠你自己。坚强点，别哭了，把泪擦干净看着我。现在我要和你说另外一件事，非常重要的一件事。华班长顿了一下，放低声音：费处长这个人，你认为如何？

怎么突然说起他来了？一松擦了眼泪：对我不错，他挨了不少打，精神没垮，我敬佩他。

把他救出来，怎么样？华班长凑近他耳边，声音更小了。

救他，这行吗？一松也跟着小声了。

费处长现在有难，我看他人不坏，如果我们帮了他，今后对你对我们都会有帮助。

他心一动，姜还是老的辣，华班长想得比他们都远。

你说可以就可以，我听你的。

好，看看这个，华班长伸出手，掌心有张小纸条。"救出费处长，赶快回小街。"字体娟秀也很熟悉，熟得扎眼。他心中一痛，都要分手了，还来这套？

我不知道你们之间到底怎么了，也不知道你们谁对谁错，但这次她说的是对的。

我不会听她的！一松差点叫起来。

气话，给，来一口。一个酒盅递到一松面前。华班长猛喝了一口酒，现在睡觉，记住，明晚去救费处长！

·4·

一松闭上眼睡了一天，浑浑噩噩地爬起来，才想起华班长嘱咐的事。赶到约定的小路边，两个人站在树下。

一松，我叫了文述一起走，华班长这次没抹他的胡子，只是嘴角翘了翘。

一松向文述点点头。

这次我们是要带一个人回家，华班长的神色很严肃。

我听你的，文述的声音虽然小，但没有一丝犹豫。

一松心里有点小波澜。他不知道让文述参加好不好。但非常时期非常事情，应容纳非常方式。华班长能把文述叫来，说明文述值得信任，也说明文述愿意参与。

有人说，人与人相处几十年不一定会是朋友，认识几天却可能成为莫逆。一松与华班长和文述认识的时间没有几十年，也不是几天。华班长成了他的莫逆，文述呢？他不知道。他对自己不错，这是毋庸置疑的，但参加这样的行动，他合适吗？一松暗暗想着。

肩膀被拍了一下，一松回过神来，抬眼一望，大队部就在前方。

文述，你在这里看行李，我和一松去救人，华班长又在抹他的小胡子。

大队部的路灯不多，也不是很亮。四周很静，好像没有人巡逻。一松和华班长悄悄往那间小房子走，经过左边一间大房子时，屋里有了动静。房门一开，两个人影窜出来。一松和华班长急忙闪到墙边的阴影里。

他们来了吗？

已经来了。我去把前门的看守引开，你负责过道的人。好，出来吧！

出来？叫谁呐？一松和华班长蒙了。

是一松吧？一个人影向他们走来。

你是谁？一松有点惊恐地看着这个冒出来的人，绿军装，扎着皮带，手臂上的红袖章很显眼，年纪比他大不了多少。

两分钟后，赶快去带费处长走，年轻人说完转身就走。

一松看看华班长，华班长看看他。喃个办？听他的。一松和华班长缩回身子，蹲到墙边。

一阵风吹过来，一松缩缩脖子，脚步声响起，又渐渐消失。

可以了，华班长看了看他的旧手表。

一松窜出去。四周静悄悄的，那间他很熟悉的小房子周围一个人影也没有。他凑近门边，没有锁，轻轻推开门。

费处长，一松轻轻叫着，一个肥胖的身影从地上艰难地爬起来。

赶快跟我们走，一松的声音微微有点颤抖。

费处长迈开脚，很慢。叭！他摔在地上。华班长急步上前，将费处长往背上一挪，背起就跑。

出了大队部，见文述蹲在路边正不停地张望。快走！华班长急促地喘气。

天更黑了。他们高一脚低一脚地往前跑。扑通一声，华班长摔倒在地，费处长啊了一声。文述把包包递给一松，过去扶起费处长，背到背上。

他们没有走公路，也没有走大路，专挑山间小路走。累了就歇一歇，渴了就喝山里的溪水。费处长原本就胖，即使受了折磨瘦了不少，仍然很重。华班长和文述轮流背他，累得气喘吁吁。一松本来也想出点力，可他身子骨太嫩太小，根本背不动。

走了30来里路，他们停下来。

华班长拿过他的包包，从里面拿出几个馒头，一个军用水壶。

吃点东西吧，我给费处长处理一下。华班长拿出酒精纱布，开始清洗伤口。

一松一边啃馒头一边喂华班长，文述一边吃一边喂费处长。

华班长准备得很充分，酒精棉球纱布绷带一应俱全。酒精沾上伤口，费处长皱着眉头咬紧牙关。一松知道这种痛的滋味，那个女医生把酒精抹在他伤口上的感受太深刻。

接下来我们还要辛苦一下。华班长消毒好伤口，给费处长扎紧绷带。我们现在的目的地是源富县城，60多里路，到那里坐客车到益沾，再坐火车离开。

源富就有火车，一松轻轻说了一句。

张守成他们肯定会在附近几个县城堵我们，只有绕点路才可能躲开。文述看了看华班长：不知道我说得对不对？

说得很对，华班长拍拍一松的肩，你得多学学！他转身背起费处长。

到了源富我要打个电话，让人送点钱来，费处长突然说了一句。一松回头看了他一眼。送我的工资来，费处长补了一句。你工资有多少？一松兴趣来了。行政15级。费处长说得轻描淡写。一松蒙了，行政15级的工资是多少？

百多块钱，眼红了吧？华班长笑了笑。

第二十二章

· 1 ·

经过 5 天的长途跋涉，华班长回到河南，一松和文述带着费处长回到了小街。

原来的计划他是想让费处长住到金桂堂里去的，那里空房子多还特别安静。但费处长不同意，他认为事先没有与方丈说好，突然去住会很尴尬。一松家的房子又太窄，费处长住不下。文述说他家的房子有点宽，费处长说先住在文述家里。

安顿好了费处长，一松匆匆回家。放下包，屋子里烟雾弥漫。

哥！你回来了？一竹从灶门口抬起头，蹦了起来。

妈呢？一松四下张望。

妈和姐姐修水库去了。一竹拉住一松的手不放：我在家做饭。一竹还像小时候一样，缠着哥哥叽叽喳喳地不停地说着家里的事：爸爸那个学生陈子山已经不当文书了，现在是公社革委会第一副主任。姐姐在水库挑土筑大坝，一天挣 8 个工分。妈妈……只有 6 分，有时候 1 分都没有。一竹眼睛里有点躲闪。

一松拿出给她买的礼物，一个蝴蝶发夹，一双松紧鞋。

啊，好看，我喜欢，谢谢哥！一竹高兴地接过发夹及鞋子，又转身跑到厨房，一会往灶里添柴，一会又拿起锅铲。

一松走到灶台边，夺过锅铲，我来炒菜。

哥，你歇会吧，我现在什么都会做了，我炒的菜很好吃呢，妈妈姐姐都夸我呢！

一松抢过锅铲，再没让一竹动手。她还是个孩子，让她做饭给自己吃，他心里痛。

一松！一松！是姐姐爽朗的声音。一松转过头，姐姐一边叫一边走进屋。

姐姐瘦了，脸晒得红红的，肩上的衣服补了3个疤。一松迎上去，看见母亲拖着撮箕走在后面，沾满泥巴的手擦着汗水，一脸惊喜地把他从头看到脚。

一松的眼睛定格在母亲的手上。皮肤黑黄粗糙，手指粗大，指尖裂着不少口子。这还是那双白嫩纤细常常抚摸他的头发让他感到无比温暖无比幸福的手吗？他突然好想摸摸这双手，把它揣进怀里。他眼睛一阵湿润，赶紧转身烧了热水端到母亲面前。拿起母亲的双脚，熟悉的感觉又来了。他常常给母亲洗脚，目睹了母亲的双脚在岁月和生活的双重磨砺下的变化。当他把这双他曾熟悉得不能再熟悉的脚放进热水里时，他的眼睛起雾了。粗糙的皮肤，厚厚的茧子，脚后跟还有几个小口子。他轻轻地从母亲的脚上抚过，撩起热水，细细揉搓。母亲闭上眼捂着嘴，姐姐妹妹在一旁看得热泪盈眶。

一松回来了的消息很快传开，正国、兆祥他们没多久就冲进了一松屋里。大家你一言我一语，气氛热烈，都想把家里发生的事说给一松听。

小街现在最大的一件事就是修水库和渡槽了。在滑石寨下面修水库，是陈子山提出来的计划。经历过自然灾害的人们，懂得水的珍贵，方案一提出来就得到大家的一致拥护。各队投工投力，自带粮食，早出晚归，干得热火朝天。按照陈子山的规划，滑石水库修建的后期，还得修建2000多米长、30多米高的渡槽，这样，水库灌溉面积才能最大化。这个大渡槽的工程量，不比水库大坝小。人们议论纷纷，不少人并不赞成，认为修水库已是尽力了，再上修渡槽这个大工程谁受得了。公社革委会副主任曹二希公开说，以现在小街的经济能力，承受不了这样的大工程。陈子山把分歧汇报到县里，领导多次下来考察，最后拍板：修。文件一下来，反对的声音消失了，水库工地更热闹了。

一松，明天去工地看看？很壮观的，兆祥眼睛热辣辣的。

回来时，我看过了。一松对修水库建渡槽不反对，那渡槽也确实壮观，但母亲太辛苦而且常常被迫无工分劳动，他心里很不是滋味。

小街的夜晚还是那么静，不到8点四周早已漆黑一片。虽然不点煤油灯了，但每月一块多钱的电费仍然让小街的人感到心疼，吃了晚饭家里很少有人开灯。

默默走到四娃子家，这里更安静。屋前那棵大黄桷树仍然矗立在那里，微风吹过，树叶沙沙直响。一松看了看手里的那双大码子解放鞋，抬手想敲门，又犹豫了。他好想看看全友叔，可又怕见他。

电灯开关啪的一响，门突然开了，全友叔站在门口。

一松嘴唇嚅动着，没发出声来。他不知道该怎么称呼他了，是叫干爸还是叫全友叔？一松有点发呆，默默地把解放鞋递到他面前。

全友叔没接鞋子，只把手伸过来，摸摸他的头，他的肩，然后轻轻地拍打着他的全身。

· 2 ·

躺在家里的小床上，一松睡得很香。

天一亮，他爬起来。走进金桂堂，找到妙禅大师，寒暄几句，他开门见山，简略介绍了费处长的情况，直接说费处长想在庙里吃住一段时间，按月交生活费。妙禅大师沉默了一会儿，长吟一声，阿弥陀佛。

见妙禅大师答应了，一松非常高兴。

一松清楚，说好了妙禅大师只能算事情办成了一半，把费处长说到庙里住才算任务完成。一松不是一个喜欢吹牛的人，但在费处长面前，他变了，变成一个喜欢饶舌的人了。他不厌其烦地说起了金桂堂的雄伟以及它的神奇。炫耀家乡的庙宇算不算吹牛皮？他不知道。不过，他知道费处长是一个货真价实的棋迷。在炫耀这些雄伟与神奇时，他有意无意地说了一句，庙里方丈妙禅大师的棋艺很高。他边说边瞟了瞟，发现费处长的眼睛里有几道光在一闪一闪的。

效果不错，第二天费处长便让一松陪他走进了金桂堂。

一松无法预知费处长踏进这座大庙时的感受，但从他脸上那严肃的神态，沉稳的步伐，一松看出了他内心的震撼和敬重。

妙禅大师好像知道他们要来似的，早已站在山门前。

大师，打扰了！费处长双手合十。

哪里哪里，施主能来，实乃寒寺之大幸，妙禅大师满面笑容。

一松煞有介事地给他们作介绍。很快他发现这好像有点多余，因为他们寒暄几句后就像老朋友一样交谈起来。

河东九转便成仙，不必穷经又坐禅。妙禅大师单手直立，口中出声。

一部黄庭明世界，半壶素酒隐山川。费处长双手合十，神色庄重。

施主，酒我们这里没有，隐居倒是可以。

妙禅大师说毕，两人哈哈一笑。

坐下来，两人话语更多了。开始的一些话一松还听得懂，后来他们不断抛出偈语，一松的心便已到了竹林里了。

走进那道小门，他又仿佛回到了他的童年。地上松软的竹叶在他的脚下凹下去又弹起来，午后的斜阳从茂密的竹林中洒下，灿烂的阳光被撕成一根根光针，似透过时空照在他的身上。他想找到他曾爬过的那些竹子，脑海里不断重现曾在这里度过的那些时光。有人说过，喜欢回忆的人往往都意味着步入老年。他是不是也变老了？

回到方丈室时，满屋已是费处长那爽朗的笑声。

费处长是个很乐观的人，尽管他现在身处逆境，受过磨难，甚至差点丢了性命，但他从未悲观过，害怕过。这也是一松敬佩他、愿意交好他的原因之一。

费处长和妙禅大师之间，摆了一张棋盘。小小的方形棋盘经纬纵横，黑白两色的棋子紧贴着缠斗在一起。一松的围棋恰好是弱项，他默默地站着，看得索然无味。

凡所有相，皆是虚妄。若见诸相非相，则见如来。

大师高见，费处长将一子落于棋盘：世间之事，唯坚破之。人可以老，力可以衰，体可以残，但心却不能死，念不可灭。

想就是不想，不想就是想。

说就是不说，不说就是说。

一松听得头都大了。

· 3 ·

天黑下来，一松回到家里。

徐晚霞呆呆地坐在床上一动不动。一竹乖巧地依偎在徐晚霞的怀里，一双惊恐的大眼睛不停地向母亲的脸上瞟。一梅伏在小板凳上做作业，一盏小小的煤油灯在空旷的房间里亮着，小小的火苗被墙缝中钻进来的风吹得一闪一闪的。

怎么不开灯呢？一松小声问。

停电了，一梅抬抬头。

一松哦了一声，轻轻走进自己的小屋。怕惹母亲生气，他悄悄爬上床默不做声。

窗外的风大了一些，树叶开始哗哗作响。他裹紧被子，感到更大的风钻进了屋里，沿着墙壁在打转。没过一会，风更大了，吹过墙缝时发出阵阵啸声。他睁开眼，四周好黑，煤油灯那朵小火苗一伸一缩，忽大忽小的。该不会熄吧？一松在心里默默地念着。突然，一阵旋风袭来，油灯小火苗像被砍了头一样，离开油灯向后翻腾，卟的一声撞在墙上，四周顿时一片黑暗。

妈，我怕！一竹那稚嫩的惊叫让他心中一颤。

不怕，妈在这儿呢！乖，妈抱着你睡，徐晚霞搂紧一竹，轻轻拍着小女儿的手。

这风好怪，煤油灯也怪，一梅摸索着爬上床来，声音有点发抖。

家里要出事了，徐晚霞呢喃着，拉了拉被子，睡吧睡吧，明天就好了！母亲拍了拍一梅的头。

一松闭上眼睛，好想马上入睡。可翻来覆去的就是睡不着，在床上一会左翻一会右翻，像在烙烧饼。他发现母亲也没有睡着，几次睁开眼，都看见她坐在床头，有时还听到一声轻轻的叹息。他心里一紧：难道家里真的要出事了？

　　天刚放亮，一松姐弟妹三个便被徐晚霞拉起来，跌跌撞撞地往金桂堂跑。进了山门，徐晚霞带着他们直扑大雄宝殿，在大慈大悲的佛像面前他们被母亲按着扑通一声并排跪下，恭恭敬敬十分虔诚地向菩萨磕了3个响头。起身找到释正和尚，徐晚霞摸出小布包，翻出两角钱。释正脸色微怒，推开递来的钱，从床下拖出一个木箱，打开后在底层拿出一个签筒。徐晚霞将手在衣襟上擦了擦，双手合十作了3个揖，接过签筒一阵猛摇。签筒上下左右翻动，一根竹签跳了出来。徐晚霞捡起，签上只有47两个阿拉伯数字。释正一声阿弥陀佛，抬手轻轻点了点一松，转身就走。徐晚霞将竹签递给一松，又将他往释正身后一推。一松跟着释正来到后堂，妙禅方丈正在打坐念经，见一松进来，脸色微微一动，伸出左手。一松急步上前，双手将签递到妙禅手中。妙禅长眉一颤，释正已将一排大木柜打开，单手一抚，一张黄表纸条一弹而出，释正接住双手递到妙禅手中，妙禅将黄表纸条在掌心轻轻一按，低号一声阿弥陀佛。一松接过黄纸条，一溜小跑回到徐晚霞身边。徐晚霞迫不及待地打开，嘴里一阵低语，双手开始打颤，跟着两腿一软，跌坐地上。

　　一松大惊失色，捡过黄表纸，四行浑厚苍劲的行楷映入眼帘：

　　　　银盘西坠不为天，楼后草青孤井寒。
　　　　七月飞针心滴雪，壮士一去何须还？

·4·

　　铁六处保卫科办公室，张守成心急火燎地跑进来。

　　连天！连天！张守成的声音好大。

　　一连几天，张守成就一直处于喜怒交加之中，喜的是通过打击许一松，让那美艳得如同仙女下凡，对他一直不理不睬骄傲得像个小公主一样的江小雪终于乖乖地答应和他好了。怒的是不管他有多少阴谋诡计，如何威逼利诱，江小雪始终不愿与他上床，实在逼急了她就以死相抗。这不是要把人逼疯吗？花了这么多心思，用了这么长时间，甚至抛弃了自己的妻子儿女，得到的竟然只是一句"三年后再说结婚之事"的承诺，这不是耍人吗？

连天，我要喝酒！张守成大声喊着。

见张守成一脸的不高兴，苟连天将他安顿到椅子上坐了，从里间拿出一瓶酒和一包花生。又遇到什么事了？苟连天将酒倒进盅子里，推到张守成面前。

这次革委会调整的名单定下来了，张守成端起盅盅，猛喝了一口，对不起连天，我……我没有给你争取到。

没什么，我知道你已尽力了，苟连天的脸上一片平静。

我这当大哥的，没脸见你呀！张守成见苟连天没有过多的失望，放心不少。军代表那里，简直是油盐不进，送礼不收，好话不听，一句话，雷打不动，只有一个名额！

还有哪些进了革委会？苟连天随口问了一句。增加了费处长、陈副处长。没办法，老干部始终不会倒的。哥，不说这事了，只要你在里面就行，喝酒！连天，要不……要不这样，干脆你进革委会算了？张守成一脸歉意地端起盅子。不不不，开玩笑，进革委会非大哥莫属！这事就这么定了，不要再说了，再说我就生气了！

你……连天哪，这事……我……我总觉得……不要再说了好不好？你在革委会就等于我在了，喝酒！苟连天眼睛一瞪，好像真生气了。好好好，不说了，喝酒，今天我们不醉不休！张守成一口干了一盅。这就对了，你在比我在好，你是大哥，有魄力有远见，有勇有谋，三两下就把一个大美人弄得投怀送抱的了……

嘿嘿……你小子，眼馋了是不，要不我也给你找一个？张守成端起盅盅与苟连天碰了碰，又灌了一大口。

眼馋？等喝了你的喜酒我才会眼馋呢！说说吧，什么时候办？

唉……一言难尽哪！张守成一口又干了盅盅里的酒，脸开始红了。连天，我有好多好多的话想说，有好多好多的苦要诉，来，喝了说！哎，怎么没酒了，快快快，连天，拿酒来！

苟连天望望张守成那张通红的脸，转身进了里屋，将一台录音机的开关扭开，又拿了两瓶酒出来。

酒来了，大哥，我们继续，苟连天将张守成的盅盅倒满，老大，今天的酒管够！

嘿嘿，酒是个好东西，高兴得喝，伤心得喝，愤怒还得喝……

那你说说，哥，你今天是高兴、伤心，还是愤怒？

我……我……我愤怒！

为什么呀，谁惹你了？

小仙女！小仙女！张守成边说边不停地吃着花生米又猛喝了一盅酒。

不会吧？小雪那么漂亮，那么温柔，苟连天又给张守成倒满。

漂亮是真的，温柔？一点没有，我……我……

说呀，怎么不温柔了？说呀！

你……你小子想……想套我的话是不是？张守成吃颗花生米喝口酒，越喝越猛，一连灌了好几盅。

大哥，这你就说错了，我这是关心大哥，你只有说出来了，我才好给大哥想办法呀！

对……对对对，想办法。张守成又喝了一大口酒，他的脸越来越红，说话开始结巴了。连天哪，给你说，这个江小雪，不是一盏……省油的灯……她不让我……上手，你说气人不气人哪？

那你准备哪个办？来，再干一个，苟连天没忘提问，更没忘让张守成喝酒。

我……我硬上！张守成又喝了一大口酒，瞪大眼睛，他的脸色由红转青，由青变黑，想，想当年……在我们，老家的小街上……我看上了一个女人……好，好漂亮，她儿子……一直阻拦我……还偷看我们从粮仓里放谷子，祸害，天大的祸害！我就……张守成又喝了一口酒。

你就怎么样？

杀了他！

怎么杀的？

涨大水，我把他，按……按到水里……

后来呢，这个女人怎样了？

嗯……这个女人……只想让我帮忙……想，想骗我……我……我干脆，先奸，后……后杀！嘿嘿……不说了……不，不说了，喝……喝酒！

对对对，不说了，我们喝酒，喝酒，苟连天举起了盅盅。

· 5 ·

金桂堂里的那支签让一松心里有了阴影，他总觉得那不是一支好签，它是不是在预示他们家要发生什么事了？他越来越为父亲担心了。

徐晚霞也情绪低沉。全家开始不能入眠，整夜整夜地坐在床上，在惨淡的煤油灯下呆呆地相互对视着……

刚吃了早饭，邮递员走来，一封标着天竹师范学校革委会的公函递到母亲手上。打开只看了一眼，徐晚霞晃了一下突然往后便倒！一松他们慌了，一边急得连声大叫，一边忙着将母亲抬到床上。一松端来糖开水给母亲喝，一梅一竹呼叫着给母亲揉心口。好一阵忙乱，徐晚霞才慢慢回过气来。她苍白着脸，极其费力地睁开眼，抬了抬瘦骨嶙峋的手，指了指落在地上的公函，青紫的嘴唇嗫动了几下，没发出声。一梅一把抓起地上那张盖着公章的纸，看了脸色大变，哇的一声哭起来！

一松急忙扑过去，见上面写着：

许井西已于日前死亡，家属速来料理后事。

他眼前一黑。他突然明白，他们家最最害怕也最最担心的事情终于发生了！父亲的坚强父亲的抗争最终还是没能阻止灾难的降临！他们家的大柱倒了！他们家的天塌了！他两腿发软，一屁股瘫坐在地上。年幼的妹妹见他们一个个哭的哭倒的倒，大惊失色，也哇的一声哭叫着抱着母亲直摇晃……

夜幕降临，家里一片漆黑。停电后家中唯一的一盏煤油灯谁也不愿去点燃，全家人呆呆地坐在那里，默默地承受着这突如其来的重击，默默地承受着内心的悲痛。

"不，我们爸爸不会死！"一梅突然大叫了一声。一松猛一惊，迅即起身点亮灯，拿起公函仔细察看。上面除了叫家属去处理后事外，最让他关注的是那"死亡"二字。死亡？不是逝世不是病故不是自杀，也不是什么"自绝于党自绝于人民"，那父亲会是怎么死的？他把怀疑一说，全家人马上围在一起分析讨论，一线希望在全家人心中升起：父亲有可能没有死！他们总算轻轻松了一口气。一松和一梅便坚持要去天竹县一探究竟，母亲却坚决反对。

全家人为此纠结了好几天，父亲死没死去不去天竹已成了他们无法解开的心结。在一松和一梅的一再坚持下，也出于对丈夫的担心和思念，徐晚霞考虑再三终于同意一松和一梅去天竹一趟。她找遍了全身的口袋，翻遍了家中唯一的箱底，把仅有的 3 块 2 毛钱硬塞进一梅的手里。

走过仁贤，走过聚奎，走过七桥。开始翻山了，天也开始黑了下来。一松和一梅加快了脚步。渴了喝一口路边的山水，饿了啃几口身上的干粮，困了就倒在地上睡一小会，害怕时就亮开嗓子大吼几声。

到了天竹师范，校园里冷冷清清，只有打倒父亲的标语还在大风中摇曳。找了好几圈没人接待他们，正急得团团转，一位中年男人过来悄悄说了句：跟我走。一松咬咬牙，顾不得真假也不管有无危险，拉着姐姐跟上去。走出校门，走过街区，那人边走边给他们说学校的事，一直把他们引到了郊外的一个荒山坡，在一座微微凸起的小土堆前停住脚步：许校长埋在这里……

在他转身走开的一瞬间，一松看见了他眼里闪动着的泪花。

一松和一梅默默地伫立在小土堆前。四周很安静，天边黑云翻滚，过去的一幕幕在一松眼前闪过。一梅轻声地抽泣，泪水在她眼里滚动。

雨来了，周边的原野开始模糊。渐渐地，雨越来越大，一切的一切都淹没在雨幕之中。一松和一梅无声地伫立着，一任冰冷和凄凉向他们袭来，一任雨水把他们湿透。

· 6 ·

从天竹回来，一松和母亲、姐妹在床上躺了一天。全家人都一起沉默寡言了。父亲的死如晴天霹雳，将他们全家打入了深渊，让他们几乎失去了生机。直到第二天，一松才向母亲说起了那位带他和姐姐到父亲坟头的中年男人讲述的父亲的死亡经过。

运动开始不久，父亲就失去了自由。开始时连续的大会和冲击他还能承受，后来一个头目跳出来疯狂折磨他，再后来，就在教学楼后面的那口井里发现了他。一松问这个头目是谁，中年男人犹豫好久，才说姓杜，一个女教师。

瞬间他们都明白了这人就是杜心月。

母亲脸色铁青，一梅牙齿咬得吱吱作响，一竹直接哭着叫着：妈妈妈妈！我要杀了她！我要杀了她！

费处长赶了来，紧紧抓住一松的手摇了又摇，接着又把一松紧紧地抱在怀里。

淅淅沥沥的小雨落了下来，敲打着小街，冲洗着老旧的木板板房顶上的灰瓦，洗涤着仍然耸立着的屋脊和挑檐。

一夜过去，一松还躺在床上，瞪着双眼睛。他知道自己不应再这样痛苦与沉沦，可一时又无法挣脱出来。正愁苦间，房门一响，兆祥他们来了。

哎一松，告诉你个绝密消息，你知道那个左妹吗？兆祥一脸神经兮兮的样子。就是小学曾经和你同桌的那个，共用一本旧课本。

看着兆祥嬉皮笑脸的样子，一松瞬间明白了对方的良苦用心。他微微喘了口气，费力地眨了眨眼睛，故意做出想起来了的样子，嘴里呢喃着：穿着补了很多疤的花衣服，声音又嫩又小，一头乱发，上面有不少虱子的小女孩，现在应该是个大姑娘了吧？怎么，你个小崽儿不会是看上人家了吧？

去你个松疤脑壳！兆祥跳起来，哪是我看上人家了，是有人看上一个人了！

一松从床上爬起来，故作有兴趣的样子问：是谁？兆祥将头扬得高高的。他在故意吊一松的胃口，给他卖关子。一松很配合，着急地连声追问。兆祥说，再请他吃一次城里的炒猪肝才能说。一松笑了：你还记得那次的炒猪肝哪！

见一松终于笑了，兆祥特别开心，记得又怎么了？太好吃了嘛，这次再请请我？不过这回就不是一盘了，要尽吃，让我吃够吃到不想吃为止。

嗬，狮子大开口嘛！

他就这么贱，一直对那次炒猪肝念念不忘，正国撇了撇嘴，插上一句。

我就是喜欢那个炒猪肝，怎么了？我贱我喜欢，你吃过吗？兆祥指指正国，又指指学儿，你吃过吗？

没有，那么贵，我们吃不起。

这就对了嘛，我们小街，吃过县城馆子里炒猪肝的没几个人呢！兆祥一边说，一边吧嗒着嘴，好像嘴里又在咀嚼炒猪肝似的。

快说，是谁值那么多的炒猪肝？一松问。

嘿嘿，你得先答应才行。

可以，不就是炒猪肝嘛。

说话算数，哎，告诉你，这个看上了左妹的人就是……

你讨打！宗光扑了过来。

你看你看，不打自招！一松，不用我再说了吧？

你是皮子在发痒了！宗光恼羞成怒，追上去。

莫打莫打！再打我可就都说了哦！兆祥一边躲，一边吧嗒着嘴真的说起来。

原来宗光与左妹就住隔壁，两家的厨房只隔着一层木板板，上面偏偏还有个洞。洞不大，稍一低头就可以看到对方的灶台。宗光手不方便，干不了农活，做饭的事自然就落在了他的身上。左妹是她家唯一的女孩，做饭也就是她的分内之事。一到时间，两家的菜刀一齐响，锅铲一齐动，柴火一齐烧，天天这样，顿顿如此。她在炒什么菜呢？他在煮什么饭呢？不知什么时候，俩人都把目光投向了那个小洞。偷窥是最激动人心的时刻，尤其是偷窥遇见偷窥。两人目光相遇，那紧张，那尴尬，那新奇，那感觉，让人久久不能平静。左妹的脸自然是比宗光的脸红得厉害些，那红扑扑的圆脸庞让宗光第一次有了想多看几眼的冲动。

不知是哪一天，一个小土碗从小洞里递了过来。

宗光，尝尝我今天炒的菜，左妹用锅铲敲了敲锅边。宗光的心咚咚直跳，接过小土碗。

菜当然好吃了，但不能白吃。第二天，宗光用锅铲敲得铁锅炸响，也从小洞递过去一个小土碗。一来二去，敲锅边递土碗成了常态，也成了他们之间的期待。

地下活动，绝对的地下活动，神秘新奇，刺激幸福。

不行，我得看看这个小洞！一松拔腿就跑。

宗光家比他们家宽敞多了，堂屋、客屋、卧室和厨房都很大，灶台也比他们家宽。灶台上方的木板壁上，一个小洞有碗那么大。一松低低头，左妹家的厨房至少能看个小半。他嘴角一挑，拿起锅铲轻轻往锅边敲了敲。隔壁一阵急促的脚步声响起，一个人影来到灶台边。他歪歪嘴拿起一个小土碗从小洞口递过去，对面一只手轻轻接过。

看看我炒的菜味道如何。

那只手微微一停，好你个一松！隔壁传来一声尖叫。

·7·

有了兆祥他们的纾解，一松的心情好了不少。

这次回来一松才发觉，他是个没心没肺的人。母亲在家里真是太苦了，不光是劳动苦，心更苦。他对母亲的关心真是太少了，他只有不停地干活心里才好受一点。挑水做饭、洗衣洗碗、挖土淋菜、上山打柴，他抓住什么就做什么。

徐晚霞说他像个男子汉了，一梅说他变勤快了，一竹说哥会疼人了。

回到家里，一松被徐晚霞一把抓住，拉到一梅一竹面前。徐晚霞很严肃地说，从今天开始，你们3个的重点是复习功课，每天最少都要复习两小时。

为什么呀？一竹提出异议。

为你们好，徐晚霞将3人按到板凳上。

我们复习什么？一松问道。

先初中课程，课本你们都有，然后高中，课本共用。徐晚霞说着每人面前放了本书：费处长说了，不能荒废了学习，将来说不定有大用呢。

徐晚霞的话一松他们没弄明白，但却不能不听。他们拿起课本，按照她的安排复习起来。没过一会，一竹叫了：妈，我看不懂！

看不懂问你姐，徐晚霞走过来，用手点点一松又点点一梅：以后你们要互相帮助互相监督，尤其是一梅，要带着弟弟妹妹好好学习。

一竹听了，伸了伸舌头，做了个怪相：妈，我们……我们学这些，有用吗？

第二十三章

· 1 ·

张守成皱着眉头走回办公室，他突然有一种危机感了。

对于军代表的到来以及各大队纷纷由军代表接管，他并没有太多的担心。真正让他心惊的，是一场机构调整的风暴正悄悄向处机关袭来。这预示着很快就会有一场权力的再分配了。紧随而来的还有另一个变化，巨大的变化。那就是局里专门下了文件，要求切实保障生产的进行，军代表也多次对此进行了强调，这说明什么，他明显地感到他的位置已岌岌可危。

他心急火燎地去找陈副处长，可这家伙见费处长不但没被打倒反而受到军代表的重视，现在正一肚子火呢，对他的关注早已没了往日的热情，只是面无表情地叫他自己小心谨慎多多保重。张守成六神无主，一阵左思右想，总算明白了他现在的首要任务是必须争取留在局里，最好还是当个副主任，至少也得保留个委员，这样才能保住他起码的权力，不然真被扫地出门，那他的下场就太惨了。要想让军代表刮目相看，就得靠生产指标说话，目前自己分管着四大队、五大队和材料厂，得把这几个单位的生产搞上去，搞出成效来才行。好在全处几千轮换工刚刚转为正式工，大家的积极性正高。

他坐在椅子上挪了挪屁股，拿起电话，把苟连天叫了过来，接着安排车辆人员，赶快下各单位去巡查。再想像以前那样整天坐在办公室里打打电话作作指示是绝对不行的了，再坐下去就只能是等死了。这次如果不能保住位置，等着对他秋后算账的人双手双脚都数不过来。他揉了揉额头，点了一支烟。

老大，苟连天叫了一声走了进来。

张守成对苟连天笑了笑。对于苟连天，张守成还是很满意的。这人虽然心眼小，也贪心，和自己一样也好色，但这家伙总能在关键时刻看清形势，顾全大局，及时收敛，始终紧跟自己配合自己。金无足赤，人无完人，只要能用其所长避其所短就行了。只是当他发现苟连天常常也用那无法掩饰的贪婪目光偷看小雪时，尽管每次都是一闪而过，但还是让他如同吃了个偷油婆（蟑螂）似的，心里很不是滋味。

张守成忍住心里的不快，扔出一支烟。苟连天接过，点上火。老大，有事？跟我到下面去走一趟。又发现美女了？你小子怎么只记得女人，张守成眉头一皱。嘿嘿，老大，一切听您的。

连天，你要看清形势。这段时间，你必须收收心，认认真真地把各大队的生产抓起来。中央省市都在喊促生产，知道不？坐进车里，张守成便开始不停地提醒嘱咐。

好的，老大，我知道了，我一定改正。苟连天态度很端正。

来到三大队一分队，他们下了车。这个队负责的是一段路基和 3 个涵洞。一路看来，工人们都在正常上班，路边还插了几面红旗在迎风飘扬。问了一下进度和情况，都还不错。

到了二分队和三分队，他们负责的是一座大桥，9 个桥墩已完工 7 个，2 个桥墩正在灌注混凝土。搅拌机在隆隆地响，一个戴眼镜的中年男人正在一群工人中间大声地喊着什么。

苟连天想冲过去，张守成一把拉住。

你们……你们不能这么做！沙石水必须过磅！眼镜男声嘶力竭地在吼。

你个臭老九啰嗦什么？过磅过磅！这石头沙子有筐子撮箕在装，水有水桶在量，看一眼就晓得多少，凭什么还要过磅？

不过磅不行哪！这是大桥桥墩，配合比是关键，多了少了质量就会出问题的，我是这座桥的技术员，我负不起这个责呀！

你负不起责我们就负得起？现在队里在赶进度，规定我们今天要完成灌

注2米高，你要求我们石头沙子一筐一筐过磅，我们能完成吗？

我不管，我只管质量！

这个臭老九是茅坑里的石头又臭又硬，不管他了，大家继续！

工人们不再理会眼镜男的吼叫，用手推车接了混凝土就往桥墩上推。眼镜男急了，他冲上去阻拦。几个工人一把将他拉在一边，手推车冲了过去。

不准灌注不准灌注！眼镜男跳了起来，他冲开阻拦他的工人，跑到桥墩的挡板前，纵身一跳。工人们呆住了。眼镜男平躺在混凝土里，嘴里不停地喊，灌吧灌吧，把我灌到桥墩里好了！

张守成的肩膀抖了一下。他招招手，随行人员围过来。你们说说，应该咋个办？谁说的有理？苟连天摇摇头，其他人没吭声。张守成一咬牙，将手挥了挥，随行人员一拥而上。工人们一看这阵式，知道是领导来了，都停了下来。

同志们，战友们，大家都辛苦了！刚才的情况我也看到了，我想这样好不好，技术员的要求是对的，但每筐都过磅又耽误时间影响进度，是不是可以隔两筐或者三筐过一次磅可不可以呀？

工人们你看看我，我看看你，都不说话。

技术员同志，你认为可以吗？

眼镜男爬起来，看了看张守成那凌厉的眼神，小声说，听领导的。

好，那就这样，隔3筐过一次磅！大家辛苦了！

回到车里，张守成脸一直黑着。他突然明白，身边的人没有一个懂技术的，这可不是好事！刚才这事的处理，还不知对不对呢。

接下来的几个分队都还正常，至少工人们都在工地上尽力干活，工程进度有保证了。

老大，还巡查吗？苟连天看了看天，太阳快落山了。

通知后天开生产工作促进会！张守成伸了伸腰。

· 2 ·

一松和文述跟着费处长是前天回到铁路局的。费处长通讯员的一封电报直接让他们匆匆往车站赶。"请费处长速回单位"，短短8个字说明形势很是急迫。一下火车，费处长就直接去了处机关。

一松和文述爬车回到三分队，才知道华班长也回来了。他们一起抱着笑了一阵就去报到，队里安排他们立即上班。

工地上，一松和大勇抬石头。临近中午时，大勇将一块石头撬起来，一松将绳子放在石头下，手没收回来，石头落下来了，血冒出来，他捏住手往医务室跑。

队长见一松受了伤，说，你们班明天就要转入隧道施工了，你怎么还弄个伤出来？一松低头无语。这云南的石头太硬，稍微碰一下，不是青紫就是流血，一点没有商量的余地，他无法预测也不能左右，也无法解释。

对于隧道施工，他们班有的高兴，有的忧愁。高兴的人说，隧道里风吹不着雨淋不着，还不晒太阳，多好。忧愁的人说，明明一口活棺材，进去了那盖子不知什么时候就盖上了，还高兴？

一松无所谓。小雪的离去在他心里捅了一刀，他已不在乎什么隧道里隧道外了。都一样，愁闷，痛苦，看什么都不顺眼，就连工地上的石头也故意和他作对，稍一走神，手指被石头咬去一层皮，血就冒了出来。

医务室里，上次给他打针的那个30来岁的女医生正坐在诊断桌前，剪着手指甲。她的手指很纤细，很白嫩。她细心地剪着，精心地修理。披肩的头发，卷了好几个波浪，额头宽宽的，眼睛大大的，有点鼓。他进来，她抬起头。一松！声音还是那么甜那么好听。他突然有了一个感觉，是不是铁路上女人的声音都这样甜？

受伤的手往她面前伸过去，他坐下来。

她让他松开手，血一下冒出来。呀，流血了，怎么这样？

捏紧他的伤指，拿来盐水清洗伤口，酒精消毒，动作熟练迅捷。

不用缝针，加压包扎就行了，注意别沾水。还有，记得吃消炎药。一松心里暖暖的，觉得这女大夫真好。

回到宿舍，没一个人影，他躺在床上。轻松下来，小雪的影子飘出来，齐耳的短发，大大的眼睛，蓝色的学生裙。闭上眼睛，心潮起伏。他反复地问，为什么曾经的海誓山盟，抵不过利益的诱惑和权力的胁迫？其实答案也很简单，一个无权无势被人踩在脚下的人，你能要求别人对你忠诚么？

一松！是华班长的声音。他坐起来。手怎么样？伤得重不重？不重，医生都处理好了。又想心事了吧？华班长皱了皱眉头：我不会劝人，只会喝酒，一松，来一口。

一松望着递过来的酒盅，突然有了想喝酒的冲动。接过酒盅，抿了一口，脸红了。对于他们这种每天只能在太阳底下劳作，在风雨之中挑土的人来说，喝酒是他们的保留节目，也是他们唯一的消遣方式和乐趣。

来，再整一口。酒盅又递过来。一松接过酒盅张开嘴。好辣，他咳嗽了几声。

男人，就要学会喝酒。费处长说过，酒品看人品，不喝酒，怎么看？华班长夺过酒盅，灌了一口，咕的一声响，喉结直往下落。豪爽，一松抢过酒盅，直接往嘴里倒。太猛了，他大咳起来。不要喝了，给我留点！华班长急了，眼睛瞪得溜溜圆。

华班长，听说你是个隧道通？大勇窜了过来。

那当然！这还有假？

明天我们就要进隧道了，可我……可我听说那里面有点不安全。

什么，你听到什么了？文述紧张了。

隧道里遇到泥沙层了，他们说可能要停工……

大家愣了。

·3·

一竹这几天感到很累。回到家里，放下锄头坐在板凳上就不想再动。一连3天，她和姐姐都在挖土，手上都有血泡了。

队里有几个年轻人，见一梅一竹两姊妹一收工不是往自留地里跑，就是抱着书本在啃，很是不解，佩服赞扬的话出来了，风凉话也有了。

姐，你说怎么老是有人看不得我们复习功课呢？

一梅也听到了这些议论，也很生气。她没像一竹那样沉不住气，她是姐姐，姐姐不但要为妹妹遮风挡雨，还得为妹妹纾困解惑，更要带着妹妹一起顶住流言蜚语。母亲徐晚霞早就坚持要一梅和一竹开始复习功课了，并要一梅辅导一竹高中课程的学习。刚开始时，她们还很不理解，徐晚霞便不厌其烦给她们讲原因。显然,徐晚霞的看法是有道理的,也是有远见的。国家需要人才,不可能让大学长期荒废,推荐工农兵学员上大学可以暂时舒缓舒缓,但早晚得被高考所取代。现在,重拾课本,刻苦复习,打好基础,这样才能在机会来临时不手忙脚乱,临时抱佛脚是根本来不及的。一梅最先理解了母亲的意图,但妹妹一时还没能转过弯来。

一竹,不管别人说些什么,我们只管按照妈妈说的去做就行了。只要我们坚持下去,虽然现在苦一点累一点,以后我们肯定会受益的。一梅没有多作解释和劝说,她认为只要先带着妹妹学习起来就可以了。

好,姐,我听你的。姐姐一番话,让一竹轻松了许多,她又拿出书本。

徐晚霞正在灶屋做饭。姐妹俩的话,她听了很舒心,但也有点忐忑。现在抓紧复习,到底将来有没有用处,她心里并不清楚。这只是她一种很朦胧的感觉,觉得将来肯定会恢复高考或有一种替代高考的方式,不然国家的人才就会断代了,还有那个费处长也说不要荒废学习。不过,万一以后不恢复高考了,姐妹俩会不会很失望?会不会埋怨自己?还有她更担心的:自己的成分会不会成为她们以后的最大障碍?

她洗了刚从地里摘回来的四季豆,又将黄瓜刨了皮。两个菜够了,她往灶里添了把火,锅里的饭开始香了。

妈,我们给哥哥写封信,让他也不要忘了复习,好不好?一竹突然想起了她的哥哥。

当然可以,吃了饭你就写,徐晚霞准备炒菜了。

一竹一竹!门外王秀儿边叫边走进来。你们饭还没做好?先尝尝我的菜。王秀儿拈了一截豇豆递到一竹嘴里。好香!一竹吧嗒吧嗒嘴。那当然,我王秀儿炒的菜,没有不香的。你就吹吧,一梅也吃了王秀儿一截豇豆,不就是油放得多点嘛。那当然,今年我家的油菜打了百多斤菜子,炒菜多放点油,应该的,来,再吃点。

徐晚霞看到王秀儿不停地给一梅一竹喂豇豆,她开心地笑了。

王秀儿是个非常难得的好人,对徐晚霞和一梅一竹都很照顾,徐晚霞一直记着她的好。今天她来家里,肯定是听到一梅姐妹俩复习功课的事,来探听消息来了。果然,豇豆还没吃完,王秀儿就问起了复习功课的事。徐晚霞一点也不隐瞒,一边炒菜一边实话实说。

这么说来，你们这么辛苦复习，只是估计以后可能会有考试？王秀儿有点明白了，也有点糊涂了。在她看来，徐晚霞的估计太超前了，一点影子都没有的事，徐晚霞竟然会让她的两个女儿整天整天地复习功课，这不是折磨人吗？

那……我家兆祥是复习好呢，还是不复习好？王秀儿有点拿不定主意了。

应该是复习好，徐晚霞劝王秀儿，有准备肯定比没有准备要好。

你们一松也在复习？

我们已经要给他写信了，徐晚霞把菜端过来，秀儿，尝尝我们的菜。

王秀儿拈了根四季豆，吃了口饭，急了：不行，我得回去跟兆祥说说，叫他也复习起来。还有，我要去扯点布给我家兆祥做件新衣服。

对对对，我们王秀儿现在口袋里有几个银子在跳了，一梅笑着撇撇嘴。

那是，自留地多了点，还有了自留田，我现在也是有钱人了。王秀儿很有点得意。

· 4 ·

生产工作促进会在五大队召开。来自四、五两个大队和材料厂的近50名干部把会议室挤得满满的。

张守成坐在主席台上，心里十五个吊桶打水，七上八下的。一个山里来的只有初小文化的农民，虽然当过几天民兵连长和生产大队长，也当过几天铁路工人拿过镐头铁铲，但对铁路建设施工的技术和管理完全是一窍不通。他只是在这次处里召开促生产的大会上，听各大队负责人汇报生产进度时才知道还有路基涵洞桥梁桥墩隧道什么的。当时他的脑子就炸了，这都是些什么呀？他强行让自己镇定下来，会上一言不发，会后他找来技术人员对自己进行了一番恶补。他提醒自己，以后千万千万要小心谨慎，至少要做到在以后的会议上和工作中尽量不要乱作什么指示，否则开了黄腔让人补都无法补救，只能让人贻笑大方。

费处长的突然回归，直接打乱了张守成的计划，气得张守成差点当场吐出一口血来。没有办法，他只能韬光养晦，全力抓好生产，以求保住自己在局机关岌岌可危的位置。

今天的会议，就是要制定并落实促生产的具体措施。如何开好这次会议，他是外行，没有任何经验，他只能完全照搬处里会议的开法。他时时提醒自己，一定要少说话，要先让各队汇报生产进度和情况。对于干部们提出来的问题和困难，他不能直接回答，要先问各队有什么办法和建议。对分队提出来的问题，最好让大队负责人回答；大队提出来的问题，他应该回答研究后再定。

他安排了 3 个记录员，都是大学毕业的文化人。他要求他们不光是要做好会议记录，会后还要进行整理，要将生产进度和任务完成情况搞个表出来，各种问题和解决办法要让人一眼就能看得清清楚楚明明白白。

这次的会议与处里的大会不同。处里开会只有大队以上的干部参加，而这次会议扩大到了分队干部。人的素质不同，会上发言的水平就大不一样。

参加处里的大会，张守成是如坐针毡。主持今天的这个会议，他竟有点如鱼得水。他仿佛有了回到小街上当民兵连长时的那种感觉。

会上，他很认真地听。眉头一跳，他听到两个新词了：控制性工程、关键性工程。他抬起头来，凌厉的目光扫向正在发言者。

这个人他太熟悉了，四大队三分队的李队长。一参加工作，他就在李队长的手下挥舞镐头，日晒雨淋。

李队长正在说他们队负责的隧道施工。不对嘛，自己在队里时大家不是在挖路基吗？难道路基已经完成了，又转到挖隧道了？遇到了泥沙层？这是啥子东西？搞不懂！要改变施工方式？增加防护设施？这些你们自己搞了就是，还用得着讨论吗？搞不好得停工？你敢！

张守成拍了桌子，站了起来。有问题可以解决问题嘛，停什么工？我们工人阶级，要下定决心，不怕牺牲，排除万难，去争取胜利！

张守成的话说得铿锵有力，很有威慑力。

李队长脸上变了色，他低声说道，可不可以请专家到现场去看看？

看什么看，现在还要迷信什么专家吗？我们要紧紧依靠工人阶级！对了，你们队就有一个老工人，叫什么？……对了，叫华班长，那可是一个隧道通！有问题你们可以和他商量解决嘛，一定要争取早日将隧道贯通，到时候，我给你们请功，给你们戴大红花！

·5·

徐晚霞提起了笔，她有一种陌生感。写第一个字的时候，她感到很有些迟钝。接下来一些字的笔画，她甚至还要好好地想一想才写得出来。

笔是小女儿的笔，纸是小女儿的作业本。

抬头的一行字是：尊敬的各位领导，我叫徐晚霞，家住平良县黄泥巴小街，现年43岁，成分是……

写到这里她停住了。她不知道此时应该写地主还是写职员。地主是她现在的成分，职员是她以前的成分。现在的成分她不承认，以前的成分公社和队里不承认。她放下笔，抬头望望窗外的田野，眼神很迷茫。

从上次小女儿一竹问她复习功课有用不的那天起，她就意识到一个问题：自己的成分会不会成为一把悬在儿女们头上的达摩克利斯之剑，随时都可能会劈下来？她私下曾问过王秀儿，可不可以去县里申诉申诉，看能不能把这个地主分子的帽子给摘了？王秀儿说这个事非大非小的，她哪里清楚？她说你以前也申诉过，这次是不是去问问陈子山？

徐晚霞没有回答。她想了很多。

前天傍晚时分，太阳刚下山，徐晚霞从地里回来。走到小河边，陈子山过来了。

徐老师！陈子山轻轻地叫她。徐晚霞放下锄头。

本来应该叫你师娘的，可我还是叫你徐老师，希望你能理解。

徐晚霞嘴角抽动了一下：叫什么都可以，习惯了，最好直接叫我的名字。

王秀儿昨天找到我，问可不可以为你的成分问题去申诉。

徐晚霞的眼睛睁大了：现在这个时候，可以吗？徐晚霞心里一直在犹豫，怕一旦申诉会给家里带来不良影响甚至是厄运。

当然可以，申诉是公民的一项基本权利。

申诉有用吗？徐晚霞打破沉默。

可能有用，也可能没用。但如果不申诉，那就永远是一点用也没有了。

陈子山的意思，显然对徐晚霞想申诉自己的成分问题是持支持态度的，而且他愿意尽力提供帮助。

回到家里，徐晚霞左思右想，决定还是继续申诉。方法仍然是写信寄到各级政府党委的相关部门，申诉自己不应该是地主成分。能成功吗？不知道。需要这样做吗？当然需要。这不只是为了自己，更是为了孩子。

徐晚霞静下心来，字写得顺畅了不少。这一封信总算写完，正要检查一遍，一竹回来了。

妈！一竹的声音还是脆脆的。放下锄头，她看见桌子上的几张纸和旁边的笔。你在给哥哥写信吗？一竹扑过来，拿起纸。没看几行，一竹的手就开始颤抖。妈，这封信写得好，早该写了！一竹仔细地看，又拉着徐晚霞，小声地读了一遍。

妈，我看就这样了，我去买信封，马上寄出去。

一竹出门的时候，想捡钱正走进曹二希的屋里。

曹书记曹书记！想捡钱连声地叫着。

曹二希正在喝酒。他抬起头，瞄了想捡钱一眼，将一颗花生米扔进嘴里：啥子事，你妈死了？

想捡钱脸红了：报……报告书记，我……我……

曹二希抿了一口酒：又想当队长了？舌头伸直点！

我……我看见徐晚霞了！

这很稀奇吗，小街上哪个没见过徐晚霞？你个二球货，滚！

曹书记曹书记，莫生气莫生气，以前是我不好，不懂事冒犯了您，您大人大量，饶了我吧！我向您认错，向您赔罪！对不起对不起，以后我一定听您的话，都听您的，都听您的！

曹二希撇了撇嘴：你有事汇报？

有有有！我……我看见陈子山和徐晚霞了！想捡钱吞了一口口水，接着又说：我看见他们俩在河边……

曹二希的眼睛亮了：啊，河边？这样的事，应该让小街上的人都知道才好嘛！

都知道，啷个都知道？

曹二希暗骂一声：真是头猪！他招招手，想捡钱赶紧上前。

曹二希的话说得很小声。

·6·

四大队三分队早点名时传达了上级指示，必须继续施工，因遇到泥沙层而停工的隧道里又喧嚣起来。

走近洞口，一阵凉意迎面扑来，岩壁上的几盏低压灯射出惨淡的光。

隧道里一片繁忙。三班的工人正在几块铁板上搅拌混凝土，嚓嚓嚓的铁铲翻动声有节奏地响着。一松喜欢听这个声音，像在打节拍，又像在演奏打击乐，有点让人心潮澎湃。岩顶支撑模板的弧形拱架静静地矗立着，几个工人举着模板正往拱架里拼装。左边的人往柳条筐里装沙子，右边的正在装碎石，还有人在认真地过磅。自从那个顽固派工程师躺在混凝土里，拼着老命要求严格按配合比过磅沙石的事件传开后，队里施工再也不敢马虎了。

华班长，明天记得把酒拿来我们好好喝一瓶，庆祝你又进洞了，三班长和华班长一见面说的都是酒。

你这个家伙，天天就惦记我的酒，想占便宜没门，明天你得出肉，红烧肉，最少3份！

3份就3份，我怕你个鬼！

不怕就好！华班长笑了笑，抹了抹嘴上那撮翘起来的小胡子。

离作业面还有5米远，华班长挥挥手让大家停下来。他拿出队里发的三节手电筒。工人们瞪大眼睛，一脸的羡慕。这三节手电筒太好了，光柱又强又亮，他们做梦都想有一把。可它太贵了点，耗电又多，他们只能咽口水。华班长几下将后盖拧紧，一束雪亮的光柱直射岩顶。

爆破后的岩壁犬牙交错，恐怖狰狞。一些岩石好像有眼睛，恶狠狠地盯着他们。犬牙交错的岩壁旁边，有几处平滑的洞顶。华班长神色严肃，他说这就是泥沙层，犬牙交错的岩壁其实并不可怕，平滑的泥沙层才是最危险的地方，必须千万小心。他不时地举着长钢钎，击打撬动一些特别凸出的石块，也凿凿平滑的洞顶。这是他的老习惯了，虽然上一班的工人放炮后也做了排危，但华班长每次接班，总是率先第一个走进现场仔细检查，确认安全后才让他们进场。

今天是他们班转入隧道施工的第 7 天，挂在他嘴边最多的还是安全。他说他已经打过十几个洞子了，对洞顶上的石头很熟悉了。在他眼里，经过爆破后的洞顶，就像一把把锋利的大刀悬在哪里，稍不注意这些刀就会掉下来。十几年来，别的班都死过人，他带的班虽然也有受伤的，但从来没有减过员。队里的那帮老工人谈起这点，个个都竖起大拇指，对他很是敬佩。

刚进洞子时，大家真是有点战战兢兢的。听了华班长不停的讲解，又见他身先士卒，为他们排除危险，他们的脸色才多少缓和下来。

华班长向他们挥挥手，这是安全的手势。他们大起胆子上前，架起风钻，一拧开关，4 台风钻嘚嘚嘚地响了起来。

一松讨厌这个声音。这声音太过巨大，震耳欲聋。伴随这个声音而来的还有剧烈的抖动，让人身不由己，随之一起发抖。每次打完风钻下班，好几个小时他仍然感到手臂甚至全身都还在抖动。更令人恐惧的是那随着高压气流喷射而出的粉尘，那可是要让人得病进而可能会要他们命的东西。虽然按照要求他们都戴了口罩，但他总感到粉尘这东西有点防不胜防，哪怕用 3 个口罩，恐怕也未必能阻止它们进入他们的肺里。

他有点惊恐地看着他身边的人在粉尘中开始变化。安全帽的黄色慢慢变白，工作服的蓝色开始变淡，水靴的黑色渐渐变浅。没过多久，他们已集体变为一个个白人。

他好想照照镜子，看看现在到底成了什么样子。可是隧道里没有镜子这个稀罕东西，就连宿舍里也根本没有。他叹了口气，突然发觉哪里需要什么镜子，一个个和他一样的人正立在他的面前：厚厚的粉尘包裹全身，整个就一个白人，一座雕像，只有眼睛的转动才能看得出他们是个活物。

华班长走过来，一些白粉随着他的走动在往下飘落。他看见华班长拿着一根长竹签，逐个检查打眼的深度。

好，开始装炮。华班长的小胡子又开始颤动，他又要抹那撮小胡子了。一松好想喊别抹胡子，他害怕胡子上的白粉落下来会吸进他的嘴里。

埋好炸药，接好雷管引线。他们几个负责点炮的同时点上一支烟，猛吸一口。华班长一声开始，他们将烟头往引线上一点，只听嗤的一声，一股火苗蹿出。他们又急忙点燃另一根引线，拔腿就跑。到了安全线内俯下身子，就听到轰的一阵巨响。华班长的耳朵竖起来，开始数着爆炸的声音，全然不顾滚滚浓烟向他袭来。

少了两响，华班长眉头紧皱。

隧道爆破不同于野外，出现哑炮后危险系数大得多。因为这时不只有哑炮的危险，还有隧道顶部爆破后的危石落下和可能出现的塌方。谁也不知道哑炮什么时候会响，谁也不知道危石什么时候会掉下来。他们没有经历过，他们茫然无措，他们只有一脸的惊恐。

你们听到没有，少了几响？华班长一脸的严峻。大家都没吭声。显然，他们要么是没有去计数，要么是计了数怕不准不敢说。

现场一片静默。华班长抬起手腕，紧紧盯着那块有点破旧的上海牌手表。这也是一个好稀罕的东西，一松他们同样看得眼巴巴的。100 多块钱，不吃不喝他们 5 个月的工资才买得起。虽然它有点破旧了，表面上还有好几条擦痕，但他们的眼睛仍然睁得大大的，看似在盯着华班长，实际上盯着的是那块表。虽然他们看不见那上面的指针，但他们能听到表针走动的声音。那咔咔咔的声音就像响在他们的心里，拨动着他们的心弦，勾动着他们的念想。

浓烟渐渐散去，现场很压抑。他们不知该怎么办，只把目光扫向华班长。

10 分钟了，华班长轻轻说了一声。他把手向他们指了指：文述、大勇跟我来，我负责查找哑炮，你们两个观察洞顶，一有异常，立即报警！

3 个人走进作业面，大家的心都提到了嗓子眼。

华班长微微弯着腰，全神贯注小心翼翼地向前走。文述、大勇一左一右，抬着头睁大双眼，紧张地盯着洞顶。

发现了哑炮位置。华班长走近炮眼，轻轻用手扒开碎石和尘土，一个引线露出来。他抹了抹嘴上那撮小胡子，用竹签小心掏出尘土，重新装好雷管。动作娴熟，不拖泥带水。他轻轻吁了一口气，又开始搜寻，很快找到了另一个哑炮。他又抹了抹他的小胡子，神情显得轻松了许多。他轻轻扒出炮眼。

前一个哑炮是引线点燃后自己熄了，是引线质量问题，后一个哑炮则是被先爆炸的碎石砸断了引线。换上新引线接上雷管插进炮眼，添加了炸药。

华班长又抹了抹他的小胡子。他退后几步，点燃一支烟。

待大家都到了安全地带，华班长不慌不忙，手一点没抖。他将烟头凑近引线，嗤的一声响。他迅即跑动，又将另一个引线点燃。退到文述、大勇身边，他把大家按在地上。只听嘭嘭两声巨响，两股浓烟腾空而起，华班长一屁股坐在地上。

一松看见几颗汗珠从华班长额头上往下流。

· 7 ·

一梅和一竹从地里回来，两人的脸庞红通通的。

姐，你说妈的申诉信寄出去有用吗？

不知道，不管有没有用，反正寄出去了我们只能等了，我们的复习继续。哎小妹，下午你不要去地里了，在家复习。一梅放下粪桶，跑到水缸边，咕噜咕噜灌了一瓢凉水。

不，我要去地里，晚上复习，一竹并不听话。家里的事情够多的了，母亲和姐姐从早到晚就在坡上，累得气都喘不过来，她能一个人在家复习吗？还有心里的好多话她没说出来，初中课程复习完了，高中的课程她没学过几天，没有姐姐的辅导，数学就像天书，她能自己复习吗？

一梅拍了一下一竹的脑袋：听话，你底子薄，多花点时间才行。

不，地里那么多事，一竹睁大眼睛。

你们都不要去地里了，有事就请正国他们来帮帮忙，徐晚霞突然说道。

徐晚霞的说法显然是对的，小街上已经有人在说可能要恢复高考了，虽然没有正式文件，但无风不起浪，早作准备肯定是对的，不然临时抱佛脚，那就来不及了。队里的那点工分，可以不挣；家里的活，可以请人做补工分就是了。相信正国、学儿甚至全友叔、杠头和烂诗人他们都会来帮忙的。

一梅正要表示赞同，徐晚霞又说了，叫上兆祥，你们3个人一起复习，一梅你要带着他们，耐心辅导。

好的，妈。一梅高兴地直点头。

一竹早已跑出门外，妈，我找正国、学儿他们说去。

正国、学儿正好在一起，听一竹说想请他们帮忙，答应得很爽快。一竹说以后会补给他们工分，正国说，帮忙就帮忙，要什么工分嘛。但一竹说，如果不要工分，正国、学儿爸妈就可能有话说，补了工分，大人们心就顺了，多好。

一梅在家里摆好了桌凳，一竹和兆祥一来就一齐埋头复习起来。王秀儿很感动，也很高兴。她一直在后悔，为什么当时没有叫兆祥及时跟着复习呢？白白浪费了好多时间，不知现在来不来得及。好在兆祥没有埋怨她，不然她就要自责死了。她跟一梅一竹说，中午的饭她包了，都去她们家吃，晚饭在一梅家吃，这样节约时间一些。

徐晚霞笑了笑，知道王秀儿是变相做出补偿，兆祥1个人，一梅姐妹2个人呢。

·8·

回到宿舍，一松感到他的手还是像在打风钻似的，不停地抖动。连续打了十几天的风钻，抖成为习惯了。打来水冲了澡，他坐在床边不停地甩手，按摩。

他看了看床铺，枕头边有一封信，扑过去拿起来。是母亲写的，一松吾儿……开头4个字映入眼帘，一松心里热流涌动。母亲的信写满了3页纸，除了询问工作生活外，剩下的都是在说复习。一松明显感到，母亲对他复习的关心已赶上他的工作生活了，甚至超过了对他身体的关心。

关于高考，他想过很多。高考即使恢复并不意味着他们就能上大学了，成绩上线只是第一道关，后面的政审才是他们难以逾越的又一道大坎；其次家里姐弟妹3人，想都考上大学，无疑天方夜谭；再说即使都考上了，学费生活费谁来承担？母亲？可能吗，自己现在有工资，收入是姐姐妹妹的好几倍，自己不去高考正好可以给她们做后盾，这才是最正确最明智的选择。

他把信收好，放到枕头下边，又开始手部按摩。

怎么了？华班长拿着他的小酒盅走过来。一松抬抬手，笑了笑。明天换个工种吧，让你的手休息几天。一松咧了咧嘴，笑得有点勉强。他一把抢过华班长的酒盅，猛喝了一口。

你小子别喝完了，给我留点，华班长扑过来。

一松拿着酒盅，跑向门口，跟进门的三班长撞个满怀。

干啥子，鬼来了？三班长说话，总离不开一个鬼字，不知道他是喜欢鬼，还是害怕鬼。老华，队部开会，隧道里有事了。

一松愣了愣。隧道里有事，什么事，嗯，不会是好事吧？

隔了两个小时，华班长回来了。一松瞄了一下他的脸色，一片青黑，额头上的皱纹好像更深了，嘴上的那撮小胡子好像还在颤动。

华班长，一松轻轻叫了他一声，将他的酒盅递给他。华班长抬头看了一松一眼，要是有个机器，开进山里就能打出一个隧道来，那就好了。华班长突然冒出一句话。

一松吓了一跳。世界上有这样的机器吗？如果有，那还要我们这些人干啥子？虽不敢说那些老工人会没活路，但至少我们这些刚转正的工人肯定是当不成了。

困了困了，你也休息了吧！华班长猛喝了一口酒，抹了抹他的小胡子，倒在床上。

一松好想知道隧道里到底出了什么事，他们开会到底研究了些什么，可看到华班长这样了，一松只好把已到嘴边的话咽了回去。躺在床上，翻来覆去地睡不着，好不容易迷糊了，又老做梦，噩梦。

早上集合的哨子响起时，一松还在床上。他猛地爬起来，拿湿毛巾擦了下脸，赶紧往操场跑。

天阴沉沉的，几团黑云在天边翻滚，一阵风从食堂那边吹来，一松用力吸了一口气。嗯，有馒头和咸菜的味道，他的口水冒出来。哎呀，他还没吃早饭呢，等会得去买几个。

天边的乌云更浓了，一会儿会下雨吗？一松看看天，又看看班里的人。他发现除了他之外，没人关心天气了。以前他们曾盼着天天下雨。那时候在野外施工，只要一下雨，他们便可以安安稳稳地躺在床上睡大觉，心里别提多高兴了。转入隧道施工后，天气好坏已与他们无关。隧道里没有天晴落雨，也没有打雷刮风，他们再也享受不到因为下雨而让他们休息的福利了，除非停电。

一松收回思绪，听华班长点完名。他心里很高兴，华班长果然没有安排他去打风钻，他让一松去做观察员。这是个什么工作，要我观察什么？他有点蒙。

观察什么？隧道顶上！这是昨天队里反复强调了的，一松，你得跟我把眼睛睁大点！我们班几十条人命就在你的眼睛上了。给你一个口哨，一有情况立即吹哨子报警，知道吗？

知道了！一松瞬间明白昨晚三班长说隧道里有事和他们开会是为了什么了。他试吹下哨子，嗯……嗯，还挺响的。别乱吹，想把我们耳朵震聋吗？有人大声喊。一松吐吐舌头。

走到隧道口，他明显感到了不同。下班的人们没有了以前的欢欣鼓舞，一个个沉着脸，都不说话，好像大家突然都变成了哑巴。

他们都紧张起来，不停地打量走出隧道的那些人的脸色，想从他们的脸上看出点什么来。很可惜，他们没有读心术，也没有特异功能，最后只能把目光停在华班长的身上。

不要慌！华班长大喊了一声。昨天三班爆破后，洞里又出现了沙夹石层，地质情况有了变化，我们只要注意安全小心一些就会没事的。

一松好像明白了什么，下意识地摸了摸那个口哨。这个口哨又小又轻，但它上面的责任早已超过这哨子本身，尤其是在出现复杂地质情况的时候。

他的脚步有点沉重了。咬咬牙走进洞子，他得认真仔细地履行这个观察员的职责。打开手电筒，他学着华班长的样子，仔细查看隧道顶部情况。有点装模作样，但他必须这么做。最先进入他眼帘的，还是那些坚硬的岩石。越往里走，岩层开始出现变化。走到作业面，发现顶上的洞壁跟以往的情形大不一样。原先狰狞的岩石被细小的沙泥替代，洞顶张牙舞爪的样子已变得平缓了许多。呀！还有大小不一的石头夹在泥沙中。

华班长说过，这种情况最危险！打隧道不怕岩石多岩石硬，岩石越多越硬越安全。现在好了，岩石少了，沙泥来了，还夹着石头。怪不得华班长和三班长他们的脸色会这么难看。

风钻响了，一松心里好像有巨石压来，他感到洞顶的沙泥随着风钻的怒吼在跟着颤抖。这沙夹石该不会掉下来吧？他看看顶上，又看看华班长。

不要紧，只要没有掉沙子就没事，华班长看了他一眼，边说边向他走过来。

什……什么情况下我该吹哨子？他还是有点紧张。

只要发现顶上有沙子往下落，马上后撤，立刻吹哨子！

有沙子落就吹哨子？不知道为什么，一松越来越紧张了。抬头看看顶上，怎么？有沙子打在脸上？他定定神，不对，真的有沙子在落！华班长的嘴不会这么毒吧？他说发现有沙子往下落就吹哨子，我现在吹不吹呢？正想着，突然听到一声大喊："闪开！"他一回头，华班长一腿向他蹚来，他往前一扑，只听到顶上哗的一声巨响，脑子里嗡的一声，眼前已被黑暗完全笼罩。

第二十四章

· 1 ·

要高考了要高考了！徐晚霞还没进门，就听到王秀儿那非常兴奋的大喊声。

事情仿佛都会重现，仍和上次一样，王秀儿在公社后门被陈子山叫住了。陈子山将一张报纸给了她，叫她一定要给一梅她们看一看。王秀儿的好奇心又来了，什么报纸，还得给一梅她们看一看？没等陈子山走远，她就翻开报纸，刚看到标题，王秀儿就大叫着朝一梅家跑来了。

一梅和一竹都在家。听到王秀儿的叫声，两人一起跑出来。王秀儿把报纸举得高高的，不停地摇动着。一竹最先冲过去，夺过了报纸。只看了一眼，一竹的小脸就变得通红。一梅见了，也夺过报纸。很快，一梅的脸也红了，脸上满是兴奋和激动。

徐晚霞走进来，听到王秀儿的叫声，她很平静，看报纸时也很细心。她把报上的消息从头到尾看了两遍，才抬起头来说，太好了，我们家3个都可以参加高考了。

王秀儿急了：徐晚霞，你看看，我们家兆祥能参加高考不？

当然能参加，他的条件比我们家3个都好，徐晚霞脸上的笑容持续着。

真的吗？那太好了！刚说完她又突然大叫：糟了糟了，兆祥又会怪我了！转眼间王秀儿一脸的懊悔和焦急。

怎么了？徐晚霞看着王秀儿。

上次，我叫他来复习过后，他回家就再没看书了，我……我也没多说，徐晚霞，你说说，现在我家兆祥开始复习，还来得及不？

还有一个多月，应该来得及。这样，你回去赶紧催兆祥抓紧复习，有什么不懂的，就来问一梅。

好好好，我回去了，王秀儿说走就走，刚到门口她又转身回来，拉拉徐晚霞：你两个女儿不高兴，好像有心事。

是吗？徐晚霞回头看了看一梅一竹：我一会儿问问，你快回去催促你家兆样赶快抓紧复习。

王秀儿转身走了，徐晚霞向一梅一竹招招手：你们两个过来。

一竹拉拉母亲：妈，什么事？

怎么不高兴了？说！

没……没什么不高兴呀，一竹望了姐姐一眼。

不说实话？嗯？

我们……我们……一竹有点慌了。

妈，我们听到点事，还没想好嘟个做，过两天再跟你说，好不好？

徐晚霞沉默了一会儿：好，但你们复习一定要抓紧。

放心吧，妈！一梅拉拉一竹，走，复习去。

姐，一竹坐下来，这事嘟个办，什么时候跟妈说？

现在不行，等等吧。

哼，也不知道是哪个狗东西造我妈的谣，要让我晓得了非砍他几刀不可！

一竹，不要说这些狠话了，也别东想西想的了，赶紧复习功课，高考考好点气死他们！

好的，姐。我……我只是担心，还有一个月就要考了，我能不能……我怕……一竹心里有些发虚。

什么都不要想，抓紧复习，努力了，考不起我们也不怪你。

好，我听姐的！

看到两个女儿开始复习了，徐晚霞背起背篼去地里收点菜回来。对于一梅一竹有心事不说，她早有预感。从昨天开始，徐晚霞就发觉有些异常了。小街上的人都用一种怪怪的眼光在打量她，有的甚至在她的背后指指点点。她想问问到底怎么了，可想了想，还是没有问。

到了地里正要摘菜，王秀儿急匆匆地跑了过来。

秀儿，有事？

王秀儿一把拉住徐晚霞：徐……徐老师，出……出事了。

出什么事了？

嗯……是不好的事情。

没关系，有什么事直说。

有人……有人在嚼你的舌根子！

王秀儿很小心，一边偷偷看徐晚霞的脸色，一边把刚听到的传言说了出来。

刚才她回到家里，立即把报纸给儿子看了，兆祥很高兴，马上开始找课本去了。王秀儿跟在儿子屁股后面，一直看到儿子拿起课本才放下心来，又再三嘱咐了几句才端了衣服去河边。浸湿衣服正要抡起棒槌捶打时，彭世珍来了。王秀儿提起精神，以为又要和她开始争吵时，没想到彭世珍却说，今天我不和你吵架，告诉你一件事，你听了我们商量一下，看看怎么办才好。

王秀儿听了愣住了，啥子事，赶快说。

说了你不准发火，也不准告诉徐晚霞。

好好好，快说！

街上有人在传，说徐晚霞在偷人，勾引的是公社社长陈子山，她丈夫的学生，说师娘与学生偷情，还说有人看见他们俩在河边……

放屁！王秀儿大吼了一声，哪个在嚼这个舌根子？说别个偷人的，她自己就在偷人！

你……你嗯个又发火了？你说了不发火的！彭世珍也提高了声音，王秀儿，你跟我明白点，现在不是讲喉咙大的时候，我跟你说是要一起商量这事应该嗯个办！

嗯个办？找这些嚼舌根子的去！王秀儿抡起棒槌狠狠捶下去，打得水花四溅。

要知道你是恁个态度，我就不跟你说了。彭世珍放下盆子，将衣服浸入水中：我们都好生想想，这事啷个办，告不告诉徐晚霞？

王秀儿捶了一会儿衣服，安静下来。匆匆洗完衣服，她默默想了想，最后还是没忍住，直接就冲到徐晚霞这里来了。

徐老师，你看这事啷个办好些？王秀儿把经过说了，望着徐晚霞。

谢谢你了，王秀儿，徐晚霞脸上有点红。她拿起背篼，说：这件事，你怎么看？

我相信你的人品，我才不会相信那些谣言呢！不过徐老师，这些事传来传去的总是不太好，得想个啥子法子才行。

陈社长知道不？

他？可能知道也可能不知道。

如果他知道了会啷个办？

他会啷个办？王秀儿的脑子开始高速转起来。嗯……对，我马上叫兆祥去找他。

兆祥的脚步很快，几分钟就跑到公社了。到了陈子山办公室门口，兆祥没有进去，只在门口停了一下。看到陈子山看到他了，兆祥转身就出去了。刚回到家里，陈子山跟着就进了屋。

王秀儿没得一句闲话，直接说起来。她说得很气愤，也很快。

在山里这个偏僻的小街上，风花雪月偷情偷人这类谣言，传播得最快，也最伤人。要是处理不好，徐晚霞的名声就完了，而且连带着陈子山的政治前途不说被毁也会受到严重影响。

师娘与学生偷情，而且师娘是地主分子，学生是公社社长，想想就让人胆战心惊！

这事啷个办？决不能让这些谣言再传下去了哇！王秀儿说完又急急地补了一句。

陈子山不急不怒。他让兆祥把杠头和刘全友叫过来，轻言细语地说了他的应对办法。他的主意很简单：从彭世珍开始，一个一个问，直到查出这话是从哪个人的嘴里传出来的，再进行公开辟谣。

杠头、刘全友、王秀儿和兆祥立即行动，4个人一起去找了彭世珍。彭世珍很干脆，说是听正国妈说的；找到正国妈，说是听学儿妈说的；学儿妈又说是听……他们4个人一起，一个一个地找。虽然到了后面，传话的人有顾虑不愿意说出来是听谁说的，但架不住杠头他们的轮番威胁和恐吓。4个人的一番举动，早已惊动了全街的人。小街轰动了，杠头他们走到哪里，小街上的人就跟到了哪里。杠头他们也不忌讳，任由大家跟着，后面形成一支长长的队伍。大家好兴奋，一边跟着一边议论，现场乱哄哄的，比赶场还热闹。

到了下午，真相出来了：最先说出这些话的人是徐晚霞男人的亲侄女、想捡钱的婆娘！

这个女人很快被叫来，杠头家屋里屋外围满了人。杠头拍了桌子，声音像打雷。王秀儿更是义愤填膺，差点就动手了。

面对杠头他们的连番追问和责骂，面对街上人们鄙视的目光，这个女人一字不说，只是低着头捂住脸，不停地哭。

· 2 ·

睁开眼。天怎么白了？不对，这不是天空，也不是隧道的洞顶！

白色的墙壁，白色的被子，白色的床单，白色的床头柜。这是啥子地方，医院，我怎么在这里了？闭上眼，又猛地睁开。洞顶砸下来时的场景又浮现在眼前。观察员，口哨，洞顶的泥夹石，华班长的高喊以及对他猛蹬的那一腿，救他命的一腿！

华班长！一松大喊了一声。他想下床，手背上扎了一根针，一大瓶水高高吊着，一滴滴透明的液体正一往无前沿着一根管子经过针头流进他的身体。

坐起来掀开被子。不对，我的左脚怎么了？他定定神，再仔细一看，怎么少了一截？脑袋嗡的一声，他倒在床上，心里怦怦直跳，头脑一片空白。他睁大眼再仔细看了看，我的脚呢？我的脚呢？他连声大叫。

一松一松！几个人向他跑来。有文述、大勇，还有戴着白帽子穿着白衣服的小姑娘。怎么没有华班长呢？他在哪里？一松眼睛四处搜寻。

一个40岁左右的中年男人走到一松床前，他也穿着白衣服戴顶白帽子，胸前吊了一个3根管子连在一起的东西。在天竹县医院里，他见过这东西，听说叫听诊器，看病用的，医生的标配。

一松，我是你的主治医生，你3天前因隧道塌方受伤被送来抢救，左脚及胫腓骨下段粉碎性开放性骨折，软组织坏死，无法保留，只好截肢。

一松如遭雷击。他脸色惨白，目光散乱。截肢？截肢？他抬了抬少了一截的左腿。完了，我完了！一只脚断了没有了，以后怎么办哪？我还能站起来么？还能上班吗？怎么跟母亲说？姐姐妹妹知道了她们怎么受得了？还有华班长，对了，华班长呢？华班长呢？一松大声地叫着喊着。

病房一片寂静，文述、大勇把头埋得低低的，医生护士的眼睛躲着他。

啊！……他声嘶力竭地大吼了一声，倒在了床上。

华班长的墓在处医院后面的山坡上。一松再次醒过来的第一件事就是要文述、大勇将他背到了山上。一座孤零零的小坟，墓碑上写着一个名字：华能斌。他父母给他取名能斌，是希望他以后能文能武，如今他既不能文更不能武了，只能静静地躺在这荒坡之中泥土之下。

山风吹过来，很厚重，带着历史的沧桑，树林发出一阵呜呜声。一松看看山峦，看看坟墓，又看看墓碑。

慢点慢点！你小子别把酒喝完了，给我留点！华班长的声音在他耳边响起。

他摸摸冰冷的墓碑，默默地将祭品摆上，又将一斤高粱酒倒在墓前。华班长，华班长，他低声地连连呼唤，看着酒慢慢从瓶里流出，缓缓浸入土里。他呆呆的，像根木头。

华班长好像还在他面前，高高的颧骨，黑黑的脸庞，浓浓的眉毛，厚厚的嘴唇，拿着小酒盅，抹着那撮小胡子……

他的心像有刀子在捅，血在翻涌，泪在奔流。他趴在坟头，想再拉拉华班长的手，喝一口他小酒盅里的酒，听他吼一声别把酒喝完了……

一松，费处长从山下走上来。一松眼睛一热，扑进他的怀里，一任泪水哗哗流淌。

告诉家里了吗？

没有。

为什么？

不想，不敢。

好好养伤，坚强面对，费处长摸摸一松的头。

伤是可以养好的，可我能坚强吗？他的眼睛发呆。

费处长直直地看着他：你现在不坚强也只能坚强了。你的亲人，你的母亲，你的姐妹不能看到你倒下，我也不允许你颓废，华班长也不愿看到你这样，我希望你仍然是一个男人！

一松呆呆地望着他。

看什么看，人的一生难免会遇到各种磨难，重要的是抬起头往前走。

抬头可以，往前走怎么走，用一只脚？

病房的灯很灰暗，一如他此时的心情。从山上下来，他一直坐在床上发呆。他不知道应该如何来面对这一切，他也不知道今后的路在哪里。他抬起头，眼中仍是无助和茫然。

他默默地坐在那里，心里一阵翻腾。他想华班长了。他要文述给他拿来黄泥巴，他想捏一个华班长放在他身边。他将黄泥巴加了水，慢慢开始搓动。一幕幕往事在他脑海中升腾：接他们到铁路上的黄大衣，倒进他脸盆中的热水，一起躺在工地上的交谈，寄钱后的爬车回队，生病时的悉心照料，工作上的关心和照顾，时常抹着的小胡子，飘着酒香的小酒盅，被抓后的焦急和营救，背着费处长时的疾跑，隧道里把安全让给他们危险留给自己，还有最后时刻那惊天的一腿……他的泪水在眼中打转，手指一阵翻飞。头发，额头，眼睛，鼻子，重点是那撮小胡子。他捏得好仔细好用心，华班长出来了，栩栩如生。一松把他小心翼翼地放在床头柜上，默默地看着他。华班长好像笑了，抹着他的小胡子，递过他的小酒盅：来，喝一口。哎，莫喝完了，给我留点！

一松呢喃着：华班长，华班长……串串泪珠顺着脸颊滚滚而下。

一松，一个声音脆脆的，很小声。他浑身一颤，擦了擦眼泪，脸上升起寒霜。

乌黑柔亮的秀发，高高的额头，修长的身姿，俏丽的蓝色连衣裙。

还穿着这套衣服！故意还是巧合？他摇摇头，脑海中闪过以前和她见面时的点点滴滴。心中波涛汹涌，脸上冰天雪地。

放下提着的水果和奶粉，她怯怯地看向他。

他想抬头看看她的眼睛，但他没动，他不敢看那双大眼睛里的泪光闪动。

白嫩的手战战兢兢地伸过来，轻轻地想揭开床尾的被子。

别动！一松的声音又冷又硬，把你的东西提走！

我……我……抽搐着的嘴唇有些苍白，两滴泪珠顺着白皙的脸颊往下流。

他的心像有把刀子在捅。他转过脸，他不能看她。门开着，不送。

脚步声响起，很轻也很重。渐渐地，脚步声远了，消失了。

一松回头望望门口，空空的。

· 3 ·

妈，我回来了！一竹放下书包，脸红扑扑的。

徐晚霞正在切菜，见小女儿进了屋，放下刀，把小凳子摆好，让一竹做复习题。

自从上次徐晚霞要求一梅一竹她们复习功课以来，效果并不理想。一是一竹自觉性差，她又没有那么多时间去监督；二是一梅不懂教学，讲的东西一竹老是听不明白。徐晚霞想了想，她找到教过一松他们的颜老师，请她抽时间把一些学生召集起来，每天下午给大家上两节初高中的课，一节语文，一节数学，课本自备，每个学生交一点菜或米就行了。这样一来，一竹和一梅就可以有规律地进行复习了。

一竹渐渐习惯了这样的学习方式，每次回到家，她都坐在小凳上拿出作业本。刚写几个字，兆祥来了。

徐晚霞抬起头来，见兆祥苦着脸，很不高兴。怎么了，兆祥？她问。

徐……徐老师……兆祥欲言又止，吞吞吐吐的。

今天上午，兆祥的表叔过大生，奉父亲之命他到滑石大队去吃酒。开席前，他听到一个惊人的消息，说铁路上出了事故，隧道塌方，砸死一个班长，一松被砸断了脚！他急忙打听消息来源，才知道是文述写信回来说的。兆祥立即赶到文述家，要来了那封信。消息是真实的了，兆祥慌了，他顾不得吃酒，急忙赶了回来。等到一进屋，他又蒙了。这事怎么说？能不能说？

他犹豫了。

满头的汗水，一脸的愁苦，说话吞吞吐吐，此时兆祥的样子让徐晚霞突然有了一种不祥的感觉。

出什么事了，兆祥，告诉我，徐晚霞走到兆祥面前。

徐老师，我……我……兆祥真不知道该如何开口。

听你妈说，你不是到滑石大队去吃酒了吗，怎么这么早就回来了？徐晚霞突然想起了什么。

我……我在表叔那里听到一件事，兆祥终于开了口。一松出了这么大的事，瞒是瞒不住的了，早说晚说都得说。兆祥咬了咬牙。

说，你快说呀！徐晚霞紧张了，她直直地看着兆祥。

一松出事了，脚被砸没了，兆祥干脆来个竹筒倒豆子，匆匆把了解到的情况全说了出来。

徐晚霞只觉得眼前一黑，倒在地上。兆祥赶忙上前，把徐晚霞抱到床上。一竹扑过来，哭着叫着摇了母亲好一会儿，又拉住兆祥的手直喊：兆祥哥哥，你刚才说什么，我哥的脚怎么没了？你乱说！你乱说！

看着一竹满脸的泪水，看着床上躺着的徐晚霞，兆祥的眼里起雾了。他还有一件事没敢说出来，一松在铁路上和县中学校长的女儿江小雪好上了，现在一松断了脚她竟然把他抛弃了！兆祥清楚地记得，这个江校长曾害得徐老师成了地主分子，现在他女儿竟又落井下石，把一松甩了，这姓江的一家人怎么就没有一个好东西？

不行，我去把一梅叫回来，兆祥正要出门，一梅回来了。

怎么了，兆祥？一梅问。

姐，一竹哭着扑进一梅怀里。哥哥出事了，脚断了，他怎么走路哇？我……我想去看看哥哥！

一梅看向兆祥，兆祥咬咬牙，把事全说了，包括江小雪的背叛。

一梅看了母亲一眼，冲进卧室开始翻箱倒柜。

姐……姐……一竹跟在一梅身后，眼巴巴地望着。

箱子抄了个底朝天，所有衣服所有的口袋搜了两遍。一竹没看到姐姐找到什么，只看见几滴泪珠挂在一梅的脸上。

姐……我们……我们能去看看哥哥吗？

小妹，我……我只找到3块钱……我们没有那么多钱买车票……

·4·

天高云淡。三分队的全体职工拿着自己的小板凳，整整齐齐地坐在小操场上。

隧道的塌方事故，让三分队处于一片惶恐之中。华班长的牺牲，一松的断脚，让本来还有点生气的队里，一下变得死气沉沉，黑洞洞的隧道成了人们谈虎色变的地方。

为扭转这种局面，大队和分队领导按照处里的部署，让全队停工学习华班长舍己救人的高尚品质，大力弘扬华班长的革命英雄主义精神，同时组织学习隧道施工常识、安全生产规程，还加强了思想疏导，大队和分队领导集体进隧道现场总结事故经验教训，讲解即将采用的各项安全保障设施和措施。

一系列举措，让三分队300多名工人从恐惧不安中走了出来，施工渐渐恢复了正常。

今天，又一个消息传来，处第一副主任费思远要来三分队视察工作了！费思远是谁？有人很快就想起来了，原铁六处处长，那次四大队最大的一次批斗会上的主角。消失了一段时间，复出后新措施频出，好评如潮，很得军代表的赞赏。工人们议论纷纷，不知道这个费主任到三分队来到底要视察些什么。

几辆吉普车来了，停在操场边。一个略显肥胖的中年男人被一群领导簇拥着走向主席台。光秃秃的大脑门，小小的眼睛，胖胖的方脸，工人们睁大了眼睛。

上次的费处长很狼狈，这次的费主任很威严。他讲话的声音有点尖，像女人的声音。金桂堂方丈妙禅大师曾说过，男如女声，主大贵。人们的兴趣来了，竖起了耳朵。费主任的讲话与其他领导的讲话风格明显不同，语言诙谐，段子不断，场上时时笑声四起。人们不再拘谨了，觉得这个费主任好像变了，不像以前那样远了。听那笑话，那段子，和文述太相像了。费主任要求的生产进度、安全事项，不知不觉间大家都记住了。

有细心的人注意到，在陪同领导的人员中间，没有看到张守成和苟连天的身影。这是怎么回事？人们又开始猜测了。有的说可能是工作耽误了，有的说是不是生了病，有的推测可能是那次批斗会费处长记仇了，还有的说是不是两人出事了。大家还注意到，费主任和其他领导的讲话，提得最多的是生产，反复说的是安全。

大会结束，费主任在一群领导的陪同下，先去了工地，进了隧道，又到了宿舍，进了食堂，还去澡堂看了看。

费主任脸上带着笑，不时地询问工人们的工作和生活。他还从口袋里拿出一个铁烟盒，打开盖子，里面的烟都是大前门。人们的眼睛绿了，这可是平时难得一见的好烟，要能抽上一口，肯定舒服惨了。虽然这些烟都被截成了两截，但他们还是伸长了脖子，眼巴巴地看着。费处长拿出烟，给每个人散了一截。人们接在手里，拿近鼻子贪婪地闻了闻，舍不得抽。三班长没忍住，点上火，刚抽了一口，正陶醉地舍不得把烟吐出来，旁边早有人手一伸，飞快地把烟夺过去狠狠地抽了一口，再想抽第二口时，又有人将烟抢走了。急得他大叫，你，你们也有，怎么光抽我的？有人笑道，我的留到晚上抽！

众人一齐大笑起来。

临走时，费主任又摸出那个铁烟盒，翻开盖子拿起一截烟，递给旁边的大队长，又拿出一截递给李队长。剩下的一截，他递给了文述，还划了火柴亲自为文述点上火。临上车时，他还附在文述的耳边说着什么。

大队领导和李队长的眼睛睁大了。有人轻声问这是谁，还有人想知道为什么费主任会与这个工人握手，还握了这么久而且递了烟还点上火，更有好奇者想知道费主任与这人说了些什么。

接下来的几天里，文述很平静。他像往常一样去洗衣服，然后到食堂打饭，一样的狼吞虎咽。人们想听故事了，一围上来，他就一改华班长去世后不愿讲故事的状态，稍稍犹豫了一会儿，还是清了清嗓子，甩出几句诗词，然后开始吹起来。只有大勇注意到了，文述的眉毛老是一会儿松开，一会儿又皱了。大勇知道，这是文述兴奋和心绪不宁的表现。可是，最近有什么事让文述又兴奋又心绪不宁了呢？大勇不知道，其他人就更不知道了。

·5·

徐晚霞在县城里走着，急匆匆地。随着高考的日益临近，加上儿子断脚的消息，徐晚霞觉得她再也不能耽搁了。

她好像记得，以前的县政府现在的革委会是在大众街与南门交叉的那条路上。她摸了摸揣在胸前口袋里的那几封信。信不厚，每封只有4页纸，那是她和一梅一竹3个人一字一句写了两个晚上才抄写好的。对于申诉的事情，全家的意见很统一。一竹说：妈，要申诉就多写几封信，我们不光是要寄，能管这件事的部门都得去上门送一封。要是寄的信不回复，我们就当面送当面问，他们总不会不理吧？

莫看一竹年纪小，这几句话她说得还是很有道理的，说不定县里真的有部门会受理她的申诉呢！

徐晚霞有点激动起来，她加快脚步，终于看到那块大牌子了。急步走进去，还好，门口没有站岗的，也没有人拦她问她。这是一幢大房子，中间是通道，两边是办公室。房间很多，门口上方都钉着小牌子。她边走边看。政工组？就是这里了。她咬咬牙，敲了敲门。没人应答，也没人理她。她迈步走进去。

领导好！她的声音不轻不重。

办公桌前有人抬头看她了，是个中年男人，戴了一副眼镜。

你找谁？

我找县革委会政工组的领导。

找领导？中年男人的目光把她从头看到脚。蜡黄蜡黄的皮肤，老式斜扣的粗布衣服，一双布鞋满是泥土，典型的乡下女人。你找领导有什么事？

我……我……徐晚霞不知道怎么说好了。按照她原来的设想，最好是找到领导直接申诉的，可是现在问题来了，这个男人是不是领导？不知道。如果被不是领导的人拒绝了，再去找领导好不好？她也不知道。现在的关键是如何才能知道这个男人到底是不是领导，但恰恰这个问题还不好直接问！

徐晚霞的犹豫让中年男人有点不耐烦了：有事就说，没事就请回去吧。

徐晚霞急了，看来今天只能给这个男人说了。她拿出信，边说边双手递过去。

听到这个女人是来申诉她的地主成分时，中年男人全身微微抖了一下。他将信放在桌上，挥了挥手：好好好，我知道了，你回去吧。

徐晚霞的心一下凉了。她默默地转了身，轻轻地走出去。她没有多说什么，也不敢多说什么。

出了大门，回头看看挂在门边柱头上的牌子，伸手摸摸怀里揣着的几封信，她又往公安局走。

公安局在东门的那条街上，离邮电局不远。拐过岔路口，就看见公安局的那栋房子。来到大门前，徐晚霞抬头看了看门柱边的牌子，她犹豫了。县革委会政工组的遭遇还有阴影，她有些担心，也有些害怕。她在门口站了好一会儿，又来回地在门前走了几遍。她抬头望望天上，天色不早了，还有好几个部门没走呢。她平复了一下心绪，迈步走了进去。

公安局的办公房子和县革委会的相比，小多了。她稍稍抬了头，沿着通道往前走。看见政工组的牌子了，她停下来，轻轻敲敲门。里面一位穿制服的年轻女人转过头来。这次徐晚霞没有说要找领导了，她先自报姓名，直接说了事由，然后递上申诉信。年轻女人的制服很整洁，帽子下的两条辫子编得很规整，听了徐晚霞的述说她的脸色开始有点泛红。

你的问题很特殊，我只能向领导汇报，你的信我会向领导转呈，年轻女人的声音不急不缓，不轻不重。

走出公安局大门，徐晚霞轻轻叹了口气，她又向民政局走。

民政局在北门的一条小巷子里，房子比公安局的又小了一些。徐晚霞走进去。整个经过都大同小异，没有因为单位的不同和房子的多少大小而不同，态度基本一样，答复也相同。

接着她又走了几个部门，凡是有可能影响到她这件事的部门，她都去了。至于接待她的人的态度和说法，她有些麻木了，有些无所谓了。她心里默念一句话：申诉总比不申诉好，申诉才有希望。

· 6 ·

屋里很黑。

一松呆呆地坐在床上，脸色灰暗，眼神涣散，思绪信马由缰。十几年的往事从心头掠过，一切都恍然如梦，噩梦。他感到很苦，很累，很无奈。童年有过幸福，短暂。稍长漂泊他乡，苦苦挣扎。如今断脚无助，无技可依，无山可落。他很怕，害怕母亲的撕心裂肺，害怕姐姐的悲痛欲绝，害怕小妹啪啪掉落的泪水，也害怕前方的路。悬崖峭壁，万丈深渊，无路。

怎么不开灯？费处长来了。

我……喜欢黑。

乱弹琴！费处长啪的一声拉了开关，屋里一下亮了。他很小心地看了看一松的断脚，又轻轻捋了捋一松的头发，然后盯着他。这么长时间了，你……你怎么还这样？才二十来岁的人，像个七八十岁的老头，中华数千年的沧桑都集中在你脸上了。

一松扭过头，把背对着他。一来就是数落教训，都好多次了，每次都这样，讲道理，说官话，不厌其烦，这样就能让我心情好了，可能吗？一松没看他，但能感觉到他的嘴角在动，甚至能感觉到他的唾沫在往他这边飞。他的心不在这儿，他没有听更没记他讲了些什么，虽然他知道他是在关心他，心疼他。

一个人影晃了一下，那是他形影不离的秘书又有事催他了。

再等10分钟！费处长向门外喊了一声，回过头，语气突然一变，给，专门给你找的，一块黄泥巴递到他的面前。

一松眼睛亮了一下，又迅速灰暗。

以前你喜欢整这个，这泥巴很黏，你可以试试，捏你捏我都可以。见一松反应很木讷，费处长停了停，做了个深呼吸：一松，你知道那次大会后，我在那间屋子里想了些什么吗？

大会？一松经过的大会有点多了，不知道他说的是哪一次。

就是我倒在地上，你用小管子给我喂水喝……

潮湿的泥地，一个人横躺着，上身赤裸，口渴得舔尿，自己举起水壶将小水管伸进窗户，他挣扎着含住……场景震撼，过程惨然，一松当然记得。

我当时只有一个感觉，我觉得我可能真的要死了。费处长的眼睛盯着一松。那时的我，最无助，最痛苦，最绝望，不只是肉体上的，还有心理上的。

费处长伸手摸了摸他光光的脑袋。

一松神情恍惚了一下，仿佛华班长又在他面前，用手摸他的小胡子。一松晃晃头，睁大眼，费处长的光脑门又清晰了，本来就稀少的几根头发彻底没了踪影。操心太多，因为工作，还是因为他，或者两者兼有？

费处长见一松走神了，伸手在他脑门上弹了一下。

那时我已处在崩溃的边缘。我的一个同学，还有一位领导都没能坚持住，选择了极端的方式，我能最后坚持下来，跟你的出现和你的那根小管子有很大的关系。

跟我有关系？不理解。

那个时候，我不知道你是谁，也不知道你为什么会来帮我，但你这种行为给我的震撼，你知道吗，是多么巨大！我突然有了希望，有了信心，有了力量。

希望？信心？力量？一松的心一颤。

我对自己说，不能脆弱，不能绝望，一定要坚持下去，这种状况不会一直下去的，还是有人关心我的，我要赌一赌，我一定要坚持到天亮的那一天，我也一定会有机会报答所有有恩于我的人的。

脆弱，坚持，赌，这好像在说我？我选哪一种，我有选择吗？

费处长没管一松的反应，提高了声音。

我就是靠着这点信念活过来的！费处长有点激动了，你呢，断了一只脚就不活了？一切就都完了？你怎么会这么想？你怎么能这么想？你还有手，还有脚，断了的也可以装假肢，你还可以用你的双手你的头脑去工作，去生活。现实这样的例子有很多，不用我细说。一松，我要告诉你，人的一生，绝不是一帆风顺的。你的母亲如此，我的经历如此，你更是如此。但我们就只能认命吗？绝不！你母亲选择坚强，我选择坚持，你呢，绝望？颓废？沉沦？你能这样吗？你母亲不允许，你姐妹不允许，我不允许，你自己不能允许，华班长更不会允许，因为你是一个男人！

"当"的一声，心里的弦被拨动了，一松眼睛看向费处长。

你现在和我当初关在黑屋里的情形几乎是一样的，心灰意冷，甚至绝望。我只想说，不要痛恨上天对你的不公，不要抱怨命运如此的不堪，是奋起是沉沦，是坚强是颓废，全在你自己的一念之间，谁也帮不了你。

宗光的断手在一松眼前一闪。他是手，我是脚，小街的传统？宿命？

记住，一松，此时的我不是你的领导，也不是什么处长，我不是来给你做什么思想工作的，更不是来做什么报告的，我只是你的朋友，知心的那种，我说的都是心里话，你好好想想。

一丝亮光好像照进来。继续躺在床上，亮光渐渐消退，心还是空落落的。一松仍然不知道他该做些什么，也不知道他能做些什么，更不知道今后的路该怎么走。他渐渐感到酒是一个好东西，也明白了为什么有些人会喜欢喝酒。白天喝，晚上喝。饭前喝，饭后喝。昏天黑地，忘乎所以。

别人靠理想活着，他靠酒活着。

睁开醉醺醺的眼，他看看他的断脚，又看看床边的拐杖。古人云，有得就有失。上天确实公平，他失去的是脚，得到的是拐杖。有人劝他，想开点，人家华班长命都没了，你只断了一只脚，用得着痛苦吗？况且人家华班长是为了救你才丢了命的，你就知足吧！想想也是，一条命与一只脚，孰轻孰重，一目了然，只是这些劝他的人谁都没有断过脚，更没有丢过命。

听得多了，想得也多。渐渐地，他明白了一点，他得下床，他得走动，他不能一辈子活在床上。为了母亲，为了姐姐，为了妹妹，也为了华班长。

递交安装假肢的申请，测量断脚的数据，申报资金，接着假肢来了，效率很高，速度很快。他能感觉到背后有费处长的影子。他心存感激，不能辜负期望，他得尽快站起来。

他非常仔细地看着这个脚，假脚，很逼真，脚跟脚掌甚至脚趾头都有，也像。当然还有肉白色的颜色，冷冰冰的硬邦邦的感觉。没有人会喜欢这个脚，除了他以外。

开始的时候，会很痛，非常痛。要想站起来，要想能走路，疼痛就是必须迈过的一道坎，大坎，就看你能不能坚持住。

费处长的话，从他递交假肢申请时就一直在他耳边回响。

他相信这些话是真的，也相信这是个大坎，但他却不相信他会坚持不住。连脚都可以不要，他还会怕痛吗？他很自信，甚至有点傲视群雄，舍我其谁。

仔细看了几遍说明书，护士开始给他装配那个脚。旁边围了不少人，医生、护士、关心他的人、看热闹的人。他很镇定，尽管心里已波涛汹涌。他的脸上浮起笑容，嘴角微微抿起。他没有去看周围人们那五花八门的脸色和表情，他只急盼着戴上那个脚，然后站起来。

可以试试了，声音很轻，也很柔和。在他耳里，犹如听到冲锋号。

他有点冲动了，他不得不冲动。他得在母亲面前站起来，他得在姐姐面前站起来，他得在妹妹面前站起来，他得在一切关心他同情他怜悯他的人的面前站起来。

他把脚放在地上，弯腰，屈膝，使劲。

呀！……他叫了出来。疼痛，剧烈的疼痛，剜心的疼痛。还有什么别的形容疼痛的词句他没有想出来，也容不得他去想。他没能坚持一秒钟，他崩溃似的，不，瘫痪似的一屁股坐在床上。不是他不能坚持，是他根本坚持不了，也无法坚持。无法想象也无法忍受的剧烈疼痛瞬间将他惨烈地打回原形，汗水冒出来，脸色变得惨白。

为什么会这么痛？他嘴唇发抖，声音小得可怜。

怕痛就不要用假肢，要用就不要怕痛。医生的话有点冰冷，不近人情，但有理。

怎么才会不痛？

反复疼痛反复破皮反复结痂，直到茧子长出来。

医生的话撞击他的心。他想起费处长说过的痛，说过的坎。

我能忍受这种痛吗？我能迈过这道坎吗？他突然觉得，信心没了。可他明白，他没有任何退路。

继续下地，继续疼痛。

他退缩过，但他不能退缩。他别无选择，他没有一丝丝退缩的底气和理由。

疼痛，汗水；汗水，疼痛。在他的生活中，在他的记忆里，这4个字仿佛成了永恒，没有了终点，只是交替。5次，10次，20次，100次，300

次……时间一天天过去，次数越来越多。他一天天坚持，一天天疼痛，一天天汗水。站起来，坐下去，再站起来，再坐下去。开始时，他还数着日子，时间一长，他也就不再去数了。心中只有一个念头：站起来，一定要站起来！

医生的话没有错，反复疼痛破皮结痂，茧子慢慢长出来了，开始只是薄薄的一点点，渐渐地，越来越厚，越来越大了，疼痛没那么剧烈了，没那么可怕了。

到一松终于能站起来时，费处长来了。

还不错嘛，行！费处长看了看他的假肢，又让他下地走了几步，先夸了一句，接着叫他继续努力！

一松刚想说几句，费处长话题一转。

我上次带的泥巴呢，捏了几个泥人，拿来看看。没捏，不想捏。给你妈写信没有？没有。为什么？怕她难过。你瞒得了多久，早晚都要面对。我能走了，就回去当面跟她说。你呀你呀，要是早点给你换个工作就好了。老天爷安排好了的，躲不脱。现在可以给你换个工作了吧？还是不行。为什么？我已经这样了，在哪里工作都一样，我不想给你带来麻烦，也不想失去你这个朋友。

什么意思？费处长吃惊地看着一松。

隧道塌方那天，华班长见我打风钻太辛苦，手抖得厉害，就给我换了个工作，观察员，结果呢？我的左脚没了，他的命没了。你要是给我换个工作，我怕我的右脚会没了，也怕你的命也会没了。

你……你个乌鸦嘴，典型的封建思想，应该揪出来挂个大牌子弄到台上去！

费处长，我看你是挂牌子挂上瘾了吧？

你……你敢嘲笑我？费处长瞪圆了他的小眼睛。

不敢，你是大处长，我只是小工人。

谅你也不敢，哦对了，今晚处里放露天电影《列宁在1918》，我让人来接你去看看。

我不去，一松回答得很坚决。只有他自己知道，其实他很想去看电影。长年身处山区，能看一场电影太不容易了。尤其是这个《列宁在1918》，听看过的人讲，里面有美女露腿跳芭蕾舞《天鹅湖》，那场面不少人看得口水直流，他也一直心痒痒的。但他不想让他的断脚成为电影场里人人关注的目标，他也害怕那些同情可怜甚至是歧视的眼神。

不行，一定要去，你应该好好放松放松了，不能整天窝在床上。费处长的小眼睛盯着一松，这样才有助于养伤，有助于康复，我还有不少事情等你去做呢。北风吹，想偷懒，没门。

你……不准叫我北风吹。

呵，为什么？

太冷了。

第二十五章

· 1 ·

一松能下地了，他拄着拐杖一拐一拐地向费处长办公室走。

办公室里有人，是四大队五分队的一个队长。

费处长抽着烟，神情严肃，声音低沉。队长在不停地说话，越说越激动，临走时拍了桌子。

这人来干啥子？一松走过去，坐在费处长对面的椅子上。

想调工作，为自己找退路，费处长猛抽了一口烟。如果是一般工人，费处长也许会理解，但这是队长，他心里堵得慌。这个家伙不但想调工作，而且还想调好工作，进机械厂，学技术。

您同意了？一松好不服气。只能同意，费处长波澜不惊。一松睁大眼睛。这个小队长，手里有百十来个人，如果不同意，他就要来害我……

好了，不说这些了。一松，工程队很艰苦，人人都想调出来，我再提一次，还是给你换个工作吧。你说，想到哪里？处里所有的单位，你挑。

又来了，一松看着费处长。

怎么，还是不愿意？

我饿了，想吃饭。回锅肉，还有红烧肉。

你……你打劫来了？

不把你吃穷，你不会知道我的锅儿是铁铸的。

费处长摇摇头。他知道一松又在转移话题，调换一个轻松一点的工作可是别人求都求不来的好事情，偏偏这家伙却一直在拒绝。为什么呢？真是不愿意给自己带来不良影响？他猛吸了口烟，把烟头按进烟缸里。好了，工作问题不和你小子多说了，现在跟你说一件更重要的事，很快就要高考了，我要求两点，一你马上抓紧时间复习，二到时候必须参加考试，我负责给你报名。

一松听了心里五味杂陈。读大学早就是他心中的梦想，可他能去考吗？显然是不行的。即使能考上，他能去读吗？显然更不可能，他们家根本负担不起两个大学生，更负担不起 3 个大学生。他只盼望姐姐妹妹能去参加高考，他也相信，至少姐姐是能考上大学的，说不定妹妹也能考上。至于费处长的要求嘛，还是那个办法，嘴上假装答应，行动上阳奉阴违。

吃着费处长端来的回锅肉和红烧肉，一松脸有点红。没听费处长的话，甚至还骗他，一松心里总是有点愧疚。不过，他也没办法，不这么做，他还能怎么做呢？

抬头看看费处长，费思远把他的茶杯推过来。一松猛喝了一口茶，又哇的一声吐出来，费处长，不带这样整人的吧，这么烫也不说一声。

说一声？说了我还有好戏看吗？

一松睁大他的小眼睛，怔怔地看着眼前这张肥肥的脸。这费处长可得重新认识了，这哪是堂堂的处长大人，整整一个老小孩嘛！

嘿嘿，别瞪眼了，再瞪也比绿豆大不了多少。

这时候了，费处长，还不忘打击我呀！不过，我还是很得意的，因为你的眼睛不比我大多少，我们是大哥莫说二哥，脸上麻子一样多。

哈哈哈哈，好一张利嘴！费处长边笑边看向他的断脚，一松，现在怎么样了，走远了痛不痛？

有时有点痛。他站起来走了几步，还是有点跛。

还得坚持锻炼，不过要循序渐进。对了，马上就要高考了，你复习得怎么样了？

正在努力。

一定要努力，要尽全力，考好了我有奖励哟！

真的吗？那我等着。

一松走了，通讯员送来一个纸袋。费处长拆开，是盘磁带。费处长停了一下，将磁带放入录音机。费处长一扭开关，录音响起来……

连天哪，给你说，这个江小雪，不是一盏……省油的灯……她不让我……上手，你说气人不气人哪？那你准备啷个办？我……我硬上！想，想当年……在我们，老家的小街上……我看上了一个女人……好，好漂亮，她儿子……一直阻拦我……还偷看我们从粮仓里放谷子，祸害，天大的祸害！我就……你就怎么样？杀了他！怎么杀的？涨大水，我把他，按……按到水里……后来呢，这个女人怎样了？嗯……这个女人……只想让我帮忙……想，想骗我……我……我干脆，先奸，后……后杀！嘿嘿……

费处长愣住了！这声音太熟悉，铭心刻骨！录音中说的事令人震撼！他神情凝重地拿起电话：请接局公安处。

·2·

徐晚霞半夜就起来了，她要为一梅一竹做一顿最丰盛的早饭。

自从知道要恢复高考以来，徐晚霞是又喜又忧。按照公布的报考条件，自己3个儿女都符合条件可以报考，她自然很高兴。可她的成分问题，又成了她的一大心病。白天，她强装笑脸；晚上，她夜不能寐。她盼高考能如期而至，因为她的儿女从此就有了出人头地的难得机会；她怕高考来临，因为一旦考上了再被政审拉下来，她将如何面对？她曾大起胆子写了不少申诉信。什么时候有回音，谁也说不准。好在孩子们没受什么影响，复习特别用功，常常做题到深夜。一梅原来就学完了高中的所有课程，成绩一直不错；一竹悟性一直优秀，学习很尽心，很努力；一松从小就聪明伶俐，反应力记忆力都很强，加上3个儿女很早就在复习了，只要认真努力不出意外，到时候双双考上甚至是连中三元也有可能。如今高考今天来临，儿子在铁路上，她管不到了，今天唯一能做的就是好好给一梅一竹准备好饭菜。除了早饭，还得让她们带上午饭，虽不能让她们吃好但要让她们吃饱。

她往锅里加了水，下好米，又往灶里加了柴。

妈，你起来这么早？一梅从床上爬起来。

赶快洗脸漱口，再把你们的准考证和钢笔检查一遍，墨水瓶记得放到包包里。还有，穿那件没有疤的衣服。

知道知道，妈，一梅蹲在灶前，往灶里添了一把柴，锅里的饭香飘出来。

去，叫一竹起床了，我马上炒菜。

好的，妈。一梅走到床边拉起一竹，两人抓紧洗漱。收拾好吃了饭，天开始放亮。

不会迟到吧？一竹很不放心，又去看了看闹钟。

不会的，我们赶快走。

冬日的太阳，渐渐升起，照到蟠龙山上，照到河边田野，带给人们一片暖意。

一竹抬头看了看暖阳，又回头看了看小街，一脸的希冀。

姐，你说，这次高考，我们能考上不？一竹边走边担心。

当然能啰！我们许家的人，个个聪明。

嘿嘿，姐，你就莫吹了，反正我心里七上八下的，没底。

小妹，你不能慌，要有信心。我和妈早就跟你分析过，这次的高考，题不会太难，参加高考的人，水平也不会太高。只要你不急不慌，认真仔细做题，就一定能考上。妈和一松都等你的好消息呢！

好，姐，我一定努力，尽全力去考。

这就对了，一梅笑了。

姐，你说我哥也会去参加高考吧？他怎么就不给我们写信呢？

妈给他写了信，他会参加的，你就不要担心了。

走进县中的校园，里面围满了考生，人人脸上都洋溢着喜悦和激动。一梅一竹穿过人群，寻找考场。

这么多人来考，我危险了，一竹四处张望着，她心又慌了。

怕什么，我们两姊妹遇强则强，一梅又给妹妹打气。

姐，你看，那边有个女生一直在盯着我们，一竹拉了拉一梅，手往左前方指了指。

一梅转过头，僵住了。

这是谁呀，姐？

仇人！

仇人？

江云生的女儿，江小雪！一梅的声音在发抖。

一竹明白这人是谁了，她脸涨得通红，只想冲过去，一梅一把将她拉住。

姐，别拉我，我要扇她两耳光！

别冲动，考试要紧！

考生们好像发现了什么，不少人开始往这边挤。

钟声响了。一个老师手持话筒大声地喊，同学们，进考场了！赶快进考场了！

江小雪，你给我等着！一竹恨恨地瞪了那个女生一眼，很不甘心地走进考场。

上午考试一结束，一竹就到处寻找江小雪。人太多，没找到。下午考完，一竹又开始乱窜，跑得满头大汗。

别浪费时间了，一梅走过来，考得怎么样？

还不错，哎姐，你说她是不是躲起来了？

有可能。

姐，我好恨哪！

一竹，最好的恨法，就是我们一齐考上，气死她！

·3·

一松没有去高考考场，此时的他正在大街上走着。他始终认为，他今后的路并不是在大学里。

断脚的残端虽然长出了一点茧疤，但没走多久他就感到脚在痛了。旁边有两个老人的话传进了他的耳里。

孙老头，听说你儿子回来了？那是，前天回来的。挣了不少的钱吧？嘿嘿，一点小钱。看，给我买的这身新衣服，全家一人一套。哟，还真是的，你儿子在外头是做什么的？没做啥，建筑工地一个小包工头，手底下就10来个人。哦，不错，虽然辛苦点，挣的钱不少。哎，我听隔壁赵师傅说他女儿在广东那边倒服装搞批发，一次就挣了好几千……

一松停住脚步。几个关键词在心里翻滚。建筑工地包工头，挣了不少钱；广东倒服装搞批发，一次就是好几千。他的眼睛亮了，心里有一种冲动。

他眼前浮现出昔日华班长寄钱，小心翼翼地写借条，班里工友凑钱，华班长一对儿女哭着叫着的情景。他的眼睛湿润了，他突然想挣钱了。只要有钱，他才能帮助华班长一家，只要有钱，母亲和姐姐妹妹才不会那么辛苦，现在挣钱的机会就在眼前，他不能错过，他紧紧地跟了过去。

情况很快就打听清楚了。那穿了一身新衣服的老人姓孙，儿子学了点瓦工手艺，被朋友介绍到广州一个建筑工地上盖房子，后邀约了两三个人开始承包挖水沟砌挡墙等小工程，现在有10来个人了，挣了点钱。那个姓赵的师傅离医院不远，他女儿在广州倒服装，很来钱。

一松心里活泛起来。两个选择摆到他面前：向这小包工头学习还是向赵师傅的女儿学习？学什么？怎么学？

做小包工头？以前跟华班长学过砖工技术，有点基础。但他的身体是短板，开始时必须得在工地上干一段时间，长时间站立以及不可避免的挑抬，他的断脚肯定承受不住。

倒服装？这是经商，他很陌生，但相对轻松一些，需要的是头脑是智力，空间也大一些。取舍两难，他思前想后，渐渐有了主意。

一松走进费处长办公室，一口气把他的想法全说了。

你又在乱弹琴！费处长没等一松把话说完，就开始急了。叫你到处里来你不干，到机械厂不行，到材料厂也不行，反倒是一个倒卖服装的让你动心了！

这事我想了好几天了，我认为可以做，费处长，我真的想试试。

你知道这有多危险吗？你知道成功的几率有多小吗？费处长知道事情严重了，他找了一大堆理由，引经据典，举例子，讲风险，细分析，摆困难，一心想摧毁他的信念，瓦解他的决心，扭转他的想法。

一松有点固执，轻声道：男儿何不带吴钩，收取关山五十州。

不错嘛，一松，豪气冲天。不过，这诗后面好像还有两句：请君暂上凌烟阁，若个书生万户侯。这是说历史上没有一个书生封了侯的，你蹦跶个什么？念两句唐诗就想打动我？没那么简单。这事不行！费处长斩钉截铁。

对于一松的突发奇想，费处长真是又气又急。这简直是幼稚，冲动，不可理喻嘛。一个行动不方便的人，还想带刀去冲去闯，太不自量力了吧？这话他没说出口，他怕伤了一松的自尊，更怕他会因此而一蹶不振。

不要再做无谓的幻想了，做点实际的，其他的事情等高考结果出来以后再说。费处长的话又委婉起来。

这次一松没吭声。他没说好，也没说不好。其实他心里早就有了决定，他不能听费处长的了。不是他不想听，是不能听，尤其是他没去高考，他还一直瞒着费处长呢。

他心里一直有一块石头压着。他非常想报答华班长的救命之恩，也很想去看看华班长的家人，可偏偏现在不行。他早就知道，华班长家一直艰难困苦，四处借贷，经济很困难。现在华班长一走，唯一的经济来源没了，他们一家一定更加困难。如果他现在去河南，除了陪着掉几滴眼泪，不会给他们家带来任何帮助。华班长家不需要眼泪，当务之急是必须努力地多挣钱，等有能力帮助他们时，他才能去华班长家。摆在他面前的路只有一条，去闯，去挣钱，挣好多好多的钱。如果只是静等每月的那点工资，想报华班长的恩永远就只能是水中月镜中花。

一松已经打听到了，赵师傅的女儿叫赵小芸，在广州做服装批发，正差人手。他没有犹豫，甚至没有迟疑，很快便站到了赵师傅的面前。

知道他的来意后，赵师傅说，实话告诉你，这事政策是不允许的，只能偷偷做，有风险。投机倒把，你听说过吗？不少人都怕做这个，你一定要想好了。一松说他不怕，他想好了，只要不嫌弃他的身体状况。见一松很坚决，赵师傅没有多说，叫一松走几步他看看。见一松只是微跛，又能说会道，赵师傅立即到邮局打电话。

当晚，一松乘上了去广州的火车。

·4·

徐晚霞和一竹还在床上，王秀儿就又来了。

徐晚霞，徐晚霞，快起来快起来！一松他们铁路上来人了，在调查张守成谋害四娃子和吴顺秀的事，已经问了不少人了！王秀儿急匆匆地叫着，很是兴奋。

是吗，看来是真的了？徐晚霞被这个消息震到了。

当然是真的，昨天晚上他们……他们也找我问过了，问我知不知道那次下河洗澡有哪些人，哪些人去救的四娃子，我都看到了些什么，听说了什么。还问我是因为什么到河边去的，又是怎么在河边发现吴顺秀的，当时旁边还有没有其他人，我还看到了些什么，问得好详细。哦对了，还问我有没有怀疑什么，派出所当时的结论是啥子，反正吴顺秀出事的前前后后，问了一个遍，还要我们注意保密不要往外说，害得我一晚上就没睡着。这么重要的事，不让说，这不是成心想害人吗？我……我憋了一晚上，实在憋不住了，所以一大早的，我就……嘿嘿，把一竹她们吵到了吧？停了一会儿，王秀儿又凑近了点：徐晚霞，听说……听说你们家一松在铁路上，出了点事？

徐晚霞点了点头：脚被砸了，救他的人死了。

这么惨哪！到底怎么回事？王秀儿大惊失色。其实她早就从兆祥嘴里知道了详细情况，现在这么问，只是想安慰安慰这一家不幸的人。

王娘娘，我哥他……一竹没有忍住，连说带哭地把她知道的哥哥受伤华班长身亡的事说了一遍。

一松好可怜哪！这华班长就这么……唉……一竹，徐晚霞，你们就别再伤心了，一松是个坚强的娃儿，他一定会站起来的，我们大家都一起来帮助他，王秀儿边说边拍了拍徐晚霞的手，哦，对了，这次高考，一梅一竹考得怎么样？

他们呐，都说不知道，只说把题都做了。

唉，我们家兆祥也一样，问他只是笑了笑，我那儿子呀，真拿他没办法。

王秀儿走了后，一竹下床拉拉母亲。

妈，你说我哥他会站起来吗？当然，铁路上会给他安个假肢的。那……那会痛吗？会的，会很痛很痛。那嘟个办，哥哥受得了吗？为了站起来，他只有受这个苦，只要熬到断脚处长出茧疤了，走路才不会痛了。妈，我……我好想哥哥了。

一竹偎进母亲怀里，好一会儿，仰起头：妈，你说四娃子和吴顺秀是张守成害死的吗？

谁知道，不过，既然人家来调查了，总有点什么原因才对。

张守成就是一个大坏蛋！可怜四娃子和吴顺秀了。

好有好报，恶有恶报，做了坏事总是要得到惩罚的。

妈，我想给哥哥写封信，一竹舀了水洗脸。

徐晚霞望望门外：好，我上午去地里锄草，你吃了饭给你哥写信，问问他现在怎么样了。还有，哪怕是脚断了，信心也不准丢！

知道知道！一竹连声回答。

徐晚霞出了门，走到山坡下，见王秀儿正与熊代翠在那里大吵。

原来王秀儿回家吃了饭，就到她的地里去了。虽然这次队里又多分了自留地，但王秀儿还是嫌太少了，现在她全身心都扑在这点地里了。哪块地种红苕，哪块田种稻子，甚至连田坎上哪里种苞谷哪里种高粱她都计划得满满当当。她只想把这些地伺候好点，多打点粮食。儿子兆祥渐渐长大了，她得为儿子的将来多挣点家底，给他找个好媳妇。

今天她要去淋田坎上的苞谷。这条田坎不长，弯弯的不过 20 来米，也不很宽，只能顺着弯种一行苞谷。管他的，有一行算一行，总比一行也没有要好。王秀儿笑了笑，挑起粪桶闪悠悠的。她家的这块田在一个斜坡上，到了坡下，她突然愣住了，一股火直往脑门上冒。她看见她家田坎上的苞谷快要被人家给铲下坡了，这也太欺负人了吧？

小街种地都有一个习惯，开春后每家每户都要铲背坎，就是用刨锄把自己靠山边的田坎上的草铲干净，一来青草可以刨在田里做肥料，二来可以避免青草与田里的农作物争肥。可下边这家铲背坎的也铲得太过分了吧？她的苞谷根根都被铲得露出一半来了。如果就这么铲背坎只要再铲一年，她家的田不被铲垮才怪。

王秀儿急了，张嘴就骂。骂人是她的老本行，基本功扎实得很，三天三夜不会重复一个字。她的声音很大，语言也很粗野，很快就惊动了不少的人。

坡下一个妇女开腔了，开始回骂了。王秀儿一看，是学儿妈熊代翠。王秀儿停了一下，心里愣了愣，见熊代翠不但不认错，还敢还嘴，又开始骂了起来。

徐晚霞跑过来，她看了看王秀儿田坎上的苞谷，又看了看下边的田，大声说，王秀儿，熊代翠，莫骂了！

为什么不骂？俩人都不服气。

停了一会儿，熊代翠又开了口：徐晚霞，你来评评理，这每年哪家哪户不铲背坎，我一片好心把背坎铲干净了，哪点错了？

你当我们都是猪啊，你一片好心？连田里的癞克包（癞蛤蟆）都晓得你是啥子好心了！

癞克包？你才是癞克包！

不要吵了！徐晚霞吼了一声，又放低了声音：秀儿，下边是学儿家的田。

学儿家的田怎么了？刚说到这里王秀儿突然梗住了，学儿与自己儿子兆祥可是好朋友！

熊代翠这时也住了口，一双眼睛直往徐晚霞身上瞟。

你们两个，吵也吵了，骂也骂了，气出完了，还是要心平气和地想一想。学儿和兆祥都是好得像兄弟一样的朋友，为铲点田背坎，为几棵苞谷闹翻脸值不值得？两个娃儿还见不见面？徐晚霞看了熊代翠一眼，喊道，代翠，你大方一点，帮秀儿把粪挑上去，把秀儿的苞谷淋了。

熊代翠满脸通红，默默走过去，挑了秀儿的粪桶就走。

王秀儿不好意思地跟在后面，脸也红了。

· 5 ·

广东西汕县的尾汕公社，只有一条小街道，比一松老家的小街大不了多少，只是这里的房子比他们小街好了许多。

一松拿着赵师傅写的地址，照着门牌找，看到人就问。他的四川话很多人听不懂，他们的广东话一松也听不明白，折腾了大半天，终于找到赵小芸住的地方了。

一条小小的巷子进去，是一排旧旧的平房。一间小小的房子里，一张旧桌子，两把旧椅子，还有一架木板板床，床上一床薄被子叠得很方正。一个年轻的女人坐在桌前，对着一张电报纸往记事本上抄着什么，抄完了她擦了火柴把纸烧了。见一松来了，女人站起来。

皮肤白白的，齐耳短发，中等身材略显丰腴，红红的脸上一双大眼睛很明亮。这个女人好相处吗？一松心里急速地思量着。

许一松？声音圆润，有点低沉。女中音，很好听。一松点点头，你是小芸姐姐？

女人脸上喜色一闪：小嘴还挺甜的。我爸电话里说了你要来，欢迎！不过，我也是刚起步，条件就这样，你行吗？她从上到下看看一松，又特意看了看他的脚。

一松知道她在看什么，他很镇定。我可以，请小芸姐收留我，带着我。一松在她面前特意走了几步。虽然还是有点跛，但不妨碍行走自如。赵小芸神情舒缓，让一松坐下来。

一松没隐瞒，说了他的情况。初中毕业后当了铁路轮换工，打隧道塌方，班长为救他而亡，他脚被砸断。为挣钱报答班长，改善班长遗孤的生活，才来到广州。

赵小芸眼里泪花闪动，她安排一松住在隔壁的一间房子里。

吃了饭，小芸给一松讲解注意事项、工作内容和方法。他掏出笔想记下来，小芸出手制止，说这些只能记到心里。

他的工作不复杂，只是负责服装的押运和接收。服装多就火车托运，少就随身带，尤其是贵重件或急件。他的任务是到重庆负责将服装交到买货人手中，按时向她汇款就行了。每批服装都有清单，丢失他得赔偿。

第二天，小芸将一松带到火车站货运部，让他在那儿等她。她交给他一个清单让他看看，说一会要上车验货，千万要仔细。一松觉得她办事的程序有点怪，明明可以让他和她一道去接货却偏偏不。她没管他在想什么，直接走了。

一松找了个台阶坐下来，干脆，眯一会。迷糊间，他听到汽车的鸣响，睁开眼，小芸从一辆车上下来了。

他有点紧张，拿出清单不知道该怎么做。小芸爬上车，带他一件件地看，一件件地数，还不时告诉他说这是中山装，这是工作服，那是军装。

其实，一松心中一直有一个参军当战士的梦想，他知道这个梦想现在永远也无法实现了，不只是因为他的家庭成分，还因为他的脚。但只要一看到军装，他的眼睛就会发亮。虽然没有帽徽领章，只是这身绿色，就够让他心潮澎湃的了。

下了货，小芸又教一松如何办随车托运，要他到重庆下车就去取货，再找车运到指定的地方交给指定的人，还再三嘱咐他，一定要记住紧跟对方一起去办汇款。"紧跟"二字，小芸可是特别加重了语气的。

递过托运单，小芸看着他：一松，你该不会取了货跑了吧？

他迎住小芸的目光：绝不会，请小芸姐相信我！

好，姐相信你！小芸笑了笑，拍拍他的肩。

他挥挥手，上了火车。

工作开始了。他很认真，也很小心。还好，一切顺利。回来后，小芸很高兴，把一松带到餐馆，那里的一份小龙虾让他回味了好久。

·6·

昨晚徐晚霞睡得很不好，老是做梦。梦中都是小女儿一竹跑回来大哭，说学校里不少人追着喊她"地主儿"。徐晚霞好心疼，醒来后老是翻来覆去地睡不着，好不容易眯了会眼，又梦到一松在铁路上被人揪了出来挨批斗，她猛地醒过来，抹抹眼中的泪水。她开始恨自己了。看来这申诉之事不能放弃呀！原以为自己吃点苦受点气得过且过就算了，哪知道这影响会越来越严重。地主分子的帽子扣在头上，不只是让她活得屈辱，连子女都已经越来越不得安宁了。虽然她写了不少申诉信，也跑了县城好几趟，效果却一点没有。看来她现在不能放弃了，她只能抗争，也必须抗争。如果不把这顶帽子摘了，自己的孩子就不可能有尊严地活着，更不用说有什么出头之日了。

天还没亮，徐晚霞背着背篼又往县城走。她走得很快，背篼里的青菜随着她的脚步在晃动，旁边跟着的王秀儿不时地望望她。

徐老师，你今天啷个走得恁个快？

早点把菜卖了，我到城里还有事。

又要去交信哪？

你怎么知道我要去交信？

陈社长告诉我的，让我跟你说一声，要你小心一些。

徐晚霞心里突然有阴影了。她耸了耸背篼，继续走。

徐老师，其实我是支持你申诉的，王秀儿一边走一边看徐晚霞的脸色，县里的人也是太不讲道理了，这成分明明应该随许校长的，啷个偏偏要给人戴个帽子嘛！不过徐老师，你恁个又写信又恁个跑来跑去的，到底有没有用？

应该有用，至少让领导们知道，我是不服的，我是有道理的，不是胡闹。

是啊，要是搁到我头上，我也不服，也要上告。那个狗×的想捡钱良心好坏，自己的亲戚都要整……

两人边走边说，到了北门。

王秀儿放下背篼：徐老师，恁回你敢不敢吆喝卖菜了？

应该敢了，我先试试。徐晚霞没有去那些角落了，她在一个人多的地方放了背篼摆好菜。看了看走来走去的人们，轻轻清了下嗓子，她小声地喊：新鲜蔬菜！又嫩又好！喊出第一声，她脸就红了。停了一下，她闭了闭眼再睁开，又开始喊：请停一停看一看，又嫩又好的新鲜蔬菜！……

连续喊了几声，声音大了几分。有人停下来了，看了看地上的菜，又拿起掂了掂，跟着问了价格，几乎没犹豫就掏钱了。

受到鼓舞，徐晚霞胆子大起来，喊声更大了些。

王秀儿就在旁边，离徐晚霞不远。她清楚地记得上一次和徐晚霞一起到这里来卖菜时的情景。那时的徐晚霞面子思想好重，根本就放不开，专门挑了个人少的角落里摆菜，也不想想，那啷个会卖得脱嘛！没想到如今的徐晚霞变化这么大，好像完全放开了，一点也不怕什么了。她望着还在叫卖的徐晚霞，心里感觉怪怪的。

徐晚霞叫了几声，回过头来，与王秀儿的目光相遇，两人相互一笑。

今天菜市场的人跟上次不一样，好像多了些，川流不息的样子。徐晚霞一直在担心，害怕市管会的又会跑出来。还好，她们两个的菜都卖得快，她和王秀儿先后都卖完了。

背起空背篼，徐晚霞忍不住还往上次市管会的人跑出来的方向望：秀儿，今天我们两个的运气还可以嘛！

王秀儿笑了笑：哪里是运气可以哟，前天我听陈社长说过，现在的政策比以前宽松些了。

啊，怪不得没遇到有人来撵我们了，你哪个不早点说，害得我刚才还一直提心吊胆的。

嗬嗬嗬嗬！王秀儿笑得更凶了。

好了好了，菜卖完了我要去送信了，你呢，准备做点啥子？

跟着你，学习学习，长点见识。

徐晚霞没再多说什么，直接就往县革委会走。

政工组里还是那个戴眼镜的中年人。看见徐晚霞来了，尤其是这次还多了一个人，很不高兴。他说：你又来了，还有完没完？一个人变成了两个人，好哇，下次是不是要来3个了？我告诉你，一个地主分子，就应该老老实实地接受改造，绝不允许你到处上蹿下跳！赶快走，出去！

徐晚霞被训得目瞪口呆，一时说不出话了。

王秀儿冲过来：你这个同志哪个这么说话呢？地主分子哪个了？地主分子也是人噻，人家是因为评错了才成为地主分子的，她难道就不可以来申诉一回么？

王秀儿的声音很大，音量也高，过道里很快围满了人。一个领导模样的人走出来：吵什么吵？问问是哪个公社来的，给她们公社打电话！

王秀儿见状赶紧退出来，拉了徐晚霞就跑。

出了街口，王秀儿停住脚步：徐老师，要不我们去找找陈子山，他现在可是县革委会副主任了，说不定他能帮上忙的。

算了吧，人家刚上去不久，屁股还没坐热呢，不去麻烦他了。

王秀儿有点不高兴，认为徐晚霞太要面子了。

回到家里，王秀儿看见儿子兆祥正在修他的打米机。

这几天王秀儿就发觉兆祥一直很郁闷。多分了自留地有了点钱后，兆祥说服她们买了台打米机。刚买回来的时候，天天都有人来打米。兆祥采用的方法也灵活，打米后付钱兑物甚至出力都可以，加工费收的也不高，很受附近社员的欢迎。生意一好，眼红的人就有了。最先跟风买打米机的是大队会计叶先成，这人心眼本来就活，哪里能挣钱就往哪里钻。他这一动，很快又有一家买打米机了。偏偏这个时候，兆祥的打米机坏了，这不是成心作弄人吗？

王秀儿正想劝说儿子几句，没想到正国和学儿走了进来。

你们看看，我倒霉不倒霉？见正国他们来了，兆祥扔了手里的扳手。学儿看着兆祥，一脸的笑。你还有脸笑，看我不捶你！我们是来找你说事的。正国拉了板凳坐下来。

兆祥的困境，正国他们早就知道，心里也已活动开了。随着政策的松动，如何谋求更好的挣钱方式，他们已想了好久。兆祥的打米机，挣了一点钱，但随着跟风而来的竞争，形势已急转而下，现在正好是几兄弟联合起来做一点事情的时候了。个人的单打独斗，势单力薄，你能做的事，别人也能做，而且你在前面做成了做好了，别人跟风也非常容易，几乎没有风险，因为探路的风险你已经一人承担了。你成了，人家跟着做，你失败了，人家不跟就是。这似乎先做事的有点傻，但这却是不争的事实。要想彻底规避这种跟风，并不现实，只有提高跟风的门槛和条件，才能降低别人跟风造成的风险。

正国说起来滔滔不绝。

你说了这么多，我没明白你到底是个什么意思。兆祥听了半天，一头雾水，一脸茫然。

我是说，我们应该联合起来，人多力量大，其他人就不好跟风了，我只想到这些。应该怎么做，做点什么，大家来说。

宗光呢，他怎么看？他？他说问问一松。一松没在？快回来了。真的吗？这下好了，他一定有办法。也别光指靠他一个人，我们也要到城里去多看看多听听，城里人脑瓜活，见识广，要看看他们在做些什么。

哎，一松的服装倒得怎么样了？他说还可以。那我们是不是也……别做梦了，他只是一个接货送货的。唉……可惜了。可惜什么，别看一松只是个跑腿的，混得比我们好多了，每月能挣百多块呢！我……我羡慕。我……我嫉妒。

你们就不要羡慕嫉妒了，人家断了一只脚，还能到处去闯，我们呢？正国叹了口气，不要再窝在家里了，得四处走走看看了。

你们莫想，兆祥不会出门了！王秀儿大叫着跑进来，这回呀，不准你东跑西跑的了，王秀儿边说边走进厨房，他现在的首要任务，是给我找个媳妇回来！

不对吧，兆祥妈妈，你家兆祥可是参加了高考的人了，要是他考起了大学，他还会要农村妹娃当媳妇吗？

就是怕他将来把我这当妈的搞忘了，才要讨个媳妇把他套到底！

对头对头！正国他们听了哈哈大笑起来。

儿子，中午想吃点啥子，又来蛋炒饭？王秀儿见兆祥变了脸，赶紧讨好。

兆祥眉头皱了皱，脸色一点没有缓和。他没想到母亲心里还会有这些弯弯拐拐的想法，要用媳妇套住他，更可气的是还当着正国他们说出来。见自己生气了又想用蛋炒饭来安抚他，哪有那么容易。要在以前，这蛋炒饭可是稀罕物，小时候他曾对着一松家的蛋炒饭不知流过多少回口水，现在家里条件好点了，王秀儿就天天给他做蛋炒饭，兆祥都有点吃腻了。

蛋炒饭？要得要得！正国及学儿一齐大叫，多炒点，我们也来一碗！

王秀儿一声大吼：爬远点！

第二十六章

· 1 ·

时间一天天过去，发货量一天天增加。一松对新的工作渐渐适应，当一松再次从重庆回来后，小芸让他到她屋里去。

一松，她叫了他一声。

他心里跳了一下。他听到了声音里的变化，有信任，有亲切。小芸姐，他轻轻地回应。

来，喝点茶，她给他倒了一杯。

一松喝了一口，好苦。小芸一笑，广东人喜欢喝茶，你得学会。

好的，小芸姐，他点点头。

广东话学得怎么样了？

正在努力，不过，好难学。

这是基本功，要想在这里生存，必须学会。

好的，小芸姐。

又来了，一口一个好的小芸姐！说完，她笑起来。

一松突然有种春天的感觉，心里暖暖的，好舒服。他抬起头，小芸正看着他，从上到下，最后，目光停在他的脚上。

来，把脚给我，她指了指他的左脚。他有点紧张，将左脚伸过去。他的脚放到她腿上，她慢慢将他的裤角往上撩。疼吗？声音轻轻的。不疼，小芸姐。他的声音在发抖，有泪水在眼睛里打转。

以后走路要小心点，慢一点，尽量少走路。小芸摸了摸他的脚，你很诚实，工作也很认真负责，脑瓜子也好使，姐相信你。小芸把他的脚放下来，拍拍他的裤角。我这儿要安电话了，以后有事就可以直接打电话给我了。

好的，小芸姐。

又来了，小芸轻轻一笑，好了，给姐说说，你对现在的工作有什么认识？

他语塞了。因为他不知道该怎么说，也不知道该说些什么，但他知道，他得说点什么。

倒服装，是一个新兴行业。有风险，也得有一定业务技能和专业知识，更需要一定的社会关系。首先要懂得躲避或应付检查，如果抓到现行没收货物还是轻的，重的可能还有牢狱之灾；其次要能辨认布料的种类名称和质量参数，以及服装号码之间的差别；再者要有可靠的供货方和接收方。当然，还得有一定的周转资金，这些都缺一不可。我很佩服你，小芸姐，真的，年纪比我大不了多少，可你的能力、经验和社会关系跟我一比，简直一个天上，一个地下。尤其是你一个女孩子，能在这人生地不熟的地方站住脚，闯出一片天地，真的让我太佩服你了。我要向你学习，好好地学习。

小芸脸上带着笑，很惊奇地看着他。她没有想到在这么短的时间里他会对倒服装有这么深的了解和感悟。

一松，你真要让姐对你刮目相看了！努力吧，你会成功的。哦对了，闲暇之余，你还可以买些商业和企业管理方面的书，晚上或路上好好看看，结合你接触的人和事好好想想。

好的，小芸姐！说完，他自己都忍不住笑了。他觉得他好笨，在她面前，除了这句"好的，小芸姐"，就好像不知道说点别的什么了。不过，他很兴奋，也很激动。现在小芸姐相信他了，他可能要独挡一面了！

回到房间，他坐在床上，将裤角卷上去。他想知道小芸姐刚才在他脚上到底看到了些什么。义肢还是肉色的，冷冷的。断脚上的茧疤又厚了一些，接头处的棉垫上还有点点血渍。怪不得刚才小芸姐的眼里闪着泪花，她心疼了。他的心有暖流涌动。

他的脚是他的短板。虽然装了义肢，也经过了艰苦的训练，但走多了脚还是会痛，有时候还会出血。这些他不怕，他能忍，也能坚持。

苦难与幸福是一对孪生兄弟。坚持，苦难变成幸福；放弃，苦难还是苦难。他不想在坚持与放弃之间纠结，而应该在坚持中成长。此时的他需要帮助，但不需要怜悯。他不知道小芸姐对他的关心和帮助，是出自同情还是怜悯，但他对小芸姐的好感在与日俱增。

· 2 ·

高考过后，一梅的心情平静了许多，除了仍然在队里劳动外，她把更多的精力投到了自留地里。回到屋里，一梅没见到一竹，问母亲，妹妹是不是又到邮局去了？

徐晚霞早就发现一竹心神不宁了。随着发榜的日期临近，一竹就更心急了。她等不及邮递员来了，一有空，就去邮局看看。她害怕通知书会寄到公社，又常常往公社跑。她还经常拉住一梅问，姐，你说我们俩会考上吗？一梅说，当然会。一竹乐了，她说，要是我们俩真的一起考上了，那有多好！一梅只能笑笑。一竹又说，不知道哥哥能不能考上，要是他也考起了，我们3个一起上大学……想想就让人高兴！一竹回过头，看到一梅的脸色并不好，她又马上低下头。哥哥太让人心痛了，什么事都不顺，我好想他也能……一竹声音小小的，眼圈也跟着红了。

今天上午，一竹又往邮局跑了。她前脚一走，杠头队长就来了。没说几句话，就让徐晚霞和一梅呆住了。没过多久，一竹回来了，一脸的垂头丧气。她一声不吭，默默地走到水缸边，舀了一瓢水，咕噜咕噜喝了，用袖子擦擦嘴，拉过凳子坐下来。她发现屋里多了一个人。杠头队长，他怎么来了？还有，母亲的脸色很复杂，既有高兴又有不甘；姐姐好像很无奈，又有一种决然；杠头队长低着头只顾抽烟，好像他到这里就只是来抽烟的。

你们怎么了？一竹站起来。

徐晚霞看看一梅，一梅又看看杠头队长。沉默，让人很压抑的沉默。

是不是哥哥出事了？一竹急了。在她看来，能让大家都沉默的事情，只能是与哥哥有关的事了，而且一定不是好事。

杠头队长把他的烟杆从嘴上拿下来，在板凳脚上磕了磕，一竹，别急，是好事，也是……也是坏事。

一竹瞪大眼睛。她有点迷糊了，是好事又是坏事，这是啥子事，世界上会有这样的事吗？

咳咳，杠头队长咳嗽了两声，有这么一个情况，必须给你们俩姊妹说说。先说好事，上午接到县里通知，说你和一梅双双考上了大学。

呀！一竹叫了一声，又停住了。不对，不能高兴得太早，还有坏事，不然母亲和姐姐也不会这么严肃，杠头叔叔，说坏事吧。

杠头队长看了一竹一眼，说道，刚才我已经跟你妈和你姐说了，虽然你们俩姊妹都考上了，但县里只能让你们中的一个人上大学，你们只能二选一。

为什么？一竹跳起来。

因为我，因为你爸，徐晚霞的声音在发抖。

我就知道会是这样，我就知道会是这样，一竹呢喃着，好一会儿，她抬起头，杠头叔叔，这事可不可以找陈子山叔叔求求情？

求过了，不行。

只能二选一？

杠头脸上闪过一丝不忍。

那……那，我姐去吧，我还小，明年我再去考，看他们哪个拦我。

杠头的眉毛动了动，他被震撼到了。他没有想到，小小年纪的一竹，竟会毫不犹豫地将上大学的名额让给姐姐。

徐晚霞的眼圈红了，嘴角一阵抽搐。她的心里一阵宽慰，一阵苦涩。

小妹！一梅一把拉住一竹的手，声音有点变调了：你不能让给我！上大学还是你去最好。你听我说，虽然你年纪小，但你的底子薄，这次能考上那是万幸。明年的高考肯定就没有那么容易了，我是学完了高中的全部课程的，成绩一直都不孬，如果明年你去考不一定能考得上，而我去考就肯定能考上。所以妹妹，听我的，你先去上大学，明年等着我。

杠头队长的嘴角抽动起来。他见多了家庭中遇到这样相似情景下的千姿百态。因为钱财，因为房产，因为田土而亲人反目手足无情的不在少数。利益面前，能顾及亲情友情的不能说没有，但并不多见。尤其是关乎人的一生命运的时候。上大学就意味着有工作有工资能一步登天，不上大学就只有手握锄头战天斗地脸朝黄土背朝天，谁会在这样的时刻谦让，傻么？

听了两个女儿的表态，徐晚霞心里再起波澜。自己的抗争和申诉，没有一点结果。二选一的难题，谁都难以抉择。生活偏偏就是这样，随时都有可能面临选择。手心手背都是肉，让她怎么选？还好，两个女儿在亲情与利益面前，都选择了亲情，让她心里无比宽慰，也非常高兴。这样的选择，很难，也是一次亲情和人品的大考。毕竟要有一个人做出几乎无法逆转的牺牲，任何人都能感觉到它的千钧之重。虽说是明年可以再考，但明年的政策有无变化？明年就一定能考上吗？这谁又能够保证？徐晚霞心里充满苦涩。她恨自己，恨自己的弱小无能，恨自己的地主成分，这不但伤害了自己，还伤害了子女的一生。唯一让她欣慰的是，两个女儿都做出了正确的选择，给她的子女教育，也给她们自己的人品打出了高分。

杠头队长有点受不了了，他真的被两姊妹之间的浓浓亲情深深感动了。他知道他此时插不上什么话，也给不了她们任何的参考意见和帮助，当然他也不想给她们提供任何意见和帮助。因为此时的任何意见都有可能会为今后的怪罪埋下麻烦的种子。他感到自己呆在这里有点多余了，他想走，可又不能走。他得等结果，县里还等着回信呢。

徐晚霞，你来作最后决定吧，两姊妹到底谁去？杠头队长已经抽了3袋烟了，他实在不想再抽了。

还是一梅去吧，徐晚霞长吁了一口气。

好，二十几岁的大姑娘了，耽误不起了，杠头队长磕磕烟杆。

· 3 ·

华灯初上时分，广州的街头已有霓虹灯在闪亮，陈旧的街道像披上了一件靓丽的新装，仿佛一下年轻了许多，古老的城市开始有了现代时尚的气息。

一松和小芸来到一家咖啡厅，临窗而坐。咖啡端上来，小芸放了一点糖，用小匙轻轻搅动，姿势文静而优雅。一松是第一次喝咖啡，算是开洋荤。他对这种苦涩的黑水水不怎么喜欢。学着小芸的样子，他也放了糖搅了搅，小小地抿了一口。

好喝吗？小芸笑了笑。还可以，一松不敢实说。喜欢吗？一松看看咖啡，又看看小芸，不喜欢咖啡，只喜欢……

小芸笑了，一朵红霞飞上脸颊：咖啡其实很好喝的，刚开始我也不习惯，多喝几次，就觉得好喝了，苦中有甜，涩中有甘，就像生活。你再闻闻，还很香呢！

一松慢慢地喝，细细地品。舌尖舔动嘴唇，缓缓搅动口腔。苦涩过后，有一种奇特的香甜在嘴里蔓延。一松明白小芸的意思了。生活，就像咖啡，慢慢适应慢慢习惯就能从苦涩中感受到甜美。一松经历过苦难，也感受过幸福。只是苦难太过铭心刻骨，幸福又太短暂。这次，一松能抓住幸福，让它留得久远一点吗？或者，永远留住？

窗外，是匆匆而过的人群。室内，是悠扬舒缓的琴声。面对这纷繁的世界，面对对自己有恩的女人，一松的心中升起一种宁静，一种安详，一种幸福。人是需要冒险的，也是需要冲动的。如果没有当初冒险冲动的决定，一松能遇到这么好的人吗？上帝为你关了一扇门，就会为你打开一扇窗。一松不相信上帝，一松相信门，也相信窗，一松觉得现在门窗都为他开着。

钢琴声和咖啡香在室内一起飘荡。一松的心也在飘，伴着幸福，伴着憧憬，伴着向往。

小芸静静地喝着咖啡，转头看向窗外。

外面的世界很精彩，外面的世界很无奈。小芸比自己大不了多少，她能经受住外面的精彩和无奈吗？

一松的心一阵悸动，向小芸注目，披肩的秀发，白皙的额头，小巧的鼻梁，抿着的嘴唇，微尖的下巴。侧影秀美，宛如一幅剪纸画。

一种感觉从心底升起，与小雪山坡吟诗的一幕仿佛就在眼前。

> 东篱把酒黄昏后，有暗香盈袖。
> 莫道不消魂，帘卷西风，人比黄花瘦。

一松的毛病又出来了，典型的小资情调，多愁善感。自己给自己一顶帽子。至于这算不算小资，一松不管了，反正现在不是帽子满天飞么？

一松承认，生活给过他太多的警示与教训，小雪的阴影一直在他心里来回徘徊。这是好事还是坏事，自己能从中悟到什么？一松的小眼睛又看向小芸。

看什么看，小芸回过头来，微微一笑。

好看，所以看。

哼，油嘴滑舌。小芸嘴角扬了扬，一丝娇笑飞出来。

一松有点醉了，有点喜欢咖啡厅了，甚至有点喜欢咖啡了。在这里，一松很放松，也有一种幸福感，虽然淡淡的。

生活就应该这样，苦中有乐，乐中有苦，苦涩，轻松，甜蜜，很理想的模式，可生活真的就是这样一种模式么？

·4·

陈子山走进来的时候，一竹正坐在角落里发呆。

虽然在母亲和杠头叔面前她义无反顾地让姐姐去上大学了，但她内心其实还是很痛苦的。她从来就没有想到，她千盼万盼才盼来的大学录取通知书，会带给她如此的不甘和愁苦。二选一的煎熬，留给一竹的只是深深的无助和失望。姐姐的情意，母亲的为难，让一竹一夜之间成熟了许多。陈子山知道情况后说，他回县里去了解了解，看能不能解决这个难题。现在陈子山来了，一竹抬起头眼巴巴地看着他。

陈子山很尴尬地摇摇头：我尽力了。

没关系，陈叔叔，麻烦您了！

陈子山叹了一口气：一梅呢？

我在这儿呢！一梅从里屋跑出来。

陈子山从口袋里摸出30元钱：一梅，祝贺你就要上大学了，这是叔叔给你凑的一点学费，希望你好好学习，不辜负你妈和你们全家的期望！

一梅激动得不知如何是好，王秀儿来了，延续了她一贯的风格，王秀儿一进门就亮起嗓门，生怕没人知道她来了似的。见一梅手里拿了30块钱满脸通红的样子，她看了看陈子山笑了。她说知道一梅要去上大学了，特别来祝贺，虽然她拿不出30块钱，但东拼西凑5块钱还是可以拿得出来的。她说以前你爸许校长上大学，我听说也是大家凑了钱的，这个做法不能丢，希望一梅不要嫌少，以后毕业了，不要忘了乡亲们，不要忘了这条黄泥巴小街。

王秀儿的这番话说得一梅好感动，她说不用不用，一松拿了钱回来的，学费已经够了。王秀儿板起脸很不高兴的样子，说是不是嫌她的钱少了，人家陈领导的30块钱就收了，她的5块钱就不收？她又说如果一梅不好意思，那以后她家兆祥结婚的时候你翻倍送回来就是。

其实，兆祥高考落了榜，王秀儿是很怄了点酸气的。她在床上躺了好几天，觉得好没面子，都不好意思出门见人了。她真的没想明白，平时她家兆祥成绩还可以，而且还专门辛辛苦苦复习了的，怎么就偏偏没考上呢？难道是自己经常拍儿子的脑袋真把他拍傻了？该不是评卷的老师搞错了吧？她还真想过是不是去查查分，可一打听，这查分不但过程复杂，而且还特费时间，需要到省城去，还需开不少证明，不是简简单单就可以查到的。王秀儿还想到了一个更重要的事情：钱！查分得花钱吧？车费生活费住宿费得多少钱？一想到钱，查分的念头顿时烟消云散了。徐晚霞的女儿双双考上大学的消息传出来后，她更是百感交集。知识分子家庭教出来的子女就是不一样，一考就两个，可惜县里偏偏来了个二选一。她突然想起，还有一松呢，他考上没有？要在以前，王秀儿肯定会忌妒得要死。想当年兆祥小学时因成绩不如一松，王秀儿还曾心里不舒服而指桑骂槐过，现在回想起来，真是后悔死了。如今儿子和一松成了生死之交，过命的好朋友，一松家的好事她王秀儿只会高兴绝不会忌妒了，当然，有时候心里酸一酸还是有的。知道一松家没有啥子钱了，她就赶紧过来送点钱，钱不多，但心意一定要尽到。

王秀儿的一番话，说得一梅收也不是，不收也不是，正想说点什么拒绝王秀儿时，熊代翠来了。紧接着，彭世珍也进了门。徐晚霞和一竹招呼大家坐下，许家太爷、杠头队长、刘全友等也跟着来了。他们有的提着几斤米，有的提着一些菜，有的拿出几块钱。

陈子山悄悄地走了。有了乡亲们的帮助，一梅上大学不用他操心了。

去大学报到的日子很快来临。一竹说她想去送送姐姐，也想去看看大学到底是个什么样子。徐晚霞知道一竹心里的苦楚，想了想咬牙答应了。

一竹笑了，高声叫着：姐，你看我穿哪件衣服好些？一竹翻着她的衣服，挑了好一阵，一竹的脸色变了。

徐晚霞拿出一件六成新的衣服：一竹，来，这是你姐的，给你穿。

妈，姐穿哪件？一竹接过衣服问。

我，我穿这件，一梅拿出一件衣服抖了抖。

这衣服又破又旧，还有两个口子，一竹叫了起来：这件我穿！

不，这件我穿，一梅抓紧了破衣服。

姐，记得小时候我有新衣服偏要穿补疤衣服，所以现在我还是穿补疤衣服。

那是你犟，一梅插了一句。

不过姐，你得穿好点，不然同学们会看不起你。你就穿那件六成新的衣服，这破了的衣服我来补我来穿，一竹夺过破衣服，拿出针线。

姐，到了学校你只管好好读书，妈妈、哥哥和我都会好好的，我们家以后就指望你了。一竹很认真地补衣服，她抽出针，又扎下去。啊，痛，姐！

姐妹俩很快收拾好了东西，一起去了省城。

· 5 ·

接下来的一段时间里，一松发现小芸的应酬多起来。小芸对他说她原来只有一个人，忙不过来，现在有了他，她想拓展另外几个城市的市场了，不只是给重庆供货。一松当然高兴，毕竟他能起作用了。

一松深切地感受到了小芸对他的好，不只是生活上的关心，工资也开得较高，是铁路上的好几倍。在这里他不但增长了见识还能提高能力。他越干越顺心，觉得来广州是来对了。

他发现自己有了变化。习惯上思维方式上，都有变化，是变好了还是变坏了，他没去多想也不想去弄明白。

一路走来，他有太多的对，也有太多的错；有太多的得，也有太多的失。佛曰，对就是错，错就是对；得就是失，失就是得。这里面的道理有点深奥，甚至有点绕，好像故意让人弄不明白似的。他得理理思路，好好想想以后的路该怎么走。

努力做自己认定的事，不计较别人怎么说书上怎么说，更不要去想佛怎么说。

一松跟费处长通过几次电话，费处长不是骂他不听话就是叫他注意安全。

他没有告诉母亲和姐姐妹妹他在干什么，告诉了只能是徒增烦恼，让她们担心。

早上 8 点，一松准时站在小芸面前。

这段时间干得不错，这里的工作你也算是熟悉了，可以独挡一面了。小芸喝了口茶，开始往下说：朋友建议，让我试试农村市场，为将来的发展开条新路，我也就有了个想法，你看可不可以。

一松坐直了身子。

你看嘛，我们老家那边各个乡镇都恢复赶场了，你的朋友有没有愿意来做布匹和服装的零售呢？

好像政策不允许。

可以打擦边球，换一种方式。

怎么个换法？一松的眼睛睁大了。

我一个朋友这样说过……小芸开始述说。小芸介绍得很详细，很具体。一松觉得很新奇。他甚至在想，这人也太聪明了吧？怎么就想出了这么有趣有效的销售方法呢？一松认真地听着，还仔细做笔记。小芸语言很精炼，说得很有条理。她要一松明天就动身回黄泥巴小街，工作就是到农村市场去试水；方法就是带一批衣服，带几个人，赶场天穿上在街上走动着卖，一方面积累经验，一方面培养人才，实行滚动式发展。对于如何应付市管会检查，她也详细作了交代。最后她还反复问一松听明白了没有，有没有什么问题。

要说没有问题，那是假的，一松确实有问题。

咖啡馆喝过咖啡后，一松忽然有了一种感觉，朦朦胧胧的，似有似无，说不清道不明。他想起了小雪，对，当初和小雪开始的时候，就是这种感觉。他心里一惊，小芸姐会看上他？有点天方夜谭。那为什么对他这么好，谁知道呢？就在一松恍恍惚惚之际，小芸姐却突然要把他派回去了。是真的需要他去开拓农村市场，还是借故疏远他？女人的心，都很缥缈，像天上的云，很难让人捉摸，就像小雪一样，他至今都不明白她是怎么变心的。还有让他不安的，是他对这个任务基本没底，心里是虚的。不过他知道，不管是小芸姐借故疏远他也好，还是他心里没底也罢，现在的他还不能提出异议，他只能按照小芸姐交办的事情去做。如果真要是小芸姐要疏远他，那他就应该抛弃杂念，安安心心地将工作做好。风险是有的，要想没风险就只有回铁路上去领那点死工资算了。他也明白，这段时间工作下来，他不但见了不少的世面，还学到了好多经验，这可是在铁路上想学也学不到的呢。独挡一面，这不正是一个机会吗？

他对小芸点点头，轻轻笑了笑。

小芸见一松同意了，就开始给他发工资。拿着厚厚的一叠钱，一松有点心潮澎湃。他突然想母亲了，想姐姐妹妹了，也想华班长了。他激动地填写小芸指定的货品领取单，收拾起自己的衣物。他不由自主地想起了华班长，想起了华班长的一对儿女。

两天后他提起包包，登上了去河南的火车。

·6·

许一松赶到华班长家时，已经是下午了。

两间低矮破旧的小屋，寒风从墙壁的几个破洞中钻进来满屋乱窜，一个老人抱着两个四五岁的孩子在瑟瑟发抖，华班长爱人在一旁落泪。

见一松来了，听说是爸爸班里最亲最亲的人，华班长的一对儿女就朝他扑过来。叔叔，我叫胜军。叔叔，我叫胜男。一松将他们抱在怀里，拿出专门给他们买的衣服鞋子书包和一叠钱，他们紧紧地捧在手里，泪花在眼中直闪。看着这个家徒四壁的家，面对全都穿着破旧衣服的老人和孩子，一松眼圈红了又红。

他跑到附近的镇上买了些肉和面，又叫拖拉机拉了一车煤，生上火烧了热水，让他们洗了澡，换上了新衣服。然后和的和面，剁的剁馅，烧的烧水，全家人热气腾腾地就着大葱蘸酱，吃着一起包的饺子，欢笑声久久在屋里回荡。华班长儿子胜军、女儿胜男一直偎在一松身边，他们对他有一种天然的亲近感，一步不离地黏着他，一口一个叔叔叫得他心里又酸又甜。不用太多的语言，在他们一家人的眼里，一松就是华班长，是他们一家人的主心骨，是他们一家人的依靠了。一松已认定，华班长的家人就是他的亲人，他得撑起这个家，他得改善他们的生活。

肩上责任重大，男人的双肩生来就是要承担责任的，母亲、姐妹，还有华班长的家人，他都有责任让他们幸福。

对于倒腾服装，以前一松多少还有点犹豫，也有些担心有点害怕。现在他只能义无反顾，一往无前。冒点风险，值得。心里只有一个想法，抓紧挣钱，修好房子，把华班长一家接过来，和母亲、姐妹住在一起，多好！

在华班长家住了两天，一松回到了小街。

一松一进门徐晚霞就哭了。一竹冲过来，一把撩起他的裤脚，直接用手摸。

亲情不只体现在语言上，有时一个眼神，一个细小的动作，也会让你热泪盈眶。

他感到已被浓浓的亲情包裹，闭上眼睛，一任母亲的目光扫过他的断脚，让妹妹的手抚过他的假肢。

他忍住眼中的泪水，用最平和的语言讲述了华班长救他的经过，又讲了他在广州工作的经历。为让她们放心，他还特意在她们面前来来回回地走来走去，直到她们都轻轻松了口气，他才说了他在河南看到华班长一家的情景。

徐晚霞含泪摸摸他的头，一松，要永远记住华班长的救命之恩，我们一起好好想想，怎么来帮帮华班长的家人。

一竹泣不成声，不停地把泪水擦到一松身上，哥，华班长太伟大了，他用他的生命保住了我的哥哥，现在他们一家比我们还苦，哥，干脆把他们接到我们家来好不好？

当然好，我也这样想过，妈，这样可以吗？

我们两家都是失去了顶梁柱的家庭，应该在一起，一竹很干脆。

只要她们不嫌弃我们家的条件，我们欢迎她们，徐晚霞的话里显然还有顾虑。

妈，我会给她们说清楚的。另外，我想和学儿家换块地，尽快挣点钱修幢房子。一松详细地说了他的想法和计划：修房量力而行，先打好基脚，以后有点钱就修一点，逐步把房子修好，再去接华班长一家。

一松刚说完，一竹就跳起来，好，哥，我们一致同意！徐晚霞也笑了。

姐姐呢？一松这时才发现家里少了一个人。

姐姐上大学去了，还是我送她到的省城呢。一竹叽叽喳喳地说了这次高考的经过。

知道一梅一竹双双考上大学，偏偏只能二选一，一松心里很难受。对于一竹能为了亲情做出牺牲，把名额让给姐姐，一松感到又憋屈又高兴。他仔细观察一竹在诉说这些时的神态，发现妹妹并没有太多的伤感，他全身一阵轻松。

为转移话题，他大声说，现在进入礼品展示环节。一竹一声欢呼，冲到他跟前。

他拿出一套女装，递到徐晚霞面前，妈，给您的。

徐晚霞接在手中，仔细端详。太好看了，我穿不穿得出去？不过我喜欢，徐晚霞笑得脸上皱纹更多了。

我的呢，给我买的什么？一竹直接冲过来搜包包。

当然也是衣服了，还有鞋子。他一一拿给她，一竹脸上顿时笑开了花。

他又从包里拿出一个小盒子，递到徐晚霞面前。这是啥子？闹钟。

闹钟？让我看看！一竹冲过来，打开盒子，啊，我们家有钟了我们家有钟了！

徐晚霞笑了，一竹捧着闹钟又蹦又跳。

一松没有想到他带回来的东西会给家人带来如此大的欢乐，他醉了。

哥，我好喜欢闹钟，有了它，以后我们就知道时间了。一竹很兴奋，她跑到一松的几个大包包前：哥，你还带了些什么东西回来？我要搜包包！她边说边打开，呀，这么多布！还有这么多新衣服！

对呀，你们来看看，这些布这些衣服好不好看？

一竹仔细看着：好漂亮，颜色也好看。

徐晚霞走过来：你想卖布卖衣服？

是的，妈，我这次回来就是想联合兆祥他们一起做。

这能行吗？徐晚霞皱了皱眉头。

我已经做过一段时间了，真的可以。

一竹摸了摸布匹，又摸了摸新衣服：哥，我支持你！只要能赚钱，我们就可以修房子了，哥，你给我们买的衣服我们不要了，多卖点钱才对，修房子才最重要。

正说话间，正国他们来了，上前就一人给了他一拳。

一松，不地道，回来了也不来报个到，兆祥直接炮轰，然后从头到脚地打量一松。自从听到一松出事后，他就担心一松会一蹶不振，现在看到他面色红润神情坦然，既高兴又惊奇，心里在想，自己是不是应该学习学习一松的坚强？

我……我也是刚到家，一松急忙解释。他转身问兆祥：这次高考如何，考得怎么样？

兆祥摇摇头：一塌糊涂，没指望了。你呢，考得怎样？

跟你一样，哎，大家都还好噻？

你看看我们能好吗？正国有点气鼓鼓的。

一松，莫扯远了，我们是有事来问你的，我们想一起做点事，你说我们做点啥子好呢？宗光已经迫不及待。

这个……你们自己要有一个主意。

我们要有主意了还来问你？

你们恁是想吃定了我嘛！

那当然。

一松提高声音：好，我可以给你们提供点思路。

正国、宗光几个围过来。

首先得有个大方向，你们想做商业还是做工业？

这个我们哪里晓得，你给我们定一个。

一松心里有点小得意。他理了理思绪，先提了加工方面的几个项目，最后才说也可以卖布匹和服装。

大家你一言我一语地开始讨论起来。

正国说，现在一些生产队自从多分了自留地后，不少人卖了余粮手里就有点钱了，大家第一个想做的事就是修房子。如果我们建水泥板厂正好迎合了这个市场需求，它的工艺也相对简单，需要的设备不多，投资不大不小，想跟风的也有一定难度。卖布匹和服装也不错，现钱现货，出手就"有钱"，两样都做得。

宗光说，板厂生产成本波动不大，价格可以随行就市，原材料可以赊欠或以农副产品兑换。

兆祥说，我看卖布匹和服装最好，进货量可以从小批量开始，需要的资金也不大，最适合我们做。

卖布匹和服装当然好，就是不知道政策允不允许？学儿提出一个问题。

大家一时沉默了。如果政策不允许，一切都是白说。

你们问过公社了吗？一松问道。

问过一回，私人办厂和经商，都不行。

那办成社办企业呢？一松提了个主意。

大家眼前一亮，马上一起到了公社。陈子山听了他们的汇报，立即打电话咨询上级部门，回复可以打擦边球，办成社办企业。大家的眉头松了。

出了公社大门，一松发觉兆祥他们还是紧紧地跟着他。

各回各家了噻，还跟着我干啥子？

你家有肉，不跟着你跟哪个？

一松眼一愣，耍无赖？

就是耍无赖，哪个了？只要有肉吃，耍无赖就耍无赖。

看到大家进了屋，一松脸上笑眯眯的。他没有想到这次回来的工作进行得这么顺利。原以为要说服兆祥他们卖布匹卖服装还得费好几番口舌呢。对于他们想搞的水泥板厂，一松没有多大兴趣。自己断了脚，搞水泥板厂难免要挑要抬，这些都是他做不到的。不去做吧，他又不愿占朋友的便宜，因为水泥板厂一建起来就不是一天两天的事情。长期不挑不抬，别人不说什么，自己也会过意不去的。

吃了饭，一松抓住机会，又给大家详细讲了卖布匹和卖服装的设想和利弊。他依样画葫芦，照搬了小芸跟他说的一切，还着重讲了遇到查询时的应对办法。一松说着拿出他带回来的布匹和服装，兆祥他们围过来，边看边摸，甚至还穿在身上摇摇摆摆地走来走去。大家特别兴奋，一阵品头论足，认为布匹不光质量好，颜色也非常好，一定会深受欢迎，这个生意肯定做得。大家摩拳擦掌，好想马上就去试一试。

· 7 ·

想捡钱正往家里走。他的肚子早就饿得咕咕叫了，他得回家去吃个红薯。他一边急走，一边低头把眼睛往地上扫，还是没看到钱。他抬起头，看见陈子山就站在他的家门口。

要在以前，这陈子山是他想请都请不来的贵客。可最近几天，他害怕这个陈子山害怕得要命。想捡钱一直没弄明白，这个陈子山也真是的，那次祈雨被撤职后，他又从办事员起步，当了文书当公社革委会主任，好不容易爬到县革委会副主任就又不安分了，放着好好的办公室不坐，偏偏要来鼓捣什么良种稻的推广，而且还想把这个推广示范点放到他的这个生产队，甚至要放到他的头上。这不是为难人吗？尤其是多分了自留地以后，大多数人家都能吃个饱饭了，谁还愿意再折腾？

水稻种了这么多年了，该种什么品种，怎么种产量才又高又稳当，公社哪家哪户不知道？你陈子山突然冒出来要大家种你想推广的那个品种，谁相信呢，凭你几句话人家就愿意来试一试你的新品种？水稻可是我们社员一年的口粮呢，减产了失败了绝收了谁负责？

尽管想捡钱很看重头上这顶生产队长的帽子，也担心如果不配合陈子山的工作可能会帽儿不保，但与全家人商量后没有一个人同意试种良种稻，大家都认为头上的帽儿没有粮食重要，因为帽儿不能当饭吃。想捡钱只好像躲猫猫一样，躲着陈子山了。他没想到这陈子山会来堵他的门，没办法，躲是躲不过去了，硬着头皮上吧。

陈主任好！想捡钱心里发苦，脸上仍然像开着花。

邓队长，上次给你说的事考虑好了没有？陈子山开门见山。

我……我……想捡钱为难了，拒绝吧，帽儿不保，承认吧，口粮可能没了。

可不可以把试验放到我们队里？

效果有放到自留地里大吗？

没……没有。

这就对了，告诉你吧，我在你们队里已经找到两家愿意在自留地里试种良种水稻了，还差一家，我看就是你了。怎么样，同意吗，陈子山这架势是要把想捡钱逼上梁山了。

陈主任，我……我……

还犹豫吗？你是生产队长，必须起带头作用，我再问你一次，你同意吗？

我……我……想捡钱冒汗了。他知道他的帽儿悬起来了，如果不同意，帽儿就要落地了。他咬咬牙，同意，同意！不就少点口粮嘛，自己尽量少种点就是，口粮重要，帽儿也重要。

这就对了嘛，生产队长就应该有生产队长的样子，好了，陈子山挥挥手，通知王秀儿、徐晚霞，明天到公社领秧苗栽秧，顺便再学学这个新的栽种技术。

· 8 ·

又到了小街的赶场天，徐晚霞吃了早饭，出门想买几个撮箕。

天没亮多久，来赶场的人已有很多了，街上显得很热闹。徐晚霞转了一圈，来到兆祥家门前，见那里并排摆了 5 个小摊。几根小竹竿绑定的支架，几根大点的竹子做了横框，一块包装布蒙在上面成了一个台面，几匹蓝布、青布、灰布、军绿布摆得整整齐齐。她儿子一松和兆祥、宗光、正国、学儿一人一个小独凳坐得端端正正，人模狗样的架势引来不少人围观。

兆祥得意扬扬，扯开了嗓门：快来看快来瞧，价廉物美的上等布料，经久耐磨，手感柔和，做衣服裤子好得很呐！

兆祥声音洪亮，吐字清楚，反复吆喝，人就越围越多。徐晚霞笑了笑，她看见有人问价了，有人摸布了，有人掏钱了。兆祥、正国吆喝得更加起劲，一松、学儿拿着尺子量布扯布，宗光拨动算盘算账收钱。几个人一脸的兴奋，满脸的笑容。徐晚霞很高兴，她没想到，儿子他们摆摊没多久，就开摊了。接着，陆续又有人来买布。

由于摆摊的形式新颖，卖的布匹确实价廉物美颜色又好看，围观的人多买的人也多。一松他们一边吆喝，一边卖布，收的收钱，扯的扯布。他们都很兴奋，笑得合不拢嘴。中午一算账，卖了53块5！按20％算，利润10块多！

啊！成功了！……兆祥叫起来。

干脆，明天兴龙公社赶场，我们去试试卖服装？

对，服装的利润更大。不过，他们公社会不会来干涉？

有可能，那里的市管会我们一点不熟，真要来干涉肯定麻烦。

这样，我们按一松说的办法去做，先不摆摊，留一个人在街边看货，其余的人在身上挂着衣服在街上边走边吆喝。

对对对，这样又可以卖衣服，还可以到处打望看妹儿。

你个骚鸡公，就只想到看妹儿。我可说好了，精力要放到卖衣服上，你要是只顾看妹儿，出了事你负责！

几个人正说得火热，旁边的左妹叫了一声：宗光，我也要去！

宗光尴尬地笑了笑，看了看大家，不知如何是好。

可以，细节我们再商量，我马上去邮电所发电报向老板汇报，一松边说边出了门。

一松刚走，就见烂诗人老婆彭世珍心急火燎地跑来，还没进门就大声高喊，不好了，不好了！

大家立即停下来一齐望向她。

彭世珍是今天一早进的城，在菜市场卖了菜以后，就去她二姨家坐了坐。吃午饭时，二姨家在县里工作的女婿回来说，最近黄泥公社曹二希反映，他们公社又发现了多分自留地的事，县里听了很震惊，要派工作组去查处，已抽到他参加了。彭世珍一听就吓坏了，这多分自留地才几个月，怎么又被发现了，还要来查？她心里着急，吃了几口饭就急急忙忙地跑回来报信。

兆祥他们听了，赶忙去叫队长杠头和其他当家社员，没多久，大家都来了。

杠头，你们说说，这事咋个办哪？彭世珍擦擦汗，又把她听到的重说了一遍。

杠头咬咬牙，看向烂诗人。

这事有点麻烦了，烂诗人脸通红：我想不到有啥子好办法。

我……我也一样，刘全友一脸无奈，我们队也够倒霉的了，怎么老是被人揪住不放？

彭世珍插了一句：这个曹二希真不是个东西！上次就是他想整我们的，结果被想捡钱抓去批斗我们才躲过了一劫。这一次曹二希翻了身，又想来整我们了，好可恶！

莫埋怨莫埋怨，赶快想办法，杠头把话题引回来。

多找几个人商量商量要不要得？反正是大家的事情，烂诗人开始慌了。

这事太大，如果真要上纲上线，恐怕队里要走不脱了，彭世珍看了杠头一眼。

那啷个办？杠头好像也没有主意了。

· 9 ·

一个惊雷突然在小街上炸响：张守成落网了！

最先得到这个消息的是曹二希，他立刻告诉了公社办公室的人。很快，小街上就沸腾了。人们奔走相告，不少人唏嘘，不少人庆贺。好多家放起了鞭炮，有的还吹起了唢呐。王秀儿说罪有应得，彭世珍说大快人心，熊代翠说恶有恶报。杠头、烂诗人、贺啸天他们聚到一起，大家痛痛快快地喝了一顿，边喝边喊，苍天有眼哪！苍天有眼哪！刘全友高兴得大叫了好几声，打了一斤酒把自己喝得大醉，又跑到他母亲妻子儿子的坟前大哭了一场。

一松很激动，甚至怀疑这不是真的，跑到公社核实后，他仰天大吼了几声。

回到家里刚想躺一会儿，妹妹拿着一坨黄泥巴走过来：哥，还有任务呢！他从床上爬起来，接过黄泥巴。他神情恍惚了一下，耳边仿佛又响起那首《我侬词》。正是因为这首词，他好久都没有捏过泥人了。今天不一样了，他得破例了。妹妹早就说了，给吴顺秀上坟时一定要捏个张守成去祭祀干妈。他给黄泥巴淋上水，屏住呼吸，那个恶魔在他心里闪现。还算方正的大脸浮着阴笑，一双眯眯眼射着凶光，鹰钩鼻子总像要钩人似的，肥厚的嘴唇和蜡黄的牙齿像要吃人……河水中他捂杀四娃子，活活怄死了四娃子奶奶，全友叔被骗砍树被抓，接着又把吴顺秀残害致死。这个恶魔甚至还想伤害他的母亲，真是罪不可赦，该千刀万剐！一股怒火在心中升腾，他手指动作越来越快，一个人形显现出来。

张守成？妹妹在旁边大叫。不对！哥，不能把这个家伙捏那么好，得把他捏丑点，越丑越好！对了，得捏成下跪的，让这个恶魔跪在干妈坟前认罪！

一松依言而行。捏好张守成后，他又想起了华班长，想起了与华班长在一起时的点点滴滴。他有点激动了，手指的翻动还是很灵活，小眼睛，高颧骨，一撮小胡子，一个小酒盅，记忆里的样子越来越清晰越来越生动。他停下来，怔怔地看着手中的华班长，细细地梳理着他的小胡子，直到眼里盈满了泪儿，他才将华班长放到床头边。上床后他翻来覆去睡不着，没迷糊多久，就听外面有人在叫，一松一松！他揉揉眼睛，谁这么早？探出头，是兆祥他们。

今天约好去给你干妈上坟的，你忘了吗？

这怎么会忘呢！一松穿好衣服，提上篮子。

东西带齐了没有？正国看了他一眼。

我妈昨天就准备好了，一松举了举篮子。

那好，走。

吴顺秀的坟在她家自留地的山上，坟边有他们栽的几棵松树。远远地，他们看见坟前跪了一个人。

凌乱的头发，脏乱的衣服，瘦削的身体，一对红烛燃着，几支香冒着烟，墓前摆着一盘红桔，一盘鸡蛋，一盘香肠。

全友叔，他们几乎同时喊道，刘全友抬起头。

别动！旁边有人大叫一声，是方老头，一松的年画师父。他一手拿着铅笔，一手拿着画板，目不转睛地看着刘全友。

这怪老头发现创作题材了。他对这些人的到来，不管不顾，反而嫌他们干扰了他。大家集体噤声，方老头全神贯注。一松轻轻走过去，站到他师父身后。画板上，坟地、供品、香烛、全友叔已清晰可见，方老头此时正全力捕捉刘全友的神态。

现场很安静，只有画笔在纸上发出的沙沙声。

过了一会儿，方老头收了笔，边走边说，一松，晚上记得来一趟。

目送方老头走远，大家赶紧扶起全友叔，将他们的供品摆好，点上香烛，依次给吴顺秀作揖上香。一松跪在坟前磕了3个响头，心里默默地和干妈说了好多话。兆祥开始放鞭炮，烧纸。一松将下跪的张守成拿出来，摆放在坟前。刘全友眼红了，他瞪大眼睛，默默地看看坟头，又看看跪着的张守成，突然他冲过去，一脚将张守成踩得粉碎。

回过头，刘全友对大家笑了笑，笑容很僵硬，是硬挤出来的。他走到供品边，拿起一个鸡蛋，一松，来，吃个鸡蛋。

一松愣了。

你干妈以前经常叫你吃鸡蛋，只要你一吃，她就高兴。

一松默默接过来，双手捧住，对着吴顺秀的坟头作了3个揖，剥了鸡蛋，一口一口地吃着。

刘全友站在旁边，眼中泪花翻滚。四娃子和母亲以及吴顺秀的相继离去，对他的打击太大，他还没有从阴影里走出来。几年时间过去了，失去亲人的伤痛并没有因为仇人的伏法而消逝，刘全友的疗伤还需要时间。

天黑下来，一松走向他师父怪老头的小屋。

屋里的灯很亮，师父正俯在桌前，一手拿小锤，一手拿戳子，正对着一块木板敲打着。

一松走到师父旁边。木板上的图案正是他在吴顺秀坟前画成的。线条很粗放，刘全友脸上的苍凉和悲痛很生动。这需要功力，一松被深深地感染了，他为能有这样的师父感到骄傲，也感到庆幸。

来，你接着刻，方老头见一松来了，停止雕刻，把工具递给他。一松搓搓手，接过工具，看了看图案，接着雕刻敲打起来。

小心点，这儿要细一点。对，就这样。停，这儿要更圆润一些……

师父不时地指点，让一松的心里涌出一股暖意，也生出一丝自信。

不知不觉中，他已喜欢上了木版年画。这不只是因为艺术，也因为怪老头这个师父。他突然有一点奇怪的感觉，怎么没听见师父的笑声了呢？一松摇摇头。以前他害怕他的笑声，现在他又想听他的笑声，他是不是有点贱？

第二十七章

·1·

朝霞从蟠龙山顶上跳出来，从小街的屋脊上掠过。

陈子山站在公社门口。望着眼前的小街，他感慨良多。从公社副职升正职是因为这条小街，从公社正职一撸到底还是这条小街。如今这个县革委会副主任，也是从这个小街升上去的，这可真有点成也小街败也小街了。

他深感自己肩上的责任重大，到任后就确定了自己的工作方向：一是抓紧试验良种稻推广，二是恢复全县各乡镇的赶场。他想做好这两件事给农民带来实惠。他往街上走。来小街赶场的人比前两场又多了很多，交易的物资和品种也越来越丰富，恢复乡镇赶场的效果正在显现。看着两边街檐渐渐摆满了谷子大米、黄豆绿豆、鸡鸭鱼肉，他相信以后情况会越来越好。他现在的主要精力应该放在良种稻的推广上了。

回到公社，农技员来了，他过去挥挥手就往田里走，边走边喊：赶快广播！赶快广播！

不知是哪天开始的，小街上有了广播喇叭。陈子山话音一落，喇叭就响了：社员同志们，社员同志们！公社组织的良种稻推广，今天马上就要开始示范栽秧了！

这消息有点震撼，像插了翅膀似的，瞬间飞遍了小街的旮旯角角。今天是小街的赶场天，来赶场的人们纷纷驻足，听了一会儿就往徐晚霞的那块小小的水田边挤。

望着越来越多的人群，徐晚霞的脸红红的，她弯下腰，把裤角扎到了膝盖上。

田坎上的一竹飞快地跑着把一团棉线递过去。徐晚霞接到手里，拿起旁边的竹签，将线绑到竹签上，往田坎边一插，农技员走到田的另一边，插上竹签，将线套上拉紧。

这是要干啥子？田坎上的人们睁大了眼睛。

一竹，甩秧苗！徐晚霞又叫了一声。好的，一竹高兴地将一把把秧苗向徐晚霞抛过去。徐晚霞拿起秧苗，弯下腰一甩头发，和农技员一起飞快地沿着那根棉线栽起秧来。很快，一行笔直的秧苗栽好了。

好直啊！田坎上的人开始评论了，不但直，还很密。

对，大家观察得很仔细嘛！陈子山的声音在人群中响起。社员同志们！这次我们示范推广的良种稻，就是要行距一致，合理密植。水稻种植，我们不但要种子好，还要种植技术好，田间管理好，这样产量才高。现在大家的生活有了一定的改善，都想每个月有几顿嘎嘎（肉）吃，啷个办呢？推广种植良种稻，增产增收，我们才能实现这个愿望！

说话间，徐晚霞和农技员又移好线栽了第2行，接着是第3行，第4行，第5行……还真别说，只有一行秧苗的时候还看不出什么来，这行数一多，情形就大不一样了。只见十几行秧苗间隔均匀，行向笔直，很有气势，赏心悦目。

好好看哪！有人叫出了声。

好看有啥子用？得多打粮食才是真的！有人唱反调。

对对对，拿着这根线搬来套去的，搞些花架子，又误事又费时间，简直是把人当猴耍！

大家不要误会，这是在给大家做示范，以后栽熟练了，就可以不拉线了，凭手势栽也可以的。陈子山红着脸急忙解释：我请大家来不只是看怎么栽秧的，还要请大家注意做到行距一致，合理密植。当然，还请大家以后也关注一下良种稻的生长情况，挞谷子的时候也请大家同样到现场来，看看我们的良种稻是不是能够增产！还有，这块田的旁边，是一块与种良种稻的田一样大小的田，它们将种上大家平常种的稻种，到时候才有个对比。请大家注意，除了徐晚霞的这块示范田外，我们还有邓怀义邓队长和王秀儿家的田，也和这里一样，都种相同面积不同的稻种，到时候请大家共同来见证谁好谁孬。大家说，好不好？

好！现场有人回应。不过回应的人少了点，声音也是有气无力的。

· 2 ·

又在开会，参会的人默默地坐着，神情很复杂。按照曹二希的标准，这些参会的人可以分为三类，一类是淡定或者说是毫无表情的；二类是亢奋或者说是眉飞色舞的；另一类就是低沉或者说是忧郁的了。

曹二希自认为他属于亢奋一类的人。属于淡定一类的则只有一个人——陈子山，其余的则都可以划为低沉一类的人了。在曹二希的眼里，同级官场无非只有三种形态：合作、争斗、妥协。他和陈子山一直都处于争斗与妥协之中，很少有合作或者可以说没有合作。现在，陈子山已升任县革委会副主任，他和陈子山的地位已不可同日而语，自己与他已不可能再有什么争斗了。他除了巴结献媚，就只有羡慕嫉妒恨了。他微微弯了弯腰，向坐在上首的陈子山笑了笑，方转身把眼睛很威严地扫向坐在椅子上低垂着脑袋的人们。

同志们，我们公社的工作取得了很大成绩，形势一片大好。但我们也要清醒地看到，现在的形势依然严峻，最近，有的生产队又把自留地扩大了，扩大到令人发指的地步。同志们，这应该发人深省哪！县委决定要对这一事件进行严肃查处，工作组马上就要进驻我们公社，请大家就如何配合工作组的工作发表意见。

与会者的头抬了抬，看了曹二希一眼，又把头低了。县革委会副主任一言不发，公社革委会主任都没参加的会议，这个曹二希当成个宝一样，有这样耍宝的吗？多分自留地，哪个地方没有？要查，得查一大批人。把这些人都整倒了，以后的工作靠谁来开展？可用一个字来形容曹二希：蠢。

陈子山心情一直都不太好。这次的多分自留地事件，他心知肚明。以前，公社对这类事，一般都是睁一只眼闭一只眼。不知道这次是为了什么，曹二希要大动干戈。在这小街上工作也快 20 年了，陈子山对这里的山和水、人和事，都有了深厚的感情。对于多分自留地一事，他是非常理解也是放任的，甚至是赞成的。这里的农民够苦的了，多分点地，多收点粮食吃点饱饭，有什么值得大惊小怪的？还要深究甚至是责罚，也太过了吧？从他内心来讲，他很同情这些乡亲们，甚至是可怜这些乡亲们。可是，他有什么办法呢，他只能沉默。

曹二希有点生气了。都是革委会成员，国家干部，怎么能这样，又是不发言，又是默不做声，让我一个人表演，像耍猴戏一样？

呀！……他真想大吼一声。

·3·

不管公社开会的决议如何，县里的工作组还是坚定不移地下来了。他们深入田间地头，进到每家每户，很快就把多分自留地的事查了个一清二楚。小街上人人自危，领头的杠头、刘全友、烂诗人、想捡钱和徐晚霞更是惶惶不安。

公社开大会了，领头多分地的几个人一个不少，全部被押到了台上。工作组给这事的定性是：私自多分自留地，屡教不改，性质恶劣。县里的领导很有魄力，通知来参会的人也多。大会开得比以往任何一次大会都特别。除了台上的人在声嘶力竭外，台下静得出奇，没有一个人跟着喊口号，没有一个人跟着举手表示支持。领导脸红了，知道这样的会不能久开，很快就结束了大会，走的时候厉声吩咐，立即将 5 人押送到县里的学习班去。

小街炸锅了。兆祥、正国、宗光、学儿挨家挨户发动全队的人，要到县里上访，请求放回被抓的人。因怕连累到一松，他们都瞒着他。

公社知道消息后急了，汇报到县里，县领导指示曹二希必须平息事态，阻止上访。

这下曹二希脑壳大了。他知道他又被放到火上烤了，他仿佛又回到了十几年前的那次祈雨之中，那次被烤的是陈子山，这次是他曹二希。那次陈子山被一撸到底，这次自己呢？他冒汗了，冷汗。

他找来办事员，去通知兆祥等人来公社开会。办事员回来说，兆祥他们说他们要挣工分。曹二希苦笑了笑。他知道对于这些生产队的小崽儿们，他管不着也指使不了，要想让他们停止上访，叫他们来开会是不行的了，得亲自上门。

他走到兆祥家门前，轻轻敲门。

谁呀？一个女声，气汹汹的。我，曹二希。曹二希是谁呀？门开了，王秀儿钻出来。我找兆祥，他在吗？他呀，挣工分去了。王秀儿对曹二希不理不睬。挣工分，不是说他在家吗？在家，在家干啥子？现在自留地没了，不挣工分，你叫我们喝西北风吗？

曹二希一脸通红，秀儿，我……我真的找兆祥有事。

我当然知道你有事，你很忙。你要查自留地，要写汇报材料，要把人关到县里去，现在还想把天上的麻雀哄下来……王秀儿的嘴不停地说，不停地嚷，很快，人们围了过来。

曹二希看见人们的眼里有怒火，越来越旺，他知道情况不妙了，被一个女人当众数落伤了面子是小事，如果被当成猴耍甚至挨了打，那就成了天大的笑话了。

同志们，我……我也是为大家好……曹二希一边说一边往外面跑。他现在顾不得找兆祥了，他现在只想如何脱身。

·4·

从兆祥家出来，曹二希就意识到事态的严重性了。他有点坐立不安，心急如焚。此时的他很清楚，要想完成上级领导交办的将上访消灭在萌芽之中，不采取点非常措施那是肯定不行的了。他没有犹豫，不等天亮就下令调来几十个基干民兵，人人手持钢枪一齐出动，将小街上场口围了个水泄不通。

一松、兆祥他们一觉醒来，收拾好东西正要往县城走，没出场口就被民兵们堵住了。

兆祥示意一松靠后，迎着民兵走过去：莫拦着我，我要去县中学看看开学没有。

不行！上级有令，你们生产队的人，今天一个也不许进城，民兵把枪横在胸前。

兆祥想不通了，这是干啥子，封街，也太霸道了吧。他上前连番解释，哪里能说得通。兆祥急了，生气了，他想冲过去。可想了想，还是回身与一松、正国等商量商量。

面对突发情况，又是民兵又是公社领导，一时之间大家的意见难以统一，正国、宗光也没了主意，看向一松，一松也只是摇头。不过大家都认为，不能硬来。谁都看得出来，这次县里和公社肯定是要动真格的了，已经抓了 5 个人进学习班了，如果再冲上去，万一大家又被抓了，那咹个办？

兆祥很沮丧，感到自己太没用了，他第一次感到了自己的渺小。

回到家里，他一句话不说。王秀儿喊他吃饭他也不吃，只是躺在床上生闷气。王秀儿心疼儿子，知道他性子急，就把一松和正国叫来劝劝他。

一松拍拍脑壳想了想突然说，我们真是有点蠢，今天不行可以明天嘛，明天不行还可以等后天，我就不相信这些民兵能守他个几十天。

兆祥一想，有道理，自己天天去看一看不就行了吗，用得着这么生气吗？自己气自己，傻。他端起碗吃饭。王秀儿放心了，叫正国他们也一起吃。

第二天兆祥去看，民兵没撤。第三天，还没撤。兆祥急了，难道这些家伙真的要一直守下去？第四天兆祥又去看，上场口好清静，一个人影也没有了。兆祥跳了起来。

一松知道民兵撤了也很高兴，叫了正国他们晚上开会。

夜幕降临，大家坐在了一起。

学儿第一个开了口：开个啥子会嘛，明天大家一起冲就是了。

一松说，我觉得这事有点怪，怎么民兵突然就撤了呢？

学儿说，这有啥子奇怪的，他们不可能天天把街口守着嚓！现在自留地少了，布匹服装也没心思去卖了，我们还怕个啥子？

现在还提啥子布匹服装，救人要紧！宗光喊了一声。

我们去找找陈社长帮帮忙要不要得？兆祥冒了一句。

这个时候了，找哪个都是白搭，学儿嘟嘟嘴。

正国看了大家一眼：大家莫乱扯，真是越说越远了。明天嘟个办，县城去还是不去？

一松沉默着。他老是感觉情况不怎么好，到底哪里不好，为什么不好，他又说不出来。

管他的，通知大家明天一起杀到县城去，兆祥一锤定音。

第二天天刚亮，大家都来了，但一个个都无精打采的，上次的群情激昂消失得无影无踪。默默地对望，默默地上路，相互间没说一句话。没走多远，一松叫大家停下来。

算了吧，还是不去了，一松说得有气无力。他已经明显意识到了，大家害怕了，心散了。

为什么？兆祥反对。

你们自己看看，我们这像是去上访的吗？送葬的还差不多！一松吼起来。

兆祥正要说什么，后面一阵自行车铃声响了。大家回过头，陈子山骑着自行车追来了。

大家不要去了，听我一句劝。陈子山喘着气，你们刚走，我就听到曹二希在打电话，说你们动身了。

大家脸色一寒，更犹豫了。

我们不去，那杠头他们嘟个办？兆祥问了一句。

你们太莽撞了。前几天曹二希组织民兵拦着你们，是给县里应对你们腾时间，现在一定是安排好了，撤了民兵正等着你们去呢！

大家一听，更蔫了。

这样吧，我马上回县里去了解一下情况，回来再说，好不好？陈子山说。

· 5 ·

一松躺在床上，翻来覆去没睡着，天亮了正想多睡一会儿，王秀儿来了。

王秀儿对于兆祥他们没能到县城去，心里其实还是很庆幸的。因为她二姐的儿子要订婚请他们去吃酒，而且要在席间给兆祥和一松介绍女朋友，这样的好事，如果真要因为救杠头他们而耽误了，她无话可说，但现在上访取消了，那不是正好吗？第二天一大早，王秀儿就兴冲冲地把兆祥拉来了。

兆祥精神很萎靡，他觉得对不起杠头他们，也对不起一松。昨晚他在床上翻来覆去地折腾，脑子总是徐晚霞杠头他们被关在县里的情景。听到母亲说要他去参加表哥的订婚宴时，他苦闷极了。按照自己的意愿，他是一点也不想去的。不是他舍不得那点礼金，也不是他不喜欢这样的宴请，而是订个婚还要这么铺张让他很反感。更让他忧心的是，现在自留地风波正在火烧火燎，他的高考复习也到了最后阶段，他现在是既没有时间也没有心情去关心别的事情了，他实在不明白母亲为什么要他去凑这个热闹，还有心情去看什么媳妇。

王秀儿可不管那么多，她一把将兆祥拉到一松屋里，说，你们哪个像霜打了一样蔫死死的？一松妈没回来怎么了，反正迟早都是要回来的，又不是判刑，进个学习班嘛，用得着像死了人似的那么伤心吗？她一边说一边从一松的货包中扯出两件新衣服：都跟我乖乖地穿上，这回你们可以说是又找了媳妇又打了广告，哪样不好？要是你俩真的一个牵了一个回来，我和一松妈不半夜爬起来打哈哈才怪呢。

王秀儿的这番话让一松脸色黑得像锅底。自己一个断了脚的残疾人，有什么资格去相亲？哪家姑娘会看上他？

一松正要开口拒绝，王秀儿一把拉住：一松，我晓得你心里在想些啥子，你要明白，你要是不去相亲，兆祥也肯定是不得去的，今天就算帮我王秀儿一个忙，礼金我也准备好了，就算陪兆祥你也要去！王秀儿说着又找出两双八成新的松紧鞋硬要两人换了，还把他们俩人的头发梳得光溜溜的。

小街人有一个共性，往好里说是实在，往坏里说是劣根性。只要谁家稍微有一点钱粮，就会迫不及待地拿出来显摆。修房造屋是其中之一，请客摆酒更是常用的法子。尽管谁穷谁富，人家一眼就能看个对穿过，但有的人还是有点事就喜欢摆上几桌，把亲朋好友请来热闹一番。好像只有这样才能显得有面子，别人才会知道他家有点钱了。但话又说回来，请客摆酒不是你想摆就能摆的，一是你得有这个实力，二是你得有这个人缘。俗话说得好，客走旺家门嘛。尽管如此，有的人还是不管自己是不是旺家门，仍然坚持要请客摆酒，因为事后偷偷地计算，一趟酒宴下来多少还是能剩几个的。

兆祥表哥家应该算是旺家门了，这点兆祥是很清楚的，刚到他表哥家的院子边，他和一松就见那里已是人头攒动，满屋熙熙攘攘。

走进堂屋，一松和兆祥就吸引了一大群人的目光。他俩略显拘谨，也有点得意，以为人们的注目是因为自己身上的衣服或是脚上的松紧鞋。他俩哪会想到，王秀儿早就把他们俩来吃酒是假，要来相亲才是真的说得连地上的蚂蚁都晓得了。他们也没有注意到，人群中有两位姑娘深深地看了他们一眼，随即满脸通红，含笑着直点头。

在挂礼处写了礼，他俩走过人群。表哥过来一把将他们拉到一边，要他们偷偷去看姑娘，说只要他们看上了就包成功。一松哭笑不得，兆祥满脸通红。一松纯粹是个陪客，他自然不想去看什么姑娘。兆祥不一样，他体谅母亲的心情，不反对去偷偷看一眼，说不定真的能看到一位让他心动的姑娘呢。他拉了拉一松站到一级台阶上。

那个长辫子的，是你的！表哥拍拍兆祥往人群中指了指。兆祥顺着看过去，姑娘的背影很不错，身材既苗条也不失丰腴，兆祥心里开始发热。他想看看姑娘的脸，可姑娘一直在和人说话，迟迟没有转过身来。越这样兆祥的心就越急，可等到姑娘转过身时，兆祥心凉了。

表哥一看没戏，又拍拍一松正要指另一个姑娘，学儿匆匆跑来了，拉起他俩就走，边走边急急地说着。

正国他们要办的水泥板厂选在下场口的河边，用河水洗碎石很省事，污水排放也方便。几兄弟一齐动手，搭了一个棚子放水泥，平了一个大坝做水泥地面，还埋好了地钩，兆祥几个上山砍了树锯成木板做了模板，之后凑钱买了震动泵准备试一试，才发现电呢？一问，要找电厂，得3000元，吓了他们一跳。说尽好话，四处找人说情，价格少了一半。再东磨西磨，烟酒研究，又少了一半。虽然这样，钱还是不够。正国急了，投进去不少的钱，总不能打水漂，趁现在不卖布匹服装有点时间，想找大家商量。人齐了，就差一松和兆祥，听说两人吃酒去了，就叫学儿追来了。

待兆祥、一松回来后，大家七嘴八舌地开始讨论，说来说去，还是钱的问题，差700多块。

一松出！他有钱，学儿小声冒出一句。

谁说我有钱？一松大喝一声。

他！正国、学儿同时指着宗光。

一松看了宗光一眼，很有点无奈。母亲和杠头等人还关在县里，这几个家伙却在这里讨论办板厂的事情，他摇摇头。

宗光凑到一松耳边，小声说：莫怪我，有人在广州车站看见你了，穿着西装，人模狗样的。

一松无言地苦笑了笑。

下次去广州，带上我行不？宗光眼里开始放光。

不行，一松拒绝得很干脆。做任何事情，都有个条件，有个范围，有个度。投机倒把，是要判刑的。我没了尊严，没了爱情还没了脚可以冒险，你们不行，至少现在不行。

宗光站起身，断手在一松眼前晃过，一松一愣。一个断手一个断脚，一对难兄难弟。他心软了一下。不对，他有左妹，他有当医生的父亲，自己有什么？

宗光你说什么呢？兆祥回来后一直黑着脸，这时冲过来。

宗光撇撇嘴，很不高兴：我在说钱的事情。

一松见了赶忙说道：差700多块钱，我也没有那么多，还是要大家一起想办法。现在这么多事，陈子山还没回来。我们应该先等消息，再去附近场镇卖服装赚点钱，大家再凑一点借一点，才能把板厂搞起来。

听了一松的话，大家又你一言我一语地议论开了。

兆祥脸色越来越黑，他猛地站起来：现在人还在县里关着，你们还有心情说这些，等陈社长回来了再说！

大家一齐闭了嘴。

第二十八章

·1·

一米阳光从天边的云层中透射出来，将山里的小街映出几分美丽。

徐晚霞！徐晚霞！有人在门外喊。

好像是邮递员来了！一竹一步跨了出去。

徐晚霞的信！邮递员从邮包中抽出一封信。

一竹一把夺过来，瞪大眼睛，脸色立刻由晴转阴，不是姐姐的信，她咕哝着将信扔到床上，哥，有封信。

一松从一竹那阴沉沉的脸上就知道这信有点奇怪了。他拿起信。天竹县革委会！心里一惊，怎么又是单位上的？自从父亲去世后，他就害怕接到单位上的信了，这已经成了他的心病了。一松摇摇头，咬着牙将信撕开，抽出信纸。

这是一封公函。抬头是天竹县革命委员会用笺，下面是通知，再下面是宣布为天竹师范原校长许井西同志平反昭雪的决定。通知不长，但字字让人心酸，让人落泪，让人心潮难平。一松的手在发抖，眼中泪水滑落。

一竹一见不好，抢过信一看，顿时泪如泉涌。哥，她哇的一声大哭着扑进一松的怀里。

哭声太大，惊动了街坊邻居，最先冲进来的是王秀儿，后面是刘全友和兆祥、正国、宗光和学儿。

全友叔，一竹从一松怀里爬起来。

怎么了，出什么事了？刘全友一脸的关心。

我爸平反了！我爸昭雪了！一竹擦了擦眼泪，举着信大喊。兆祥一把接过来看了看，然后大声地把信念了出来。他很激动，声音很洪亮。

啊！……大家高叫了一声。

一竹哭着叫着：我要把这公函贴到墙上去，我要天天看着它！她搭了条板凳，把公函贴得平平顺顺，又飞快地从凳子上跳下来，嘴里直叫着，我要写信，我要把这个好消息告诉姐姐……

信纸还没铺开，一竹的泪水已打湿了桌子。

王秀儿擦着泪水喊着：老天爷开眼了！

·2·

陈子山是下午从县里回到小街的，他了解到的情况并不妙。对于小街多分自留地一事，县里的意见分为两派，一派坚决要严惩，认为这个队已屡教不改，不严惩不足以威慑全县；一派意见只纠错不处理人，认为从全国总的趋势来讲，土地政策已有了松动的迹象，这时候严惩不合时宜。如果这边刚一处理，上边政策一变，这事就会成为笑柄。双方势均力敌，各执一词，互不相让。主要领导的意思是再斟酌斟酌。陈子山当然是不赞成处理人的，因为他的良种稻还种在这些人的自留地里等着收割呢！这个时候出岔子，这不是要他的所有努力和心血都泡汤吗？不过他也知道，他的话语权太轻，他的意见能不能被采纳也不得而知。他现在来不及给兆祥他们多作解释，事情得一件件地做，有些事还不能急只能等，而良种稻收割已迫在眉睫，必须趁天气好立即完成，否则一下雨他喊天都来不及。有时候他也在想，为什么每件事情都需要自己亲力亲为呢？

随着政策一天天放宽，小街的赶场越来越热闹。夏天赶场，人们来得比以往早些。天刚亮，赶场的人就来了不少。这时，广播喇叭响了：社员同志们，好消息好消息，红光公社良种稻收割现场会马上就要开始了，请大家一定要去看一看，见证良种稻的奇迹！见证良种稻增收的效果！这可是关系到大家明年能不能增产的大事情，良种稻收割现场会马上就要开始了！

赶场的人们耳朵竖了起来。这样的通知很新奇，抓住了人们的心理，很吸引人们的关注。不少人开始往现场会的方向走，田坎上很快挤满了人。

太阳渐渐升起来了，刚爬上山口就喷射着火焰，灼热的阳光像要把大地烤熟似的。小河沿岸的稻田里，金灿灿的一片。阵风吹过，稻浪翻滚，此起彼伏，令人心潮澎湃。

陈子山急匆匆来到一松家的自留田里。

为了开好这次现场会，他可是费尽了心思，也伤透了脑筋。前期的耕田栽秧不说，单单是这次徐晚霞她们的被抓，如果处理不好，就会让这个现场会泡汤，在屋里的一竹会不会因她母亲的事而不配合他。从县里回来，他悄悄去找了一松，说了县里的情况和他的努力，还有他的打算，也表明了他会一如既往地继续关注并帮助他们，争取让徐晚霞他们平安回来。他又说了现场会的情况以及他的处境，希望一松能说服一竹，支持一下他的工作，能顺利地把收割现场会搞完搞好。很庆幸，一松、一竹都能识大体顾大局，没有闹情绪，表示完全配合。

他微笑着面对围在田坎上的人们，扯了良种稻和常规稻的几株稻穗，让几个办事员递给大家对比着看，甚至还要大家数一数两种稻的谷粒。

田里他安排了几架拌桶，配齐了十几个青壮劳力，个个膀粗腰圆，赤裸着上身。在大家的眼皮底下，陈子山一声开始，他们挥开镰刀，开始收割谷子。

筹备这个现场会时，有人提出这是私人的自留地，应该由他们自己收割才对。陈子山坚持己见。他明确指出，推广优良稻种是政府行为，政府是干啥子的？政府就是要全过程领导，全过程参与。只有在政府的主导下，现场打下了粮食过了秤，农民们才会相信优良稻种能增加农民的收入，以后才会积极去种良种稻。陈子山的主张让与会者无可辩驳。

当然，陈子山还有一点私心，他想保护一下小街的乡亲们，不想让小街多分自留地的事过早地暴露在人们的面前。

刷刷刷的割谷声嘭嘭嘭的拌谷声响起来，此起彼伏，在田间回荡。人们的脸上表情各异，有的好奇，有的疑惑，有的兴奋。

十几个精壮汉子很来劲，割的割挞的挞，谷子很快就挞完了，十来个装满谷子的箩筐分别挑到了田坎上。陈子山拿出皮尺，让田坎上看热闹的人拿着去量稻田的面积，又指挥人员现场过秤。

结果很快出来了，良种稻比常规稻增产 12%！

·3·

许井西的追悼会定在两天后举行。

徐晚霞还在县里的学习班里，一梅在上大学，她们都不能到天竹去参加追悼会了。

坐在客车上，一松和一竹喜悲交加。喜的是父亲终于沉冤昭雪，他们可以堂堂正正地站于人前，再也不用战战兢兢。悲的是父亲已经逝去，这个代价太过巨大了，他们承受不起！

一竹虽然长大了不少，但还是很冲动。她一会儿说要到平良中学去找那个狗屁校长，让他看看我们没有被打倒又站起来了；一会儿又说要去天竹师范找那些整过父亲的人，一定要让他们跪在父亲的坟前磕头认罪，尤其是那个杜心月。

到了天竹车站，一竹首先发现街边的墙上贴着父亲的讣告。她扑过去，仔细地看，轻轻地读，泪水在脸上缓缓流过，声音像刀一样刺进一松的心里。

天竹县城在一松的记忆中很模糊，和它有交集时他还很小。父亲去世后，他和姐姐来过一次。那次来，很匆忙，也无心观望。对于这座小县城，他的心情很复杂。他应该对它很亲切，他却无法对它有好感。一竹说，天竹人太坏了，杜心月恩将仇报，学生毒打父亲，全都是一群恶人。这话虽然偏颇，但一松却无法反驳。

走进师范学校大门，阵阵哀乐从会场里飘出来，回荡在校园里。

一位中年老师迎过来。刚见面，一松就感到有点熟悉。对了，这就是上次他们到天竹奔丧时那个将他和姐姐带到父亲坟前的中年男人。一松冲上去握住他的手连声说，上次谢谢您了谢谢您了！中年老师摆摆手微微一笑。一竹不管不顾，直接开口就问杜心月在哪里。中年老师看了看他们，轻声说杜心月早已疯了，已经失踪一个多月了。一竹愣了一下，她没想到杜心月会疯了还失踪了，这是不是报应？她又问中年老师她父亲是怎么死的。老师说，是他杀，凶手还在查。一松一竹大吃一惊。中年老师又说：许校长的追悼会已经准备好了，县里领导要先接见你们。他们点点头，跟着他走。

许校长是个好人哪！以前对我很关照，可惜了归宿是在井里……中年老师边走边讲：杜心月突然精神失常了，渐渐地越来越严重，随后就失踪了，谁也不知道她去了哪里。革委会改组后，许校长死亡案重启调查。两位工友良心发现，向专案组反映他们看到杜心月她们将许校长押出去了，再也没有回来。

现在案件还在继续调查，这位老师最后说。

一松一竹被带进一间大办公室，里面有不少人。中年老师向他们介绍了屋里的领导。他们慰问了一番后，追悼会就开始了。

父亲的遗像挂在正中，周围摆了不少花圈。会场里有不少的学生和老师。一松咬紧牙关，脑子有点乱。

会场里的人个个脸色都很沉重，让人无法辨别哪些人戴了面具哪些人没戴。

·4·

陈子山的良种稻收割现场会大获成功，并没有让小街人的心情有什么好转，被抓到县里去的5个人一直牵着所有人的心。大家又聚在一起，积极商量如何去救他们。

这次自留地风波造成的严重后果，让小街上的人有些害怕了，也后悔了。大家受益让几个人遭罪，人人都很自责。虽然大家也挣扎了反抗了，但最终还是胳膊扭不过大腿。痛定思痛，大家开始反思。土地是好，人人想要，也很执着。为了多分点自留地，一而再再而三地冒着风险，想尽了办法，到头来还是竹篮打水一场空。

最新的消息是陈子山传来的，他说事情可能会有转机，让大家耐心等着。接着县里就来了通知，让派几个代表去县里座谈。考虑到一松的家庭成分等具体情况，兆祥、正国、学儿当仁不让挺身而出。队里的人把他们送到街口，七嘴八舌地叮嘱他们，人在屋檐下，一定不要硬顶，县里有什么条件先答应再说，只要能把人放回来就行了，凡事都要小心一些，如果发现情况不对要赶紧跑。

兆祥他们到了县里，接待他们的竟然是陈子山。座谈会开得很顺利，兆祥他们回到小街时，全街人都松了一口气。这次县里的处理意见很温和：一是收回多分的自留地；二是放回被抓的人。大家如释重负，长长地舒了一口气，纷纷表示愿意无条件地把地退了，再不犯错。有人提议，是不是组织舞龙锣鼓去接接杠头他们。一松听了真是哭笑不得，兆祥的反应更直接，说啷个我们小街啥子事情都离不开舞龙锣鼓？上次祈雨去县里送锦旗，一条龙一阵鼓把陈子山拉下了马，这次你们又想把哪个弄下来？

舞龙锣鼓没搞成，几桌酒席还是摆出来了。虽然没有酒，也没有肉，但大家都很高兴，对于陈子山在这中间起的作用大家也心知肚明。宗光甚至还推测说，是不是政策要变了？

公社没管政策变不变，坚持清退多分的自留地。

退地那天，小街上的人脸都黑得像锅底。王秀儿趴在地里伤心地大哭了一场，嘴里不停地喊着我的地呀！我的地呀！杠头队长的脸上像涂了锅烟墨，他紧咬着牙齿抢起锄头，把地挖得泥土直飞。许老太爷颤颤巍巍地走到地头，抓起一把土地，眼睛直直地望着天上，好半天都没动一下。

母亲终于平安地回来了，一松长长地舒了一口气。他甚至有点欢天喜地，买了点肉摘了不少菜，做了一大桌子好吃的。一竹高兴地拉着母亲的衣襟，含着泪笑得合不拢嘴，连桌上那些香气四溢的饭菜都差点忘吃了。

吃了饭，一松端来一盆热水，先试了试水温，合适了才让母亲坐在床边，为她脱了鞋子，将母亲双脚浸入水中，他慢慢地搓洗。一竹蹲在旁边，大眼睛不停地眨着：哥，以后我也帮你洗脚好不好？

母亲微微笑着，看了看一松，又看了看一竹。她转过头，墙上的公函映入眼帘。

妈，那是爸爸的平反通知，一竹眼中又开始湿润了。

母亲愣了一下，赤着脚冲到墙前，睁大了眼睛紧紧地盯着那张公函。她的嘴角开始抽搐，眼中泪花翻涌。突然，她扬起头，踉跄着跑进里屋。门被砰的一声关了，随后一阵阵嘭嘭嘭的声音响起，被捂着嘴的哭声传了出来。

妈！妈！一竹哭着叫着，想冲进屋去。一松上前一把拉住，一竹转身一头扑进哥哥的怀里。

· 5 ·

兆祥家的堂屋里，一松和正国他们又凑在了一起。大家讨论得很热烈，都觉得随着自留地风波的平安化解，以前被停下来的事情应该重新启动了。现在摆在他们面前的有两件事：水泥板厂安电和卖布匹服装，他们必须决定是先安电还是先去卖布匹服装。没有议论多久，大家的意见就统一了，当然是先去卖布匹服装，这个来钱最直接也最快。目标就定在了兴龙公社，因为这个场比小街大，到那里去肯定比小街卖得快卖得多。虽然担心卖这些东西政策不允许，但有了一松说的应对办法，他们就没再犹豫。至于板厂安电嘛，只要挣到了钱，那还不是交个申请的事情？

至于去兴龙公社到底是卖布匹还是卖服装，他们又有了争论。

学儿说，当然是布匹服装一起卖，这有什么好说的？宗光说，我们只能卖一样，最好是只卖服装。兆祥说，布匹在小街上卖得可以，还是卖布匹。正国的意见则是我们都听一松的。随后大家的目光热切地看着一松。一松很感动，他思考了一下，认为还是只卖服装好。因为卖布匹利润没有服装高，重量太重也不好撤离，机动性差，更重要的是卖布匹没有借口。你不能说这些布是买多了才来退的吧？谁信哪？而衣服就不同了，一次身上只拿几件，卖了可以回来补充，遇到检查完全可以说是自己买多了或穿起不合适才来退给别人的。这个说法虽然很勉强，但总算有点道理，多少能说得过去。一松的意见一提出来，大家又议论开了。

一松他们说得很热闹，兆祥妈王秀儿在里屋听得心惊肉跳。随着儿子的长大，她越来越在意兆祥的一举一动了。自从徐晚霞和杠头他们被抓去以后，王秀儿真被吓坏了。虽然最后几个人都平安回来了，但那段时间的担惊受怕还是让她小心了很多。现在看到儿子又和一松他们搞在一起了，她不由躲在里边尖起耳朵仔细地听。得知他们又要去摆摊卖布卖衣服，她心里不愿意了，想说点什么又不敢说。不知为什么，她现在有些怕儿子了，怕他心里不高兴，怕他受委屈，也怕他吃苦受累，更怕他有个三长两短。兆祥可是她的心头肉，也是她的命根子呢！知道儿子又要和一松他们开始闹腾了，她很害怕。私人卖布卖衣服，国家政策不允许，是犯法的，这点她可是很清楚的。兆祥他们做这个，赚不赚钱是小事，她可以不管，但她担心儿子的安全，会不会被抓起来。不行，得赶快去跟徐晚霞说说，她懂的多，她的儿子也在里面，得让她来管管。

到了一松家，徐晚霞正在洗碗。

你先坐，一会儿正国妈、学儿妈都要来，徐晚霞擦了擦手。

刚说完，正国妈和学儿妈就来了。大家坐在一起，先说起了地里的庄稼，又说起了被收回去的多分的自留地。王秀儿心里很着急，不愿听大家的那些闲话，扯起大嗓门就把她听到的一松、正国他们又在商量谋划卖布卖衣服的事说了。

徐晚霞听了，并没有多吃惊，反而直接把她们关心的事情摊了开来。她先从兆祥的打米机说起，说兆祥有头脑，敢想敢做，打米机还是赚了钱的。现在他们几个想合起来卖布卖衣服，这肯定比一天到晚窝在家里好。她说她听一松说过，也一起分析过。这事有风险是肯定的，但他们有可行的应对的计划和方法，可以让他们试一试，失败了他们自己就会收手，即使被抓了也只是没收东西，不会扣人。现在政策渐渐在宽松，正好先练练，以后政策好了他们就可以放开手脚去做了。

你们一松真的不怕？王秀儿提出了她最关心的问题。其实，这也是正国妈和学儿妈她们都关心的问题。她们知道一松在广州倒腾过服装，如果一松真的不怕，也就不会出事，那她们就可以放心些了。至少在她们看来，一松在大地方做过，那么他们在小街上做那就要稳当得多。

一松胆子从小就大，徐晚霞的回答很直接，我当然也有些担心。不过，孩子大了，他们有他们的想法和打算，我们想管恐怕也管不了，不如就让他们去闯一闯，你们看要不要得？

学儿妈说，要得嘛，那神态还是有点勉强。

徐晚霞又说，王秀儿，你们家兆祥要讨媳妇，我们家一松想盖房子接华班长一家过来，都需要钱。

王秀儿欲言又止，还在犹豫，陈子山走了进来，大声地喊：屋里有这么多人哪，我来说件事，真正的大喜事！他高举起手里的一张盖有公章的纸：我这里有一份公函，是专门送给徐晚霞同志的！

大家一听，全蒙了，同志？徐晚霞可是地主分子，能称同志吗？

乡亲们！陈子山再次提高了声音，现在我宣布，徐晚霞同志平反了！原来评定她为地主分子是错误的，从即日起纠正过来，徐晚霞今后就和大家一样，是公社社员了，也是我们的同志了！

啊！……大家高叫了一声。

王秀儿悄悄瞟向徐晚霞，见她呆住了，手在发抖。王秀儿正想说点什么，徐晚霞已转身端起一盆衣服跑了出去，大家一时都愣住了。

憨起做啥子？跟起嗻！王秀儿一声大吼，大家这才回过神来，跟着一起出了门。

静静的小河边，徐晚霞蹲在一块石头上抡着棒槌，狠狠地捶打着衣服。啊啊啊的低吼声在小河上回荡，短小的棒槌打得水花四溅……

王秀儿他们站在岸边的麻柳树下，默默地看着徐晚霞。

一松知道母亲平反的消息后，含着泪低声说：终于可以修房子了。

· 6 ·

天还没亮，一松他们就早早地起了床，扛了服装兴冲冲地跑出了小街。

兴龙公社是平良县西南边的一个大镇，街道虽然比小街还窄，但弯弯曲曲的很长。更有趣的是，街道分成上街和下街，一高一矮坎上坎下，并排着紧紧靠在一起，中间没房没墙，不时有石梯相连。不少地段还有屋檐伸出来，将街道遮住，即使下雨天也不会淋雨。兴龙街道的这一特色，吸引了周围十里八乡的人们，当然最受吸引的还是附近的青年男女。平良县农村有一个习惯，男女婚姻一般都经人介绍，第一次见面怎么安排成了很考验智力的问题。到介绍人家里见面，不成的话很尴尬，约到男方家里那就更显得唐突了。有人突然发现兴龙公社的上下街反而是个最好的场所。赶场天人本来就多，介绍人带着约好的姑娘小伙各自在上下街上一站，中间隔了一段距离又隔得不远，双方都可以看得清清楚楚。中意了就正式见面，不中意就互不相干，既简单直接又不尴尬，成功率还特别高，更重要的是如果中意了还可以很方便地在街上请客吃饭，给姑娘挑选合适的礼物。这个方式很快就在青年男女中推开。一到赶场天，兴龙场上便熙熙攘攘的，挤得水泄不通，上街下街站了不少的青年男女，形成一道独特的风景线。兆祥妈也心动了，原来她只想有人给她儿子介绍对象就可以了，现在生活变好了些，期望也水涨船高了。她现在也想兆祥能和她一起站在兴龙的上街仔细挑选他们中意的姑娘，好好地风光一回了。"站在兴龙的上街上"很快成了一句有特定指向的流行语，也成了周边青年男女的共同向往。

和小街一样，兴龙场也有卖蔬菜瓜果的，卖斗笠撮箕箩筐灰笼的，还有卖锄把扁担水桶粪桶拌捅的，以及凉板竹席竹床竹凳等，不同的是这里的品种数量比他们小街多了很多，摆满了大半截街，而且卖东西的根本就不用拿眼睛去盯人，而是很大胆地扯起嗓子大声吆喝，没有一点不好意思的样子，在他们看来卖东西得吆喝是天经地义。

一松他们几个人一路浩荡赶到兴龙公社时，街上已有不少人了。

进了场口，一松让左妹在街中间选个街边边在那里看货，并要大家记住这个地方好回来补货。兆祥没有多说话，只是将衣服往身上挂，还让一松看看效果如何。左妹只是笑，说一个个哪像是在卖衣服，倒像是耍猴戏的。学儿说今天就好好地在这里表演一番耍猴戏，看看有没有效果。正国人很粗壮，衣服只找大号挑。宗光说要不得要不得，必须大中小号搭配起来才对。5个人披挂好了，一齐向各自预定的位置出发。很快街上就出现了几个身上挂了各种衣服的怪人，他们一边走一边喊：出让衣服，请多关照！价廉物美，穿起漂亮！

听到这样的吆喝声，街上来来往往的人们眼睛一亮，还有这样卖衣服的？真是稀奇古怪。有的停下来，有的睁大了眼，有的开始询问。一松他们只是笑不说话，频频用手指点身上标着的价格。

可以少点吗？有人问价了。

恁个便宜了还少？一松摇摇头，你可以先试试再说。

好，试一盘。

一松笑眯了，只要一试，离买就不远了。果然，这人试了就没再脱下来。一般农村人赶场，都会穿上最好的衣服。今天这件衣服这么好，当然要穿在身上在街上显摆显摆，不然这么好的衣服不就白白浪费了么？

有人买了第一件，就会有人来买第二件。一支烟的工夫，一松身上挂的衣服就卖完了。找到左妹，左妹说正国、宗光他们也来补过货了。说话间，兆祥也回来了，一脸的高兴和激动，嘴里直叫着：一松一松，这次你真是给我们找到了一条发家致富的好路子了。左妹看了看兆祥的高兴样，撇撇嘴说：别高兴得太早了，市管会还没来呢！乌鸦嘴乌鸦嘴！兆祥拿了衣服边说边跑，刚拐过一个弯，他就看见两个穿制服的来了。他想躲，躲不了。街太窄，人太多，心里直埋怨左妹嘴太毒一说一个准，他硬着头皮迎上去。

你这是在卖衣服？

不，是出让衣服。

狡辩！跟我到市管会去！

不去，我出让我的衣服，没犯法！

你敢抗法？

我没犯法抗什么法？我出让衣服，正大光明，你们这是乱执法，知法犯法！

争论激烈，互不相让，街上人群越围越多。一松、正国他们见了赶紧把衣服交给左妹，钻进人群站到兆祥身边。

你们市管会不能乱执法，我们可以证明，他是出让自己的衣服，不是经商，你们凭什么干涉？

几个人一齐大吼，市管会的人也愣住了。人越围越多，七嘴八舌，现场一片混乱。市管会的人一看影响大了，互相看了一眼，转身挤出人群走了。

兆祥松了一口气，跟一松他们使了个眼色，开始继续吆喝。

临近中午，赶场的人少了，几个人汇合到一起，边啃馒头边互通情况。

左妹说，还有两件没卖完。

今天就到这里了，大家清一下，卖了多少钱，兆祥把馒头塞进嘴里。

一松掏出口袋里的钱，边数边说，28块5。

宗光摸出钱：32块。

正国、学儿一数，27块和28块。

兆祥翻了翻兜，乐了，他最多，36块。啊！再来几次，我也要去站在兴龙的上街上了！

他还要大叫，被一松一把按住。别叫别叫，没啥值得高兴的，得赶快想办法，以后嘟个办。

几个人沉默了。大家都明白，这次是侥幸过关，下次会如何？肯定没有这么轻松了，应该嘟个办，都想不出好办法。政策不允许，这是硬杠子，没法违背。你说出让衣服，一次可以，两次也行，但你不可能每个赶场天都有衣服出让吧？次数一多，肯定出事。

大家蔫了，无话可说。一松脑子灵光一闪说，管他的，附近几个公社的赶场天，先挨个做他一遍再说，下一个目标锦水公社，怎么样？

大家一听，脸上又有了一点笑容。

回到家里，一松坐下来，伸了伸他的脚，连续走了几十里路，他感到有点疲惫，断脚也有点痛了。他解开义肢，断端有血渗出。他轻轻摸了摸，擦了擦酒精换了一块新棉垫。

哥，一竹端了盆水走过来。她放下水，摸摸一松的断脚：痛吗？

不痛。

你骗人！我知道你痛。一竹将一松的那只好脚放进水里，轻轻揉搓：哥，你怎个脚都渗血了，每天少走点路好不好？

不好，只有长期坚持走，才不会痛。

都流血了呀，休息几天嘛，不要急着去锦水了，好不好？

房子还没修呢，华班长一家也没接过来，哥不能休息呀，明天我还要到重庆去呢！

到重庆干啥子？

约了个谭老板在四闲茶楼见面，他要进一批服装，一松摸摸妹妹的头，看了看屋里：妈呢？

被王秀儿叫去她家了，听说有的公社又在搞啥子联产责任制包产到户，她们想商量商量去县城打听打听，如果是真的，队里又要跟着搞了。

· 7 ·

四闲茶楼位于渝中区较场口的闹市区，两楼一底的中式建筑飞檐翘角，很有特色。一松走上二楼，一个青年男人迎上来。

是许老板吗？声音细细的，像女人，一松点点头。

天气很闷热，没有走多远的路，一松已是汗水淋漓。

青年男人把一松引进一个包间。里面布置得很有书香气息，四周墙上挂了不少书画，正面挂着4个大字很是醒目：难得糊涂。一松心里一凛，一松是来谈生意的，重在诚信，也贵在精明。选了一个难得糊涂之地，今天的这个主人有点意思了。

见一松进来，主位上站起一个中年男人，一身干部装成熟干练，国字脸棱角分明，大眼睛目光炯炯，脸上笑意灿烂，很和善。伸出来的手宽大厚实，握在手里暖暖的。

谭老板好！一松对这人的第一印象不错。

寒暄几句后一松坐在客位，青年男人向一松示意后退出去关了门。

一位妙龄女郎端坐在司茶位上，一身白色套装很是飘逸，长发披肩，黛眉如画，举止端庄。女郎伸出纤手，徐徐将沸水倒入壶中少许，烫壶温杯。再将龙井放入壶中，高冲低泡，一阵淡淡香气在茶室中弥漫开来。她将茶盅内茶汤再泻入杯内七分满，春茶叶芽若枪，嫩匀成朵，叶似彩旗，交相辉映。女郎浅浅一笑，将茶杯递出。

一松示意谭老板先饮，才回手将茶杯端起。只见水色澄清，色泽翠绿，一股淡淡幽香沁然而出。淡雅幽香绵绵，似三春花草清香袭人。一松小抿一口，好茶，好香。放下茶杯，一松颔首向谭老板致意。

认识这位谭老板，是一位捎客介绍的，说是这个老板资金雄厚，为人耿直，做生意最为爽快。几次接触洽谈后，约定今天签约正式拍板。

司茶女郎见一松饮了茶，又姿态优雅地给一松续上。谭老板向一松示意请，一松向谭老板也做了请的手势，脸上也学着露出灿烂的笑，心里却很不舒服，不想笑但又必须笑，有点费劲，也累人，心累。

这茶楼，包间，司茶，茶品，处处透露着贵气，是近来兴起的时尚。也不知这道茶喝下来，费用多少，总之，绝不便宜。一松心里默默在想，这次生意的交易额就5000多，利润付了茶费能剩多少？还有剩的不？他图个什么？为了今后的长期合作？有点悬。一松看了看谭老板，那脸上仍然笑意盈盈，仿佛那笑就长在他的脸上，像朵花，常开不败。

继续喝茶，谈天气温度，风土人情，然后拿出要签约的样品。

独立做服装业务后，一松对小芸原来的经营方式作了一些调整。一松不再每趟生意来回跑了，而是选择确立了固定的合作客户。每次业务，一松都可以先收货再付款。一松现在主要坐镇重庆，销售和收款成为一松整个业务的重中之重，必须亲力亲为。

谭老板是个内行，对样品的用布、款式和工艺说得头头是道。对一松提的价格，他斤斤计较，说希望以后长期合作，须先小人后君子。他反复砍价，最后又在定金的支付上几次纠缠。

谭老板的做派既小心又大气，对业界的很多认识和一松很相似。他的成熟和稳重让一松有一种找到了知音的感觉，一松的好感和信任度大增。一松甚至有点小庆幸，庆幸自己遇到了一个能真正愿意和他长期合作的大老板。

一松拿出合同。谭老板落笔飞龙走凤，签字刚劲有力，浑厚流畅。一松对其又添了几分好感。

和谭老板握手道别，窗外刮起了风，下起了雨。谭老板笑意更浓了，许老板，看来我们的合作颇有小楼一夜听风雨的诗意，好兆头呀！

真有趣，临走还没忘诗意。

看着他脸上仍然笑得像花儿一样，一松真想上去摸摸，那是不是塑料花。

当然，一松最后没去摸，只是立即给广东的小芸姐发了封要货的电报。

回到家里，兆祥一把将他拉住：走，赶紧去看看，你的房子要开工了！

啊，这么快？一松跟在兆祥后面连走带跑。

小街背后兆祥的那块地里已站满了人。听说一松要修房了，杠头叔、全友叔和烂诗人等好多人都来帮忙了。兆祥一声令下，大家一齐动手，平整土地，放线下基脚，大家干得热火朝天。小街上的人被吸引了，都来工地看热闹。

一竹边挖基脚边喊：哥，快来看，我挖的这个要不要得？

第二十九章

·1·

锦水公社赶场那天，一松和兆祥他们急匆匆地往锦水走。

一路上，兆祥他们很激动，既为一松家的新房动工而高兴，也为他们即将的成功而兴奋。其中的缘由，全都是因为这次一松带回来的 T 恤和女装每件都特别漂亮。

昨天到家时，一松给母亲和一竹一人一套，她们穿了高兴得嘴都合不拢了。一松拿给左妹穿了，大家一看眼睛都直了。兆祥马上提议，让左妹穿上女装去锦水走几圈，一定能火。左妹听了，很是得意。上几次赶场，左妹都是躲在幕后，只负责守货。这次能免费穿上这么漂亮的衣服，还能在大街上走来走去，既能显摆又能赚钱，谁不高兴谁傻！

左妹一高兴，就开始唱歌了，她唱的是刚学来的烂诗人写的梁山灯戏的段子，既诙谐又有趣。她的嗓音又高又亮，又圆润又甜美，一开嗓就镇到不少人。看到路人们投过来的惊艳目光，宗光心里甜蜜蜜的。正国、学儿就在旁边起哄了，逗得左妹脸上红霞乱飞。

看着伙伴们的欢乐，一松只是笑了笑。要在平时，一松早就加入进去了，可能闹得比正国他们还欢。今天不知怎么的，一松始终提不起兴趣，总担心这次的锦水之行会不顺利。

426

兆祥早就向一松吹嘘过，说锦水镇是平良县除县城外最大的一个镇，也是锦水区公所的所在地，素有小重庆之称。街上房屋高大整齐，街面又宽又平，而且长度是小街的 5 倍多，兴龙的 2 倍多。每逢赶场天，街上人流如织，热闹非凡。更令人惊艳的是，街上好看的姑娘特别多。对此，烂诗人特意写了一首打油诗：

> 锦水街上美女多，西施貂蝉起坨坨。
> 看得心里猫儿抓，哪个不是我老婆？

这首打油诗一出来，烂诗人老婆彭世珍马上火冒八丈高，揪住烂诗人的耳朵，边打边骂烂诗人贼心不死，还想讨锦水美女做老姿，讨打！这一闹，这首打油诗火了，很快传遍了全县，成了年轻人的最爱，都说这打油诗说到他们的心里去了。这是不是烂诗人的成名之作一松不知道，但这是他所有诗作中流传最广的一首，一点也不夸张。至少烂诗人之所以被称为烂诗人，与这首打油诗有很大的关系。

对于这次的锦水之行，一松他们作了充分的准备。货品方面，一松不但带来了中山装、军装和工作服，还有 T 恤衫和女装。T 恤样式新颖，非常适合年轻人休闲时的穿着，女装则更神了，色彩多样时尚大方，加上左妹的加入，大家一致认为这次的效果肯定不差。当然，大家也知道锦水这样的大镇，市管会管理一定会更严格。应对策略方面，他们做了详尽的安排，不但编了吆喝的段子，甚至还在家里预演了几次。虽然如此，一松还是不放心，生怕会出点什么纰漏。

到了街口，大家都安静下来，默默地做好准备，披挂上自己要卖的服装，分头出发。

一松除了身穿中山装挂了中山装外，身上还披了军装和 T 恤。他一边往街中间走，一边大声吆喝：

> 快来看快来瞧，这些衣服好漂亮，
> 女的穿起好时尚，男的穿起好大方！

一松没来过锦水，他的眼睛免不了到处乱看。这里的房屋确实比他们小街高大，街两边有很多门市店铺，不少店铺正在开门。这里的店门和他们小街的那间唯一的店铺一样，是好多块长型木板组合成的门面，每块木板也编了号，开门的人把它们一块块地取下来，按顺序堆放在门后边。

街上不时有女娃儿出来涮尿罐，几个挑尿桶的人叫着："小尿装桶！小尿装桶！"

一松凑过去，见女娃儿将尿倒进桶里，挑尿桶的人递了一点钞票给那些女娃儿。一松好奇怪，心想这里屙点尿也可以卖钱？一松突然想起了那次兆祥妈王秀儿和一个城里人的吵架。那个装模作样趾高气扬的城里人很恶毒地说，你个乡巴佬！红苕屎都没有屙干净你狂什么狂？王秀儿回应道，乡巴佬怎么了？我们乡巴佬哪像你们城里人，清早爬起来就得蹲在尿桶边，整得脸青面黑的想屙点尿出来换钱，要不是我们乡巴佬来卖，你们连中午的稀饭钱都没得！当时一松还不明白这说的是什么，现在一想，这屙尿换钱一说虽然损人损得太毒了一点，但好像还有点道理，既形象生动还很解气，毕竟一松也是一个乡巴佬嘛！一松低声咕噜：怎么我们小街就没有屙尿换钱的呢？

我们小街太小了！兆祥边说边往前走。一松愣了愣，跟在兆祥后面。

又听到对面一个女的飚出一句高音："甜泡粑、浑水粑、豆面打的糯糍粑哟！"

乡土味十足，还有意拖长尾音，很是好听，这也是他们小街没有的，一松又被吸引了。一松很奇怪，这些什么粑为什么我们小街也没有呢？难道还是因为我们小街太小了？一松继续往前走。

一松看见茶馆了，还不只一个，里面已经有好几个人在那里喝茶了。茶倌说不一会就有说书人要来讲故事了，到时候这里将打涌堂的，言下之意是要一松早点来占位置。茶馆门口，一个剃头匠正用锋利的剃刀为一个老人刮着胡子，还为他掏耳朵挖耳屎。老人眯着眼睛，一副好惬意好舒服的样子。一个代写书信的先生也凑热闹把桌子摆在茶馆旁边，嘴里念着之乎者也。

一松一路走一路看，除了那些卖米卖苞谷和卖鸡鸭鹅蛋等农产品的和卖斗笠箩筐撮箕的外，一松还看到了他们小街没有的场景：

卖纸头洋火（火柴）的在低声喊着，推水烟的正卖力推动烟刀；

搓棕绳子的绞车咕噜噜地转着，还有打草鞋的抡着木槌捶着枯草；

428

糊油纸伞的将糊好的纸伞铺得满地都是，宛如盛开的五颜六色的花朵；

旁边染坊的地坝里高高挂着的蓝印花布随风飘动，好像旗帜在迎风招展；

一个竹帘工坊里，划竹帘丝的正挥动篾刀，将划出的篾条送进划机里拉出标准的竹丝，几架织机正叭叭叭地织着竹帘；

印刷工坊里石印工在石具上划着田字格准备印刷作业本；

中药铺里在切中药；裁缝铺里在剪布料；修钟表的戚戚叉叉声响个不停；

一棵大槐树下，铁匠铺里正炉火熊熊，一个徒弟模样的年轻人拉了一会儿风箱，抡起大锤和师父的小锤子一起上下飞舞，叮当、叮当地敲打出有节奏的打铁声。

一松心里比较了一下，好像不比正国和他爸打得差。

小桥边的一群人吸引了一松的目光。只看一眼一松就知道，那里正在进行的是一松最喜欢的划甘蔗。

一松是一个有点英雄情节的人，喜欢冒险，喜欢出人头地，喜欢人们崇拜的眼神。划甘蔗恰好能满足一松的所有虚荣心。

第一次看到划甘蔗是在小街上，那时一松太小，只能在旁边看。当时吸引一松的是划甘蔗结束后，围在边上的人能得到胜利者分发的一小节甘蔗。一松咬了一口，好甜。不过，更吸引一松的是那持刀人的全神贯注，那刀下去前挽出的那个刀花和甘蔗被划开时那哗啦的声音，一松看得目瞪口呆。

第二次是在兴龙街上，母亲带他去赶场。那里划甘蔗的有好几堆人，一松选了人最多的一处地方。划甘蔗的是两个年轻人，他们的技术明显比小街的人要好，一刀下去，不但刀花挽得大挽得好看，而且一刀至少能划开一根甘蔗的三分之一，引来周围一片叫好声。一松知道了划甘蔗的规矩，也明白了它必备的技巧。甘蔗立得稳不稳，搭上刀挽出刀花后能不能避免划空，都是胜败的关键。从那以后，一松就开始参与划甘蔗比赛了，虽然输多赢少，但一松仍然喜欢。

锦水街上的划甘蔗另有特色，允许参加的人比小街和兴龙的要多。一松数了一下，有5个人，旁边堆了好几十根甘蔗，一大群人将他们围得紧紧的。通过抛接甘蔗手挨手交替把握，一个年轻人获得了首次开刀权。他跳上一块石头，旁边有人递了一根甘蔗。这甘蔗有点弯，虽然被削去了尖头部分的叶子，但还是很长，所以第一刀必须站在石头上。这年轻人显然是个老手，他将甘蔗立起来，不断地调整着甘蔗的位置和姿态，直到甘蔗弯曲的曲面正对他时，他才将刀搭在甘蔗的头上。划甘蔗有个不成文的规矩，只要不上刀，甘蔗的位置可以随你用手任意摆弄。一旦搭上刀，就再也不允许划甘蔗人的手接触甘蔗了，否则就是违规算弃权，得停止让别人来。这年轻人的手势很稳，他的刀叼住甘蔗头，不时提刀察看甘蔗的立姿是否稳当，并不时用刀调整甘蔗的重心和位置。周围的人们眼睛都直了，全都不眨眼地看那个年轻人和他手中的刀子。年轻人开始屏气了，他的刀停住了，只见他头微微一扬，手臂向上一使劲，刀突然举起来，猛地挽出一个漂亮的刀花，然后准确地砍在甘蔗头上。随着刀势的下沉，他身体往下一跃，手中刀随之往下直劈，只听哗的一声，甘蔗应声而开。人群中发出一阵欢叫。战果不错，长长的甘蔗被他划开了一大半，他扬起脸，很得意甚至是嚣张地瞟了瞟接下来的人。接刀人一脸的沮丧。因为他接手的只是一节几寸长的断甘蔗，无论他的技术再好，就是一刀下去全开，也只是对方的一小半。人们的眼光变了，全都可怜地看着这个接刀的。

一松很想再看下去，可一松知道他不是到这里来看划甘蔗的，他重任在肩，必须去卖衣服。默默地走开时，一松甚至还在想，等卖完衣服一定要回来，说不定还可以拿到一节胜利者分出来的甘蔗呢！

一松到过大城市，见过小县城，也在偏僻的小街上生活了很久。来到这锦水，一松才仿佛明白，其实世界是多姿多彩的，远比自己的那条小街要丰富得多。不过，相比于大城市和县城，在他的心目中，他感觉小街和锦水这些小镇更接地气，更让人感到亲切一些。

佛曰，一花一世界，一叶一菩提。

眼前的这个小镇和一松的小街，是不是可以说一街一世界呢？

一松有些走神了，赶紧收了心绪，扯开嗓门，大声吆喝：出让衣服，请多关照！价廉物美，穿起漂亮！

吆喝与不吆喝，效果肯定不一样。很快，有人来咨询了。不过问的多，买的没有。但一松不急，还是很有信心。前几天，兆祥专门来锦水做过市场调查，知道锦水供销社只有 3 间铺面，基本上没有成品衣服出售，除了生活用品农用物资外，最多的是布匹，而且品种单一，布料粗糙，颜色老旧。一松带回来的服装，绝对会让锦水人感到惊艳，也会让他们争相掏钱的。一松将身上的服装抖了抖，又开始吆喝。

一个年轻人眼睛睁大了，将一松浑身上下看了又看，伸手摸了摸衣服，能少点价不？年轻人好像是随意在问。

这是标准的砍价式问话，一松早已熟悉得不能再熟悉了。一松笑了笑说，这是转让，标的就是最低价。一松一脸的诚恳。

年轻人犹豫了一会，又摸了摸衣服，我试一试可以不？

当然可以。

第一件衣服就这样成交了，那年轻人穿在身上就不想脱下来。

一松继续向前走，又开始低声吆喝。一松很高兴，因为他知道，销售这东西，只要卖出第一件，就不愁第二件第三件。果然，很快又有人问价了，一松身上的服装接二连三地卖出去。

他返身回去拿货，看见兆祥也回来了。他取了几件挂在身上，看见兆祥走到供销社门口，有人在他后面叫：兆祥！是个女声，声音好甜。

怎么是你？兆祥乐了，是他的同班同学秦甜甜。

怎么不能是我，你这是惊恐呢还是惊喜？秦甜甜双手叉腰，头一歪。

不是惊恐也不是惊喜，是惊艳！

哼，嘴巴说得好听！快说说，为什么倒腾起服装来了，有没有女装？

一松一见有情况，赶紧闪人，一边吆喝一边往前面走。

兆祥的眼睛眯成了一条缝。这个秦甜甜是他高中班上有名的班花，成绩一般，其父听说是个当官的，多大的官不知道，有不少人争着讨好她，喜欢围着她转的人也多，明目张胆公开追她的人很少。兆祥对这个女同学有好感，只是她嘴巴太厉害，他底气不足不敢上前，没想到在这里遇到了。刚才的几句交谈好像气氛不错，兆祥便大起胆子，开始卖弄。他说倒腾服装既是为了生活也是为了体验，女装不但有而且样式新颖还非常美观。

秦甜甜一听兴趣来了，叫兆祥带她去看看。穿着时尚女装的左妹一出现在她面前，秦甜甜就连声尖叫，迫不及待就要试穿，穿了就不愿脱了，马上就要付钱。

兆祥为难了，这钱收也不是，不收也不是。左妹看看秦甜甜，又看看兆祥说：秦甜甜，这样好不好，先不说钱的事。你今天可不可以先帮我们卖女装，散场的时候，我们再说怎么样？

秦甜甜一听，很是高兴，立即答应，披挂一番就欢天喜地地和左妹一起往人多的地方走。

哎兆祥，这谁呀？不会是你的相好吧？正国、学儿没有一松懂事，凑了上来。

去去去！快些卖衣服，兆祥赶快奔逃。

没走多远，被人拦住了，是穿制服的。兆祥急得直跺脚，怎么又是他被撞到了？不管了，反正伸头是一刀，缩头也是一刀。他咬咬牙迎上去，面对盘问，他镇定地将预先设计好的托词说了。

不错嘛，看来是个老油子了。

大镇上的市管会不是吃素的，这样的假话他们听得够多了。什么衣服买多了哪，不合适哪，要转让哪，狗屁，典型的投机倒把行为，还用得着让你狡辩吗？

走走走，到市管会去！四五个穿制服的一下围过来，架住了兆祥的胳膊。

兆祥知道，这次可不像兴龙那次那么好糊弄的了。他强忍住心慌，仍然故伎重演，大声争辩，力图引起周围人们的关注和围观，同时希望正国、学儿他们赶过来，像上次一样，一起渡过难关。

事情好像真的在重演。人们围过来了，一松和正国、学儿他们也赶过来了，但市管会的人却没有像上次那样默默地走了，而是更加理直气壮，非要把兆祥弄到市管会去不可。兆祥心里当然知道去了市管会有什么结果。他开始发虚，头上开始冒汗。这完全没在他们的预演范围内，早就超出了他们当初设置的情景。兆祥想跑了，可周围的人太多，四五个市管会的人把他看得死死的，怎么跑？

僵持了一会儿，市管会的人发怒了，他们不由分说，几个人架起兆祥就往市管会拖。兆祥虽然人高马大，有一身力气，但架不住市管会的人多，眼看离市管会越来越近，忽听有人一声娇喝：住手！

众人一愣。秦甜甜冲过来站在市管会人员的面前。她走向市管会负责人，在他耳边说了些什么。戏剧性的一幕发生了，那个负责人做了个手势，市管会的人立即松开了兆祥，一声不响地走了。兆祥愣了，大家很奇怪，一齐看向秦甜甜。

看什么看，赶快走！

对对对，走走走，兆祥连声答应，和一松他们一起收了衣服赶紧开跑。

兆祥，过几天我要到你们小街来赶场！秦甜甜一声大喊，声音和她的名字一样，甜甜的，传得很远。

· 2 ·

给小芸的要货电报发出 10 天后，一松带着费处长老爷子的那幅字到了重庆，他想顺带找个装裱店把费处长老爷子的那幅字裱起来。

接到火车站的到货通知，一松立即联系了谭老板，乘车往火车站赶。

货运站台人并不多。10 来个闲着的棒棒（挑货力工）正在站台边游荡，眼睛不时瞟向走来走去的人们，搜寻着新的货主。

一松在站台的入口处停下来。和谭老板签的合同中，约定是在火车货运站台验货交付，搬运不是一松的义务范围。一松靠在立柱边，静静地等候谭老板的到来。

几个棒棒看到了，向一松走来。一松正要说明情况，谭老板来了，一松向棒棒示意，让他们去找真正的货主。

谭老板很老到，他微笑着叫棒棒稍等。他和一松一起到货站取了货，6个大包，谭老板立即开包验收。

数量质量都正确，谭老板脸上的笑意更浓了。

一松看着谭老板，等他付款。

谭老板握住一松的手，使劲地摇了摇，脸上笑得更灿烂，像塑料花永不凋落。许老板，对不起，没来得及取款，我们一起到银行去取，可以不？

虽然很诧异，心里很不舒服，但也只能这样。他不能说不，以后还要合作的，而且以前也遇到过这种情况。

几个棒棒挑起了大包，和一松他们一起走。出了货站，进入市区，街上行人多起来。快到银行门口时，两个年轻人匆匆地迎面走来，和谭老板撞在了一起。谭老板生气了，年轻人火气更大。争吵开始了，互不相让，接着发生了抓扯。行人围过来，越围越多，事情闹大了。一松和谭老板是合作伙伴，当然得上前维护，一松与两个年轻人理论。一松心中突然有了不安，想起了棒棒，还有一松交给谭老板的货。一松甩开两个年轻人，冲出人群，四下一望，几个棒棒和货物已不见踪影。谭老板也冲出来，慌了，冲着人群大喊大叫。

事情闹大了，一松和谭老板一起到派出所报了案。破案需要时间，接下来就是一松和谭老板到底谁该为这事负责的问题了。一松自恃有理，委婉地说，按照合同约定，货站验货交易，一松已履约，货已交给谭老板，交易完成，谭老板必须付款，一松认为这是板上钉钉的事。没想到谭老板说，货物并没有交接，棒棒跑了，他没有收到货，他不但不会付款，还要一松双倍返还他的定金。一松说货明明在货站就已经交给他了，他还验了货的。可他说，证据呢？有没有收条？一松噎住了，一松当时没有按照合同的约定在货站交易付款，更没有叫他出具收条就发了货。一松立即明白上当了，被骗了。历史，从来都是以真实而生动的例子为后人上课，能吸取经验教训的则受益匪浅，无动于衷置若罔闻者只能蹈袭覆辙，一松恰恰就是那个无动于衷置若罔闻蹈袭覆辙的人。

双方撕破了脸，各执一词，互不相让。派出所听了后，无法判断对错，更无法调解，只能叫他们走法律程序。

谭老板气急败坏，连声叫一松等着，他一定会要一松双倍返还定金的。

一松知道他是在虚张声势，但一松无可奈何，只能眼睁睁地看着他大摇大摆堂而皇之地走了。一松丝毫没有怀疑，只要谭老板从这里一离开，他就会立即消失在茫茫的人海之中。如果自己还会以为他真的要和自己打什么官司，要自己返还他的双倍定金，那自己就真是个比傻瓜还傻的人了。

费处长和一松通电话，知道一松上当受骗后，大骂了他一顿，叫一松自己想办法。一松有什么办法？那家伙既然存了心要骗人，一定早就有了周密的计划，甚至可能连姓名住址都是假的。他能在一松眼皮子底下大摇大摆地走了，茫茫人海芸芸众生，自己又到哪里去找他？即使找到了他，也只能打官司，诉讼费还得一大笔钱。如果找不到他，这连真实姓名住址都不清楚的诉状，法院会受理吗？如果需要公安局去调查，那么经济案件的侦查费又得自己出，最后能不能侦破还得两说，这不是让人欲哭无泪吗？

一松坐在屋里，直捶脑门。

太笨了，真是太笨了！为什么就不坚持在货站完成交易呢？即使不当场交易那也应该在发货时让对方出具收条吧？真是鬼摸脑壳了！

报案吧，会有办法的，要相信法律，相信正义，费处长的话又在耳边响起。

报案可以，会有办法的却让一松迷茫了。自己有办法吗？没有。谁有办法？不知道。相信法律相信正义？一松完全不知道法律会不会帮他，会从什么地方帮他。

一松在屋里来回地走。

· 3 ·

徐晚霞坐在门边，正在打毛线。旁边彭世珍、熊代翠她们围了一圈，一边叽叽喳喳地说着什么，一边手里的毛线在不停地晃动。这几天，徐晚霞接到一个活了，山里有人想穿毛线衣了，听说小街上的徐晚霞毛线衣织得好就找上门来，说好 6 斤米一件，要织 3 件，时间 5 天。徐晚霞一个人是无论如何也完不成的，于是叫了彭世珍、熊代翠她们来，王秀儿也说马上就到。

其实，徐晚霞是知道王秀儿这几天有点垂头丧气的了，也知道她在为儿子没能给她找一个儿媳妇回来而怄气。彭世珍了解情况最多，她在绘声绘色地说着。

昨天一松、兆祥他们从锦水卖衣服一回来，王秀儿就把左妹拉到一边，好一阵盘问，总算从她嘴里听到了一个多少能让她高兴一点的消息。左妹说有个漂亮姑娘叫秦甜甜的，好像和兆祥特别好，先是非常热情地帮忙卖衣服，后来还挺身而出帮忙解决了市管会的查处。左妹还说，现在街上好多人都在说秦甜甜的事了。

王秀儿听了心里别提有多高兴了，她有个预感，说不定这个秦甜甜就会是自己儿子的媳妇呢！心里的烦闷一除，她就觉得再也不能呆到屋里头了，不然老这样在屋里憋着是会憋出病来的，刚好徐晚霞说有事情做了，她多少有点高兴了。

王秀儿披了衣服出了门，她不由自主地往徐晚霞家走。走了一半，又停住了。去了说些什么？彭世珍、熊代翠她们一定又要问起兆祥的高考、兆祥的媳妇，她该如何应答？她不好意思见她们了。不过，现在王秀儿心里多少还是有点安慰的，不是有个秦甜甜吗？她不是也没有接到录取通知书吗？对对对，总算有个垫背的了。要是没有这个秦甜甜，要是这个秦甜甜也考上了的话，王秀儿肯定得去跳楼了。不不不，不跳楼，跳楼血淋淋的，太吓人，还是去跳河好些。王秀儿笑了，笑自己跟自己过不去，自己吓自己。虽然她很想能和儿子一起站在兴龙的上街上，一直没机会，多少有点遗憾，但没有去站就有了儿媳妇，那不是更有面子吗？她的勇气回来了，胆子也壮了，她大大方方地往徐晚霞家里走。

进门就遇到了熊代翠，果然问起了兆祥。王秀儿的回答一点不躲闪，叽里呱啦一阵猛说。熊代翠佩服极了，连说秀儿有气场。王秀儿又说，还好我们家兆祥没考起，要是考起了，就可能遇不到秦甜甜那么好的姑娘了，我就只有去站在兴龙的上街上了。

熊代翠乐了，连声说看你那骚包样！你没有站在兴龙的上街上就有了儿媳妇，恭喜恭喜！彭世珍眼睛瞪圆了插进来说，别怪我是乌鸦嘴，现在这个秦甜甜和你家兆祥八字还没得一撇，与你儿子是不是要朋友还两说，成不成就更是影子都没得，莫高兴得太早了！再一个，听说这个秦甜甜不但人漂亮，人还特别凶，莫到时候你还真的是娶了媳妇丢了儿呢。一屋的女人笑了起来。

王秀儿的心里顿时有些七上八下的了。以前她一天到晚担心儿子娶不到女朋友，这一下要是真的娶到了，可千万莫让这彭世珍说中了嘛？呸呸呸！王秀儿连连跺脚。

王秀儿的事情说过了，大家又把注意力集中到了徐晚霞家的二选一上了。大家的眼睛一齐看向徐晚霞。

彭世珍说，她最佩服一竹了，能把上大学的名额让给姐姐，让人好感动。

熊代翠说，这县里也是整人，一梅一竹好不容易考起了，偏要人家来个二选一，也太欺负人了嘛！

王秀儿思想活跃一些，她说应该马上去找县里评评理，什么二选一，凭什么要二选一？

对呀！徐老师，是不是再去找找县里？大家好像突然明白过来，一齐说道。

这事已经水过三秋了，谢谢大家了！徐晚霞说得很平静。

·4·

刚吃了饭，徐晚霞家又坐了不少人。这好像成了习惯，只要一有空，队里人都愿意到她家来坐坐。此时王秀儿也兴冲冲地往这里跑。昨天夜里兆祥突然对她说秦甜甜今天要来赶场了，王秀儿是又惊又喜。她一大早就爬起来，先把家里收拾得干干净净，接着去食品站买了肉，再去地里摘了菜。火要烧得旺旺的，饭菜要煮得香香的。嗯，对了，是不是要准备一个红包呢？大红包还是小红包？大是多大小是多小？王秀儿心里没底，得赶紧到徐晚霞家里去问问。

徐老师，徐老师，王秀儿一边叫着一边拉过板凳坐下。她真的急了，没管屋里有些什么人有多少人，只顾着把心里的话倒出来。

徐老师，你说，我怎么做才好呀？王秀儿结束时问了一句。

王秀儿的问题，让大家的兴趣升到了顶点。大家你一言我一语，办法想了七八个，主意出了一大堆，王秀儿觉得没有一个可行的。她拉拉徐晚霞：徐老师，你给出个主意。

这显然是个难题，出对了，人家最多只会记你一时的好；要是出错了，人家可能会恨你一辈子，好与坏，就在嘴皮子的一张一合之间。徐晚霞知道一松与兆祥之间的兄弟关系，当然也记得王秀儿一直以来对她的关心和帮助。她没有多想，附在王秀儿耳边就说了。王秀儿的脸一会儿阴一会儿晴。最后徐晚霞说，具体问题具体分析，要随机应变。王秀儿嘀咕开了。分析？什么是分析？怎么分析？她想问又不敢问，怕屋里的人说她连分析是什么都不懂。她心里又升起对徐晚霞的崇敬了，有知识就是好，随时就有新词出来，看来以后要多到这里来才行。

437

她正想说点什么，门外有人在喊，王秀儿，你家兆祥叫你马上回去，说是秦甜甜来了！

徐晚霞拍拍手：王秀儿，还不快走，贵客来了！王秀儿跳起来，哎呀，怎么来得这么快呀？她急急忙忙往家里跑。屋里的人一听秦甜甜来了，也跟着跑出来，大家都想看看这个秦甜甜长得怎么样。

徐晚霞也出了门跟在大家后面。听了王秀儿的一番话，见王秀儿那么激动的样子，徐晚霞心里起了波澜。她想起了自己的儿子一松。和兆祥差不多大，和兆祥一样高，人家都有女朋友上门了，自己儿子有女朋友了吗？

王秀儿家的大门开着，兆祥爸正在门口等着呢。王秀儿正了正衣服，和兆祥爸一起进了门。大家一窝蜂似的跟在后面。徐晚霞没有往前挤，她站在街檐边，默默地看着。

一位姑娘坐在客厅里，双手捧着一个茶杯，灰蓝色的衣服，不长不短的黑发，皮肤不很白，眼睛有点大，小鼻子直直的，嘴唇薄薄的，小下巴有点尖。嗯，真的还可以。再一看，有点漂亮。仔细一看，好漂亮！

这是一个耐看型的姑娘，也不知道将来一松的女朋友会是个什么模样。徐晚霞摇摇头，她不明白自己怎么了，为什么一见了兆祥的女朋友，就会不由自主地想到自己的儿子。这几天，她发现儿子老是默默地坐在一边不时地叹气，有时还拍打自己的头。是出了什么事，还是为个人问题发了愁？她没问。抬起眼睛，她继续看着。

屋里的姑娘见有人来了，马上站起来。

兆祥笑着对姑娘介绍后，秦甜甜一阵阿姨好叔叔好地叫着，声音好甜。

王秀儿高兴地说，怎么没拿瓜子花生呢？快去拿来给甜甜尝尝，王秀儿指着自己男人。兆祥爸只是傻傻地笑，他乐坏了，没反应过来。王秀儿看看儿子，见儿子也像他爸一样傻傻地笑着，不说一句话，王秀儿乐了，真是一大一小两个憨包。

王秀儿正想说你们怎么都不机灵不懂情趣，大家一齐挤了进来。王秀儿哭笑不得，只好又转身招呼众人坐下。

徐晚霞没有跟大家一起进兆祥家，她想她应该回去了。正要转身走，就听正国在喊，兆祥，兆祥，摆摊了！

屋里的王秀儿不愿意了，摆摊摆摊，摆什么摊，不看人家正有事吗？天大的事呢！

徐晚霞笑了。她知道这个摆摊与自己儿子有关，兆祥他们要卖的东西都是儿子给他们提供的呢。她不想走了，她想看看他们摆摊的过程和结果。

兆祥好像清醒过来，不傻了。他没有去拿花生瓜子，只是拿出新女装，让秦甜甜进屋去换了。一出来，王秀儿眼睛绿了，天，这不是仙女下凡吗？她再看看兆祥，穿了新衣服的儿子，好帅呢，配得上秦甜甜呢！

兆祥直接上前拉了秦甜甜的手，对，是真的拉了秦甜甜的手了！王秀儿心里那个高兴劲，简直别提了。她笑着跟出去，门前4个小摊早摆好了。这次不同的是，守摊的只有宗光一个人，其他人都全副武装，披挂上阵，到街上吆喝去了。

王秀儿有点傻了。这是干什么？秦甜甜是来帮忙卖衣服的还是入伙的？不行！这么好的姑娘只能是我们家的儿媳妇！王秀儿正要阻止，看见徐晚霞了，心想还是先问问她吧。

王秀儿挤到徐晚霞身边，徐晚霞说：还是莫管多了，只要秦甜甜愿意跟兆祥在一起，管她是帮忙还是入伙，都行。帮忙帮忙，这忙帮久了不就会帮出感情来了吗？当然，入伙更好，入了伙他们不就可以经常在一起了吗，还愁她不会成为你的儿媳妇？

王秀儿一听，对呀，这是好事嘛，自己急什么？她细细想着徐晚霞的话，越想心里越甜，越想心里越安稳。王秀儿高兴了放心了。她一会儿跟在儿子后面看，一会儿又跟在秦甜甜后面跑，脸上只是笑，傻傻的笑，全然不顾她们家里是两个憨包，还是三个憨包了。

小街上的人轰动了，不知是因为看见了王秀儿的傻笑，还是看见了秦甜甜的漂亮。王秀儿看见人们围过来了，都在跟着走，开始还以为是在跟她呢。后来发现哪里是跟她，人家是跟着左妹和秦甜甜走。准确点说，是跟着秦甜甜走。王秀儿乐了，骄傲了。她差点就喊出来了，看吧看吧，这就是我王秀儿的儿媳妇，虽说只是未来的。

王秀儿看了看站在远处的徐晚霞，心里很高兴，也很感激，要不是有了徐晚霞，说不定她就会惹得秦甜甜不高兴了。她走过去，和徐晚霞站到一起。她们笑眯眯地一起看着兆祥他们的衣服一件件地卖了出去，又看到公社有人出来了，然后这些人看见秦甜甜后又退回去了。

　　王秀儿脸上笑开了花，她的眼睛开始四处乱看了。很快，她看见正国的爸妈了，也看见学儿的爸妈了，当然也看见烂诗人两口子了。她们都是来看秦甜甜的，看兆祥他们卖衣服的，她们都笑了呢。徐晚霞的笑是祝福，正国爸妈和学儿爸妈的笑里有忌妒，烂诗人两口子的笑里有什么，没看出来。王秀儿突然很想知道，此时的烂诗人是不是会诗兴大发，也为她们家兆祥和秦甜甜作一首诗呢？会不会比他那首西施貂蝉起坨坨的诗流传得更广一些呢？

　　该回去煮饭了！一个熟悉的声音打破了王秀儿的遐想。

　　知道知道，你不也和我一样，憨不溜秋地跟在人家后面偷偷地乐吗？王秀儿瞪了自己男人一眼，匆匆往家里跑。她一边跑一边摸着口袋里的两个红包，一个装的钱多，一个装的钱少，这可是徐晚霞的主意。她在想，一会儿是拿那个大红包还是拿小红包呢？她想回去问问。徐晚霞早知道她想说什么了，笑着说，你还犹豫什么，这还需要问吗？

第三十章

· 1 ·

春天的阳光异常明媚，照得人浑身暖洋洋的。山上山下盛开的一片片油菜花黄灿灿地铺满大地，像一幅静态的油彩画，美得让人窒息。

一松扛着锄头，走出油菜花，沿着新铺就的水泥路从小街的上场口往下场口走，街两边的房屋从他眼前一一掠过。

火车站被骗的阴影让一松心情就没怎么好过，他总是恨自己太笨，不懂得人性的险恶。他拍拍自己的脑袋，用探究的眼光打量起他生活了多年的小街。小街的变化很明显，大部分房屋都已翻修过了，有的修成一楼一底，有的两楼一底，少部分人修的还是三楼一底。即使还有一些原来破旧的门面，也已改成了砖墙，那些还没改的也大多进行了粉刷，整个小街比以前精神多了。

他突然想起第一次来小街时的情景。当时的一松对这个山里的小街充满了好奇。小街破旧的木板板房屋曾让他又失望又欢喜。他迈着小脚板将小街来回跑了两趟，在拐弯处认识了他的几个小伙伴。

小街第一次的变化还是在多分自留地后的第二年，手里有了点钱的人们首先想到的就是改造房子。当时手里的那点钱还不能建新房，只能把门面修一修。这一次不一样了，人们已不满足于小打小闹了，得推倒重来。

一松不由自主地往他家的新房子那边走。一幢新房平地耸立，一楼一底近300平方的建筑很是显眼，房前一长溜大红灯笼正在高挂，刚安装好的实木雕花的大门正待刷漆。

一松心情好激动，他没想到兆祥他们的进度会这么快。他把目光扫向小街上忙碌的人们，刚到小街时的情景浮现出来。那时围着他们的一群人衣着褴褛，全都赤脚，唯一一个穿鞋的穿的是草鞋，那在鞋尖上颤动的小红布一直颤在他心里。

现在的小街人衣着干净整洁焕然一新，补疤衣服没看到一件了，人人都穿了鞋子，有的还穿了皮鞋，打赤脚的一个也没有了。

尤其是杠头他们也没闲着，正准备合伙办酒厂，他更高兴了。

酒可是一个好东西，小街乃至全县一直都很紧缺。农村家家户户但凡有事办酒席都免不了要有酒。酒席酒席，没有酒又怎么能叫席呢？到了席桌上女人最关心的是有没有肉有多少肉，男人最关心的则是有没有酒有多少酒。只要席桌上摆了酒碗，男人们就会眉飞色舞心痒难耐。酒一倒出来，男人的鼻子就会不停地耸动，都想多闻闻多吸点酒的香味。喝第一口酒的人，得是长辈或受大家尊敬的人。他喝了就把酒碗从左手边往下传过去。大家的眼睛直放光，都把酒碗盯得紧紧的，生怕有人不自觉多喝了点，旁边还有人在不断地提醒：够了够了喝多了喝多了。遇到会耍宝的，酒传到他面前时，双手先是不停地搓弄，脸上笑得皱纹起了坨坨，接过酒碗先凑近鼻子，猛吸一口酒香，满脸的陶醉样，再猛地喝上一口，喉咙咕噜一声，然后一声大叫，双手还慢慢在胸前从上往下地摸着，惹得大家一阵哄笑。

想起那些场景，一松不由一阵好笑。现在好了，杠头叔他们要办酒厂了，以后酒桌上应该就不会再缺酒了。

此时此刻，不知为什么，一松突然感到一阵轻松，火车站受骗后一直压在心里的石头被搬开了。也许是看到小街的变化，看到新房的即将完工？他想，应该去接华班长一家了吧？

兆祥愁眉苦脸地跑来了，见了一松半天没能说出一句话来。紧跟在后面的宗光急了，张口就向一松说开了兆祥和秦甜甜的事。

原来，自从那次锦水卖服装后，秦甜甜到小街来的次数就多了起来。本来这事应该很顺利的，可是天有不测风云，秦甜甜的父母知道后不愿意了。

秦甜甜父亲是区里的主要领导，母亲又是区医院的院长，小小的兆祥自然入不了他们的法眼。偏偏秦甜甜喜欢兆祥喜欢得要命，寻死觅活地偏要与兆祥在一起。最后秦甜甜父母松了口，说只要兆祥两年内能活出个人样来，让人刮目相看，他们才会同意。

一松听了，知道兆祥压力大了。他上前拍拍兆祥，学着苏联电影里瓦西里的样子说，不要紧，牛奶会有的，面包也会有的。

兆祥看着一松说，那是当然，我会努力的！一松张开双臂，大喊：来，抱一个！兆祥直躲：一松，你怎么了？一松哈哈一笑：你怕了？宗光张开手，我不怕！宗光和他抱在一起。兆祥一见，也扑过来。

还别说，男人之间的拥抱，还别有意思的。他们都感到有一种力量一种友谊在身上相互传递。

一松，我们一起努力，你把你的生意做好，我们把板厂做好，让一些人看看，我们黄泥巴街儿的人不是孬种！宗光大声地喊：走，大家都走，我们板厂马上就要通电开工了！

河边那块早就平好的水泥地坝里，站了不少人，几个穿电力公司工作服的电工正在安装电线。随着闸刀啪的一声推上去，指示灯亮了，人群中发出一阵欢呼声。

很快，震动棒嗡嗡响起来。

人们拥过来，把水泥板厂围了个里三层外三层。兆祥他们很有点得意，铁铲扬得高高的，号子喊得响响的，就连正国、学儿也把抹泥板挞得吧嗒吧嗒直响。

一个月很快过去。宗光拿起算盘，对着账本劈里啪啦一阵猛敲，然后手往桌子上一拍：吧！有1000块钱的利润呢！

啊！大家跟着一阵高喊。

正国说，低调点低调点，千万莫让别人知道，避免眼红！

兆祥咧嘴一笑，一个月1000，那不用一年，我们就是万元户了！

学儿撇撇嘴，莫高兴太早，还要还人家一松的钱呢！

一松有钱，我们可以挪用几年，先不用还。

宗光的话让大家又一阵哈哈大笑。

·2·

陈子山又到小街来了。

坐在他以前的办公室里，他心里很忐忑。这条小小的黄泥巴小街，记录了他20多年升降沉浮的心路历程。这一次，他又和小街有缘，县里将联产承包责任制的试点，放到了小街，并且指定由他负责。

土地对于农民来讲，无异于就是生命，谁都清楚土地在农民心中的重要位置。小街虽小，但人心却大。县里好几次关于土地的事件，都少不了小街的影子。这也是小街能成为县里试点之地的原因之一。

中央决定推行农村家庭联产承包责任制，以试点先行，意义重大而深远。陈子山深知自己肩上责任的重大和艰巨，要完成这个任务，具体事宜太多，反映一定强烈。做好了，农民热烈拥护；做不好，将怨声载道，麻烦不断，而且还有可能形成群体事件。现在，刚吹了点风出去，农民们早已闻风而动欢欣鼓舞，两级队干部却忧心忡忡。他甚至还听说有的社员又在鼓动要搞什么庆祝活动了。他心里有点打怵，千万别又搞一个祈雨事件出来哟。

陈子山正思忖间，门被敲响，杠头走进来，领导，您找我？

陈子山与杠头是老熟人了，他没有客套，直接说了找他来的事情和目的。

其实，杠头心里也明白陈子山找他是为了什么。不过，杠头心里还是有点打鼓的。家庭联产承包责任制，说白了，就是分田到户，打破农村的吃大锅饭习惯。这是小街人盼望了很久的好事，他们也曾为此付出过巨大的努力，偷偷摸摸地进行了好几次尝试，结局都可想而知。现在终于可以光明正大地分田了，谁会不拥护，谁会不高兴呢？当然，要想顺顺利利地把田分了，也不是一件容易的事情。队里的田土，种类很多且肥瘦不均，地理位置向阳背阴各不相同，情况很复杂，又牵涉到家家户户的切身利益，稍有不慎，就会矛盾百出，难以按平。

陈领导，今天叫我来，就是为这事吗？

对，就是这事。

你找错人了吧？队里是想捡钱在管事。

他只是代理队长，你没有免职。

那也没宣布我恢复职务。

如果想捡钱不管事了，你会干吗？

杠头愣了。

我要说明，现在这个队长，不比以前。分田后，队长没有生产可管了，只是为大家服务了，你还愿意干吗？

如果想捡钱不干，我就干。

好，我没看错你。

领导，想捡钱不会不干吧？

会。

为什么？

现在的队长没有油水可捞了，他马上就会来辞职的。

不会吧？领导，他是个官迷。

不信你看着。听，他来了。

果然，想捡钱走到门口，他缩头缩脑地往办公室里看了看，一脸的尴尬。

陈领导，您交给我的工作，我……我完成不了……

那怎么办？这是件大事，县里要求限期完成。

我……我辞职，我不干了。

唉，我理解你。既然这样，你的辞职，我准了。

想捡钱傻了。他没有想到陈子山会这么干脆，没有一点挽留的意思，直接就把他的代理帽子给撸了。

谢谢领导，那我走了。想捡钱狠狠地看了杠头一眼。他明白，杠头又要重新管事了。不过他还是松了一口气，以前的队长，管着粮食财物和工分，多少还能为自己捞点好处，现在呢？没有一点油水的队长，还是代理的，谁干呢，傻吗？

陈子山看着想捡钱出了门还在看地上，笑了笑问杠头：你认为分田最难的是什么？

分得公平，大体平均。

有办法吗，回去想想？

早想好了，成立分田领导小组，按人头将田土分成小份，再抓阄。

陈子山眼睛一亮，好主意，你想出来的？

嘿嘿，不是我，是……是徐老师。

徐晚霞？陈子山笑了，听说有人还想舞个龙敲点锣鼓，有你吧？

领导真是明察秋毫，好多年没活动了，大家的手都痒痒了，现在有了高兴事，都想了。领导放心，我们只是热闹热闹。

离开陈子山的临时办公室，杠头有点迫不及待。走出公社大门时，杠头轻轻一笑，加快了脚步。全友家还没到，一阵浓浓的酒香已扑鼻而来。杠头耸了耸鼻子，尽情地闻着这诱人的酒香。

杠头，快来！出酒了！是全友那粗壮的大嗓门。

把酒厂设在全友家，是全友自己提出来的。他家房子多，又是一个人，是办酒厂的最佳之地。

贺啸天正在往屋里运媒，他弟弟贺啸地正守在灶门口往里加煤。现在是出酒的关键时刻，一点都马虎不得。

烂诗人、兆祥爸、正国爸和学儿爸都围在一起，看着出酒管口中正往下滴着的白酒，脸上泛着兴奋之色。

快，尝尝怎么样，烂诗人递来一小碗酒。杠头接过，抿了一口，吧嗒了几下嘴。嗯，好！香味醇厚，回味悠长，好！

领导找你什么事？全友凑过来。

叫我还是当队长，分田分地，声音不大，但震撼人心。

想捡钱呢？

辞职了，嫌队长没什么油水捞了。

啊！……大家欢呼起来。

烂诗人，你去通知队里的骨干马上到我家里开会，还有，看看许家老太爷方不方便来。

好呢！烂诗人欢天喜地地跑了。

· 3 ·

　　小街上的人开始忙起来了。杠头他们的酒厂开始产酒，水泥板厂的生意也一天比一天好，工人们每天都在加班加点地干，连晚上都没有停工。卖衣服卖布料随着秦甜甜的加入更是顺畅了好多，再也用不着像以前那样跟做贼似的，东躲西藏提心吊胆了。现在他们整个团队有6个人了，对工作也作了具体分工。宗光两口子负责水泥板厂的管理，学儿负责预制板的销售，一松负责布料服装供货，兆祥、秦甜甜和正国负责卖衣服布料。大家分工不分家，哪里需要协助的，大家一起上。为了赶场卖衣服布料方便，他们已买了3辆自行车，加上秦甜甜的，4辆车了，一到赶场天，车队一出动，那场面那气势，简直不说了。还有一件大事兆祥也很上心，一松家的房子正修得热火朝天，已经在粉墙了，他得尽心尽责。虽然工程是建筑队包工包料的，预制板也是用兆祥他们的，但质量得有人盯着，马虎不得。还有，小街的街道要改成水泥路了，乡里把这事委托给了水泥板厂，说他们成天在搞混凝土，有经验又有责任心，交给他们放心。兆祥得赶紧组织人力，备齐物料，尽快开工，真是够他忙的了。

　　受一松、兆祥和杠头他们的影响，小街上的人们心思也活了起来。他们有样学样，有的跟着卖衣服布料，有的卖起了小五金，地里也开始种了经济作物。大家都铆足了劲，开始一门心思挣钱发家。小街现在一片忙碌，到处都充满了生机。

　　目前街上最气定神闲的，就是一松母亲徐晚霞了。一梅上大学了，一竹这次高考成绩也不错，一松的服装生意也马马虎虎过得去，她终于可以轻松一下了。闲暇之余，她织织毛衣，不时和王秀儿、熊代翠、正国妈和学儿妈串串门。当然，有时还得到修房工地上转转，房子是大事，百年大计，质量第一。家里一切都在慢慢变好，唯一让她不放心的就是儿子的婚事。都快30岁的人了，你看人家宗光都结婚了，兆祥也要了一个那么漂亮的女朋友秦甜甜，连名字听了都让人羡慕不已。得跟儿子多催催了，千万不能让他掉以轻心。

她刚想出门，烂诗人过来说，杠头叫去他家开会，马上要分田了。

走进杠头家时，屋里已坐满了人，儿子一松和兆祥坐在一起不停地说着什么。徐晚霞看见杠头直接走到许老太爷面前，将手里的一个酒瓶子递过去，老爷子，尝尝我们做的酒。

许老爷子的身体大不如前，一般很少出门了。不过听说是分田的大事，他还是来了。老爷子一进门，就看见杠头手里的酒瓶子了，而且他还看见那瓶子不是空的。许老太爷也是一个好酒之人，男人嘛，谁不好酒？年轻时，他的酒量在小街上那也是排得上号的。他早就听说了杠头他们正在做酒，现在见杠头把酒瓶递到他面前，他有点激动了，因为就要喝到酒了。他的手有点抖，接过酒瓶，仰头张嘴含住瓶子大大地喝了一口。有点辣，也有点呛喉咙，但得忍住。这么多人面前，他不能失了身份，丢了面子。他好不容易忍住了喉咙的不适，没有呛出声来。他红着脸，擦擦嘴，大声说，好酒！转身将酒瓶递给旁边的方炳盛，方老头二话不说，一仰脖子干了一口。

屋里的男人不干了，老爷子喝了方老头也喝了，该他们了，纷纷围过来，抢了酒瓶子，你一口我一口地喝开了。一松和兆祥也没客气，都抢了瓶子喝了一口。

杠头一直微微笑着，等大家闹得差不多了，他才把今天开会要商量的事说了。

分田分地是大家最关心最钟情的事了。以前闹腾了好几次，都没有成功，现在是政策叫他们分田分地了，大家很激动，很兴奋，你一言我一语，纷纷把自己的想法和意见说了。对于想捡钱邓怀义的辞职，杠头出任队长，大家自然举双手赞成。

王秀儿一直是个心直口快的人，讨论这样的大事，她当然要发言。仗着儿子兆祥既聪明又能干力气又大，她的话有点分量，她开口就噼里啪啦地说开了，她可不是乱说，好多话都是从徐晚霞那里听来的。等她说完了，大家想听听徐晚霞的意见，徐晚霞反而没有什么可说的了。

杠头最后作了总结，定下了分田分地的原则和方法，安排了丈地分田的人员和记录员，徐晚霞、一松、兆祥他们当然在列，烂诗人还负责将会议意见整理一个方案立即报陈子山审批。

回家时，徐晚霞的脚步很轻快。一竹笑嘻嘻地拉了徐晚霞的手：妈，明天就要包产到户了，我们也来编段顺口溜让那些小萝卜头唱一唱如何？

好哇！徐晚霞坐下来拿起笔，一松、一竹马上围过来。如何开头，以哪个字为韵，选择哪些词句才能更好地表达小街人的喜悦心情，还要接地气，还要朗朗上口……别看顺口溜只有短短几句，真要编好它，还是要费一番功夫的。这不，好不容易编出来了，一家三口又为最后一句到底是"你说安逸不安逸"还是"你说安不安灯逸"而争论开了。

一松说最后一句好，一竹说前面一句好，两人互不相让。

徐晚霞说，到底哪句好还是读起来听听再说。一竹，你声音大，又清脆，你来读。

一竹脸红了，端起碗喝了口水：你说安逸不安逸！你说安不安灯逸！

怎么样，哪个觉得好一些？一松像个得胜的将军。

嗯……一竹语塞了。

第二天一大早，杠头率先出了门。一松拿了丈地杆、兆祥拿了皮尺、徐晚霞和烂诗人拿了纸笔紧跟其后，后面还跟着一大群人。还没到地里，一群小家伙已在高声地叫开了：

今天是个好天气，分了田来又分地。

以后家家都有米，你说安不安灯逸。

烂诗人听了急了，跑去问那些小家伙，这顺口溜是谁编的，说这是在抢他的饭碗端他的甑子。众小孩一哄而散，大人们哈哈大笑。

队里的地大家熟得就像自己的儿子一样，丈量起来很顺利。没用几天，土地划分丈量工作结束。

回到杠头家，公布了划分结果，大家都很兴奋，都很激动。

临到要散会时，许老太爷磕了磕他的长烟杆，屋里静下来。

我说杠头，分田分地这样的大事，总不能就这样悄悄眯眯地进行吧？

老爷子还有别的意思？人们的兴趣来了。

蟠龙山祈雨，我们小街的传统，大家还记得不？老爷子语出惊人。

舞龙锣鼓？贺啸天叫出声来。好多年没有搞过了，他的手早就痒痒了。我赞成，算我一个！不对，是我们兄弟两个！

我也赞成，刘全友也跟着喊了。

小街上的人，骨子里就有好动的基因，一听许老太爷提议搞舞龙敲锣鼓什么的，不少人都兴奋起来，大家七嘴八舌的，屋里顿时乱哄哄的了。

安静安静！杠头站起来，我来问问大家，分田分地那天，我们就来热闹一下，搞个舞龙敲场锣鼓，全街上的人都来参加，好不好？

好！大家一齐喊。

· 4 ·

还没等天亮，小街就开始沸腾起来了。人们纷纷跑到杠头家门前，等着聚齐了好开始分田到户。

杠头队长一脸的兴奋，和陈子山一起站在街檐边。两张大桌子摆在他家门前，桌子上立了两块牌子，一块写着抽签，一块写着抓阄。抽签的桌子上放着很多折好了的写了号码的纸条，抓阄的桌子上堆了一大堆揉成一团的纸团。待人们到齐后，杠头上前一步，亮开了嗓子：大家安静了！按照县领导的指示精神，我们队的家庭联产承包责任制，已经做好了前期的准备工作，今天就要落实执行了。陈子山副县长亲临现场，指导我们的工作，大家掌声欢迎！

大家一齐鼓掌，很热烈。

陈子山的讲话很精炼。其实，早在 5 天前陈子山就要求进行田土丈量划分工作。杠头行动也很迅速，他让每家出一人，组成丈量队到地里丈量划分。这个工作量最大，也是此次分田能否保证公平公正，让大家都能基本满意的关键。陈子山带领县工作组，深入田间地头，全程参与了这项工作。

由于都不知道丈量划分的土地最后花落谁家，因此划分田土非常顺利，没有人对此提出异议和反对。头天晚上一松、兆祥和烂诗人三个连夜将这次分田的计划绘成图册并写了说明，一直到天快亮了，他们才伸了伸腰，大吼了一声。拿着最后形成的地标图和花名册，陈子山长长地松了一口气，现在就看这最后的一道程序进行得如何了。

陈子山讲话很快结束，杠头转向大家，今天的分田到户，按照先抽签决定序号，再按照序号抓阄决定具体的地块的办法进行，大家听明白没有？

听明白了！回应的声音比杠头的声音还大。

好，现在我们按年纪大小开始进行序号抽签。

许老太爷第一个站出来。他的手仍然在发抖，他想控制住不抖，可怎么也控制不住。他抖着手从抽签桌上拿了一个纸条，打开。52 号！旁边有人高喊了一声。人群中发出一阵嗡嗡声。

现场不可能安静，始终闹哄哄的。人们很自觉，按照年纪大小依次上前抽号，很快序号抽签结束。接下来的田土抓阄按照序号来，也很顺利。当最后一个纸团被学儿家拿走后，全场啊的一声大叫起来。

欢呼声中，陈子山作了总结。他回顾了这次贯彻落实家庭联产承包责任制的工作历程，对在这次工作中做了大量具体工作的杠头等骨干人员进行了表扬，并祝全队的父老乡亲们身体健康，家庭幸福，多打粮食，生活越来越好！

许老太爷颤巍巍地走出来，将他的长烟杆在桌子上使劲一敲，贺啸天！贺啸地！草龙呢？锣鼓呢？唢呐呢？怎么没有响起来？

锣鼓声唢呐声骤然响起，贺啸天和杠头各举着一个栩栩如生的硕大龙头，威风凛凛地带着两条巨龙从人群中冲出来。

一松立刻被震撼了。蟠龙山那次祈雨的场景，给他印象太深。虽然这次的阵势远不如上次，但贺啸天及杠头他们头上的白毛巾身上的红袄黄裤一点没变，锣鼓的声响一样震耳欲聋惊天动地，高亢的唢呐声一样撼人心魄。两条巨龙上下翻飞，如在云中翻腾，让人心潮起伏，热血沸腾。蟠龙山祈雨时人们一脸的凝重和企盼，此时的人们脸上满是激动、幸福和喜悦。

锣鼓声、唢呐声、欢呼声此起彼伏，响成一片，小街顿时成了欢乐的海洋！

一松没有跟着舞龙队走，他急急忙忙往家里赶。不是他不喜欢看贺啸天和杠头气势磅礴的舞龙，也不是他不喜欢听贺啸地他们那荡人心魄的锣鼓声和唢呐声，他现在还有不少事呢。

· 5 ·

蟠龙山上的天边，一抹金色的霞光忽然探出头来，巍峨的山峰瞬间被染得红艳艳一片，山里的小街被霞光围着，宛如一幅徐徐展开的画卷。

一松和兆祥他们早早地起了床，在小街进场口的街檐边把几个摊子摆好，今天的分工也明确了：宗光、左妹看摊子，一松、兆祥、正国、学儿轮番流动售卖。

大家都很兴奋，个个眉飞色舞。前几次的销售虽有波折，但还算是有惊无险。让他们尤为自豪的是捏在手里的那些大把大把的人民币，他们开始振奋，他们有了更多的期待，甚至在明知陈子山完成工作已离开小街时，他们还是决定继续卖服装。

随着各项政策的逐渐宽松和土地承包制的贯彻落实，小街不但有了变化，还呈现出一片勃勃生机，赶场也热闹了很多。天没亮多久，小街上已是熙熙攘攘的了。卖米卖苞谷、卖红苕洋芋和卖鸡鸭蛋的，还有卖斗笠卖箩筐撮箕的，他们各自占据有利的摊位，很快摆满了整条街，很是壮观。小街人卖东西还是那么含蓄，轻易不吆喝，只用眼睛盯着路过的人看，好像要用眼睛把人拉回来买他们的东西似的。一群小孩嬉笑着追逐着，他们围成一团，扣着小钱打着纸烟盒，玩得忘乎所以。几个年轻人坐着洋马儿冲过来，东倒西歪地打着铃声，吓得跳绳的小姑娘哇哇直叫。陈家奶奶坐在她家门前的独凳上，卖着一分钱一匙的瓜子、胡豆，还有三分钱一碗的凉虾，几个眼馋的小孩围在那里直流口水。旁边杠头的小侄儿守着一根长板凳上的两杯凉水大声叫：

凉水凉水，薄荷凉水！一分钱一杯，两分钱尽喝，又甜又解渴！

一松走过去，拿了一分钱端起一杯凉水，一口干了。他抹抹嘴，正要走开，身后杠头的小侄儿一把拉住他：一松哥哥，再喝一杯！一松回头看了这小家伙一眼，又拿出一分钱，端起一杯水喝了。杠头的小侄儿脸上笑开了花：一松哥哥，再喝一杯！一松一脸的苦笑：你这小家伙，当我是大肚罗汉吗？他摸了摸这小家伙的头，转过身，眉头紧紧地皱着。不知为什么，今天他心里总有那么一丝不安，心猛烈地跳着，老是静不下来。

公社曹二希办公室里，挤了五六个人。曹二希的声音很响亮：这段时间以来，我们街上有些人胆子越来越大，竟然明目张胆地公开卖这卖那的。今天把你们找来，就是要及时地制止这股歪风，我们市管会的应该恪守我们的职守……

太阳升起来，小街上的人越来越多。和兆祥他们汇合后，一松默默地披挂上要卖的服装，和他们一起分头往街中间走。

他发觉自己的注意力还是不太集中，脑子里一直在走神。他屏住气息，收了心绪，将披在身上的服装抖了抖，开始吆喝。

一个年轻人眼睛睁大了，走过来将他浑身上下看了又看，又伸手摸了摸衣服。

能少点价不？

一松笑了：这是转让，报的就是最低价。

年轻人眼睛往旁边看了看，又摸了摸衣服：我试一下可以不？

当然可以。

那年轻人将衣服穿在身上，眼里直闪光，没想到要脱下来。

一松继续向前走，边走边吆喝。他的断脚又开始在痛了，但他仍然很高兴，因为他知道，销售这东西，只要卖出第一件，就不愁第二件第三件。果然，很快又有人问价了。他继续往前走，身上的服装接二连三地卖出去。

一松转身回去拿货。他的断脚痛得更厉害了。拐进学儿家的后门，找到厕所，推开草帘门走进去，靠在墙上弯下腰，卷起裤腿解开假肢，断脚处又有血渗出来了。他拿出随身带的酒精棉球，忍痛轻轻擦拭，又拿了新棉垫换上。重新固定好假肢，走了两步，还好，虽然还是很痛，但能忍受。他放慢脚步，尽量不让人看出他的脚有问题了。

走到宗光那里，他笑了笑：没想到衣服一会儿就卖完了，今天看来运气不错！他边说边往身上挂衣服。

宗光脸上满是笑：兆祥他们也回来过了，今天生意这么好，你说，是不是该我们发财了？

一松竖起大拇指：但愿嘛！他又拿了几件衣服披在身上，转身往街上走，边走边吆喝。

刚走到供销社门口，一群穿制服戴大盖帽的人迎面走来。

站住！市场检查！

一松愣了一下，市管会的人终于来了。他心里有点慌，但没有躲闪，也无法躲闪。

大盖帽冲过来抓住了他。

叮叮叮……一阵自行车铃声急促地响起。

一松回过头，从自行车上下来一个穿列宁服的姑娘。

乌黑柔亮的秀发，红润的双唇，高高的额头。

姑娘直直地望着一松，拿出一个小泥人。

四周静了下来，一个清脆的声音轻轻响起：

> 把一块泥，捻一个尔，塑一个我，
> 将咱两个，一齐打破，用水调和……

一松全身开始颤抖，眼里雾气升腾。他想挣脱出来往前冲，又突然停下来。

也许他应该接受眼前的一切，也许他不应该接受眼前的一切。

他看看抓住他的大盖帽，又看看站在不远处的姑娘。

他的心要蹦出来了。他想冲出去。

远处有风在吹，有鸟在叫。

2019 年 3 月 12 日第一稿

2020 年 8 月 13 日第二稿

2021 年 6 月 18 日第三稿

2021 年 11 月 28 日终定稿